Der zweite Band der Bestseller-Serie »Die Wunderfrauen«:
Zu Beginn der 1960er Jahre stimmen die Errungenschaften der Frauenbewegung, die neuartige »Pille« und die vielen neuen Möglichkeiten Luise zuversichtlich, außerdem ist in ihrem kleinen Laden viel zu tun, er ist ihr ganzer Stolz. Voller Tatendrang plant sie einen Umbau – sie möchte mit der Zeit gehen und Selbstbedienung anbieten. Doch nicht alles klappt so, wie erhofft. Zum Glück sind ihre drei Freundinnen weiterhin an ihrer Seite: die alleinerziehende Helga, Marie, die um ihre Familie kämpft und Annabel, die endlich eine Tochter bekommt – ein Contergan-Kind. Gemeinsam merken sie: Das Schicksal hat sie in den letzten Jahren enger verbunden als sie dachten …

Die Wunderfrauen-Serie im Überblick:
»Alles, was das Herz begehrt«
»Von allem nur das Beste«
»Freiheit im Angebot«
»Wünsche werden wahr«

Stephanie Schuster, Jg. 1967, lebt mit ihrer Familie und einer kleinen Schafherde auf einem gemütlichen Hof in der Nähe von Starnberg, in Oberbayern. Hier spielt auch die Reihe »Die Wunderfrauen«. Bestseller-Autorin Stephanie Schuster verwebt in ihren Romanen vier bewegende Frauenschicksale zu einem Panorama der 1950er, 1960er und 1970er Jahre.

STEPHANIE SCHUSTER

Die Wunder Frauen

VON ALLEM NUR DAS BESTE

ROMAN

FISCHER Taschenbuch

Aus Verantwortung für die Umwelt hat sich der S. Fischer Verlag zu einer nachhaltigen Buchproduktion verpflichtet. Der bewusste Umgang mit unseren Ressourcen, der Schutz unseres Klimas und der Natur gehören zu unseren obersten Unternehmenszielen.

Gemeinsam mit unseren Partnern und Lieferanten setzen wir uns für eine klimaneutrale Buchproduktion ein, die den Erwerb von Klimazertifikaten zur Kompensation des CO_2-Ausstoßes einschließt.

Weitere Informationen finden Sie unter: www.klimaneutralerverlag.de

Inhaltswarnung:

Im historischen Kontext der »Wunderfrauen-Trilogie« verwenden die Figuren auch zum Teil antisemitische, rassistische, sexistische und ableistische Wörter und Konzepte, die in den drei Jahrzehnten, über die sich die Handlung der Romane erstreckt, von der Mehrheitsgesellschaft größtenteils unreflektiert genutzt wurden. Daneben enthält der Roman Szenen sexualisierter Gewalt (Vergewaltigung und sexuelle Nötigung).

FSC www.fsc.org
MIX
Papier aus verantwortungsvollen Quellen
FSC® C014496

Erschienen bei FISCHER Taschenbuch
Frankfurt am Main, Juni 2022

Satz: Fotosatz Amann, Memmingen
Druck und Bindung: GGP Media GmbH, Pößneck
Printed in Germany
ISBN 978-3-596-00070-8

»Darf's noch etwas sein? –
Ja, gern ein Stückerl von der ganzen Welt,
wenns hätten, Frau Dahlmann.«

Für Else, Hermann und Carla,
in Erinnerung an ihren Laden in Münster.

Für meinen allerliebsten Thomas, der mich immer rettet,
sogar wenn mir die Wörter ausgehen.

Und für meine immer größer werdende Wunderfamilie,
ihr seid das pure Glück für mich!

PROLOG

4. September 1963

Hey, hey, bop shuop. Sie lehnte in ihrer Zelle am Gitter und lauschte den Klängen. *M'bop bop shuop.* Nun, wo alles, was sie sich mühsam erarbeitet hatte, zerbrochen war, klammerte sie sich an die Musik – das Einzige, was ihr jetzt noch Halt gab. Sofort setzte sich der Rhythmus in ihrem Körper fest. Sie konnte einfach nicht anders, ihre Füße, ihre Schultern zuckten im Takt. Schon erstaunlich, dass diese Band aus Liverpool seit neuestem sogar vom Bayerischen Rundfunk übertragen wurde und es so bis in den Keller des Starnberger Polizeireviers geschafft hatte. Na ja, mehr schlecht als recht – das Radio rauschte und knisterte. Vermutlich waren die Mauern einfach zu dick, schließlich wurden Verbrecherinnen wie sie hier gefangen gehalten. Egal, wie oft Wachtmeister Klein am Regler drehte, er brachte einfach keinen klaren Empfang zustande. Ihm war es sichtbar unangenehm gewesen, sie zu verhaften. Deshalb hatte er sich auch sofort bereit erklärt, auf sie aufzupassen, als seine Kollegen zum nächsten Einsatz ausrückten. In Starnberg ging es gerade hoch her.

Well, I talk about boys, don't ya know I mean boys, well … Was sie nicht hörte, ergänzte sie in ihrem Inneren, sie kannte den Text auswendig. Wegen dieses Liedes hatte sie vor einem halben Jahr stundenlang vor dem Münchner Plattenladen angestanden. Zusammen mit einem Dutzend Jugendlicher aufgeregt bangend, dass ja nicht alle Singles ausverkauft waren, bevor sie an die Reihe kam. Und tatsächlich, sie erhielt eine der letzten Scheiben, die Wartenden hinter ihr gingen leer aus. Im Sommer, als dann endlich das Album *Please Please Me* auf den Markt kam, war der Andrang noch größer gewesen. Manche campierten sogar vor den Geschäften, nur um eine der heißbegehrten Langspielplatten zu ergattern. Mit ihren einunddreißig Jahren war sie sich unter diesen ganzen jungen Leuten steinalt und merkwürdig fehl am Platz vorgekommen. Sie kleidete sich zwar immer noch modisch, trug heute einen Minirock aus Manchester zu engen Schnürstiefeln und hatte sich auch ihre Haare toupiert, aber irgendwie war ihr auf einmal bewusstgeworden, dass ihr die Leichtigkeit von früher abhandengekommen war, diese Sicherheit, dass sich alles schon von selbst finden würde.

What a … rrrrschhhsch … of joy. Die Pilzköpfe quälten sich weiterhin durch den Äther.

Dietrich Klein gab auf und widmete sich seiner Brotzeit. Sie sollte sich an ihn halten, Dietrich, sein Vorname klang wie der Schlüssel zur Freiheit.

»Möchten's ein Stück?« Bevor er in die Leberkässemmel biss, hielt er sie ihr ans Gitter, als wäre endlich Fütterungszeit für das Zootier. Obwohl ihr Magen anderer Meinung war, verneinte sie.

»Wirklich nicht? Ist ganz frisch, von in der Früh, der Leberkas ist fast noch warm.«

Sie schüttelte den Kopf, wollte ihm nicht erklären, dass sie schon länger kein Fleisch mehr aß. Bei einer Zigarette wäre sie dabei, aber Klein rauchte offenbar nicht. Vielleicht war es besser so. Sie erlaubte es sich auch nur noch in Ausnahmesituationen, jedenfalls in solchen, die sie bis heute dafür gehalten hatte. Wenn es danach ginge, sollte sie sich gleich eine ganze Schachtel gönnen. Sie zupfte an ihren Fingernägeln. Der Daumennagel war eingerissen, die Nagelhaut blutete leicht. Das musste bei ihrer Festnahme passiert sein, als sie ihr die Arme auf den Rücken gedreht und die Handschellen angelegt hatten. Die kleine Schere, die sie in ihrem Kittel bei sich trug, hatte man ihr auch abgenommen, zusammen mit ihrem Stethoskop, den Schuhbändern und dem Ledergürtel, der kaum schmaler als ihr Minirock war.

»Am Büstenhalter können Sie sich ja nicht erhängen«, hatte Kleins Kollege, ein glupschäugiger Kerl, gescherzt und ihre Oberweite gemustert. »Sie tragen offenbar keinen.«

Er leckte sich die Lippen. Selten um eine Antwort verlegen, war ihr in diesem Moment nichts eingefallen. Verflixt, wie hatte es nur so weit kommen können? So vielen Frauen hatte sie schon aus der Not geholfen, und immer war alles glattgegangen. Ausgerechnet bei Luise mussten sie sie erwischen. Schlagartig stand ihre ganze Existenz auf dem Spiel. Jetzt, wo sie so viel erreicht hatte, mehr, als sie sich jemals erträumt hatte. Wenn sie verurteilt würde, verlor sie nicht nur die Zulassung, der Staat nahm ihr auch das Kind weg. Jemand musste sie verraten haben, aber wer?

Der andere Polizist, der mit den übergroßen Augäpfeln, stürmte herein. »Einsatz, Dietrich, los.« Er zupfte sich an der Nase, als könnte er damit seinen Rundumblick regulieren. »Wir müssen ausrücken. Am See gab's einen Gammleraufstand. Die rotten sich zusammen, sind schon auf dem Weg in die Stadt.«

»Etwa die Obdachlosen vom Bahnhof? Was haben die wieder angestellt?«

»Naa, irgendwelche Wilden, die am See herumlungern, vermutlich Studenten. Jedenfalls spielen sie ein ähnliches Gedudel wie du hier.«

Sofort drehte Klein das Radio aus, legte die Semmel weg und klopfte sich die Hände ab. »Und was sollen wir tun?«

»Das Übliche, die Personalien aufnehmen, nach Drogen suchen. Angeblich rauchen die stärkeres Zeug als Tabak, hat es geheißen, dazu laufen sie alle halbnackt herum.«

»Auch, äh, die Weiber?« Klein wischte sich über den Mund und schielte kurz zu ihr.

Der andere nickte. »Freu dich nicht zu früh. Die Kerle haben sogar Blumen in den Haaren.«

»Echt? Sind die vom anderen Ufer?«

»Weiß ich doch nicht. Ist mir auch egal, ob die aus Berg oder Ambach oder von sonst woher stammen, weg müssen sie jedenfalls.«

»Nicht von der anderen Seeseite, ich mein, ob das Hundertfünfundsiebziger sind, wegen der Blumen.«

»Ach so, das glaube ich kaum, so, wie die mit ihren Gspusis rummachen, aber bei diesen Gammlern weiß man es nie, vielleicht fahren die auch zweigleisig. Männlein und Weiblein sind bei denen sowieso kaum zu unterscheiden, mit diesen langen Haaren. Mein Lucki, wenn der mir eines Tages so daherkommt, dem schneide ich eigenhändig die Zotzen ab.«

»Der ist doch erst drei.«

»Sein Glück! Und auch, dass er noch nicht in die Schule geht, dort lernen sie nämlich neuerdings solch einen Schmarrn. Also los, es gab eine Anzeige, öffentliches Ärgernis, die Anwohner und auch die Hotelgäste vom Bayerischen Hof fühlen sich belästigt.«

Vermutlich waren die jungen Leute einfach bloß mit Gitarre und Tamburin auf einer Wiese gesessen und lösten allein durch diesen friedlichen Anblick bei den Starnberger Spießbürgern Wut aus, dachte sie sich, als sie den beiden zuhörte.

»Und was machen wir mit ihr?« Mit einer Kopfbewegung zeigte Klein auf sie in der Zelle.

»Nichts, die läuft uns schon nicht davon, kriegt höchstens gleich Gesellschaft von ihresgleichen.« Man zählte sie noch zur Jugend, wenigstens das. »Schauen wir mal, wie viele Gammler in eine Zelle passen.« Der Mann lachte.

»Aber das ist doch eine Doktorin.« Klein flüsterte nun. »Meine Frau hat vor drei Wochen bei ihr entbunden.«

»Bist du etwa befangen, Dietrich?«

»Ich? Ich war doch nicht dabei. Also bei der Geburt. Aber die Gerda war superzufrieden, und das krieg ich selten selber hin.«

»Super, aha. Redest du jetzt auch schon wie die? Na, dann wirst du dich ja mit den Gammlern verstehen. Komm, wir müssen.« Endlich stand Klein auf, schüttelte sich die Semmelbrösel von der Diensthose, steckte den Schlüsselbund ein und ging mit Polizist Gscheithaferl hinaus.

Sie lauschte den Schritten der beiden nach. Das Radio rauschte noch immer, wahrscheinlich hatte Dietrich den Knopf nicht ganz ausgedreht. Irgendwo tropfte ein Wasserhahn. Plopp, plopppplopp, plopp. Sie hätte sich ein Lied dazu ausdenken können, doch ihr war nicht mehr danach. Die Angst schlich sich in die Zelle, machte es sich bequem und feixte zu ihr herüber, als hätte sie gewusst, dass sie am Ende die Oberhand gewann. Was, wenn die Polizisten nie mehr zurückkamen, sie einfach vergaßen oder sie aushungerten, bis sie zwischen den Gitterstäben hindurchfiel? Ausgerechnet heute, an diesem besonderen Tag, saß sie hier fest. Im wahrsten Sinne. Bei Dahlmanns feierten sie bestimmt längst. Wie sie Luise kannte, hatte sie lauter Köstlichkeiten vorbereitet, als Geschenk zum Zehnjährigen für die Kunden und Gäste. Kaum zu glauben, dass die Ladeneröffnung schon so lange zurücklag. Es waren harte Jahre gewesen, Zeiten der Entbehrung, der Willensstärke und der Sorge um das Morgen, aber auch Momente der Freude, der Errungenschaften und des Glücks. Trotzdem fühlte es sich im Rückblick wie ein Wimpernschlag an, allenfalls wie ein paar Seiten in einem Roman. Umso mehr war das Jubiläum ein Grund, gemeinsam zu feiern. Ach, wenn sie doch nur dabei sein könnte! Lärm drang an ihr Ohr. Getrappel und lautes Rufen. Draußen gab es einen Tumult. Sie ging zum Fenster, das eher eine mit Hasendraht vergitterte Kellerluke war, durch die kaum Licht fiel. Es klirrte. Sie zuckte zurück, als etwas gegen die Scheibe flog.

Von wegen Jubiläum. Das Schild an der Tür war auf »Geschlossen« gedreht. Der Wind blies durch die Lücke in der Mauer und wehte Herbstlaub herein, als hätte im Dahlmannhaus ein Erdbeben gewütet. Luise stand auf, zog die Plane wieder vor das Loch und lehnte den Besen dagegen. Wenigstens reinregnen sollte es nicht. Ein Notbehelf, für mehr blieb jetzt keine Zeit. Kurz schweifte ihr Blick durch den Laden, der kaum wiederzuerkennen war. So viele Jahre hatte sie ihn gehegt und gepflegt, stets das Sortiment erweitert, Reklame gemacht, Rabattaktionen geplant, um die Stammkunden zu halten und gelegentlich zum Staunen zu bringen, und natürlich auch, um neue Kunden zu gewinnen. Es durfte keinen Stillstand geben. Das Geschäft musste florieren. Und nun das. Die Kasse, die Waage und die Kühltheke waren mit Tüchern verhängt, in den Ecken lag Schutt. Auf den Gläsern und Dosen, in allen Regalen lag Staub. Ihr fiel der Eröffnungstag vor zehn Jahren ein und welche Mühe sie sich damals gegeben hatte. Nach der wochenlangen Organisation, in der sie alles bis ins letzte Detail ausgetüftelt hatte, war sie vor Anspannung fast geplatzt. Doch als es endlich losging, kam keiner, und die Ersten, die sich dem

Laden näherten, kauften nichts, genossen nur die Gratis-Pralinen, die sie anbot. Erst nach dem WM-Sieg 1954 ging es mit dem Laden richtig bergauf. Auch wenn der Gewinn immer noch bescheiden blieb, konnte sie mittlerweile davon leben. Aber für heute hatte Luise nicht einmal Pralinen gemacht. Momentan gab es Wichtigeres als Schokolade, Wichtigeres auch als Schmutz und Schutt, dachte sie und tunkte den Pinsel in die rote Farbe. Der Verkauf war bis auf weiteres eingestellt. Zusammen mit Marie und Bella hockte sie auf dem Boden und schrieb Plakate. Auch die Kinder halfen, eine richtige Rasselbande war das. Maries vier Sprösslinge, der Jüngste ein Jahr alt, die Älteste acht. Dann Helgas Sohn, der neunjährige David, mit seinen kurzen, dichten Locken und Josie, Luises Tochter, mit ihren Zöpfen, die ihr hinter den Ohren wie kleine Bürsten abstanden. Die beiden waren fast gleich alt. Und natürlich Fritz, Bellas Großer, der sich mit sechzehn bestimmt nicht mehr zu den Kindern zählte, aber dennoch mit Feuereifer mithalf. Für die Kinder schien die ganze Aktion mehr ein Abenteuer zu sein. Wann hatten ihre Mütter sonst schon Zeit, mit ihnen gemeinsam zu malen?

Josie hockte dicht an der Seite von Marie und ahmte jeden Pinselstrich nach. Sie himmelte ihre Tante an. Dabei spürte Luise, dass ihrer Schwägerin Marie nach allem, was bei ihr gerade passierte, gar nicht nach Malen zumute war. Wahrscheinlich war sie einzig den Kindern und ihr zuliebe noch mal hier. Rasch verdrängte Luise die Gedanken an ihren Bruder und blickte zu Annabel. Die hatte bestimmt genauso viele Sorgen, aber stand ihnen allen wie selbstverständlich in ihrer Not bei. Sie schrieb die Buchstaben mit Bleistift vor, damit die Kinder sie nachmalen konnten. Selbst Bellas zweijährige Tochter machte schon mit. Dieser Anblick berührte Luise ganz besonders. Ihr war zum Lachen und Heulen zugleich zumute. »So, ich glaube, wir haben genug Schilder«, sagte sie und schluckte gegen die Beklemmung in ihrer Brust an. »Das sind bald mehr, als wir tragen können.«

David sprang auf. »Dann los, kommt, jetzt befreien wir meine Mama aus dem Gefängnis.«

1. Teil

Zwei Jahre zuvor

1961

Ideen für Wundertüten

Für Kinder:
Ausschneidepuppen
Kleine Plastiktiere
Eiskonfekt
Faltlampion
Puffreis
Lutscher
Sammelkarten
Zahnsammeldose (für Schulanfänger)
Miniautos
Flugzeug als Bastelset
Ring
Tröte
Luftballon
Pustefix-Seifenblasen
Stifte
Anspitzer in lustigen Formen
PEZ-Spender
(Was noch? Josie fragen.)

Weitere Wundertüten für die Dame des Herzens, zur Genesung, zu Weihnachten, zu Ostern, für Papi (Gesetz zum Schutze der Jugend in der Öffentlichkeit beachten!), zum Geburtstag, als Entschuldigung usw.

Prozessbeginn gegen SS-Obersturmbannführer Adolf Eichmann in Jerusalem. Unser Bundeskanzler Konrad Adenauer sagte im Fernsehen, dass er sich wünscht, dass in diesem Prozess die volle Wahrheit ans Licht kommt und dass Gerechtigkeit geübt wird. (Was für ein Wunsch, bei sechs Millionen ermordeter Juden!)

Kurze Notiz: Sammelpakete in die Ostzone vor Ostern verschickt. Täglich fliehen immer mehr Menschen aus der DDR, heißt es in den Nachrichten und in der Zeitung. Eine Mauer soll gebaut werden. Der Berliner Bürgermeister Willy Brandt telefoniert mit John F. Kennedy wegen dieser Ost-West-Angelegenheit.

Aus: Luises Ladenkunde-Album

LUISE

»Mama, Mama. Ich habe einen Freund.« Josie stürmte herein und brachte die Ladenglocke über der Tür zum Bimmeln. Ungeachtet dessen, dass Luise gerade bediente, stellte sie den Schulranzen in den Durchgang zur Wohnung, wo garantiert der Nächste drüberfallen würde, kletterte zu ihr auf die Theke und kniete sich zwischen Kasse und Waage.

»So, so, Ihre Tochter hat also schon einen Freund, etwas früh, finden Sie nicht, Frau Dahlmann?« Die Kundin, Frau Kreitmayer, nahm das Wechselgeld entgegen und zählte es nach.

»Überhaupt nicht, das war sogar sehr spät«, erwiderte Josie. »Es hat doch schon gegongt.«

»Ganz schön vorlaut, Ihre Kleine.« Frau Kreitmayer steckte die restlichen Münzen ein.

Josie musterte die Dame mit gehobenen Augenbrauen, wie immer, wenn sie etwas nicht gleich begriff, aber verstehen wollte. Dann umhalste sie Luise und flüsterte: »Mama, kann ich eine Brause?«

»Warum flüsterst du?«, fragte Luise.

»Die Tante hat gesagt, dass ich zu laut war.« Josie gab ihr ein Bussi auf die Wange, öffnete, ohne ihre Erlaubnis abzuwarten, eines der großen Gläser, schnappte sich einen Zitronenwürfel und wickelte ihn aus. Eigentlich hatte Luise Josie oft genug ermahnt, dass sie vor dem Mittagessen nicht naschen durfte, aber wie sollte sie jetzt noch nein sagen? »Mein neuer Freund ist mitten in Schönschrift reingekommen und sitzt neben mir, weil kein anderer ihn haben wollte, aber ich finde ihn nett.« Josie leckte an der Brause und verzog das Gesicht.

»Erzähl mir das später genauer, ja?« Sie drückte ihre Tochter kurz an sich. »Erste Klasse, Frau Kreitmayer. Das war für uns alle aufregend damals, nicht wahr?« Sie lächelte die Kundin an.

»Wie man's nimmt.« Frau Kreitmayer rümpfte die Nase, als verbände sie mit ihrer Schulzeit bloß üble Gerüche, hängte sich das vollbeladene Einkaufsnetz in die Armbeuge und wandte sich ab. Im Hinausgehen streifte sie mit ihrer ausladenden Hüfte den Senfglasturm, den Luise vorhin so mühsam auf der Säulenvitrine errichtet hatte, und brachte ihn zum Wanken.

Rasch sauste Luise um die Theke und umfasste die Gläser mit beiden Armen, von ganz oben stürzte ein Glas ab, aber der Rest blieb stehen. Das war knapp. »Nichts passiert«, sagte sie, als der Turm stabilisiert war, und öffnete der Kundin die Tür. Das Glas lag tatsächlich unbeschädigt auf dem Linoleum. Wie oft hatte sie schon beim Putzen den abgewetzten Bodenbelag verflucht. Eigentlich gehörte er längst erneuert, doch nun war sie dankbar dafür. Auf kunstvollen Fliesen, wie sie ihr zur Ladengründung vorgeschwebt hatten, wäre es bestimmt zerschellt. »Pfia Gott, Frau Kreitmayer, und beehren Sie mich bald wieder.« Sie atmete auf, als die Kundin draußen war, und sah sich in ihrem Verkaufsraum um. Vielleicht war es doch keine glorreiche Idee gewesen, den süßen Senf, das Sonderangebot der Woche, gleich neben dem Eingang zu platzieren? Besser sie räumte ihn weiter nach hinten. Bloß wohin? Jeder Zentimeter war bis unter die Decke ausgefüllt. Kaum dass sich die Kunden oder sie als Verkäuferin noch frei bewegen konnten, ohne dauernd irgendwo anzuecken und etwas umzuschmeißen. Überall hing die neueste Reklame. Vor lauter Handcreme, Kräuterlikör und Scheuermittel kam man nicht mehr zu den Grundnahrungsmitteln. Auch wenn ihr die Händler die Schilder gratis dazugaben, musste sie ein paar aussortieren. Nur welche? Am besten sie überdachte ihr ganzes Sortiment neu. Sollte sie das Weinregal weiter nach hinten verlegen, dafür die Konserven und das Waschpulver nach vorne? Auf den sechsunddreißig Quadratmetern, die der Laden umfasste, war es viel zu beengt, und jede Woche trafen neue Waren ein. Da hieß es abwägen zwischen Neuem und Bewährtem. Einerseits wollte Luise die Nachfrage nach neuen Artikeln bedienen, und andererseits musste sie gewährleisten, dass der Laden einigermaßen übersichtlich blieb. Ein schwieriges Unterfangen.

Sie wandte sich ihrer Tochter zu, die immer noch auf der Theke hockte und ihre Brause lutschte. »Also, der Neue ist einfach so, ganz allein in eure Klasse gekommen?«

Josie nickte. »Es hat geklopft, und Fräulein Ruf hat aufgemacht und gefragt, neben wem er sitzen darf, und da hab ich mich gemeldet, sonst keiner. Alle finden den komisch, aber ich finde ihn nett. Und dann hat er sich auf dem Schulhof mit dem Rudi gehauen.«

»Wieso, was ist an dem komisch?« Luise zog die untersten Senfgläser vorsichtig auseinander, damit der Turm nicht so leicht einstürzte, räumte dafür die Kirschen, die diese Woche auch im Angebot waren, zurück ins Regal und stellte das Schild mit dem reduzierten Preis davor.

»Weiß nicht, der Rudi hat gesagt, dass er keinen Papa hat, und dann schaut er auch noch anders aus als wir.«

Luise dachte an ihren jüngsten Bruder Manni, der sich mit seiner geistigen Behinderung in der ersten Klasse der Volksschule auch schwergetan hatte. Der Lehrer gab sein Bestes, riet ihnen aber bald, Manni wieder aus der Schule zu nehmen. Ihr kleiner Bruder würde nie stillsitzen und könne dem Unterricht nicht folgen. Zu seinem Schutz sei es sowieso besser, hatte der Lehrer damals gesagt, nicht dass er doch noch abgeholt würde und in ein Heim käme.

Von da an versuchte Luise, ihrem Bruder die Mutter zu sein, die er nicht hatte, ihm zu Hause Lesen, Schreiben und Rechnen beizubringen, denn Ida Brandstetter war kurz nach seiner Geburt gestorben. Wenigstens eine Stunde Disziplin pro Tag verlangte Luise, aber es war ein Kraftakt. Alles, was sich vor dem Fenster regte, lenkte ihn ab und interessierte ihn mehr als die Buchstaben in der Fibel. Also zog sie die Vorhänge zu, doch dann beobachtete Manni eben eine Fliege, die auf der Schiefertafel herumkrabbelte, lauschte auf das Knistern des Feuers im Ofen oder fuhr mit den kurzen, dicken Fingern die Maserung des Holztisches nach. Damals war sie selbst noch in der Ausbildung zur Köchin gewesen. Als der Vater, dessen Rückkehr aus dem Krieg sie so herbeisehnten, 1944 fiel, musste sie zusätzlich mit ihrem zwei Jahre älteren Bruder Martin den Hof bewirtschaften.

Heutzutage gab es Sonderschulen, mit extra ausgebildeten Lehrern, die sich um lernschwache Kinder kümmerten. Dafür war ihr kleiner Bruder inzwischen zu alt. Immerhin hatten sie es geschafft, ihn ohne Eltern großzuziehen. Er schien glücklich zu sein, fing Sonnenlicht in leeren Bierflaschen ein, sammelte Baumschwämme wie Luise Bücher und kümmerte sich ums Federvieh. Lesen, Schreiben und Rechnen waren vergebliche Liebesmüh gewesen. Außer zwei Wörtern konnte Manni bis heute nichts sagen. Auch den Zweck einer Uhr begriff er nicht. Er stand mit den Hühnern auf und legte sich ins Bett, wenn es dunkel wurde. Er kam zum Essen, wenn man nach ihm rief oder es in der Küche danach roch. Das hatte sich, so viel sie wusste, auch nicht verändert, seit ihre Schwägerin Marie auf dem Brandstetterhof lebte.

Josie hievte ihren Schulranzen auf die Theke und leerte den Inhalt auf dem Einwickelpapier aus. »Was hast du vor?«, fragte Luise.

»Hausaufgaben.« Ihre Tochter schlug das Schreibheft auf, beugte sich vor und begann, die Zungenspitze zwischen den Lippen, mit dem Eintragen. Die Lehrerin hatte am Anfang jeder Zeile ein Beispiel in Rot vorgemalt. Josie probierte große L-Schwünge und seufzte, als sie über die Zeile hinausglitt und radieren musste. Die Seite knitterte.

»Setz dich besser in die Küche, sonst wickle ich die Weißwürscht noch versehentlich in dein Schulheft. Es ist erst zwanzig vor zwölf, Josielein, bestimmt kommt noch jemand, und ich muss bedienen.«

»Ich mag aber bei dir sein.«

»Na, die paar Meter um die Ecke, da hörst du mich trotzdem und ich dich. Du willst doch ein Sternchen ins Heft, oder? Da muss es schön aussehen.« Josie nickte und strich die Seite glatt. Bei zehn Sternen verteilte Fräulein Ruf ein Sammelblatt mit einem Käfergedicht, die hütete ihre Tochter wie einen Schatz.

Prompt ging die Ladenglocke, zwei Frauen schlängelten sich, die Angebote rechts und links prüfend, zur Theke vor. Die eine, Frau Zinngraf, trug Lockenwickler unter dem Kopftuch. Schnell hob Luise Josie von der Theke und half ihr, die Sachen zurück in den Schulranzen zu stecken. »Bitte, mach's in Ruhe und sorgfältig am Tisch, vielleicht bist du dann bis mittags schon fertig, dann haben wir gleichzeitig Pause, und ich koche uns etwas Feines.« Widerwillig schlurfte Josie nach hinten. Luise wandte sich der Kundschaft zu. »Grüß Gott, die Damen, wer kommt als Erstes dran?« Frau Zinngraf drängte sich vor. Kaum dass die beiden Platz hatten, nebeneinander vor ihr zu stehen. Mit ihren Ellbogen und Einkaufskörben schubsten sie sich und stießen dabei fast an die Waren. Das Nivea-Reklameschild schaukelte. So konnte es nicht weitergehen. Viel Spielraum, um nach hinten zu erweitern, hatte Luise nicht. Freilich befand sich dort eine relativ große Wohnküche, in der Josie sich jetzt aufhielt, aber auf die wollte Luise ungern verzichten. In ihrem Übermut hatte sie in den ersten Jahren nach der Ladeneröffnung am Samstagnachmittag auch noch bis in den späten Abend hinein Kochkurse für Bräute gegeben. Das Unterrichten gefiel ihr. Sie dachte sich für jeden der Nachmittage extra ein besonderes Motto aus – *Hilfe, die Schwiegereltern kommen! Ente gut, alles gut* –, überlegte sich, wie sie den hibbeligen jungen Damen, die kaum ein Ei trennen konnten, ohne sich zu bekleckern, die Freude am Kochen beibringen konnte, was ihr auch meistens gelang. Einige wurden sogar zu Stammkunden und holten sich weiterhin Tipps bei ihr. Allerdings blieb durch diese Kurse nicht nur die gesamte andere Arbeit liegen, die dann am Sonntag getan werden musste, Luise merkte auch, wie sehr sie die Konzentration auf die jungen Frauen, die tausend Fragen hatten, erschöpfte. Und das nach einer langen Woche, die sowieso von morgens bis abends vollgepackt war.

Nein, die geräumige Küche brauchte sie, die musste bleiben. Wo sollte sie sonst die Kuchen, die Salate und den Leberkäs für die Vitrine zubereiten, die sich als Dahlmann-Spezialitäten etabliert hatten? Im ersten Stock war wenig Platz, selbst wenn sie dafür die Stube, die mittlerweile zum heiligen Fernsehzimmer erklärt worden war, aufgeben würden. Außerdem, alles immer ins Erdgeschoss tragen oder schnell was von oben holen, bedeutete viel zu viel Umstand. Nein, sie musste eine andere Lösung finden.

Kaum saßen sie um eins bei Pfannkuchen mit Marmelade und Apfelmus, klingelte es an der Ladentür. Manche Kunden gönnten Luise nicht einmal die Mittagsruhe.

»Das ist er bestimmt, Mama.« Josie sprang auf und lief durch den Durchgang, um aufzusperren. Der Schlüssel steckte im Schloss. Ehe Luise fragen konnte, wen sie meinte, stand ein schwarzer Junge in der Küchentür. »Ich habe David gesagt, er kann zu mir zum Spielen kommen, bis seine Mama von der Arbeit wieder da ist. Er darf doch?«

Nicht nur sein Name kam Luise bekannt vor, schlagartig, als sie ihn anschaute, begriff sie, wer er war. »Natürlich. Grüß dich Gott«, brachte sie gerade noch heraus, dann musste sie sich erst einmal sammeln. Sie wandte sich zum Küchenschrank um und holte einen Teller für ihn heraus. David, natürlich. Zuletzt hatte sie ihn als zwei Monate altes Baby gesehen, und das war bald sieben Jahre her. Ein richtiger Wonneproppen war er damals gewesen, zum Anbeißen süß. Nun stand ein schmaler Bub vor ihr. Auch wenn sein Gesicht mit den großen Augen und der kleinen Nase das eines Schulkindes war, so war er noch genauso niedlich wie damals. Kein Wunder, dass er ihrer Tochter auf Anhieb gefallen hatte. »Bist du etwa der David Knaup?«

Er nickte und reichte ihr mit einer Verbeugung die Hand. »Grüß Gott, Frau Dahlmann.« Gut erzogen dazu. Augenblicklich hatte er ihr Herz erobert, wie gleich nach seiner Geburt.

Luise war die Erste gewesen, die ihn im Arm halten durfte, was für sie, die zu Beginn ihrer Ehe ein Kind verloren hatte, ein unvergesslicher Moment gewesen war. Josie und David waren nur ein halbes Jahr auseinander. Ihre beiden Kinder wären miteinander aufgewachsen, zumindest hatten Helga und sie sich das vorgenommen, damals als sie noch beste Freundinnen gewesen waren. Aber dann hatte Helga sie mit Hans betrogen oder Hans sie mit Helga. Luise wusste nicht, wem sie glauben oder was sie überhaupt denken sollte. Schließlich führte kein Weg daran vorbei, Helga, auch wenn sie ihre Unschuld beteuerte, hinauszuwerfen. Ihren Mann bestrafte Luise eine Zeitlang mit Schweigen, aber irgendwann musste sie ihm verzeihen. Schließlich war sie schwanger. Und als Hans erfuhr, dass er Vater wurde, schien alles, was davor gewesen war, wie weggewischt, und das Glück vollkommen. Fortan trug er Luise auf Händen, sofern das mit einem Laden an der Backe und seiner Fünfundvierzigstundenwoche als Fernmeldetechniker bei der Münchner Post möglich war. Die Freude hielt an, als Josefine, drei Wochen früher als gedacht, am ersten Oktober 1954 auf die Welt gekommen war. Weiterhin versuchte Hans, ihr in seiner knapp bemessenen Freizeit jeden Handgriff abzunehmen, vertrat sie sogar im Geschäft, als sie oben im Wochenbett lag. Luise hingegen zählte die Stunden, bis sie selbst wieder hinter der Theke stehen konnte, so sehr sie ihre Tochter und auch die Ruhe genoss. Ständig musste sie ihrem Mann erklären, was er bei welcher Kundin zu beachten hatte oder wie er die Waren präsentieren und auszeichnen sollte und überhaupt, das hielt sie auch im Liegen auf Trab.

»Du bist hier im Haus geboren, in Josies Zimmer, da hat damals deine Mutter gewohnt.« Luise merkte, wie schwer es ihr fiel, das auszusprechen. Es fühlte sich an, als würde der

Schorf einer kaum verheilten Wunde erneut aufbrechen. Sofort bereute sie es, die Kinder in diese alten Geschichten hineinzuziehen. Das war eine Sache unter den Erwachsenen und sollte sie nicht belasten.

David nickte und starrte auf den Pfannkuchenberg. »Hast du Hunger?«

»Ein bisschen.« Kaum hatte sie ihm einen Pfannkuchen auf den Teller gelegt, saß er schon am Tisch, strich sich Marmelade darauf. »Wohnt ihr wieder in Starnberg?« Sie wollte den Jungen nicht aushorchen, aber neugierig war sie schon. Auch wenn sie keinen Kontakt miteinander gehabt hatten, so trugen ihr die Kunden noch eine Weile die Neuigkeiten zu. So wusste sie, dass Helga im Hotel Bayerischer Hof gearbeitet hatte, bevor sie und ihr Kind nach München gezogen waren. Luise nahm an, dass sie sich wieder mit ihren Eltern versöhnt hatte und nun von ihnen unterstützt wurde. Geldsorgen dürfte sie keine mehr haben.

»Wir sind erst gestern umgezogen, weil meine Mama im Seekrankenhaus arbeitet. Dafür habe ich jetzt ein eigenes Zimmer. Wir wohnen gleich neben der Schule, in einem Haus auf dem Berg.«

Luise staunte. »Arbeitet Helga wieder als Krankenschwester?«

David schüttelte den Kopf und streute sich Zimtzucker über das Essen. »Meine Mama ist eine Doktorin.«

»Wirklich?« Also hatte sich Helgas Traum erfüllt, und das in relativ kurzer Zeit, und obwohl sie Alleinerziehende war. Aber vielleicht gab es ja wieder einen Mann in ihrem Leben, und sie hatte sogar geheiratet? Aber dann hätte David sie vorhin bestimmt verbessert, als sie seinen Nachnamen genannt hatte.

»Darf ich noch einen?« Rechts das Messer, links die Gabel mit dem Stiel auf den Tisch gestützt, leckte er sich die Lippen und sah sie aus großen Augen an, bereit für mehr.

»Na klar.« Bevor er sich auf den nächsten Pfannkuchen stürzte, zog er den bunten Wollpullover aus, der selbstgemacht wirkte. Ob Helga als Ärztin noch Zeit hatte zu stricken? Das hatte ihr Luise beigebracht. »Oh, warte mal, du blutest am Ellenbogen.« Ihr fiel ein, dass Josie erzählt hatte, dass er sich geprügelt hatte. »Tut's sehr weh?«

»Geht schon.« Er schöpfte sich Apfelmus auf den Teller.

»Besser, ich mach dir ein Pflaster drauf«, sagte Luise.

»Wir haben welche mit Blumen oder Eisbären.« Josie lief zur Schublade, wo das Verbandszeug lag. Sie liebte Pflaster und malte sich manchmal mit rotem Filzstift eine Wunde auf die Haut, damit sie eine Packung anfangen durfte, wenn Luise wieder eine neue Lieferung erhielt. Zum Glück war ihrer Tochter bisher außer ein paar Schrammen beim Sturz vom Roller noch nichts passiert. Als Luise die Wunde mit Jod desinfizierte, biss sich David auf die Lippe und tat keinen Mucks. Der Bub war zäh. »Weiß deine Mutter Bescheid, dass du bei uns bist?«

»Ich hab meiner Mama einen Zettel geschrieben. Josie hat mir ganz genau beschrieben, wo sie wohnt. Den Berg runter, an der Ampel links, dann bei der Kirche vorbei und, schwupp, bis zum Laden vor.« Er aß weiter, nahm sich noch mal Apfelmus nach.

»Schwupp, genau.« Josie lachte. »Wollen wir Indianer spielen?«, fragte sie, kaum dass sich David den letzten Bissen in den Mund geschoben hatte. »Was willst du sein? Häuptling oder Cowboy?«

Er konnte nicht antworten, hatte noch den Mund voll, kaute und schluckte schwer. Josie zappelte um ihn herum. Dann hatte er schließlich aufgegessen und stand vom Stuhl auf. »Danke, Frau Dahlmann, hat sehr gut geschmeckt.«

»Du musst nicht Sie zu mir sagen, ich bin einfach die Luise oder die Tante Dalli, so sagen die meisten Kinder zu mir.«

»Komm.« Offenbar wollte ihre Tochter David für sich allein haben, sie zog ihn am Arm aus der Küche. Für Luise wurde es sowieso Zeit, die Butterkringel für den Nachmittag auszubacken.

»Und deine Hausaufgaben, Josie? Vorhin wolltest du die unbedingt gleich erledigen?«

»David hat doch seinen Schulranzen nicht dabei, ich mach sie später, wenn er abgeholt ist.« Schon waren sie fort.

Plötzlich dämmerte es Luise, was das bedeutete. »Wartet mal«, wollte sie ihnen hinterherrufen, besann sich, als sie Josie von draußen juchzen hörte. Luise räumte das Geschirr ins Spülbecken und sah den beiden eine Weile durchs Fenster zu, wie sie auf dem gepflasterten Weg vor der Garage auf Stelzen zu gehen versuchten, die Hans gebaut hatte. Eine Unruhe erfasste Luise. Nachher würde sie Helga nach all den Jahren wiedersehen. Wie sollte sie ihr begegnen? So tun, als ob nichts gewesen wäre? Nein. Sie behandeln wie eine Fremde? Schwierig. Ihr alles an den Kopf knallen, was bisher unausgesprochen geblieben war und sie seither beschäftigte? Doch wie die Worte dafür finden? Und auch, wozu? Sie wollte mit dieser Frau nichts mehr zu tun haben, nie mehr. Eigentlich hatte sie gedacht, sie könnte sie aus ihrem Leben streichen. Und jetzt das. Sie holte Luft und atmete aus. Noch immer war es ihr unbegreiflich, was Helga ihr angetan hatte. Dabei hatten sie einander vertraut, sich gegenseitig unterstützt und alles geteilt. Ausgenommen ihr Mann, dass der nicht zum Teilen gedacht gewesen war, hatte sie für selbstverständlich gehalten. Luise knetete den Teig, spülte die Hände ab und stellte Butterschmalz auf den Herd. Wie würde das Wiedersehen verlaufen? Würde sie Helga anschreien, ihre Wut rauslassen und ihr all das sagen, was sie seit Jahren mal mehr, mal weniger stark in sich gewälzt hatte, trotz aller Versuche, es zu verdrängen? Allein der Gedanke an die Wiederbegegnung beschleunigte ihren Puls. Am liebsten würde Luise ihr aus dem Weg gehen, aber wie? Sollte sie David einfach früher nach Hause schicken? Sie könnte es sich nie verzeihen, wenn dem Kind beim Überqueren der Hauptstraße etwas geschah. Andererseits war er bereits allein hergelaufen. Doch wie sollte sie es Josie erklären? Außerdem, jetzt, da Helga erneut in Starnberg wohnte, würden sie sich so oder so über den Weg laufen. Bei ihr einkaufen würde sie vermutlich nicht, aber ihre Kinder sahen sich Tag für Tag in der Schule. Besser Luise brachte es gleich hinter sich. Das Fett zischte und spritzte im Topf, als sie die ersten Kringel hineingleiten ließ. Vor lauter Überlegungen hatte sie es zu heiß werden lassen, nun musste sie aufpassen, dass ihr das Gebäck nicht verbrannte. Das war es doch nicht wert. Sie seufzte, versuchte, sich auf ihre Arbeit zu konzentrieren. Ändern konnte sie jetzt sowieso nichts mehr.

MARIE

Morgens um halb sieben war oft die einzige Zeit des Tages, die sie für sich allein hatten. Tante Polli schlief noch, die zwei größeren Kinder auch, und Manni war bereits draußen mit dem Federvieh beschäftigt. Nachdem sie um fünf Uhr aufgestanden waren, ging Martin in den Stall, um zu melken und danach die Schaf- und Ziegenherde auf die Weide zu treiben. Marie filterte die Ziegenmilch, die sie zum Käsen brauchten, heizte ein und spülte das Geschirr und wickelte Linda, die sich komplett eingenässt hatte. Eigentlich hatte Marie gehofft, dass ihre jüngste Tochter danach einschlafen würde, doch sie wirkte hellwach, brabbelte laut vor sich hin.

»Psst. Sei leise, du weckst sonst Alma und Konrad auf.«

»Lala, Kona?« Sie plapperte die Namen ihrer Geschwister nach, die nebenan schliefen. Linda lernte viel früher sprechen als die anderen. »Mamamam«, krähte sie nach einer Weile. Was wohl Mama und Manni gemischt war. Und dann noch lauter »Mamamam«. Sie fing zu weinen an. Marie griff sich an die Brust, die spannte. Letzte Woche hatte sie erst abgestillt, ein Kampf für sie beide, der noch nicht ausgefochten war.

»Hast du Hunger, soll ich dir ein Fläschchen machen?«, flüsterte sie, küsste Linda die Tränen weg und hob sie auf den Arm. In der Küche zerdrückte sie eine Banane und rührte sie in das Fläschchen mit angewärmter Ziegenmilch. An den Kinderstuhl geschnallt, damit sie sitzen blieb, nuckelte Linda zufrieden, drehte an ihren Flaumhaaren. Dabei gab sie knurrende

Geräusche von sich, als wollte sie Zille nachahmen. Marie hatte den einäugigen Kater durchs Fenster hereingelassen. Nach einem Schälchen Ziegenmilch und seinem Trockenfutter hatte er sich schnurrend auf der Eckbank eingerollt.

»Papap«, begrüßte Linda Martin, als er hereinkam.

»Guten Morgen, ihr zwei.« Er küsste seine Tochter und gab auch Marie einen Kuss, setzte sich an den Tisch, um sich den Berg Brote für die Waldarbeit zu schmieren. Marie sah ihm zu, trank ihren Tee und genoss es, Martin noch mal nahe zu sein, bevor er das Haus verließ. Sie würde später mit den Kindern und der Tante frühstücken.

Nachdem sie sich endlich gefunden und geheiratet hatten, war es ihnen beiden schwergefallen, sich tagsüber wieder zu trennen. Eigentlich hatten sie sich ein gemeinsames Leben rund um die Uhr vorgestellt, aber das Geld aus der Landwirtschaft reichte nur knapp, um die immer größer werdende Familie zu ernähren. Die Preise für ihre Erzeugnisse schwankten und fielen durch die Öffnung des Weltmarktes eher. Martins regelmäßiges Einkommen als Holzfäller und Landschaftspfleger entlastete sie, so dass sie den Kindern Schuhe kaufen oder ihnen einen Herzenswunsch zum Geburtstag erfüllen konnten. Allerdings blieb nun die meiste Arbeit auf dem Hof an Marie hängen. Nach Feierabend versuchte Martin, noch so viel wie möglich zu übernehmen, er wischte die Böden oder räumte die Küche auf, da Marie einfach nicht hinterherkam. Längst sah das Haus nicht mehr so sauber und ordentlich aus wie damals, als sie sich kennenlernten und Marie kaum glauben konnte, dass der Brandstetterhof ein reiner Männerhaushalt war. Dass sie einmal durch und durch Bäuerin, noch dazu mit drei Kindern, sein würde, hatte sie sich nie vorgestellt. Vor dem Krieg, in ihrer schlesischen Heimat, hatte sie davon geträumt, eines Tages ein Gestüt zu leiten oder eine berühmte Malerin zu werden und in Paris zu leben. Als privilegierte Tochter eines Gutsbesitzers hatte sie nie daran gedacht, die Erde, die sie ernährte, selbst zu bestellen.

»Hast du gut geschlafen?«, fragte Martin, quetschte den Stapel Butterbrote, die er dick mit selbstgemachtem Ziegenkäse und Zwiebelscheiben belegt hatte, in seine Blechdose und verschloss sie mit einem Einweckgummi.

Bis in den Schlaf des anderen drang man also doch nicht vor, dachte Marie, auch wenn man als Paar Nacht für Nacht nebeneinanderlag. »Schon, ja, ich glaube«, antwortete sie reichlich vage. Seit sie Linda abgestillt hatte, schlief sie wieder besser, dämmerte zumindest weg, bis die Kleine ein Fläschchen verlangte. »Und du? Was geht dir im Kopf rum?« Es war mühsam, den anderen um diese Uhrzeit zum Sprechen zu bringen, zugleich gehörte es zu ihrer Zweisamkeit dazu.

»Dass ich mich mit dir am liebsten wieder im warmen Bett verkriechen würde.« Über Linda und den Kater hinweg küsste er sie erneut und umfasste ihre Taille.

»Schade«, sagte Marie, als er sich wieder von ihr löste und in sein Marmeladenbrot biss.

»Was ist schade?« Er rührte sich Honig in den Tee.

»Schade, dass wir uns nicht noch mal hinlegen und ein bisschen kuscheln können.« Sie gähnte. »Allerdings ist es auch gut. Ich möchte nicht sofort wieder schwanger werden.«

Er grinste sie an. »So gesehen hat die Waldarbeit nur Vorteile. Wer weiß, wie viele Kinder wir hätten, wenn ich die ganze Zeit in deiner Nähe wäre.« In dieser Angelegenheit war ihr nicht zum Lachen zumute und auch Martin wurde wieder ernst. Manchmal fühlte sie sich körperlich so ausgelaugt, dass sie kaum noch gerade stehen konnte. Dann betrachtete sie ihre drei Wunder, die ihnen beiden so ähnelten. Zugleich waren sie ganz eigenständige Menschen. Alma, mit fünf die Älteste, war dunkelhaarig wie ihr Vater und hatte ein herzförmiges Gesichtchen. Ihr Bruder Konrad trug die hellblonden Locken genauso schulterlang wie seine große Schwester und weigerte sich partout, sie sich abschneiden zu lassen. Dass viele dachten, er wäre ein Mädchen, schien den Vierjährigen nicht zu stören. Auf ihn war Linda gefolgt, die gerade zwei geworden war und Maries Sommersprossen geerbt hatte. Sie fiel fast auf die Welt, so leicht war die Geburt im Vergleich zu den beiden anderen gewesen. Dass sie bereits wieder schwanger war, obwohl sie Konrad noch stillte, begriff Marie erst, als Linda in ihr strampelte und sich bemerkbar machte.

»Wie lief's in der Arbeit?«, fragte sie. Am Vorabend hatten sie nicht die Zeit gefunden, sich von ihrem Tag zu erzählen.

»Das wollte ich mit dir besprechen. Der Bulldog des Forstbetriebs ist mitten im Wald stecken geblieben. Da hat man schon so ein Wahnsinnsfahrzeug, das die dicksten Stämme ziehen kann wie nichts, aber dann kommen eine Wurzel und eine Mulde, und zack, geht es keinen Millimeter vorwärts noch rückwärts.« Bulldog für Traktor, an diesen Ausdruck hatte sich Marie erst gewöhnen müssen. »Deshalb würde ich heute Fido nehmen«, ergänzte er. Normalerweise radelte Martin die acht Kilometer in die Arbeit. Gelegentlich fuhr er auch mit einem Kollegen mit, der ein Motorrad besaß. Fido war ein schon betagtes, aber immer noch leistungsfähiges Kaltblut. Brav zog er alle Gerätschaften, die sie auf dem Feld brauchten, oder auch den Einspänner, wenn Marie zum Einkaufen oder mit den Kindern zum Arzt musste. Im Gegensatz zu den anderen Bauern der Gegend besaßen sie keinen Traktor und auch kein Auto, setzten auf Pferdestärke und Handarbeit.

»Aber ich wollte doch heute aussäen.« Bereits gestern hatte Marie das Saatbeet vorbereitet und das Getreidefeld geeggt. »Wie soll das ohne Fido gehen?« Sie hatten zwar noch Wolke, aber die war nicht als Zugpferd geeignet.

»Am besten du fragst drüben, ob sie dir ein Pferd leihen«, schlug er vor. Gleich gegenüber von ihrem Hof stand das Schloss der Wittelsbacher, wo bis kurz nach ihrer Hochzeit der letzte bayerische Kronprinz gelebt hatte. Schon immer waren die Brandstetters mit der Königsfamilie in freundschaftlicher Nachbarschaft verbunden gewesen und durften sich die Geräte ausleihen, die sie selbst nicht besaßen. Die Heuma zum Schwaden, den Kartoffelroder oder auch die große Sämaschine. Die Pferdezucht der Leutstettener, wegen der Marie seinerzeit in das Dorf gekommen war, um sich bei Rupprecht von Bayern als Bereiterin zu bewerben, hatten seine Erben nach Ungarn verlagert. Nur Wolke, die Martin ihr zur Hochzeit geschenkt hatte, war das letzte Zeugnis, dass es diese besondere Rasse einst in Deutschland gegeben hatte. Mit Hingabe hatte Marie die zarte braune Stute in den letzten Jahren ausgebildet, und auch ihre Kinder vertrauten ihr wie einem Spielkameraden. Alle drei konnten reiten, bevor sie laufen lernten.

»Die zwei letzten Zugpferde hat sich der Schmelter ausgeliehen, habe ich gestern mitbekommen, als er unser Bier gebracht hat. Eins von seinen hat Koliken, und das andere lahmt. Er schafft sich jetzt auch einen Lastwagen an für die Brauerei, hat er gesagt. Nur für den einen Auftritt beim Oktoberfestumzug lohnen sich die Pferde in der Haltung nicht mehr.« Marie bedauerte das. In der Gegend gab es kaum noch Pferde, wer es sich leisten konnte, stellte auf Fahrzeuge um. Als lebendiges Wesen war ein Pferd nur ein paar Stunden am Stück einsatzfähig, ein Traktor hielt dagegen rund um die Uhr durch, vorausgesetzt er blieb nicht im Wald stecken oder der Diesel ging aus. Dabei war Leutstetten einst als Dorf der Pferde weit über den Landkreis Starnberg hinaus bekannt gewesen.

»Dann kannst du leider erst morgen aussäen.« Martin schaute aus dem Fenster in den beginnenden Tag. »Das Wetter hält hoffentlich noch, ich brauche Fido, nicht nur um den Bulldog rauszuziehen, sondern auch um den Windbruch der letzten Woche von den Wegen zu räumen.« Er stand auf, trank den restlichen Tee im Stehen aus und küsste sie noch mal. »Vielleicht kannst du stattdessen einfach mal die Beine hochlegen und dich ausruhen, wie wäre das?« Er füllte die Feldflasche am Wasserhahn auf und packte seine Brotzeit in den Rucksack, legte noch zwei schrumpelige Äpfel vom letzten Jahr dazu, die sie über den Winter im Erdkeller gelagert hatten.

»Ich versuch's«, sagte sie, wusste aber im selben Moment, dass sie wahrscheinlich keine Gelegenheit dazu haben würde. Fiel eine Arbeit aus, drängte sich die nächste auf. Und so war es dann auch. Kaum hatte Martin Fido gesattelt und war zum Treffpunkt der Parkverwaltung geritten, begann Maries Einsatz.

»Mama, Mama, komm schnell, da Kone hat gespiem!«, rief Alma. Mit Linda auf dem Arm rannte Marie die Treppe ins Kinderzimmer hoch. Konrad lag kreidebleich im oberen Stockbett, umgeben von einer Pfütze aus Erbrochenem. Alma hatte ebenfalls einiges abbekommen, weil sie unter ihm schlief.

Marie setzte Linda ab, stieg auf die Leiter und half Konrad über das Geländer. »Ist dir auch schlecht?«, fragte sie Alma. Hoffentlich hatten die Kinder keine Sucht, wie Tante Polli ansteckende Krankheiten zusammenfasste. Das fehlte ihr gerade noch.

»Naa, es ist nur so greißlich und g'stinkert.« Alma fasste sich in die Haare, die ganz verklebt waren, und auch das Bettzeug war durchweicht. Obwohl Marie die meiste Zeit des Tages mit ihren Kindern verbrachte, redeten sie breitestes Bayerisch wie alle im Dorf. Nur ihr gegenüber bemühten sie sich um Hochdeutsch, besonders dann, wenn sie etwas wollten.

»Wir reden halt so, wie wir red'n, und dann können wir auch noch Mama-Englisch«, hatte Alma erklärt, als sie begriff, dass es mehrere Sprachen auf der Welt gab. Kaum hatte Marie Konrad heruntergehoben, übergab er sich erneut. Linda, zu ihren Füßen, patschte in dem Erbrochenen herum. Es half nichts, Marie musste nicht nur den Ofen für Warmwasser heizen, sich selbst umziehen, die Kinder baden und ihnen die Haare waschen, sondern auch die Betten neu beziehen. Danach erwartete sie ein Berg an Wäsche, die sie aufkochen, ziehen lassen und die dann möglichst schnell trocknen sollte, damit die Kinder wieder etwas zum Anziehen hatten. Sie überlegte, ob Konrad am Vortag etwas Falsches oder zu viel gegessen hatte. Es hatte Grießbrei gegeben, daran konnte doch nichts Schlechtes gewesen sein. Alle anderen hatten es auch vertragen. Er wirkte noch blass, aber Fieber hatte er offenbar keines. Bei der Wasserschlacht, die er und Alma am Boden der eingebauten Dusche unter der Treppe veranstalteten, wo sie die Kinder immer wusch, war ihm nichts mehr anzumerken. Als sie gekämmt und eingecremt beim Frühstück saßen, wie normalerweise nur am Samstagabend, war es schon nach neun. Manni hatte inzwischen alleine gegessen. Das halbe Brot war weg, und auf dem Tisch stand die Flasche Obstler, die räumte Marie zurück auf den Schrank. Davon trank ihr Schwager zum Glück nicht selbst, ihm schmeckte Alkohol nicht. Bot jemand ihm ein Bier oder ein Glas Wein an, schüttelte er sich, als wollte man ihn vergiften. Den Schnaps brauchte er für die Gans, damit sie auf den Bruteiern hocken blieb. Das war eines von Tante Pollis

Hausmitteln und hatte Manni, der schon fast verzweifelt war, weil es mit dem gefiederten Nachwuchs nicht klappte, überzeugt. So träufelte er Nana, wie er die Gans nannte, ein paar Tropfen in den Getreidebruch. Mit leisem Geschnatter oder vor sich hindösend hielt sie so die langwierige Sitzerei besser durch. Danach musste Manni bloß noch Jona, den Ganter beschäftigen, der scheuchte sonst seine Lebensgefährtin wieder auf. »Joonaa«, hörte man ihn ständig rufen, weil so der Ganter hieß und Manni nur Jo und Naa sagen konnte. Meist folgte ihm Jona wie ein Hund. Nachmittags durfte auch Nana, die Gans, das Gelege verlassen. Dann spazierte Manni mit dem Paar zur Würm, wo Nana Gras zupfte und ihr Erholungsbad nahm. Mit nasswarmem Bauch setzte sie sich anschließend wieder in ihr Strohnest, was genau die feuchtwarmen Bedingungen waren, die die Gössel brauchten, um zu schlüpfen.

Konrad schlang die Honigbrote in sich rein, Marie kam kaum mit dem Streichen hinterher. »Iss langsam, sonst wird dir gleich wieder schlecht.«

Sofort kaute er, den Blondschopf auf die Hand gestützt, überdeutlich langsam. Alma ahmte ihren kleinen Bruder nach, und Linda machte mit. Ein Wettstreit in Zeitlupe begann. Erst lag Alma vorne, dann wieder Konrad, der sich nach hinten lehnte, an die Decke starrte und mit offenem Mund beim Kauen fast einzuschlafen schien. Marie atmete auf, wenigstens hatte sie jetzt ein paar Minuten Ruhe, um selbst etwas zu essen. Sie schmierte sich ein Brot und überflog die Schlagzeilen im *Land- und Seeboten*. Sie kriegte sonst kaum noch etwas mit von der Welt. Die Hälfte des Volkseinkommens wandert über die Ladentische, lautete eine Schlagzeile. Na, das wird Luise freuen, dachte Marie. Und es drohte wieder ein Fischsterben in der

Würm, die man in Pasing umleiten wollte. Marie blätterte zur Kulturseite und wollte sich gerade in einen Bericht über den Unterschied zwischen Impressionismus und Expressionismus vertiefen, da klapperte Tante Polli herein.

»Kinder, habt ihr mir meine Zähn' versteckt?« Bereits in der Kittelschürze, stemmte sie die knochigen Hände in die Hüften. Die Kinder verneinten einstimmig. Seit bald fünf Jahren lebte die Schwester ihres verstorbenen Schwiegervaters bei ihnen. Ähnlich wie Marie, die auch nur mit einem Koffer in Leutstetten gestrandet war, hatte sie eines Tages mit einem Rucksack und einer Hutschachtel vor der Tür gestanden. Marie, die gerade zum zweiten Mal schwanger gewesen war, ließ sie ein und bewirtete sie. Von Alma und Manni umringt, saß Polli schluchzend am Küchentisch und schielte immer wieder zum Herrgottswinkel über der Eckbank, wo nur ein Nagel in der Wand, aber kein Kreuz mehr hing. Das hatte Martin längst abgehängt. Obwohl ihr dieser gottlose Haushalt nicht ganz so behagte, bat sie um Obdach. Martin gewährte es ihr, aber Marie spürte seinen Widerwillen. »Sag mal, was hast du gegen deine Tante?«, fragte sie ihn, als sie allein im Stall waren. Während sie Bätzi mit der Flasche fütterte, ein Lamm, dessen Mutter gestorben war, melkte Martin die Leitziege. Dass Polli eigen war, war unbestritten, aber wer in der Familie war das nicht? Er führte Veilchen zurück zu den anderen. An der Abtrennung wartete Dotter, die gehörnte Bünder Strahlenziege, und sprang von selbst auf den Melkstand. »Das ist so eine alte Gschicht.« Er winkte ab.

»Alte Geschichten mag ich besonders gerne.« Marie hatte Mühe, dass Bätzi ihr die Flasche nicht aus den Händen riss, so gierig trank das Lamm. Martin setzte sich wieder auf den Schemel. »Bitte erzähl«, forderte sie ihren Mann auf.

»Ach, die Polli mit ihren Bauernregeln, die stehen bei ihr gleich nach den Zehn Geboten und müssen auf Teufel komm raus eingehalten werden. Man weint nicht um einen haarigen Fuß, hat sie zum Beispiel mal gesagt.«

»Das versteh ich nicht. Mag sie etwa keine behaarten Männer?«

Er lachte. »Das bedeutet, dass man nicht um ein Tier weinen darf. Als sie das zu mir gesagt hat, waren gerade meine beiden ersten Schafe eingegangen. Die ganze Nacht habe ich bei ihnen gewacht, Rotz und Wasser geheult, bis sie endlich erlöst waren. Elendig krepiert sind sie, es war schrecklich. Ich weiß noch, dass mein Vater Geburtstag hatte und die Tante zu Besuch war. Anscheinend hatte sie jemand geschickt, um nachzuschauen, wo ich blieb. Alles, was ihr einfiel, war dieser saudumme Spruch. Dabei wollte ich mir mit Wastl und Myrta eine Schafzucht aufbauen.«

»Aber das hast du doch trotzdem geschafft.« Sie umarmte und küsste ihn.

Seither half Polli, wo sie konnte, kümmerte sich um die Kinder, wenn Marie auf dem Feld arbeitete, stopfte die Socken, die ständig löchrig waren, oder strickte neue, wenn's gar nicht mehr anders ging. Kurz, sie unterstützte Marie bei allem, was anfiel. Allerdings wurde sie in letzter Zeit zunehmend gebrechlicher, so dass ihr Marie weniger zumutete. Und auch ihr Gedächtnis ließ nach. Marie hatte sich bereits gewundert, wo sie blieb, bisher aber noch keine Zeit gehabt, nach ihr zu sehen. Normalerweise stand die Tante um sieben auf. Wenn Martin aus dem Haus war und Marie im ersten Stock mit Aufräumen und Aufbetten beschäftigt war, hörte sie sie für gewöhnlich unten rumoren. »Seid ehrlich, Alma und Kone, habt ihr das

Gebiss versteckt?« Linda traute sie so etwas noch nicht zu. »Polli kann doch sonst nichts essen.« Sie schüttelten weiterhin den Kopf. Marie glaubte ihnen, auch wenn Alma verdächtig oft blinzelte. Falls sie es wirklich nicht waren, hatte sie sie hoffentlich jetzt nicht auf Ideen gebracht.

»Na gut, ihr bleibt sitzen und esst fertig. Ich helfe der Tante suchen.« Sie wandte sich an Polli. »Hast du schon im Bad und im Stall geschaut?«

»Ja, ja, jeden Halm habe ich umgedreht.« Die Tante schlief in der ehemaligen Tagelöhnerkammer im Erdgeschoss, so hatten sie den ersten Stock für sich. Dafür hatte es Polli näher zum Thronsaal, der Toilette, die gleich hinter der Tür zum Stall lag. Dennoch roch sie stets ein wenig streng. Alma weigerte sich, neben ihr zu sitzen. Konrad, der als Bub sowieso Pollis Liebling war, machte der Geruch offenbar noch nichts aus. Auch das ständige Abbusseln und Knuddeln von seiten der Tante ertrug er tapfer. Als Erstes scheuchte Marie Zille auf, suchte unter dem Zeitungsstapel und zwischen den Pflanzen auf dem Fensterbrett. In Pollis Zimmer rückte sie das Nachtkästchen vor und hob das Bettzeug auf. Außer dem Gebetbuch und einem zerdrückten Kräuterbüschel fand sie nichts. Das musste ein Rest von Mariä Himmelfahrt sein. »Warum liegt das hier?« Jedes Mal, wenn ein Unwetter nahte, verbrannte Polli von dem geweihten Trockenstrauß ein Zweiglein im Ofen. Angeblich hielt es den Blitzschlag ab, aber dass sie die Kräuter sogar unterm Kopfkissen verwahrte, war Marie neu. »Hast du solche Angst vor Gewittern?«

»Naa, auch wenn du nie weißt, wann der Herrgott dich abberuft.« Sie verschränkte die Arme vor ihrer ausgemergelten Brust und tat verlegen.

»Für was ist es dann?«

»Das geht dich nichts an«, entschied Polli und schwieg. Marie schmunzelte in sich hinein, sie ahnte, was es damit auf sich hatte. In ihrer Hochzeitsnacht hatte unter ihrem Kissen genau so ein Büschel aus sieben Kräutern gelegen. Ein uralter Liebes- und Fruchtbarkeitsbrauch, der famos geklappt hatte. Drei Kinder in den letzten sechs Jahren, wenn sie nicht so lange stillen würde, wären es bestimmt noch mehr. Sie konnte verstehen, dass Polli die Hoffnung nicht aufgab, im Alter von neunundsechzig zwar keine Kinder, aber doch noch einen Liebsten zu bekommen.

»Wann hast du denn dein Gebiss zuletzt dringehabt?«, fragte sie, bevor sie als Nächstes die Matratze lupfte und die restliche Kammer umkrempelte.

Die Tante überlegte und griff sich an den Mund. »Da sind sie ja. Mei, i hab sie heut Nacht gar nicht rausgetan.«

Marie seufzte, das hätte ihr eigentlich auch auffallen können, aber die Zähne der Tante saßen so locker, dass sie meistens nuschelte. »Wunderbar, dann kannst du jetzt mit uns frühstücken.«

»Ja, hast du schon einen Kaffee fertig?« Die Tante dackelte hinter Marie her, zurück in die Küche.

»Nein, aber den mach ich dir.« Vielleicht kriegte sie danach auch mal einen Bissen in den Magen, schließlich war sie seit vier Stunden auf den Beinen. Als Polli zufrieden ihren Milchkaffee schlürfte und ab und zu ihren Goldprinzen Konrad tätschelte, der an ihrer Seite saß und mit seinen Blechautos spielte, klopfte es. Die Haustür war nur in der Nacht verschlossen, jeder Besucher trat einfach in den Flur und kam bis zur Küchentür.

»Grüß euch miteinander.« Hans trat ein. Die Kinder, die am Tisch sowieso zappelig geworden waren, sprangen auf, liefen zu ihm und umringten ihn. Sie liebten ihren Onkel Dalli. Meistens brachte er Josie mit, die es sichtlich genoss, ihre jüngeren Cousinen und den Cousin anzuführen. Aber um diese Uhrzeit hatte sie Schule, und Hans war allein. Seit er den Pritschenwagen von Elektro Pappeck fuhr und überall im Landkreis Fernseher montierte, machte er öfter einen Abstecher nach Leutstetten und nahm auf dem Rückweg Eier, Milch und Käse und die anderen Erzeugnisse ihres Hofes für Luises Laden mit. Früher hatte Marie mit dem Einspänner nach Starnberg geliefert, aber nun war sie froh, dass ihr diese Fahrten erspart blieben. Leider hatte sie damit auch die Beschriftung des Schaufensters und die Postkartenmalerei aufgegeben. Beides hatte Luise großzügig entlohnt, und Marie hatte es Spaß gemacht. Abgesehen vom eigenen Einkommen vermisste sie es manchmal, etwas Künstlerisches zu erschaffen und dafür Anerkennung zu erhalten. Luise traf sie hauptsächlich bei Familienfeiern, wo stets Trubel herrschte. So kamen sie selten zum Reden, und Marie fehlten die persönlichen Gespräche aus der Zeit, als sie noch neu in Leutstetten war.

»Magst du eine Tasse Kaffee?« Sie stand auf und holte Hans eine geblümte Tasse aus dem Schrank, fand eine mit möglichst wenig Sprüngen und intaktem Henkel. »Du bist aber heute früh dran, die Milch kannst du mitnehmen, aber den Käse habe ich noch nicht fertig.«

»Das pressiert nicht, ich bin wegen was anderem hier. Dazu bräuchte ich den Manni, allein schaff ich es nicht, das Schmuckstück vom Wagen zu heben.«

»Hoffentlich kein Fernseher, Hans, den können wir uns nicht leisten, das weißt du doch.« Schon oft hatte er sie dazu überreden wollen, bei Pappeck gäbe es auch Vorgängermodelle zum Sonderpreis. Aber Martin hielt nichts von einem Flimmerkasten. Fußballübertragungen schaute er lieber gemeinsam mit seinen Spezln in der Kneipe als zu Hause, wo man auf dem Sofa doch nur einschlief. Marie hätte es schon gefallen, ab und zu abends einen Film oder das heitere Beruferaten *Was bin ich?* anzuschauen. Davon hatte Luise geschwärmt. Oder auch die Kinder für eine Stunde am Tag beschäftigt zu wissen, wäre praktisch. Doch dafür war so ein Gerät noch immer zu teuer, trotz vielversprechender Rabatte.

Hans grinste nur und winkte sie nach draußen. Neugierig folgten sie ihm alle. Wie ein Zauberer machte er ausladende Gesten, zog die Plane von der Ladefläche und präsentierte ihnen, »Tata!«, eine Waschmaschine. »Geschenkt, von einer Kundin, ich habe sie generalüberholt, jetzt läuft sie wieder. Ich dachte mir, also eigentlich war es Luises Idee, du könntest sie vielleicht gebrauchen.«

Marie war hellauf begeistert. »Dich schickt der Himmel. An Tagen wie heute weiß ich nicht mehr, wohin mit der ganzen Wäsche. Aber …« Sie zögerte. »Ist so ein Gerät nicht schwer zu bedienen?«

»Ach, überhaupt nicht, ich erklär's dir gleich. Habt ihr Strom in der Waschküche?« Marie nickte. Eine Schleuder, die ordentlich auf dem Boden tanzte, besaß sie schon. Sie schickte Alma los, um Manni zu holen. Und kurz darauf versuchten die beiden Männer, das schwere Gerät vom Wagen zu heben. Erst rührte es sich keinen Zentimeter. Ihnen standen schon die Schweißperlen auf der Stirn. »Los, noch mal, eins, zwei, drei«, kommandierte Hans, und Manni stöhnte wie ein Gewichtheber. Nichts. Marie wollte schon mit anpacken, doch Hans hielt sie zurück. »Das wäre doch gelacht. Die hab ich gestern mit meinem Kollegen auch mir nichts, dir nichts raufgehoben. So ein Mist, es ist, als ob irgendein Lausbub über Nacht Blei reingetan hätte. Ach, Moment, jetzt fällt's mir ein.« Er öffnete die Trommel und zog einen Eisenhammer, eine Rohrzange, einen Bolzenschneider, eine Säge, und zuletzt eine Kabeltrommel, quasi eine Trommel in der Trommel, heraus. »Das Werkzeug hab ich ganz vergessen, wusste vor lauter Fernsehern nicht, wohin damit. So, jetzt aber.« Nun schien sie deutlich leichter geworden zu sein. Mit aller Kraft stemmten sie die Maschine hoch und wuchteten sie herab, dabei glitt sie ihnen aus.

»Weg!« In letzter Sekunde schubste Marie die Kinder und die Tante zur Seite. Scheppernd fiel die Waschmaschine auf den Kies und wippte nach.

»Ogottogott!« Tante Polli bekreuzigte sich.

»Jetzt ist sie endgültig hin, oder?« Marie hatte sich wohl zu früh gefreut.

»Iwo, die kleine Delle bringt doch so eine Maschine nicht um.« Hans nahm es gelassen. So klein sah die Delle aber gar nicht aus, ein Knick an der Ecke, insgesamt wirkte sie schief, doch er gab nicht auf, klopfte mit dem Hammer ein bisschen darauf herum. Eine halbe Stunde später stand sie nicht nur in der Futterkammer neben dem großen Kessel, den Marie bisher zum Waschen benutzt hatte, sie lief schon mit der ersten Ladung Windeln. Die Bedienung war tatsächlich leicht, ein paar Knöpfe neben dem Fach für das Waschmittel, das Hans ihr aus Luises Laden mitgebracht hatte. Die Trommel musste man nach dem letzten Spülgang öffnen und die nasse Wäsche in die Trockenschleuder umladen, das war Marie gewohnt. Alma und Konrad schleppten die kleine Holzbank vor die Waschmaschine, setzten sich davor und schauten mit schräg gelegtem Kopf in die Trommel, die sich erst auf die eine Seite, dann zur anderen drehte und Schwung holte, bis sie im Kreis rotierte und dabei ein Quieken von sich gab. »Oh, sie hat doch mehr abgekriegt«, sagte Hans und fing die Waschpulverschachtel auf, als sie von der Ablage rutschte. »Da kann ich so viel ausbeulen, wie ich will. Aber erst mal wird's gehen. Ich schau sie mir ein andermal an, wenn sie leer ist.«

»Das kann dauern«, erwiderte Marie. »Ich glaube, die ist ab jetzt ständig im Einsatz.«

»Sollte sie den Geist aufgeben, melde dich.« Hans zündete sich eine Zigarette an. Jetzt setzte sich Tante Polli mit ihrem Sockenstrickzeug auch vor die Maschine. Er lachte. »Schade, dass ich meine Kamera nicht dabeihabe, das wäre eine Aufnahme wert.«

Oder eine Skizze, dachte Marie, sie prägte sich den Anblick ein, vielleicht würde sie nachher dazu kommen, es zu zeichnen. Immer, wenn sie die geschwungene Schrift mit dem Fernsehmännchen auf dem Pritschenwagen sah, freute sie sich. Das Pappeckmännchen mit der Antenne auf dem Kopf hatte sie damals entworfen. Es zierte nicht nur das Fahrzeug, sondern auch das Schild des Ladens in Starnberg und die Anzeigen in der Zeitung. Auf diese Weise hatte sich Marie ein bisschen »Schmugeld« verdient, wie Polli das bezeichnete, was man sich für sich selbst abzwacken durfte.

Als Manni Jona an der Leine hereinführte und in die Maschine spähte, kribbelte es Marie richtig in den Fingern.

Wenn das ein Buch wäre, hätte sie jetzt die perfekte Idee für eine Illustration, dachte sie. Den Titel und die Geschichte dazu musste sie sich noch überlegen oder Martin fragen, er war der weltbeste Geschichtenerfinder. »So, Hans, was kann ich dir anbieten? Komm mit in die Küche, hier sind ja alle Plätze belegt.« Marie lachte ebenfalls und ging nach draußen.

»Nichts, wie gesagt, ist geschenkt.« Er stellte sich zu ihr in den Flur. »Und ich muss auch gleich weiter.«

»Dann also herzlichen Dank.« Sie strahlte ihn an. »Du weißt nicht, welche Freude du mir gemacht hast.« Sie atmete auf und konnte es nicht glauben. Kein Einweichen und Auskochen mehr, kein Wringen und Rubbeln oder stundenlanges Stehen in den Dämpfen. »Und ich bin dir wirklich nichts schuldig?« Erst wollte sie ihm bloß die Hand schütteln, aber dann umarmte sie ihn einfach. Er warf den Glimmstängel weg, drückte sie an sich, strich ihr über den Rücken und griff ihr an den Po. Seine Lippen berührten ihren Hals, wanderten über ihr Kinn und wollten sie auf den Mund küssen. Erschrocken versuchte Marie, ihn von sich zu schieben, doch er hielt sie fest umklammert. »Nicht! Was soll das!« Endlich ließ er los, drehte sich weg und ging zum Wagen. Dann fuhr er mit Karacho vom Hof. *Wir bringen die Welt zu Ihnen nach Hause*, stand in Maries Schönschrift auf der Beifahrertür. Sobald Hans hinter der Kurve verschwunden war, erstarrte sie. Eiserne Klauen schlossen sich um ihr Herz. Nie wieder wollte sie so etwas zulassen, hatte sie damals beschlossen, um überhaupt weiterleben zu können. Und jetzt war es passiert. Aber stimmte das überhaupt? Sie hatte Hans schon oft umarmt, an Silvester oder wenn sie ihm zum Geburtstag gratulierte, und noch nie hatte er auf diese Weise reagiert. Sollte sie Martin davon erzählen? Der reagierte sowieso überempfindlich, wenn er erfuhr, dass Hans schnell mal zwischendurch einen tropfenden Hahn reparierte oder ein Loch im Fahrradschlauch flickte. Dinge, die dringend gemacht gehörten, die ihr Mann am Wochenende aber oft nicht mehr schaffte, so sehr er sich bemühte. Vermutlich würde Hans sowieso alles abstreiten, behaupten, Marie hätte es sich eingebildet oder, schlimmer noch, sie hätte sich insgeheim etwas gewünscht, sich in etwas reingesteigert. Und wie stünde sie dann da? Nein, besser sie schwieg, im Verhältnis zu dem, was ihr kurz nach der Vertreibung aus ihrer Heimat angetan worden war, war das eine Lappalie, nicht der Rede wert. Sie wandte sich wieder der Brandstetterfamilie zu, ihren Liebsten, denen sie voll und ganz vertraute, und wischte sich übers Gesicht. Bloß nicht weinen, sie musste gleich die Wäsche aus der mistigen Maschine hieven, die viel zu teuer bezahlt worden war.

HELGA

»Steh bitte auf, David, wir haben verschlafen.« An diesem Morgen strich Helga ihrem Sohn über den Rücken und weckte ihn mit einem Kuss. »Ich habe vergessen, den Wecker zu stellen, tut mir leid. Wasch dich und zieh dich bitte schnell an, wir müssen uns beeilen.«

Mit halbgeschlossenen Augen erhob er sich, schlüpfte aus seinem Schlafanzug und tappte in Unterwäsche ins Bad. »Wo ist meine Zahnbürste, Mama?« Helga wühlte in einer Umzugskiste, die mit allem Möglichen beschriftet war, das meiste durchgestrichen, da bereits einige Leute die Kiste benutzt hatten. Den Waschbeutel fand sie nicht, dafür Handtücher, darin waren die Kaffeekanne und die Tassen eingewickelt. Aber zum Kaffeekochen blieb keine Zeit mehr, ein Glas Wasser musste genügen. Ihr fiel ein, dass sie das Wichtigste in den Wanderrucksack gepackt hatte, damit sie es gleich griffbereit hatten, gestern waren sie allerdings nicht mehr zum Zähneputzen gekommen. Als David auf der Matratze in seinem neuen Zimmer eingeschlafen war, hatte Helga zwar noch bis weit nach Mitternacht ausgepackt und ihre Kleidung für den ersten Arbeitstag gebügelt, sich dann aber auch schlafen gelegt. Nach den Notbehelfsquartieren der letzten Jahre wollten sie es eigentlich in ihrer eigenen Wohnung in Ruhe und gemütlich angehen, nicht schon wieder mit Hektik. In München hatte sie ein Zimmer zur Untermiete und organisierte unter den Kommilitoninnen, die ebenfalls Mütter waren, eine wechselnde Kinderbetreuung, in der jede einmal in der Woche drankam. In Starnberg waren sie ganz auf sich gestellt, heute musste David nach der Schule noch allein zurechtkommen, bis sie jemanden fand, bei dem er wenigstens eine warme Mahlzeit erhielt. Wo waren denn die restlichen Brotscheiben hingekommen? Sie hatte sie gestern zusammen mit der Marmelade auf dem Tisch gelassen. Nur noch ein paar Krümel lagen da. Merkwürdig. Anscheinend war David in der Nacht auf gewesen und hatte Hunger gekriegt. Sie konnte es ihm nicht verdenken, die ganze Aufregung und die Schlepperei gestern, bei der er mit seinen knapp sieben Jahren so tapfer mitgeholfen hatte.

»Was gibt's zum Frühstück?«, fragte er mit der Zahnbürste im Mund.

»Wir müssen unterwegs was kaufen, das letzte Brot hast du doch gegessen.«

»Ich? Nein, hab ich nicht.«

»Egal, wir gehen noch schnell zum Bäcker, der ist da gleich die Straße runter.« Helga schminkte sich über ihren Sohn gebeugt und toupierte sich die Haare, die sie im Nacken immer noch kurz trug. Dann schlüpfte sie in das kurze Kleid, das bequem und zugleich elegant genug war und zu dem sie den genau passenden Lippenstift besaß. Sie hakte den breiten Lackgürtel mit der großen runden Plastikschnalle um die Taille noch ein Loch enger, das gab ihrer Figur die Linie, die ihr beim Blick in den Spiegel selbst gefiel, und dann zog sie ihre engen Stiefel dazu an. Noch war es kalt draußen, auch wenn der Schnee endlich geschmolzen war und sich der Frühling ankündigte. »Alles andere kaufen wir heute Abend ein, ich hoffe, dass ich vor sechs zu Hause bin.«

»Bei Dahlmann, in dem Laden, wo du mich gekriegt hast?«

Sie lachte, das klang, als hätte sie ihn dort gekauft. Dass

David sich sogar an den Namen erinnerte, erstaunte sie. Erzählt hatte sie ihm zwar davon, aber er hatte es hingenommen wie eine ihrer vielen Geschichten und nicht genauer nachgebohrt. Manchmal fragte er nach seinem Vater, besonders dann, wenn er andere Kinder kennenlernte oder wieder jemand gemein zu ihm gewesen war und ihn wegen seiner Hautfarbe beim Spielen ausgrenzte. Leider gab es über Jack Miller nicht viel zu sagen, außer dass er ein amerikanischer Soldat bei der Air Force war, der zurück in seine Heimat beordert worden war. Höchstens noch, dass sie sich geliebt hatten, so sehr, dass das Wunderkind namens David entstand. Trotzdem hörte sich das, was sie preisgab, mit der Zeit immer dürftiger an, sosehr sie auch versuchte, es ihrem Sohn gegenüber auszuschmücken. Deshalb war sie zu den Dahlmanns übergeschwenkt. Obwohl sie die Erinnerung an diese Zeit fast genauso schmerzte, gab es davon mehr zu erzählen. Mit Luise zusammen hatte Helga viel erlebt, und außerdem hatte David seine ersten Monate in einem Wäschekorb auf der Ladentheke verbracht. Es war, als ob Helga in eine Glaskugel schaute, in der alles bis auf eine Ausnahme vollkommen war. »Mal sehen, vielleicht gehen wir auch woanders einkaufen. Es gibt viele Geschäfte in Starnberg und bestimmt noch viel tollere.« Zumindest hoffte sie das, erkundigt hatte sie sich noch nicht. »Aber erst mal müssen wir jemanden finden, zu dem du unter der Woche zum Mittagessen gehen kannst.«

»Muss das sein?« David verdrehte die Augen. »Ich kann doch schon kochen, Spiegelei und Rührei und Honigbrot.«

»Ja, ja.« Helga putzte sich noch ihre Brille am Handtuch. »Und Schokoladenbrot.«

David grinste sie an. »Die dünnen Schokoplatten zum Aufs-Brot-Legen, kaufen wir die nachher auch?«

»Mal sehen. Jetzt aber los, es ist schon Viertel nach sieben, und weder du noch ich wollen an unserem ersten Tag zu spät kommen, oder?« Das spornte ihn an. Er spülte den Mund aus und holte seinen Schulranzen.

»Mama, komm mal.« Er rief sie in die Küche. Dort hockte er auf dem Fußboden und lugte unter den wuchtigen Küchenschrank, den sie vom Vormieter für zehn Mark abgelöst hatten.

»Was ist denn da?« Helga kniete sich hin, darauf bedacht, ihre Seidenstrümpfe nicht schmutzig zu machen. Ganz hinten bewegte sich etwas, eine Schnauze mit feinen Schnurrhaaren wurde sichtbar. Sie stand wieder auf und klopfte den Rock aus. »Oje, und ich dachte, wir wohnen allein hier.« Vor der Maus grauste es sie zwar nicht, aber hier hatte sie nichts verloren. Womöglich nistete sie sich ein und vermehrte sich. »Dann dürfen wir nicht vergessen, eine Falle zu kaufen.«

»Nicht töten bitte. Darf ich sie behalten? Bitte, allerliebste Mama.« David beherrschte das Bezirzen, und sie wusste, dass er sich schon lange ein Haustier wünschte, ein größeres als Ameisen, Käfer und Spinnen, die er überall einsammelte und studierte. Helga seufzte, was er offensichtlich als Ja verstand. Schon kehrte er mit der Handkante die restlichen Krümel vom Tisch und verteilte sie vor der Sockelleiste. »Pucki, schau, das ist für dich, damit du nicht Hunger kriegst, bis ich von der Schule wieder da bin.«

»Pucki?« Jetzt hatte die Maus schon einen Namen, na, das konnte heiter werden. Besser, sie diskutierte gar nicht weiter mit David und ließ die Maus einfach heimlich verschwinden. Die Vorstellung, dass ihr im Schlaf, der wahrscheinlich die nächsten Wochen dank wechselnder Schichten sowieso dünn gesät sein würde, das Tierchen übers Gesicht trippelte, missfiel ihr.

»Wo ist deine Mütze?« David zuckte mit den Schultern. »Ich hab doch die Kapuze.« Er band sich die Schuhe, fuchtelte dabei herum und ächzte, aber die Schleife gelang. Rasch noch die Jacke, und den Schulranzen nicht vergessen. Bevor sie aus der Wohnung gingen, packte Helga Marmelade und ein Buttermesser in ihre Fransentasche, die ihr eine Kommilitonin geschenkt hatte, und legte sie vorn in den Fahrradkorb. David setzte sich auf den Gepäckträger, und schon sausten sie den Schlossberg hinunter, der um diese Uhrzeit bereits stark befahren war. Wenigstens gab es jetzt eine Ampel an der Kreuzung, so dass auch David einigermaßen sicher war, falls er allein durch die Stadt ging. Sie hielten beim Bäcker Metzger, der ein Bäcker war und nur Metzger hieß und sein Geschäft mit Backstube gleich neben der Kreuzung betrieb. Helga kaufte ein. Wieder draußen, teilten sie sich die erste Breze. Ihr Magen knurrte, und sie wusste nicht, wann sie in der Klinik etwas zu essen bekäme. Für die Pause hatte David ein Getränk mit Strohhalm in einer dreieckigen Tüte bekommen, was ihm sehr gefiel. Auf dem Fahrradsattel bestrich Helga eine Semmel mit Marmelade und packte sie ihm in den Schulranzen. Prompt bekleckerte sie sich, als ihr das Messer aus der Hand fiel. Gut, dass das Kleid bunte Muster hatte und sie später einen Kittel darüber tragen würde.

»Guten Morgen.« Helga nickte einer Passantin zu, die eine Art Lampenschirm als Hut trug und ein quietschendes Einkaufswägelchen hinter sich herzog. Sie kannte die Frau zwar nicht, aber anders als in München grüßte in Starnberg jeder jeden, man wusste ja nie, wann und wo man sich wiedersah.

»Guten Morgen, grüß Gott.« Doppelt hält anscheinend besser. Die Dame mit Lampe blieb vor ihnen stehen und lächelte sie an. »Mei, des schmeckt dem Buben, sowas kennt er nicht, gell?« Dann streckte sie den Arm aus und fasste David in die Haare.

»Finger weg.« Helga konnte sich nicht beherrschen. »Ich lange Ihnen doch auch nicht einfach in die Beleuchtung.« Dass wildfremde Leute ihren Sohn bestaunten wie ein exotisches Tier, daran hatten sie sich halbwegs gewöhnt, aber dass manche ihn ohne zu fragen betatschten, ging Helga zu weit.

»Was erlauben Sie sich?« Der Frau klappte das Marionettenkinn auf.

»Ich erlaube Ihnen nicht, meinem Sohn in die Haare zu langen. Verstanden?«

»Unverschämtheit.« Eilig zog sie die Bäckereitür auf und zerrte ihr Wägelchen mit hinein, bestimmt würde sie drinnen den Vorfall brühwarm berichten, ob es wer hören wollte oder nicht.

Sie beugte sich zu David hinunter. »Lass dir so etwas von niemandem gefallen. Kein Fremder hat das Recht, dich einfach anzufassen und zu beschimpfen.« Er erwiderte nichts. »Hast du mich verstanden?« Sie zog die Schleife seines rechten Schuhs fest, die sich bereits wieder gelöst hatte.

»Aber ich bin doch anders.« David betrachtete sie, fast Nase an Nase.

»Ja, aber …« Sie wusste auch nicht, wie sie es erklären sollte. »Nur weil du anders aussiehst als die anderen, dürfen sie dich nicht anders behandeln.« Sie drückte ihn kurz an sich. »Ich hab's dir ja schon gesagt: Die weißen Menschen wünschen sich so eine schöne Hautfarbe, wie du sie hast, und legen sich sogar stundenlang in die Sonne, nur um braun zu werden. Im Grunde sind sie neidisch. Versprich mir, dass du dir keine Beschimpfungen gefallen lässt, ja?«

Er nickte mit gesenktem Blick und kletterte wieder auf den Gepäckträger. Die Schule fing in fünf Minuten an.

Endlich angekommen, mischten sie sich ins Gedränge und fragten sich zum Sekretariat durch. Auch hier gab es viele neugierige Blicke und Getuschel. Solange es nur dabei blieb, war es auszuhalten. Mit den Kindern in ihrer Wohngemeinschaft war David prima zurechtgekommen, als Ältester war er eher der Beschützer gewesen, aber nun, in der neuen Schule, noch dazu mitten unterm Jahr, das war eine Herausforderung. »Schauen wir mal, wie viele erste Klassen die hier haben.« In München waren es vier gewesen. Helga klopfte an der Tür, an der *D. Schenkel, Büro des Schulleiters* stand, und ging hinein. Eine großgewachsene Dame in einem engen karierten Kostüm, mit Schößchen und schlackernder Brillenkette um den Hals, goss die Grünpflanzen auf dem Fensterbrett. War sie die Rektorin?

»Guten Morgen. Knaup mein Name, und das ist mein Sohn, ich habe letzte Woche angerufen und ihn angemeldet.« Helga spürte, wie David ihre Hand fester umklammerte. »Wir sind neu in der Stadt, und David soll bei Ihnen in die erste Klasse gehen.«

»Dass er schwarz ist, haben Sie aber nicht am Telefon gesagt. Der ist ja niedlich.« Die Frau stellte die Gießkanne weg, musterte David, ging zu einem hohen Büroschrank und zog ein Formular aus einer Schublade. »Nehmen Sie ruhig Platz und füllen Sie das bitte aus. Ihr Name, Familienstand, Name des Vaters und eine Telefonnummer für den Notfall. Ich werde solange unseren Rektor holen.« Sie zeigte auf einen Stuhl, reichte Helga Papier und Kugelschreiber, dann stellte sie sich vor eine Stecktafel mit einem großen Stundenplan. »Moment.

Ich muss kurz nachsehen, wo Herr Heubl gerade ist, eine unserer Lehrkräfte hat sich heute früh krankgemeldet. Bin gleich zurück.« Sie ging um den Bürotisch mit der Schreibmaschine herum und verließ den Raum.

David lehnte an ihrem Stuhl, während sie den Vordruck ausfüllte, das war schnell passiert, weil es außer ihrem Namen und »ledig« als Familienstand nichts reinzuschreiben gab. Nur noch Dr. Konstantin von Thaler als Vormund nannte sie.

»Wie geht unsere neue Telefonnummer?« Sie wollte testen, ob David sie sich auch gemerkt hatte.

»Sieben, sieben, null, null«, sagte er, wenn das keine Glückszahlen waren. Die Nummer der Seeklinik würde sie nachtragen, damit sie bei der Arbeit erreichbar war, falls mit ihrem Kind etwas sein sollte. Es gongte, der Unterricht begann.

»Mama, ich komm zu spät!«

»Ach, das macht nichts, heute bist du die Hauptperson, und die darf an ihrem ersten Tag ruhig ein bisschen zu spät kommen.« Ein glatzköpfiger Mann, in Trainingshose, Turnschuhen und mit Trillerpfeife trat durch die angelehnte Tür, gefolgt von der Sekretärin, die ihre Brille abgesetzt hatte und sich den Dutt am Hinterkopf schoppte. »Das ist er«, erklärte sie überflüssigerweise. »Bei Fräulein Ruf in der 1A ist noch Platz.«

»Danke, Schenkelchen. Eine gute Wahl«, sagte der Rektor, als ob es reichlich Möglichkeiten gäbe. »Und Sie sind?« Lächelnd gab er ihr die Hand.

»Helga Knaup.«

»Herzlich willkommen, Frau Knaup, in der Schlossbergschule.« Er wusste offenbar nicht, dass sie ledig war, hatte zudem Schwierigkeiten, seine Hand aus ihrer zu lösen.

»Himbeermarmelade, wir hatten es eilig«, sagte sie und stand auf. »Und Dr. Knaup bitte.«

»Mmh, die mag ich auch am liebsten«, sagte er und grinste sie an. »Also die Marmelade, Frau Doktor.« Korrekt müsste es Fräulein Doktor heißen, aber das hatte in München niemand zu ihr gesagt. Wenn es nach ihr ginge, könnte man die Bezeichnung Fräulein sowieso abschaffen, man sagte ja auch nicht Herrlein zu einem unverheirateten Mann und verriet damit, ob er noch zu haben war. »Und du bist der Dävid?« Der Rektor sprach den Namen ihres Sohnes englisch aus und gab auch ihm die Hand, sogar ohne ihm durch die Haare zu wuscheln.

David schüttelte den Kopf.

»So, wer bist du dann?«

»David«, flüsterte er hinter Helgas Rücken hervor. Obwohl sein Vater Amerikaner war, sprachen sie seinen Namen seit jeher deutsch aus.

»Oh, Verzeihung, ich dachte …« Er lächelte wieder. »Na dann komm, Da-vid, ich bring dich in deine Klasse.« Er ging voraus.

Trotz der Unterbrechung ihres Unterrichts wirkte auch die Lehrerin freundlich, wie Helga in dem kurzen Moment, den sie sie zu Gesicht bekam, feststellte. Fräulein Ruf war in ihrem Alter, so um die dreißig, mit durchscheinend blasser Haut und sanften Bewegungen. Sie führte David zu ihrem Pult und stellte ihn seinen Mitschülern vor. Mehr bekam Helga nicht mit, Herr Heubl schloss die Tür und begleitete sie noch bis zum Ausgang. »Dann bis bald, Dr. Knaup, ich muss wieder in die Vertretungsstunde im Gymnastikraum.« Zu gern hätte sie ihrem Sohn noch weiter beigestanden, aber ihr Dienst fing in zehn Minuten an.

Helga schwang sich aufs Fahrrad und fuhr den steilen Berg bis zum See hinunter und dann die Possenhofener Straße entlang, unter der Bahnbrücke durch. Dahinter bog man links zum Undosabad ein, dort hatte sie vor acht Jahren Jack Miller, oder wie auch immer er in Wirklichkeit hieß, kennen- und lieben gelernt. Wenige Wochen voller Glück waren das gewesen, und danach kam die große Enttäuschung. Von einem Tag auf den anderen tauchte er nicht mehr auf und war auch über die Air Force in Fürstenfeldbruck nicht ausfindig zu machen. Anscheinend blieb Starnberg vorläufig ihre Heimat, dabei hatte sie noch während des Medizinstudiums gedacht, dass sie so weit wie möglich von hier entfernt leben würde. Am besten im Ausland. Der See leuchtete grünblau in der Morgensonne, die ab und zu durch die dicken Aprilwolken spitzte. Sogar die Alpen waren an der Südseite zu erkennen. Ihr fiel der Spruch von Luise ein, der von ihrem verstorbenen Vater stammte. Dass es hier wirklich von der ganzen Welt ein Stück gab. Unzählige Male hatte sie in den vergangenen Jahren an ihre ehemalige Freundin gedacht und den Austausch mit ihr vermisst. Jetzt, da sie wieder in Starnberg lebten, würden sie sich wohl oder übel über den Weg laufen, und ein bisschen, gestand sie sich ein, fürchtete sie sich davor. Aber seit sie weggezogen waren, hatte die Stadt bestimmt Tausende Einwohner mehr, und wenn sie nicht direkt bei Dahlmanns einkauften, würden sie sich vielleicht gar nicht begegnen. Und falls doch, dann grüßten sie sich halt einfach kurz, weiter nichts. Am meisten freute sie sich, Silvia wiederzusehen. Bevor Helga wegen ihrer Schwangerschaft gekündigt worden war, hatten sie ein Zimmer im Schwesternwohnheim geteilt und sich leider in den letzten Jahren aus den Augen verloren. Von Konstantin von Thaler hatte sie erfahren, dass Silvia aufgestiegen war, wenn das kein Grund war, ihren Einstand richtig zu feiern. Sie Ärztin, Silvia Oberschwester, Prost! Nach der Hektik am Morgen fühlte sie sich durch die Radlfahrt herrlich beschwingt und gab am Empfang Bescheid, dass sie da war. Dann wollte sie zur Teeküche gehen, die sie früher als Besprechungszimmer genutzt hatten, in der Hoffnung, dass sie dort auf jemanden traf, der ihr erste Anweisungen gab. Ansonsten würde sie einfach an Dr. von Thalers Büro klopfen und ihn darum bitten.

Im Gang kam ihr Silvia entgegen. »Wie schön, dass wir uns endlich wiedersehen!« Helga breitete die Arme aus, um ihre Freundin zu begrüßen.

»Guten Morgen, Dr. Knaup.« Silvia blieb in einigem Abstand vor ihr stehen und streckte ihr ganz förmlich die Hand entgegen. Seit damals hatte sie sich verändert, war nicht mehr die zerbrechliche Siebzehnjährige. Nicht nur hatte sie deutlich an Gewicht zugelegt, sie trug auch ihr Haar unter dem Schwesternhäubchen, ähnlich wie ihre Vorgängerin, in einem strengen Dutt. »Da sind Sie ja endlich.«

Das klang, als ob Helga zu spät gekommen wäre und außerdem … Sie war irritiert. »Äh, herzlichen Glückwunsch zur Beförderung, Silvia, ich freu mich, dass wir jetzt wieder zusammenarbeiten. Wir duzen uns doch weiterhin wie früher, oder?«

»Meinetwegen«, erwiderte sie kurz, hakte mit verkniffenem Mund auf ihrem Klemmbrett, das auch das Markenzeichen der früheren Oberschwester gewesen war, etwas ab. Offenbar hatte sie ihre neue Rolle perfekt verinnerlicht. »Dann zeige ich dir erst mal die Klinik. Komm mit.« Schon eilte sie voraus.

»Die Führung können wir uns, glaube ich, sparen, ich erinnere mich noch sehr gut an alles. Es wird sich nicht viel verändert haben.«

»Oh, doch, es hat sich sogar sehr viel verändert, seit du weggegangen bist.«

Weggegangen, das war für die fristlose Kündigung eine nette Umschreibung, dachte Helga, unterließ es aber, Silvia zurechtzuweisen. Ihre ehemalige Zimmergenossin wirkte nicht gerade gesprächig. Gemeinsam gingen sie durch die Flure, bis zur Seelsorge. Der Raum diente auch als Kapelle und zur Aufbahrung, falls ein Neugeborenes oder eine Patientin starb, und war tatsächlich modernisiert worden. Das barocke Kruzifix mit vergoldetem Jesus war einem schlichten Holzkreuz gewichen, auch die Heiligenbilder waren fort, stattdessen hingen abstrakte Gemälde an den Wänden, bei denen sich jeder etwas Eigenes denken konnte. Nur die Kniebank war immer noch die alte verschnörkelte und mit rotem Samt überzogene. »Wir haben jetzt eine Kantine für die Mitarbeiter, getrennt vom Speisesaal der Patientinnen«, erklärte Silvia, als sie an der Küche vorbeikamen. Dann zeigte sie ihr das Labor, gefolgt von der Hausapotheke und dem technischen Dienst. Alois Wittgenstein stand auf dem Türschild. Der riesenhafte Loisl mit dem Holzbein war also immer noch der Hausmeister hier. »Und da halten wir unsere Besprechungen ab.« Eine Tür weiter öffnete Silvia den nächsten Raum.

»Ach, das ist ja wirklich neu«, sagte Helga.

»Ja, siehst du.« Silvia rümpfte die Nase. »Darauf hat Dr. Kettler bestanden, unsere Teeküche war einfach zu klein für alle Mitarbeiter.«

»Dr. Kettler?« Den kannte Helga noch nicht.

»Der Oberarzt. Nun aber weiter.« Stehen bleiben war nicht erlaubt. Mit ihren Pantoffeln quietschte sie bereits weiter. »Dort drüben ist der OP-Saal.« Silvia deutete mit dem Kugelschreiber auf die große Schiebetür. »Der ist gerade belegt, doch den wirst du ja sowieso bald von innen sehen. Dann los, nach oben, auf die Babystation und in die Sprechzimmer.« Sie stiegen die Treppe hoch. Bei ihrem Rundgang, der eher einem Rundlauf glich, fiel Helga auf, dass überall frisch gestrichen war. Mal hellgelb, mal lindgrün. Die dunklen Nachkriegsmöbel waren verschwunden und gegen chromglänzende Stühle und Tische getauscht. Dadurch wirkten die Räume heller und freundlicher, als sie sie in Erinnerung hatte. Sie kamen an den Einzelzimmern der Privatpatientinnen vorbei, gefolgt von der allgemeinen Wöchnerinnenstation. »Inzwischen haben wir größtenteils verstellbare Betten, und es gibt überall Waschbecken, in den Einzelzimmern sogar ein Bad mit Dusche.«

»Die Zimmer sind aber dichter belegt, oder?« Helga blieb kurz stehen und schaute durch eine offenstehende Tür zu den Wöchnerinnen. Damals hatten höchstens vier bis sechs Frauen zusammengelegen. In diesem Zimmer standen nun sogar zehn Betten.

Silvia nickte. »Die geburtenstarken Jahrgänge überrollen auch uns, wir kommen noch so weit, dass wir Gebärende abweisen müssen, wir sind mehr als ausgelastet. »Ach, da ist Dr. Kettler. Dann stell ich dich gleich mal vor.« Sie traten an ein Bett, an dem ein Arzt gerade eine Patientin untersuchte. »Verzeihung, Herr Doktor, die neue Assistenzärztin ist da. Dr. Knaup.« Helga wartete, bis er das Stethoskop absetzte und die Patientin ihr Nachthemd wieder heruntergezogen hatte. Dann begrüßte sie den blassen Mann mit rotbraunen Locken, die er anscheinend mit einem Seitenscheitel und reichlich Pomade zu bändigen versucht hatte.

»Ah, w-wunderbar. Grüß G-Gott.« Als er sie anlächelte, verfärbte sich sein Gesicht dunkelrot, und Grübchen wurden in seinen Wangen sichtbar. Verlegen musste er eigentlich nicht sein, dachte sie sofort, er war doch ein bildhübscher Mann und wurde bestimmt von den meisten Patientinnen angehimmelt. »K-onstantin hat l-letzte Woche erwähnt, dass Sie k-kommen, aber ich wusste nicht, an welchem T-Tag genau.« Er reichte ihr die Hand. »Ich bin O-Otto.«

»Freut mich. Ich bin Helga.« Einen Ehering trug er nicht, fiel ihr auf.

»Herzlich w-willkommen, H-Helga, und auf g-gute Zusammenarbeit.« Anscheinend wollte er noch mehr sagen, schwieg dann aber.

»Darauf freue ich mich schon«, erwiderte sie. »Aber jetzt will ich Sie nicht weiter stören.«

»Das t-tun Sie nicht, steigen S-Sie am b-besten m-mit ein. Frau M-Müller hatte ein Z-Zervixkarzinom im zweiten Stadium, es wurde o-operativ entfernt, die L-Lymphknoten waren noch nicht betroffen, und wir konnten ihre Geb-bärmutter erhalten.« Jetzt lächelte er auch Frau Müller an, deckte sie zu und ging zum nächsten Bett. Langsam nahm sein Gesicht wieder einen helleren Ton an, nur sein Hals blieb rot. »Ich b-bin gerade bei der Visite, wenn S-Sie wollen, k-können Sie mich b-begleiten. Falls es Ihr D-Dienstplan z-zulässt?«

»Ich habe noch keinen Dienstplan, ich wollte mit Dr. von Thaler sprechen.« Wer hier die Schichten einteilte, wusste sie nicht, das wurde in jedem Krankenhaus anders gehandhabt.

»Das wird sch-schwierig«, sagte Dr. Kettler, »Konstantin ist b-beschäftigt. Klären S-Sie das mit Schwester S-Silvia, am besten draußen.« Sie verstand nicht, ob sich das auf den Dienstplan oder den Klinikleiter bezog.

»Das wäre mir sowieso lieber, Dr. Kettler«, mischte sich die Oberschwester ein und drängte sich zwischen sie beide. Sie reckte das Kinn, als ob sie den Arzt auf Augenhöhe erreichen wollte, dabei waren sie und Helga gerade mal knapp über eins sechzig, und er bestimmt einen Kopf größer. »Ich führe Dr. Knaup nämlich gerade durchs Haus, müsste aber eigentlich längst woanders sein.« Amüsiert folgte ihr Helga in den Flur. Kaum hatte Silvia die Tür hinter ihnen geschlossen, holte sie Luft und setzte die Knöpfe ihres Kittels einer Belastungsprobe aus. »Bilde dir nur ja nicht ein, dass Dr. Kettler wegen dir so ist.«

»Wieso sollte ich?« Langsam nervte ihre Art.

»Der wird bei jeder Frau rot, die Patientinnen nennen ihn Dr. Hummer. Hast du Kummer, frag Doktor H-Hummer«, äffte sie sein Stottern nach. »Den braucht man nur anstupsen, und schon verfärbt er sich. Aber das Einzige, was den interessiert, ist eine große Flasche Asbach-Uralt.«

»Er trinkt?« Helga staunte. Wie ein Säufer hatte er nicht gewirkt.

»Nein.« Silvia zog kurz den Mund in die Breite, als wollte sie lachen. »Oder jedenfalls nicht mehr als andere. Er baut in seiner Freizeit Schiffe in leere Flaschen.«

Helga war erst seit einer halben Stunde hier und kannte bereits die Geheimnisse des Oberarztes. »Und was hat er damit gemeint, dass es schwierig wird, Konstantin zu sprechen?«

Silvia sah sich rasch nach allen Seiten um, ob sie keiner belauschte: »Der Chef kriegt gerade ein Kind.« Sie zeigte zum Kreißsaal, der am Ende des Flurs lag.

»Ach so, aber das dürfte doch eher die Routine in einer Geburtsklinik sein.«

»Routine?« Silvia lachte trocken. »Ich würde sagen, es ist DIE Entbindung schlechthin.« Dann beugte sie sich näher zu Helga und wisperte. »Seine Frau wurde heute Nacht mit Wehen eingeliefert.«

»Annabel?« Helga wusste, dass Konstantins Frau ein zweites Kind erwartete, er hatte es erwähnt, aber sie hatte nicht gedacht, dass es schon bald so weit sei.

»Ach, du nennst sie beim Vornamen?« Silvia schnalzte mit der Zunge. »Na, du wusstest schon immer, wie man's macht. Jedenfalls ist er seit ein paar Stunden mit einer Hebamme dort drin. Scheinbar gibt es Komplikationen. Wir versuchen, ihn und seine Frau vor den Patientinnen abzuschirmen, sonst belagern sie noch vor lauter Neugier den Flur.«

»Und was, wenn eine andere Frau entbinden muss?«

»Inzwischen haben wir den Röntgensaal zum zweiten Kreißsaal umfunktioniert, manchmal reicht auch das nicht aus, auch der ist rund um die Uhr belegt.«

»Und dann?«

»Dann heißt es improvisieren. Dafür bin ich zuständig.« Silvia straffte die Schultern.

»Mit dir steht und fällt alles«, sagte Helga, und Silvia wusste offensichtlich nicht, ob sie das ernst meinte oder sie bloß auf den Arm nehmen wollte.

Für einen Augenblick war sie wieder die einst so schüchterne Freundin, deren Nase in jeder freien Minute in einem Buch gesteckt hatte, während Helga versuchte, das Leben zu genießen. Dann straffte sie sich erneut und war wieder ganz Würde und Wichtigkeit.

»Nein, wirklich, Silvia, toll, wie du das alles deichselst, bei dir laufen die Fäden zusammen. Und wo geht man jetzt zum Röntgen hin?«

»Zu mir«, flötete jemand hinter ihnen. »Dafür musste ich einen Teil meines Hoheitsgebiets im Keller hergeben.« Wittgenstein trat aus dem Seiteneingang. »Ja, wen sehe ich denn da. Das Fräulein Blutbild, das eine Frau Doktor geworden ist.«

Damit spielte er auf eine Peinlichkeit aus ihrer Schwesternausbildung an, strahlte herzlich aus großer Höhe zu ihr hinunter. »Willkommen, Frau Dr. Knaup, zurück bei uns.«

»Freut mich, Sie wiederzusehen, Loisl.« Sein kräftiger Händedruck zeigte, dass er sich im Gegensatz zu Silvia tatsächlich freute, sie wiederzuhaben.

Bei Hoheitsgebiet fiel ihr etwas ein. »Habe ich eigentlich auch ein Büro, oder muss ich mir eins mit jemandem teilen?« Jetzt hatte sie schon fast das ganze Krankenhaus gesehen, aber ihren eigenen Bereich, der, so viel sie wusste, jedem Arzt zustand, hatte ihr Silvia bisher noch nicht gezeigt.

»Natürlich bei mir im Keller, wo sonst. Gleich neben dem Röntgenapparat.« Wittgenstein grinste und verabschiedete sich.

Silvia zog die Augenbrauen hoch, Humor stand scheinbar nicht auf ihrem Klemmbrett. »Im Erdgeschoss, Zimmer vierzehn, weißt du, wo das ist?« Übertrieben deutlich sah sie auf ihre Armbanduhr. »So, ich muss weitermachen. Die Stillzeit beginnt.«

»Vierzehn? Ist das nicht die Wäschekammer?«

»Schon lange nicht mehr. Das macht seit Jahren eine Firma von auswärts. Ich sagte ja, hier hat sich einiges verändert. Bitte sehr.« Sie zog einen Schlüssel aus ihrem Kittel und gab ihn ihr. »Hin findest du ja wohl allein. Und wenn du andere Möbel möchtest, sag es einfach Wittgenstein. Ich muss weitermachen.«

»Und wann werde ich gebraucht?«

Silvia runzelte die Stirn. »Das liegt nicht in meinem Aufgabenbereich.« Schon eilte sie im Stechschritt um die Ecke. Weg war sie. Helga hatte damit gerechnet, sofort im Einsatz zu sein, aber offenbar wussten die anderen Ärzte gar nicht, dass sie zur Verfügung stand. Na gut, dann würde sie erst mal ihr Zimmer einrichten und danach weitersehen. Gerade als sie die Tür zu ihrem ersten eigenen Raum aufsperren wollte, sah sie Konstantin am Ende des Flurs, wie er in seinem Büro verschwand. Sie lief ihm nach, klopfte an, glaubte ein Ja zu hören. »Darf ich Ihnen und Ihrer Frau gratulieren?«, fragte sie im Hineingehen. »Ich wusste nicht, dass es schon so weit ist, das sind ja wunder…« Sie stockte. »Herr Dr. Thaler? Alles in Ordnung?« Er lag auf der Untersuchungsliege, die Beine angewinkelt den Kopf zur Wand gedreht, mit dem Rücken zu ihr. »Kann ich helfen, ist Ihnen schlecht?« So manche Entbindung hatte einen Vater umgehauen, darum sah man sie nach wie vor ungern im Kreißsaal. Vielleicht ging es dem Leiter der Klinik nicht anders. Noch dazu in doppelter Verantwortung, als Vater und als Arzt. Er reagierte nicht. Helga schob ihre Brille hoch und beugte sich über ihn. So zusammengerollt wirkte er fast wie ein Junge im viel zu großen Arztkittel. Was sollte sie tun? Blutdruck und Puls messen? Am besten sie fragte ihn weiter, ansprechbar war er ja noch. »Möchten Sie ein Glas Wasser, oder soll ich Ihnen einen Kaffee bringen?«

»Ich kann das nicht«, sagte er kaum hörbar.

»Was können Sie nicht?«

»Das mit dem Kind und meiner Frau.«

Er drehte sich um und setzte sich auf, wischte sich die Haarsträhnen aus der Stirn und stützte die Arme auf die Knie. Seine Beine baumelten von der Liege. »Ja, es ist da, ein Mädchen. Aber …« Er sah sie an, Tränen in den dunkel umringten Augen. »Helga, können Sie bitte zu meiner Frau gehen und es ihr beibringen?«

ANNABEL

»Wann darf ich mein Kind sehen?« Zu erschöpft, um sich aufzusetzen, fragte sie zum wiederholten Mal, erhielt statt einer Antwort nur ein Lächeln von der Hebamme, als würde sie plötzlich in einer fremden Sprache reden. »Was ist es denn? Mädchen oder Junge? Das werden Sie mir doch sagen können.«

»Äh, ich denke, ein Mädchen.«

»Sie denken?« Annabel war verwirrt. An sich hatte die junge Hebamme unter der Geburt ganz kompetent gewirkt. Hatte die ständige Anwesenheit ihres Mannes sie eingeschüchtert? Normalerweise hielt er sich bei Geburten zurück, tauchte nur auf, wenn er gerufen wurde. Zu viele Leute im Kreißsaal, das verzögerte die Entbindung eher. Aber bei seiner Ehefrau wollte er es sich nicht nehmen lassen und blieb die ganze Zeit an ihrer Seite, diesmal hauptsächlich als Vater. Er hielt ihre Hand, tupfte ihr die Stirn ab oder stützte sie, wenn sie sich in einer Wehe aufsetzen wollte. Sie hatte nicht den Eindruck gehabt, dass er seine Untergebenen zurechtwies oder maßregelte. Allerdings hatte sie ab einem gewissen Punkt nichts anderes als Schmerz und Erschöpfung wahrgenommen. Bei der Geburt von Friedrich vor dreizehn Jahren hatte es sogar noch länger gedauert. Sechzehn Stunden quälte sie sich, erhielt schließlich Lachgas und hatte am Ende nicht mehr gewusst, was mit ihr geschah. Im Vergleich dazu war diese lang erhoffte zweite Geburt so kurz vor der Menopause wunderbar leicht verlaufen.

Auch die Schwangerschaft. Außer ein wenig Übelkeit und Schlafstörungen in den ersten Wochen, die sie dank der Unterstützung ihres Mannes beheben konnte, hatte sie sich von Monat zu Monat in ihrem Körper wohler gefühlt, als wäre sie endlich mit sich und der Welt im Reinen. Annabel hatte gar nicht erwarten können, dass man es ihr endlich ansah, und schon im vierten Monat ihren Bauch mit einer Schleife unter der Brust betont. Einmal wollte auch sie Stadtgespräch sein. Vor allem hatte sich nicht nur sie, sondern auch Konstantin so sehr auf das Kind gefreut. Und dann war plötzlich eine Woche vor dem errechneten Termin die Fruchtblase geplatzt, vor drei Stunden oder schon vier? Sie hatte das Zeitgefühl verloren. Jedenfalls war es auf der Uhr zu Hause kurz nach fünf gewesen. Das Kind hatte es eilig, auf die Welt zu kommen, Konstantin glaubte schon, sie schaffte es nicht mehr ins Auto, so sehr jagte eine Wehe die nächste. Doch dann, kaum dass sie in der Klinik waren und alle um sie herum in Hektik verfielen, stagnierten die Wehen. Erst als sie im Kreißsaal die Vorhänge wieder zuzogen, die Lichter bis auf die der Apparaturen ausschalteten, die Oberschwester und ihre Helferinnen hinausgingen und nur noch die Hebamme, Frau Boesner, und Konstantin bei ihr blieben, ging es mit der Geburt wieder voran. Trotz allem hatte Annabel vergessen, wie weh es tat, so entsetzlich weh. Sie glaubte schon, sterben zu müssen. Die Hebamme versicherte ihr, dass das nicht geschehen würde. Keine Frau müsste schlimmere Schmerzen erleiden, als sie aushalten könnte.

Sie zweifelte weiter, stöhnte und jammerte, bis auch Konstantin nickte. »Ja, es wird alles gutgehen«, sagte er leise und setzte sich hinter sie, so dass sie ganz umhüllt von ihm war. »Du machst das großartig, liebste Bella.« Aber vielleicht hatte sie sich seine Worte nur eingebildet, vor lauter Schreien hatte sie ihn nicht richtig gehört. Dann war es auf einmal so weit, ganz ohne Betäubung diesmal. Sie presste, was das Zeug hielt, und das Kind glitt aus ihr hinaus. Konstantin bettete sie sanft auf ein paar Kissen und ging zur Hebamme, die zwischen ihren Beinen stand. Aber anstatt in freudige Gesichter blickte Annabel in Ratlosigkeit.

Wo war Konstantin? Erst jetzt fiel ihr auf, dass er fort war. Sie sah sich um, ob überhaupt noch jemand im Kreißsaal war, und entdeckte in einer Ecke eine junge Lernschwester, die so blass und blond war, dass sie fast mit der weißen Wand hinter ihr verschmolz. Ihren Namen wusste Annabel nicht. Sie hielt eine Tasse in der Hand. Es wirkte fast, als hätte man sie zu ihrer Bewachung abgestellt.

»Wo ist mein Mann?«, fragte Annabel. Sie lag noch immer in der gespreizten Haltung, die Beine rechts und links in der Halterung angeschnallt. Jemand hatte eine Decke über sie geworfen, wenigstens das.

»Er ist gleich zurück, Frau von Thaler.« Wieder erhielt sie nur eine schwammige Auskunft. Die Schwester stand auf und hielt ihr die Tasse ans Gesicht. »Möchten Sie einen Pfefferminztee?«

»Igitt. Ich will meinen Mann sprechen.« Nur er konnte sie beruhigen. »Wo ist er, bei unserem Kind?«

»Bitte haben Sie noch einen Moment Geduld. Es wird sich alles klären.«

Warum diese Geheimniskrämerei? Klären? Sie hatte ein Kind gekriegt, kein Verbrechen begangen. Sie versuchte sich aufzurichten und stützte sich auf die Unterarme. »Machen Sie mich bitte los. Ich will jetzt auf der Stelle mein Kind sehen.« Sie musste energischer sein. »Jetzt, Schwester …, äh …«

»Margaret, ich bin Lernschwester Margaret.« Sie stellte die dampfende Tasse auf den Beistelltisch, wo eine Saugglocke, eine Zange und andere schaurig anzusehende Gerätschaften lagen. Sie wirkten unbenutzt, aber vielleicht hatte sie auch jemand inzwischen gereinigt.

»Na, gut, Schwester Margaret bringen Sie MIR SOFORT MEIN KIND.« Annabel betonte jedes Wort.

»Das geht nicht. Sie sollen sich erst ausruhen.«

»Wer sagt das, von wem haben Sie diese Anweisung?«

Sie würde sich kein Stück erholen, bevor sie nicht erfuhr, was los war.

»Von …, es war vorhin, als …« Das junge Ding zupfte an seinem Häubchen und mied Annabels Blick. »Ich kann nachsehen gehen, wo jemand bleibt, der …« Sie ging hinaus, schaltete, aus welchem Grund auch immer, das Licht wieder an. Grell brannte es auf Annabel herab, und die Tür klackte ins Schloss. Was stimmte hier nicht? Träumte sie, wie manchmal, wenn sie sich wie hinter einer Glaswand fühlte, und keiner hörte und verstand sie mehr? Ja, so musste es sein, gleich würde sie aufwachen. Rasch kniff sie sich in den Arm. Autsch! Eindeutig, sie war wach und lebendig, wenn auch maßlos erschöpft. Sie versuchte mit ausgestreckten Händen, an die Fußschnallen zu gelangen, alles drehte sich, als sie sich aufrichtete. Die Wände, der Tropfhalter, das Beatmungsgerät, das Fenster mit den Vorhängen, die Tür und der hohe Schubladenschrank. Sie legte sich wieder zurück, schloss die Augen, betastete ihren eingesunkenen Bauch, der wabbelte wie ein Pudding. Dann holte sie noch mal Schwung und zog sich an den Oberschenkeln nach vorne. Schweiß trat ihr auf die Stirn, als sie mit einer Hand den rechten Ledergurt aufhakte. Jetzt noch den linken, ihr wurde schlecht. Sie beugte sich zur Seite, wollte sich übergeben, so verdreht, noch halb im Gurt hängend. Doch es kam nichts als Spucke. Noch einmal riss sie an dem Gurt, löste ihn endlich. Nun konnte sie sich ganz aufsetzen und den Rücken durchdrücken. Ihre Wirbelsäule gab nach, fühlte sich genauso wabbelig an wie ihr Bauch, als wäre Annabel auf einmal aus Gummi. Da war keine Last mehr, die sie zu tragen hatte. Sie wippte nach rechts und links, um sich zu stärken, reckte die Arme in die Luft und beugte den Kopf auf die Knie. Dabei atmete sie tief ein und aus, pumpte Kraft in sich hinein. Wenn sie ihr das Kind vorenthielten, dann würde sie eben herausfinden, wo es war, und es sich selbst holen. Sie setzte einen Fuß auf. Der Boden war kalt und glänzte. Sie klammerte sich an die Liege, drückte sich hoch und versuchte aufzustehen. Erneut wurde ihr schwindlig, sie sackte zusammen.

»Nicht, Bella.« Jemand stürzte zu ihr, half ihr auf die Liege zurück. Es war Helga Knaup. Also träumte sie wohl doch.

»Ich bin die neue Assistenzärztin.« Helga schob ihr ein Kissen unter den Kopf.

»Seit wann denn?«

Helga nickte. »Seit heute, erster Tag, und dann gleich wir beide, wer hätte das gedacht.«

Annabel hatte sich vieles gedacht, aber nicht das. Überhaupt, dass Helga tatsächlich Ärztin geworden war, hatte sie im ersten Moment für einen Witz gehalten, wo sie es nicht einmal zu einer ordentlichen Krankenschwester gebracht hatte. Doch laut Konstantin hatte sie ihr Examen sogar mit Bravour bestanden. Das zeigte wieder einmal, dass man vom Äußeren nicht aufs Innere schließen durfte. Eine kurvige Blondine, die jeden Modeschnickschnack aufsaugte und dennoch Hirn besaß. Annabel musste zugeben, dass sie einige Zeit gebraucht hatte, um Helga zu mögen. Die Vormundschaft war reine Formsache. Einer ledigen Mutter erlaubte der Staat nicht, ein Kind allein großzuziehen, und so hatte Annabel ihren Mann gebeten, einzuspringen. Aber trotz mehrerer Angebote von ihrer Seite nahm Fräulein Knaup keinerlei Hilfe an. Auch für ihren Unterhalt sorgte sie, soviel Annabel wusste, allein. Angeblich erhielt sie keinen Pfennig von ihren steinreichen Eltern. Das verlangte ihr Respekt ab. Sie wüsste nicht, ob sie das könnte. Allein mit einem Kind leben, arbeiten gehen und sich zwischen lauter Ärzten behaupten. Ab und zu unterzeichnete Konstantin behördliche Schreiben, zuletzt zur Einschulung des Jungen in München, ansonsten hörten sie oft monatelang nichts. Höchstens zu Weihnachten schickte Helga ein Foto von David, mit einer Dankeskarte und Grüßen, so dass sie seine Entwicklung verfolgen konnten, weiter nichts. Warum hatte ihr Mann ihr nicht erzählt, dass er sie als Gynäkologin eingestellt hatte? Und verdammt nochmal, wo steckte er, und wo war ihr Kind?

»Warte, bleib liegen, bitte«, forderte Helga sie auf, als sie sich wieder aufsetzen wollte.

»Warten? Ich habe genug gewartet, fällt euch nichts anderes ein? Ist es tot? Sag schon, ist es gestorben?«

»Nein, das ist es nicht«, sagte Helga sanft und ruhig. »Ich bin hier, um dich zu versorgen. Die Nachgeburt muss noch raus, lass mich bitte kurz nachsehen, dann bring ich dir deine Kleine.«

»Dann ist es wirklich ein Mädchen?« Annabel freute sich. Eine kleine Marlene. Sie hatte eine Marlene geboren. Den Namen hatten sie gemeinsam ausgesucht. Und nun war es so weit, sie konnte es kaum erwarten, ihre Tochter in die Arme zu schließen, sie zu wärmen und nie mehr herzugeben. Wurde es nicht längst Zeit, dass sie ihre erste Milch erhielt? Ihren

Sohn hatten sie ihr sofort an die Brust gelegt, kaum dass sie zu Bewusstsein gekommen war. »Was ist mit ihr, keiner sagt mir etwas?«

»Kein Grund zur Sorge, alle kümmern sich um deine Tochter, und ich mich um dich, einverstanden? Legst du bitte die Beine wieder in die Schalen, ich schnalle dich nicht mehr an, versprochen.« Helga schob ihr Nachthemd hoch und tastete den Bauch ab, drückte nun leicht. Für einen Moment war Annabel irritiert, dass sie ausgerechnet von ihrer einstigen Rivalin auf diese Weise untersucht wurde, doch dann beschloss sie, sich nichts dabei zu denken. Sie nahm es hin, dass Helga mehr von ihr sah, als sie jemals selbst von sich zu Gesicht bekam. Der Blick war ja rein wissenschaftlich. Umgekehrt hatte sie Helga auch schon bei der Geburt ihres Kindes begleitet, also konnte sie sich entspannen. Dann war es hoffentlich bald vorbei, und sie brachte ihr Marlene. Marlene!

»Bitte press jetzt noch einmal, nicht besonders fest, nur ein bisschen.« Etwas löste sich in ihr, trat zwischen ihren Beinen aus. »Sie entscheiden gerade noch, ob deine Tochter in eine Kinderklinik gebracht werden muss.«

»Wieso, was ist mir ihr? Hat Konstantin das angeordnet, wo ist er, ist er bei ihr?«

Helga legte die Plazenta in eine Schale und trug sie zu einem Tisch, breitete sie aus und untersuchte sie, ob sie vollständig war. »Alles da. Ruh dich kurz aus.«

Als sie erneut die Decke über sie breitete, hielt Annabel sie am Arm fest. »Helga, sag's mir, was ist los, hier stimmt etwas nicht«, flehte sie.

»Du hast recht, ich sehe mal nach, wo sie bleiben, bis gleich.« Als sie weg war, stellte sich Annabel auf die nächste quälend lange Wartezeit ein, doch ein paar Minuten später kam Helga tatsächlich zurück und reichte ihr ein Bündel, aus dem ein flaumig dunkler Haarschopf herauslugte.

»Sie ist etwas unterkühlt. Du musst sie wärmen.«

Helga hob Annabels Beine aus den Stützen und legte noch eine weitere Wolldecke über sie beide und dann sogar eine dritte. Endlich war ihre Tochter bei ihr. Wunderschön sah sie aus, das schönste kleine Mädchen der Welt, der zartrosa Mund mit den feingeschwungenen Lippen, die winzige Nase und die feinen Wimpern, die ihre geschlossenen Augen umkränzten. Sie konnte gar nicht genug von ihr kriegen. Und dann öffnete Marlene die Augen und blinzelte sie an. Hellgrün waren sie wie die ihren. Annabel küsste sie, küsste sie wieder, sog ihren herrlichen Duft ein, und betrachtete sie, wollte nie wieder aufhören damit. Wieder und wieder drückte sie sie vorsichtig an sich. Die Kleine strampelte ein wenig, ihr war es wohl zu eng, so fest in das Handtuch eingewickelt. Mittlerweile musste es ihr auch in ihrer gemeinsamen Deckenhöhle warm gewor-den sein. Helga oder wer auch immer hatte ihr die Arme auf den Schultern gekreuzt, als steckte sie in einer Zwangsjacke, Annabel spürte ihre Fingerchen, wie sie zappelten, das musste doch unbequem sein. Weg mit der Windel, sie wollte sie lieber ganz zu sich nehmen. Haut an Haut. So konnte sie sie besser wärmen. Sie öffnete das Tuch und erschrak. Da, wo sie die Arme vermutet hatte, waren keine, Marlene besaß nur Hände, die direkt aus ihren winzigen Schultern wuchsen. Also das war der Grund, warum sie sie ihr vorenthalten hatten. Annabel wandte den Blick ab, starrte an die Decke, in die grelle Neonröhre. Das Licht flackerte, was ihr jetzt erst auffiel. Wie konnte jemand ohne Arme leben? Sie lockerte den Griff, löste sich von der Kleinen, wollte sie neben sich ablegen.

»Vorsicht.« Helga beugte sich über sie, hob ihre Tochter hoch und legte sie Annabel zurück in die Armbeuge. »Schau mal, sie macht schon den Mund auf. Warte, jetzt fängt sie bestimmt gleich zu quäken an.« Annabel konnte das Baby nicht ansehen, sie spürte wieder die winzigen Finger auf ihrer Haut, wie sie in den vergangenen Monaten Marlenes Tritte im Bauch gemerkt hatte. Dann hörte sie etwas, einen schrill gepressten Ton, gefolgt von einem leisen Weinen.

»Na, du hast Hunger, oder?« Helga gab nicht auf, bemühte sich weiter, hielt Annabels Arme um Marlene, damit sie nicht losließ. So hielten sie sie gemeinsam wie in einem doppelten Ring. Es tat gut, so umfasst und gehalten zu werden. Wie in einem Rettungsreifen, schoss es Annabel in den Sinn. »Schau mal, du Süße, das da ist die Bella, deine Mami, du kennst sie ja schon von innen. Sie ist für dich da, egal was passiert.«

»Aber ich …«, Annabel kämpfte mit den Tränen. »Ich kann doch gar nichts für sie tun.«

»Doch, das kannst du«, sagte Helga. »Sehr viel sogar. Du musst für sie da sein, sie braucht dich.« Was erlaubte sie sich, kaum Ärztin, und schon erteilte sie Befehle? Doch Helga hörte nicht auf. »Du musst, verstehst du?« Sie schaute sie eindringlich an. »Versprich es mir!« Sie wartete, bis Annabel nickte. »Wollen wir versuchen, ob sie trinken mag?« Bevor sie etwas erwidern konnte, hatte Marlene schon selbst ihre Brust gefunden und fing zu saugen an. So als ob sie genug von den Reden der Erwachsenen hätte und sich selbst suchte, was sie wollte. Sie schmatzte sogar. Annabel schluchzte, ihr ganzer Körper bebte. Ihre Tochter knurrte leise, als wollte sie gegen diese Erschütterungen protestieren, aber sie trank weiter, hielt sich an ihr fest. Tränen strömten über Annabels Gesicht und tropften auf den Haarflaum ihrer Tochter. Helga kniete neben ihnen und umarmte sie beide. Das musste doch total unbequem für sie sein. Warum tat sie das? War anstelle ihres Mannes für sie da. Wahrscheinlich kümmerte sich Konstantin längst um seine Patientinnen.

»Danke«, sagte Annabel und schluckte, sagte es noch mal lauter, damit Helga es auch verstand. »Danke sehr.« Plötzlich fand sie zu ihrer alten trotzigen Stärke zurück. Na und, dann hatte ihre Tochter halt Händchen. Ihre kleine Marlene war eben etwas ganz Besonderes. Ihr großes Glück! »Wir …, ich …, ich schaffe das, du kannst loslassen.«

Helga nickte. »Ich lass euch mal ein bisschen allein.« Sie stand auf und schaltete das Licht aus. Bevor sie den Kreißsaal verließ, hörte Annabel Stimmen. Draußen diskutierte man. Sie kroch tiefer unter die Decke, ihre kleine Tochter fest im Arm, die unterm Trinken eingeschlafen war, die große Brustwarze war ihr aus ihrem winzigen Mund gerutscht. Von sich aus könnte sie jetzt ewig so bleiben. Sie würde Marlene nie mehr hergeben, egal, was geschah.

»Bella, bist du wach?« Sie musste eingeschlafen sein, Konstantin weckte sie. Mit rosigen Wangen lag Marlene noch immer auf ihrer Brust. Annabel hatte gar nicht gemerkt, dass man sie verlegt hatte. Sie befand sich in einem großen Eckzimmer mit Blick in die Alleebäume, die bereits leuchtend grüne Blätter trugen. Ihr Mann stand am Fußende, die Hände in der Kitteltasche versenkt. Warum kam er nicht zu ihnen und bestaunte seine Tochter, so wie sie das tat?

»Vater ist eingetroffen, er will sie sich ansehen«, sagte er.

»Richard ist da?« Obwohl er längst im Ruhestand sein sollte, leitete ihr Schwiegervater neben seiner Lehrtätigkeit an der Uni immer noch die Thaler'sche Kinderklinik in München.

Eine Institution, weit über die bayerische Landesgrenze hinaus. »Ist Irmela dabei und Friedrich? Warum kommen sie nicht einfach herein?« Als es mit den Wehen losging, hatten sie ihrer Schwiegermutter Bescheid gesagt, damit sie sich um ihren Sohn kümmerte und ihn nach der Schule zu sich nahm. Auch wenn Irmela längst nicht mehr so viel Zeit mit ihrem Enkel verbrachte wie früher, hatte sie sich sofort in die Limousine gesetzt und sich nach Starnberg chauffieren lassen.

»Mutter kommt später vorbei. Wir müssen ein paar Untersuchungen machen.« Konstantin wirkte blass, er brauchte dringend etwas Schlaf. Aber er war wieder bei ihr, stellte sie mit Erleichterung fest.

»Was für Untersuchungen?«, fragte Annabel.

»Überprüfen, wie ihre Reflexe sind, und ob sie überhaupt welche hat. Nachsehen, ob die Organe an der richtigen Stelle sitzen, die Muskulatur und die Knochen abtasten.« Das klang bedrohlich, ganz so, als ob er Zweifel hätte.

»Hast du das vorhin nicht schon gemacht? Sie war doch so lange weg von mir.« Dass Richard dafür extra angereist war, hieß nichts Gutes.

»Das sind die üblichen Untersuchungen, mach dir keine Sorgen.« Das tat sie aber. Anstatt dass er selbst seine Tochter nahm, wies er die Oberschwester an, die auf quietschenden Schuhen hereinhastete. Er ging ohne weitere Erklärung hinaus. Eigentlich wollte Annabel ihre Tochter gar nicht loslassen, hielt sie fest umklammert. Doch dann dachte sie, dass schon alles seine Richtigkeit hatte, schließlich vertraute sie ihrem Mann. Er war ein hervorragender Arzt und ihr Schwiegervater genauso. Ob die Ursache für Marlenes Fehlbildung eine Krankheit war? Vielleicht wollten sie das herausfinden, ja, so musste es sein. So beruhigte sie sich selbst, setzte sich auf und wickelte Marlene wieder in das Tuch, bevor Schwester Silvia sie hochhob.

»Jetzt geben Sie schon her, Frau Doktor.« Sie entriss sie ihr fast. »Ich weiß auch nicht, ob sich der Aufwand lohnt, so alt werden diese Kinder sowieso meistens nicht.«

»Was?« Annabel war schockiert. »Was erlauben Sie sich? Ich verbitte mir, dass Sie so von meiner Tochter reden.« Marlene durfte nicht sterben, sie war doch erst ein paar Stunden alt. Und überhaupt, *diese Kinder*? Anscheinend hatte die Oberschwester noch etwas ergänzen wollen, schloss den Mund, nachdem Annabel sie zurechtgewiesen hatte, und eilte mit Marlene hinaus. »Moment, warten Sie«, rief Annabel ihr hinterher und sprang aus dem Bett. »Was soll das heißen? Gab es schon mal ein Kind, dass ohne Arme hier in der Klinik geboren wurde?« Alles um sie herum schwankte. Sie musste sich am Bettrand festhalten, um nicht zu fallen.

Ohne Marlene kehrte die Oberschwester zurück und stellte ein Tablett mit Essen auf dem Nachtkästchen ab. Es roch nach Hühnerbrühe. Obwohl Annabel seit gestern nichts mehr zu sich genommen hatte, wurde ihr allein schon bei dem Geruch schlecht. »Sie müssen etwas essen, Frau Doktor, das stärkt Ihren Kreislauf. Kommen Sie.« Wie bei einer Schwerstkranken stellte sie ein Klapptischchen über ihrem Schoß auf.

»Nehmen Sie das sofort wieder weg«, herrschte Annabel sie an.

»Verzeihung. Wollen Sie lieber etwas Süßes? Ich kann in der Küche nachfragen, welchen Kuchen wir für heute Nachmittag haben. Vorhin habe ich eine Schwarzwälder Kirsch und eine Mokkatorte gesehen, wie wäre das? Oder lieber Apfelstreusel mit Sahne? Möchten Sie dazu einen Kaffee oder lieber ein Tässchen Tee? Wir haben Bergamotte oder Earl Grey, auch

Assam mit Milch oder mit Zitrone?« Sie klang wie eine Kellnerin, die die Speisekarte herunterleierte.

Vor Annabels Augen flimmerte es, am liebsten wollte sie losschreien, nahm das spitznasige Gesicht mit den fleischigen Wangen nur verschwommen wahr, versuchte, sich zusammenzureißen. »Meine Tochter schwebt in Lebensgefahr, und Sie fragen mich, welche Teesorte ich will? Ich esse und trinke gar nichts, bevor ich nicht eine Antwort kriege und weiß, wie es ihr geht.«

Die Oberschwester seufzte, baute das Tischchen wieder ab. »Wieso, was wollen Sie wissen?«

»Tun Sie nicht so. Ihre Bemerkung vorhin, und Sie haben nicht geantwortet, als ich Sie gefragt habe, ob schon mal ein Kind ohne Arme hier geboren worden ist.«

Die Oberschwester räusperte sich. »Also, eins kam ohne Hände, nur mit Armstummeln, wie ein Kriegsversehrter, auf die Welt. Ein anderes hatte keine Hüftknochen und keine Nieren, eins keine Beine und nicht mal Ohren. Und dann hatten wir noch eines ohne Augen.«

Wie schrecklich, Annabel konnte es gar nicht fassen. Warum hatte Konstantin ihr nie davon erzählt? »Wann war das?«

»Ist schon eine Weile her, letztes und vorletztes Jahr. So trinken Sie wenigstens etwas.« Annabel nahm einen Schluck, dann noch mehr, ihr Mund und ihre Kehle waren wie ausgetrocknet. Sie trank das Glas aus. »Sehr gut. Und nun muss ich Ihren Blutdruck messen, wenn Sie erlauben.« Sie legte ihr eine Manschette um, pumpte sie auf, setzte das Ende des Stethoskops in Annabels Armbeuge, nachdem sie sich die Hörer in die Ohren gehängt hatte und starrte auf die Druckanzeige am Manometer. »Siebzig zu hundert. Zu niedrig. Sie sollten dringend etwas essen.«

»Was ist mit den Kindern geschehen? Wie geht es ihnen heute?« Ihr Blutdruck war meistens zu niedrig, das war ihr momentan egal.

»Eins ist wenige Stunden nach der Geburt gestorben, von den anderen weiß ich nicht, ob die noch am Leben sind, nachdem sie mit ihren Müttern entlassen wurden.« Erneut durchfuhr Annabel der Schreck. Was, wenn ihre Tochter …, jetzt, in diesem Moment …? »Ich will den Pfarrer sehen, rufen Sie Hochwürden Zuckermüller sofort an.«

»In Ordnung. Aber erst essen Sie ein paar Löffel Suppe, Frau Doktor.« Die Frau war die Ruhe selbst. »Danach wird es Ihnen bessergehen. Wenn Sie die Leibschüssel wünschen, sagen Sie Bescheid.«

Sie wollte jetzt nicht über Ausscheidungen reden. »Verstehen Sie nicht? Wir müssen eine Nottaufe machen. Beeilen Sie sich.«

»So beruhigen Sie sich, ich rufe gleich beim Herrn Pfarrer an, versprochen.« Einen Moment überlegte Annabel, nach Helga zu verlangen, aber die hatte vorerst genug für sie getan, wurde bestimmt woanders gebraucht und konnte ihr wahrscheinlich keine weitere Auskunft geben, schon gar nicht in religiösen Belangen. Sie musste auf ihren Mann warten. »Na gut, dann esse ich eben etwas. Aber nicht dieses wässrige Zeug da, haben Sie nicht etwas Deftigeres? Etwas zum Beißen?« Sie brauchte alle Kraft, die sie kriegen konnte.

Zwei Stunden später, nachdem sie ein ganzes Drei-Gänge-Menü in sich reingestopft hatte, sich kaum noch rühren konnte und halbsitzend ein bisschen vor sich hindöste, brachte man ihr Marlene erneut zum Stillen. So als wäre sie ein ganz normales Kind, das Hunger hatte. Gott sei Dank, ihre Kleine lebte und wedelte schon aufgeregt mit den kleinen Flügelhändchen, die in einem viel zu großen Leibchen steckten, das man ihr über die Windel gestreift hatte. Erleichtert atmete Annabel auf. Als sie sie anlegte, trank Marlene sofort. Endlich kam auch Konstantin dazu, schob einen Stuhl neben ihr Bett und setzte sich. »Was ist, sag schon.« Er wirkte immer noch bleich, hatte dunkle Augenringe, die ihn älter wirken ließen. »Was hat die Untersuchung ergeben? Ist Richard noch da?« Sie bedrängte ihn mit Fragen, hielt es kaum aus, bis er zu sprechen anfing.

Er schüttelte den Kopf. »Er musste gleich wieder nach München, ich soll dich grüßen.« Das war typisch für ihren Schwiegervater, nicht mal zur Geburt seines Enkelkindes würdigte er sie. »Bis auf die fehlenden Arme ist Marlene so weit gesund. Keine inneren Schädigungen.«

»Wirklich?« Annabel war so erleichtert. Ihr kleiner Wonneproppen sah auch überhaupt nicht krank aus.

Konstantin wäre nicht er selbst, wenn er die Freude nicht gleich wieder einschränkte. »Ihr Blut wird noch untersucht, und wir müssen natürlich beobachten, wie sie sich in den nächsten Wochen und Monaten entwickelt.« Bei der Vorstellung, dass sie ihr winziges Kind bereits durchleuchtet und mit einer riesigen Nadel gepiesackt hatten, schauderte es sie. Er rang mit sich, rieb sich die Hände und konnte weder sie noch seine Tochter ansehen, fiel ihr auf. Dabei nuckelte Marlene so selig, ein ergreifender Anblick.

»Kann ich einen Kuss haben?«, fragte Annabel. Als sie Friedrich damals geboren hatte, hatte er sie mit Küssen überschüttet, doch jetzt hatten sie sich noch nicht einmal berührt. Er zögerte, knetete weiter seine Hände, beugte sich dann doch zu ihr und küsste sie sanft. Sie nahm eine seiner Hände und legte sie auf ihren Arm, der ihre Tochter hielt. Erst glaubte sie schon, er zöge die Hand zurück, aber dann tätschelte er Marlenes Rücken, suchte ihre Händchen in den überhängenden Ärmeln. Seine Augen glitzerten. Er blinzelte, Tränen hingen in seinen Wimpern. Vielleicht würde doch alles gut werden, irgendwie, sie würden auch ein Kind ohne Arme großkriegen, sie beide, als Marlenes Eltern, gemeinsam für sie da sein. Auch sie weinte.

Konstantin wischte sich übers Gesicht und stand auf, strich sich über den Kittel, als hätte er sich die Hände schmutzig gemacht. »So, ich muss zu den anderen Patienten, ich lass dir ein Bettchen hereinbringen, dann kann sie im Zimmer bleiben, ja? Ich sehe später wieder nach euch.«

»Warte. Nur kurz noch, weil wir gerade allein sind. Warum glaubst du, hat sie das?«, fragte sie. »Es muss doch eine Ursache geben. An mir liegt es nicht, glaube ich. Bei meinen Verwandten gab's keine Missbildungen, also soweit ich weiß.« Ihre Eltern waren 1943 bei einem Luftangriff in Münster gestorben. »Wie sieht es bei den von Thalers aus?«

»Du meinst, eine Erbkrankheit? In meiner Familie?« So wie er das betonte, hörte es sich an, als ob sie den Papst des Mordes beschuldigt hätte.

Doch sie ließ sich nicht beirren. »Euer Stammbaum reicht doch bis ins sechzehnte Jahrhundert.« Bei den seltenen Einladungen hatte ihre Schwiegermutter ihr die weitverzweigte Darstellung gezeigt. Ein in Gold gerahmtes großformatiges Gemälde, das in ihrer Grünwalder Residenz hing. »Bei diesen arrangierten Ehen, noch dazu in adeligen Kreisen, da gab es bestimmt mal die eine oder andere Auffälligkeit?« Sie wusste nicht, wie sie Inzest freundlicher umschreiben sollte.

»Lass das bloß nicht meinen Vater hören.« Damit hatte sie

wohl ins Schwarze getroffen. »Vielleicht liegt es an dir«, sagte er kalt.

»Wieso, was meinst du?« Sie war sich keiner Schuld bewusst, hatte so gesund gelebt wie noch nie, kaum Alkohol getrunken, auch vorher schon nicht, und in der Schwangerschaft hatte sie ganz darauf verzichtet. Vom Rauchen hatte sie noch nie viel gehalten. Neuerdings gab man dem Nikotin die Schuld an vielen Krankheiten, besonders Krebs.

»Hast du schon mal darüber nachgedacht, dass du zu alt gewesen bist?« Sein starrer Blick ließ sie erschaudern.

HELGA

Kaum war sie im Einsatz, wurde sie ins kalte Wasser geworfen. Anscheinend wollte niemand der Frau des Klinikleiters beibringen, dass sie ein behindertes Kind zur Welt gebracht hatte, einschließlich von Thaler selbst. Nachdem er sie gebeten hatte, sich um seine Frau zu kümmern, und Annabel ihr ihre Verzweiflung gestanden hatte, suchte sie nach der Kleinen und fand sie im zugigen Stationszimmer. Man hatte sie nackt und nur mit einer Windel notdürftig bedeckt zwischen Wasserkocher und Kaffeemaschine abgelegt. »Ja, wen haben wir denn da?« *Marlene v. Thaler* las Helga auf dem Bändchen an ihrem Fuß, das normalerweise um das Handgelenk kam. Sie war niedlich mit ihrem dunklen Haarschopf, sah Helga aus großen Augen an, als sie sie berührte. Abgesehen davon, dass ihr die Arme fehlten, wirkte sie auf den ersten Blick gesund und lebendig. Doch ihre Haut fühlte sich kalt an, wenn das so weiterging, würde sie sich eine Lungenentzündung holen. Helga suchte im Schrank nach einer Decke und etwas zum Anziehen, fand aber nichts. Schließlich nahm sie das Handtuch vom Waschbecken und noch zwei weitere von der Ablage, wickelte die Kleine fest darin ein und wiegte sie. So durfte man doch weder mit einem Säugling noch mit dessen Mutter umgehen.

»Ach, Sie kümmern sich um die Dietrich ohne Arme, na, eine Schauspielerin wird das Mädel schon mal nicht.« Frau Boesner, die Hebamme, die sie bei ihrem Rundgang kennengelernt hatte, kam herein und goss sich eine Tasse Kaffee ein.

»Warum liegt sie hier und nicht auf der Kinderstation? Noch dazu war sie halbnackt, soll sie erfrieren?«

»Aber Frau Doktor, bitte keine Unterstellungen, soviel ich weiß, sind Sie den ersten Tag hier und haben sich doch noch gar nicht mit unserer Arbeit vertraut gemacht.«

»Wenn das Ihre Arbeit sein soll, dann überzeugen Sie mich nicht.« Sie wagte sich weit vor, konnte sich aber nicht beherrschen. Die Hebamme war mindestens zehn Jahre älter und sicherlich sehr erfahren, doch auch sie unterstand, so viel Helga wusste, den Ärzten.

»Dass man sie hier abgelegt hat, habe nicht ich entschieden.« Frau Boesner nippte an dem dampfenden Kaffee. »Es weiß bloß keiner, wohin mit der Kleinen. Im Säuglingszimmer, unter den Kindern der Patientinnen, das würde nur zu Gerede führen. Und der Chef war plötzlich nicht mehr ansprechbar. Aber nun kümmern Sie sich, und Sie machen das ja perfekt, wie ich sehe. Also dann …« Sie war schon halb wieder draußen. »Ich muss zurück auf die Zwei, die siebte Geburt seit meinem Dienstantritt. Ich arbeite seit dreiundzwanzig Stunden durch.« Sofort bereute Helga ihr schnelles Urteil. Wenn, dann hatte das Konstantin von Thaler zu verantworten, er war nicht nur der Vater, sondern auch der leitende Arzt.

Als sie Annabel das Kind brachte, war sie überglücklich. Endlich hatte sie ihre Tochter bei sich, und auch die Erkenntnis, dass sie behindert war, verkraftete sie nach dem ersten Schock erstaunlich rasch. Vielleicht war es sogar besser für beide, wenn sie zusammenblieben und sich aneinander gewöhnten. Helga schaltete das Licht im Kreißsaal aus und wollte eine Schwester suchen, die Annabel in ihr Zimmer verlegte, damit der Kreißsaal für die nächste Patientin frei wurde. Laut Oberschwester Silvia standen die Gebärenden draußen Schlange. Außerdem sollte sie sich um ihren Dienstplan kümmern, damit sie wusste, was als Nächstes zu tun war. Mit raschen Schritten lief sie die Treppe hinunter und stieß auf einen bulligen, fast zwei Meter großen Herrn, der ihr den Rücken zudrehte. Sie umrundete ihn, indem sie sich am Treppengeländer entlangzog, und schnappte auf, was er gerade sagte.

»… dass Annabel nicht die Richtige für dich ist, habe ich dir immer schon gesagt. Doch du wolltest ja nicht auf mich hören, das hast du davon.« Jetzt erkannte sie ihn, Konstantins Vater, Richard von Thaler. In Fachkreisen galt er als unverrückbarer Fels, das war er auch leibhaftig. Er nahm fast die ganze Breite des Treppenabsatzes ein.

»Ihr werdet das schon meistern, auch ohne uns«, fuhr er fort.

»Was soll das heißen, ohne euch?« Von seinem mächtigen Bauch verdeckt, stand Konstantin seitlich neben ihm, wie die geschrumpfte Version seines Vaters. Aber wenigstens war er wieder auf den Beinen.

»Genau das, was ich gesagt habe. Was das Medizinische betrifft, unterstütze ich dich natürlich trotzdem, da kannst du dich selbstverständlich auf mich verlassen. Aber sonst …« Der Professor zögerte kurz. »Vorzeigbar ist das Kind jedenfalls nicht.«

Konstantin schluckte, setzte aber sofort eine freundliche Miene auf, als er Helga wahrnahm. »Ah, Dr. Knaup, meinen Vater kennen Sie?« Offenbar peinlich berührt, dass sie den Disput mitangehört hatte, stellte er sie einander vor.

»Grüß Gott, Herr Professor.« Sie gab ihm die Hand.

»So, so, die abtrünnige Tochter, die es so weit gebracht hat.

Herzlichen Glückwunsch zur Zulassung. Erst neulich habe ich mich mit Ihrem Vater auf einer Benefizgala für die Schluckimpfung unterhalten.« Dass er so plötzlich mit ihren Eltern anfing, überrumpelte sie. Ihr Vater und der Leiter der Thaler'schen Kinderklinik kannten sich natürlich von diversen Wohltätigkeitsveranstaltungen. In Frack und Abendkleid und mit kostbarem Schmuck behängt, taten ihre Eltern mit einer auf einem Scheck rasch hingekritzelten Unterschrift wenigstens etwas Sinnvolles, damit anderen ein Schicksal wie das ihrer an Kinderlähmung gestorbenen Schwester erspart blieb. »Ihr Vater leidet sehr darunter, dass er Sie und seinen Enkel nicht sehen darf, dabei hat er doch allen Grund, stolz zu sein.«

»Das glaube ich kaum. Ein Kind mit dunkler Haut, Herr Professor, das ist bestimmt genauso wenig vorzeigbar wie Ihre Enkelin.« Rasch ging sie eine Stufe weiter nach unten, für den Fall, dass er ausfällig wurde, doch offenbar hatte es ihm die Sprache verschlagen. Helga wandte sich noch an Konstantin von Thaler. »Herr Dr. Thaler, darf ich Sie kurz etwas fragen? Ich habe noch keinen Dienstplan, an wen muss ich mich dafür wenden?«

»Da sprechen Sie am besten mit meinem Stellvertreter, Dr. Hauck, er teilt die Schichten ein.« Sie nickte, den kannte sie noch von früher, als sie hier Lernschwester gewesen war. »Und wo finde ich ihn?«

»Ich denke, er ist noch bei einer OP, aber fragen Sie am Empfang nach oder klopfen Sie an seinem Büro, das ist im Parterre, neben der Patientenbibliothek.«

»Danke. Ihrer Frau geht's übrigens gut, und sie würde sich freuen, wenn Sie nach ihr sehen.« Sie wollte weitereilen, fort von Vätern, die ihre Kinder drangsalierten, egal wie alt diese inzwischen waren.

»Oh, schaffen dir deine Angestellten also auch schon an, was du zu tun hast? So läuft das also in deiner Provinzklinik, eine Assistenzärztin gibt dir Befehle, ist ja interessant.« Professor Thaler musste, wenn auch etwas zeitverzögert, doch noch rausgeben. Helga scherte sich nicht weiter darum. Als sie unten angelangt und außer Sichtweite war, öffnete sie ihre Handtasche, um nach dem Büroschlüssel zu suchen, den sie vorhin einfach achtlos hineingeworfen hatte, und stellte fest, dass die Marmelade ausgelaufen war. Mist, alles klebte. Ihr Geldbeutel, ihre Schminksachen, und auch die Brieftasche mit dem Ausweis.

Das Büro entpuppte sich als staubige Abstellkammer mit leeren Regalen, aber ein Telefon stand in einem Fach und als sie abhob, funktionierte es sogar. Ein Waschbecken mit einem ovalen Spiegel gab es auch, der Rest, ein Schreibtisch, ein Stuhl, würde sich finden. Mensch, ihr erstes eigenes Büro als Ärztin! Helga öffnete das Fenster und setzte sich auf das Fensterbrett. Nach der ganzen Aufregung wäre jetzt eine Zigarette wunderbar. Noch immer hatte sie diesen Drang in sich, auch wenn sie seit Davids Geburt nicht mehr rauchte. Sie holte die Breze aus der Tüte, brach ein Stück ab und tauchte sie in die Marmelade in ihrer Handtasche ein. Lecker, das beruhigte genauso die Nerven. Danach machte sie sich auf die Suche nach Dr. Hauck, fand ihn im Gang bei der Visite, an der sie gleich teilnehmen sollte.

Das Stück Breze sollte die einzige Mahlzeit für heute bleiben. Ihr Dienstplan war eng gesteckt, so dass sie ohne weitere Pause erst um kurz nach fünf Feierabend machen durfte. Helga beeilte sich, nach Hause zu kommen. David wartete schon lange genug. Hoffentlich war alles in Ordnung, und er hatte den ersten Tag gut überstanden. Die Volksschule war nicht weit weg, ein Katzensprung nur, David musste auf dem Heimweg keine Straße überqueren, trotzdem hatte sie ein mulmiges Gefühl, ihn gleich zu Beginn so lange allein zu Hause zu lassen. Das würde sie ab morgen ändern. Nachdem ihr Wittgenstein einen Schreibtisch und einen Drehstuhl in ihr Zimmer getragen hatte, hatte sie eine Kinderfrau, die ihr empfohlen worden war, angerufen und ein Treffen für sechs Uhr vereinbart. Hoffentlich war diese Frau Knappe zuverlässig und David fühlte sich bei ihr gut aufgehoben. Für die zwei Stunden, die er jeden Tag zu ihr gehen durfte, verlangte sie ausgesprochen viel, wohl weil Helga Ärztin war. Ihr Magen knurrte. Zeitlich war es recht knapp, wenn sie vorher noch gemeinsam einkaufen wollten. Helga hatte einen Bärenhunger. Sie ließ das Fahrrad vor dem Haus stehen und sperrte die Wohnung auf. »David, huhu, wo bist du?« Anstatt ihres Sohnes erblickte sie die Maus, die auf dem Küchentisch hockte und die restlichen Brotkrümel stibitzte. Sie huschte davon, verschwand wieder unter dem Küchenschrank, als Helga näher trat. Na, das waren saubere Verhältnisse, dachte sie. Ihre Mutter fiel ihr ein, die nicht nur äußerst etepetete war, sondern auch noch panische Angst vor Mäusen hatte. Wenn die wüsste. In letzter Zeit hatte sie selten an ihre Eltern gedacht, bis heute, als sie wieder an sie erinnert wurde. Seit acht Jahren hatten sie nun keinen Kontakt mehr. Und diese Brüche mit Menschen, die ihr nahestanden, zogen sich durch ihr Leben. Erst ihre ältere Schwester, die sie so geliebt hatte und die dennoch gestorben war. Ihretwegen hatte sie entgegen aller schulischen Voraussetzungen Medizin studiert. Sie wollte den menschlichen Körper und seinen Verfall besser verstehen, Krankheit und Tod etwas entgegensetzen. Dann Jack, Davids Vater. Und Luise, mit der sie sich nach dem

Vorfall mit Hans nie ausgesprochen hatte. Dieser Verlust schmerzte sie ganz besonders, vielleicht weil sie geglaubt hatte, Luise und sie würden für immer Freundinnen bleiben. Doch so etwas gab es anscheinend nicht, jedenfalls nicht bei ihr. Nichts war für die Ewigkeit, alles war ständig in Bewegung. Das hatte bereits Leonardo da Vinci festgestellt, der ihr im Studium immer wieder begegnet war. Seine Erkenntnisse galten bis in die Gegenwart, nicht umsonst hingen in vielen Arztpraxen seine wunderbaren anatomischen Zeichnungen. Über eine Möglichkeit, wieder auf ihre Eltern zuzugehen, dachte sie längst nicht mehr nach. Soviel sie wusste, wohnten sie nach wie vor in München, in der großen Villa in der Nähe des Nymphenburger Parks. Jedenfalls ihre Mutter, ihr Vater würde nach wie vor als Direktor der Löw-Schuhwerke durch die ganze Welt reisen. Hoffentlich hatte er seine Nachfolge ohne sie geregelt, aber eigentlich war es ihr gleich. Sie brauchte ihre Eltern nicht und sehnte sich auch nicht mehr danach, sich mit ihnen zu versöhnen. Als David kleiner war, war das anders gewesen. Besonders nachdem sie von Luise rausgeworfen worden war, hatte sie so eine unbändige Sehnsucht nach ihrer Mutter gehabt, hatte sich ausgemalt, wie sie sich in die Arme fielen und weinten, sich gegenseitig gestanden, wie sehr sie einander vermisst hatten. Als hätte es nie den ganzen Ärger, die Zurechtweisungen und Befehle, die Bevormundung und vor allem die Erwartungen gegeben, als wäre Heidrun Knaup die Fürsorge in Person, die sich nichts sehnlicher wünschte, als endlich ihren Enkel kennenzulernen. Helga war sogar einmal mit David im Kindersitz zum Knaup-Anwesen geradelt, um ihm zu zeigen, wo seine Großeltern wohnten. Doch kaum hatte sie sich dem Grundstück genähert und ihre Mutter zwischen den hohen Hecken erspäht, war sie umgekehrt. Mit einer Sprühflasche voller Spülmittel tötete ihre Mutter gerade die Werren im Rasen. Als Kind hatten Helga diese urzeitlich aussehenden Maulwurfsgrillen fasziniert, und sie hatte nicht verstanden, warum man sie und alle anderen Lebewesen im Gras vernichten musste. Sobald es regnete, schäumte der Rasen bestimmt bis zum ersten Stock.

In seinem Zimmer war David auch nicht, nur sein Schulranzen lag auf dem Boden, der Block und das Federmäppchen mit den Stiften herausgezogen. In Großbuchstaben, die er bereits alle schreiben konnte, stand da:

BINBAI JOSI IM LADN. KOMSTU A MAMA?

So schnell ging's, schwupp, schon würde Helga Luise wiedersehen, ob sie wollte oder nicht. Eigentlich hätte sie es sich auch denken können, war Luises Tochter nicht in Davids Alter? Als sie im Hotel gearbeitet hatte, hatte sie Luise manchmal beim Bettenmachen oder Staubwischen durchs Fenster mit dem Kinderwagen gesehen, sich aber nicht mehr getraut auf sie zuzugehen. Ihr Herzschlag beschleunigte sich. Auf einmal war sie aufgeregter als am Morgen bei ihrem Arbeitsantritt.

Heutiges Kundengespräch:

»Also, Frau Dahlmann, ich bräuchte ein Spezialrezept von Ihnen. Mein Mann darf laut Arzt nicht ..., wie soll ich sagen, er hat ...« Frau Kleber beugt sich über die Theke und flüstert: ..., dieses Cho... Chole...« Die letzten Buchstaben haucht sie mir bloß noch ins Ohr.
»Was, die Cholera? Ist die wieder ausgebrochen?« Frau Hepper ist ein paar Schritte nachgerückt und hält erschrocken die Hand vor den Mund.
»Nein, hier geht's um Cholesterin, das ist keine Seuche, sondern ein Fett, das wir alle im Körper haben, aber auch durchs Essen aufnehmen. Es darf im Blut nicht zu hoch ansteigen, darum sollte man darauf achten«, versuche ich sie zu beruhigen.
»Mei, die Frau Dahlmann, die kennt sich aus, wusste ich's doch«, sagt Frau Kleber. »Der Rainer muss doch auf sein Herz aufpassen. Nur weiß ich leider nicht, was ich ihm jetzt noch kochen darf. Eier soll er nicht, Butter, Schmalz, Schweinefleisch, Innereien, Aufschnitt, kein Bier, kein Schnaps. Er hat schon gesagt, jetzt kann er sich gleich aufhängen. Wenn ich ihm noch mehr Äpfel aufschneide, versauert er mir noch. Wo der Rainer doch auch die Schokolade über alles liebt, aber die ist, glaube ich, ebenfalls verboten.« Sie schielt zur Kuchenauslage und seufzt aus mächtiger Brust. »Mit Ihren herrlichen Torten ist jedenfalls Schluss, Frau Dahlmann.«
»Sie müssen nur die Zutaten und die Verarbeitung der Äpfel abändern, Frau Kleber«, versuche ich sie zu trösten. »Wenn Sie anstatt der Eier Apfelmark und anstelle von Butter Pflanzenöl verwenden, können Sie Ihren Mann mit einem besonderen Kuchen überraschen, Ihr Rainer wird begeistert sein.«

Und ich verkaufte ihr die Zutaten für folgendes Rezept:

Tante Dallis Herz-Schmerz-Kuchen (extra schokoladig!)
(hilft nicht nur bei Liebeskummer und Nikotinentwöhnung, sondern eignet sich auch für Schonköstler, Vegetarier und Lichtatmer, die mal wieder was zwischen den Zähnen brauchen)

Zutaten für eine Backform Ø 26 cm (evtl. in Herzform)
Für den Teig:
300 g Mehl
150 g gemahlene Mandeln oder Haselnüsse

80 g Kakao
3 TL Backpulver
1 Prise Salz
320 ml Milch
300 g Apfelmark (selbst hergestellt oder gekauft)
150 g Zucker oder Honig
150 g Öl (aus Sonnenblumen, Oliven, Kokos je nach Vorliebe)

Für die Glasur:
2 Tafeln Herrenschokolade (oder Zartbitter)

Zubereitung:
Backofen auf 180 Grad vorheizen. Springform einfetten und mit Mehl bestäuben. Mehl, Mandeln, Kakao, Backpulver und Salz in einer Schüssel vermischen. Öl und Milch, Mark und Zucker in einer anderen Schüssel verrühren, dann die flüssigen Zutaten mit den trockenen vermengen.
Den Teig in die Backform füllen und den Kuchen ca. 30 Minuten backen. Stäbchenprobe! Herausnehmen und abkühlen lassen.
Solange die Glasur herstellen: Die Schokolade im Wasserbad auflösen und den Kuchen damit bestreichen. (Achtung, aufpassen, dass beim Schmelzen kein Wasser in die Schokolade spritzt, sonst schmilzt sie nicht!) Zum Schluss den Liebeskuchen noch mit getrockneten Blüten oder Nüssen verzieren.

Aus: Luises Ladenkunde-Album

LUISE

Um halb drei sperrte sie den Laden auf und verrichtete die gewohnten Handgriffe, bis die ersten Kundinnen sich an die Theke stellten. Die merkwürdige Unruhe in ihr hielt auch am Nachmittag an. Wo sie sonst auf die Befindlichkeiten der Leute einging, sich bemühte, es jedem recht zu machen und sich nach der Verwandtschaft und sogar noch nach dem Wohlbefinden des Hündchens oder des Kanarienvogels zu erkundigen, hielt sie sich heute mit Nachfragen zurück. Bei so manch ausschweifender Erzählung driftete sie in ihre eigenen Gedanken ab, schielte ab und zu auf die Wanduhr über der Eingangstür. Schon halb fünf. Wieder durchfuhr es sie heiß und kalt. Jeden Augenblick konnte Helga im Laden stehen, und was dann?

»… die ganze Zeit will er nur das Eine, das geht doch nicht, Frau Dahlmann, oder was sagen Sie?«

»Äh, wie bitte?«, fragte sie verdattert.

»Einen klaren Kopf kriegt er jedenfalls nicht davon«, Frau Müller-Ehrlich redete sich in Rage, »wie es in der Reklame angepriesen wird, eher das Gegenteil. Aber heute bringe ich es ihm noch mal mit, sonst hängt der Haussegen schief.«

»Das wird das Beste sein.« Luise hatte zwar immer noch nicht verstanden, worum es ging, vermutete eine bestimmte Sorte Helles oder Wacholderkorn, den sie meistens kaufte, und tastete sich behutsam vor. »Oder vielleicht doch eine Flasche Schinkenhäger?«

»Schinkenhäger? Sie haben mir gar nicht richtig zugehört.

Das war's, mehr brauche ich heute nicht, wie viel macht das?« Verschnupft zückte die Kundin ihren Geldbeutel.

»Tut mir leid.« Luise tippte die Preise der Waren in die Kasse ein und drückte mit der Handkante auf Gesamt. Die Summe erschien. »Siebzehn vierzig, bitte schön.«

Als der Laden kurz einmal leer war, nutzte Luise die Gelegenheit, um die Regale nachzufüllen. Sie ertappte sich dabei, dass sie die Ananasdosen ins Weinregal räumte. Hoffentlich hatte sie nicht noch mehr Fehler gemacht. Die Zigaretten beim Zucker und der Kirschlikör bei den Seidenstrümpfen etwa. Das ergäbe ein feines Durcheinander. Sie lachte laut. Vielleicht sollte sie ausprobieren, wie die Kunden reagierten. Verwirrung als Kaufanreiz. Warum nicht? In den Großstädten existierten bereits riesige Geschäfte, in denen man die Kunden nicht mehr bediente, sondern sie sich das Gewünschte selbst nahmen und sich nur noch zum Bezahlen vor die Kasse stellten. Dort stapelten sich in einer ganzen Halle die Waren und konnten dadurch deutlich billiger verkauft werden. Es war nur eine Frage der Zeit, bis sich diese Konkurrenz in Starnberg niederließ. Sie musste sich dringend ein neues Konzept überlegen. *Selbstbedienung spart Zeit,* lautete die Schlagzeile im *Münchner Merkur*. Luise hatte sich den Artikel ausgeschnitten und in ihr *Ladenkunde-Album* geklebt. Mittlerweile führte sie schon ein zweites Notizbuch mit Anekdoten der Kunden, Merklisten und Rezepten. Das erste war einfach zu dick geworden und mit den vielen Erinnerungen auch zu kostbar, um es während der Öffnungszeiten unter der Kasse griffbereit zu haben. Sie bewahrte es lieber im Wohnzimmer bei den Fotoalben auf.

Bevor sie ihrem Mann ihre Gedanken zu einer Ladenerweiterung mitteilte, wollte sie gewappnet sein. Am besten sie skizzierte nach Feierabend verschiedene Umbaumöglichkeiten. Hans war heute den ganzen Tag unterwegs, um Fernsehantennen auf Dächer zu montieren. Auch wenn sie sich abgewöhnt hatte, daran zu denken, was alles passieren konnte, blitzte für einen Moment das Bild in ihr auf, wie er womöglich gerade auf irgendwelchen rutschigen Ziegeln balancierte, ein langes Kabel in der Hand, in dem er sich jederzeit verheddern konnte. Aber fürs Herumsitzen in einem Büro war er genauso wenig gemacht wie sie. Darum hatte er für dieses Risiko auch die deutlich ruhigere Arbeit im Innendienst ausgeschlagen, die ihm die Verbeamtung bei der Bundespost eingebracht hätte. Das Schrauben, Basteln – Technik insgesamt – war seine Welt. Am Wochenende reparierte er in der ehemaligen Werkstatt seines Vaters die kaputten Fernseher von ganz Starnberg, wofür er sogar manchmal noch dessen alte Schreinermaschinen gebrauchen konnte, denn viele Fernseher waren in Holzkästen eingebaut. Die einzige Lücke in ihrer beider Geschäftigkeit bildete Josefine. Für seine Tochter ließ Hans sofort alles stehen und liegen, las ihr jeden Wunsch von den Augen ab, hatte ihr ein kleines Baumhaus im Kirschbaum gebaut, einen *Jägerstand*, wie sie es beide nannten. Den Blumenkasten in luftiger Höhe hatte Luise mit Geranien bepflanzt wie vor den Fenstern des Dahlmannhauses.

»Sagen Sie, Frau Dahlmann, wissen Sie ein Kuchenrezept ohne Butter oder Schmalz?«, fragte die zweiundneunzigjährige Frau Bärtesecker aus der Nachbarschaft. »Gibt's so etwas überhaupt? Mein Arzt hat gesagt, dass ich mich beim Kaffeetrinken mit dem fettigen Sach mäßigen soll, wegen diesem, diesem, hach, jetzt habe ich vergessen, wie das heißt …, Kraut, ja, irgendwas mit Kraut.«

»Ein Kraut, das Sie nicht vertragen?«, erkundigte sich Luise. Sie wurde oft von Kunden mit gesundheitlichen Problemen um Rat gefragt. Kaum hatte man sich nach dem Krieg ein Polster angefuttert, tauchten die Beschwerden auf und man musste auf Schonkost umsteigen. Aber auch damit kannte sich Luise aus. Sie hatte einige Jahre in einem Camp für Heimatlose als Köchin gearbeitet, war in Diäten, ob zum Zunehmen oder Abnehmen, geschult. Hans witzelte bereits, dass sie eigentlich *Apotheke* anstatt *Feinkost und Gemischtwaren* auf das Ladenschild schreiben sollten, dann könnte sie auch die Preise erhöhen. Aber Beratung gehörte für Luise einfach dazu, und sie hoffte, dass ihre Stammkundschaft das weiterhin zu schätzen wusste. Frau Bärtesecker war für ihr Alter noch sehr rüstig. Sie versorgte sich und ihren Fonse, einen Dackel, der in Hundejahren gerechnet etwa gleich alt wie sein Frauchen sein dürfte, immer noch selbst. »Mit Kraut meinen Sie vermutlich eine Kohlsorte. Kohl ist allgemein blähend«, erklärte Luise. Nur dass die alte Dame den bevorzugt zum Kaffee aß, wunderte sie. Sie war eigentlich eine gute Abnehmerin ihres Mittwochs- und Samstagsgebäcks.

»Stimmt. Irgendwas mit Kohl, nicht Kraut, da hab ich mich versprochen. Aber diesen Kohl hat man schon in sich drin, und der darf nicht zu hoch werden oder so ähnlich.«

»Ach so, Sie meinen Cholesterin?« Luise ging ein Licht auf. Das war gerade in aller Munde, ständig kamen Kunden mit dieser Sorge, nur wussten nicht alle das Wort auszusprechen. In ihrem *Ladenkunde-Notizbuch* hatte sie eine ähnliche Anekdote aufgeschrieben.

»Genau, Frau Dahlmann, auf das muss ich aufpassen, hat der Arzt gesagt. Doch ein nackerter Kaffee, sind Sie bitte ehrlich, der schmeckt Ihnen doch auch nicht. Ich jedenfalls brauche was zum Beißen dazu.« Dass das ihre echten schneeweißen Zähne waren, die sie nun zeigte, bezweifelte Luise.

»Dann probieren Sie mal einen Biskuitkuchen, vielleicht mit Kirschen? Der Teig wird ganz ohne Fett zubereitet. Nur die Sahne müssen Sie leider auch weglassen.« Nachdem sie ihr die Zutaten zusammengestellt hatte, schrieb sie ihr das Rezept auf und kassierte. Ein halbes Dutzend Eier, ein Pfund Mehl und Zucker, fünf Packerl Tortenguss, ein Viertelpfund Speisestärke und Backpulver. Das reichte gleich für zwei Biskuits. Frau Bärtesecker bedankte sich und fädelte die Zutaten mit zitternden Händen in ihren Einkaufsbeutel. »Mei, und noch eine Stoiso, die hätt ich fast vergessen.« Diesmal wusste Luise sofort Bescheid. Jeder ihrer Kunden sprach die Schweizer Zigarettenmarke, die in der Reklame den Duft der großen weiten Welt versprach, anders aus. Vor ein paar Wochen, als noch Schnee lag, hatte Luise einmal gedacht, jemand verlangte Streusand. Sie drehte sich zum Tabakregal um, nahm das Kleingeld entgegen und gab ihr die Schachtel Stuyvesant.

»Vergessen Sie Ihre Schattenmorellen nicht.« Luise reichte ihr das Glas, das noch auf der Theke stand. »Warten Sie, ich helfe Ihnen.« Sie wollte schon um die Theke eilen. Zu spät. Das Glas verhedderte sich im Netz und fiel daneben. Es schlug auf der Taschenablage auf und zerbrach. Was am Morgen mit dem Senf glimpflich ausgegangen war, ging jetzt in die Hose.

»Ohmeiohmei, Frau Dahlmann, jetzt habe ich Ihnen auch noch Extraarbeit verursacht.« Die alte Dame war sichtlich erschüttert.

»Das macht nichts.« Rasch schnappte sich Luise einen Lumpen aus der Küche und putzte der Kundin die Schuhe sauber, die rot bespritzt waren. Auch ihre braunen Seidenstrümpfe hatten rote Sprenkel, aber davon sagte Luise nichts. Sie schielte unter die Ladentheke, wo sich der Kirschsaft in einer großen Pfütze ausbreitete. Sie erhob sich wieder, holte ein neues Glas Kirschen aus dem Regal, verstaute es selbst im Netz und begleitete die Kundin zur Tür. Dann sammelte sie die Scherben auf, füllte einen Eimer mit Seifenwasser und begann das Malheur aufzuwischen. Leider hatte sich der Kirschsaft überall verteilt. Was für eine Sauerei! Die Kanten klebten, und überall hingen Kirschen. Gerade als sie auf dem Boden kniete und schrubbte ging erneut die Ladenglocke. »Moment. Ich bin gleich bei Ihnen«, rief sie. Sehen konnte sie hinter der Theke nichts.

»Lass dir Zeit, Luise. Es pressiert nicht.«

Die Stimme fuhr ihr durch Mark und Bein. Helga! Sie traute sich gar nicht aufzustehen. Ihr Herz fing wie wild zu pochen an.

»Alles in Ordnung bei dir? Was ist denn das für ein Blutbad?« Helga war schon näher getreten, hatte sie entdeckt und lugte über die Theke.

»Bloß ein Glas Kirschen.« Sie sah auf und blickte in dieses sonnige, klare Gesicht ihrer ehemaligen Freundin. Helga war älter geworden, aber irgendwie noch schöner, ihr Gesicht nicht mehr ganz so kindlich rund wie noch mit Anfang zwanzig, sondern kantiger, was ihr wunderbar stand. Gegen jeden Willen und Vorsatz breitete sich pure Freude bei ihrem Anblick in Luise aus. Sieben Jahre hatten sie sich nicht gesehen und nie mehr miteinander gesprochen. Außer wilden Gerüchten, die noch in Starnberg umgingen, hatte Luise nichts mehr über Helga erfahren. Und nun hatten die Kinder dafür gesorgt, dass sie aufeinandertrafen.

»Wart, ich helfe dir.« Bevor Luise etwas erwidern konnte, zog Helga ihren langen Mantel aus, schnappte sich aus der Küche, sie kannte sich ja aus, einen Lumpen und ging neben ihr in die Hocke. Luise wagte sie kaum anzusehen, betrachtete sie nur aus dem Augenwinkel. Helga kleidete sich immer noch auffällig modisch und bunt, betonte ihre schönen Beine mit einem sehr kurzen Rock und Stiefeln mit Absatz. Sie hielt die hochtoupierten hellblonden Haare mit einem breiten Haarband fest. Dazu trug sie auf ihrer feinen Nase, die sie David vererbt hatte, eines dieser neumodischen Brillengestelle in Libellenflügelform, was ihr ausgezeichnet stand. Einerseits hätte Luise sie am liebsten einfach in die Arme geschlossen und alles vergessen, was vorgefallen war, andererseits gab es diesen Widerwillen in ihr. »Das musst du nicht tun, ich komme zurecht.« Sie rückte samt Putzkübel etwas von ihr ab.

»Wenn ich aber will.« Helga lächelte sie mit diesem trotzigen Zug um den Mund an, den Luise so sehr an ihr mochte. Gemeinsam war die Bescherung schnell beseitigt. »Hier im Laden hat sich ja einiges verändert, schön sieht es aus. Du führst die *Madame* und die *Vogue*.« Helga zeigte auf das Zeitschriftenregal. »Und sogar Nagellack und Lippenstift gibt es bei dir. Ich glaube, ich werde mich mal ordentlich eindecken damit.«

Luise gab ihr ein Tuch, damit sie sich die Hände und die Knie abwischen konnte, die rote Flecken hatten. »Josie und David spielen im Garten. Moment, ich hole deinen Sohn.«

Helga berührte sie am Arm. »Dass wir beide Mütter sind, Luise, ist das nicht ein Wunder? Ich freu mich so und bin gespannt, deine Tochter kennenzulernen.« Luise zuckte nur kurz mit den Mundwinkeln, ging zum Hintereingang, um die Kinder zu rufen. Auf halber Strecke blieb sie stehen und kehrte um. Besser sie sagte Helga endlich die Meinung, sonst würde sie es noch Jahre hinausschieben.

»Spar dir das freundliche Getue.«

Helga war ihr in den Flur gefolgt und stand dicht hinter ihr.

»Ich verstehe, aber können wir nicht wenigstens Frieden schließen?«

»Frieden? Das klingt, als ob wir gestritten hätten.« Luise fixierte sie. »Das haben wir aber nicht. Du hast …« Es fiel ihr schwer, es auszusprechen.

»Ich weiß«, nahm ihr Helga das Reden ab, »und ich würde alles dafür geben, wenn ich es ändern könnte.« Sie schob ihre Brille hoch.

»Bereust du es?«

»Das kann ich nicht sagen, ich …« Jetzt sprach Helga nicht weiter.

»Ich schon. Ich bereue es.«

»Du?« Helga lehnte sich an die Wand und betrachtete sie erstaunt.

Luise nickte. »Damals war ich mir sicher, aber heute weiß ich nicht, ob ich das Richtige getan habe.«

»Wieso, was meinst du?«

»Na, dass ich dich und deinen Buben einfach vor die Tür gesetzt habe.« So, jetzt war es gesagt.

»Doch das hast du, ich hätte es genauso gemacht. Und auch wenn es hart war, hast du mir damit geholfen. Anfangs war ich so wütend auf dich, das kannst du dir nicht vorstellen.«

»Das kann ich. Ich war auch wütend auf dich, und ehrlich gesagt, ich war es noch bis vorhin, bis ich deine Stimme gehört habe, oder, ich weiß nicht genau, ich war durcheinander, das trifft es eher.«

»Ich auch, und aufgeregt bin ich jetzt noch. Du willst es vielleicht nicht hören, aber das mit Hans und mir war nicht das, was du denkst, das habe ich dir damals schon zu erklären versucht.«

»Ich glaub, ich will das gar nicht wissen.« Sie schwiegen

kurz. Luise konnte sich nicht mehr beherrschen. »Warum nur, warum hast du mir, hast du uns, also auch dir und mir, das angetan?« So sehr sie auch dagegen ankämpfte, die Tränen flossen aus ihr heraus.

»Es tut mir so leid.« Helga tat einen Schritt auf sie zu, aber Luise wehrte sie schniefend ab und angelte in ihrer Schürzentasche nach einem Taschentuch. »Du warst immer mein Vorbild und bist es noch.«

»Ich?« Luise verstand nicht. »Soll das ein Scherz sein?«

Helga blieb ernst. »Wie du das mit dem Laden angepackt hast, dein Fleiß, dein Ehrgeiz, dein Antrieb und deine innere Stärke, das hat mir so imponiert. Daran habe ich mich über die Jahre festgehalten, wenn die Luise das schafft, dann kann ich es auch hinkriegen. Nur mit der Geduld klappt es bei mir noch nicht, ich bin leicht aus der Ruhe zu bringen.«

Luise schnäuzte sich. »Wenn jemand diszipliniert ist, dann du. David hat erzählt, dass du Ärztin bist. Wie hast du das nur in so kurzer Zeit geschafft und deine Prüfungsangst besiegt?« Deshalb war Helga ursprünglich durchs Abitur gerasselt.

»Ich habe kapiert, dass nicht das Lernen selbst das Problem ist, sondern dass ich verstehen muss, für was ich lerne, dann ging's. Und dank David hatte ich plötzlich ein Ziel vor Augen, und auf das habe ich mich zubewegt. Unaufhaltsam. Anstatt nur auswendig zu lernen, habe ich versucht, mir das Wissen anzueignen, bis es mir in Fleisch und Blut übergegangen ist. Darum geht es ja im Grunde in der Medizin.« Sie grinste und legte den Lumpen in den Putzkübel, in dem das rote Wasser schwappte. »Um Fleisch und Blut und natürlich auch ums Herz. Ich liebe meinen neuen Beruf.«

»Und wie war dein erster Tag?«, fragte Luise. »Voller Einsatz bei Doktor von Thaler?«

Helga biss sich auf die Lippe. »Du, ich darf das eigentlich nicht, aber ich muss …«

»Ja?« Luise war gespannt, was jetzt kam.

»Bella hat heute ihr Kind gekriegt.«

»Ach, das freut mich.« Luise wusste aus eigener Erfahrung, wie quälend es war, sich so lange ein Kind zu wünschen. »Was ist es denn, Bub oder Mädchen, und sind beide wohlauf?«

»Ich habe Schweigepflicht und eigentlich schon zu viel gesagt. Bitte verrat mich nicht.« Helga rang mit sich.

»Wieso, ist etwas nicht in Ordnung gewesen?«

»Bitte, Luise.«

»Na gut.« Sie holte ein Süßigkeitenglas aus dem Laden. »Welche Farbe willst du?«

Helga lächelte sie an. »Blau. Aber glaub nicht, dass du mich mit einem Lutscher weichklopfen kannst. Ich sag kein Sterbenswörtchen mehr.«

Jetzt grinste Luise, gab ihr den blauen und nahm sich einen grünen Lutscher. »Lass uns anstoßen. Auf Bellas Kind und auf …« Sie zögerte.

»Auf uns vielleicht?«, schlug Helga vor.

»Vielleicht.« Sie ließen die Lutscher aneinanderklacken.

»Kriegen wir auch einen Lutscher?« Josie stürmte mit David herbei.

»Na klar.« Luise hielt ihnen die Auswahl hin.

Die Kinder wollten wieder nach draußen laufen. »David, bleib hier«, rief Helga ihm hinterher. »Wir müssen zur Frau Knappe, zu der kannst du vielleicht zum Mittagessen, davon habe ich dir doch heute früh erzählt.«

Er hielt inne und wandte sich um. »Aber ich will nicht.«

»Ach, sie ist bestimmt nett. Also komm.« David schüttelte den Kopf und rannte in den Garten. Helga seufzte.

»Redest du von Roswitha Knappe, die in der Bozener Straße wohnt?«, fragte Luise.

»Ja, ich hoffe, dass David ab morgen zu ihr gehen kann. Sie betreut noch zwei andere Schulkinder bis nach den Hausaufgaben um drei. Ist sie eine Kundin von dir?«

Luise nickte. »Sie kauft hauptsächlich Guldenberger Goldsaft und Havanna-Rum. Ich wusste nicht, dass sie Kostkinder nimmt, sie ist doch schon über siebzig.«

»Ehrlich? So alt hätte ich sie am Telefon nicht eingeschätzt. Vielleicht kümmert sich ihre Tochter um die Kinder.«

»Frau Knappe hat bloß einen zuckerkranken Mann, dem sie erst die Zehen und dann beide Füße abgenommen haben. Manchmal klagt sie mir ihr Leid. Den alten Griesgram kann sie anscheinend nur noch mit Rum besänftigen.«

»Oh, das ist interessant. David ist zwar ein ruhiges Kind, aber ob er so ruhig ist … Na, wir werden sehen, jedenfalls will ich sie nicht warten lassen. Also vielleicht bis bald mal wieder. David!« Helga rief noch mal nach ihm, doch er zeigte sich nicht. Gemeinsam suchten sie die Kinder und fanden sie hinter der Garage, wo sie über die Wasserrinne eine Ameisenbrücke bauten. Mit kleinen Dämmen aus Sand lenkten sie die Insekten in die gewünschte Bahn. Und dann ging das Gezeter und Gequengel los. Selbst mit der Aussicht, dass sich Josie und David von nun an jeden Tag in der Schule wiedersahen, fiel es ihnen schwer, das Spiel zu beenden.

»Frau Dahlmann, wo sind Sie?« Luise hörte jemanden rufen und sah auf die Uhr. Fünf vor sechs. Wahrscheinlich der letzte Kunde.

»Du, lass dich nicht aufhalten.« Helga versuchte weiterhin, David loszueisen. Nachdem Luise Herrn Bellarabi Pfeifentabak und eine Packung Brustkaramellen verkauft hatte und zusperren wollte, sah sie die beiden endlich um die Ecke biegen. Luise blieb in der offenen Ladentür stehen und winkte ihnen nach. Möglicherweise, dachte sie, könnten sie eines Tages doch wieder Freundinnen werden. Der Wunsch war da, musste sie sich eingestehen.

Hans fuhr mit dem Pritschenwagen vor, auf den Marie im Auftrag von Elektro Pappeck ein Fernsehmännchen gemalt hatte. Mit quietschenden Reifen bremste er direkt vor Helga, die mit David gerade die Straße überqueren wollte. Luise glaubte ein Aufflackern in seinen Augen zu sehen, als er Helga erkannte. Wie begegneten sich die zwei nach dem, was vorgefallen war?

Josie kam ihnen in die Quere. Sie war aus dem Gartentor gerannt und sprang ihrem Vater auf den Arm. »Papa, Papa. Schau mal, das ist der David.« Sie zeigte auf ihn, als ob er sonst zu übersehen wäre. »Mama hat gesagt, dass ihr ihn schon länger kennt als mich. Als ich noch bei der Mirella war.« So nannte Josie alles, was vor ihrer Geburt stattgefunden hatte. Wer diese geheimnisvolle Mirella sein sollte, hatten sie noch nicht herausgefunden.

Hans gab seiner Tochter einen dicken Schmatzer und setzte sie wieder ab. Dann ging er leicht in die Knie und beugte sich vor. »Dieser junge Mann da, das soll der Davidl sein? Nie im Leben.« Davidl, genau, so hatten sie ihn als Baby genannt, weil sie dazu neigten, allem einen Spitznamen zu geben. Dass Hans das noch wusste!

»Grüß dich, Hans«, sagte Helga, das Gesicht versteinert.

»Dass ihr uns besucht, wie nett.« Er gab ihr die Hand, wandte sich wieder Josie zu, die fröhlich weiterplapperte.

»David geht mit mir in die Klasse.«

»Na, das ist ja eine Überraschung. Wo wohnt ihr denn?«

»Oben, gleich neben der Schule, in der Schlossbergstraße.« Helga sah kurz zu Luise, als wollte sie ihr etwas zu verstehen geben.

»Darf ich David dein Fernseherauto zeigen?« Josie war aufgedreht, hüpfte zwischen den anderen auf dem Gehsteig herum wie ein Gummiball.

»Ein andermal, Josie«, mischte sich Luise ein. »Die beiden müssen sich wirklich beeilen.« Helga nickte ihr dankbar zu, legte den Arm um ihren Sohn und schob ihn fast über die Straße.

In dieser Nacht fand Luise nur schwer in den Schlaf. Sie wälzte sich im Bett herum und dachte darüber nach, dass Helga einfach so wieder in ihr Leben spaziert war. Jahrelang hatte sie versucht, den Vorfall aus ihrer Erinnerung zu verbannen, und dennoch geahnt, dass das Ganze noch nicht ausgestanden war. Hans neben ihr zersägte bereits ganze Urwälder zu Kleinholz, er hatte keine Einschlafschwierigkeiten. Meistens blätterte er noch in einer der vielen Tageszeitungen, die sie dank des Ladens zur Auswahl hatten, und schon war er im Liebeträumeland. Zum Unmut von Luise, die Druckerschwärze färbte die weiße Bettwäsche grau, es war fast, als fielen die Buchstaben nach Gebrauch heraus. Und sie hatte dann die Wäsche zu bleichen. Für Hans schien die Sache mit Helga ausgestanden zu sein, vermutlich verschwendete er keinen Gedanken mehr daran. Wenn ihr das doch nur auch gelänge! Normalerweise fiel sie erschöpft vom Tag ins Bett und genoss es, endlich zu entspannen. Um wirklich abzuschalten, widmete sie sich noch einem der Romane, die sich auf ihrem Nachtkästchen stapelten, schaffte es manchmal kaum zum Ende eines Kapitels, bevor auch ihr die Augen zufielen. Manchmal träumte sie die Geschichte weiter und wunderte sich am nächsten Abend, dass das Buch anders verlief. Früher war sie im Bett noch Bestelllisten durchgegangen oder hatte die Angebote der Lieferanten studiert, doch das hatte sie sich abgewöhnt, sonst fand sie bis weit über Mitternacht kein Ende und schleppte sich müde durch den nächsten Tag. Aber heute ließen sie gleich mehrere Sachen nicht los. Sie drehte sich auf die Seite, schob den Arm unters Kissen und betrachtete das Mondlicht, das durch die Vorhänge fiel und die Umrisse der Schlafzimmermöbel sichtbar machte. Es könnten auch versteinerte Tiere sein, dachte sie. Die Kommode mit dem Schmuckschränkchen ein Bär, der immer noch Winterschlaf hielt, und hinter dem Schrank lauerte ein Hirsch, oder war das nur der leere Kleiderbügel, an dem normalerweise ihr Dirndl hing, das seit Wochen in der Waschküche auf die Reinigung wartete. Sie lauschte nach nebenan, wo Josie schlief. Wie schön, dass ihre Tochter so gerne zur Schule ging und jetzt David zum Freund hatte. Eigentlich hatte es Luise zu früh gefunden, dass sie schon zwei Wochen vor ihrem sechsten Geburtstag eingeschult worden war, sie hätte ihre Tochter gerne noch länger zu Hause gehabt. Sie spielte zwar gern, war aber auch sehr wissbegierig, half ihr beim Kassieren, Sortieren und den Abrechnungen und konnte am ersten Schultag schon ein bisschen rechnen und schreiben. Und so hatte sich Hans vom Rektor, der auch ein Fußballspezl von ihm war, überzeugen lassen. Und als Luise dann mit Josie die Schule und das Klassenzimmer besichtigen durfte und ein nettes Gespräch mit der Lehrerin, Fräulein Ruf, geführt hatte, war Josie hellauf begeistert und wollte unbedingt in die Schule. Trotzdem schaute Luise in den ersten Tagen ständig auf die Ladenuhr, wann es halb zwölf war und ihre Kleine endlich heimkehrte. Ihre Zweifel, was das Lernen betraf, verflogen rasch.

Josie kam gut im Unterricht mit und hatte immer viel zu erzählen. Inzwischen genoss es Luise, dass Josie vormittags weg war. So konnte sie sich wieder voll und ganz auf ihre Arbeit konzentrieren, und die verlangte ihr zur Zeit alles ab. Wieder hatte sie es nicht geschafft, sich nach Feierabend hinzusetzen und das Ladenkonzept neu zu überdenken. Wenigstens ein paar Notizen hatte sie sich machen wollen, aber dann war noch der Eislieferant mit der Monatsabrechnung aufgetaucht. Und bis sie dann das Abendessen gemacht, das Gebäck für den nächsten Tag vorbereitet und Josie ins Bett gebracht hatte, fing schon die *Tagesschau* an. Die wollte sie nicht verpassen. Das war so etwas wie ein Ritual für Hans und sie geworden. Seit sie einen Fernseher hatten, läuteten die Acht-Uhr-Nachrichten im ersten Programm täglich den Feierabend ein. Danach war heute *Stahlnetz*, ein Krimi, gesendet worden. Die Ermordete spielte die Grit Boettcher, und im Film hieß sie ausgerechnet Helga. Die war schon vor mehreren Wochen getötet worden, wie der Polizeiarzt feststellte. Als Täter kamen die Bewohner des Hauses in Betracht, darunter einige Männerbekanntschaften von Helga, aber Luise war vor Auflösung des Falls auf dem Sofa eingenickt, wer der Mörder gewesen war, hatte sie nicht mehr erfahren. Hans konnte es ihr auch nicht sagen, er hatte sich noch ein Bier holen wollen und war dabei an einem kaputten Fernseher hängengeblieben, den er noch bis vor einer halben Stunde repariert hatte.

Das *Ladenkunde-Album*, das sie anfangs so akribisch mit allem Möglichen vollgeschrieben hatte, nahm sie nur noch selten zur Hand. Dabei waren die Eigenheiten der Kunden nicht weniger geworden und gehörten eigentlich festgehalten. So sammelten sich die Anekdoten nur mit allem anderen, was durchdacht gehörte, in ihrem Kopf an und führten, wie sich nun zeigte, zu Schlaflosigkeit. Sollte sie aufstehen und sich unten in die Küche setzen, um zu schreiben? Nein, dazu konnte sie sich nicht aufraffen. Außerdem würde Josie aufwachen, wenn sie ein Knarren auf der Treppe hörte. Also musste sich Luise eben merken, was ihr durch den Kopf ging. Erstens das Sortiment vereinfachen, um Platz zu schaffen. Zweitens attraktiv im Angebot bleiben. Drittens? Was war das noch mal gewesen? Ach ja, umräumen, die sperrigen Teile wie Waschmitteltonnen und Hundefutter nach hinten verbannen. Aber würde sie damit nicht ein paar Kunden verprellen? Und überhaupt. Ständig kamen neue Produkte dazu. Früher waren Mehl und Butter eben das gewesen, was sie waren, einfache Wundermittel, um daraus feine Gerichte zu zaubern, süß oder salzig. Heutzutage verwendete man meist Margarine zum Backen und Kochen, und davon gab es mehrere Sorten, jede wurde als streichfähiger, fettärmer und zugleich schmackhafter angepriesen. Die Erfinder waren schließlich keine Köche, sondern Chemiker. Luise backte am liebsten mit einfacher Butter. Fett war Geschmacksträger, und das zeichnete ihre Torten und Kuchen aus. Trotzdem verlangten die Kundinnen, dank der Reklame, nach diesen angeblichen Schlankmachern.

Sie würde sich auch wohler fühlen, wenn sie ein paar Pfunde abspecken könnte. Zu gern wäre sie so zierlich wie Helga, die war zwar einige Zentimeter kleiner, aber hatte trotz ihrer Schwangerschaft ihre Figur behalten. Nur wie und wann sollte Luise auch noch Diät halten, zwischen den Mahlzeiten aß sie doch sowieso schon nichts. Sie schmunzelte über sich selbst und dachte an die Frau Breiteneiser, die sie neulich gefragt hatte, wann man das Diätrezept einnehmen müsste, vor oder nach dem Mittagessen. Als handle es sich um bittere Tropfen. Wieder etwas, das eigentlich notiert gehörte. Was soll's, dachte

Luise, irgendjemand würde es schon mal aufschreiben. Sie drehte sich auf den Rücken, atmete tief ein und aus und versuchte, ihre Gedanken auf eine Wolke zu setzen, den Tipp hatte sie in einer Zeitschrift gelesen. In welcher, wusste sie nicht mehr, vielleicht im *Stern*, das würde passen. Oder in einem der Frauenmagazine, sie hatte fast alle im Sortiment. Von den billigen Klatschblättern, auf deren Titelseiten man die Prominenten wie Grit Boettcher dank der schlechten Druckqualität nur erahnen konnte und vermutlich deshalb in Großbuchstaben ihre Namen drunterschreiben musste, bis zu den edlen internationalen Blättern für die Dame von Welt, wie Helga gleich bemerkt hatte. Schon wieder sie! Besser schnell zurück zu dieser Entspannungstechnik. Aber da ging es schon los. Wie sollte diese verflixte Wolke aussehen, gezackt, bauschig, breit, lang oder hoch, grau, weiß oder schwarz wie eine Gewitterwolke? Sie könnte statt der einzelnen Gedanken gleich die komplette Helga draufsetzen, ja, dort oben wippte sie mit ihren schlanken Beinen und winkte zu ihr herunter. Huhu, ich bin wieder da und mache dir das Leben schwer! Und, zack!, war Luise wieder bei ihr, es half nichts, so sehr sie sich auch abzulenken versuchte, sie musste wohl oder übel über ihre ehemalige Freundin nachdenken, vielleicht kam sie danach endlich zur Ruhe. Als der Wecker um halb sechs klingelte, wusste Luise nicht mehr, wann sie eingeschlafen war, schmeckte noch den Lutscher, mit dem sie angestoßen hatten, aber das konnte doch gar nicht sein.

Hans knurrte im Halbschlaf, als Luise aufstand und ins Bad gehen wollte, zog er sie zurück. »Komm, leg dich noch mal zu mir. Nur fünf Minuten.« Das altbekannte Spiel. Sie wusste, was er wollte, versuchte es zu ignorieren. Früher hätte sie sich weichklopfen lassen, da hatte sie seinen Geruch geliebt, ja, sich danach gesehnt. Nun störte sie die dicke Hornhaut an seinen Füßen, wenn sie sich ineinander verkeilten, und auch die Bartstoppeln und vor allem der starke Geruch nach Nikotin. Mit den Jahren hatte sie sich zwar daran gewöhnt, dass er rauchte, aber mittlerweile kam er fast nicht mehr ohne Zigarette aus. Sein letzter und sein erster Gedanke des Tages war ein neuer Glimmstängel. Früher war Hans der Mann ihrer Träume gewesen. Nun war ihr morgens eine lauwarme Dusche lieber. »Ich vermiss dich«, sagte er, als sie sich seiner Hand entzog.

Sie sagte nichts. Was sollte sie auch erwidern? Dass sie den Hans zurückwollte, den sie geheiratet hatte? War sie selbst so rein und unfehlbar, dass sie ihm den Seitensprung mit Helga einfach nicht verzeihen konnte? Warum bestrafte sie ihn immer noch? Nach Josies Geburt hatte sie lange gebraucht, überhaupt wieder mit Hans schlafen zu wollen, täuschte auch heute noch oft Kopfschmerzen und Erschöpfung vor, besonders an den fruchtbaren Tagen. Auch wenn sie die Zeitspanne oft nicht genau eingrenzen konnte, hoffte sie, dass es stimmte. Josie hätte gern Geschwister, aber etwas in Luise verweigerte sich Hans. Als sie mit ihrer Tochter schwanger geworden war, hatte sie noch nichts von seinem Verhältnis zu Helga gewusst. Womöglich war das Ganze auch schon länger gegangen? Oft war Luise schweißgebadet aufgewacht, hatte die beiden im Traum vor sich gesehen, wie sie miteinander schmusten und dabei lachend zu ihr sahen und sie verhöhnten. Doch mit der Zeit verdrängte sie es mehr und mehr. Jetzt lehnte sie sich zurück, bis er sie auffing, genoss seine Berührung, sein Streicheln, doch bevor er es ausdehnte, kam er schon zur Sache. Es war der Uhrzeit geschuldet, wie er noch schnell hervorpresste, ehe er sich auf sie legte. Während er sich abmühte, beobachtete sie eine Spinne, die seelenruhig in der Morgendämmerung von der Lampe zur Decke ein Netz webte. Die war gestern Abend noch nicht da gewesen. Schon rollte Hans sich von Luise herunter. Falls der Wecker nicht ausgerechnet in diesem Moment stehengeblieben war, hatte er exakt drei Minuten gebraucht. Das war das Einzige, wobei er im Alter schneller wurde, immerhin. Vielleicht sollte er sich damit bei den Olympischen Spielen bewerben, dachte sie, und auch die Kundin mit der Katzenklappe fiel ihr ein. Sie grinste.

»Was lachst du?«, fragte Hans.

»Ach, nichts.« Rasch setzte sie sich auf, schüttelte den Wecker und horchte, ob er noch tickte. Das tat er, gleichmäßig wie ein Herzschlag.

Hans streckte sich und rollte sich aus dem Bett. Wie immer ging er davon aus, dass es ihr genauso gefallen hatte wie ihm. Was im Bett passierte, geschah ohne Worte. Bei anderen Paaren mochte das anders sein, jedenfalls hatte das auch in einem Artikel gestanden. Reden Sie mit Ihrem Partner, sprechen Sie Ihre Bedürfnisse an. Wie sollte sie das umsetzen? Äh, Hans, mir geht das zu schnell, ich komm nicht mit, und ich komm überhaupt nicht, nicht mal annähernd, zum Höhepunkt? Von wegen, wie sollte das zwischen ihnen beiden gehen? Hallo Hans, du, ehrlich gesagt, die letzten elf Jahre unserer Ehe ... im Bett ... ich danke dir für Josie, die dabei entstanden ist. Aber den Rest habe ich über mich ergehen lassen. Nein, das konnte sie ihm nicht antun, es würde das letzte bisschen zerstören, das noch zwischen ihnen war.

Vor lauter Grübeln war er auf einmal vor ihr im Bad, verbrauchte das warme Wasser, so dass nur noch kaltes für sie übrig blieb. Egal, danach war Luise wenigstens richtig wach.

Kaum stieg sie aus der Wanne, in die sie sich zum Duschen hockte, klingelte das Telefon. Bestimmt eine Fernsehkundschaft. Wenn die Glotze kaputt war, herrschte Notstand, das kam noch vor den Lebensmitteln. Dabei lief vormittags sowieso nur ein Testbild, erst ab siebzehn Uhr startete das Kinderprogramm für fünfundzwanzig Minuten. Luise hob ab.

»Guten Morgen, ich bin's, Helga. Entschuldige, dass ich so früh störe, aber …« Sie räusperte sich. »Ich wollte fragen, ob David heute eventuell nach der Schule noch mal zu euch könnte. Ich muss jemand anderen für die Mittagszeit finden. Du hattest recht mit Frau Knappe, sie ist total überfordert, hat ihn noch dazu als ihren kleinen »Sarotti-Mohr« bezeichnet, das will ich ihm nicht antun. David kann auch allein zu Hause bleiben, du hast genug zu tun. Doch bevor er wieder zu euch abhaut, wollte ich fragen, ob …«

»Ja, er kann gern herkommen. Josie wird sich freuen. Vorausgesetzt, er mag auch.«

»Oh, das hilft mir total, vielen Dank, und David ist ganz aus dem Häuschen, du solltest ihn sehen.« Sie hörte ihn im Hintergrund jubeln. »Ich kümmere mich, so schnell es geht, um eine andere Betreuung, versprochen.«

»Brauchst du nicht. Die Schule und alles, das sind genug Herausforderungen für den Anfang, auf einen mehr am Tisch kommt es bei uns nicht an. Die Kinder können nach dem Essen zusammen Hausaufgaben machen und bis abends bei uns spielen.«

»Wirklich?«

»Ganz wirklich«, versicherte sie Helga, und es fühlte sich auch so an. Ein Schritt in die richtige Richtung.

»Ich hole ihn heute um sechs ab, wenn meine Schicht zu Ende ist, dann sprechen wir noch mal, einverstanden?«

»In Ordnung.« Luise hatte eigentlich alles gesagt, was es zu bereden gab, aber mal sehen, was Helga noch auf dem Herzen hatte. Hans saß bereits am Tisch. Seit er nicht mehr in aller Herrgottsfrühe aus dem Haus musste, um den Schnellzug nach München zu erreichen, frühstückten sie gemeinsam. Heute hatte er sogar den Tisch gedeckt und den Wasserkessel eingeschaltet. Kaum hatte sie Kaffee für sich gefiltert, Tee für Hans aufgegossen und für Josie ein Pausenbrot geschmiert, tappte ihre Tochter herein. Mit noch ganz verwuschelten Haaren setzte sie sich und suchte sich wie jeden Morgen aus der Haarspangenschachtel in Form eines Nilpferds, das Geschenk eines Vertreters für Schuhcreme, zwei Stück für ihre Zöpfe heraus. Luise trat hinter ihren Stuhl und kämmte sie.

»Wer hat angerufen?«, fragte Hans hinter der Zeitung.

»Helga sucht jemanden, der tagsüber auf David aufpasst, wenn sie Dienst hat.«

»Arbeitet sie wieder im Hotel?«

»Nein, sie ist doch Ärztin und hat eine Stelle in der Seeklinik.«

»Wirklich?« Hans legte die Zeitung weg und rührte sich Zucker in den Tee. »Eine Frau Doktor.« Er pfiff durch die Zähne. »Ganz schöner Sprung, das hat sie bestimmt unserem Nachbarn von Thaler zu verdanken.«

»Wie kommst du da drauf?«

»Erst versagt sie als Krankenschwester, und plötzlich ist sie Ärztin, hoppladihopp, in so kurzer Zeit, wie soll das gehen?«

»Mit Fleiß und Ehrgeiz vielleicht?« Eigentlich wollte sie Helga nicht verteidigen, aber die herablassende Art ihres Mannes nervte sie. Als ob eine Frau immer einen Mann brauchte, damit sie etwas erreichte.

Hans lachte. »Ich glaube, sie hat wohl eher ihre Reize eingesetzt.«

»Fang ja nicht damit an«, zischte Luise. »Nicht vor dem Kind.« Ihre Tochter kramte weiter in der Blechschachtel und reichte ihr schließlich einen kleinen Tiger und einen Elefanten aus Plastik, an denen jeweils ein Gummiring klemmte. In Luise gärte es, am liebsten hätte sie Hans sonst was an den Kopf geknallt. Doch sie riss sich zusammen und stimmte wieder einen milden Tonfall an. »Jedenfalls habe ich mit ihr ausgemacht, dass David von nun an jeden Tag nach der Schule herkommen kann.«

Bevor Hans etwas erwidern konnte, sprang Josie auf den Sitz und umarmte Luise, ihre kurzen, dicken Zöpfe peitschten ihr um die Ohren. »Du bist eine Schau, Mama.«

Luise lachte und drückte sie an sich. »Eine was?«

»Eine Schau, das sagt man, wenn jemand ganz besonders toll ist«, erklärte sie. »Die Susanne, die Angeberin, hat sogar ein Schau-Schau daheim.«

»Was soll das denn sein?«

Josie zuckte mit den Schultern. »Das hat sie mir noch nicht verraten.« Sie setzte sich wieder und biss in das Honigbrot. »Vielleicht können David und ich heute zu ihr und es herausfinden.«

»Heute spielt ihr erst mal bei uns.«

»Kann der David schon radeln? Mit Stütz oder ohne? Und meinst du, Mama, der spielt auch so gerne mit Puppen wie ich?« Josie sah sie mit großen Augen an.

Luise grinste und trank ihren Kaffee. »Frag ihn doch einfach.« Auch Hans schmunzelte, zündete sich eine Zigarette an und nahm einen tiefen Zug. Sie hasste es, wenn er am Tisch rauchte, aber wenigstens waren sie über das Thema Helga hinweg. Falls er etwas dagegenhatte, dass David zukünftig herkam, hatte er die Gelegenheit verpasst, seiner Tochter konnte er so gut wie keinen Wunsch abschlagen.

»Josie, trink deine Milch aus, wir müssen uns auf den Weg machen.« Nachdem sie gefrühstückt hatten, packte Luise ihr den Ranzen. Wie jeden Tag würde sie sie noch bis über die Hauptstraße begleiten.

»Das übernehme ich, Josie fährt heute in die Schule«, sagte Hans.

»Aber Papa, ich kann doch gar nicht Autofahren.«

»Dann machst du halt noch schnell den Führerschein. Komm her, ich zeig dir, wie's geht.« Er drückte die Zigarette im Aschenbecher aus, zog Josie zu sich auf den Schoß und gab ihr einen Teller als Lenkrad. »Gas geben …« Sie stemmten sich gegen das Tischbein und lehnten sich vor. »Schneller, einen anderen Gang einlegen … Obacht, Josie, Mama ist im Weg.«

Josie kicherte. »Aus der Bahn, Mama!« Sie verwechselte Auto- wohl mit Schlittenfahren.

Hans bremste und zog Josie zurück, sie kreischte vor Vergnügen. »Was ist, Luiserl, willst du nicht auch den Führerschein machen?« Er griff sie am Handgelenk.

»Bitte, Mama, das ist lustig.«

Luise versuchte zu lächeln. »Das ist nichts für mich, ich muss mich um die Tortenböden kümmern.« Sie wollte zur Anrichte gehen.

»Nur kurz.« Hans griff sie am Schürzenband und zog sie auf sein anderes Bein. Luise gab nach, sie wollte keinen Streit entfachen, lehnte sich zurück und schmiegte sich neben ihre Tochter, in die Armbeuge ihres Mannes. »Also, meine Damen, Lenkräder in die Hand nehmen.«

»Ein Auto mit zwei Lenkrädern?«, fragte Luise.

»Jawohl, Dahlmann macht's möglich.« Kichernd drehten sie ihre Teller in der Luft.

»Und jetzt nach rechts um die Kurve …« Hans lehnte sich auf die Seite und schob sie mit. Fast entglitt Josie der Teller, so sehr lachte sie. Hoppla! »Jetzt geht's den Berg runter …« Er lehnte sich mit ihnen nach vorne. »Hui, und nun wieder hoch. Aber ich hör gar nichts, unser Auto ist so leise, was ist da los?«

Luise brummte.

»Oh, die Frau Dahlmann fährt eher Traktor«, sagte Hans. Sie verbesserte sich, und ahmte einen surrenden Automotor nach.

»Jetzt ist es zu leise, wir fahren doch einen Lastwagen.« Josie half mit. So fuhren sie, gluckten und kreischten, wenn Hans sich in die nächste Kurve legte oder auf einmal bremste.

»Jetzt aber flott, Josie.« Mit Blick auf die Küchenuhr beendete Luise die rasante Fahrt, stand auf und band sich ihre Schürze fest. »Zieh deine Strickjacke und die Schuhe an, sonst beginnt der Unterricht noch ohne dich.«

Das wollte ihre Tochter keinesfalls. »Darf ich die Klackschuhe anziehen? Biiitte, Mama.« Sie meinte die schwarzen Löw-Lackschuhe mit Riemen und kleinen Absätzen, die sie zu Weihnachten gekriegt hatte und die auf dem Pflaster klapperten beim Gehen. »Der Schnee ist doch fast weg.«

Gestern hatte sie es noch nicht erlaubt, da war wirklich noch Schneematsch an den Straßenrändern gewesen und der Bürgersteig an manchen Stellen vereist. Sollte Luise diesem flehenden Blick widerstehen? »Von mir aus«, sagte sie und löste einen weiteren Freudenschrei aus. Da Hans Josie bis vor die Schule fuhr, würde sie ganz sicher unterwegs nicht ausrutschen.

»Pfiati, Mama.« Sie gab Luise ein dickes Bussi auf die Wange und lief nach oben, in ihr Zimmer, wo die Schuhe wie Trophäen die ganzen Monate im Regal neben ihren Märchenbüchern gestanden hatten. Hans zündete sich eine neue Zigarette an und folgte ihr. Luise räumte den Tisch ab und öffnete das Fenster, damit der Nikotinqualm ihr nicht den Kuchen verdarb. Eisig kalte Luft drang von draußen herein. Hoffentlich erkältete sich Josie nicht in den Sommerschuhen. Umschwenken konnte sie jetzt nicht mehr, das wollte sie ihrer Tochter nicht antun. Als sie das Fenster schloss, sah sie, wie Josie, in Jacke, Schal und Mütze dick eingemummelt, in die Fahrerkabine des Pritschenwagens kletterte und strahlend am Lenkrad drehte. Luise holte die Biskuitböden, die sie gestern schon gebacken hatte, aus dem Keller, um sie zu belegen. Den Guss musste sie auch noch herstellen, bevor der Lieferant kam. Heute war Eile geboten, sie war mit allem später dran als sonst.

Mit Hut und Werkzeugtasche kam Hans noch mal in die Küche. Sie glaubte schon, er wollte ihr wie früher einen Abschiedskuss geben, aber das hatten sie sich längst abgewöhnt. Zumal sie sonst mehrmals am Tag am Küssen wären, denn oft kehrte Hans zwischen seinen Kundenbesuchen kurz heim, um aufs Klo zu gehen und sich neue Zigaretten zu holen.

»Du hast hoffentlich nicht den Schlüssel stecken lassen, Josie fährt sonst wirklich noch selbst in die Schule.«

Er zog den Schlüsselbund aus der Tasche seines grauen Arbeitsmantels. »Hab ich hier. Ich wollte nur sagen, vorhin, das war fei mein Ernst. Du könntest wirklich den Autoführerschein machen.«

»Ich?«

»Wäre doch nett für kleine Fahrten zwischendurch, wir kaufen uns einen gebrauchten Fiat oder einen VW. Und in den Ferien verreisen wir mal ein paar Tage ins Ausland«, schlug er vor. »Dann kann ich mich zurücklehnen, und du löst mich ab.«

Vehement schüttelte sie den Kopf. »Mir reicht der Mopedführerschein. Wenn wir ein Auto hätten, müssten wir die Kunden auch noch beliefern. Außerdem, in Urlaub fahren, wie soll das gehen, soll ich einfach zusperren?«

Er nickte. »Warum nicht?«

Hans hatte leicht reden. »Ich finde, wir sollten besser den Laden verändern«, nutzte sie die Gelegenheit für einen Vorstoß.

»Den Laden? Jetzt, wo er endlich gut läuft?« Er schnappte sich einen Pfirsich-Schnitz aus der Schüssel, in die Luise gerade das Obst für die Kuchen klein schnitt.

»Hast du dich mal umgesehen, wie eng es vor der Theke ist? Nur weil wir etwas Gewinn machen, heißt das nicht, dass wir uns auf dem Erfolg ausruhen dürfen. Die Konkurrenz schläft nicht.« Sie stoppte in ihrer Rede und musterte ihn. »Was gibt's da zu grinsen.«

»Na ja, wenn es um so etwas geht, dann sagst du *wir*, vorhin, bei Helgas Sohn, hast du allein entschieden, ohne mich vorher zu fragen.«

»Ist es dir etwa nicht recht, dass Davidl hier ist?« Sie schälte eine Banane und legte sie auf ein Brett.

»Doch, schon. Hauptsache, Josie ist glücklich, und er ist ein netter Bub. Ich freu mich ja, dass sich die Sache mit Helga bei dir gelegt hat, ich dachte schon, du trägst es mir ewig nach.« Dass er das jetzt einfach so offen, schon halb im Gehen ansprach, damit hatte sie nicht gerechnet. Mit ihrem Messer hackte sie auf die Banane ein, als wären es Kräuter.

»Was ist?« Hans nahm ihr das Messer aus der Hand und zog sie an sich. »Hab ich was Falsches gesagt? Manchmal glaub ich, ich kann's dir gar nicht recht machen.« Er umfasste sie, strich ihr über die Wangen, den Hals. »Der Laden, der Laden, der Laden, wenn Josie uns nicht auf Trab halten würde, gäbe es nichts anderes für dich.«

»Das stimmt, aber ich darf mich nicht darauf ausruhen, dass ich …, dass wir …«, verbesserte sie sich schnell, »Umsatz machen.« Sie entwand sich ihm und holte einen Topf und das Tortengusspäckchen aus dem Schrank.

»Ach, Luiserl, Ausruhen ist eben wirklich ein Fremdwort für dich.«

Er zog die Zigarettenpackung aus der Brusttasche, zerknüllte sie. »Du, ich hole mir noch neue *Reval* aus dem Regal, ja? Die hier sind leer.« So wie Josie ihre Zopfhalter, probierte Hans ständig eine neue Marke. Damit abends die Abrechnung stimmte, sagte er es meistens, wenn er sich welche aus dem Laden nahm. »Ich weiß nicht, ob ich es bis zum Mittagessen schaffe, ich bin heute in Gilching und ein paar umliegenden Dörfern im Einsatz. Was gibt's denn?«

»Mmh, ich überlege noch. Vielleicht Renke, Butterkartoffeln und Gurkensalat?« Wenigstens sprachen sie wieder über alltägliche Dinge. »Der Nimroth bringt heute Fische für den Verkauf, da würde ich für uns gleich welche zur Seite legen. Und als Nachspeise …«, sie überlegte kurz, »Apfelsinen-Zitronen-Creme.«

»Du und deine Nachspeisen, ihr bringt mich noch um den Verstand. Dass ich eine Köchin geheiratet habe, war mein Hauptgewinn.«

»Ach, sag mal …« Das hatte sie ihn schon die ganze Zeit fragen wollen, war aber immer wieder davon abgekommen. »Was hat eigentlich Marie zu der Waschmaschine gesagt? Hat sie sich gefreut?«

Bei den drei Kindern und Tante Polli wuchs Marie die Wäsche über die Ohren. Für Marie war eine Waschmaschine hoffentlich eine Entlastung und für Luise ein Trumm weniger im Schuppen hinterm Haus. Fast jede Woche kam nämlich ein neues altes Gerät dazu, das Hans für irgendwann oder irgendjemand reparieren wollte.

»Ja, schon«, sagte er knapp.

»Und weiter? Wie geht's ihnen allen?« Sie war schon einige Zeit nicht mehr in Leutstetten gewesen.

»Gut so weit.«

»Paaapaaa! Ich waaarteee!« Josie rief.

»Also, jetzt pressiert's wirklich. Ich schau, dass ich bis um eins da bin. Und dann reden wir auch über die Umgestaltung des Ladens, einverstanden?« Er küsste sie tatsächlich noch.

Kaum hatte sie die heutigen Preisreduzierungen auf die Tafel geschrieben, den Gehsteig vorm Laden von den Kieselsteinen befreit, die sie gestern noch gestreut hatte, draußen die Obst- und Gemüseauslage gefüllt und nachgesehen, ob unter der Stellage kein Hund sein Geschäft verrichtet hatte, drängten schon die ersten Kunden herein. Luise trug noch schnell die Aufsteller mit der Waschmittel- und Eisreklame hinaus, damit drinnen überhaupt Platz zum Anstehen war. »Hundertfünfzig Gramm gemischten Aufschnitt«, verlangte Frau Meisele. »Oder hundertsiebzig dürfen's auch sein, Frau Dahlmann, wir kriegen heute Abend Gäste.«

»Gern, sofort.« Die Investition in die teure Schneidemaschine vor einem Jahr hatte sich rentiert, viele kamen extra zu ihr, weil sie Wurst und Käse nun besonders fein schneiden konnte, dazu noch servierfertig auf einem Wachspapier anrichtete, so dass die Hausfrau den Aufschnitt nur noch auf eine Platte stürzen musste. Ein paar frisch gehackte Kräuter darüber, dazu Radieserl, Gurke oder Tomatenstücke. Fertig. »So, so, Sie kriegen Besuch, Frau Meisele.« Luise war eigentlich an den Einzelheiten gar nicht interessiert, doch dezentes Nachhaken gehörte zur Kundenpflege.

»Ja, unser Sohn will uns seine Braut vorstellen.« Sie brannte darauf, mehr zu erzählen, und lehnte sich an die Scheibe der Theke. »Sie wollen im Sommer schon heiraten, wenn Sie verstehen, was ich meine.«

»Oh, das sind ja erfreuliche Nachrichten.« Luise kannte die Familie seit vielen Jahren. Herr Meisele hatte ihr damals sehr preiswert genau diese Kühltheke verkauft. Von seinem raffinierten Geschäftsmodell hatte Hans über einen Arbeitskollegen bei der Post erfahren. Anders als bei Elektro Pappeck in Starnberg, der sämtliche Geräte vorrätig haben musste und dessen Laden sich bis in den Hinterhof ausdehnte, war das Meisele-Geschäft in Planegg bloß ein paar Quadratmeter groß. Es bestand nur aus einem Tisch und einem Telefon. Wusste man ungefähr, was man wollte, rief man an, und er erkundigte sich dann stellvertretend bei verschiedenen Händlern nach dem billigsten Gerät und schlug am Ende seine Provision drauf. Sein Sohn Robert war mit Martin, Luises ältestem Bruder, in die Schule gegangen und baute Bootsmotoren in einer Werft am See. Dann war es anscheinend bei den Meiseles in Kürze mit dem ersten Enkelkind so weit. »Herzlichen Glückwunsch und alles Gute für die Schwiegertochter.«

»Danke, wissen Sie was, ich nehme gleich einhundertneunzig, oder sagen wir, glatte zweihundert Gramm Aufschnitt, und geben Sie mir noch ein Stück von der Leoni, dann mach ich einen Wurstsalat dazu, wir wollen uns doch nicht lumpen lassen. Oder ist ein Wurstsalat zu gewöhnlich? Die Erika arbeitet nämlich in der Volks- und Raiffeisen.« Luise hielt im Drehen an der Schneidemaschine inne. »Weiter, Frau Dahlmann, den Aufschnitt nehme ich auf jeden Fall. Ach, ich bin so aufgeregt, drei Ereignisse in einem Jahr. Oder haben Sie noch eine besondere Idee, was ich machen könnte? Etwas Leichtes am besten, der Robert sagt, die Erika achtet sehr auf ihre Linie, na ja, mit der wird es vorerst vorbei sein. Doch mir könnte es auch nicht schaden.« Sie trat ein Stück von der Theke zurück, rempelte Frau Nies hinter ihr an.

Hoffentlich fiel die Kundenschlange nicht um wie Dominosteine, dachte Luise. Sie wartete, bis alle wieder gerade standen, dann kam ihr Einsatz. »Ich wüsste ein Rezept, Frau Meisele.« Sie dämpfte die Stimme. »Aber das verrate ich nur Ihnen.« Wieder ging ein Ruck durch die Reihe, die nächste Kundin und auch die übernächste reckten den Hals und sperrten die Ohren auf, um nur ja nichts zu verpassen. Manchmal hatte Luise Glück, und ein oder zwei Damen kauften die Zutaten von ihrem angepriesenen Rezept gleich mit. »Wie wäre es mit einer kalten Platte aus Pumpernickel anstatt Weißbrot?« Damit brachte sie ihren Ladenhüter ins Spiel. Die Packungen konnte sie aus Platzmangel nicht nach vorne räumen, aber sie gehörten dringend verkauft. Eigentlich hatte sie sie auf die Angebotstafel schreiben wollen, aber dazu war sie heute noch nicht gekommen.

»Ich weiß nicht.« Frau Meisele rümpfte die Nase. »Dieses eingeschweißte Soldatenbrot, ist das überhaupt im Frieden genießbar?«

»Kein Kommissbrot. Nein, Pumpernickel ist viel bekömmlicher und nicht aus Mehl, sondern aus Roggenschrot gebacken, es hat sogar einen leichten Karamell-Geschmack.« Luise zeigte ihr das rechteckige Schwarzbrot, das ihr Annabel empfohlen hatte. Sie stammte aus dem westfälischen Münster und war bisher, figurbewusst wie sie war, auch die einzige Abnehmerin für diese Münsteraner Spezialität gewesen. Mit den bayerischen Semmeln Tag für Tag würde man sich mit der Zeit selbst in eine verwandeln, behauptete sie.

»Karamell?« Die Kundin leckte sich die Lippen.

Luise nickte. So stand es jedenfalls auf der Packung. »Das ergibt feine Appetitschnitten.« Sie ließ ihren Blick über die Angebote kreisen, stellte in null Komma nichts aus allem Möglichen etwas zusammen und schlug es ihr vor. »Wenn Sie das Pumpernickel besonders garnieren, schmeckt es ganz hervorragend.« Das war vielleicht etwas übertrieben, aber das Beste konnte man eben nicht immer haben, man konnte es nur anstreben. »Schneiden Sie die Brotscheiben in kleinere Stücke oder stechen Sie sie mit einer runden Plätzchenform aus. Aus den Resten können Sie am nächsten Tag eine herrlich nussige Suppeneinlage zaubern. Danach belegen Sie die Stücke mit kaltem Braten und Gurkenfächern, rollen den Aufschnitt ein und spießen kleine Käsestücke mit auf. Ein Klacks Mayonnaise oben drauf. Fertig. Oder warten Sie …« Sie holte ein Glas aus dem oberen Fach. »Nehmen Sie fettreduzierte Remoulade, die ist leichter. Vielleicht noch etwas Lachs dazu, den habe ich heute im Angebot, die Dose für 2,90 Mark und auch diese kleinen Maiskölbchen. Hauchzart. Oder Sie belegen das Brot mit gekochtem Ei in Scheiben und Sardellenstreifen. Oder obendrauf ein Klecks Preiselbeermarmelade, das rundet die ganze Platte farblich und geschmacklich ab.«

»Sehr gut, Sie verstehen mich, Frau Dahlmann.« Frau Meisele strahlte sie an. Für manche Kundinnen war es eine Befreiung, sich nicht täglich den Kopf zu zermartern, was sie kochen sollten. Die Starnbergerin ging einfach zu Dahlmann, um ihren Mann glücklich zu machen. Bei den meisten, nicht nur bei Hans, ging die Liebe durch den Magen. Luise lieferte nicht bloß die Rezepte, sie wählte auch die Zutaten aus, die sie vorrätig hatte. Zur Not bereitete sie die Speisen auch noch küchenfertig zu, Schweigepflicht inklusive.

»Ich brauch auch noch einen Nachtisch.« Frau Meisele sah sich im Laden um, die Damen hinter ihr murrten, wann denn da vorne endlich mal etwas vorwärtsging, doch sie ließ sich nicht aus der Ruhe bringen. »Aber es darf nicht zu viel zusätzliche Arbeit machen, ich muss heute Nachmittag noch meine Dauerwelle auffrischen lassen.«

»Dann schlage ich Ihnen eine Malerpalette vor. Wo wir doch schon bei den Farbklecksen sind. Dafür brauchen Sie zwei Packungen Löffelkekse, die Sie in einer eingefetteten Form auslegen und mit Rum beträufeln. Darauf ordnen Sie kleingeschnittenes buntes Obst in Gruppen an, und auch Eischnee mit Puderzucker. Wenn Sie den in Schlangenlinien über die Keksmasse verteilen, sieht das wie ausgedrückte Farbtuben aus. Das Ganze dann im Ofen backen, bis es lichtgelb ist. Das können Sie auch wunderbar vorbereiten und kaltstellen.« Wie nebenbei hatte Luise das Wichtigste bereits auf einem Block notiert, riss den Zettel ab und reichte ihn ihr.

»Mir läuft schon das Wasser im Mund zusammen. Das nehme ich alles.«

»Sehr wohl.« Luise stellte ihr die Zutaten bereit und kassierte.

»Äh, haben Sie bitte auch für mich so ein Pumpernickel?«, fragte die nächste Kundin, kaum dass Frau Meisele vollbeladen hinausgegangen war.

»Für mich bitte auch«, meldete sich die dritte per Handzeichen zu Wort. Wie es aussah, brauchte sie die Pumpernickel gar nicht auf die Tafel zu schreiben. Schlankheitsrezepte waren mehr und mehr gefragt, seit die Mode kürzer wurde und vor allem die Mannequins in den Frauenzeitschriften immer magerer. Luise spürte am eigenen Leib, wie schwer das Abnehmen war, darüber hatte sie doch schon letzte Nacht gegrübelt. Nach der Schwangerschaft hatte sie die Pfunde einfach nicht wieder herunterbekommen. Die eine Hälfte in ihr sagte, eine Köchin und Gemischtwarenhändlerin musste fülliger sein, damit sie das verkörperte, was sie empfahl, die andere Hälfte wäre gerne leichter. Zu gern hätte sie etwas Bewegung als Ausgleich zur Arbeit, die ihr zwar genug Anstrengung und dadurch Hunger erzeugte, so dass sie doch wieder zu viel aß, wenn sie endlich zur Ruhe kam. Am liebsten würde sie tanzen, aber dazu konnte sie Hans jenseits von Familienfesten, wo er mit ihr höchstens eine Runde Walzer drehte, bestimmt nicht überreden. Das letzte Mal hatten sie auf Maries und Martins Hochzeit getanzt, und das war sechs Jahre her. Die moderne Musik war seiner Ansicht nach nicht zum Tanzen geeignet. Er betrachtete das Gehopse, wenn überhaupt, lieber im Fernseher.

Als Nächste war Frau Beil, die Gattin des hiesigen Richters, mit ihrem wöchentlichen Großeinkauf dran.

Luise beschloss, zumindest die Theke zu verrutschen, dann hatte sie selbst zwar weniger Platz, aber jeder Zentimeter auf der Verkaufsfläche war ein Gewinn. Trotz allen Trubels schaffte sie es, sich hastig einen Einfall zur Umgestaltung zu notieren, damit sie etwas vorweisen konnte, wenn sie nachher alles mit Hans besprach. Sonst würde das nie etwas.

»Schreiben Sie's auch bei mir an, Frau Dahlmann, bittschön«, sagte Frau Beil, als Luise den Stift weglegte, um zu kassieren.

»Darf ich Sie daran erinnern, dass Sie schon seit zwei Monaten im Rückstand sind?«

»Wie das klingt. Sie stellen mich ja geradewegs hin, als ob ich ewig auf Pump lebe. Wissen Sie nicht, wer ich bin?«

»Das weiß ich sehr wohl. Darum sage ich es ja. Also, seien Sie so nett und begleichen Sie die alten Rechnungen doch bitte und bezahlen Sie wenigstens diese Ware sofort. Siebzehn Mark einundzwanzig tät ich heute kriegen.« Die Richtergattin nickte nur, machte aber keinerlei Anstalten, ihren Geldbeutel zu zücken, sondern packte in aller Seelenruhe die Waren ein. »Also, was ist, Frau Beil?« Luise bestand darauf.

»Nun drängeln Sie doch nicht so. Selbstverständlich bezahle ich, Frau Dahlmann, das nächste Mal, Sie wollen doch, dass es ein nächstes Mal gibt? Oder soll ich überall herumerzählen, wie Sie mit den langjährigen Kunden umspringen?« Nun drohte sie ihr also. Vorerst gab Luise nach und ließ sie gehen, Frau Beil gehörte zu den größten Ratschkatln der Stadt. Sie übertraf sogar Herta, Irmi und Gretel, die Freundinnen von Luises verstorbener Schwiegermutter, und das wollte etwas heißen. Doch Luise würde ihr schon Herr werden.

Wie angekündigt lieferte Fischer Nimroth Saiblinge, Renken und Seeforellen, und so konnte Luise das Mittagessen rechtzeitig zubereiten. Doch Hans kam nicht, der Fisch und die Kartoffeln wurden kalt. Sie rief bei Pappeck an, erreichte niemanden, dort war ebenfalls Mittagspause. Aber David und Josie hatte es geschmeckt, und Hans würde am Abend essen. Während die beiden Hausaufgaben machten, setzte sich Luise zu den Kindern, schrieb und zeichnete ihre Ideen zur Umgestaltung auf. Sie suchte in den Tageszeitungen nach Anzeigen und ging auch die Prospekte durch, um herauszufinden, was bei den Supermärkten besser oder anders war, abgesehen natürlich von der Unmenge Platz und dem riesigen Warensortiment. Letztendlich stand und fiel es mit der Größe des Ladens, die würde sie nicht ändern können, es sei denn, nein, der Einfall war zu abwegig. Zumindest vorläufig musste sie sich anders behelfen. Als sie um halb drei wieder aufsperrte, wollten Josie und David oben im Kinderzimmer Vater-Mutter-Kind spielen.

»Was willst du sein?«, hörte Luise ihre Tochter fragen und lächelte in sich hinein. Immerhin waren die Rollen nicht von vorneherein festgelegt. Sie nahm die Plane von der Obst- und Gemüseauslage vorm Schaufenster, da es zu regnen aufgehört hatte. Dabei sah sie Frau Beil aus Gabis Schönheitssalon kommen. Eilig spannte die Richtergattin einen Schirm auf, damit ihr blaustichiger Schopf nicht in der feuchten Luft zusammenfiel, und hastete davon. Weil noch kein Kunde in Sicht war, überquerte Luise rasch die Straße und fragte die Friseurin ohne Umschweife, ob Frau Beil auch bei ihr anschreiben ließ.

»Das wäre ja noch schöner.« Frau Lerchentaler steckte sich einen neuen Glimmstängel auf ihre Zigarettenspitze, die sie stilecht wie eine Diva benutzte, und zündete sie an. »Es gibt zwar immer ein paar Damen, die es versuchen, und oft höre ich dann, bei Dahlmanns drüben geht's doch auch.« Sie schürzte die Lippen und blies den Rauch an Luise vorbei. »Nein, das fange ich gar nicht an, wer sich keine Dauerwelle leisten kann, muss eben darauf verzichten. Aber interessant. Ich kann mir nicht vorstellen, dass ein Richter schlecht verdient. Die Reichen halten ihr Geld zusammen, und die Armen teilen noch das letzte Hemd. Meinem Lehrmädchen, das ihr die Haare wäscht, gibt die Beil jedenfalls kein Trinkgeld, und mich bezahlt sie auf den Pfennig genau.«

»Danke, dann weiß ich Bescheid.« Luise verabschiedete sich und hastete wieder hinüber, wo bereits Kundschaft wartete.

Um halb sechs holte Helga David ab. Luise war noch beim Bedienen, würde kaum Zeit für das angekündigte Gespräch haben. Insgeheim passte es ihr so. Die Kinder spielten im Garten. Helga kam von hinten durch den Flur in den Laden, blieb im Durchgang stehen, bedankte sich und fragte, ob David sich anständig benommen habe.

»Ja, er ist ein sehr lieber Bub, immer ganz höflich zu mir. Ich hoffe, dass Josie ihn nicht unterbuttert, meist höre ich nur sie reden und bestimmen.« Dass er von den Kundinnen oft wie ein Außerirdischer bestaunt wurde, verschwieg sie. »Fünf Mark, dreiundsiebzig, Frau Bingerl.« Luise wandte sich wieder der Kundin zu.

»Wart's ab, David kann auch ganz schön aufdrehen«, sagte Helga. »Aber das freut mich. Und es ist dir wirklich recht, dass er bei euch isst und bleibt?«

»Ja, das haben wir doch ausgemacht.«

»Was bin ich dir dafür schuldig?«

Luise verabschiedete die Kundin und wandte sich Helga zu. Schuldig für was genau, hätte sie am liebsten gefragt. Stattdessen sagte sie: »Das passt schon so und kostet nichts.«

»Dann wenigstens Essensgeld«, sagte Helga. »Du hast doch Ausgaben.« Sie wollte ihr einen Fünfzigmarkschein in die Hand drücken.

»Bist du narrisch? Für das bisschen, was der Bub isst?«

»Das täuscht, noch ist David schüchtern, aber er kann richtig reinhauen.« Helga schob das Geld unter die Schale fürs Wechselgeld.

»Na gut, das reicht aber dann auch wirklich bis Weihnachten.« Luise wandte sich wieder der Kasse zu, öffnete die Geldschublade und begann, die Tagesabrechnung zu machen.

»Ich störe dich besser nicht weiter. Mach's gut, ich versuche, David loszueisen. Sobald mein Dienstplan steht, gebe ich dir Bescheid, dann kann Josie uns auch besuchen. Es wäre mir ein Vergnügen.«

»Oh, danke.« Damit hatte Luise nicht gerechnet. Das wären ganz neue Aussichten. »Ich denke darüber nach. Vorausgesetzt ich finde jemanden für den Laden.«

»Stemmst du alles die ganze Woche allein?«

Luise nickte.

»Und wenn du mal zum Arzt oder etwas Wichtiges erledigen musst?« Helga begab sich auf dünnes Eis mit dem, was sie sagte, schließlich hatten sie früher zusammengearbeitet.

»So etwas erledige ich meistens am Mittwochnachmittag«, erklärte Luise so ruhig wie möglich, sie wollte sich nicht anmerken lassen, wie sehr die Erinnerung an diese glückliche Zeit sie aufwühlte. »Wenn es gar nicht anders geht, hänge ich einen Zettel an die Tür, dass ich gleich zurück bin.« Einfach so ein paar Stunden freizumachen, würde ihr gefallen. Schwimmen gehen, sobald der See angenehm war, sich ins Wasser legen und in die Wolken starren, oder auch mit dem Moped irgendwohin fahren, Kaffee trinken und sich bedienen lassen oder durch Boutiquen schlendern. Eine ganz neue Sehnsucht nach Freiheit keimte in ihr auf. Oder gar, wie wäre es …? Nein, das war zu weit vorgeprescht. Helga hatte es bestimmt nur so gesagt, aus Höflichkeit, um sich erkenntlich zu zeigen. Trotzdem, eine Vertretung für den Laden zu finden, gehörte mit zu den Angelegenheiten, die Luise in Angriff nehmen wollte. Kaum war Helga fort, machte sie sich eine Notiz: *Eine verlässliche Hilfe finden und anlernen.* Das ging sowieso nicht von heute auf morgen. So etwas dauerte. Bis diese Kraft alleine bedienen und verkaufen könnte, ohne die mühsam gewonnenen Kunden zu verprellen, würde Josie vermutlich schon aus dem Gröbsten raus sein.

Um kurz nach halb acht kam Hans endlich nach Hause. Luise schlich sich gerade aus dem Kinderzimmer. Sie hatte Josie aus dem Heidi-Buch vorgelesen, einem ziemlich zerfledderten Exemplar, das noch aus ihrer eigenen Kindheit stammte. Nun schlief ihr kleines Schneehöppeli, zuckte im Schlaf, als wäre sie wirklich ein Zicklein, das über die Weiden sprang.

Erschöpft ließ ihr Mann sich im Wohnzimmer aufs Sofa fallen. »Mei, Luiserl, freu ich mich auf mein Feierabendbier.« Er schob das Ladenkundebuch mit den neuen Ideen und die Zeitungen zusammen, um seine Füße auf den niedrigen Tisch zu legen.

»Willst du nicht besser unten in der Küche essen?« Vom Bedienen hatte Luise genug für heute. Als Josie vorhin noch eine halbe Stunde fernsehschauen durfte, war sie mit ihren Überlegungen endlich vorangekommen und würde gerne gleich an der Stelle weitermachen, ohne alles wegräumen zu müssen.

»Ich geh keinen Zentimeter mehr, hab's gerade noch die Treppe raufgeschafft und falle nachher bloß noch ins Bett.« Er spielte mit der Zigarettenpackung in der Hand und schielte zum Aschenbecher, der auf dem Fernseher stand. Rauchen durfte er im Wohnzimmer nicht, das hatten sie nach dem letzten Weißeln so ausgemacht. »Du ahnst nicht, wie oft ich heute die Leiter rauf- und runtergestiegen bin, dann in den Speicher, durch die engen Luken aufs Dach, wieder runter in den Keller, wieder hoch.«

»Und der Kare?« Das war Pappecks Geselle, mit dem er meistens zusammen auf Montage ging.

»Ach der, bevor ich es ihm lange erkläre, mach ich es lieber selber, du kennst mich doch.«

Ja, da waren sie sich ähnlich. Luise wusste auch nicht, ob sie sich als Chefin eignete, bisher war sie allein auf sich gestellt gewesen. Das damals mit Helga war die Ausnahme gewesen, ein Geben und Nehmen, sie hatten sich perfekt ergänzt. So jemanden würde sie sowieso nicht wieder finden. Sie gab sich einen Ruck und tat ihrem Mann den Gefallen, brachte ihm ein Helles, briet unterdessen die Kartoffeln mit Zwiebeln und Knoblauch an, legte den kalten Fisch dazu und holte ein Tablett. Sie war genauso erschöpft, doch sie redete sich ein, dass sie es für ihre Figur tat. Einen Minirock besaß sie noch nicht, aber vielleicht könnte sie ihre Garderobe einkürzen. Sobald die Badesaison begann, wollte sie schlankere Beine haben. Sie hackte Petersilie und streute sie über die herrlich duftenden Kartoffeln. Am liebsten hätte sie auch mitgegessen, sie hatte sich vorhin schon, als sie Josie Grießbrei gemacht hatte, beherrscht. Als Belohnung für die ganze Lauferei nahm sie den restlichen Kuchen mit nach oben, der war bis morgen sowieso nicht mehr zum Anbieten geeignet, entschied sich aber auf der Treppe um und stellte ihn zurück in die Kühlung. Zum halben Preis erbarmte sich schon jemand. Hans war mit dem Fisch schon fast fertig, als sie endlich zum Sitzen kam. »Und, wie viele Fernseher habt ihr heute montiert?« Sie öffnete eine Flasche Sinalco. Die Brauselimo prickelte erfrischend in ihrer Kehle und hielt sie hoffentlich noch eine Weile wach.

»Puh, am Vormittag vier und nachmittags drei.« Er köpfte das nächste Helle und goss sich ein. Luise wollte die *Tagesschau* einschalten mit dem Wetterbericht. »Mach bloß die Kiste nicht mehr an.« Er fieselte an ein paar Gräten. »Ich kann heute kein Geflimmer mehr sehen.«

Sie hätte sich gern etwas abgelenkt, machte die letzte Packung Pumpernickel auf, bestrich eine Scheibe mit fettreduzierter Remoulade und kaute darauf herum. Appetithäppchen waren das nicht, es schmeckte wie Arsch auf Eimer. Hoffentlich beschwerten sich die Meisele und die anderen morgen nicht. Dann schnappte sie sich eine Kartoffel vom Teller von Hans und auch ein Stückchen Fisch. Schon besser, sie atmete auf. »Das Übliche, die Frau Beil hat wieder nur anschreiben lassen, und der Robert von den Meiseles heiratet.«

»Was, der Bertl heiratet, und welche seiner Bräute?«

»Wieso, gibt's da so viele zur Auswahl?«

»Na ja, die ganzen Geldigen, die ihre Schifferl aufm See haben. Der Bertl ist ständig umringt von irgendwelchen Münchnerinnen.«

»Er wird sogar bald Vater, darum pressiert's anscheinend. Seine Verlobte muss eine Hiesige sein, sie arbeitet bei der Bank.«

»Der Bertl, Respekt.« Hans hob sein Bierglas an. »Und deine Pläne?« Er deutete mit der Gabel zum Stapel mit ihren Unterlagen. »Du wolltest mir doch davon erzählen, nutz die Gelegenheit, bevor mir die Jalousien runterfallen.« Es freute sie, dass er noch daran dachte, und sie fing an, ihm ihre Notizen zu zeigen. Dabei erlaubte sie ihm ausnahmsweise doch zu rauchen, damit er noch eine Weile durchhielt.

»Wenn ich den Kassenplatz hinter der Ladentheke ein paar Zentimeter verkleinere, krieg ich die Schubladen nicht mehr auf.« Sie holte den Grundriss der Ladenfläche, auf dem sie, aus Papier ausgeschnitten, die Möbel in Miniatur nach einigem Herumschieben festgeklebt hatte.

»Frag doch den Notnagel, ob er dir nicht anstelle der normalen so Kippschubladen machen könnte, die nehmen weniger Platz ein«, schlug Hans vor. Das war eine sehr gute Idee, sie machte eine Notiz. »Meinst du, es ist zu spät, jetzt in der Schreinerei anzurufen?«

»Der heißt doch bestimmt nicht umsonst so, probier's halt

einfach«, riet ihr Hans. Schon lief Luise in den Flur und griff zum Telefon. Ein paar Minuten später hatte sie ein Beratungsgespräch für Mittwochnachmittag, wenn der Laden geschlossen hatte, vereinbart.

Plötzlich kam die Sache in Schwung, und sie gab die Umbauten in Auftrag. Beim Haushaltswarenvertreter bestellte sie ein Dutzend viereckige Drahtkörbchen mit roten Plastikgriffen, als er die Ware lieferte. Er beriet sie auch, welche der Lebensmittel, die sie noch offen verkaufte, inzwischen verpackt oder als Konserven lieferbar waren. Nach und nach würde sie ihr Sortiment umstellen, so dass die Kunden sich weitgehend selbst bedienen konnten. Da das Ganze mit einigen Kosten verbunden war, beschloss sie, die Ausstände zum Monatsende einzutreiben. Doch das war leichter gedacht als umgesetzt. Nicht nur die Richtergattin hatte noch offene Posten im Anschreibbuch. Als Luise die Kandidatinnen um Bezahlung bat, musste sie sich alle möglichen Ausreden anhören. Darum setzte sie sich abends hin, schrieb jeder eine Rechnung und bat um Banküberweisung innerhalb der nächsten zehn Tage. Ein Schriftstück übte hoffentlich mehr Druck aus als eine mündliche Erinnerung. Es klappte. Zwei brachten ihr umgehend das Geld in bar vorbei, sogar mit einer Entschuldigung, und als sie Anfang Mai die Kontoauszüge von der Volksbank holte und dabei der zukünftigen Frau Meisele gratulierte, die ihr bisher als das Fräulein Englisch bekannt gewesen war, stellte sie fest, dass auch die Übrigen, einschließlich Frau Beil, bezahlt hatten. So konnte sie alles abhaken und durchstreichen und eine frische Doppelseite aufschlagen. Die Umräumaktion selbst setzte sie auf das Pfingstwochenende im Juni an. Dass sie schon am Freitag, bis einschließlich Montag, zusperren würde, schrieb sie mit Kreidefarbe auf die Schaufensterscheibe und erinnerte auch die Kunden in den Tagen davor, damit sie sich mit ausreichend Lebensmitteln eindecken konnten. In der Hoffnung, genügend Neugierde zu wecken, wies sie sie zugleich auf die Sonderangebote hin, je weniger Ware Luise aus- und wieder einräumen musste, desto besser. Als Helga David abends abholte, bot sie an, bei der Aktion mitzuhelfen, sie könne sich freinehmen.

»Willst du dich in deiner Freizeit nicht besser erholen?«

»Ein wenig Abwechslung zum Klinikalltag ist mir lieber, als daheim zu sitzen und über Krankheiten zu grübeln. Außerdem werde ich David nicht überreden können, zu Hause zu bleiben, wo so spannende Sachen bei euch passieren.«

Erst wollte Luise ablehnen, aber eigentlich war sie um jede Hilfe froh. »Ein paar Stunden vielleicht, das wäre wirklich nett.«

»Gern. Brauchst du Umzugskartons? Wir haben noch welche, bitte sag ja, das ist ein Ansporn für mich, sie endlich leer zu räumen.«

»Dann um acht am Freitag?«

Und tatsächlich, Helga und David waren pünktlich da. Josie und David trugen den Kinderkaufladen aus dem Verkaufsraum in Josies Zimmer, aus Platzgründen musste er leider weichen. Helga stieg auf die Leiter und reichte ihr die Waren aus den Regalen, Luise räumte sie in Kartons und Holzkisten. Bis auf knappe Anweisungen arbeiteten sie anfangs schweigend. Luise wusste nicht, wie sie ein Gespräch beginnen sollte.

»Die Kinder verstehen sich.« Helga gab ihr die Süßigkeitengläser.

»Ja, Josie kann ganz schön viel reden, aber Davidl ist ein geduldiger Zuhörer.«

»Oh, er quasselt genauso, wenn ihn etwas beschäftigt. Er liebt Tiere über alles, will auch alles über sie wissen, abends muss ich ihm immer aus dem Tierlexikon vorlesen, als Gutenachtgeschichte. Einerseits ist das praktisch, David fängt für mich die großen Spinnen mit der bloßen Hand, vor denen graust es mich ehrlich gesagt. Andererseits, wir hatten eine Maus in unserer Wohnung, er wollte sie unbedingt behalten. Leider ist sie …«

Fritz, Annabels Sohn tappte in seinem roten Glitzeranzug mit Kapuze und dazu passenden Gummistiefeln herein. Dafür hatte ihm Luise alte Stoffe aus dem Bestand ihrer Schwiegermutter gegeben, die vor dem Krieg eine Puppenklinik betrieben hatte. Ihr ganzes Sammelsurium an Bastelmaterial lagerte noch zwischen den kaputten Elektrogeräten, die Hans draußen in der Garage hortete. Eifrig hatte sich Fritz an die Singermaschine mit Tretpedal gesetzt und sich ein Kostüm genäht. Etwas zu groß und pludrig, aber so waren die Raumanzüge auch, hatte der Dreizehnjährige ihr erklärt. Er war wirklich talentiert, sogar kleine Sterne hatte er sich auf die Schultern geheftet. Nur bei den Knöpfen, die laut seiner Vorstellung die Mikrophone waren und genau rechts und links neben seinem Mund sitzen mussten, hatte sie ihm geholfen. Als Vorlage nahmen sie die Titelseite des *Spiegel*.

»Tante Dalli?«, fragte er.

»Ja, was ist?«

Er blieb stehen, wurde rot wie sein Anzug und wusste nicht, wo er hinschauen sollte, als er Helga in ihrem Minirock auf der Leiter bemerkte. »Ach, nichts.« Schon witschte er wieder nach draußen.

»Hey, Fritz, komm noch mal her und trag doch bitte was raus.« Luise rief ihn zurück. Mit immer noch glühenden Wangen und gesenktem Blick kehrte er um und lud sich einige

Kisten auf. Sie bat ihn, alles in die Garage zu stellen. »Am besten stapelst du sie zwischen die Fernsehverpackungen.« Die hob Hans nämlich auch noch auf, als müsste er eines Tages seine reparierten Apparate verschicken. Fritz nickte, wollte gehen. »Moment. Du kennst doch Helga?«, fragte sie, um die Situation zu entspannen.

»Mmh.«

»Ja, klar, wir kennen uns aus der Klinik, als du deine kleine Schwester besucht hast«, erklärte Helga. »Wie geht's Marlene inzwischen?«

»Gut, danke«, murmelte er, ohne Helga anzusehen, und raschelte in seinem Glitzeranzug wieder hinaus.

»Ist er immer noch so oft hier bei euch?«, fragte Helga, als er fort war.

»Seit er in die Oberschule geht, weniger. Heute ist er nur wegen dir hier, glaube ich.«

»Wegen mir?«

»Ja, du hast einen neuen Verehrer. Als ich Fritz gefragt habe, ob er helfen könnte, hat er gesagt, dass er so viel lernen muss und auch noch Rudertraining und Klavierstunde hat. Aber als Josie gesagt hat, dass auch Davids Mama mithelfen wird, war es plötzlich kein Problem, die Stunden auch mal ausfallen zu lassen.«

»Und was hat es mit dieser Verkleidung auf sich?«

»Na, hast du ihn nicht erkannt? Das soll Juri Gagarin sein, dieser Astro…, äh, nein, Kosmonaut, der als erster Mensch die Welt umrundet hat. Er ist sein großes Vorbild, Fritz hat es mir extra eingeschärft, dass das bei den Russen Kosmonaut heißt.«

»Ist ja nett. Einmal die Welt umrunden, das wäre was. Ich kann seine Begeisterung verstehen. Weißt du noch, wie wir beide die Sonnenfinsternis beobachtet haben?«

»Natürlich.« 1954 war das gewesen, am dreißigsten Geburtstag von Hans, da hatte Luise noch nichts geahnt von all dem, was auf sie zurollte, hatte geglaubt, Helga und sie wären unzertrennlich und auch bald gemeinsam Mütter, die sich gegenseitig unterstützten.

»Gibst du den Kunden eigentlich noch Kochrezepte?« Helga verrückte die Leiter zum nächsten Regal und schnitt offensichtlich wieder ein unverfängliches Thema an.

Luise nickte. »Das hat sich bei den Leuten eingebürgert, trotz der vielen Fertiggerichte, die ich im Angebot habe. Sonntags soll noch immer etwas Selbstgekochtes auf den Tisch. Dich haben die Leute damals um Rat gefragt, was sie anziehen sollen, weißt du noch?« Auch heute trug sie wieder etwas Ausgefallenes, schlicht und doch raffiniert. Eine Art Kostüm, der Gürtel, eine Kette aus Ringen, saß locker auf der Hüfte.

»Natürlich, das vergesse ich nie.« Helga nickte. »Erinnerst du dich noch an dieses Mädchen, das ganz verschämt nach Nylons gefragt hat, als ob die verboten wären. Du hast sie beraten, und dann seid ihr noch in dein Zimmer hoch, wo du ihr ein Kleid und deine Petticoats geliehen hast, damit sie zu ihrem ersten Rendezvous konnte.«

»Stimmt, ich dachte zuerst, ihre Eltern hätten was gegen Seidenstrümpfe, aber das war's gar nicht.«

»Nein, das Fräulein war die Tochter der Mosers, meiner Hauptkonkurrenz. Was muss es sie für Überwindung gekostet haben herzukommen.«

Helga lachte. »Ein paar Tage später hat sie alles gewaschen und gestärkt zurückgebracht. Was hat sich bei ihr getan?«

»Sehr viel, sie hat den Bürgermeister geheiratet und vor einem Jahr zum zweiten Mal Zwillinge gekriegt.«

»Ach, die Frau Osterloh ist das? Von ihren spektakulären

Entbindungen habe ich schon in der Klinik gehört. Und das Telefon, wird das noch viel genutzt?« Helga zeigte auf die Nische in der Garderobe hinter der Durchgangstür.

»Hauptsächlich fragen Touristen danach, die meisten Starnberger haben inzwischen einen eigenen Anschluss. Was ist mit euch, soll Hans vorbeikommen und euch ein Telefon einrichten?« In ihrem Überschwang rutschte Luise das einfach so raus, erst danach fiel ihr auf, was sie damit womöglich anleierte.

»Danke, wir haben eins vom Vormieter. Sogar mit der perfekten Nummer, die kann selbst ich mir merken. Aber ich dachte, Hans arbeitet nicht mehr bei der Post?«

»Na ja, aber Telefone anschließen kann er trotzdem noch.«

»Das bringt mich auf eine Idee.« Helga strahlte regelrecht.

»Wieso, was meinst du?« Hatte sie ihr jetzt etwa doch einen Floh ins Ohr gesetzt?

»Eure Aktion mit dem Telefon und der Privatsphäre, das kann man auch in der Klinik nutzen.« Und beim Streichen der Theke, die Luise sich nach Jahren in Naturholz nun in Orange wünschte, erzählte ihr Helga von ihrem Einfall, den auch Luise großartig fand. »Hältst du eigentlich noch in deinem *Ladenkunde-Album* fest, was die Kunden so für lustige Sachen sagen?«

Luise staunte. »Du weißt noch, wie ich das Notizbuch genannt habe?«

»Ich weiß noch alles, Luise. Wie könnte ich diese wunderbare Zeit hier vergessen. Wir beide waren schon ein gutes Gespann. Apropos Gespann, gibt es das Motorradgespann noch, mit dem du die Hebamme zu Davids Geburt geholt hast?«

»Das hat Hans verkauft. Wir sind ja doch nie dazu gekommen, miteinander auszufahren, und als ich schwanger wurde, hat er es mir auch nicht erlaubt.«

»Und wie verlief deine Schwangerschaft?«

»Du willst dir doch nicht ernsthaft an deinem freien Tag meinen Schwangerschaftsbericht anhören? Ich dachte, du brauchst Ablenkung? Bestimmt erzählt dir sowieso jede Frau, der du verrätst, was du von Beruf bist, ihr Geburtserlebnis.«

»Das kannst du glauben.« Helga seufzte. »Egal wo und neben wem ich sitze, sobald sie hören, dass ich Frauenärztin bin, geht's los. Darum schwindle ich meistens.«

»Und was sagst du stattdessen?«

»Kommt drauf an, ich wäge kurz ab. Sag ich Krankenschwester, krieg ich sämtliche Leiden präsentiert, darum bin ich seit neuestem einfach Sekretärin.« Sie lachte. »Dabei beherrsche ich nicht mal das *Zehn-Finger-System*. Aber im Ernst, erzähl, wie war die Schwangerschaft und auch die Geburt. Von dir will ich es liebend gern hören. Ich habe so oft an dich gedacht und gehofft, dass es dir gutgeht und alles gut verläuft. Wo hast du entbunden?«

»Hier.«

»Im Laden? Das passt zu dir.«

»*Wegen Entbindung geschlossen*, stand solange auf dem Schaufenster.« Luise lachte. »Nein, natürlich nicht. Ich hab *bin gleich zurück* drangeschrieben.«

»Wirklich?«

»Nein, aber angefühlt hat es sich schon so. Ich konnte bis zur letzten Minute nicht loslassen. Den Blasensprung hatte ich, als ich mich über die Kühlung gebeugt habe. Hans war zum Glück schon zu Hause und hat die Hebamme angerufen. Aber ich dachte, es hat ja noch keine Eile und im Laden gehört noch so viel gemacht. Frau Hirschkäfer hat mich fast in den ersten Stock gezerrt, sonst wäre es eine öffentliche Geburt geworden. Oben bin ich aber erst eine Weile durch alle Zimmer gelaufen und habe aufgeräumt, all das, was ich in den Monaten davor nicht geschafft habe, die Sockenschublade zum Beispiel und den Wollschrank, du glaubst nicht, was sich da angesammelt hatte.«

»Ich werde auch nie vergessen, dass ich David hier bei euch zur Welt bringen durfte. In der Klinik muss alles immer schneller gehen, die Frauen haben kaum Zeit, sich zu entspannen. Wir versuchen zwar, es ihnen so angenehm wie möglich zu machen, aber zurzeit kommen so viele Kinder, das geht oft im Stundentakt, besonders in Vollmondnächten, du glaubst nicht, was da los ist.«

»Echt, bei Vollmond? Die Hirschkäfer sagt das auch immer, aber ich dachte, das ist ein Ammenmärchen.«

»Manche Frauen schicken wir auch wieder heim, wenn's nur die Vorwehen sind oder bei Erstgebärenden, aber der Mond ist für viele ein Startsignal, so dass sie sich auf den Weg machen, die Kinder und die Mütter.«

Die Umbauarbeiten liefen wie nebenbei. Es tat gut, mit Helga so ungezwungen zu reden, ja, es fühlte sich herrlich befreiend an. Vielleicht könnten sie sich doch wieder annähern, auch wenn das Unausgesprochene noch nicht geklärt war. Einfach Schwamm drüber, so wie Hans das handhabte? Luise haderte mit sich.

»Mama, komm schnell, der Fritz hängt im Baum!« Josie, gefolgt von David, rannte herein. Sie liefen in den Garten, wo sich Fritz mit seinem Glitzeranzug im Walnussbaum verhakt hatte und mit Armen und Beinen fuchtelte, als würde er tatsächlich schweben. Über dem Kopf trug er eine löchrige Waschtrommel aus dem Schuppen. Gemeinsam befreiten sie den Jungen mit Hilfe der Trittleiter aus den Ästen und nahmen ihm den schweren Kosmonautenhelm von den Schultern. Schließlich lag er auf der Wiese und keuchte.

Außer einem Kratzer, wo ihn ein Ast gestreift hatte, war Fritz zum Glück unverletzt. Die aufgebogene Waschtrommel hatte das Schlimmste verhindert. Josie klebte ihm ein Bienenpflaster auf den Arm. »Wie ist das denn passiert?« Luise überlegte, ob sie Annabel überhaupt davon erzählen sollte, bestimmt hatte sie genug andere Sorgen, nach dem zu urteilen, was sie von der Friseurin gehört hatte. War ja noch mal gutgegangen.

»Ich wollte das mit dem Fliegen ausprobieren, aber als ich ganz oben im Baum war, habe ich mich nicht mehr runtergetraut.« Auf einmal beugte er sich zur Seite und erbrach sich. Was rausmusste, musste raus.

Helga tätschelte ihm den Rücken. »Juri Gagarin hat auch Höhenangst, habe ich gelesen.«

»Wirklich?« Fritz wischte sich über den Mund und sah sie mit großen Augen an, dann senkte er rasch den Blick. Wenigstens bekam sein Gesicht jetzt wieder Farbe.

»Ganz wirklich.« Helga lächelte. »Außer, man kann nicht mehr glauben, was in der Zeitung steht.« Sie reichte ihm die Hand und half ihm auf.

Am Nachmittag und am Samstag nahm der Schreiner Notnagel die Änderungen vor. Wo vorher Schubladen waren, fügte er breite Bretter in die Regale ein, damit sich die Kunden selbst bedienen konnten. Danach ging es ans Einräumen. Luise bat Helga, Getreide und Hülsenfrüchte, Obst- und Gemüsekonserven in ein Regal zu sortieren. Darunter die Gewürze und Küchenkräuter, die sie zum Ansäen anbot. Davor hängte sie eine Kalorientabelle und eine Liste mit Vitaminen. Auf der gegenüberliegenden Seite wollte sie Genussmittel, dazwischen Geschenkideen und die Kurzwaren wie Strümpfe und Nähzubehör präsentieren. Extraaufsteller bekamen die Kindernahrung und das Tierfutter. Kaum zu glauben, aber mit vereinten Kräften waren sie pünktlich am Pfingstmontag fertig. Den Rest, putzen und Preisschilder anbringen, schaffte Luise abends alleine. Zum Abschluss kauften sie beide noch bei Josie und David ein, die sie schon hundertmal nach oben gerufen hatten. In ihrer neu eingerichteten Zimmerecke boten die Kinder Lametta und Christbaumkugeln feil, die sie in der Garage gefunden hatten. Mit dem Weihnachtsgeschäft konnte man nie früh genug anfangen. »Wie wäre es mit einem Punsch und ein paar Lebkuchen?«, schlug Luise vor. »Ich glaub, ich habe noch ein paar Ladenhüter gefunden.« Als sie ihre Getränke schlürften und an frischen Keksen knabberten, die Luise rasch aus ihrem Eins-zwei-drei-Rezept gebacken hatte, bedankte sie sich bei Helga, die ihr gesamtes freies Wochenende und die Feiertage geopfert hatte. »Ohne dich hätte ich das nicht geschafft.«

»Hat Spaß gemacht, auch, mit dir in den alten Zeiten zu schwelgen.«

»Jetzt lass ich dich aber bestimmt eine Weile in Ruhe.«

»Kommt gar nicht in Frage, mein Angebot gilt. Wenn ich mal auf Josie aufpassen soll, sag Bescheid.«

»Es gäbe tatsächlich was, Hans und ich ...« Luise zögerte noch, es auszusprechen. »Ich habe uns bei einem Kurs angemeldet, der nächsten Freitag schon beginnt. Könnte Josie da vielleicht zu euch? So von halb acht bis zehn, wir würden sie auf dem Rückweg wieder abholen.« Luise freute sich unbändig auf diesen Abend.

»Einen Kurs, was für einen?« Helga wäre nicht Helga, wenn sie nicht nachfragen würde.

Luise räusperte sich. »Da war eine Anzeige in der Zeitung, und spontan habe ich uns angemeldet. Ähm, ein Tanzkurs.«

»Oh, wie toll. Ja klar, gerne, Josie kann auch bei uns übernachten, wenn sie will. Ich freu mich, wenn ich mich revanchieren darf.«

»Das hast du doch hiermit abgegolten, aber danke.« Dass ihr Helga entgegenkam, erleichterte die Sache. Luise musste Hans nämlich erst überreden, deshalb wollte sie die Ausrede, dass sie niemanden hätten, der auf Josie aufpasste, vorab aus dem Weg räumen. Wenn Helga nicht gekonnt hätte, hätte sie Marie gefragt, doch so war es ihr lieber. Ihrer Schwägerin zusätzlich ihre Tochter aufzubürden, hätte ihr nicht gefallen. Marie betonte stets, dass Josie als Älteste der Kinderschar eher eine Stütze als eine Belastung wäre. Vermutlich musste sie sowieso an einem der anderen Freitage einspringen, falls sie den Kurs weiter besuchen wollten.

Ermutigt von Helgas Zusage, sprach Luise die Angelegenheit gleich am selben Abend an, als sie mit Hans beim Zähneputzen im Bad stand. Wie zu erwarten, reagierte er wenig begeistert. Zumal die Kursbeschreibung: *Twist, Rock 'n' Roll & Co. Moderne Tänze versus Standard, erste Stunde gratis*, die sie ihm unter den Spiegel klemmte, ihn nicht gerade anspornte. Alles, was Hans auf dem Parkett zustande brachte, war ein schwungvoller Walzer. Zeit, das zu ändern.

»Und wer ist da sonst noch, kennst du jemanden?«

»Nein. Und es ist mir auch egal, lassen wir uns überraschen, es geht doch um uns beide, dass wir etwas nur für uns tun, und ums Tanzen natürlich.«

»Du willst dich also ernsthaft in unserem Alter unter lauter junge Hüpfer mischen, die wahrscheinlich für ihren Abschlussball oder für die Hochzeit üben, und dich zum Affen machen?«

»Du tust ja gerade so, als ob wir Rentner wären. Mit vierunddreißig fühle ich mich durchaus noch einigermaßen jung, bitte lass mich nicht warten, bis wir tatsächlich alt und gebrechlich sind. Etwas Bewegung und Abwechslung schadet uns beiden nicht.«

»Von mir aus …« Er schielte noch mal auf die Zeitungsanzeige. »Wenn dir so viel daran liegt, der erste Abend kostet ja noch nichts.« Sie küsste ihn rasch, mitten auf den Zahnpastamund.

Als sie am Dienstag nach Pfingsten wiedereröffnete, blieb es erst eine Weile ruhig, so dass Luise die Kuchen hereintragen und in Stücke schneiden konnte. Dann bemerkte sie, dass sehr wohl schon Kunden draußen standen. Hatte sie den Schlüssel nicht richtig herumgedreht? Oder trauten sie sich etwa nicht herein? Sie ging nach vorne, nahm noch die Angebotstafel mit, die sie an die Hauswand lehnen wollte. Die Ladenglocke unter der Decke bimmelte, als sie die Tür weit aufschob und mit einem Keil sicherte, damit sie aufblieb. »Nur herein, meine Damen und Herr Bellarabi, wie schön, Sie alle zu sehen, guten Morgen«, begrüßte sie die Damen und den Uhrmacher, der sein Geschäft in der Parallelstraße betrieb. Mit zögernden Schritten traten sie ein. »Scheuen Sie sich nicht. Nehmen Sie sich ein Körbchen für Ihren Einkauf, von nun an können Sie sich selbst bedienen. Ich stehe Ihnen natürlich selbstverständlich weiterhin als Beratung zur Verfügung. Frischware kriegen Sie wie gewohnt bei mir an der Theke. Heute habe ich Fleischsalat im Angebot, 250 Gramm für 1,20 Mark.«

Erst als Frau Schmid den Anfang machte, sich verpackte Semmelbrösel, ein paar Konserven und andere Ware aus den frisch gestrichenen Regalen in ihr Körbchen lud, folgten ihr die anderen, und die verhaltene Stimmung lockerte sich. »Schön ist es geworden, Frau Dahlmann. So modern, und es riecht auch irgendwie so neu. Jetzt ist alles viel übersichtlicher«, sagte Herr Bellarabi, der nur einen Krapfen kaufte.

»Finde ich auch …«, rief Frau Treufeld nach vorne und streckte sich zum obersten Fach. »Bloß der Zucker steht jetzt so verdammt weit oben …«

»Warten Sie, Moment.« Luise wollte um die Theke eilen, um ihr zu helfen.

»Danke, das ist gut für meine Bandscheibe.« Sie lachte, als ihr das Zuckerpäckchen in die Arme fiel. Auch die restliche Woche über erhielt sie Komplimente. Nur die Älteren taten sich mit der Selbstbedienung schwer, entweder erreichten sie wie Frau Treufeld die oberen Regalbretter nicht, oder das Einkaufskörbchen wurde zu schwer. Dennoch war Luise froh, diesen Schritt gewagt zu haben. Nachdem sie Herta, Irmi und Gretel, dem Trio Starnberger Urgewächse, zum wiederholten Mal erklärt hatte, wie es ablaufen sollte, und sie trotzdem bei jedem Handgriff nachfragten, gestattete sie ihnen, wie bisher einzukaufen. Sie würde sie selbstverständlich wie früher bedienen. Prompt fing Gretel an, den Einkaufszettel vorzulesen. »Ein Pfund Mehl, ein halbes Dutzend Eier, ein Halbpfund Butter, vier Paar Wiener …« Dabei ging sie langsam rückwärts zur Wand und machte Anstalten, sich zu setzen.

»Obacht, Frau Breisamer, fallen's nicht hin.« Luise hechtete zu ihr und fing sie gerade noch auf, bevor sie ins Regal mit den Reinigungsmitteln plumpsen konnte.

»Ja, Herrschaftszeiten, wo ist denn der Sessel hingekommen?«

»Den habe ich leider zugunsten des Umbaus ausrangieren müssen.« Auch das Fehlen des Kinderkaufladens hatte schon für enttäuschte Gesichter bei ihren kleinen Kunden gesorgt.

»Aber Frau Dahlmann, wo bleibt denn die Gemütlichkeit, geht's Ihnen denn jetzt nur ums Geschäft?«

»Ich kann Ihnen draußen einen Stuhl aufstellen, wenn Sie sich ausruhen wollen.«

»Nein, danke, so alt bin ich nun auch noch nicht, dass ich alle paar Minuten sitzen müsste.« Gretel Breisamer, die bereits Uroma war, wirkte beleidigt. Trotzdem würde Luise Hans später bitten, mit ihr die Bank aus dem Garten nach vorne zu tragen, bis sie eine zweite gekauft hatten, damit sich die eine oder andere betagte Kundin setzen konnte.

MARIE

Seit Martin im Forst arbeitete, hatte sie die Käserei übernommen. Marie liebte diese Arbeit im kühlen Erdkeller oberhalb des Grundstücks, abgeschirmt von außen. Jeder Arbeitsschritt musste mit äußerster Sorgfalt geschehen, das verlangte Konzentration, lenkte aber zugleich von allem ab, was sie auf Trab hielt. Vorausgesetzt, die Kinder waren versorgt, was manchmal nicht leicht zu bewerkstelligen war. Doch gerade machte Linda Mittagsschlaf, und auch Tante Polli hatte sich zum Ausruhen auf dem Kanapee in der Stube ausgestreckt. Alma und Konrad spielten mit den anderen Dorfkindern und ihren Steckenpferden auf der Wiese und würden sich melden, wenn sie etwas brauchten. Manni war mit seinen Gänsen an der Würm. Marie band sich ein Kopftuch um die Haare und begann, die Hartkäselaibe, die auf den Brettern weiter hinten im Keller seit Monaten reiften, mit Salzwasser abzureiben und zu wenden. Anschließend entfachte sie ein Feuer unter dem großen Kupferkessel und erwärmte die heutige Ziegenmilchmenge, dabei musste sie penibel auf die Temperatur achten. Als die Milch flockte und dick zu werden begann, schöpfte sie sie auf ein Sieb, in das sie ein Tuch gelegt hatte. Sie verknotete die Enden des Tuches und presste die Molke aus. Mit Apfelsaft vermischt, würde sie die später den Kindern zu trinken geben. Sie schöpfte und presste so oft, bis der Kessel geleert war. Nachdem sie die verschiedenen Gewürzmischungen beigefügt hatte, hängte sie die Käsebündel zum Abtropfen auf. Kümmel, Paprika, Schnittlauch, Knoblauch und Meerrettich. Marie selbst mochte am liebsten den Frischkäse mit Honig, Sahne und Rosmarin. Für den Verkauf in Luises Laden presste sie die verschiedenen Sorten in runde Förmchen. Am liebsten hätte sie den Käse selbst nach Starnberg gebracht, schon um Hans nicht noch mal zu begegnen. Doch es blieb ihr nichts anderes übrig, als sich zu wappnen, damit sie ihn das nächste Mal rechtzeitig abwehren konnte.

Im Haus herrschte noch angenehme Stille, als sie zurückkehrte. Tante Polli schnarchte auf dem Kanapee mit offenem Mund. Marie schlich nach oben, um nach Linda zu sehen, darauf bedacht, dass die Stufen nicht allzu laut knarrten. Auch Linda schlief noch tief. Als sie wieder nach unten kam, hatte sich Polli aufgesetzt und strickte, als hätte sie die ganze Zeit nichts anderes getan, dabei war ihre linke Wange vom Kissen zerknautscht. Marie hielt es nicht mehr aus, sie musste es tun. Der Drang war auf einmal so groß, dass sie zerspringen würde, wenn sie ihm nicht nachgab.

»Kannst du bitte nach Linda schauen, falls sie gleich aufwacht?« Die Kleine konnte schon alleine aus der Wiege klettern und machte sich dann oben an der Kinderabsperrung der Treppe bemerkbar, wenn sie runterwollte. »Und die anderen sind draußen. Ich bin gleich zurück.«

»Geh nur, aber vergiss nicht, dass ich nachher zum Caritassammeln muss.«

»Natürlich, spätestens in einer Dreiviertelstunde bin ich wieder da.«

»Und achte auf den Wetterhahn.«

»Warum das?« Sie hatten gar keinen Wetterhahn auf dem Dach. In ihrem First nistete seit Jahren ein Taubenpaar, dem es aber selten gelang, das Nest so zu befestigen, dass das Ei nicht vorzeitig herunterfiel.

»Weil …« Die Tante holte Luft. »Dreht mehrmals sich der Wetterhahn, so zeigt er Sturm und Regen an.«

»Aha. Danke.« Spätestens jetzt war es für Marie Zeit, frische Luft zu schnappen.

Rasch lief sie in die Schmutzschleuse zum Stall, warf ihren Rock und die Schürze ab, schlüpfte in Hose und Stiefel. Dann ging sie zu Wolke, die heute ohne Fido hinter dem Haus auf der Koppel stand, sog von weitem schon den herrlichen Duft ein. So wie andere bei Zimt und Anis an Weihnachten dachten, löste der Pferdegeruch in Marie sofort ein Wohlgefühl aus, das sie mit ihrer Heimat verband. Sie war mit Pferden aufgewachsen. Ihr Vater hatte ihr gezeigt, wie man sie zähmte, ohne Gewalt anzuwenden.

»Na, hast du Lust auf einen kleinen Ausflug?« Sie trat auf Wolke zu, tätschelte ihr die Stirn zur Begrüßung. Um die Antwort abzuwarten, drehte sie sich um und ging ein paar Schritte zurück, prompt folgte Wolke ihr. »Fein, dann los.« Sie führte die Stute aus dem Gatter, sattelte sie, saß auf und lenkte sie über die Buckelwiesen, bis auf den höchsten Punkt. Von hier aus blickte man nicht nur über das Dorf und das Moos dahinter. Auch den See konnte man erkennen und die Spitzen der Alpen am Horizont. Kaum war sie losgaloppiert, atmete sie auf. Wie hatte sie das Reiten vermisst. In letzter Zeit war sie nur selten dazu gekommen, dabei gab ihr genau das die Kraft, die sie brauchte. Ihr Wohlbefinden war ein mühsam aufgestelltes Kartenhaus, das bei der kleinsten Störung einzustürzen drohte. Nur dank Martin und seiner Geduld hatte sie einen Weg gefunden, überhaupt zuzulassen, dass ein Mann sie berührte. Nach und nach hatte sie auch das Begehren wieder wahrgenommen und Lust gespürt. Martins Liebe hatte sie geheilt und ermöglicht, dass sie Kinder miteinander bekamen. Trotzdem war Marie froh gewesen, dass die Hochzeitsnacht nicht ihr erstes Mal gewesen war. Weder ihr erstes Mal mit Martin noch überhaupt. Das schreckliche Ereignis klammerte sie aus. Es zählte nicht, hatte nichts mit Liebe und Zärtlichkeit zu tun. Martin wusste bis heute nichts davon. Wie auch? Sie konnte es kaum für sich selbst beim Namen nennen, hatte es tief in ihr Gedächtnis verbannt, wie alles andere, was ihr und ihren Eltern angetan worden war. Durch Theo, ihre Jugendliebe, und dann durch Martin wusste sie, dass Miteinanderschlafen innig und schön sein konnte, und dahin wollte sie wieder zurück. Martin konnte nicht genug von ihr kriegen, und sie brauchte seine Nähe. So hatten sie sich beide gegenseitig entdeckt, für ihn war es tatsächlich das erste Mal, und für sie war es ein Neuanfang. Hinterher hatte sie das Gefühl zu verbrennen, aber das sagte sie ihrem Liebsten nicht, der meist selig neben ihr schlief. Wenigstens ließen die monatlichen Bauchkrämpfe nach, als sie schwanger wurde. Trotz der vielen Arbeit, immer war sie bis zu den Wehen im Stall und auf dem Feld, kam jedes Kind gesund zur Welt. Mit Hilfe von Frau Hirschkäfer, die bereits Martin, Luise und Manni entbunden hatte. Selbst Einzelkind, hätte sie nie gedacht, dass sie eines Tages vielfache Mutter sein würde. Martin und sie würden die Kleinen schon großkriegen und auch die Nächsten, die sich bestimmt bald ankündigten. In Schlesien hatte sie noch in den Tag hineingelebt, sich kaum um etwas gesorgt und das meiste für selbstverständlich gehalten. Heute teilte sich ihr Tag in Abschnitte ein, nie war alles getan. Mit Martin zusammen auszureiten, gehörte leider auch der Vergangenheit an. Wie schön wäre es, abzusitzen, Wolke grasen zu lassen und ein bisschen zu malen und dabei die Zeit zu vergessen. Auszuprobieren, wie man dieses besondere Licht einfangen könnte, die vielen verschiedenen Grüntöne oder auch einfach nur diese Baumkrone skizzieren, die Verzweigungen der Äste und wie sie dem Betrachter ins Auge sprangen. Genug, rief sie sich zur Ordnung. Mehr als sich alles einzuprägen und dankbar für diesen Ausflug zu sein, konnte sie sich momentan nicht erlauben. Nach einer letzten Runde über den Karlsberg trabte sie zum Hof zurück. Durchs geöffnete Küchenfenster roch es angebrannt. Polli war die Milch übergekocht.

»Mammaam.« Linda stakste ihr entgegen und fiel ihr um den Hals, als wäre sie Tage fort gewesen. Sie nahm sie auf den Arm und hielt nach den anderen Ausschau, fand sie im Sandkasten und probierte Gänseblümchenkuchen mit Löwenzahntee.

Gegen Abend, als Marie zusammen mit Manni die Schaf- und Ziegenherde von der Weide holte, braute sich ein Unwetter zusammen. Die Wolken, die bei ihrem Ausritt noch weiß gewesen waren, ballten sich zu einer schwarzen Wand. Sonst übernahm Martin den Heimtrieb, aber heute verspätete er sich offenbar. Beim Melken stellte sie fest, dass das Walliser Schaf mit der schwarzen Wollschnauze und den waagrecht vom Kopf abstehenden Korkenzieherhörnern fehlte. Über die Jahre hatte sich Martin lauter seltene Rassen zugelegt. Wenn er eine Anzeige in der Zeitung entdeckte, dass jemand seine Zucht aufgab oder einen Schafbock zu verkaufen hatte, fuhr er oft weit über Land und kehrte mit Zuwachs zurück. So besaßen sie nicht nur Bergschafe, die übliche Rasse in der Gegend, die eine kratzige, aber robuste Wolle lieferte, welche besonders für

Teppiche geeignet war, sie hatten auch ein Alpenschaf, ein Merino und zwei Heidschnucken. Bei den Ziegen war es genauso: Zwei von zehn Ziegen waren weiß, eine braun, der Rest gescheckt, nur vier hatten Hörner. Ihre gesamte Herde war bunt und eigenwillig wie die Brandstetters selber. Sie war Martins und auch Maries ganzer Stolz. So setzten sie der Gleichmachung und Eintönigkeit auch in der Tierzucht etwas entgegen. Was für andere, besonders ihre Nachbarn im Dorf, vielleicht rückständig wirkte, entsprach genau ihrer Vorstellung. Als sie sich ineinander verliebten und beschlossen zu heiraten, hatten sie sich bewusst für diese Art zu leben entschieden. Tier und Mensch mit der Natur im Einklang.

Zwiebel, die Marie jetzt suchen musste, gehörte zu den ältesten Mutterschafen und war schon recht klapprig und dürr. Meist brauchte sie ewig für den Heimweg, zupfte unterwegs Gräser und Blüten, die durch die Gartenzäune wuchsen, und erreichte den Stall, wenn die anderen bereits wiederkäuten.

Polli war beim Caritassammeln. Bestimmt ratschte sie noch irgendwo, der eigentliche Zweck des Spendeneintreibens. Auf diese Weise kam die Tante auch mal in andere Häuser und erfuhr Neuigkeiten.

Marie bat Manni, kurz auf die Kinder aufzupassen, und schärfte allen ein, im Haus zu bleiben. Dann schlüpfte sie in die Strickjacke aus selbstgesponnener Wolle, an der dank des Lanolins Wasser abperlte wie bei einem Schaf, band sich ein Kopftuch um und ging los. Hoffentlich hatte kein Auto Zwiebel erfasst. In Leutstetten hielt sich der Verkehr unter der Woche in Grenzen, erst am Wochenende trieb es die Wanderer aus München her. Aber wer rechnete schon mit einem Schaf mitten auf der Straße, noch dazu bei schlechter Sicht. Ein Sturm kam auf und zerrte an den zarten Knospen der Bäume. Regentropfen platschten auf den Teer. Donner grollte. »Zwiebel!« Marie zurrte das Kopftuch fester, stemmte sich gegen den Wind und stapfte die Dorfstraße hinauf. Als sie am Schloss der Wittelsbacher vorbeiging, schlug Gero an, die große Dogge mit triefenden Lefzen, die hoffentlich nur bellte und nicht biss. Sie beachtete den Hund nicht weiter, lugte in die anderen Grundstücke, vielleicht hatte ein Tor offen gestanden oder war vom Wind aufgeflogen und Zwiebel hatte das als Einladung verstanden, sich einem Salatbeet zu widmen. Gleich hinter dem Ortsschild bog Marie auf den Trampelpfad ab, der sich zu den Brandstetterwiesen hinaufschlängelte. Vor dem Drumlin, einem länglichen Hügel und Überbleibsel der Eiszeit, entdeckte sie ein schwarzweißes Bündel mitten auf der eingezäunten Weide, die die Herde heute abgegrast hatte. Sie beeilte sich, rannte zu ihr. Hoffentlich war sie nicht vom Blitz getroffen worden. Zwiebel atmete, war anscheinend umgefallen und steckte mit einem Korkenzieherhorn in einem Loch fest. Vergeblich versuchte Marie, sie herauszuziehen und aufzurichten. Eisiger Regen peitschte ihr ins Gesicht. Trotz seiner Magerkeit wog das Schaf um die fünfzig Kilo, und es fühlte sich an, als müsste Marie einen Zementsack aufheben. Immer wieder glitten ihre Hände zwischen Matsch, Regen und Schafwollfett ab, und dann schien es auch, als ob Zwiebel sich dagegenstemmte. »Jetzt komm, hilf mit, verflixt nochmal. Oder willst du hier übernachten?« Sie verschnaufte kurz, um einen neuen Anlauf zu nehmen. Der Regen prasselte in dichten Schleiern auf sie nieder. In ihren Gummistiefeln schwappte es. Sie sah in Zwiebels großes Kullerauge, das in dem schwarzen Wollgesicht kaum auszumachen war. »Du wirst doch jetzt nicht aufgeben?« Sie drückte auf die Schafbeine, wie Martin das oft tat, wenn er erkrankte Tiere mit seiner speziellen Druckmassagemethode behandelte, die ihm ein chinesischer Arzt auf einer Landwirtschaftsmesse gezeigt hatte und die er seither anwandte. Gebrochen schien bei Zwiebel nichts zu sein. Marie tastete auch die Wirbel und die Rippen ab, sofern die unter der dichten Wolle auszumachen waren. Ein durchdringender Schrei erklang. Marie sah nach oben und glaubte, einen langgezogenen Schatten vor den dunklen Regenwolken zu sehen. Schwingende Schwanzfedern und lange Flügel, es sah aus, als kreiste der königliche Pfau über ihnen. Doch den gab es gar nicht, jedenfalls hatte ihn noch nie jemand zu Gesicht gekriegt, man hörte nur Gerüchte über ihn und ab und zu diesen Schrei. Die alten Weiber im Dorf bekreuzigten sich jedes Mal, wenn er ertönte. Der Pfau galt nicht nur als Sinnbild der Eitelkeit, sondern auch als Todesbote. Marie hielt nichts von solchem Geschwätz. Auf einmal zappelte Zwiebel doch noch in die richtige Richtung, versuchte sich keuchend und hustend aufzurappeln, was ihr mit Unterstützung und viel Geschiebe und Gezerre schließlich gelang. »Du machst vielleicht Sachen«, sagte sie. Zwiebel schüttelte sich und trippelte los, als hätte Marie sie aufgehalten, und es wäre nun aber höchste Zeit, in den Stall zu gelangen. Der Regen ließ nach, es nieselte nur noch. Der Himmel hellte sich wieder auf. Marie sah sich nach dem Pfau um, der war nirgends mehr zu sehen. Wahrscheinlich hatte sie ihn sich nur eingebildet. Doch als sie mit Zwiebel durch das Gatter schritt, lag eine lange Feder im Gras. Sie hob sie auf. Ein blaugrün schillerndes Auge leuchtete sie an. Es gab ihn also doch, dachte sie, nur wo? Auf der Dorfstraße verlangsamte Zwiebel ihren Gang, kam kaum noch von der Stelle. Marie versuchte sie anzuschieben, doch das Schaf hatte die Ruhe weg, spurtete nur ein paar Schritte, wenn es etwas zum Knabbern zwischen den Zaunlatten der angrenzenden Grundstücke entdeckte. Marie seufzte, drehte die Feder in der Hand. Es dauerte eben so lang, wie es dauerte.

Endlich am Hof, brachte sie das Schaf in den Stall, wo die anderen Zwiebel laut blökend begrüßten, als käme sie von einer Weltreise zurück. Marie schaute bei Wolke vorbei. Die Stute stand alleine im Pferch. Also musste Martin mit Fido immer noch fort sein. Langsam sorgte sie sich. Aber wahrscheinlich hatte er bloß das Unwetter abgewartet, das von München heraufgezogen war, und machte sich jetzt erst auf den Weg. Sie hängte ihre nassen Sachen auf, zog sich trockene an und band sich eine frische Schürze um. Den fehlenden Schuhen und dem fehlenden Trachtenhut nach war auch Tante Polli noch außer Haus. Hoffentlich war mit Manni und den Kindern alles gutgegangen. Im Haus war es merkwürdig still, fiel ihr auf, als sie durch die Tür vom Stall in den Wohntrakt trat. Heute schien der Tag der großen Suche zu sein. In der Küche hing der Gurt am Kinderstuhl, doch Linda war weg. »Wo steckt ihr alle?« Jetzt war sie wirklich beunruhigt.

Es klopfte. Ein Mann in Anzug und mit breiter Aktentasche duckte sich unter dem Türsturz durch und lupfte den Hut. »Guten Abend, Frau Brandstetter?« Das hörte sich wie eine Frage an, wahrscheinlich wirkte sie in ihrem zerzausten Zustand wie eine Magd. »Ich habe draußen keine Klingel gefunden.«

»Ist schon recht, guten Abend.« Daran hatte sie sich auch erst gewöhnen müssen: Jeder, ob willkommen oder nicht, kam einfach herein. Ob Milch- und Käsekundschaft, Landstreicher oder Wanderer mit Gelüsten nach frischer Buttermilch. Wer hatte bei ihr nicht schon alles auf der Eckbank gesessen und sie zugeschwallt, obwohl sie zahnende Kleinkinder am Rockzipfel und das Essen auf dem Herd gehabt hatte. So manches

Teil, das sie ihnen abgekauft hatte, um sie wieder loszuwerden, stand seither auf der Eckbank. Gerade fehlte ihr aber die Offenheit für die nächste Weltneuheit, sie hatte auch kein Interesse an der nächsten Federbetten- oder Kochtopfberatung und wollte den Herrn sofort hinauskomplimentieren. »Ich brauche nichts, danke. Sie können gleich wieder gehen.« Wo waren bloß die Kinder? Sie lauschte nach oben, ob sie über sich Getrappel hörte, wie sonst, wenn sie im Zimmer spielten oder im Flur herumsausten. Schliefen alle schon?

»Ich möchte Ihren Mann sprechen, wir sind verabredet. Wo finde ich ihn?«

»Davon hat er mir gar nichts gesagt. Wer sind Sie?«

»Alfred Kamus vom Amt für Landwirtschaft. Ich habe Ihrem Mann geschrieben und für heute ein Gespräch vorgeschlagen.«

»Er müsste jeden Moment kommen. So nehmen Sie doch Platz.« Sie wartete nun auch schon seit über zwei Stunden auf ihn. Worum es ging, wollte der Herr ihr anscheinend nicht anvertrauen, es war ihr auch egal, sie rannte die Treppe hinauf. Überall lagen die Bauklötze und die Schienen der Holzeisenbahn verteilt, aber die Kinder waren nirgends. Sie rief nach ihnen. Gerade als sie vor lauter Beklemmung in der Brust losschluchzen wollte, hörte sie ein Kichern. Der Deckel der Spielzeugtruhe hob sich.

Konrad lachte sie an. »Gefunden, Mama.«

»Und die anderen? Wo sind deine Schwestern?« Da entdeckte sie Almas bestrumpfte Zehen am Fenster, sie hatte sich hinterm Vorhang versteckt. »Erschreckt mich doch nicht so«, fuhr Marie sie an. »Was soll das?« Sie duckten sich, als erwarteten sie Prügel, und sahen sie mit großen Augen an. Konrad war den Tränen nahe. Sofort senkte sie den Arm, auch wenn sich ihr Herzschlag erst beruhigen musste. Im Gegensatz zu vielen anderen schlugen sie ihre Kinder nicht, obwohl diese sie oft genug zur Weißglut brachten.

»Wir haben mit Manni Verstecksterl gespielt, aber er hat sich mitversteckt«, erklärte Konrad mit ernster Miene. »Dabei muss uns doch einer suchen, sonst geht's doch nicht.«

Marie lief ins Elternschlafzimmer, das Bettchen war leer. »Wo ist Linda?«

Alma zuckte mit den Schultern. »Das ist wie bei den sieben Geißlein, Mama. Jeder muss sich doch woanders verstecken. Komm, wir helfen dir.« Ihre Tochter nahm ihre Hand und zog sie die Treppe hinunter. Sie fanden Manni in seinem Zimmer. Mit einem breiten Grinsen kroch er unter dem Bett hervor.

»Wo hast du Linda versteckt? Los, sag schon.« Sie boxte ihm auf die Brust, ihm, der doppelt so breit und einen Kopf größer war als sie. Mit hängenden Schultern schmollte Manni, anstatt zu antworten. Zorn wallte in ihr auf. Sie musste die Frage anders stellen, damit er antworten konnte. Doch das war ihr zu viel, sie durchwühlte sein Bettzeug, wirbelte den Vorhang auf, öffnete den Schrank, in dem er Baumschwämme hortete wie andere Burschen Krawatten, suchte weiter.

Auch die Kinder riefen nach ihrer Schwester. Manni trottete ebenfalls im Haus und im Flur herum, hob den Teppich an und stocherte in den Fußbodenritzen. Offenbar wusste er nicht mehr, wo er seine Nichte versteckt hatte. Marie hielt inne, alles in ihr pulsierte, sie verfluchte sich selbst, dass sie sie alleine gelassen hatte, nur wegen Zwiebel. Das Schaf hätte es vermutlich wunderbar bis zum Morgen ausgehalten. Sie schloss die Augen, rieb sich mit beiden Händen die Nase. Bitte mach, dass sie gesund und munter wieder auftaucht, flehte sie. Warum hatte sie ihren Kindern bloß gestern Abend das Märchen vom Wolf und den sieben Geißlein vorgelesen, auch Manni hatte dabeigesessen, und offenbar seine eigenen Schlüsse aus den Märchen gezogen. Das hatte sie nun davon. Moment, da fiel es ihr ein. Wo hatte sich das jüngste Geißlein versteckt? Sie lief in die Stube zur großen Standuhr mit den schweren Gewichten und öffnete den Kasten. Einmal in der Woche zog Martin die Gewichte nach oben, dann lief die Uhr wieder. Linda lag, in eine Decke gewickelt, unten drin. Das laute Ticken über ihr schien sie nicht zu stören. Marie atmete auf und bückte sich, um sie herauszuheben. Neben ihr lag das Fläschchen, der Inhalt schäumte etwas, als sie ihn schüttelte. Sie schraubte es auf und roch daran, zuckte zurück. »Sag mal, Manni, hast du ihr etwa Schnaps in die Milch getan?«

»Jo.« Er strahlte sie an. Wie sollte sie ihm den Unterschied zwischen einer Gans und Linda erklären? Solange die Kinder noch so klein waren, war es wohl besser, wenn Manni mit Polli zusammen auf sie achtete, falls Marie weg musste.

Der Fremde saß noch immer auf der Eckbank, als sie Linda wach rüttelte und mit ihr auf dem Arm in die Küche ging. Ihn hatte Marie ganz vergessen. Wie hieß er doch gleich? Er hatte seinen Hut abgelegt und eine Mappe auf dem Küchentisch aufgeschlagen. »Wann kommt denn Ihr Mann zurück?« Ein Bart auf Oberlippe und Kinn rahmte seinen Mund ein. Die Wangen waren glatt rasiert und sein Scheitel akkurat. Kamus, genau, jetzt fiel es ihr wieder ein, wie der französische Schriftsteller, der letztes Jahr bei einem Autounfall ums Leben gekommen war, nur deutsch ausgesprochen.

»Um was geht es denn?« Sie setzte Linda ab und schüttete das Schnapsfläschchen aus. Hoffentlich hatte sie nicht allzu viel davon erwischt. Dann warf sie einen Blick auf die engbedruckten Papiere. Die Ziegenmilch hatte sie auch noch nicht gefiltert, und das Melkgeschirr war nicht gespült, heute geriet alles durcheinander.

Kamus stand auf, schwankte, als er mit der Hüfte an die Tischkante stieß. Damit keines der Kinder herunterfiel, war der Tisch nah an die Eckbank gerückt.

»Ich bin vom Amt für Landwirtschaft, es geht um die Neuvermessung Ihrer Nutzflächen.«

»Was gibt es da zu vermessen?«

»Die Parzellen insgesamt und die Wege, damit Ihre Äcker leichter erreicht werden können. Das betrifft nicht nur Sie. Das Ziel ist es, die deutsche Landwirtschaft auf dem europäischen Markt wettbewerbsfähig zu machen. Aber das würde ich lieber mit Ihrem Mann besprechen.«

»Wieso, was ihn betrifft, betrifft mich auch.« Schließlich leistete sie zurzeit die Hauptarbeit auf dem Hof.

»Na gut, dann erkläre ich es eben Ihnen beiden nachher, dann muss ich mich nicht wiederholen.« Er wollte sich wieder setzen. Zille kreischte und sprang davon. Fast hätte sich der Mann auf ihm niedergelassen. Marie streichelte den Kater, bis er sich beruhigte, mit nur einem Auge tat er sich manchmal mit der Orientierung schwer.

»Kann ich Ihnen solange etwas anbieten? Eine Tasse Tee oder ein Bier?«

»Im Dienst trinke ich eigentlich nicht«, er sah auf die Uhr, »aber ich habe seit einer Stunde Schluss. Also ein Weißbier, wenn Sie haben, das wäre nett.«

Sie nickte. »Konrad, hol doch bitte eine Flasche für Herrn Kamus aus der Speisekammer.« Sie wandte sich an ihren Sohn, der gleich loslief.

Alma und Linda kletterten auf die Bank. Manni hatte sich neben ihm auf den Stuhl gesetzt und untersuchte erst den Hut und dann die Aktenmappe, fand etwas und knetete es in der Hand. Der Beamte wollte von ihm abrücken, doch auf der anderen Seite hockten die Schwestern und probierten seine Stifte aus. Linda kaute am Kugelschreiber. Marie nahm ihn ihr aus dem Mund. Alma bemalte die Ränder der Papiere. »Nicht, das sind womöglich sehr wichtige Unterlagen.«

»Aber darum verziere ich sie ja, schau Mama, wie schön.« Alma konnte wirklich schon sehr gut Blumen malen, dachte Marie. Allerdings drückte sie so fest auf, dass sie bestimmt weitere Blätter mitgravierte. Aber ein Amt für Landwirtschaft konnte bestimmt ein paar Naturvorlagen gebrauchen. Kamus lächelte gequält, als er sah, wie Manni seinen Hut aufprobierte, der auf seinem Kopf eher ein Hütchen war, und dabei mit dem Radiergummi jonglierte.

Konrad stellte ihm das Bier hin und kroch dann unter den Tisch, wo seine Spielzeugautos lagen. »Also, Frau Brandstetter.« Sie brachte ihm ein Glas und einen Öffner. Kamus schenkte sich mit schräggelegtem Glas langsam ein, damit der Schaum erhalten blieb, und trank einen Schluck. »Es geht um die Umverteilung der Flächen, dabei möchten wir Sie unterstützen.« Mit Schaum auf der Oberlippe sprach er weiter.

»Eine Umverteilung?«

Er lächelte. »Darunter verstehen wir die bessere Nutzung von Grund und Boden durch die Zusammenlegung von Grundstücken oder eine Veränderung der Feldwege.« Was ging das die Regierung an? Soviel sie wusste, gehörten die Wiesen, auf denen die Schafe weideten, und auch die Ackerflächen für Kartoffeln und Getreide seit Generationen der Brandstetterfamilie. »Der bayerische Staat sieht sich in der Pflicht, seinen Landwirten bei der Modernisierung bestmöglich zur Seite zu stehen«, ergänzte er. »Welches Schleppermodell fahren Sie oder Ihr Mann? Ich habe draußen gar keinen Traktor gesehen?«

Marie entfachte ein Feuer im großen Ofen, auf dem sie auch kochten. »Jetzt lasst den Herrn in Ruhe und helft mir lieber aufdecken.« Sie wandte sich an die Kinder, »und wascht euch die Hände vorm Essen, auch du, Manni, los.« Zumindest folgten sie und rannten hinaus. Im Bad hörte sie sie streiten, wer zuerst die Seife haben durfte. Samt Manni kamen sie brav wieder herein und holten Teller, Tassen und Besteck aus dem Schrank. Linda trug stolz die Löffel, die Alma ihr in die Händchen drückte.

»Wir haben keinen Traktor«, sagte Marie zu Kamus, hackte eine Zwiebel, schlug Eier in die Pfanne und schnitt auf der Anrichte Brot.

»Ach, wirklich?« Er wischte sich den Bart. »Leihen Sie sich einen aus, oder wie bewältigen Sie die viele Arbeit auf dem Feld?«

»Mit unserem Pferd.« Wo blieb Martin bloß? Sie konnte und wollte keine ganze Abendunterhaltung veranstalten. Wie wurde sie ihn bloß wieder los? »Ach, wissen Sie was? Wenn's nicht eilig ist, kommen Sie ein anderes Mal wieder, am besten, Sie rufen vorher an.«

»Können Sie denn Ihren Mann nicht erreichen und herbitten? Jetzt, wo ich schon da bin, es dauert auch nicht lange, versprochen.« Manni hatte sich wieder neben ihn gezwängt, kaute an seinem Käsebrot. Endlich hörte sie etwas im Flur. Martin kam.

»Papa, Papa.« Die Kinder sprangen auf und hüpften ihm an den Beinen hoch.

»Was haben wir denn hier?« Er war gar nicht durchnässt, hatte sich anscheinend tatsächlich untergestellt und den Regen abgewartet. Seine Augen wirkten glasig, fiel Marie auf, und als er mit Linda auf dem einen Arm und Konrad und Alma am linken Bein hängend auf sie zustakste und ihr einen Kuss gab, roch sie Alkohol. Da konnte er sich gleich mit seiner Jüngsten zusammen hinlegen.

»'n Abend, Herr Brandstetter.« Kamus erhob sich und streckte ihm die Hand entgegen. »Alfred Kamus, Vermessungsrat, ich hatte Ihnen geschrieben.«

»So, so.« Martin erwiderte den Gruß nicht, wie konnte er auch, vollbeladen mit seinen Kindern. Aber auch als er sie absetzte, reichte er dem Mann nicht die Hand, sondern öffnete die Küchentür. »Schauen Sie, Herr Vermessen…« Er zeigte in den Flur. »Da, wo der Zimmerer ein Loch gelassen hat, da gehen Sie jetzt auf der Stelle durch, bevor ich nachhelfen muss. Der Manni schiebt Sie bestimmt schon mal an, oder Manni?«

»Jo«, sagte sein Bruder und grinste. Was ging hier vor? Kannten sich die beiden? Martin wusste doch gar nicht, was Kamus wollte. Ein Angebot oder ein Zuschuss vielleicht? Sie könnten jeden Pfennig brauchen. Und seit wann benutzte Martin seinen Bruder als Druckmittel. Manni lupfte den Hut von seinem Kopf auf den des Beamten, hakte sich bei ihm ein und wollte ihn aus der Bank ziehen.

»Herr Brandstetter, Sie haben mich doch noch gar nicht angehört.« Kamus wankte, riss sich aus der Umklammerung und wedelte mit den umrankten Papieren. »Wollen wir nicht kurz dieses Angebot miteinander durchgehen?« Martin schwieg, sein Gesicht verdunkelte sich. So hatte Marie ihn bisher selten erlebt. Einmal vielleicht, vor Jahren, als ihr Jugendfreund Theo aufgetaucht war und er sich mit ihm sogar geprügelt hatte. Im Allgemeinen war Martin die Sanftmut in Person. Die Luft schien zu knistern, als sich die Männer mit Blicken maßen. Die Kinder schauten von Kamus zu ihrem Vater, dann zur Tür, die Martin aufhielt. Keiner wusste, was als Nächstes geschehen würde.

»Dann … dann lass ich Ihnen die Unterlagen da, Sie können alles in Ruhe durchlesen. Melden Sie sich einfach, wenn Sie Fragen …« Kamus griff seine Aktentasche, ließ den Blick über den Tisch gleiten, wo auch noch seine angekauten Stifte und der Radiergummi lagen. Er trippelte seitlich aus der Bank. »Meine Telefonnummer steht …« Er wollte einen Schritt tun, brachte die Beine nicht auseinander, ruderte mit den Armen und fiel auf die Knie. Seit Hut flog voran. Konrad hatte ihm die Schnürsenkel zusammengebunden. Fluchend riss er an seinen Schuhen, es dauerte eine Weile, bis er die Bänder entwirrt hatte. Dass ihr Sohn mit vier überhaupt schon einen festen Knoten konnte, erstaunte Marie so, dass sie das Schimpfen vergaß. Mit hochrotem Gesicht erhob sich Kamus wieder und stürzte ohne ein weiteres Wort zur Tür hinaus.

»Warten Sie, Ihr Hut.« Marie lief ihm hinterher.

»Was war das denn?«, fragte sie ihren Mann, als sie zurückkam.

»Lass uns später reden.« Martin hob Linda in den Kindersitz, teilte die kalt gewordenen Rühreier aus und fütterte die Jüngste. »Danke, dass du die Herde geholt hast. In München hat es ganz schön gewütet, das erste richtige Frühlingsgewitter. War's hier auch so schlimm?«

»Geschüttet hat's und gekracht«, erwiderte Marie. Sie wollten doch jetzt nicht ernsthaft übers Wetter reden? »Soll ich dir noch ein paar Eier dazu braten, oder was willst du essen?«

»Ich habe im Mooshäusl Brotzeit gemacht.«

»Ach ja?«

Martin nickte. »Hans war auch da. Er hat erzählt, dass wir

jetzt eine Waschmaschine haben? Die schaue ich mir gleich nach dem Melken an.« Er stand auf.

»Bleib hier. Ich hab schon gemolken.« Wenigstens wirkte er jetzt wieder nüchtern, sie mochte es gar nicht, wenn er trank. Noch dazu mit Hans, dem ein Bier über den Durst nichts auszumachen schien.

»Danke. Wie hast du das denn alles hingekriegt?« Er küsste sie und strich ihr über den Rücken.

»Jetzt knutschen sie wieder ewig.« Alma kicherte.

»Erzählst du mir nachher alles?«, flüsterte ihr Martin zu.

»Du aber auch.« Marie genoss seine Umarmung, eine Wohltat nach dem anstrengenden Tag. Sie lösten sich erst voneinander, als plötzlich Tante Polli hereinrumpelte.

»War das ein Sauwetter, Gott sei Dank ist es vorbei.« Sie stellte die Sammelbüchse auf die Anrichte und nahm die Nadeln aus dem Dutt, mit denen sie ihren Trachtenhut wind- und wetterfest zurrte. »Ihr glaubt's nicht, was bei den Kannengießers gestern los war.« Offenbar war sie dort beim Caritassammeln hängengeblieben. »Denen sind die Kühe ausgekommen, eine ist glatt schwimmen gegangen.«

»Was, bis zum See ist die gerannt? Das sind doch über vier Kilometer.« Martin setzte sich zu den Kindern und aß nun doch etwas, was Marie freute.

»Naa, die sind alle kreuz und quer abgehauen.« Polli schob die Hutnadeln in die Kitteltasche und hängte ihr Schultertuch mit den langen Fransen auf die Stange über dem Herd. »Eine ist bis zur Kirche rauf und weiter zu dem neumodischen Schwimmbecken, das sich dieser Zuagroaste hat bauen lassen. Sogar mit Heizung, stellt euch vor. Das muss vielleicht ein Gfrett gewesen sein, bis sie die wieder rausgebracht haben.« Sie stockte, schaute in die Runde. Gfrett, das hieß so viel wie allergrößte Anstrengung, das kannte Marie nur zu gut inzwischen. »Und bei euch? Was war das für einer in dem Auto, das gerade an mir vorbeigeprescht ist? Hab ich etwa den Vertreter verpasst? Der wollte doch erst nächste Woche kommen?« Die Tante strickte nicht nur wie besessen, sie knüpfte auch aus Wollresten Kissen, kaufte bunte Vorlagen bei den fahrenden Händlern, die die Landbevölkerung abklapperten. Oft genug versackten sie bei Marie in der Küche, die Ware wie auf einem Basar überall verteilt.

»Iwo, Tante, das war bloß einer von der Regierung«, erklärte Martin.

»Jesusmariaundjosef!« Polli bekreuzigte sich. »So eine Ehre. Aber wer regiert uns denn gerade?«

Um kurz nach neun waren alle Kinder und auch Manni im Bett. Heute hoffentlich mit einer unverfänglicheren Gutenachtgeschichte, die Martin erfand, während Marie die Küche aufräumte und das Milchgeschirr wusch. Sie hörte das Brummen seiner angenehm warmen Stimme durch die Zimmerdecke. Meistens erzählte er einfach frei drauflos und band die Alltagserlebnisse der Kinder mit ein, was ihr imponierte. Wenn sie etwas von Hexen und Feen erzählte, verdrehten die Kinder die Augen, und Alma brachte ihr lieber ein Buch zum Vorlesen. Dabei würde es ihr gefallen, eines Tages etwas für Kinder zu schreiben und zu illustrieren, aber da musste sie noch üben und sich vielleicht auch etwas von Martin abschauen. Sie legte Holz nach, als er herunterkam und sich einen Ziegenmilchjoghurt aus der Speisekammer holte.

»Magst du auch einen?« Sie nickte.

»Einunddreißig, zweiunddreißig, dreiunddreißig zehn, dreiunddreißig zwanzig.« Polli saß am Tisch und zählte das Geld aus der Sammelbüchse.

»Und, was hast du heute erzählt?«, fragte Marie und setzte sich auf Martins Schoß.

Er rührte sich mit ihr im Arm einen großen Löffel Honig in den Joghurt. »Mei, wie der Thomas einen Bären gefangen hat.« Meistens war der Thomas die Hauptfigur seiner Geschichten, und der erlebte das, was die Kinder erlebten, nur als sein Abenteuer getarnt.

»Und wie hat er das gemacht?«

»So.« Martin umschlang sie fester. Sie unterdrückte ein Quietschen, nicht dass die Kinder wieder aufwachten.

»Neununddreißig zwanzig, neununddreißig fünfzig ...« Die Tante warf ihnen einen genervten Blick zu und schob die letzte Münze auf den Haufen. »Das war's. Einundvierzig Mark fünfzehn kann ich dem Pfarrer morgen geben.« Sie notierte sich den Betrag auf einem Zettel und schüttete das Geld zurück. »Ich bin gespannt, ob die Zechner Liesl das übertrifft.« Mit der wetteiferte sie nämlich um die Gunst des Seelsorgers. »So, Leute, ich pack's, bin froh, wenn ich meine wundgelaufenen Hax'n ausstrecken darf. Marie, kannst du mir die bitte noch mit Branntwein einreiben? Ich komme selbst so schlecht hin.« Marie folgte ihr, als sie in ihr Zimmer hatschte. Dort musste sie warten, bis Polli ihr Nachtgewand übergestreift und ihre grauen Haare ausgebürstet hatte, die ihr bis über die Schulterblätter fielen. Als sie endlich im Bett lag, und Marie ihr die blau geäderten Beine massiert hatte, schob sie ihr noch die Bettdecke unter die Füße, was bei der Tante immer ein Lächeln erzeugte. »Wie meine Mama es bei mir als Kind gemacht hat«, sagte sie zum hundertsten Mal.

Gähnend hockte Marie sich anschließend zu Martin, der sich seine Brille aufgesetzt hatte, die er seit letztem Jahr für die Nähe brauchte, und im *Land- und Seeboten* las. »Wollen wir in die Stube gehen? Ich mach uns noch einen Tee.« Schlagartig war sie zum Umfallen müde, doch sie wollte unbedingt noch wissen, was es mit diesem Kamus auf sich hatte.

»Ich sitz gerade so gut.« Er wirkte genauso erschöpft wie sie. »Bleiben wir doch gleich da. Erzähl, was war heute los?«

Marie stützte den Kopf auf eine Hand und wischte mit der anderen die Krümel vom Tisch. Dabei berichtete sie kurz von dem ganz normalen Wahnsinn, den sie den Tag über erlebt hatte, erwähnte allerdings den Vorfall mit Hans nicht. »Zum Glück geht es Konrad wieder besser. Und bei dir in der Arbeit?« Sie hielt in der Küche Ausschau nach etwas Essbarem, das sie noch eine Weile wach hielt, entschied sich für eine Handvoll Walnüsse und holte den Nussknacker aus der Besteckschublade.

»Fido war fleißig auf seine alten Tage, hat zwanzig Stämme bis in die Gasse gezogen, wo der Anhänger stand.«

»Warum hast du dir nicht mal angehört, was der Beamte zu sagen hat?«

»Weil ich schon weiß, was der wollte. Das geht seit Tagen um, und im Mooshäusl haben wir es vorhin auch diskutiert.« Ach, daher wehte der Wind. Alles besprach er also nicht mit ihr. »Dieser Flurbereiniger fährt die Gegend ab und preist wie ein Hausierer das großartige Zehnjahresprogramm an, das der Freistaat Bayern entwickelt hat.« Martin schnappte sich ein Stück Nuss aus der Schale, die sie gerade aufgeknackt hatte.

»Ein Flurbereiniger, was soll das sein?« Den Begriff hatte sie noch nie gehört. Bevor alles weg war, steckte sich Marie schnell ein Stück Walnuss in den Mund und knackte die nächste auf. »Klingt, als ob er die Landschaft sauber machen müsste.«

»Allein das Wort ist die reinste Verblendung ... oder Verblödung, das trifft es besser. Mich würde wirklich interessieren, welcher Werbeheini sich diesen Begriff ausgedacht hat. Der Staat will die gesamten landwirtschaftlichen Flächen neu verteilen. Bei vielen Bauernfamilien sind über Generationen die Äcker und Wiesen immer wieder gedrittelt oder geviertelt worden, je nachdem wie viele Kinder und Erben man hatte. Aus dem Flugzeug betrachtet, ist Bayern der reinste Fleckerlteppich. Krumme Äcker und Wiesen, die sich an den Bachläufen oder Waldrändern orientieren. Jetzt sind sie mit dem Koordinatennetz und Linealen dabei, alles zu begradigen und zu säubern. Als ob man die Natur waschen, schleudern und auf der Leine aufhängen müsste, damit sie persilrein ist und mit der Technik mithält. Bäche unterirdisch durch Rohre leiten oder gleich trockenlegen. Jahrhundertealte Bäume zugunsten von Parkplätzen fällen. Ganze Alleen haben sie vernichtet, damit die Raser sich nicht totfahren. Die überschlagen sich nun auf dem freien Feld. Du wirst sehen, wenn über die kahlen Flächen ein Sturm bläst, wirbelt es die gesamte Erde davon.« Martin stand auf und holte sich ein Bier aus der Speisekammer. Bisher hatte sie ihren Mann kaum je so lange an einem Stück reden gehört. Als er die Flasche öffnete, fiel ihr ein, dass sie das mit Manni und Linda noch nicht erzählt hatte, aber sie wollte Martin nicht unterbrechen. »Da steckt der Mauser dahinter, der treibt das Ganze voran, der will mit der Flurbereinigung den großen Reibach machen.« Ihm gehörte halb Leutstetten, einschließlich des Grundstücks mit dem Swimmingpool, den Tante Polli vorhin erwähnt hatte. »Der hat doch überall seine Finger drin, mischt in der Politik mit und will der nächste Landrat werden. Er baut seinen Hof weiter aus, will fünfhundert oder mehr Kühe und Schweine halten.«

»In einem Stall?«

»Solche Betriebe gibt's schon überall, manchmal sogar tausend Tiere und mehr auf engstem Raum. Die dürfen niemals ins Freie, herumspringen und sich austoben, und werden, so schnell es geht, gemästet und dann geschlachtet. Das ist kein Leben vor dem Tod, du kannst dir nicht vorstellen, wie die gehalten werden.« Nein, das konnte und wollte sich Marie nicht vorstellen, auch wenn sich jetzt schon Bilder davon in ihrem Kopf einnisteten. Tina Mauser war die Ortsbäuerin des bayerischen Bauernverbandes und eigentlich ganz nett, zumindest im Vergleich zu den Frauen, die Marie immer noch schief ansahen, als trügen sie ihr nach, dass ausgerechnet »das dürre Flüchtlingsmensch« den schönen Martin, den jede begehrte, abgekriegt hatte.

Vor Jahren hatte die Mauserin Marie zum Kaffee eingeladen, wo sie auch die anderen kennenlernte. Reihum hielten sie danach diese Tafeln in jedem Hof ab, um die Dorfgemeinschaft zu stärken, wie Tina betonte. Anfangs hatte Marie der Austausch gefallen, erst auf die Dauer ging es ihr auf die Nerven. Die Gespräche über die neuesten Möbel und Teppiche, ob Stores vor den Fenstern und wenn, dann natürlich die mit der Goldkante. Dann die Ausrichterei über jene, die nicht eingeladen waren oder keine Zeit hatten, um zum Eigentlichen überzuleiten: Wer mit wem, wann und wo betrog. Für diese Treffen warfen sich alle in Schale, gingen sogar extra zum Friseur. Als Marie an der Reihe war, betonten sie, wie gut ihre Kuchen schmeckten, bei denen ihr Luise extra geholfen hatte. Gleichzeitig schnüffelten sie in jeden Winkel, zogen Schubladen auf und rümpften die Nasen. Bestimmt lästerten sie hinter ihrem

Rücken über die schlichte Einrichtung ihres Hauses. Martin und sie mochten keine überflüssigen Dinge. Von den Kindern lag sowieso genug herum, über das man stolperte. Und wozu brauchte man eine verschnörkelte Stubenlampe, Glasfigürchen auf dem Regal oder buntbemalte Teller an der Wand? Die machten doch nur zusätzliche Arbeit beim Abstauben. Für diese Einladung hatte sie tagelang alles blitzblank geschrubbt, in den Küchenschrank und in die Schubladen sogar extra neues Papier gelegt. Trotzdem wischte die Krügerin, die Frau vom Wasserwart, die Kuchengabel an ihrer Dirndlschürze ab, bevor sie sie in den Mund nahm, Marie hatte es genau gesehen. Von da an konnte und wollte sie nicht mehr mithalten, und als sie mit Alma schwanger war, sagte sie das nächste Treffen ab und auch das danach. Schließlich wurde sie nicht mehr eingeladen. Tina Mauser, eine mollige Mitvierzigerin, die ihre fünf Kinder wie nebenbei gekriegt zu haben schien, war ihr dabei noch die Umgänglichste von allen gewesen. Ihrem starren Blick entkam man zwar kaum, aber sie hatte sich wenigstens für Maries Malerei interessiert. Sie besaß ein paar Postkarten, die es damals noch in Luises Laden gegeben hatte, bestellte bei Marie ein Aquarell und bezahlte es, ohne zu handeln. Der Starnberger See mit dem Alpenblick, der Roseninsel und dem Dampfer, als Geschenk für ihre Schwester. Das Bild hing jetzt in Hawaii, wohin die Schwester geheiratet hatte. So betrachtet, hatte sie es sogar zu einer international anerkannten Malerin gebracht, Marie lächelte in sich hinein.

»Was schmunzelst du?« Martin entging keine ihrer Gefühlsregungen.

»Ach, nichts, ich habe nur gerade an die Mauserin mit ihrem Stierblick gedacht und ob sie damit auch ihren Mann eingefangen hat.«

»Bestimmt, der Andi konnte gar nicht anders, er musste sie heiraten wie unter Hypnose.«

»Aber was haben Andi und Tina damit zu tun?«, fragte Marie.

»Der Mauser will mir doch schon lange die Wiesen rund um den Drumlin abspenstig machen.«

»Das wusste ich nicht.« Sie füllte sich ein Glas an der Leitung und trank. Für sich allein brauchte sie auch keinen Tee mehr.

Martin nickte. »Die meisten angrenzenden Feldstücke Richtung Wangen besitzt er schon, ein paar hat er noch gepachtet. Falls er seinen Willen kriegt, wird er alles roden und begradigen, damit nichts mehr seinem Mähdrescher im Weg steht. Den Drumlin will er natürlich auch, den würde er als Erstes dem Erdboden gleichmachen. Dann könnte er wie in Russland mit mehreren Bulldogs gleichzeitig über die Felder fahren. Dann gäbe es hier nur noch Äcker, so weit das Auge reicht.« Andi Mauser hatte tatsächlich den größten Traktor im Dorf, mit Rädern wie Scheunentore. Man hörte ihn schon von weitem, und Marie warnte die Kinder immer, wenn sie auf der Straße spielten. »Jetzt hat er endlich grünes Licht für sein Vorhaben, kriegt sogar noch Zuschüsse von der Regierung, und wir Kleinbauern geraten unter Druck. Dem Bach, der sich durch unsere Wiesen schlängelt, hat er schon das Wasser abgegraben. Aber keinen Strauch und keinen Grashalm lass ich mir nehmen.« Martin trank in großen Schlucken direkt aus der Flasche. »Eine Verstümmelung und Ausbeutung der Natur ist diese Flurbereinigung.« Er drehte den Radiergummi des Beamten, der noch auf dem Tisch zwischen den Walnussschalen lag. »Unsere Heimat ist doch kein Karoheft, in dem man ankreuzen und dann ausradieren darf.« Er stand auf.

»Was machst du?«

»Ich hole mir noch ein Bier.«

»Lass uns lieber ins Bett gehen, ja?«

»Eins geht noch.«

Die wievielte Eins war das heute schon, dachte Marie. Bisher hatte er selten zu Hause getrunken. Zwar hatten sie immer einen Kasten Helles und einen Kasten Weißbier da, für Besuch oder besondere Anlässe, doch der leerte sich normalerweise langsam.

»Kann dich die Regierung zu dieser Sache zwingen?«, fragte sie, als er wieder bei ihr saß.

»Sollen sie es ruhig versuchen. Prost!« Er trank, als wäre er gerade aus der Wüste heimgekehrt, wischte sich über den Mund.

»Und was sagen die anderen Bauern, im Mooshäusl, da waren doch nicht nur du und Hans?«

»Die meisten sind dafür, sie ducken sich, gibt ja auch Geld, und wer lehnt sich schon gegen die Regierung auf. Aber ich sag dir was, Marie.« Der Alkohol tat seine Wirkung. Er fuchtelte mit dem Zeigefinger vor ihrem Gesicht. Seine dunklen Augen glitzerten. »Die wollen uns einlullen, es schönreden, dabei geht's nur um Profit. Nicht mit mir! Noch behauptet sich unser Drumlin wie eine Insel im Meer, und das wird so bleiben. Und wenn es das Letzte ist, was ich mache. Den gebe ich nicht her!« Erst als auch diese Flasche geleert war und Linda sich bemerkbar machte, die ihr Bettchen noch bei ihnen im Schlafzimmer hatte, konnte sie ihn überreden, schlafen zu gehen. Beim Wickeln dachte sie über das Gehörte nach. Dass er sein Land, das durch die Heirat auch ihres geworden war, nicht hergeben wollte, konnte sie nachvollziehen. Sie würde ihn unterstützen und bestärken. Auch wenn sie hin und her gerissen war. Durch den Verkauf einer kleinen Wiese wären sie mit einem Mal ihre Geldsorgen los, das hatten sie in den letzten Jahren schon oft besprochen. Die Gegend war begehrt. Immer mehr Münchner und auch Norddeutsche wollten sich am Starnberger See ein Domizil aufbauen. Dass das Amt für Landwirtschaft die Zufahrten und maroden Straßen modernisierte, brachte eben die Zeit mit sich. Natürlich wollte sie auch die alten Baumbestände erhalten und besonders den Drumlin, um den es hauptsächlich ging. Diese eiszeitlichen Hügel machten doch den Reiz der bayerischen Landschaft aus, sonst könnte man gleich in Niedersachsen leben, wo man schon drei Tage vorher wusste, wer an der Haustür klingeln würde. Bestimmt löste sich der Ärger in Wohlgefallen auf, das hoffte sie zumindest.

Der Sommer setzte mit einem warmen Föhnwind ein, heizte die Luft auf. Allein vom bloßen Dastehen kam man ins Schwitzen, erst recht bei der Heuarbeit, da floss der Schweiß in Strömen. Als der erste Schnitt trocken im Stadel war, fing Martin mit der Schafschur an. Heuer war er spät dran, die eigene Herde kam zuletzt an die Reihe. Zuerst hatte er bei den anderen Schafbesitzern im Landkreis geschert und auf diese Weise zwei Mark pro Tier dazuverdient. Manch einer hielt sich ein paar Schafe, um das Rasenmähen zu sparen, bedachte aber nicht, dass die Tiere nicht nur geschoren und entwurmt werden mussten, auch die Klauen gehörten geschnitten, was ihr Mann beim Scheren gleich mit übernahm. An diesem Wochenende im Juni waren endlich die eigenen Mutterschafe, die zwei Schafböcke und ein paar Lämmer, die sie behalten wollten, an der Reihe. Seit Marie auf den Hof gekommen war, war die Herde gewachsen, nur der Ziegenbestand blieb in etwa gleich. Wie Martin das Scheren hinkriegte, bewunderte sie. Allein die

Bewegung mit der Schere: dicht an der Haut, aber möglichst, ohne das Tier zu verletzen. Marie hatte es auch probiert, aber ihr taten nach ein paar Minuten schon die Hände weh. Er jedoch packte gekonnt ein Schaf, das ihm Manni aus der Abtrennung zuschob, und hievte es auf den Hintern, damit es sitzen blieb. Dann löste er Schnitt für Schnitt das Wollflies in einem Stück vom Körper. Marie nahm es ihm ab, breitete es wie eine Decke auf dem Gartentisch aus und zupfte die verschmutzten Stellen heraus. Auch die Kinder und Tante Polli halfen mit. Hauptsächlich die Wolle am Bauch und am Schwanz war unbrauchbar, die warfen sie in eine Wanne. Bei ihnen durften die Lämmer ihre langen Lämmerschwänze behalten, was ein Hindernis beim Scheren und jetzt auch bei der Wollverwertung war. Das Flies sortierten sie nach Farben in große Jutesäcke, dann kletterten Alma und Konrad rein und stampften die Wolle mit den Füßen fest. Sah der Sack wie ein prallgefülltes Kopfkissen aus, nähte Marie ihn zu. Nur mit Mannis Hilfe gelang es ihr, die sieben Säcke, von denen einer an die hundert Kilo wog, auf den Anhänger zu wuchten. Als es endlich geschafft war, keuchte sie. Trotz seiner Hornhaut hatte Martin blutige Handflächen voller Blasen und tauchte sie in die Regentonne. Die Schafe wirkten erleichtert, ihre dicken Wintermäntel los zu sein und machten Bocksprünge über die Wiese. Jetzt gab's Zitronenlimonade für alle. Unter der Woche tranken sie nur selbstgemachten Früchtetee, gekaufte Limo war ein Luxus. Für Martin war Bier zu einer Gewohnheit geworden. Wo er stand und ging, eine Flasche hatte er immer griffbereit. Wenn er oft spätabends aus einer Kneipe kam, roch er zusätzlich nach Schnaps. Im Dorf ging um, dass er im Mooshäusl gegen den »Unfreistaat Bayern« wetterte. Tante Polli hatte das von ihrer Caritaskonkurrenz gehört und gestand es Marie. Martin wehrte sich eben. Zu Recht, wie sie fand. Sonntags nach der Kirche, wenn sie kochte, schrieb er Briefe an die Behörden, und manchmal stritt er mit Kamus am Telefon. Ihr stiller Martin, der immer mit allen hatte auskommen wollen, wurde notgedrungen zum Kämpfer und musste sich anscheinend Mut antrinken, um sich zu behaupten. Den Schmelter von der Gautinger Brauerei freute der verstärkte Bierkonsum, er lieferte mit seinem neuen Lastwagen jetzt alle zwei Wochen, statt vorher einmal im Monat. Seine Rösser hatte er verkauft. Marie wollte gar nicht wissen, an welchen Metzger sie gegangen waren. Drei Kästen Helles, zwei Kästen Weißbier und eine Kiste Zitronenlimonade, zum Mischen und für die Kinder. Als ob die paar Flaschen Sprudelwasser die ganze Lieferung rechtfertigten. Sie öffnete Martin ein gekühltes Bier, betupfte seine geschundenen Hände mit Schwedenbitter, tapfer sog er die Luft durch die Zähne.

»Wie willst du denn am Montag wieder eine Axt oder Säge halten?« Marie war übel, das musste die Erschöpfung sein.

Er zuckte mit den Schultern. »Wird schon. Ich glaube, da hilft nur eins. Ab in die Würm, wer kommt mit?« Wo nahm er nur die Energie her?

»Ja, juhu!« Alma voran, sprangen die Kinder sofort auf. Gemeinsam beluden sie den Bollerwagen mit den Badesachen und setzten Linda zwischen die Handtücher. Obwohl sie die Antwort bereits kannten, fragte Martin auch Tante Polli, die, immer emsig, die Einfahrt kehrte. »Kommst du mit in die Würm, Tante?«

»Ich bin doch nicht narrisch.« Kopfschüttelnd und weiter vor sich hin murmelnd, drosch sie den Reisigbesen aufs Pflaster, dass die Schafwollflusen nur so aufwirbelten. Von Wasser, wenn es nicht als schmackhafte Suppe daherkam oder als Kaffee oder

Tee, hielt die Tante im Allgemeinen nichts. Sie badete nie, nutzte auch die Dusche nicht, aus Angst, sie könnte darin ersaufen. Wahrscheinlich konnte sie gar nicht schwimmen, aber zugegeben hätte sie das nie.

»Hör zu kehren auf, wenn du am Stiel angelangt bist.« Martin fuchste es, dass er ständig einen neuen Reisigbesen binden musste, weil die Tante sie so schnell aufarbeitete.

Mittlerweile standen alle bereit. Sogar das Gänsepaar mit den sieben Gösseln, die vor drei Wochen geschlüpft waren, wollten mit an die Würm spazieren. Manni hatte sich einen alten LKW-Reifen umgehängt, den er beim Wehr gefunden hatte, wo die Leute allen möglichen Müll reinwarfen. Er musste sich nicht erst eine Badehose anziehen, würde sich so, wie er war, nur mit der bayerischen kurzen Lederhose bekleidet, in den Fluss setzen.

»Ich bleib besser hier«, sagte Marie, als sie losziehen wollten. »Die Hitze und mein Kreis…« Noch bevor sie den Satz beenden konnte, erbrach sie sich.

ANNABEL

War sie wirklich schon zu alt gewesen, um noch ein Kind zu kriegen? Manche Frauen bekamen bis weit in die vierzig Kinder und gesunde dazu. Am Nachmittag, nachdem sie sich frisch gemacht und umgezogen hatte, kam endlich der Herr Pfarrer. Reichlich spät für eine Nottaufe, aber die war Gott sei Dank gleich erledigt. Er war stark erkältet, und seine Nase tropfte. Nachdem sie Konstantin als Paten dazugeholt hatten, sprachen sie gemeinsam das Glaubensbekenntnis. Zuckermüller nieste ins Weihwasser, als er Marlene übergoss. Annabel versuchte, das als gutes Omen zu sehen.

»Sprich zu Hatschi-ott, der hört dir immer zu«, riet ihr der Pfarrer noch, bevor er sich verabschiedete. Annabel, der ihr Glaube von klein auf Halt gab, war erleichtert, dass Marlene nun ohne Erbsünde in die Christengemeinschaft aufgenommen worden war. Komme, was wolle.

Gleich am Nachmittag durfte Friedrich seine kleine Schwester besuchen. Er stand mit ihrer Schwiegermutter und einem großen Blumenstrauß in der Tür. Offensichtlich trauten sie sich beide nicht näher heran, verborgen hinter langstieligen Gladiolen blieben sie stehen.

»Es tut mir so leid, Annabel«, sagte Irmela. »Richard hat mir von solchen Kindern erzählt, auch in München kommt das immer wieder vor, aber dass es uns in der eigenen Familie trifft, hätte ich nie gedacht.«

»Es ist deine Enkelin, Irmela, nicht irgendein Kind.« Annabel streckte die Hand aus. »Komm her, Friedrich, leg die Blumen auf den Tisch und begrüße deine Schwester. Jetzt ist sie endlich sichtbar.« Manchmal hatte er leise mit ihr geredet, als sie noch im Bauch war, was er ihr alles zeigen und was er mit ihr spielen würde, wenn sie auf der Welt wäre. Annabel winkte ihren Sohn zu sich. Friedrich trat an das Beistellbettchen und betrachtete Marlene lange. Er hatte sich verändert in den letzten Wochen, war nicht nur gewachsen und erreichte bald Konstantin, der mit seinen eins achtundsechzig deutlich kleiner als Annabel war. Ihr Sohn kam ihr insgesamt verschlossener und ernster vor. Als Marlene die Augen öffnete, berührte er eines ihrer Händchen, das aus dem Strampelanzug ragte. Sofort umfasste die Kleine einen Finger von ihm. »Schau mal, Mama. Was sie schon kann. Bestimmt wachsen ihre Arme noch.« Ein weicher Zug umspielte sein Gesicht, und seine Augen glänzten.

»Nein, mein Lieber.« Annabel strich ihrem Großen eine dunkle Haarsträhne aus der Stirn. »Sie wird niemals richtige Arme haben.« Es stach in ihrer Brust, als sie es aussprach, auch wenn es stimmte.

Nun näherte sich auch Irmela. »Ach, Gottchen, was für ein zauberhaftes kleines Wesen.« Vor Entzücken fuchtelte sie in der Luft herum.

»Marlene ist kein Wesen, sondern unsere Tochter«, sagte Annabel bestimmt.

Friedrich runzelte die Stirn. »Aber dann kann sie ja gar nie richtig klatschen.« Und er versuchte, ihre Händchen zueinander zu bringen. Vergeblich.

»Nicht, tu ihr nicht weh.« Irmela riss ihn zurück.

»Das macht er schon nicht«, mischte sich Annabel ein. »Oder, Friedrich? Du bist doch vorsichtig mit ihr?« Er nickte heftig. »Marlene wird vieles nicht können«, erklärte sie. »Ganz einfache Sachen, die für uns selbstverständlich sind. Darum müssen wir ihr helfen.«

»Das mach ich, Mama, ich pass auf sie auf. Du kannst dich ausruhen, und wenn die Leni was toll findet, klatsche ich einfach für sie.« Schallend klatschte er in die Hände, Marlene zuckte zusammen, blinzelte und riss dann die Augen auf. Annabel dachte schon, sie würde zu weinen anfangen, doch dann zog sie die Mundwinkel auseinander, als wollte sie lachen. Vermutlich war es nur das Babygrinsen, das laut der Säuglingsratgeber, die sie schon bei Friedrich studiert und jetzt noch mal gelesen hatte, nicht zählte. Es war ein Einüben der Mimik und kein Ausdruck von Freude. Aber stand nicht am Anfang von allem ein Versuch?

»So setzt euch doch.« Sie sollte liegen bleiben, hatte Konstantin angeordnet. Zwei bequeme Sessel waren um ein Tischchen gruppiert. Irmela setzte sich mit einem Seufzen und strich sich den Rock glatt.

»Ach, Friedrich, hol doch bitte eine Vase von draußen, ja?«, bat Annabel ihn.

»Gleich.« Er schaffte es kaum, sich von Marlene zu lösen.

»Sag mal, heißt das, in Richards Klinik gab es auch Kinder ohne Arme?«, fragte sie Irmela, als er gegangen war.

Ihre Schwiegermutter nickte. »Manchmal fehlen ihnen alle Gliedmaßen. Für die konnte er nicht mehr viel tun. Er hat gesagt, dass das zurzeit häufiger vorkommt. Sie vermuten, dass es an den Atomversuchen liegt, die sie an geheimen Orten überall machen. Die Strahlung reicht bis hierher. Ich versteh nichts davon und hab es auch mit den Jahren aufgegeben, mich in medizinische Belange einzumischen, aber ich dachte, diese Tests finden auf einer Insel oder in der Wüste statt, jedenfalls weit weg von uns.« Immerhin gab ihr Schwiegervater nicht auch ihr die Schuld, dachte Annabel. Kurz darauf verabschiedete sich Irmela schon wieder und nahm Friedrich mit, der zum Rudertraining musste, obwohl er lieber bei Marlene geblieben wäre. Aber die Besuchszeit war sowieso vorbei.

Die Tage in der Klinik, in der ihr abgesehen vom Stillen das meiste abgenommen wurde, zogen sich, bald verlor sie sich in der Zeit, döste viel und las den Stapel Kriminalromane weg, den sie sich extra hatte bringen lassen. Sich in kniffelige Detektivgeschichten zu vertiefen, lenkte sie am besten ab. Annabel war froh, wieder normal atmen zu können, die Lungen hatten wieder Platz. Auch ihr Puls beruhigte sich. Allerdings hatte sie leichtes Fieber und versuchte sich auszuruhen. Oft schlief sie auch über ihrem Buch ein und schreckte aus wirren Träumen von Krawattenmördern und unheimlichen Mönchen hoch. Dann lauschte sie auf die Geräusche und erinnerte sich, was geschehen war. Sie hatte ein Kind ohne Arme geboren. Um es zu verstehen, versuchte sie zu beten. Als Tochter eines angehenden Priesters hatte ihr das Gebet von klein auf Kraft geschenkt. Doch alles, was sie zustande brachte, waren Vorwürfe und Fragen, die zu beantworten Gott sich nicht herabließ. Sie hatte auch das Neue Testament mitgenommen, hoffte, darin etwas zu finden, das ihr weiterhalf, aber sie konnte sich nicht mehr konzentrieren und ließ selbst ihre geliebte Agatha Christie oder Edgar Wallace und Arthur Conan Doyle auf dem Nachtkästchen liegen. Die einzige Abwechslung waren die wechselnden Mahlzeiten, das Temperatur- und Pulsmessen und die belanglosen Gespräche mit den Besuchern. Mit Hilfe der Schwestern und der eigens geschickten Friseurin machte sich Annabel zurecht, saß geschminkt und im gestärkten Flanellnachthemd, ein Bettjäckchen über den Schultern, aufrecht im Bett. Auf ihrem Tisch und dem Fensterbrett sammelten sich die Blumensträuße, Karten und Geschenke. Das Zimmer roch wie eine Parfümerie. Manche warfen nur von weitem einen Blick ins Kinderbett, als ob Marlene ansteckend wäre, andere traten neugierig heran und schraken zurück. Die meisten kannte Annabel nicht näher, sie gratulierten ihr, weil sie die Frau des Klinikleiters war. Gongte es und gab Oberschwester Silvia über Lautsprecher bekannt, dass die Besuchszeit zu Ende war, dachte Annabel wieder über das nach, was ihre Schwiegermutter angedeutet hatte. Natürlich hatte sie von diesen Atomversuchen gehört, aber ähnlich wie Irmela nie gedacht, dass sie eines Tages persönlich davon betroffen sein würde. Warum war ausgerechnet in ihren Bauch diese Strahlung vorgedrungen und nicht in einen der vielen anderen Frauen, die unten in der allgemeinen Wöchnerinnenstation entbanden und in Mehrbettzimmern lagen? Und selbst wenn es so war, warum machte Konstantin nicht den Kalten Krieg mit seiner atomaren Aufrüstung für Marlenes Behinderung verantwortlich, sondern sie? Sie betrachtete seinen Strauß Rosen, den er ihr noch gebracht hatte. Sie ließen bereits die Köpfe hängen, obwohl sie die Schwester täglich anwies, das Wasser zu wechseln und ein Aspirin hineinzutun, damit sie länger hielten. Annabel kam in den Sinn, dass sie noch nie rote Rosen von ihm erhalten hatte. Weder am Hochzeitstag noch bei anderen Anlässen. Vielleicht war das keine bewusste Entscheidung. Vermutlich gefielen ihm die hellen, ob gelb, orange oder rosa, einfach am besten. Allerdings ging er nicht selbst in einen Blumenladen, sondern bat jemanden vom Personal, die Blumen zu kaufen. Warum dann also nie dunkelrote, die seine

Liebe und Leidenschaft zu ihr bezeugt hätten? Die Antwort lag nahe. Jahrelang hatte sie geglaubt, er betrüge sie, denn so sehr sie sich auch bemühte und er ihr versicherte, dass da nichts war, er gab ihr nie das Gefühl, die Einzige zu sein. Zumindest hatte sie ihn nie in flagranti ertappt, immerhin war er diskret, was seine Affären betraf. Seine Anschuldigung nagte an ihr. Einmal ausgesprochen, konnten tausend Sträuße in egal welchen Farben seine Worte nicht ungesagt machen. Konstantin schaute täglich vorbei, um sie zu untersuchen. »Wann darf ich aufstehen?«, fragte sie.

»In einer Woche frühestens.«

»Was? Aber mir fehlt doch nichts, ich will mich bewegen.«

»Du kannst dich aufsetzen und die Beine vom Bettrand baumeln lassen, das fördert die Blutzirkulation. Und ich schicke dir eine Masseurin vorbei, das hilft gegen Verspannungen. Brauchst du sonst noch was?« Er war schon wieder auf dem Sprung. Ja, dich, hätte sie am liebsten gesagt, biss sich aber auf die Zunge. Wenn er Marlene abhörte, vermisste Annabel das Leuchten in seinen Augen, er begutachtete seine Tochter von Kopf bis Fuß, mechanisch, routiniert, als wäre sie ein x-beliebiges Kind.

Am dritten Tag hielt Annabel es im Bett nicht mehr aus und widersetzte sich seiner Anordnung. Sie stand auf und trug ihre Tochter auf dem Arm im Zimmer herum, übernahm das Wickeln und Anziehen selbst. Besonders nachdem sie gesehen hatte, wie die Schwester die nutzlosen Ärmel verknotete, als wäre Marlene eine Vogelscheuche. Eine andere hatte sie über Kreuz in die Strampelhose geschoben, als steckte ihr Kind in einer Zwangsjacke. Wie sollte sie so ihre Hände bewegen und das Greifen lernen? Annabel versuchte, ihr zu geben, was in ihrer Macht stand. Obwohl sie nur alle zwei Stunden stillen sollte, legte sie sie beim kleinsten Quengeln an. Bald war ihr Busen wund, weil die Kleine pausenlos trank. Jedes Saugen trieb ihr die Tränen in die Augen. Sie setzte sich in den Sessel und starrte zum Fenster hinaus. Das hatte sie wohl verdient, dachte sie und fing erneut zu beten an. »Durch meine Schuld, durch meine Schuld, durch meine große Schuld.«

»Bella? Was hast du, was ist los?« Unbemerkt war jemand hereingekommen. »Zeig mal her, du blutest ja.« Es war Helga. Sie löste Marlene von ihr und legte sie in das Bettchen zurück. In der Tat, ihre Brustwarzen bluteten. Es war so weit, Gott erhörte sie endlich. Als Jugendliche hatte sie sich vorgestellt, eines Tages heiliggesprochen zu werden. Sie, ein einfaches Mädchen, Tochter einer Buchhändlerin und eines Hilfspfarrers, die Frucht einer verbotenen Liebe, würde von Gott auserwählt werden und zu Höherem berufen. Sie hatte versucht, mit so wenig wie möglich an Essen auszukommen, hatte trotzdem ihren Körper getrimmt und ihm alles abverlangt. Doch die Stigmata wollten und wollten nicht auftauchen, und niemand, nicht einmal ihre Eltern bemerkten ihre Selbstkasteiung. Bestimmt zählte es jetzt, wenn anstatt Milch Blut aus ihren Brüsten floss.

»Komm, leg dich hin.« Helga bat sie aufzustehen und führte sie wie eine Schwerkranke ans Bett. »Ich bring dir eine kühlende Salbe, und dann solltest du Marlene eine Weile nicht stillen, bis es wieder verheilt ist.«

»Aber ich muss doch … Sie braucht doch …« Annabel fiel in die Kissen, nahm alles nur noch durch einen Schleier aus Tränen und Schmerz wahr.

»Wir geben ihr erst mal Tee. Oder, Prinzessin, was sagst du? So kann deine Mama doch nicht weitermachen?« Helga knuddelte Marlene und nahm behutsam ihre beiden Händchen.

Dann trat sie wieder zu Annabel und streichelte ihr über den Rücken. Sie war die Erste, die sich wirklich um sie beide sorgte, das brachte Annabel noch mehr zum Weinen. Sie heulte, wischte sich die Tränen aus dem Gesicht und machte neuen Platz. Helga setzte sich zu ihr, strich ihr Muschelkalk auf die Brust, das linderte über Nacht. Endlich konnte sie ein paar Stunden schlafen.

Am nächsten Morgen waren die wunden Stellen verkrustet, und eine Schwester kam, um ihr beim Milchabpumpen zu helfen. Davon hatte Helga gar nichts gesagt. Nicht mal das konnte Annabel ihrer Tochter geben. »Schicken Sie Frau Dr. Knaup zu mir, bitte.«

»Heißt das, es ist vorbei mit dem Stillen?«, fragte Annabel, als Helga hereinkam.

»Nein, das heißt es ganz und gar nicht. Sieh an, es ist schon etwas besser.« Sie begutachtete ihren Busen. Für einen Augenblick fühlte sich Annabel nackt vor ihr, nackter als kurz nach der Geburt, wo ihr alles egal gewesen war. Helga, der sie vor einigen Jahren am liebsten die Pest an den Leib gewünscht hätte, war nun die Ärztin, der sie vertraute, vertrauen musste, weil ihr sonst keiner half. »Du musst darauf achten, dass Marlene nicht nur vorne an der Warze saugt, sondern ihr so viel wie möglich von der ganzen Brust in den Mund stopfen. Warte, ich zeig es dir.« Sie hob Marlene aus ihrem Bettchen, wo sie schon eine ganze Weile wimmerte. »Nichts als Tee«, gurrte Helga, »wer wird davon denn satt?« Annabel kostete es große Überwindung, Marlene überhaupt wieder anzulegen, ihr wurde fast schlecht bei der Vorstellung, wie weh es gleich wieder tun würde. Von wegen heilig, über Nacht war sie wieder ganz und gar irdisch geworden und wollte keine Schmerzen erleiden. Doch wider Erwarten ziepte es nur kurz. Helga legte die Kleine fachgerecht an, so saugte Marlene nicht mehr an den wunden Stellen, und sie heilten erstaunlich rasch.

Als Annabel aus dem Wochenbett entlassen wurde, nahm Friedrich es mit seinem Versprechen genau und kümmerte sich rührend um seine kleine Schwester. Er gab ihr das Fläschchen mit Fencheltee, wenn sie Blähungen hatte, und trug sie durch die Villa, damit sich Annabel ausruhen konnte. Legte sie sich hin, lief er auf Zehenspitzen und ermahnte die Angestellten, leise zu sein. Manchmal machte er sogar seine Hausaufgaben neben Marlenes Wiege, nur um es nicht zu verpassen, wenn sie aufwachte. Konstantin dagegen war kaum mehr ansprechbar. Aus der Klinik zurück, ging er oft, ohne zu Abend zu essen, sofort in die Bibliothek, wo er sich in seine Papiere vertiefte. Das kannte sie zwar von ihm, dass er die Schreibarbeiten nach Feierabend erledigte, das gehörte zu seinem Beruf. Trotzdem hatte sie das Gefühl, er leistete noch mehr als sonst und nahm dabei seine Tochter kaum wahr. Dass er mit Annabel so umging, war sie gewohnt. Aber aus der Zeit, als Friedrich klein war, wusste sie, dass er sich mit einem Kind zumindest Mühe geben konnte, wenn er schon nicht besonders begabt darin war, dessen Sprache zu sprechen und auf seine Bedürfnisse einzugehen.

Sie suchte noch immer nach der Ursache für die Behinderung, ihr Alter allein konnte es doch nicht gewesen sein. An diesem Abend war sie nahe dran, ihm von dem Sturz vom Fahrrad zu erzählen, der in einem Moment der Unachtsamkeit passiert war. Als sie im sechsten Monat gewesen war, radelte sie mit Friedrich zusammen am See entlang, und als ihr ein Auto entgegenkam, wollte sie auf den Gehsteig ausweichen, streifte die

Kante und stürzte. Sofort war sie von Leuten umringt, jeder wollte ihr beistehen und aufhelfen. Erst war sie benommen, und die Schulter tat ihr weh, aber außer einem aufgeschürften Ellbogen, der sich später blau färbte, war weiter nichts passiert. Seither war sie nicht mehr aufs Rad gestiegen, obwohl sie es mochte, durch die Gegend zu radeln. Und da es an ihr nagte, dass ihr Mann ihr die Schuld gab, wollte sie ihn nicht auch noch anstacheln und ihm neue Gründe liefern, ihr etwas zu unterstellen. Immerhin redete Konstantin mit seinem Sohn, das wollte sie keinesfalls verderben.

So setzte er sich eines Abends doch mal wieder zu ihnen an den Tisch. Sofort lechzte Friedrich ähnlich wie sie nach seiner Aufmerksamkeit. Ihr Mann fragte ihn nach seinen schulischen Leistungen und wie es in Leichtathletik voranging. Konstantin legte großen Wert darauf, dass sein Sohn jeden Tag Sport trieb, wie er selbst als Student, und hatte ihn für den Sommer in seinem Ruderclub am See angemeldet.

»Papa, ein Amerikaner soll über acht Meter weit gesprungen sein, und ich schaff gerade mal drei Meter zwölf.« Friedrich nahm sich Kartoffeln nach.

»Ralph Boston aus Kalifornien«, erklärte Konstantin. »Acht Meter vierundzwanzig, ich habe davon gehört. Doch der übt auch schon länger als du, also bleib dran, das wird schon. Und was sagst du zu Gagarin?« Sie unterhielten sich über den ersten Mann, den die Russen ins Weltall geschickt hatten, und verglichen die Leistung mit den Bestrebungen der Amerikaner, die ihnen nacheiferten. Marlene und sie blieben Randfiguren bei diesen Gesprächen, so sehr Annabel auch versuchte, ihren Mann an den Fortschritten teilhaben zu lassen, die die Kleine täglich machte. Und vor allem, was für eine Freude sie war.

»Seht mal, sie versucht schon, ihren Kopf zu heben«, sagte sie. Friedrich stand sofort auf und schaute in die Wiege, wo Marlene auf dem Bauch lag und sich mit den Händchen etwas von der Matratze hochstemmte, als wollte sie gleich einen Liegestütz machen. »Ist das nicht ein Wunder?« Konstantin nickte nur, legte sein Besteck zur Seite und verschwand nach oben.

Als die Kinder schliefen, brachte sie ihm ein Glas Merlot an den Schreibtisch, stellte das duftende Gebäck, das Frau Gusti bei Luise gekauft hatte, dazu. Er sah kaum von seinen Notizen auf. Sie setzte sich in den Ohrensessel, der im Erker stand, schenkte sich auch ein Glas Rotwein ein und wartete. Weiterhin blieb er über seine Unterlagen gebeugt, rieb sich die Stirn, schlug eine Akte auf, blätterte darin. Annabels Blick fiel auf *Die Lesende*, das kleine Gemälde in dem schwarzen Rahmen, das über dem Sekretär hing. Rechts und links davon türmten sich Bücher. Sie mochte das Bild, aber Konstantin liebte es geradezu, wie all die Kunstwerke im Haus. Einmal, als er kurz aus der Bibliothek gegangen war, hatte sie sich auf die Polster im Erker gelegt und ein Buch genauso gehalten, wie die Frau auf dem Bild es tat, ein Kissen leicht vor dem Gesicht, die Ellbogen abgestützt. Aber er hatte sie, als er zurückkehrte, nicht einmal bemerkt. Das Gemälde war mit L.C. signiert, ein Original Lovis Corinth also und bestimmt ein Vermögen wert, wie so vieles in der Villa. Dieser Maler, der zuletzt gar nicht so weit von ihnen, am Walchensee, gelebt hatte, hatte erst in der Gunst der Nationalsozialisten gestanden und war dann mit seinem expressionistischen Spätwerk als entartet erklärt worden. Vermutlich hätte auch die lesende Frau dazugehört. Mit ungewöhnlich leichtem Pinselstrich, fast wie gezeichnet, war sie eingefangen, in zarten Farben, die bei naher Betrachtung nicht vermischt waren, sondern nebeneinanderstanden. Das Karomuster des Kleides, die verschnörkelte Tapete dahinter. Dem Ring nach, den sie an der rechten Hand trug, handelte es sich vermutlich um die Ehefrau des Malers, ein leichtes Grinsen lag ihr im Gesicht, so als wäre ihr bewusst, dass sie beim Lesen beobachtet wurde. Gewiss hatte sie lange so ausharren müssen, doch das sah man dem Bild nicht an. Nur fand Annabel nach wie vor, dass der Rahmen zu wuchtig für diese zarte Darstellung war, ja, er erdrückte fast die Lebendigkeit dieses intimen Momentes zwischen Mann und Frau. Sie hatte es schon mal zum Glaser bringen wollen, um es anders einfassen zu lassen, aber Konstantin hatte ihr verboten, es anzurühren. Er habe es genau mit diesem Rahmen erworben, und es solle so bleiben.

Genug gewartet, wahrscheinlich hatte er vergessen, dass sie überhaupt hier war. Annabel stand auf und gab ihm den Zeitungsartikel, den sie neulich ausgeschnitten hatte. Darin ging es um die Dreimächtekonferenz in Genf, die Kernwaffenversuche besser kontrollieren wollte. Die Westmächte forderten mindestens zwanzig jährliche Inspektionen, die UdSSR wollte nur drei. »Entschuldige, dass ich dich störe, aber könnte es nicht sein, dass Marlenes Fehlbildung mit den Atomwaffenversuchen zu tun hat? Die Strahlung gelangt doch in die Atmosphäre.« Sie hatte auch ein Foto gesehen, auf dem Leute mit Sonnenbrillen in eine Nuklearexplosion starrten, die sich wie ein gigantischer Pilz in den Himmel ausbreitete.

Konstantin überflog den Artikel, schob ihn dann weg. »Das habe ich dir doch schon zu erklären versucht, es gibt einige Gründe, aber die wahre Ursache werden wir vermutlich nie erfahren.«

»Einige?« Das war neu. »Dann glaubst du, dass es auch etwas anderes gewesen sein könnte, als …, also als … dass ich zu alt gewesen bin?« Es schmerzte, ihn doch noch darauf zu stoßen, aber jetzt, wo er endlich mit ihr redete, musste sie dranbleiben. Er schwieg, blätterte in einer Mappe. Auf seinem Schreibtisch, der normalerweise aufgeräumt war, stapelten sich Bücher, Mappen und Papiere. Seit wann nahm er Patientenakten mit nach Hause? Bisher hatte er das weitgehend vermeiden wollen. Nach Dienstschluss gab es genug anderes zu tun, Gutachten, Vorträge, Sitzungsberichte, die er außerhalb der Klinik bearbeiten musste und anschließend in den Fächern unter dem Sekretär verstaute. »Probier doch mal die Mandorlini, ein italienisches Rezept, mit Marzipan«, versuchte sie, seine Aufmerksamkeit wieder auf sich zu lenken. Konstantin rührte nichts davon an, blätterte stattdessen in einer Mappe. Wie konnte sie nur französischen Rotwein mit italienischem Gebäck servieren, das passte doch nicht, ihrer Schwiegermutter wäre so ein Fehler bestimmt nicht unterlaufen. Ihr Mann gab ihr ebenfalls einen Zeitungsausschnitt, der von 1958 stammte. Darin hatte ein Chefarzt, vermutlich ein Kollege ihres Mannes, festgestellt, dass immer, wenn Atombomben irgendwo auf der Welt explodierten, sieben bis acht Monate später missgebildete Kinder geboren wurden. »Also doch radioaktive Strahlung?«, fragte Annabel, als sie den Artikel gelesen hatte. Immerhin unterhielten sie sich jetzt mit Hilfe der Zeitung, vielleicht sollte sie ihm öfter etwas ausschneiden und vorlegen.

Ihr Mann zuckte mit den Schultern. »Der Artikel hat damals in Baden-Württemberg und auch in Bayern hohe Wellen geschlagen, so dass sogar die Bundesregierung hellhörig wurde und eine genaue Prüfung verlangte. Daraufhin hat man Hebammentagebücher und Berichte von großen Frauenkliniken angefordert und ausgewertet, aber eine Zunahme von Missbildungen konnte nicht festgestellt werden. Eher im Gegenteil, nach dem Krieg gingen sie zurück. Solche Fälle sind tragische Einzelschicksale und in der Medizingeschichte seit dem Mittelalter dokumentiert.«

»Aber du suchst doch weiter nach Ursachen oder nicht? Und ich war noch nicht zu alt, ich habe alles getan, was du gesagt hast. Bin viel schwimmen gegangen, habe Diät gehalten, habe die Tabletten regelmäßig genommen …«

»Welche Tabletten?« Er lehnte sich zurück und sah sie an.

»Vitamin C und das Selen, zur Knochenbildung. Wieso?«

»Ach, nichts. Ich dachte nur …«

»Was? Was denkst du?«, drängte sie.

»Nicht so wichtig, mir ist nur etwas eingefallen, aber das würdest du sowieso nicht verstehen.« Er beugte sich wieder über seine Arbeit und machte mehr als deutlich, wie dumm sie in seinen Augen war. Mit ihr konnte er kein Gespräch führen. Eine Sekretärin, der die Gnade zuteilgeworden war, in eine gutsituierte Arztfamilie einheiraten zu dürfen. In ihren ersten Ehejahren war das der ständige Vorwurf ihres Schwiegervaters gewesen, nicht nur hinter ihrem Rücken, nein, er sagte ihr gern ins Gesicht, dass sie seinen Sohn nicht verdient hatte. Und mit der Zeit war diese Herablassung auch zu Konstantin durchgesickert. Egal was sie tat und wie sehr sie sich um ihn bemühte, sie war nie gut genug für ihn. Weder als Geliebte noch als Gesprächspartnerin – nur als Mutter und Arztgattin war sie bisher halbwegs durchgegangen, doch das war mit Marlene auch vorbei. Was ihr mangelndes Wissen betraf, holte sie auf. Die ganze Schwangerschaft und schon davor hatte sie sich fortgebildet, hatte mit dem Radiokolleg ihr Englisch verbessert und sich auch Grundkenntnisse in Latein angeeignet. So konnte sie Friedrich auch bei den Hausaufgaben helfen. Täglich las sie im allgemeinen Lexikon von A bis Z, das in mehreren Bänden hier im Regal stand, war mittlerweile beim Buchstaben N angelangt. Bestimmt wusste Konstantin nicht, was eine Netsuke war. Sie aber schon. Das waren japanische Schnitzereien aus gelacktem Holz oder Elfenbein. Sei's drum. Er brauchte sie nicht mehr kleinzumachen, schließlich war sie, obwohl die Größere von ihnen beiden, so verunsichert und gedemütigt, dass sie sich kleiner nicht mehr fühlen konnte. »Erklär's mir bitte. Ich sag schon, wenn ich was nicht verstehe.« Marlene hatte zu weinen anfangen. Es drang bis zu ihnen herauf. Annabel rührte sich nicht, obwohl es sie innerlich fast zerriss.

»Sag mal, hörst du das nicht?« Er sah auf die Uhr. »Du musst dich schon an die Stillzeiten halten. Auch Marlene braucht einen Rhythmus.«

»Ich will erst eine Antwort von dir.«

Erstaunt schaute er sie an, dann ließ er sich zu einer Antwort herab. »Ich muss das erst selbst überprüfen, wahrscheinlich ist gar nichts dran an der Vermutung.« Der Moment, der ihr fast einen Einblick in sein Inneres gewährt hätte, erlosch, und sie blieb weiter allein mit ihrer Schuld zurück.

Oft hatte Annabel das Gefühl, die stuckverzierte Decke ihrer Villa über ihr senke sich auf sie herab. Sie wagte sich kaum aus dem Haus und schob eine Kreislaufschwäche vor. Frau Gusti übernahm die Besorgungen. Die treue Seele, die Annabel seit über zwanzig Jahren den Haushalt führte, ungeachtet der vielen anderen Dienstboten, die kamen und gingen, von den meisten wusste sie nicht mal mehr den Namen. Vorletztes Frühjahr hatte Frau Gusti einen Thüringer geheiratet, der aus der DDR geflohen war und nun als Kurierfahrer für Apotheken arbeitete. Zum Glück war Frau Gusti mit Anfang fünfzig wirklich zu alt zum Kinderkriegen. Ungern wollte Annabel auch noch sie verlieren, wo sie doch bereits seit Jahren ohne Köchin auskommen musste. »Soll ich Ihre Tochter zum Einkaufen mitnehmen?«, fragte sie. »Dann können Sie sich erholen.«

»Nein, danke«, erwiderte Annabel knapp. Dass Marlene der Grund war, warum sie zu Hause blieb, musste sie Frau Gusti nicht erklären. Annabel wusste natürlich, dass Säuglinge frische Luft und Sonnenlicht brauchten, vor allem gegen die Gelbsucht. Deshalb stellte sie Marlene im Kinderwagen auf die Terrasse, sobald es windstill war und wärmer, aber als sie zu schreien anfing, holte sie sie wieder ins Haus. Der Lärm machte die Nachbarn neugierig. Am ehesten beruhigte sich die Kleine bei langen Spaziergängen. Außerdem zog es Annabel auch nach draußen, sonst kriegte sie zwischen den ganzen Bildern und Skulpturen, die mit ihr weniger sprachen als mit ihrem Mann, noch einen Kollaps. Doch wie sollte sie hinausgehen, ohne jemandem zu begegnen? Dabei wäre es unvermeidlich, dass die Leute in den Kinderwagen sahen, zurückschreckten, sie bedauerten oder verstummten. All das wollte sie sich und vor allem Marlene ersparen. Weder sie noch ihre Tochter brauchten bemitleidet zu werden. Darum wartete sie, bis drüben der Laden schloss und auch niemand von den Dahlmanns im Garten war. Erst als es dunkel wurde, wagte sie einen Spaziergang zum See, um die kühle Nachtluft einzuatmen und ein bisschen in die Weite zu blicken. Trotzdem war es schwierig zu entkommen, eine Frau mit einem Kinderwagen war anscheinend wie ein Magnet.

»'n Abend, Frau Doktor. Schläft's nicht, Ihre Kleine?« Kaum war sie über die Kreuzung in Richtung Bahnhof gegangen, bremste eine Frau mit Gehstock sie aus. Mit ihrer Fülle nahm sie den halben Bürgersteig ein, so dass es schwer war, einfach an ihr vorbeizuschieben. Es war eine der drei Alten, die Luises Laden ständig belagerten. Wahrscheinlich trugen sie jedes Gramm Zucker einzeln nach Hause, um nur ja keinen Klatsch und Tratsch zu verpassen. Aber was tat sie um diese Uhrzeit noch draußen? Offenbar wusste sie schon, dass Annabel ein Mädchen geboren hatte. »Wenn man jung ist, kann man's nicht erwarten, dass das Leben losgeht, und wenn man alt ist, will man's nicht loslassen. Ich finde auch nicht in den Schlaf. Ja, dutti, dutti, wo ist denn das Mädi?« Prompt umklammerte sie mit ihren knochigen Fingern den Kinderwagengriff und beugte sich über den Wagen. »Fahren Sie doch ein bisschen ins Helle, Frau Doktor.« Sie drehte selbst am Gestänge, wollte Marlene ins Laternenlicht rücken, Annabel lenkte dagegen. »Ah, so ist's besser. Jetzt sehe ich sie, mei, goldig.« Sie löste die Hand vom Griff und wollte die Decke lupfen, doch Annabel kam ihr zuvor.

»Weg da. Lassen Sie Ihre Griffel von ihr.« Sie schubste die Alte zur Seite, brachte sie fast zum Stolpern.

»Oha, Frau Doktor, was ist denn in Sie gefahren?«

»Womöglich stecken Sie mein Kind noch mit irgendetwas an.« Annabel stapfte weiter, wusste selbst nicht, warum sie so garstig war. Die alte Dame, wie immer sie auch hieß, war stets freundlich zu ihr gewesen.

Am nächsten Tag fuhr sie an den Ammersee, um den Starnbergern aus dem Weg zu gehen. Aber als sie in Herrsching am Ufer entlangspazierte, war es dasselbe in Grün. Hier sprachen sie wildfremde Leute an, kaum dass sie den Kinderwagen aus dem Kofferraum gehievt hatte, und wollten hineinspähen. Dann fing Marlene auch noch zu weinen an. Was sollte sie tun? Sie einfach rausnehmen? An Stillen in der Öffentlichkeit war nicht zu denken. Also schuckelte Annabel sie, bis die Federn des Gestells zu reißen drohten, und versuchte, sie mit Worten und Singen zu trösten. Aber Marlene plärrte immer lauter. Bald war Annabel schweißgebadet und verfrachtete sie wieder ins Auto. Ungeachtet der Männer, die vorbeispazierten, um den Opel Rekord zu bestaunen, der mit seiner weinroten Lackierung und dem weißen Dach immer wieder Aufsehen erregte, knöpfte sich Annabel vor dem Lenkrad die Bluse auf. Marlene knurrte erst, so als ob sie ihr Vorwürfe machte, warum das so lange gedauert hatte, und schmatzte dann laut. Anschließend umrundeten sie den Ammersee, solange Marlene in der Tragetasche auf dem Beifahrersitz schlief. Frische Luft oder Sonne hatten sie beide auf diese Weise kaum genossen. Besser, sie blieb zukünftig doch in der Nähe der Villa, dann konnte sie, wenn Marlene quengelte, gleich ins Haus zurück. So würde sie wenigstens noch eine Weile hinauszögern, was ihr ohnehin bald bevorstand.

Gesetz vom 18. Juni 1957
über die Gleichberechtigung von Mann und Frau auf dem Gebiete des bürgerlichen Rechts
(Gleichberechtigungsgesetz!)

Der Bundestag hat mit Zustimmung des Bundesrates das folgende Gesetz beschlossen:

§ 1355
Der Ehe- und Familienname ist der Name des Mannes. Die Frau ist berechtigt, durch Erklärung gegenüber dem Standesbeamten dem Namen des Mannes ihren Mädchennamen hinzuzufügen; die Erklärung muss öffentlich beglaubigt werden.

§ 1356
Die Frau führt den Haushalt in eigener Verantwortung. Sie ist berechtigt, erwerbstätig zu sein, soweit dies mit ihren Pflichten in Ehe und Familie vereinbar ist. *(Glück gehabt!)*
Jeder Ehegatte ist verpflichtet, im Beruf oder Geschäft des anderen mitzuarbeiten, soweit dies nach den Verhältnissen, in denen die Ehegatten leben, üblich ist. *(Trifft das auf Hans und mich zu?)*

Aus: Luises Ladenkunde-Album

LUISE

Ja, wer gibt sich denn da die Ehre?« Luise umrundete die Ladentheke, um Bella persönlich zu begrüßen. Mit den Jahren hatte sie sich daran gewöhnt, ihre adlige Nachbarin mit ihrem Spitznamen anzureden. Mittlerweile hatten sie auch ein ganz nettes Verhältnis zueinander, das war nicht immer so gewesen. Wenn die Frau Doktor von Thaler vorbeikam, blieb sie inzwischen meist noch eine Weile zum Ratschen. Wie hatte sich Luise gefreut, als sie erfuhr, dass Annabel ein weiteres Kind erwartete, und dann auch, dass die Schwangerschaft trotz ihres fortgeschrittenen Alters gut verlief. Aber seit sie entbunden hatte, hatten sie sich noch nicht getroffen. Nur ihr Sohn Fritz schaute weiterhin mindestens einmal am Tag vorbei. Sei es, um einen Krapfen zu stibitzen oder mit Hans an irgendetwas zu bauen. Obwohl der Bub nun auf die Oberschule ging und bestimmt studieren und Arzt werden würde wie sein Vater, war er auch handwerklich sehr begabt. Fritz konnte sogar häkeln und nähen, das hatte ihm Luise beigebracht. Bisher hatte sie noch keine Gelegenheit gehabt, Annabel persönlich zur Geburt zu gratulieren, hatte Fritz nur ein Geschenkkörbchen mit Naschereien fürs Wochenbett mitgegeben, als er ganz stolz von seiner kleinen Schwester berichtete. Höchste Zeit es nachzuholen. »Herzlichen Glückwunsch zu deiner Tochter, wie geht's euch?«

»Danke, auch für die Köstlichkeiten und die nette Karte.«

»Marlene heißt sie, hat Fritz gesagt, was für ein schöner

Name, hieß deine Mutter nicht so?« Annabel nickte, sie hatte ihr erzählt, dass ihre Eltern bei einem Bombenangriff in Münster ums Leben gekommen waren. »Wann ist die Taufe?«

»Ich habe sie gleich in der Klinik taufen lassen.«

Das verblüffte Luise. Normalerweise war eine Kindstaufe ein Fest, das in den Sonntagsgottesdienst eingebunden wurde. Offenbar wollten die von Thalers nicht feiern, jedenfalls nicht mit den Starnbergern. Annabel wirkte erschöpft, was normal war, bestimmt hatte sie schlaflose Nächte. »Was sagt denn dein Mann zu der Kleinen, er muss doch ganz aus dem Häuschen sein?«

»Schon, natürlich.« Sie lächelte schwach. »Du, ich hab's eilig, ich brauche bloß schnell ein paar Sachen, vor allem neue Seidenstrümpfe.« Sie ging zu den Kurzwaren.

»Klar, entschuldige, reden wir besser das nächste Mal. Du findest dich zurecht?« Annabel nickte. Über den Umbau und darüber, wie ihr die neue Gestaltung gefiel, verlor sie kein Wort. Eine weitere Kundin kam herein.

»Grüß Gott, Frau Weber.« Luise wollte zurück hinter die Theke gehen.

»Morgen, Frau Dahlmann. Wissen Sie vielleicht, wem das Kindchen draußen gehört? Es plärrt schon eine ganze Weile.« Sie hielt die Tür auf, jetzt hörte Luise es auch und schaute hinaus. Neben der Obstauslage stand ein Kinderwagen. War das etwa Marlene? Luise hatte vermutet, dass Bella ihr Kind zu Hause gelassen hatte. »Ist das deine Tochter, die da weint?« Annabel nickte, dehnte gerade die Netzstrümpfe mit den Fingern und verglich die Muster. »Warte, ich bring sie dir.« Luise eilte hinaus. Sie mochte es nicht, wenn Kundinnen ihre Kinder draußen stehen ließen, man wusste nie, wer alles vorbeiging und sonst was im Schilde führte. Abgesehen davon konnte auf diese Weise jeder Fremde das Kind ungefragt anlangen. Deswegen hatte sie doch von Anfang an die Rampe neben den zwei Stufen zum Ladeneingang errichten lassen. Sie beugte sich in den Kinderwagen. Mit hochrotem Kopf schrie Marlene, die winzige Zunge flatterte in ihrem Mund. »Ach, du jemine, was ist denn los?« Luise schlug die genoppte helllila Wagendecke zurück. Vom Hals abwärts war die Kleine in eine weitere Häkeldecke gewickelt, steckte wie eine Raupe fest in einem Kokon und konnte sich kein bisschen rühren. Kein Wunder, dass sie schwitzte. Dass die von Thalers auf die altmodische Wickelmethode des Fatschens schwörten, hätte sie nicht gedacht. Sie hob die Kleine auf.

»Nicht!« Annabel war ihr gefolgt.

»Keine Angst, ich lass sie schon nicht fallen.« Luise legte sich Marlene in die Armbeuge und schuckelte sie. »Na, siehst du, schon besser.« Das Baby beruhigte sich. »Ich lass sie ein bisschen die Frühlingsluft spüren, ja?« Offenbar war die Frau Doktor übervorsichtig und wollte einer Erkältung vorbeugen, aber so überhitzte sie das Kind bloß, fand Luise. Ein Mützchen und lockere warme Kleidung reichten doch bei diesem herrlichen Maiwetter. Sie knüpfte den Wickel auf, um sie zu befreien. Die Kleine zappelte mit ihren Händchen, die in den überlangen leeren Ärmeln steckten.

»Jetzt weißt du es.« Annabel seufzte. »So sieht meine Marlene aus.«

»Das wusste ich bereits«, gab Luise zu. »Jeder weiß es.« Obwohl bereits ganz Starnberg davon sprach und sie vorbereitet gewesen war, musste sie sich zusammenreißen. Der Anblick des Kindchens ohne Arme erschütterte sie. »Sehr niedlich ist sie, deine Kleine, wirklich.« Sie schluckte. »Und schau, jetzt ist es auch wieder gut.« Marlene hörte zu weinen auf, ihre winzige Brust bebte noch nach. »Ihr war einfach bloß zu warm. Du musst sie nicht mehr verstecken.« Und Annabel atmete auf und lächelte.

Am Nachmittag bereute Luise es fast, sich und Hans zum Tanzkurs angemeldet zu haben. Es gab noch so viel zu tun, und die ganze Woche war sie jeden Abend hundemüde ins Bett gefallen, nur ihre Beine zappelten weiter, als könnten sie keinen Stillstand ertragen und bestünden auf einem Tanzabend. Sie hatte sich sogar gestern noch bis Mitternacht an die Maschine gesetzt und das vor langer Zeit angefangene violette Kleid fertig genäht. Einmal in der Woche für zwei Stunden den Laden oder die Fernsehkunden sausen zu lassen, das musste doch für sie beide drin sein. Hans kam pünktlich nach Hause und zog sich gleich nach dem Essen um. Luise hatte ihm noch den feinen dunkelgrauen Anzug gedämpft und ein hellblaues Hemd und die schräggestreifte Seidenkrawatte rausgelegt, die ihr an ihm so gut gefiel. Derweil schlüpfte sie in das Kleid und bat Hans, ihr mit dem Reißverschluss zu helfen. Es saß wie eine zweite Haut, war aber aus einem dehnbaren Stoff und reichte bis auf die Mitte der Knie, nicht zu kurz und nicht zu lang, perfekt zum Tanzen. Ein wenig spannte es unter den Armen, da würde sie noch mal auftrennen müssen. Hoffentlich bildeten sich keine Schweißflecken.

»Du siehst so schön aus, Mama.« Josie war genauso aufgeregt wie Luise. Für sie war es die allererste Übernachtung woanders. »Kannst du mir bitte Brotzeit einpacken?«, bat sie, als sie bereits einen Rucksack und einen Koffer in den Pritschenwagen getragen hatte und zum wiederholten Male die Treppe rauflief.

»Wieso, hast du schon wieder Hunger?« Luise überprüfte ein

letztes Mal im Garderobenspiegel ihre Frisur und die Schminke. Sie hatte sich gleich nach Ladenschluss die Haare auf Wickler gedreht und dann über dem Pony hochtoupiert. Jetzt umschmeichelte ihre Naturkrause in weichen Wellen ihr Gesicht. Auf Ohrringe konnte sie verzichten, weil man die sowieso nicht sah, aber die Lippen zog sie noch in Orange nach, als Kontrast zum violetten Kleid. Komplementär setzte Akzente, das hatte sie von Marie gelernt, die als Malerin ein Gefühl für Farben hatte.

»Ich weiß doch nicht, ob mir das Essen schmeckt, das es bei den Knaups gibt. Was, wenn ich verhungern muss?«

»Erstens kommst du morgen schon wieder, Spatzerl, und zweitens verhungert man so schnell nicht.« Luise richtete noch ihre Seidenstrümpfe und schlüpfte in die neuen Schuhe mit Pfennigabsatz. »Außerdem kocht Helga bestimmt nur etwas, was dir und David schmeckt.«

»Woher weißt du das?« Josie blieb, den Arm voller Stofftiere, vor ihr stehen und musterte sie mit zusammengekniffenen Augenbrauen.

»Weil Helga mal meine beste Freundin war, ich kenne sie.«

»Und warum seid ihr jetzt nicht mehr beste Freundin?«

»Weil …, weil …«, schwierige Frage, die nicht so leicht zu beantworten war. »Weil Erwachsene manchmal kompliziert sind.«

»Stimmt«, erwiderte Josie. »Und anstrengend.« Sie seufzte.

»So?« Luise schmunzelte. »Aber sag mal, was hast du mit deinem ganzen Zoo vor?«

»Eigentlich wollte ich bloß Sonja dabeihaben.« Das war der große Stoffhund, der eher einem Fußabstreifer glich und auch meist vor ihrem Bett als Einstiegshilfe lag. »Aber dann waren die anderen traurig, also nehme ich alle mit.«

Erst jetzt fiel Luise die Puppe auf, die die aufgemalten Augen auf Höhe der Ohren hatte, und sie standen viel zu weit auseinander, in einer Linie mit der Nasenspitze. In den Wollhaaren hatten die Motten gewütet, und an Armen und Beinen lugte bereits die Stopfwatte heraus. Dafür trug sie eines von den Blumenkleidchen, die Luise ihrer Tochter für ihre Babypuppe genäht hatte. »Ist das nicht eine von deiner Großmutter?« Sie wusste gar nicht genau, ob man das Ding, das Josie auf dem Arm hatte, als Puppe im eigentlichen Sinne bezeichnen konnte. Wenn überhaupt, war es mehr die Kopie eines Außerirdischen, falls man die Marsmenschen oder wer auch immer dort oben herumschwebte, damit nicht beleidigte. »Wo hast du die denn gefunden?«

»In der Garage, als Fritz sich den Helm gebastelt hat, und in der Truhe liegen noch mehr. Ich habe ihnen allen versprochen, dass jede Woche eine zu mir zu Besuch darf, diese Woche ist Ramona dran.«

»Ramona?« Das war ein äußerst schmeichelhafter Name für dieses Gebilde. Nicht zum ersten Mal bereute Luise, dass sie die Monster aus der Puppenwerkstatt ihrer Schwiegermutter damals nicht gleich in den Müll geworfen hatte.

»Wo bleibt ihr denn?« Hans rauchte am Wagen, als sie rauskamen. Er schnipste die Kippe weg und pfiff durch die Zähne. »Oh, là, là, welchen Filmstar darf ich denn heute ausführen?« Luise knöpfte ihm noch die Manschettenknöpfe zu und half ihm ins Jackett. Er hatte sich frisch rasiert und die Haare mit Pomade zurückgekämmt, dass sie glänzten. »Kann's losgehen?«, fragte er, als Josie auf den Beifahrersitz geklettert war und Luise neben sie rutschte.

»Jetzt schon.« Sie strahlte ihn an und küsste ihn über das Lenkrad hinweg.

Nachdem sie Josie abgeliefert hatten, standen sie pünktlich mit fünf anderen Paaren im Turnsaal des Sportvereins. Bis auf das Uhrmacherehepaar, die Bellarabis, kannten sie hier keinen.

Jochen Timmerbrink, der Tanzlehrer, war ein schlanker Mittvierziger, der einen glitzernden Anzug trug. Seine Haare reichten ihm bis auf die Schultern, und er hatte biegsame Schuhe mit Absatz an.

»Ist das ein Mann oder eine Frau?«, flüsterte Hans Luise zu, als der Lehrer sich dem nächsten Paar zuwandte.

»Als Frau hätte er doch einen Rock an oder zwei Ohrringe, nicht nur einen«, erklärte sie brüsk und hoffte, dass er ihr Getuschel nicht mitbekam. Sie fand ihn nämlich sehr nett.

»Ach so, der Ohrring ist mir noch gar nicht aufgefallen, ja dann.«

»Die Flamencotänzer in Spanien schauen alle so aus.«

»Woher weißt du das?«

»Ich hab so meine Quellen.« Dass Hans bei der Fernsehshow schlafend danebengesessen hatte, musste er nicht wissen. Spanische Tänze, das würde ihr auch gefallen. Allein die Mode, diese schulterfreien Oberteile und die wallenden Röcke. Dazu als Frau von einem Mann umgarnt zu werden, egal wie oft sie aufstampfte, das wär's.

Timmerbrink stellte sich vor den Paaren auf. »Wir Tänzer duzen uns, ist das okay? Also, ich bin der Joe.«

Sie nickten alle, obwohl Luise wusste, dass es Hans schon bei dem Wort »okay« die Nackenhaare aufstellte, und dass er seinen Vornamen amerikanisierte, fand auch sie affig. Sie sagte auch nicht Tschosi zu ihrer Tochter. Hans hasste diese Herabsetzung der deutschen und bayerischen Sprache, dazu sein Getue, wie Timmerbrink in die Hände klatschte, als wollte er dem Plattenspieler das Zeichen geben, sich selbst in Betrieb zu setzen. Dabei musste er natürlich zum Tisch gehen und ihn einschalten. Bei Hans hatte der Lehrer schlechte Karten. Doch dann erklangen die ersten Takte, und Luise spürte ihr Herz schneller schlagen. Sie beschloss, nicht mehr für Hans mitzudenken. Ob es ihm gefiel oder nicht, würde sie für die Zeit, die sie hier verbrachten, einfach ausblenden. Sie schüttelte sich, holte tief Luft, wie es die spanische Tänzerin auf ihren genagelten Spangenschuhen in der Fernsehshow getan hatte, und stellte sich mit stolzgeschwellter Brust auf, bereit für das Vergnügen.

»So, my Sweeties ...«, machte Joe weiter, und Hans neben ihr zischte, als hätte er plötzlich Zahnschmerzen. »Wir frischen heute erst mal die gewohnten Tänze auf, und danach zeige ich euch einen einfachen brasilianischen Dance, und ab dem nächsten Mal widmen wir uns den modernen Rhythmen. Die Tänze, die die Jugend so liebt. Ich sag nur Rock 'n' Roll!« Er dehnte die Worte wie Kaugummi. »Wenn ihr daran Gefallen entwickelt, gebe ich nur noch bei Bedarf Hilfestellung und ziehe mich ansonsten zurück. Die Idee dieser Abende ist, dass wir hier in Starnberg jeden Freitag ein lockeres Beisammensein veranstalten, damit man sich mal richtig auspowern kann, was haltet ihr davon?«

»Yeah«, rief Hans zu Luises Erstaunen. Sein Gesicht sah aber nicht danach aus. Die anderen schienen auch nicht überzeugt zu sein, nickten zögerlich. Dann drehte Joe die Musik lauter, und Luise spürte, wie pure Freude in ihr explodierte, als Hans sie herumzuwirbeln begann. Zwei Lieder oder Songs, wie Timmerbrink sie nannte, tanzten sie frei. Hans wirbelte Luise mit seinem Walzer wie bei jedem Kirchenfest und jeder Einladung herum. Mehrmals stießen sie dabei an die anderen Paare.

Als Nächstes zeigte Joe ihnen den Bossa nova, einen brasilianischen Tanz, bei dem man sich gegenüberstand, die Arme anwinkelte und spiegelverkehrt die Schritte setzte. Einen Schlenker mit dem Fuß, ranziehen, die Hacken zusammenschlagen, dann der andere Fuß, ranziehen und wieder auf den Platz stellen. Es war schwer, sich die Schritte zu merken und sich zugleich anmutig zu bewegen. Luise geriet immer wieder aus dem Takt, aber Hans war regelrecht am Verzweifeln, fluchte vor sich hin und stellte sich mit wippenden Knien neu auf.

»Probiere es so, ganz easy-locker. Turn off your mind, nicht so viel denken, Hans.«

»Kein Problem.« Hans kochte, fast wirkte es so, als dampfte es bereits aus seinen Ohren. Luise wusste, dass er es hasste, wenn ihm jemand Befehle erteilte, noch dazu auf Englisch.

»Beweg dich einfach im Rhythmus der Musik. Look at me.« Joe machte es vor und schaukelte mit den Hüften. Dann stellte er sich vor Luise und forderte sie auf, ihm spiegelbildlich zu folgen. So war es plötzlich ganz leicht für sie, als hätte es klick gemacht. Sie tanzte ihm nach, und er bewegte sich mit ihr durch den Saal. Obwohl sie sich nicht berührten, waren sie wie Magnete, das war ein Spaß. Bei der nächsten Runde bemühte sich Hans wieder, starrte dabei konzentriert auf seine Schuhe und murmelte: »Links, Schluss, Platz, rechts, Schluss, Platz, links.« Schließlich gelang es auch ihm einigermaßen, und schon war die Stunde zu Ende.

»Very nice, Leute, see you next week.«

Timmerbrink winkte ihnen, obwohl sie direkt vor ihm standen und klatschte dann in die Hände. Alle außer Hans klatschten mit.

Wider Erwarten war ihr Mann auf dem Heimweg trotzdem allerbester Laune, lud sie sogar noch zu einem Glas Wein an die Seepromade ein, wo sie unter Lampions nahe am Wasser saßen. Als sie kurz nach Mitternacht Arm in Arm heimschlenderten, war es für Luise einer der schönsten Abende seit langem geworden. Ganz beschwingt füllte sie am Samstagmorgen die Regale auf. Dabei summte sie eine Bossa-nova-Melodie, die sie immer noch in sich hatte, und bewegte sich dazu in den Tanzschritten. Sie stellte das Radio an, und die Amerikanerin Connie Francis löste ihren Ohrwurm mit ihrem auf Deutsch gesungenen Hit vom schönen fremden Mann ab, der gerade dauernd lief. Das war auch ein schwungvoll zackiges Lied: »... glücklich sein mit dir, denn nur im Traum gehörst du mi-iir ... Ich weiß, ich lie-be nur dich, es wird, sola-ange ich lebe, keinen andern geben für mich, yeah, yeah, yeah, yeah«, schmetterte die Sängerin mit ihrer Verstärkung. Luise stutzte, als sie vor dem Flaschenregal stand. Merkwürdig. Sie konnte sich nicht erinnern, am Vortag einen Kirschlikör verkauft zu haben, aber es fehlten sogar zwei Flaschen. Vielleicht hatte ein Kunde sie genommen und woanders abgestellt? Sie überprüfte alle Fächer, fand sie nicht. Auf der Säulenvitrine fehlte zudem eine der exquisiten Pralinenschachteln, von denen hatte sie in den letzten Tagen auch keine verkauft, wenn sie sich nicht täuschte. Nein, obwohl sie sie von 6,10 DM auf 5,50 DM runtergesetzt hatte, waren sie für viele anscheinend immer noch zu teuer. Doch wenn sie sie nicht verkauft hatte, wo war sie dann? Nachdenklich sperrte sie den Laden auf.

Die erste Kundin trat ein. »Guten Morgen, Bella«, begrüßte Luise die Nachbarin. Bella wie Bellarabi, sofort dachte sie erneut an den schönen Tanzabend. Schon lustig, dass ausgerechnet das biedere Uhrmacherehepaar mit ihnen in der Gruppe war. Ihnen schien es genauso Spaß gemacht zu haben wie Luise, doch vor lauter Konzentration hatte sie kaum auf die beiden geachtet.

»Guten Morgen, Luise.« Annabel füllte einen Einkaufskorb und kam zu Luise an die Theke, um Wurst und Käse fürs Wochenende auszuwählen. »Bevor du fragst, ob ich Marlene wieder im Wagen vor der Tür gelassen habe, nein. Sie ist zu Hause bei Friedrich. Er sitzt an ihrer Wiege und bewacht jeden ihrer Atemzüge, damit ihr nur ja nichts passiert.«

»Wie schön, dass er sich so um seine kleine Schwester kümmert.«

»Ja, ich bin auch sehr froh.« Es klang aber gar nicht so. Luise spürte, dass sie etwas auf dem Herzen hatte, wusste jedoch nicht recht, wie sie nachfragen sollte, ohne ihr zu nahe zu treten, und stellte einfach die nächstbeste Frage, die ihr in den Sinn kam. Noch war niemand anderes in Sicht. »Wie geht es denn sonst bei euch, es ist doch schon eine gewisse Umstellung, jetzt wieder ein Kleinkind zu Hause zu haben, wo Fritz aus dem Gröbsten raus ist, oder?« Annabel starrte in ihren Einkaufskorb und sagte nichts. »Kommst du zurecht mit Marlene?«, fragte sie dann doch ganz direkt.

»Mit Marlene?« Noch immer wich sie Luises Blick aus. »Doch, ja, ja, sie ist ein zauberhaftes Kind, schläft viel, und wenn sie wach ist, ist es die reine Freude.« Annabels Augen glänzten. Sie wischte sich übers Gesicht. »Ich nehme noch hundertfünfzig Gramm von der Gelbwurst, und welchen Käse empfiehlst du mir?«

»Ich habe ein Jahr alten Bergkäse oder den würzigeren, der sechzehn Monate gereift ist. Der ist heute im Angebot, hundert Gramm eins vierzig.«

»Ja, bitte, den nehme ich.« Annabel zog ein Taschentuch

mit dem Thalermonogramm aus der Handtasche und schnäuzte sich.

»Hundert Gramm von dem alten Bergkäse?« Luise fragte sicherheitshalber noch mal nach.

Sie nickte. »Oder hundertfünfzig.«

»Probier mal.« Luise fing an, den Käse in Scheiben zu schneiden und gab ihr eine.

Annabel zögerte erst, dann aß sie. »Mmh, sehr lecker, dann nehme ich eine Lage mehr. Du, ich hätte noch eine andere Frage.« Na endlich, Luise wusste eben, wie man die Kundinnen zum Reden brachte. »Kannst du mir zeigen, wie man die Babysachen umändert? Ich bin wenig geschickt mit Nadel und Faden, aber ich hätte Lust dazu, es selbst zu machen und Marlenes Sachen nicht zur Schneiderin zu geben. Ich habe so viel Langärmliges, das sie nicht braucht. Wirklich feine Sachen, die ich ungern hergeben möchte. Ich habe sie extra in der Schwangerschaft gekauft.«

»Selbstverständlich, bring die Sachen vorbei, dann schauen wir sie gemeinsam durch.« Wahrscheinlich wollte sie der Schneiderin nicht erklären müssen, dass sie ein behindertes Kind hatte.

»Danke, das weiß ich zu schätzen.« Annabel lächelte sie an. »Und da ist noch was …, ich …«

»Frau Dahlmann, sind die Orangen draußen frisch?« Eine andere Kundin betrat den Laden.

»Ja, selbstverständlich, frisch vom Großmarkt. Einen Moment bitte, Frau Geiger, ich bin gleich bei Ihnen.« Sie wandte sich wieder an Bella. »Entschuldige, was wolltest du sagen?«

»Ach, nicht so wichtig, ich muss wieder rüber.« Schade, dachte Luise, fast hätte sie endlich erfahren, was die Nachbarin belastete. »Da fällt mir ein, dass ich noch Tomatensuppe brauche.« Sie stellte vier Dosen auf die Theke. Luise unterdrückte ein Schmunzeln, sie wusste, dass Tomatensuppe das Thaler'sche Essen der Wahl war, wenn die Haushälterin frei hatte. Das hatte Fritz ihr vor einiger Zeit erzählt. Gewusst wie. Mit einem Klecks Sprühsahne serviert, daneben Serviettenringe und Silberbesteck, so wurde auch aufgewärmte Dosensuppe zu einem Feinschmeckergericht.

Als Helga Josie gegen Mittag brachte, gab's viel zu erzählen, vom Pfannkuchenbacken und dass nun einer davon an der Küchendecke klebte. »Mama, krieg ich auch ein Haustier?«, bettelte Josie. »David hat eine Maus, und die ist so süß!«

Luise sah zu Helga.

»Die war vor uns da, mir wäre es auch lieber, wenn …« Helga zog eine Augenbraue hoch. »Also, ich dachte, ich hätte sie vertrieben, aber jetzt hat David mit Hans den Käfig gebaut, und …«

Luise verstand, wandte sich wieder an ihre Tochter. »Josie, um Tiere kann ich mich nicht auch noch kümmern. Wir besuchen lieber mal wieder deine Cousinen und Cousins in Leutstetten, da gibt es genügend zum Streicheln.«

»Ui, ja.« Josie klatschte in die Hände. »Darf David mit zu Tante Marie?«

»Das sehen wir dann«, sagte Luise ausweichend. Marie sollte sich besser schonen, sie war wieder in anderen Umständen. Doch die Antwort schien ihrer Tochter zu genügen. Sie zog David durch den Flur in den Garten, wo sie weiter Fahrradfahren üben wollten.

»Und, wie war euer Abend?«, fragte Helga, als sie allein waren.

»Herrlich. Vielen Dank, dass du es ermöglicht hast.«

»Immer wieder gerne. Nächsten Freitag?«

»Wenn dir das nicht zu viel wird?«

»Überhaupt nicht, jetzt muss ich es nur schaffen, David wieder von euch loszueisen.«

»Und du?«, wagte sich Luise vor. »Wie sieht es mit deinem Liebesleben aus? Ich meine, gibt es da jemanden?« Sie biss sich auf die Unterlippe. Dafür, dass sie nie mehr mit Helga etwas hatte zu tun haben wollen, wagte sie sich weit vor. »Du musst nicht antworten, es geht mich nichts an, bitte verzeih«, ergänzte sie.

»Ja und nein.«

Luise stutzte. Helga lachte. »Aber, ja, ich habe ein Liebesleben, und nein, es gibt noch nicht den einen, und den wird es vielleicht auch nie geben. Ich treffe mich einfach mit Männern, wie es mir gefällt. Und bevor sie mich wiedersehen wollen, beende ich es.«

Luise riss die Augen auf, mit dieser Offenheit hatte sie nicht gerechnet. »Ja, und ...« Sie musste das zwar erst verarbeiten, aber es imponierte ihr bereits jetzt. Sie sah sich um, ob nicht die Kinder oder Hans, der in der Garage herumfuhrwerkte, zufällig hereinkamen, und flüsterte dann: »Hast du keine Angst vor einer Geschlechtskrankheit oder noch mal schwanger zu werden? Oder hast du als Ärztin ein Zaubermittel, das ich nicht kenne?«

»Das Risiko besteht immer, egal wie man verhütet. Aber ich nehme die Antibabypille, wäre das nicht auch etwas für dich? Oder wollt ihr noch weitere Kinder? Wenn du willst, bring ich dir ein Rezept mit, das muss allerdings Hans unterschreiben, geht nicht anders.«

»Ich überleg's mir. Danke.« Momentan war sie mit dem Gehörten reichlich überfordert, das musste sie erst einmal sackenlassen.

Helga verabschiedete sich, ging durch den Flur hinters Haus und winkte ihr erst einige Zeit später durchs Schaufenster, mit ihrem Sohn an der Hand, der den Mäusekäfig unterm Arm trug. Luise hatte gedacht, sie wäre längst fort. Es hatte auffallend lange gedauert, bis sie David von Josie hatte loseisen können. Wie begegneten sich Helga und Hans eigentlich, bisher hatte sie den Eindruck gehabt, sie grüßten sich bloß, mehr nicht. Als wäre es ihnen beiden eher unangenehm, durch die Kinder wieder miteinander zu tun zu haben. Luise spürte einen Anflug von Eifersucht, ärgerte sich im selben Augenblick darüber. Hörte das niemals auf?

An Samstagen wischte Luise wie immer den Laden und gleich das ganze Haus. Als sie das letzte Schmutzwasser in den Gulli leerte, ruhte sie sich kurz auf der Bank aus, die sie mit Hans vors Schaufenster getragen hatte. Abgesehen vom Tanzen war das Putzen wieder einmal ihr Wochensport gewesen. Ihr Rücken schmerzte, und ihre Hände waren vom vielen Seifenwasser aufgeweicht. Annabel kam mit dem Kinderwagen um die Ecke. Um schnell zu verschwinden, war es zu spät. Eigentlich sehnte Luise sich nach ein paar Minuten Entspannung.

»Grüß dich, Luise. Du, ich habe die Sachen zusammengesucht, die geändert gehören. Du wolltest mir doch zeigen, wie das geht.« Das Kinderwagennetz war randvoll mit Kleidung. »Falls es dir jetzt nicht passt, komme ich ein anderes Mal wieder.«

»Doch, doch, lass uns reingehen.« Luise musste sich einen Ruck geben, um aufzustehen. »Ich wollte mir gerade einen Kaffee machen, magst du auch eine Tasse?« Nach Handarbeiten war ihr noch weniger, ihre Arme fühlten sich wie Gummi an. Doch sie hatte es versprochen, und neugierig war sie auch, was die Nachbarin auf dem Herzen hatte.

»Bleib sitzen, du bist bestimmt müde.« Annabel stellte Marlene zu ihr. »Ich mach das, wenn ich darf.«

»Kannst du denn Kaffee kochen?«, fragte Luise vorsichtig.

»Na, hör mal. Was denkst du denn von mir? Ich bin gleich zurück.« Es dauerte, aber so konnte sich Luise, den Kinderwagen hin und her schiebend, tatsächlich ein paar Minuten ausruhen. Nach einer Viertelstunde fragte sie sich, wo Annabel so lange blieb. Gezwungenermaßen musste sie sich auch noch mit einigen Passanten unterhalten.

»Ja, dass ich Sie auch einmal rasten sehe, Frau Dahlmann, welch seltener Anblick«, äußerte Herr Schmelter, der mit seinem Hund Gassi ging. Sie brauchte unbedingt wieder eine Bank hinterm Haus, und zwar schnell, dachte sie und lächelte. Endlich balancierte Annabel vollbeladen nach draußen, stellte das Tablett neben Luise und holte für sich einen Klappstuhl herbei. Immerhin schien es ihr deutlich besser zu gehen. Sie lief noch ein paarmal hin und her, als sie feststellte, dass sie erst den Zucker, dann auch noch die Milch vergessen hatte. Weitere Leute blieben stehen und fragten, ob hier ein Café eröffnet hätte. Bevor sie sich noch dazusetzten, schlug Luise vor, dass sie in den Garten umzogen, dort wären sie ungestörter. Man konnte ja auch auf der Wiese Picknick machen. Im Schatten des Walnussbaumes, der Fritz Gagarin fast zum Verhängnis geworden wäre, breitete Bella die Kleidung aus. Lauter teure Stücke aus Münchner Boutiquen. Winzige Blusen mit Spitzenmanschetten, Hemdchen mit Lochmustersaum, aber auch größere gestrickte Kleidchen und Pullover, die Marlene bis ins Kleinkindalter tragen konnte.

»Mir gefällt die Umgestaltung des Ladens übrigens sehr. Wie

kommen die Selbstbedienungskörbchen bei den anderen Kunden an?« Annabel versuchte, ein Gespräch in Gang zu bringen. Zurzeit bemühte sich jeder um sie, dachte Luise, erst Helga und jetzt Annabel. Derart umworben zu werden, streichelte ihre Seele, auch wenn ihr ein wenig Alleinsein genauso willkommen wäre.

»Danke, es läuft ganz gut an, nur die älteren Damen haben noch Schwierigkeiten. Manchmal bräuchte ich acht Arme wie ein Tintenfisch, mindestens zwei davon zum Verlängern, bitte. Oh, tut mir leid.« Sofort verstummte sie und sah auf Marlene.

»Ist schon in Ordnung, mir passiert das auch ständig, es wird noch eine Weile dauern, bis ich mich daran gewöhnt habe, dass meine Tochter keine Arme hat, und dann wird es bestimmt noch Jahre dauern, bis ich mit den Ängsten zurechtkomme. Was, wenn sie beim Laufenlernen stürzt? Sie würde direkt aufs Gesicht fallen.« Das hatte Luise sich noch gar nicht überlegt. Annabel zupfte an den Armausschnitten des Hemdchens. »Du glaubst nicht, wie den ganzen Tag meine Gedanken kreiseln und auch in der Nacht, beim Stillen. Ich bräuchte dringend einen Knopf wie am Fernseher, zum Ausschalten.«

Luise nippte an ihrer Tasse.

»Schmeckt der Kaffee?«, fragte Annabel, ihren hatte sie auf einen Sitz runtergestürzt, als er noch warm war.

»Doch, ja, danke fürs Machen.« Luise stellte die Tasse weg und widmete sich den Kindersachen, zeigte ihr, wie sie eine Naht auftrennte und dann das gekürzte Ärmelbündchen wieder anheftete. Erst mit Stecknadeln, danach mit einem Heftfaden.

Zum Schluss trugen sie zusammen auch noch die schwere Singernähmaschine mitsamt dem Nähtisch nach draußen. Unter dem Füßchen klemmte noch ein Stück roter Glitzerstoff. »Weißt du eigentlich, dass Fritz ein Schneidertalent ist?« Sie zeigte Annabel, wie man einfädelte und wie man das Trittbrett in Schwung brachte.

»Mein Sohn?« Sie wirkte überrascht.

»Ja, er könnte dir problemlos die Kleidung ändern.« Warum war sie nicht sofort darauf gekommen, bevor sie am Ende alles übernahm. »Hat er dir den selbstgenähten Kosmonautenanzug gar nicht gezeigt?« Luise erzählte ihr davon, verschwieg aber den Flugversuch.

»Ach der, doch, den habe ich in seinem Zimmer gesehen. Ich dachte, den hat er aus der Verkleidungskiste der Schule ausgeliehen, und sie proben für ein Theaterstück, mit dem er uns überraschen will. Friedrich wird immer verschlossener, früher hat er mir alles anvertraut. Hoffentlich verliere ich nicht auch noch ihn.«

»So ist das nun mal, wenn die Kinder erwachsen werden.« Luise wusste das von ihrem Bruder Martin, der sich in der Pubertät ganz in sich zurückgezogen hatte. »Aber Moment, was soll das heißen, wen glaubst du denn noch zu verlieren?«

Annabel schwieg erst, blinzelte, kämpfte gegen die Tränen an. »Konstantin«, sagte sie so leise, dass es Luise fast nicht verstand.

»Betrügt er dich etwa?« Sie fragte ganz direkt, obwohl es nur Gerüchte waren.

»Wenn es nur das wäre, das bin ich gewohnt.«

»Gewohnt? Wie kann man sich an so etwas gewöhnen?« Luise nahm das Getratsche im Laden nie ernst, sonst hätte sie viel zu tun. Hören und überhören war nach wie vor ihr Motto, was die Kundschaft betraf.

»Man gewöhnt sich an so manches.« Annabel zuckte mit den Schultern. »Ich habe geglaubt, Konstantin und ich arrangieren uns mit den Jahren, und dann, als ich endlich noch mal schwanger wurde, hat er sich wirklich mit mir gefreut. Du musst wissen …«, sie zögerte, »er wollte nicht unbedingt noch ein Kind. Friedrich genügte ihm, wo er doch den ganzen Tag mit Müttern und Säuglingen beschäftigt ist. Ich glaubte schon, ein Wunder sei geschehen, so liebevoll hat er mich die ganze Schwangerschaft über umsorgt. Es war fast wie früher, als wir uns kennenlernten. Aber jetzt, seit Marlene auf der Welt ist, spricht er kaum noch mit mir.«

»Wieso das denn?«

»Er gibt mir die Schuld an ihrer Behinderung.« Und dann brach es aus ihr heraus. Sie schluchzte. »Dabei weiß ich gar nicht, was ich falsch gemacht habe oder was ich noch tun soll. Es ist doch nun einmal so, wie es ist, und wir müssen Marlene unterstützen und uns damit abfinden, dass sie ohne Arme zurechtkommen muss. Ich würde ihm ja auch helfen, so wie Helga mir geholfen hat …«

»Helga?«, unterbrach Luise sie.

Annabel nickte. »Sie hat mich in der Klinik unterstützt, ohne sie wäre es mir bestimmt schwergefallen.« Was Helga alles leistete, dachte Luise. So eine Wunderfrau.

»Ja, du kannst wirklich stolz sein, dass du sie als Freundin hast, ich wollte, ich hätte auch eine …, ich meine, so eine Freundin«, ergänzte Annabel.

»Das hast du doch«, sagte Luise mit einem Lächeln. »Wir beide, du und ich, sind doch Freundinnen, oder etwa nicht?«

»Wirklich?« Annabel holte wieder ihr Monogrammtuch aus der Handtasche und tupfte sich die Nase. »Konstantin hat sich verändert, redet kaum noch mit mir, wenn er nach Hause kommt. Ich glaube, er macht sich Vorwürfe, dass er als Arzt die Missbildung seiner Tochter nicht erkannt oder verhindert hat.«

»Wie hätte er das denn verhindern sollen, und in den Bauch kann man doch nicht reinsehen. Röntgen darf man ja nicht. Und selbst wenn, was wäre gewesen, wenn er es früher gemerkt hätte?« Luise wurde bewusst, dass sie solche Gedanken wohl besser nicht laut ausgesprochen hätte. Annabel war streng katholisch.

»Du meinst …?« Prompt starrte sie Luise an. »Nein, Luise, so eine Todsünde käme für mich niemals in Frage, allein die Möglichkeit dazu, nein.« Sie schniefte. »Aber den Grund wüsste ich schon gern, warum Marlene so ist, wie sie ist. Es kommt anscheinend öfter vor, als man denkt, dass ein Kind ohne Arme geboren wird. Vielleicht liegt es daran.« Sie hielt inne. »Ja, jetzt, wo ich mit dir darüber spreche, fällt es mir ein. Konstantin hat schon anderen Kindern auf die Welt geholfen, die keine Arme oder keine Beine hatten, mehreren in letzter Zeit sogar.« Und dann sprudelte es nur so aus ihr heraus. »Genau, die Hebamme hat es erwähnt. Dass es ihn dann selbst trifft als Vater und Arzt, das macht ihm natürlich zu schaffen. Wahrscheinlich hat man als Mediziner ein Leben lang Angst, dass der eigenen Familie etwas passieren könnte.«

»Nicht nur als Mediziner«, warf Luise ein. »Wir sorgen uns doch alle ständig um unsere Kinder, und das hört nie auf.« Sie tätschelte Annabel den Rücken, nicht dass sie erneut zu weinen anfing.

Doch ihr Gesicht hellte sich auf. »Jetzt weiß ich, was ich tun kann, danke, Luise.«

»Wofür? Äh, na gut.« Sie war erleichtert über das, was immer es auch war.

ANNABEL

Nachdem sie es wieder in Luises Laden geschafft hatte, fühlte sie sich besser. Wie hatte sie nur glauben können, dass sich das mit Marlene noch nicht herumgesprochen hätte? Fortan brauchte sie sich nicht mehr zu verstellen und auch nichts mehr zu verbergen. Ihr Kind war so, wie es war, und sie liebte es. Bedingungslos. Von da an ging sie wieder jeden Tag zu Luise, kaufte ein, wechselte mit ihr und auch den anderen Kunden ein paar Worte. Manchmal zog es sie auch mehrmals am Tag hinüber. Schade, dass Luise die Sitzgelegenheit im Laden nicht mehr hatte, dann hätte sie länger verweilen können.

Kaum war es halb drei und das Schild von »Geschlossen« auf »Geöffnet« gedreht, spazierte sie los, überlegte, was sie einkaufen könnte. Fürs Abendessen brauchte sie unbedingt noch etwas. Vorsichtig hob sie die Tragetasche aus dem Kinderwagengestell, ging unter der bimmelnden Glocke hindurch und stellte sich an der Theke an. Luise nickte ihr zu, gegrüßt hatten sie sich am Vormittag bereits. Im Laden roch es herrlich, aus jeder Ecke anders. Nach Gewürzen, nach Waschpulver und weiter vorne nach Käse und Speck. Über allem hing der Duft nach frischem Kuchen, vermutlich hatte Luise gerade irgendetwas aus dem Ofen gezogen. Es tat einfach gut, sich zu unterhalten oder zu hören, dass andere auch Sorgen hatten. Kleine und große. Manchmal fragte sie sich, wie Luise das alles bewerkstelligte, sie hatte doch selbst eine Tochter, die zwar schon im Schulalter war, aber jetzt hatte sie auch noch

David als Kostkind aufgenommen. Dazu das tägliche Pensum an Warenangeboten, Bestellungen, Kuchen und Gebäck. Wie brachte sie nur diese schier grenzenlose Geduld auf. Stets war sie gutgelaunt und freundlich, egal welche Macken und Aufdringlichkeit manche Kundin an den Tag legte, Luise schenkte jeder die gleiche Aufmerksamkeit, hörte geduldig den aus Annabels Sicht stark aufgebauschten Geschichten zu. Das bewunderte sie, sie wusste nicht, ob sie das könnte. Seit Luise die Selbstbedienung eingeführt hatte, lief sie noch mehr, musste oftmals um die Theke eilen, wenn wie jetzt Frau Zirbel nicht an das oberste Regalfach reichte.

Luise stieg auf eine Trittleiter, holte das Gewünschte, schwankte und stürzte fast, als sie beim Absteigen eine Stufe übersah. »Hier, bitte schön.« Sie gab der Dame die Dose mit Kapern. »Der Kreislauf oder das Wetter, bitte verzeihen Sie, wir haben wieder Föhn.«

»Ja, ja, wem sagen Sie das, Frau Dahlmann. Meine Migräne sprengt mir schon seit heute Morgen fast den Schädel.« Frau Zirbel hatte aber bis eben gar keinen kranken Eindruck gemacht. Seit einer Viertelstunde scheuchte sie Luise herum, weil es ihr einfach nicht einleuchten wollte, warum sie sich die Sachen selbst zusammensuchen sollte. Als sie endlich bezahlt hatte und gegangen war, kam Annabel an die Reihe. Sie stellte die Tasche mit Marlene auf die Theke neben die Kasse. Luise warf einen Blick hinein und lächelte. »Na, du Süße?«

»Ein kleines Stück von dem fettreduzierten Gouda bitte.« Den hatte Annabel heute Morgen tatsächlich vergessen.

Luise setzte das Messer am Käselaib an. »So viel?«

»Ein bisschen weniger … Ja, so.«

»Möchtest du sonst noch etwas?« Luise legte den Gouda zurück in die Kühlung.

»Nein, danke. Ein Stück von der Salami, die hält sich ja. Ganz schön viel los bei dir, ich bewundere dich, wie du das alles auf die Reihe kriegst.« Rasch legte sie noch eine Nudelpackung und eine Dose mit Mais auf die Theke, als Luise kassierte. Zu Hause hatte sie von beidem schon ein ganzes Regalfach in der Speisekammer, aber ihr fiel nichts anderes ein. Handcreme hatte sie erst gestern und letzte Woche gekauft. Das meiste würde sie Frau Gusti schenken, die sandte jeden Monat ein Paket in die Ostzone, zu den Verwandten ihres Mannes. So war auf beiden Seiten ein gutes Werk getan. »Wie geht's dir? Du zitterst ja.«

Luise rieb sich die Hände, wie um das das Zittern anzuhalten. »Ach, das ist nichts, nur der Schreck, weil ich fast hingefallen wäre.« Sie seufzte. »Manchmal weiß ich nicht, wo mir der Kopf steht. Moment, der Hefezopf ist fertig, den hätte ich fast vergessen. Oje, hoffentlich ist er nicht verbrannt.« Sie lief durch den Durchgang in die Wohnung. Annabel hörte ein Scheppern und dann die Ofentür zufallen. »Puh, das war knapp«, sagte sie, als sie zurückkehrte. »Da werde ich etwas mehr Hagelzucker brauchen.«

»Und ich glaube, du brauchst dringend eine Hilfe.«

»Danke, ist ja noch mal gutgegangen. So, wo waren wir. Das war alles? Dann bitte drei siebzig zusammen, oder halt, die Wurst noch. Fünf zwanzig, jetzt aber. Wie geht's euch?«

»Gut, danke.« Annabel gab ihr das Geld. »Das mit der Hilfe habe ich ernst gemeint, ich meine nicht beim Backen und Kochen, da kann dir keiner das Wasser reichen, sondern ganz konkret im Laden.«

»Leicht gesagt, doch jemanden zu finden ist schwer. Ich hab schon in der Zeitung inseriert, bisher hat sich nur eine Frau aus Ismaning gemeldet, und der war die Anfahrt zu weit. Aber du hast mich auf eine Idee gebracht. Vielleicht sollte ich einen Zettel im Laden aushängen, dann spricht es sich eher in Starnberg herum. Oder falls du wen weißt, gib Bescheid.«

Annabel hatte eine Eingebung. »Ich wüsste tatsächlich jemanden.«

»Ehrlich? Und wen?«

»Ähm.« Sie zögerte mit ihrer Antwort. Sie musste weg von zu Hause, wenigstens für ein paar Stunden, und nicht nur geduldet oder belächelt werden. Sie wollte etwas erleben, das sie von der Grübelei über ihre Schuld ablenkte. »Mich«, sagte sie schließlich. »Ich könnte aushelfen. Also, ich meine, bis du jemand anderen findest natürlich.« Das Herz klopfte ihr bis zum Hals. Sie war aufgeregt wie schon lange nicht mehr, sah sich schon bedienen, genauso wie Luise es damals zusammen mit Helga gemacht hatte.

»Du?« Luise wirkte überrascht.

»Ist das so abwegig? Ich habe zwar noch nie im Verkauf gearbeitet, aber ich bin gelernte Sekretärin und war in der Verwaltung der Seeklinik tätig, wie du vielleicht weißt. Manchmal ging es dort ähnlich geschäftig wie in einem Laden zu.« Das war übertrieben, sie hatte oftmals eher mit Müdigkeit und Langeweile zu kämpfen gehabt, es tat aber hoffentlich seine Wirkung.

Luises Mundwinkel zuckten, als wollte sie ein Grinsen unterdrücken. Durchschaute sie, was Annabel eigentlich anstrebte? »Ich glaube schon, dass du qualifiziert bist, ich hätte nur niemals gedacht, dass du dich unters einfache Volk mischen willst und …«, sie hielt kurz inne, »so eine Arbeit machen möchtest.«

»Oh, ach da fällt mir ein …« Warum hatte sie nicht früher daran gedacht. »Meine Mutter besaß eine Buchhandlung in

Münster, ich bin also quasi in einem Laden aufgewachsen. Reicht das?« Doch Luise schaute weiterhin skeptisch. Das wurde wohl nichts, sie war nicht erwünscht, nun wusste sie nicht mehr, wie sie einen Rückzieher machen konnte, ohne Luise und sich zu brüskieren, schließlich wollte sie weiterhin bei ihr einkaufen. »Vergiss es, war nur ein Angebot, weil ich den Eindruck hatte, dass du erschöpft bist.«

Jetzt lächelte Luise. »Dank dir, liebe Bella. Lass es uns ausprobieren, ja? Sagen wir, ab nächster Woche, wenn du magst. Am Montag kriege ich eine neue Lieferung und wäre froh, wenn mir jemand beim Einräumen hilft. Schwer heben darfst du noch nicht, aber du könntest die Regale auswischen und nachsehen, welche Sachen abgelaufen sind. So etwas hält mich nämlich sonst zusätzlich auf. Wäre das etwas?«

Annabel nickte und strahlte sie an. Sie hatte zwar schon Jahrzehnte nicht mehr selbst Staub gewischt, doch so etwas verlernte man bestimmt nicht, das war wie Radfahren und Schwimmen. Wobei, aufs Rad traute sie sich so schnell nicht wieder. Marlene machte sich bemerkbar, ein leises Weinen, das gleich in durchdringendes Schreien ausarten würde, wenn sie sich nicht kümmerte.

»Fein, abgemacht.« Luise tippte auf die Ladentheke. »Einen Kittel kriegst du von mir und einen Gürtel auch, falls der Kittel zu weit sein sollte.« Seit dem Umbau trug sie nämlich einen buntgemusterten breiten Gürtel zum weißen kurzärmeligen Kittel, das war Annabel natürlich aufgefallen. »Zieh etwas Bequemes drunter. Ach, da fällt mir ein. Wer kümmert sich solange um Marlene? Frau Fuchs?«

»Wer? Ach so, nein.« Annabel hatte sich noch immer nicht daran gewöhnt, dass Frau Gusti nun Fuchs mit Nachnamen hieß und alle außer ihr sie auch so nannten. »Ihr würde ich

Marlene nur im äußersten Notfall anvertrauen. Das hat mit ihr, als Friedrich noch klein war, schon nicht geklappt.« Sie gab Marlene den Knoten des Spucktuchs, sofort nuckelte sie daran und beruhigte sich wieder.

»Als ich einmal zum Zahnarzt musste, hat sie das Wasser zum Baden warm gemacht, aber gleich die ganze Blechwanne auf die Herdplatten gestellt. Ich kam gerade dazu, als sie Friedrich hineinheben wollte, stell dir das vor.«

»Oje, schrecklich, das will ich mir gar nicht ausmalen.«

»Dann kannst du bestimmt verstehen, warum ich ihr Marlene nur im äußersten Notfall, und wenn, auch nur kurz, anvertrauen möchte. Außerdem hat sie genug in der Villa zu tun und würde die Kleine vermutlich vergessen. Ich dachte, ich kann Marlene mitbringen, wenn es dir recht ist. So wie jetzt?«

»Glaubst du nicht, dass ihr der Ladenbetrieb zu laut ist?« Bevor Annabel erwidern konnte, dass das ja damals mit Helgas David auch kein Problem gewesen war, sagte Luise: »Du könntest sie mit dem Kinderwagen in den Flur stellen, dann hören wir sie gleich, wenn sie was braucht.«

»Perfekt.«

»Und wegen der Bezahlung ...«, fing Luise an.

»Ach, das sehen wir dann schon.« Annabel winkte ab. »Erst mal muss ich mich beweisen.«

Luise riss die Augen auf. »Dass eine Angestellte das von sich aus vorschlägt, kommt, glaube ich, auch selten vor. Aber rede doch erst mal mit deinem Mann, ob es ihm recht ist, dass du bei mir anfängst.«

»Er muss doch nicht mehr zustimmen? Gab es da nicht vor ein paar Jahren diese Änderung im Gesetz?«

Luise nickte. »Vor vier Jahren war das, ich war so froh, dass ich es sogar aus der Zeitung ausgeschnitten habe, als es veröffentlicht wurde. Solange wir unsere Pflichten als Ehefrauen und in der Familie erfüllen, dürfen wir ohne Einwilligung des Ehemannes einer Tätigkeit nachgehen.« Sie spitzte den Mund bei dem Beamtendeutsch. »Zum Glück hat sich das geändert, seit neuestem dürfen wir sogar ohne zu fragen ein eigenes Konto eröffnen. Als ich den Laden übernahm, war das noch anders. Wenn Hans damals nicht zugestimmt hätte, stünden wir heute nicht hier.«

Das erleichterte Annabel. Konstantin wollte sie vorerst nicht damit behelligen. Er würde ihr Vorhaben lächerlich machen. Nein, das war allein ihre Sache, und die würde sie hüten wie einen Schatz. »Du wirst sehen, Luise, eines Tages sind wir Frauen gleichberechtigt, so Gott will.«

»Wenn Gott ein Mann ist, bin ich mir da nicht so sicher.« Ihr Glaube war anscheinend nicht mehr so gefestigt, das hatte Annabel bereits öfter festgestellt, sie traf sie nur selten in der Sonntagsmesse. »Ich weiß noch, dass ich bis 1958 für jedes größere Gerät, das ich kaufen wollte, die Unterschrift von Hans brauchte.«

»Das war bei uns mit unserem Flügel so«, sagte Annabel. »Den habe ich in München bestellt, damit Friedrich seine Klavierstunden zu Hause nehmen kann. Aber Konstantin war am Tag der Lieferung auf einem Kongress, also mussten ihn die Arbeiter wieder die Treppe hinunter und zurück in den Lastwagen tragen, nur weil seine Unterschrift fehlte. Bei meinem Auto genauso. Den Führerschein durfte ich zwar ohne seine Einwilligung machen, aber den Wagen musste Konstantin für mich kaufen.« Annabel hatte es sattgehabt, für jeden Weg ein Taxi zu bestellen und immer die Launen eines Fahrers aushalten zu müssen.

»Finde ich übrigens toll, dass du den Führerschein hast«,

sagte Luise. »Ist das schwer? Mein Mopedschein ist eher nur eine kurze Fahrprüfung gewesen, ich konnte ja bereits fahren, aber um Auto zu fahren, muss man ja richtig viele Stunden üben, oder?«

»Ja, und ob. Ich habe vierundsiebzig Fahrstunden gebraucht und bin zweimal durchgefallen. Aber wenn man den Dreh raushat, dann macht's Spaß und man, oder besser gesagt frau, ist viel unabhängiger.« Endlich konnte Annabel eine Leistung vorweisen, die Luise erst noch erringen musste. »Aber wenn du magst, wir können gerne mal miteinander auf einem großen Parkplatz üben.«

»Mit deinem schicken Auto? Ich glaub, das würde ich mich nicht trauen.«

»Ach, der Opel hält schon etwas aus, zum Beispiel meine Fahrkünste.« Sie lachte. »In der Werkstatt bin ich Stammkundin. Also, mein Angebot gilt, überleg's dir. Und wegen der Arbeit bin ich froh, dass ich Konstantin nicht fragen muss«, lenkte sie das Gespräch wieder auf ihre Sache, »er hat den Kopf zurzeit so voll, da möchte ich ihn nicht noch mehr belasten. Deshalb wäre es mir auch lieber, wenn ich nichts verdiene, dann gibt's auch nichts mitzuteilen.«

»Das ist mir aber nicht recht, Bella. Wer was leistet, muss auch Lohn kriegen.«

»Na gut. Machen wir doch ein halbes Jahr Probezeit, und wenn du mit meiner Arbeit zufrieden bist, dann kannst du mich bezahlen, und wir regeln alles, ja?«

»Sagen wir einen Monat, oder wir entscheiden von Woche zu Woche. Einverstanden?« Sie besiegelten es per Handschlag.

Und da war noch etwas anderes, das sie in Angriff nehmen wollte. Die Patientenakten, die ihr Mann mit nach Hause genommen hatte, was sonst nie vorkam. Bislang hatte sie sich nicht dafür interessiert. Die meisten Leute kannte sie sowieso nicht. Aber jetzt musste sie unbedingt hineinschauen, ihr detektivischer Instinkt war erwacht. Sie setzte sich an seinen Schreibtisch und blätterte darin. Was sie las, erschütterte sie. Seit Wochen beschäftigte sich Konstantin scheinbar mit nichts anderem als mit Missbildungen an Neugeborenen. Die Berichte deckten sich mit dem, was sie bereits wusste. Manchen Kindern fehlte ein Arm oder einige Finger, andere hatten keine Beine oder keine Ohren oder waren halbseitig gelähmt. Zwei waren wenige Stunden nach der Geburt gestorben. Bei einem dieser Todesfälle lag sogar ein Brief der Münchner Rechtsmedizin dabei, wo man den Jungen obduziert hatte. Ihm hatten nicht nur die Gliedmaßen gefehlt, auch seine inneren Organe waren unvollständig, oder, soviel Annabel aus den medizinischen Fachbegriffen herauslas, am falschen Platz. Wie schrecklich, dachte sie und fragte sich zugleich, warum ihr Mann das alles ausgerechnet jetzt noch einmal prüfte. Sah er etwa einen Zusammenhang mit Marlene? Aber das hieß, dass er ihr doch nicht die Schuld gab, denn für die anderen konnte sie weiß Gott nichts. Aber was könnte dann die Ursache sein? Solange er mit ihr nicht darüber sprach, half das Weiterspekulieren nichts. Sie musste etwas tun, so wie sie das mit Luise angepackt hatte, und sie wusste auch schon, was.

HELGA

Guten Morgen, meine Damen, auch wenn Sie vermutlich noch ein paar Tage keine Lust auf Sex haben …« Helga begrüßte die Wöchnerinnen und rollte den Servierwagen herein. Wo gerade noch rege Gespräche geführt worden waren, herrschte plötzlich Stille im Saal.

»Wer hat das schon jemals?«, sagte Frau Ocker zu ihrer Bettnachbarin und legte ihr Strickzeug weg. Sie war eine Mittvierzigerin, die Helga von ihrem siebten Buben entbunden hatte. Die paar Tage, die sie hier arbeitete, fühlten sich wie Wochen an. Pausenlos war sie im Einsatz, assistierte bei größeren und kleinen Eingriffen, lernte und durfte bald selbst Hand anlegen. Manchmal kam es vor, dass ein Ehemann, dem sie zum Prachtkind gratulierte, nach dem Arzt fragte. Gerade die Männer hielten sie oft noch für eine Schwester, auch wenn sie kein Häubchen trug. »Jedenfalls möchte ich Sie darauf aufmerksam machen, dass Stillen leider nicht vor der nächsten Schwangerschaft schützt«, fuhr sie fort. »Habe ich recht, Frau Ocker?« Die Angesprochene nickte heftig und mit leicht gequältem Gesichtsausdruck. Helga zog das Tuch vom Servierwagen und entblößte einen Berg Karotten und Gurken.

»Machen Sie mit uns eine Ernährungsberatung, Frau Doktor?« Frau Sumsa, die Helga gestern von einem Fünf-Pfund-Buben entbunden hatte, seufzte. Auf ihrem Bett lag ein Stapel Frauenzeitschriften, als ob sie jetzt endlich die Zeit hätte, sie zu studieren. »Ich dachte, im Wochenbett müssen wir uns nicht selbst ums Essen kümmern?«

»Keine Sorge, gekocht wird nicht, Sie bekommen weiterhin alles serviert.«

»Da bin ich aber froh. Wenigstens alle zwei Jahre will ich bedient werden«, sagte Frau Daumerl am Fenster. »Was wollen Sie dann mit dem Grünzeug? Werde ich auf Diät gesetzt, damit endlich meine Ödeme weggehen?«

»Nein, Frau Daumerl. Die gehen ganz von selbst weg. Ich werde Ihnen heute etwas über Verhütung erzählen. Ich weiß, wir in der Geburtsklinik sollten froh sein, wenn Sie uns weiter so fleißig Kinderchen bescheren, aber uns geht es in erster Linie um Ihr Wohlergehen. Und jedes oder jedes zweite Jahr ein Kind, das laugt aus. Davon können einige von Ihnen bestimmt ein Lied singen.« Wieder ging ihr Blick zu Frau Ocker.

»Im Singen war ich nie gut«, erwiderte die. »Aber der Florian ist mein siebtes.«

»Na, sehen Sie, jeder singt auf seine Art.« Helga lächelte sie an. »Und falls Sie kein achtes mehr wollen, passen Sie jetzt auf. Die sicherstes Verhütungsmethode ist ein Präservativ, oder wie nennen Sie das Ding?« Helga hob ein kleines Päckchen hoch.

»Pariser, Verhüterli, Luftballon, Gummi, Dradiwixpfeiferl, Burschnstranizn, Garmischer ...« Kichernd warfen ihr die Frauen Wörter zu. Manche hatte Helga noch nie gehört. Aber wer die Angelegenheit benannte, noch dazu mit Humor, der vertrieb die Hemmungen.

»Mein Fredi ..., wie soll ich sagen«, Frau Daumerl druckste herum, »der packt so ein Ding nicht, wenn er das auch noch tun muss, dann läuft bei uns im Bett gar nichts mehr.«

»Ich verstehe, darum reden wir ja darüber, und es darf auch gelacht werden, schließlich geht es um Vergnügen.«

»Kommt drauf an, für wen«, sagte wieder Frau Ocker.

»Suchen Sie sich bitte jede ein Gemüse aus, greifen Sie zu, ohne lange zu überlegen. Es muss keine Rückschlüsse auf die Größe des ..., äh, also, es muss nicht der Realität entsprechen. Auf die Größe kommt es sowieso nicht an, sondern auf die Technik und das Einfühlungsvermögen.«

»Na, das sagen Sie bitte mal meinem Herrmann, Frau Doktor. Bis der sich mal in mich einfühlt, schlaf ich schon ein paar Stunden.«

Unter viel Gelächter und Gejohle suchten die Frauen sich jede ein Gemüse aus und nahmen sich eine der roten und blauen kleinen Verpackungen, die so kuriose Namen wie Rasputin, Dicky oder Vorhut hatten. Dann stellte Helga sich in die Mitte und hielt eine Gurke hoch. »Ich habe mich für diesen Prachtkerl entschieden. Nur zu Demonstrationszwecken, meine Damen, damit Sie keine Lupe brauchen, um zu sehen, was ich mache.« Sie holte das Präservativ aus der Schachtel und setzte es lose auf die Gurke. »Passen Sie dabei auf, dass oben keine Luft drin ist.« Sie drückte die Spitze zusammen und entrollte das Präservativ mit der anderen Hand langsam über der Gurke.

»Auf was sollen wir denn noch alles aufpassen?« Frau Ocker seufzte. »Wenn das so kompliziert ist, dass man eine Bedienungsanleitung braucht, muss ich meine Brille auflassen, sonst sehe ich gar nichts. Bisher fand ich es allerdings ganz angenehm, nicht viel zu sehen.«

Helga schob ihre eigene Brille hoch. »Das klingt schwieriger, als es ist. Die modernen Präservative sind wirklich aus Gummi, also Kautschuk, und müssen nicht mehr vorher nass gemacht werden wie die Schafsdärme früher. Bauen Sie die Aktion in das Vorspiel ein, seien Sie kreativ. Die Leidtragende sind Sie, wenn Sie nicht verhüten. Und achten Sie bitte darauf, dass Sie es richtig herum abrollen. Am besten pusten Sie kurz hinein, dann sehen Sie am unteren Rand, wie es sich ausrollt und welche Seite nach außen gehört.« Sie ging herum, leitete jede Einzelne an. Die Frauen waren konzentriert bei der Sache. Manche bearbeiteten ihre Gurke mit zusammengekniffenen Augenbrauen, andere kicherten immer wieder. »Und hinterher vorsichtig abziehen und dann am besten verknoten. Nicht im Bett liegen lassen, die Spermien sind nämlich sehr aktiv, auch Stunden später noch.«

»Was es nicht alles gibt«, sagte Frau Hepper, die gleich neben der Tür lag und sich bisher noch nicht geäußert hatte. »Zzzz.« Sie schüttelte den Kopf und hielt ihre umhüllte, leicht gebogene Karotte wie eine Trophäe hoch. »Jetzt hab ich schon fünf Kinder, aber davon hab ich noch nie etwas gehört.«

»Verschweig das besser bei der Beichte, Maria, die Kirche verbietet jede Art von Empfängnisverhütung«, wusste ihre Bettnachbarin, Frau Stehr. »Aber unser Zuckermüller sieht das zum Glück nicht so eng, sonst dürfte die Frau Doktor wohl kaum so einen Kursus mit uns abhalten.« Dem pflichtete Helga bei, sie hatte zwar den Pfarrer nicht um Erlaubnis gefragt, aber …

Dr. Kettler kam herein, sofort verstummten alle, das Gemüse samt Umhüllung verschwand unter dem Strickzeug, in der Nachttischschublade oder hinter dem Rücken, als ob sie etwas Verbotenes taten. »K-Keine Sorge, meine Damen, ich störe nicht bei ihrem K-Kochkurs oder w-was auch immer.« Er zwinkerte ihnen zu, knallrot wie gekochter Hummer. »Frau Dr. K-Knaup, ich bräuchte Sie für eine Beh-handlung«, er beugte sich vor und flüsterte. »Zu einer Aussch-schabung nach einer missg-glückten Abtreibung.«

»Natürlich.« Das passte ja, dachte Helga. Entweder Kinder kriegen bis zum Umfallen oder heimlich sein Leben riskieren, in welchem Jahrhundert lebten sie eigentlich? »Dann l-lass ich Sie mal weiterüben, m-meine Damen.« Sie folgte ihm in ein Sprechzimmer, wo eine kreidebleiche junge Frau bereits narkotisiert wurde.

Hinterher war Helga so aufgewühlt, dass sie Dr. Kettler um ein Gespräch bat. »Wie wäre es mit einer regelmäßigen Frauensprechstunde zu sexueller Aufklärung und verwandten Themen?«, sagte sie. Das war ihr beim Ladenumbau eingefallen, und auch Luise war begeistert davon gewesen. »Allein meine kleine Lehrstunde über Verhütungsmethoden hat Erstaunliches zutage gebracht.« Sie hatte es bei der letzten Teamsitzung vorgeschlagen und bei Dr. von Thaler, der sie als weibliche Verstärkung zu den Ärzten geholt hatte, offene Türen eingerannt. »Ein paar der Frauen haben zum ersten Mal im Leben von Präservativen gehört.« Sie wusste, dass sie Dr. Kettler erneut in Verlegenheit brachte, aber sie war stets für direktes Ansprechen der Dinge, und mehr als rot werden konnte er nicht.

»Sie p-preschen ganz schön vor, Frau D-Doktor, kaum dass Sie sich eingewöhnt haben, kommen Sie mit V-Verbesserungsv-vorschlägen?« Er musterte sie.

Helga wurde aus seinem Blick nicht schlau, wusste nicht, ob sie seine Worte als Kritik auffassen sollte oder nicht. Womöglich riskierte sie viel. »Mir ist schon klar, dass das meine Kompetenzen überschreitet, aber ich dachte, es wäre auch für die Klinik gut, wir hätten den Ruf, modern zu sein, Vorreiter einer neuen Zeit. Ist Vorbeugung nicht die beste Methode, um Krankheiten zu heilen? Warum nicht auch bei Schwangerschaften?« Sie merkte, dass sie sich um Kopf und Kragen redete.

Nun lächelte er. »A-Alles gut. Mir g-gefällt die Idee. Es gibt w-wirklich Beratungsb-bedarf. Gerade ist ein ganz neues H-Hormonpräparat auf den M-Markt gekommen, das wir bei M-Menstruationsb-beschwerden einsetzen wollen. Es soll auch Sch-Schwangerschaften verhindern.«

»Sie meinen Anovlar?«

»Sie wissen B-Bescheid, R-Respekt, Dr. Knaup. Falls sich die Antib-babypille durchsetzt, wäre das eine R-Revolution. Doch b-bisher haben wir nur die Erlaubnis, sie an v-verheiratete Frauen, die schon mehrere K-Kinder haben und über d-dreißig sind, abzugeben.«

Helga lachte. »Das denke ich mir, wie sollten uns sonst die Männer im Griff haben, am Ende machen wir noch, was wir wollen.«

Dr. Kettler räusperte sich, als fühlte er sich persönlich angegriffen. »A-Also, ich werde Ihre Idee mit den K-Kollegen und dem Chef b-besprechen. Eine S-Sache ist da allerdings noch ...«

»Ja?« Helga hatte bereits aufgeatmet, jetzt kamen bestimmt irgendwelche Einschränkungen, und dann war das Vorhaben abgehakt. So lief es meistens.

»Bei unserem Personalmangel w-würde ich gleich mit v-vorschlagen, dass S-Sie diese Sp-prechstunde übernehmen. Sagen wir einmal in der Woche zwei Stunden am N-Nachmittag? Wären Sie d-damit einverstanden?«

Mein Stundenlohn:
2 Std. von 6–8 Uhr, Vorbereitung
4 Std. von 8–12 Uhr, Laden
1 Std. von 13.30–14.30 Uhr, Backen
3,5 Std. von 14.30–18 Uhr, Laden
1 Std. von 18–19 Uhr, Aufräumen
11,5 Std. (montags, dienstags, donnerstags, freitags)
14 Std. (2 x 7 Std., mittwochs und samstags, weil nachmittags geschlossen)
= 60 Wochenstunden im Laden: 6 Tage (im Durchschnitt),
= 10 Std. am Tag
Ca. 230 DM bleiben mir im Monat übrig.
D. h. ich verdiene:
230 DM auf 25 Tage = 9,20 DM pro Tag
9,20 DM auf 10 Std. pro Tag = 92 Pf. pro Stunde

Aus: Luises Ladenkunde-Album

LUISE

Beschwingt sperrte sie am nächsten Freitagabend den Laden zu. Das Telefon klingelte. Hans war dran und sagte, dass er von der Leiter gefallen wäre und sich den Fuß gebrochen hätte. Aus der Traum vom Rock 'n' Roll. Sofort schämte Luise sich, dass ihre erste Regung nicht die Sorge um ihren Mann war, sondern die Trauer um den verpatzten Tanzabend. Nicht nur einer, ging ihr auf, alle Abende, sie würden den gesamten Kurs absagen müssen.

»Und wo bist du jetzt?«, rang sie sich dann doch ab.

»Bei einem Arzt in Aufkirchen, ich muss noch warten, bis sie den Gips machen. So eine Scheiße!« Das konnte er laut sagen.

»Hast du starke Schmerzen?« Luise ertappte sich dabei, wie sie sich vorstellte, dass er trotz Gipsbein tanzte, warum denn nicht.

»Geht so, erst hab ich gar nichts gemerkt, aber als ich dann auftreten wollte, hab ich gedacht, ich verreck. Das Schienbein und das Wadenbein sind gebrochen, dazu ist noch das Sprunggelenk in Mitleidenschaft gezogen worden, hat der Arzt nach dem Röntgen gesagt. Das dauert sechs Wochen mindestens, bis das verheilt ist.«

Oje, so lange würde er zu Hause sein und gepflegt werden müssen. Wann war eigentlich ihre Fürsorglichkeit flöten gegangen, fragte sie sich. »Und wie kommst du her?«

»Ich lass mir ein Taxi rufen. Die Kundin, bei der das passiert ist, hat mich netterweise zum Arzt gebracht. Die fährt einen dunkelblauen Maserati ohne Verdeck, ich möchte nicht wissen, was der Flitzer kostet.« Autos lenkten ihn von allem ab, selbst von einem Beinbruch. »Also Luise, jetzt oder nie.«

»Wieso, was meinst du?«

»Na, es wird Zeit, dass auch du den Führerschein machst.«

»Ja, freilich. Damit ich dich dann überall herumkutschieren kann?«

»Wer sonst? Ab sofort bin ich total abhängig von dir, meine Liebe.« Na, das konnte heiter werden.

Sie rief Helga an, die heute Frühschicht gehabt hatte, so dass sie sich selbst um David kümmerte, und sagte ihr, was geschehen war. »Josie braucht also nicht zu euch.«

»Bist du dir sicher?«

»Ja.«

»Sie könnte trotzdem herkommen und bei uns übernachten, wenn sie mag. David freut sich schon.«

»Sie eigentlich auch, aber danke, ich nehme dein Angebot lieber irgendwann anders wieder in Anspruch, doch für die nächsten Wochen, glaube ich, hat sich das mit dem Tanzen erledigt.«

»Das tut mir leid.«

»Mir auch«, gestand sie. »Ein schönes Wochenende euch.« Sie beendete das Gespräch, sonst würde sie noch zu heulen anfangen. So ein Mist aber auch.

Als Josie hörte, was ihrem Vater passiert war, schlug sie entsetzt die Hände vors Gesicht.

»Kann man das Bein wieder ankleben?«

»Es ist nicht abgebrochen, nur angebrochen.«

Eine halbe Stunde später stützte sie Hans auf der Treppe. Er wirkte mitgenommen, und Luise bereute ihre eigennützigen

Gedanken, als sie ihm Stufe für Stufe nach oben half. Keuchend hinkte er ins Wohnzimmer und fiel aufs Sofa. Auf dem Tisch lagen noch die Schnittmuster und Burdahefte von ihrem gestrigen Nähabend. Luise räumte sie fort und brachte ihrem Mann das Abendessen.

»Kannst du mir bitte den Fernseher anmachen? Hoffentlich kommt was Gescheites.« Er stöhnte, als er den Fuß anhob, um ihn auf der Tischplatte zu platzieren. Luise legte ihm ein Kissen unter, drehte das Gerät an und sah auf die Uhr. Viertel vor acht. Gleich begann der Kurs, ohne sie. Hans hatte es nicht mal erwähnt, bestimmt war er froh, die beste Ausrede der Welt. Gut, dass sie schon Jahrzehnte nicht mehr zum Beichten ging, vor lauter Selbstsucht schlitterte sie direkt aufs Fegefeuer zu.

»*Der Bauer als Millionär*, eine Komödie«, las sie aus der Fernsehzeitung vor. »Das könnte doch was sein.«

»Meinetwegen.« Er klopfte auf den freien Platz neben sich. »Komm, setz dich zu mir, oder hast du noch was zu tun?« Er ließ den Blick über das Gedeck schweifen, als ob noch etwas fehlte. »Ach, hol mir doch bitte die Schmerztabletten, die müssten in meinem Jackett unten sein.« Hans schluckte gleich eine, als sie sie ihm brachte, spülte mit Bier nach. Luise rief nach Josie, die noch draußen war. Am liebsten wäre sie ins Bett gekrochen, hätte sich tief unter der Decke vergraben und gehofft, schnell einzuschlafen. Ohne Partner tanzen wäre sowieso nichts. Sie band die Schürze ab und rief noch mal nach ihrer Tochter. Wo steckte sie bloß?

Hans schnappte sich ein belegtes Brot und fing genüsslich zu essen an. »Meine Zigaretten sind aus, bringst du mir welche mit, wenn du noch mal runtergehst?« Dass er von jetzt an im Wohnzimmer rauchte, konnte sie ihm angesichts seines Zustandes wohl kaum verbieten. Noch zehn Minuten. »Ach, und noch was …«

»Ja?«

»Du brauchst nicht mehr auf die Uhr schauen. Ich weiß, dass der Kurs gleich beginnt. Luiserl, ich hab es nicht vergessen, und ich schwöre, ich bin auch nicht absichtlich von der Leiter gefallen, ehrlich. Magst du nicht einfach alleine hingehen?«

»Wirklich?«

Er nickte. »Auf diesen Tscho oder wie der heißt, brauche ich ja nicht eifersüchtig sein. Alright, Darling?« Er machte eine Timmerbink'sche Geste mit den Händen über dem Kopf und brachte Luise zum Lachen. »Josie und ich kommen schon allein zurecht.«

»Ja, Mama, du kannst gehen.« Da war sie endlich. »Ich pass auf den Papa auf.« Sie kam mit den Stelzen herein, die verkehrt herum wie Krücken waren, setzte sich aufs Sofa, und weil morgen keine Schule war, durfte sie ausnahmsweise mit fernsehen.

So schnell hatte sich Luise noch nie umgezogen, diesmal das selbstgenähte Kleid, das seit Jahren auf diesen Einsatz gewartet hatte. Es war aus anthrazitfarbener Viskose mit weißen Punkten. Den Petticoat dazu hatte sie gestern extra noch aus schwarzem, nicht aus weißem Tüll genäht, um ihm Extravaganz zu verleihen. Dazu toupierte sie sich die dunkelbraunen Haare und band sich ein Tuch aus dem zweifarbigen Stoff ihres Kleides zwischen Pony und Bienenkorbschopf. So hatte sie es bei Helga gesehen. Das glänzende Gesicht tupfte sie sich mit reichlich Puder matt und betonte ihre Lippen rosa. Mehrmals musste sie mit dem Lippenstift absetzen und erst durchatmen, weil ihre Hände vor Aufregung bebten. »Bis nachher«, rief sie nach oben und stürzte, ohne eine Antwort abzuwarten, hinaus. Hastig rollte sie die grüne Triumph aus der Garage und warf sie an. Das Moped surrte, von Hans frisch geschmiert. Der Himmel war grau bewölkt, es sah nach Regen aus, als sie über den Tutzinger Hofplatz bretterte. Egal, so eine Sommerdusche erfrischte höchstens. Hauptsache, sie kam nicht allzu spät.

»Sehr schön, Luise, das passt wie bestellt«, begrüßte sie der Tanzlehrer. »Ferdinand ist heute auch ohne Partnerin.« Er schob sie zu Herrn Bellarabi. Seit ihrer Ladeneröffnung gehörte er zur Stammkundschaft, kaufte allerdings meistens nur Kleinigkeiten, Pfeifentabak oder auch mal einen Krapfen. Den übrigen Einkauf übernahm wohl seine Frau, allerdings nicht bei ihr. Ferdinand trug einen schmal geschnittenen Nadelstreifenanzug mit silbernem Einstecktuch. Das wenige Haar war stoppelkurz geschnitten. Für den auf sie zurollenden Rock 'n' Roll sah er viel zu vornehm aus, fand sie, aber es gefiel ihr sehr, wenn Männer sich schick machten, und sie hatte das ja schließlich auch getan. »Guten Abend, Herr Bellarabi, Ihre Frau hat sich hoffentlich nicht ebenfalls das Bein gebrochen wie mein Mann?« Sie stellte sich vor ihn in den Innenkreis, wie es die anderen Damen bereits getan hatten.

»Oh, nein, Johanna singt lieber doch im Chor, als zu tanzen. Das eine Mal hat ihr gereicht.« Die Bellarabis hatten keine Kinder, soviel Luise wusste. »Wir duzen uns, wenn es recht ist, ich bin der Ferdl.« Sie gaben sich die Hand.

Luise hoffte, dass sie nicht allzu verschwitzt wirkte und ihre Schminke nicht zerlaufen war. »Das hätten wir längst tun sollen, wo wir uns doch schon so viele Jahre kennen.«

Er lächelte. »Aber seit letzter Woche weiß ich erst, dass du nicht nur die besten Krapfen backst, sondern auch noch eine famose Tänzerin bist. Ich hoffe, ich kann …«

»Please, Ladies and Gentlemen …« Timmerbrink unterbrach die Gespräche ringsum. Er setzte die Nadel auf die Schallplatte, klatschte mit lässig erhobenen Armen und stellte sich in die Mitte des Kreises. Trommelschläge und Gitarre des *Jailhouse Rock* setzten wie ein hämmernder Countdown ein, Elvis Presley schmetterte los. Sofort wippte Luise in den Knien und lächelte Bellarabi an. Sie konnte nicht anders, der Rhythmus elektrisierte sie. Auch er hob die Arme, bewegte die Ellbogen im Takt und grinste zurück. »*Everybody let's rock*«, rief der Lehrer gleichzeitig mit dem Sänger und imitierte dessen verwegenen Hüftschwung. Luise war froh, dass Hans nicht dabei war, er hätte bestimmt die Augen verdreht. »So, ich wollte nur sichergehen, dass ich eure volle Aufmerksamkeit habe.« In seitlichen Hüpfschritten tanzte er zum Plattenspieler zurück und wechselte die Single. »Wir fangen besser mit einem langsamen Song an, der euch hoffentlich genauso gefällt. Es dauert noch ein bisschen, bis ihr mit Elvis mithalten könnt.« *Be-Bop-a-Lula* erklang. *She's my baby, Be-bop-a-lula, I don't mean maybe, Be-bop-a-lula, she's my baby …* Das Lied mochte Luise sogar sehr. Seit ihrer Arbeit als Köchin in einem Camp für Heimatlose konnte sie einigermaßen Englisch, es hörte sich allerdings nur im Original so gut an, auf Deutsch klang es, wie so oft, etwas simpel. Obwohl, *she's the one that bops around the store* passte auch zu ihr.

»Ich zeig euch die Grundschritte.« Timmerbrink stellte sich wieder in den Kreis. »Ihr beginnt mit einem Wiegeschritt rückwärts, dann ein Kick nach vorne und den Fuß neben dem anderen absetzen. Das Gleiche rechts. Versucht es, gebt euch die

Hände.« Sie probierten es aus. »Langsam, lasst euch Zeit.« In halbem Tempo zur Musik folgten sie seinen Anweisungen. »Stützschritt, Kick, absetzen, Kick, absetzen. Beim Kick das Bein nicht strecken, sondern locker zurückschwingen. Kick und ab. Ja, Ferdinand, sehr gut, du hast es drauf. Federn, mit Schwung bitte. Versuch, nicht direkt auf Luise zuzutanzen, sondern umgarne sie minimal von außen. So tritt keiner beim Kicken dem anderen gegen das Schienbein. Und du, Luise, spiegelst Ferdinand, also rechter Fuß, Wiegeschritt nach hinten, nicht nach vorne. Es muss ein Zug zwischen euch beiden entstehen. Na, spürt ihr den Rock 'n' Roll?« Ein paar murmelten »ja«, alle waren hoch konzentriert. »Später versuchen wir es doppelt so schnell.« Er schnappte sich Selma und zeigte es im richtigen Tempo, genau im Takt zur Musik. Das sah großartig und leicht aus. Herr Blase, den Vornamen hatte Luise nicht mitbekommen, lehnte mit verschwitztem Gesicht am Fensterbrett, merklich froh um die Verschnaufpause. Immer wieder musste Joe alias Timmerbrink die Nadel neu auf die Single setzen. In den Weltraum fliegen konnten sie, aber wann erfanden sie mal was, das die Musik ohne Zutun wiederholte, dachte Luise kurz, war aber dann sofort wieder bei der Sache. Den Wiegeschritt begriffen sie alle schnell. »So, und nun das Ganze gesprungen.« Er machte es vor, es sah phänomenal aus, war aber auch phänomenal schwierig. »Rück-Platz-Kick-ab-Kick-ab. Rück-Platz-Tiki, Tikiti. Rück-Platz-Bambabambam-Rück-Platz. Swingt mit. Locker, Ladies and Gentlemen, lasst die Hüften kreisen.«

Der Rock 'n' Roll strömte ihr durch den ganzen Körper und löste pure Freude in Luise aus. Bellarabi zog sie zu sich her, tanzte von ihr weg und wieder von vorne, die Finger mit ihren verhakt. »Yes, ihr habt es, marvellous, Leute. So schnell war noch keine Gruppe vor euch.« Das sagte er bestimmt jedes Mal, schoss es ihr durch den Kopf. In ihr summte und surrte alles. Sie lachten, keuchten, schwitzen, schubsten sich, verhedderten sich beim Eindrehen, aber sie tanzten. *Be-Bop-a-Lula.* Viel zu schnell war die Stunde vorbei. Timmerbrink klatschte in die Hände. »Schluss für heute. Fortsetzung folgt.«

Strahlend löste sich Luise aus Ferdls Armen. »Dann bis nächste Woche vielleicht?«

»Auf jeden Fall. Wollen wir zusammen zurück in die Innenstadt gehen?«, schlug er vor, als sie vor die Sporthalle traten. Die Bellarabis wohnten wie sie über ihrem Geschäft. Den Regenschauer hatten sie zum Glück verpasst. Überall standen noch Pfützen.

»Ich bin mit dem Moped da«, sagte sie.

»Ach so, ja dann.« Ganz Kavalier, küsste Bellarabi ihr zum Abschied die Hand. Sie sahen sich an, und Luise war froh, dass es schon dunkel draußen war, sie war bestimmt rot geworden.

»Grüße an deine Frau.« Rasch eilte sie zu ihrer Triumph. Sattel und Lenker waren nass. Sie sah Bellarabi nach, der mit schnellen Schritten die Straße überquerte, die unter den Straßenlichtern glänzte.

»Danke, und auch an deinen Mann«, rief er und winkte ihr noch. »Und gute Besserung natürlich.«

Bis in den Schlaf tanzte Luise weiter, nutzte das Schnarchen von Hans als Anweisungen des Lehrers. Rück-Platz-Kick-drehen-absetzen … absetzen … absetzen. Hans? Ein Schnarcher blieb aus. Dann ging's weiter Rück-Platz-Kick …

Ihr Mann und Nichtstun, das funktionierte nicht. Nach knapp einer Woche schleppte er sich trotz Gipsbein in die Garage und widmete sich, das Bein auf einen Hocker gelegt, den kaputten

Geräten, und als diese samt und sonders wieder instand gesetzt waren, oder so gut wie, erkundigte er sich telefonisch bei seinem Chef, ob es weitere Fernsehgeräte zum Reparieren gäbe. Da stieß er bei Pappeck auf offene Ohren. Die Aufträge häuften sich, und Geselle Kare kam allein kaum hinterher, zudem verlangten die Kunden nach Hans, was ihm schmeichelte. So kam es, dass er schon in der dritten Woche wieder auf Tour ging. In Kares Haut, der ihn samt sperrigem Gipsbein chauffierte, wollte sie nicht stecken. Kare hatte erst seit kurzem die Fahrerlaubnis, und als Beifahrer stellte sie sich ihren Mann anstrengend vor. Sie atmete auf, als Hans fort war. Für ein paar Stunden keine Kommandos. Endlich konnte sie sich wieder ganz auf den Laden und sich besinnen und vor allem das verrauchte Wohnzimmer durchlüften. Im Laden stellte sie das Radio an, suchte nach Rock 'n' Roll, fand die Charts, was sie beschwingte. Sie drehte erst leiser, als Annabel mit einem »Guten Morgen« den Kinderwagen hereinschob. Merkwürdig, auch heute fiel Luise auf, dass Ware fehlte, bei der sie sich sicher war, sie gestern noch eingeräumt und nicht verkauft zu haben. Eierlikör, exquisite Pralinen, drei Packungen von den neuen Perlons, die sie erst am Mittwoch reinbekommen hatte. »Sag mal, hast du jemandem die schwarzen Netzstrümpfe verkauft?«, fragte sie Annabel.

»Gott bewahre, das hätte ich mir gemerkt.«

»Heißt das jetzt ja oder nein?«

»Nein, natürlich.« Annabel runzelte die Stirn, und Luise wusste nicht, ob sie doch noch mal gründlich nachdachte oder sich über Luises mangelnde Kenntnisse in Glaubensfragen wunderte. Ihre anfängliche Unsicherheit, alles richtig zu machen, hatte sich etwas gelegt. Ständig hatte sie Luise mit Fragen gelöchert, aber nach und nach ergänzten sie sich, so dass Luise tatsächlich das Gefühl hatte, in Annabel eine Hilfe gefunden zu haben. Gelegentlich vertraute sie Annabel sogar die Kasse an, wenn sie selbst mit Vertretern sprach oder in der Küche war. Endlich konnte sie mal in Ruhe backen oder eine Verhandlung führen, ohne ständig in den Verkaufsraum zu lauschen, ob jemand hereinkam. Josie war begeistert gewesen, als sie hörte, dass Annabel im Laden half und Marlene mitbrachte. Nun hatten sie und David nachmittags eine lebende Puppe zum Vater-Mutter-Kind-Spielen. Sie knuddelten die Kleine, schoben sie mit dem Kinderwagen ums Haus, wenn sie quengelte.

»Die Feuerzeuge sind auch schon wieder aus.« Sie hatte erst am Morgen eine ganze Schachtel von den farbigen Anzündern, das Stück für vierzig Pfennig, direkt neben die Kasse gestellt. Die Raucher sorgten für Umsatz, aber nicht jeder kaufte ein Feuerzeug oder Streichhölzer zu seinen Rauchwaren. Sie dachte an Bellarabi, der seit Kursbeginn nicht mehr im Laden gewesen war. Vorher war er mindestens einmal in der Woche vorbeigekommen. Zuletzt hatte er keinen Tabak gekauft, sondern sie bloß nach einem griechischen Weinbrand gefragt, den sie leider nicht führte. Dass er beim Tanzen nicht nach Pfeife gerochen hatte wie Hans, der immer von Qualm umgeben war, war ihr sofort aufgefallen. Ferdl duftete nach einem feinen Rasierwasser, besonders als er sie, ihre rechte Hand in seiner rechten Hand, zu sich hergezogen hatte, dann geschickt hinter seinem Rücken die Hände gewechselt und den Arm gedreht hatte. Sofort war sie wieder beim Rock 'n' Roll. Rück-ab-Kick-drehen-Kick-ab-rück-Platz.

Auch wenn Freddy Quinn gerade *La Paloma* im Radio zum Besten gab. *»So schön war die Zeit …«* Aber dieser langsame Rhythmus passte genauso zum Üben.

»Ja, meinst du, dass jemand bei dir stiehlt?« Annabel sprach aus, was Luise vermutete.

»Ich weiß auch nicht, heute Vormittag waren doch hauptsächlich Stammkunden da.« Sie seufzte. »Das ist der Nachteil von Selbstbedienung, ich muss den Kunden vertrauen, dass sie mir alles zum Kassieren vorlegen. Und in jeden Winkel kann ich sowieso nicht blicken, noch dazu, wenn ich gerade an der Käsetheke bediene. Vielleicht hat eine Kundin bloß aus Versehen etwas eingesteckt?«

»Das glaub ich kaum. Mit Diebstahl kenne ich mich aus.«

»Du?« Luise staunte.

»Na ja, theoretisch. In den Krimis, die ich lese, ist das ein Bagatelldelikt, aber es gehört doch geahndet. Und ein Versehen ist das nicht mehr, wenn dauernd etwas fehlt. Wir müssten uns auf die Lauer legen, um ihn oder sie auf frischer Tat zu ertappen.«

Luise lächelte. »Sollen wir uns beide hinter der Theke verstecken, bis der nächste Kunde reinkommt, und abwarten, was passiert?«

»Wir müssen einfach jeden genau unter die Lupe nehmen«, schlug Annabel vor.

»Besser nicht, meine Kunden sollen sich wohlfühlen und nicht beobachtet. Außerdem, wie willst du das anstellen, ohne dass es auffällt? Nein, ich werde den Verlust abschreiben, vielleicht habe ich mich auch bei der Abrechnung vertan.«

»Hast du dich denn vorher schon mal vertan?«

»Zweimal in den bald acht Jahren, ich rechne immer doppelt nach.«

»Na, siehst du. Das hat Methode, jemand raubt dich aus, und wir finden gemeinsam heraus, wer.« Annabel hatte Blut geleckt. Mit zusammengekniffenen Augen musterte sie von nun an jede Kundin, die länger vor einem Regal stand. Manche sprach sie sogar an, tat so, als ob sie dieses oder jenes eingeräumt hätte und nicht mehr wüsste, wohin, und machte damit einen leicht verwirrten Eindruck. Aber eine Frau Doktor durfte das, hörte sie eine Kundin zu einer anderen sagen. Fehlte bloß noch, dass sie jede beim Hinausgehen bat, ihre Tasche vorzuzeigen. Außerdem notierte sie jeden Kunden mit Uhrzeit in ihrem als Gebetbüchlein getarnten Notizbuch. Auf diese Weise lernte Annabel immerhin die Namen der Kunden, was Luise wichtig war. Sie legte Wert darauf, jeden mit seinem Namen anzusprechen. Aber dem Ladendieb kamen sie dennoch nicht auf die Spur. Trotz aller Miss-Marple-Methoden fehlte auch in der folgenden Woche hochpreisige Ware, die Luise nur in begrenzter Stückzahl vorrätig hielt. An belebten sonnigen Einkaufstagen nutzte Annabels Auflistung sowieso nichts, da sich immer ein paar namenlose Touristen, die sie vermutlich nie wiedersehen würden, unter die Stammkundschaft mischten.

An einem Samstag, nachdem Luise einen weiteren herrlichen Freitagabend mit Ferdl durchtanzt hatte, kam Annabel wie vereinbart eine halbe Stunde vor Ladenöffnung. Sie half beim Einräumen der Frischware, dabei beratschlagten sie, wie sie dem Dieb oder der Diebin auf die Spur kommen könnten.

»Guten Morgen, Herr Dahlmann.« Mit Blumenkohl in der Hand grüßte Annabel Hans, der vom Frühstück hereinhumpelte und sich zum Zigarettenregal hangelte. Trotz der Nachbarschaft und langjährigen Verbundenheit durch Fritz, der seine halbe Kindheit bei ihnen verbracht hatte, duzten sich die zwei immer noch nicht.

»Morgen, Frau von Thaler. Ich hab mich schon ausgiebig mit Ihrem Lenchen unterhalten, sie fängt ja bereits zu reden an.« Marlene lag wie üblich im Flur in ihrem Kinderwagen. Von der Leiter aus, auf der Luise stand, um die Dosen mit Südfrüchten einzuräumen, sah sie ab und zu ein Beinchen, das die Kleine in die Luft streckte. Anscheinend war sie wach.

»Oh, ja.« Annabel lächelte. »Sie plappert schon so nett, wenn ich nur wüsste, was sie sagen will.«

»Ach, wir zwei verstehen uns auch so.« Er nahm sich eine Packung Reval, die ihm zurzeit am besten schmeckten, öffnete sie, mit dem Gipsbein an die Theke gelehnt.

»Bitte, Hans, rauch nicht im Laden und auch nicht in der Küche, der Qualm zieht bis hierher.« Er nickte, nahm die Zigarette, die er sich bereits zwischen die Lippen gesteckt hatte, wieder aus dem Mund. »Sei doch so nett und schreib mir auf, was du genommen hast, damit ich den Überblick behalte«, bat Luise ihn weiter. Normalerweise sah sie über seinen Tabakkonsum hinweg, sie wusste ja, die Menge, die fehlte, hatte er sich genommen. »Jemand klaut bei uns.« Sie hatte ihm noch gar nicht davon erzählt. »Oder vielleicht sind es auch mehrere Personen, das wollen wir rausfinden.« Sie stieg hinunter, um neue Dosen zu holen.

»Ach ja?« Er schob sich die Zigarette hinters Ohr, was ziemlich verwegen aussah. »Und habt ihr schon eine Idee?« Beide schüttelten sie den Kopf. »Wie wäre es, wenn sich einer hier drin versteckt, dann könntet ihr den Dieb auf frischer Tat ertappen.« Er hüpfte um die Theke herum zu ihnen und klopfte auf die große Säulenvitrine, die ihr Schwiegervater einst angefertigt hatte. Ein ovaler Koloss, mit einer trichterförmigen marmorierten Säule in der Mitte. Unten war ein Schrank mit Türen, in der Ware lagerte, nach oben umkränzten zwei Ablagebretter die Säule, die Luise für die Angebote nutzte. »Da kann man reinkriechen, die Säule ist hohl wie ein Kamin. Als Kind hab ich da drin U-Boot gespielt. Ist recht geräumig, sogar mit Gucklöchern, seht ihr.« Er schob das Mondamin und den Würfelzucker zur Seite und zeigte auf die pfenniggroßen Löcher in der Marmorbemalung, die in unregelmäßigen Abständen über den Holzkegel verteilt waren.

»Und du hast die da reingebohrt?«

»Nein, mein Vater für mich. Als U-Boot-Kapitän muss man doch die Meeresoberfläche nach dem Feind absuchen können, ohne selbst gesehen zu werden. So konnte ich Leute beobachten, die zu Besuch bei uns waren, ohne dass die was merkten.«

»Das hast du mir nie erzählt.«

»Ist mir auch gerade erst wieder eingefallen. Aber bevor ihr fragt, sag ich's lieber gleich, heute pass ich nicht mehr rein.« Er klopfte auf sein vielfach von Josie und seinen Spezls verziertes Gipsbein und dann auf seinen Bauch, der sein Hemd straffte.

»Als Ladenbetreiberin kann ich wohl schlecht selbst hineinkriechen. Netter Einfall, Hans, aber …«

»Aber ich könnte das übernehmen«, schlug Annabel vor. »Ich war mal Vorturnerin. Mit Auszeichnung.« Sie errötete.

»Na, dann los«, sagte Luise. Sie probierten es aus. Wie ein Schlangenmensch wand sich Annabel durch die Türen und verschwand tatsächlich ganz darin.

»Und, Frau von Thaler?« Hans klopfte mit dem Gipsbein an die Säule.

»Es geht«, sagte sie mit dumpf klingender Stimme. »Übernachten möchte ich hier vielleicht nicht, doch wenn ich noch etwas zum Draufsitzen bekäme, damit mir die Füße nicht einschlafen, halte ich es aus.«

»Übernachten wird hoffentlich nicht nötig sein.« Luise brachte ihr einen Schemel aus der Wohnung.

»Schaut ihr bitte solange nach Marlene?«

»Das mach ich, wenn's recht ist? Ich setze mich mit ihr in den Garten«, sagte Hans, und schon bimmelte die Ladenglocke. Jetzt konnten die Ermittlungen beginnen.

»Grüß Gott, Frau Herold.« Die erste Kundschaft, die Frau des Fahrradhändlers vom Bahnhof, trat ein.

ANNABEL

Vier Stunden später hörte sie, wie Luise den Schlüssel von innen in der Ladentür drehte. Sie reichte ihr die Hand und half ihr wieder aus der Säulenvitrine heraus. »Ich bewundere dich, dass du es so lange da drin ausgehalten hast.«

»Nur leider ohne Erfolg.« Annabel blinzelte ins Licht und rieb sich das Kreuz. Nun war es ihr zugutegekommen, dass sie von Jugend an auf ihre Beweglichkeit achtete und jeden Morgen vor dem geöffneten Fenster mit Müllers *System für Frauen* ihre Übungen absolvierte. Wahrscheinlich konnte sie immer noch einen Spagat, das musste sie später zu Hause ausprobieren. Schade nur, dass sie niemanden beim Diebstahl ertappt hatten. Allerdings hatte Annabel einige unangenehme Einblicke durch die Sehlöcher bekommen. Ein Uhrenarmband, das viel zu eng am Handgelenk getragen wurde, ein Rockbund, der zwickte, und schlackernde Ringe an ungepflegten Händen. Und wo sich die Leute kratzten oder zupften, wenn sie sich unbeobachtet fühlten, hatte sie so genau auch nicht wissen wollen.

»Vielleicht liegt unser Dieb ja krank im Bett«, sagte Luise und widmete sich der Kassenabrechnung.

»Wir wiederholen es einfach so oft, bis es klappt. Privatdetektive brauchen vor allem eines, Geduld. Ist dein Mann noch im Garten?« Sie sah sich nach Marlene um.

»Keine Sorge. Deine Kleine schläft unterm Kirschbaum. Hans hat ihr eine Gardine über den Wagen gelegt, damit keine Fliege sie stört.«

»Du hast wirklich Glück mit deinem Mann.«

»Hat sich die Situation mit Konstantin noch nicht gebessert?«

»Kaum, jedenfalls Marlene gegenüber. Wenn er sich nicht in seine Papiere vertieft, telefoniert er mit Kollegen, hat sogar seinen alten Jugendfreund, den Mitbegründer der Seeklinik, aufgestöbert.« Annabels Rücken hatte sich verkrampft, aber das würde sie niemals zugeben. Sie hob lieber die Obstkisten aus der Auslage und schleppte sie in den Keller, dort würde sie sich strecken und auch unauffällig pupsen können.

»Ach ja?« Luise sah vom Kassenbuch auf. »Dr. Kleefeld, der vor euch in der Villa gewohnt hat? Warte.« Sie nahm eine frische Ananas aus der Kiste. »Willst du die haben, für deine Mühe, oder die Pfirsiche? Nimm dir doch bitte, was du magst. Kuchen gebe ich dir auch noch mit. Welchen möchtest du?«

Annabel stellte die Kiste auf der Theke ab. »Du kennst Dr. Kleefeld?« Das war ihr neu. Sie selbst kannte ihn doch kaum, hatte ihn nur ein paarmal gesehen, als sie noch Konstantins Verlobte gewesen war und in der Klinikverwaltung gearbeitet hatte. Kurz darauf war er mit Konstantins Hilfe in die Schweiz emigriert.

»Ihn und seine Frau nicht, aber sein Sohn war mal hier. Kennen ist übertrieben, wir haben uns nur kurz unterhalten. Er hat nach euch gefragt. Und ich habe dir doch damals dieses Foto gezeigt, das in dem Schrank lag.« Sie deutete auf die große Anrichte mit den Tierkopfverzierungen, die neben der Säulenvitrine stand. Einst das Prunkstück im Laden, war es inzwischen ein unauffälliger Teil der Gesamtausstattung geworden. »Weißt du nicht mehr? Ist ja alles ewig her, er hat gesagt, seine Eltern sind damals deportiert worden.«

»Die Kleefelds deportiert? Da musst du dich verhört haben.

Konstantin hat ihnen das Leben gerettet, würde ich eher sagen, hat ihm in Zürich zu einem Posten als Arzt verholfen.«

»Kann sein, jetzt, wo du es sagst. Ich fand das auch merkwürdig damals. Und wenn dieser angebliche Sohn sich bisher nicht bei euch gemeldet hat, wird auch nichts dran sein.«

Annabel dachte nicht weiter darüber nach. Ihr rauchte der Kopf, so sehr strengte sie sich an, im Laden alles richtig zu machen und Luise eine Hilfe zu sein. Am liebsten wollte sie ihr von den Augen ablesen, was als Nächstes zu tun war. Irgendwann hatte Luise sie zur Seite genommen und gesagt: »Bella, liebe Bella, tu doch einfach bloß, was ich gesagt habe, mehr nicht. Wenn du ständig herumflitzt, machst du mich ganz nervös und letztendlich auch die Kunden. Also bitte, das wird schon, ja?« Also bemühte Annabel sich nun eher um Gelassenheit in der Konzentration, aber erst nach ein paar Tagen hatte sie das Gefühl, auch etwas geleistet zu haben. Inzwischen konnte sie den Kuchen zerschneiden und die Stücke in der gewünschten Menge auf einem Pappkärtchen anrichten und wusste nicht nur die Namen der drei Starnberger Ureinwohner, Herta Knödler, Irmi Hinterstoißer und Gretel Breisamer, sondern konnte sie auch noch auseinanderhalten. Abends spürte Annabel ihre Beine kaum noch. Obwohl es kurze Wege in dem beengten Laden waren, glaubte sie, so viel am Stück ihr ganzes Leben noch nicht gelaufen zu sein. Sobald Marlene versorgt war, legte sie sich nach Feierabend in ein heißes Bad, um ihre schmerzenden Glieder zu betäuben, und träumte in der Nacht von Preisen, Anpreisen, Prisen. Friedrich gefiel es, dass sie im Laden arbeitete. Tante Dalli und Onkel Hans waren ihm die gesamte Kindheit mehr ans Herz gewachsen als die echten Verwandten. Zumal die Schwiegereltern, seit Marlene auf der Welt war, auf Distanz gegangen waren. Irmela, die sich um Friedrich eine Zeitlang bemüht hatte, schob Wichtigeres vor, wenn Annabel sie einzuladen versuchte. Traurig oder gekränkt deswegen, so wie früher, war Annabel nicht mehr. Sie hatte genauso Verpflichtungen, nämlich einen Ladendieb zu schnappen! Sie fühlte sich beschwingt wie seit Monaten nicht mehr.

Die nächste Woche begann mit dem Einräumen der Ware, und schon vor acht Uhr waren die Ersten im Laden, und es riss nicht ab. Annabel bekam keine Gelegenheit, auf ihren Beobachtungsposten in der Säule zu verschwinden. Sosehr sie sich auch bei der Arbeit anstrengte und jede Handbewegung zu registrieren versuchte, gelang es ihr nicht, dem Dieb auf die Schliche zu kommen. Ob wieder etwas gestohlen worden war, würde Luise erst beim nächsten Kassensturz oder beim Auffüllen der Regale feststellen.

»Wir brauchen etwas, das ich genau im Blick behalten kann.« Annabel hielt das bauchige *fête*-Parfümfläschchen hoch, das wie ein geheimnisvolles Elixier das Fach mit den Seidenstrümpfen schmückte. »Wie wäre es hiermit?«

»Das ist nur eine Attrappe, ich habe schwarzen Tee reingetan, damit es echt wirkt«, sagte Luise, »aber wenn du meinst, probieren wir's. Falls es jemand kaufen will, kann ich das ja erklären.« Am Nachmittag würde Friedrich auf Marlene aufpassen. Somit konnte Annabel wieder in das Versteck schlüpfen und observieren.

»Hier, zur Stärkung.« Luise reichte ihr eine Tasse Kaffee und ein Stück Streuselkirschkuchen in die Vitrine. »Magst du noch Sahne obendrauf?«

»Lieber Bärenmarke, du mästest mich ohnehin, wer weiß, wie oft ich hier noch ausharren muss, bis wir den Übeltäter geschnappt haben. Am Ende passe ich nicht mehr in die Säule, und wir müssen uns was Neues überlegen.«

Luise lachte. »An dich wächst doch nichts hin, schau mich an, ich nehme allein beim Rezeptausdenken schon zu.« Von ihrer Fröhlichkeit hätte Annabel sich gerne eine Scheibe abgeschnitten. Ach, sie dachte schon ganz in diesem Laden-Jargon. Warum war sie eigentlich nicht Buchhändlerin geworden wie ihre Mutter? Darüber würde sie später nachgrübeln, vorerst hatte sie als Detektivin zu tun. Das mochte sie noch lieber als Verkaufen: Ermitteln war ihre allergrößte Leidenschaft. Luise sperrte auf, und schon drängten die Kunden herein. Annabel fixierte den Parfümflakon, der in einem von der Kasse aus schwer einsehbaren Winkel stand. Bald brannten ihr die Augen, so sehr starrte sie darauf. Sie blinzelte, trank einen Schluck Kaffee und aß einen Bissen Kuchen, darauf bedacht, ja kein Geräusch zu machen. Plötzlich verdeckte etwas ihre Sicht. Jemand hatte etwas genau vor die Löcher gestellt. Vorsichtig tippte sie mit dem Zeigefinger dagegen. Es gab nach, war vermutlich der Stoff einer Einkaufstasche. Zum Glück befanden sich auf der anderen Seite noch Löcher, sonst wäre sie in ihrem Versteck erstickt. Na, das gäbe eine schöne Schlagzeile: Arztgattin bei Aufklärung einer Verbrechensserie auf mysteriöse Weise zu Tode gekommen. Annabel konnte nichts anderes tun, als abzuwarten, bis die Kundin samt Tasche zur Kasse ging, und lauschte solange den Gesprächen. Laut der Stimmen, der Schritte und der Geräusche, wenn die Leute etwas aus den Regalen nahmen, konnten nur zwei, höchstens drei im Laden sein. Stammkunden, wie es klang. Es dauerte, bis die verwandtschaftlichen Verhältnisse, die neuesten Sterbefälle in der Stadt, der Wetterbericht und ein paar Rezepte ausgetauscht worden waren. Schließlich hörte sie, wie Luise Frau Beil, die Richtergattin, abkassierte und als

Nächstes Frau Herold mit ihrem legendären »Was darf's denn heute sein« begrüßte. Die schon wieder, dachte Annabel, die war doch am Samstag bereits da gewesen. Als sie wieder etwas erkennen konnte, sah sie – nichts. Das Parfüm war weg und die Täterin entlarvt. Noch dazu in flagranti!

»Hab ich Sie!« Annabel stieß mit den Füßen die Türen auf und rumpelte auf allen vieren aus der Säulenvitrine. Alle fuhren erschrocken zusammen.

Frau Herold fasste sich an die Brust und stieß einen kleinen Schrei aus, umklammerte dabei die Tasche mit dem Diebesgut. »Ja, Frau Doktor, was machen Sie denn? Ich dachte schon, da fährt der Teufel aus der Schachtel.« Sprechen konnte sie noch, aber das war nur Täuschung, jetzt hieß es, einen klaren Kopf zu bewahren und sie zu stellen.

»Los, zeigen Sie mal her, was Sie da an sich drücken, Frau Herold. Kommen Sie, leeren Sie den Inhalt Ihrer Tasche auf der Theke aus, aber alles, bitte schön.« Im wahren Leben war das Detektivgeschäft komplizierter als im Roman, irgendetwas hielt Annabels Fuß fest, sie musste sich in einem Stromkabel verheddert haben. Gerade als sie auf Frau Herold zuspringen wollte, stolperte sie und landete auf Frau Beils mächtiger Oberweite wie auf einem bequemen Kissen. Sie versuchte, sich an etwas festzuklammern, um Halt zu finden, und riss der Richtergattin versehentlich den Weidenkorb aus der Hand. Die Schnur, mit der er zugebunden war, löste sich. Es krachte und klirrte, sämtliche Einkäufe landeten auf dem Boden. »Bitte entschuldigen Sie, das tut mir leid.« Annabel kam sich so dämlich vor, half ihr, alles einzusammeln und stutzte, als sie die Scherben sah. Eine trug die Aufschrift *»fête«*. Das Parfümfläschchen!

»Moment mal, Frau Beil.« Luise war um die Theke herumgegangen, stieg über die Pfütze, um zu helfen. »Den Schokoladenlikör und die Seidenstrümpfe haben Sie auch nicht bezahlt.« Sie bückte sich, hob zwischen den Scherben des Likörs ein tropfendes Haarband auf. »Und das hier auch nicht. Nur die Dose mit Erbsen für zweiundvierzig Pfennig. Ich hab den Beleg noch an der Kasse.«

»Um was geht's denn hier? Ich verstehe gar nichts.« Frau Herold kam näher, hielt immer noch ihre Tasche an sich gepresst, die allerdings, bei Tageslicht betrachtet, leer wirkte. »Ich glaube, ich brauche frische Luft, muss mich draußen mal kurz hinsetzen.« Sie drängte zur Tür. Frau Beil duckte sich und eilte ihr nach. Luise kam ihr zuvor, drehte den Schlüssel im Schloss und zog ihn ab. »Sie nicht, Frau Beil, Sie bleiben hier, bis wir die Angelegenheit geklärt haben.«

»Was fällt Ihnen ein? Sperren Sie sofort wieder auf!«

Annabel hatte sich hochgerappelt, zupfte sich die Scherben von der Hose und baute sich mit verschränkten Armen an Luises Seite auf, so boten sie die doppelte Fläche, hoffte sie.

»Drohen Sie mir etwa? Sie auch, Frau von Thaler? Das wird Konsequenzen haben.«

»Das glauben wir auch.« Annabel sprach für sie beide. »Was meinst du, Luise, soll ich die Polizei anrufen?«

»Das kommt ganz darauf an. Wie lange geht das schon so, Frau Beil? Sie haben doch schon öfter was mitgehen lassen, oder?«

»Lassen Sie mich sofort gehen oder ich …« Ihre Äuglein in dem breiten Gesicht flitzten durch den Raum, als nähme sie bereits das nächste Teil ins Visier.

»Nichts da, Sie bleiben hier, bis wir eine Erklärung haben«, sagte Annabel. Im Kriminalroman gab es spätestens an dieser Stelle das Geständnis, doch sie musste noch mal nachlesen, wie genau man das aus dem Delinquenten ohne Gewalt herauspresste. Frau Beil wirkte nicht so, als ob sie einsichtig wäre oder sogar Reue zeigte.

»Bitte geben Sie es zu.« Luise blieb weiterhin freundlich. Plötzlich veränderte sich Frau Beils Gesichtsausdruck, sie senkte den Blick, ließ die Schultern hängen und schniefte. Weinte sie etwa? Luise sah zu Annabel und Annabel zu Luise. Was jetzt?

»Kommen Sie, unterhalten wir uns an der Theke.« Luise wollte sie anscheinend von der Tür weglotsen und machte den Weg zur Ladenmitte frei. Die Richtergattin wischte sich über die Wangen. Kaum war Annabel zur Seite getreten, um sie in dem engen Gang vorzulassen, witschte sie erstaunlich behände an ihr vorbei, durch den Durchgang, in die Wohnung.

»Halt, stehen bleiben!« Annabel hechtete ihr hinterher, doch Frau Beil war bereits hinaus in den Garten gerannt. Erstaunlich flink für ihre Statur preschte sie den Weg vor, zum Gartentor hinaus und, ohne nach rechts und links zu schauen, über die Straße. Ein Auto bremste mit quietschenden Reifen. Annabel blieb stehen, ihr stockte das Herz. Um ein Haar wäre die Frau überfahren worden, aber die lief unbeirrt weiter, die nächste Querstraße hoch.

»Lass sie laufen, Bella, jetzt müssen wir uns erst mal bei Frau Herold entschuldigen.« Luise sperrte den Laden wieder auf. »Wir wissen ja, wo wir sie finden. Und außerdem hat sie ihren Geldbeutel vergessen.«

Vergnügt und stolz auf ihre Leistung als Detektivin, genoss sie die Ruhe zu Hause, und auch, dass sie abends kein Menü zusammenzustellen hatte. Friedrich und sie waren mit einer Brotzeit zufrieden. Konstantin war bis Sonntag auf einem Gynäkologen-Kongress an der Ostsee, wie jeden Herbst. Mal sehen, was er diesmal für Errungenschaften mitbrachte. Meist beflügelte ihn der Austausch mit den Kollegen, so dass er auch gegenüber Annabel eine Weile zugänglicher war.

Jedenfalls hatte sie neben der Arbeit im Laden nun Zeit, die nächste Sache anzupacken, die sie sich vorgenommen hatte. Sie schrieb sich alle Adressen aus den Patientenakten heraus, die im Haus lagen, und beschloss, jede der Familien aufzusuchen, um herauszufinden, was geschehen war. Nachdem sie Marlene ausgiebig gestillt hatte und hoffte, dass es eine Weile anhielt, fuhr sie Friedrich zum Leichtathletik-Training auf den Sportplatz, von wo aus er von der Mutter eines Schulfreunds heimgefahren würde, und dann weiter nach Machtlfing, ein Dorf, das zwanzig Minuten von Starnberg entfernt oberhalb des Sees auf dem Berg lag. Ihr zweifarbiger Opel Rekord erregte wie üblich Aufsehen. Ein Bauer, der am Ortsanfang den Grasstreifen entlang der Straße mähte, senkte die Sense und sah ihr nach. Andere, die gerade ein Schwätzchen hielten, drehten sich um. Annabel hielt neben der Schmiede und bemerkte Gesichter hinter den Fenstern der Häuser ringsum, als sie ausstieg. Das Grundstück der Fechtners war voller Obstbäume, auf mehreren Leinen flatterten Bettlaken. Als sie die schlafende Marlene in der Tasche auf dem Kinderwagengestell verhakte und an der Säule neben der Einfahrt klingelte, öffnete keiner. Sie wartete, überlegte, ob sie einfach reingehen sollte, das Tor stand sowieso offen, und womöglich war die Klingel kaputt. Von der Schmiede drangen dumpfe Hammerschläge her. Kurz, kurz, lang. Ein gleichmäßiger Takt, der sich in ihr festsetzte wie eine Melodie. Kurz, kurz, lang, kurz, kurz, lang. Sollte sie bei der Arbeit stören? Sie schob den Kinderwagen den Weg vor, spähte zum Wäscheplatz, ob sich dort die Hausfrau zeigte. Im Garten schien niemand zu sein. Bevor sie zum

Wohnhaus ging, beschloss sie, doch zuerst in der Schmiede nachzufragen, ob jemand zu einem Gespräch bereit war. Ihr Vorhaben verlangte Feingefühl, viele Menschen verschlossen sich leicht oder begriffen nicht, worum es ging. Ihr Klopfen an der schweren Eichentür wurde von den Hammerschlägen übertönt. Sie trat auf die Stange, die die Räder des Kinderwagens blockierten, und drückte die Klinke zur Schmiede. Als die Tür klemmte, zerrte sie daran und riss sie mit Schwung auf. Sofort stieg ihr beißender Rauch in die Nase, der Lärm war ohrenbetäubend. KURZ, KURZ, LANG. »Herr Fechtner?«, rief sie und versuchte, in der Finsternis, die einzig von einem Schlund aus Glut erhellt wurde, etwas zu erkennen. Die Schläge setzten aus. Sie blickte in rußgeschwärzte Gesichter, große und kleine. Eine Schar Kinder hockte dichtgedrängt zwischen den Werkzeugen auf einer Bank. Zwei davon drückten mit ihren dünnen Armen den großen Blasebalg, der das Feuer in Gang hielt. Ein Glück, dass Marlene draußen im Wagen lag, diese Umgebung sollte man eigentlich keinem Kind zumuten.

»Wos is?« Der Mann, der am Amboss stand, wandte sich zu ihr um.

»Grüß Gott. Ich bin wegen Ihrem Sohn hier.« Sie blieb in der Tür stehen.

»Hod oana von dene was ausgfressn?« Er zeigte mit dem Hammer auf die Kinder, die wie ertappt zusammenzuckten.

»Niemand hat etwas angestellt«, erklärte sie, froh, dass sie das Bayerische ausdeutschen konnte. »Ich möchte mit Ihnen über Ihr behindertes Kind sprechen.«

»San Sie vom Gsundheitsamt?«

»Keine Sorge, ich bin Annabel von Thaler. Mein Mann hat Ihrer Frau vor zwei Jahren bei der Entbindung geholfen, und ich würde mich einfach gerne mit Ihnen unterhalten.«

»Mit mir?« Er starrte sie verständnislos an.

»Oder mit Ihrer Frau«, ergänzte sie schnell, vielleicht war unter Frauen ein Gespräch eher möglich. »Wo ist Ihr jüngstes Kind denn?« Die hier waren alle älter als zwei, wenn auch nicht viel, schätzte sie, und soweit sie es unter den Rußschichten erkennen konnte, hatte auch keines eine Behinderung. »Wie heißt denn Ihr Sohn, kann ich ihn sehen?« Ein Vorname war in der Patientenakte nicht vermerkt gewesen.

»Da gibts nix zum Säng.«

Das sollte wohl Sehen und nicht Sägen bedeuten, aber Annabel fiel etwas ein, vielleicht würde Geld helfen? Nicht als Almosen, sondern … »Und dann hätte ich einen Auftrag für Sie. Eine Bank, die Seiten geschmiedet, die Sitzfläche aus Holz. Könnten Sie so etwas machen?«

»Jo, wenn des a so is …« Endlich taute er auf. »Kinder, begleits de Madam nüber. I kimm glei.« Schon sprangen sie auf und flitzten hinaus, an ihr vorbei. »Und sogts da Mama, dass an Kaffä histoit«, rief er ihnen noch hinterher, bevor er erneut auf das Eisen eindrosch.

Das würde eine teure Erkundungsfahrt werden, dachte Annabel, falls sie bei jeder Familie etwas veranlassen musste. Aber als sie die Kinder im Tageslicht sah, befand sie, richtig gehandelt zu haben. Ärmlich gekleidet, barfuß sowieso, außerdem hatten alle fünf die Köpfe fast kahl rasiert, wohl um die Läuse auszumerzen. Sie löste die Bremse des Kinderwagens und folgte ihnen. Drüben war es genauso finster, als sie mit Marlene im Arm und ihrer Handtasche um die Schulter über den Fußabstreifer trat. Die Kinder hatten die Haustür aufgeworfen und waren verschwunden. Kein Laut war zu hören, oder doch, ein Rascheln. Wieder wusste Annabel nicht, ob sie einfach eintreten sollte oder besser wartete. »Hallo? Frau

Fechtner?« Sie blinzelte, damit sich ihre Augen schneller an die Dunkelheit gewöhnten. Erneut dieses Rascheln, etwas näherte sich. Hoffentlich sprang nicht gleich ein Tier sie an. Annabel wollte schon kehrtmachen, da flammte Helligkeit auf. Eines der Kinder hatte sich auf die Zehenspitzen gestellt und das Licht angedreht. Vor ihr hockte ein kleiner Bub mit verschorfter Kopfhaut und schaute mit verkniffenen Augen zu ihr hoch. Mangels Beinen war er auf seinen Armen über die kalten Fliesen gerobbt. Um den Bauch trug er eine Leine, die eines der größeren Kinder hielt.

»Des is da Schorsch.« Sein Bruder tätschelte ihm den Rücken, wie man es bei einem Hund machte, und wie bei einer Dressur streckte der Kleine brav die Zunge heraus.

Annabel war entsetzt und dachte daran, unverzüglich das Jugendamt einzuschalten, aber dann fiel ihr die Situation mit Helga und David damals ein. Was brachte es, wenn der Familie das Kind weggenommen würde und es in einem Heim aufwuchs? Im Grunde waren dies freundliche Leute, die ähnlich wie sie Unterstützung brauchten. Frau Fechtner, eine gedrungene Frau im ärmellosen Kittel, der sich unter ihrer Brust stark vorwölbte, führte sie in die gute Stube. Dort hatte sie eigens das Sofa und die Sessel von der Schutzhülle befreit. Unter Androhung von »Watschn« durften die verrußten Kinder das Zimmer nicht betreten. So lungerten sie im Türstock, als säßen sie vor einer Bühne, bis ihnen die Unterhaltung zu langweilig wurde. Die Leine des kleinen Georg hakten sie am Tischbein ein, damit er ihnen nicht nachkroch. Sofort fing er zu weinen an.

»So binden Sie doch das Kind los«, bat Annabel, als Frau Fechtner das Sonntagsgeschirr aus dem bemalten Bauernschrank holte. Sie konnte den Anblick des Kleinen kaum ertragen. »Meine Marlene hat keine Arme, sehen Sie, aber trotzdem behandle ich sie wie ein normales Kind.« Oder versuche es wenigstens, ergänzte sie im Stillen.

»Jo, Sie, gnä' Frau, Sie miassn ja a ned arbeitn. Aber i, wia soi i denn des macha, wenn mir da Schorschi überoi nochkimmt?«

Annabel arbeitete schon, sogar in doppelter Funktion als Ladenhilfe und als Detektivin, aber wie sollte sie das diesen Leuten erklären, die vermutlich nur die deutschen Edgar-Wallace-Verschnitte mit Joachim Fuchsberger aus dem Fernsehen kannten. Doch sie verstand schon, was gemeint war, dass sie es sich leisten konnte, wollte Frau Fechtner sagen. Annabel hatte keine sechs Kinder und bald ein siebtes dazu. »Des is bloß zu seim Schutz, sogar die Kellertreppn nunter dad a mir nochkriacha.« Ob's an Marlene lag oder an ihren Worten, Frau Fechtner nahm ihren Jüngsten jetzt doch zu sich, setzte sich in den Sessel und hob ihn sich auf den Schoß. Sofort hörte der Junge zu weinen auf, schmiegte sich an sie und lugte mit seiner ohrlosen Seite zu Annabel, eine schmutzige Faust im Mund. Die Hose mit der Windel war wie ein Paket vernäht, ein Bündel ohne Beine.

»Wie war denn die Geburt, haben Sie etwas bemerkt, ich meine, gab's Anzeichen, dass Georg keine Beine haben würde?« Was für eine idiotische Frage, dachte sie sofort, aber sie wusste nicht, wie sie sonst auf irgendeine Ursache stoßen sollte.

»I hob nix do, Frau Doktor, wenns des moana«, wehrte Frau Fechtner ab und fasste sich an das kleine Silberkreuz, das sie an einer Kette um den Hals trug.

»Gott bewahre, so meinte ich das nicht.« Jetzt dämmerte es ihr, dass die Frau glaubte, sie würde ihr eine missglückte Abtreibung unterstellen. Da gab es die schaurigsten Beispiele, davon hatte sie auch ein paar in den Patientenakten gefunden.

Beim Versuch eines Abortes, wie das in der Fachsprache hieß, mit Stricknadeln oder anderen scharfen Werkzeugen, verstümmelten manche in ihrer Not nicht nur das Kind, sondern auch sich selbst. »Wir sind nicht die Einzigen«, sagte sie. »Es wurden in den vergangenen Jahren mehrere Kinder geboren, denen Gliedmaßen fehlen, und ich bin dabei herauszufinden, woran das liegt.« Auch wenn sie mit dieser Aussage möglicherweise ihren Mann belastete, schließlich war Konstantin der Geburtsarzt gewesen, so wagte sie sich weiter vor.

»Ach so.« Frau Fechtner nickte. »Mei Schwesta hod a oans, a Madl, aber de wohnt in Iffeldorf.«

Der Kaffee schmeckte, abgesehen von einer Staubfluse in der Tasse. Als Frau Fechtner kurz wegschaute, schnippte sie die mit dem kleinen Finger heraus, wusste dann nicht, wohin damit, und wischte sie an den kniekurzen Rock, der nach diesem Tag sowieso in die Wäsche musste. »Ach, das ist ja interessant. Also liegt es in der Familie?«

Frau Fechtner schüttelte den Kopf. »Eigentli ned, weder bei meim Mo no bei ins san bisher Krippi aufd Woid kemma. Genauso bei da Freindin von meiner Schwesta, die hod jetzt a so oans ohne Arm.« Sie zeigte mit dem Kinn auf Marlene, die im Gegensatz zu Georg noch wach war. Die Arme um den Kugelbauch seiner Mutter geschlungen, schlief er auf seinem beinlosen Hintern sitzend wie an einen Wasserball gelehnt.

Als der Schmied endlich nachkam, hatten sie schon mindestens eine halbe Stunde geplaudert, und Annabel hatte sich jede Menge Notizen gemacht. Vielleicht hatte die Freundin der Schwester ja noch eine Verwandte oder Bekannte, die auch ein behindertes Kind bekommen hat? Welche Spur sie damit verfolgte, wusste sie noch nicht, und auch nicht, was das Ganze bringen sollte. Aber so war das oft am Anfang eines Falles. Die

Ermittler tappten im Dunkeln und sammelten nach und nach Beweise, die sie schließlich zur Lösung führten. Wie die Kinder vorhin, blieb auch Herr Fechtner in der Tür stehen, als träfe ihn der Schlag, wenn er in der Arbeitsmontur nur einen Schritt weiterginge. Ein Koloss von Mann, der die Tür fast ausfüllte, mit brandlöchriger Lederschürze und Unterarmen wie Schraubstöcken.

»I war dann so weit«, sagte er nach einer ganzen Weile, in der sie sich alle drei angeschwiegen hatten. »Sie kenna kemma.«

»Wohin?« Sie wusste nicht, was er meinte.

»No, Sie woin doch a Bank, oder ned?«

»Ach so, ja, natürlich.« Die hatte sie vor lauter Ermittlungen ganz vergessen. Da er keine Anstalten machte, einzutreten, stand sie auf und folgte ihm nach draußen, vermutlich wollte er ihr in der Werkstatt Muster zeigen. Er öffnete die Verriegelung des zweiflügeligen Tores und brachte Licht in die finstere Schmiede. Grabkreuze, Fenstergitter und Hufeisen in allen Größen wurden entlang der Wände sichtbar. Fechtner schob die großen Eisenböcke zur Seite, als wären sie aus Watte, und kniete sich auf den Boden. Was kam jetzt? Annabel war verunsichert, hatte Marlene in den Kinderwagen gelegt und rollte ihn hin und her.

Er nahm eine weiße Kreide und zog mit geschickten Strichen schwungvolle Schnörkel auf den blanken Betonboden.

»A so hätt i gmoant.« Er stand auf und legte ein gebogenes Eisenstück an eine gezeichnete Windung. »Was sogns? Wär des recht?« Und sie begriff, dass das die Seitenansicht der Bank sein sollte.

»Sehr schön, richtig kunstvoll, ja, das gefällt mir.« Sie besprachen noch die Maße, wobei sie sich auf seine Erfahrung verließ, und auch als es um die Bezahlung ging, feilschte sie ausnahmsweise nicht, um die Familie zu unterstützen. Beschwingt, das Gebetbuch voller Notizen und das Gefühl in der Brust, mit ihren Sorgen nicht allein zu sein, fuhr sie nach Hause zurück und hängte sich gleich am nächsten Vormittag ans Telefon. Als Konstantin von seinem Kongress zurückkehrte und auch noch in den Wochen danach, hatte sie ein Netz gespannt, das von Dachau bis Garmisch reichte.

Herta, Irmi und Gretel verstecken jedes Mal, wenn sie glauben, dass ich es nicht merke, den Playboy mit den ganzen Nackerten unter den anderen Zeitschriften. Und wenn dann der Fürmetz Benedikt kommt und seinen »Paliboy« kaufen will, findet er ihn nicht.
Fritz von Thaler hat sich heute das erste Perry-Rhodan-Heft für 70 Pfennig bei mir gekauft, das ich ihm extra bestellt habe. Zwei Stunden später hatte er es bereits durch und freut sich auf die Fortsetzung, so spannend war's. Unternehmen Stardust spielt 1971 und beschreibt die Vorbereitung zur Mondlandung, hat er mir erzählt. Was für eine phantastische Vorstellung, dass Menschen eines Tages wirklich auf dem Mond spazieren gehen! Aber wer weiß, was passiert, bis ich vierundvierzig bin.

Kundensprüche:

- *Mit Geld weint es sich leichter.*
- *Der Ignaz ist so langsam im Hirn wie der Ganter von den Brandstetters, der vierzehn Tage mit den Bienen mitgeflogen ist, bis er es gemerkt hat. (Manni fragen, ob das stimmt, hihi.)*
- *Wenn der Bauer Pech hat, findet er den Mist in der eigenen Hose.*
- *Wer nichts riskiert, kann nichts verdienen. (Den Spruch kleb ich mir selbst ans Hirnkastl!)*
- *Ich kenne Sie schon, wie du noch ein kleines Kind warst. (Das hat Herta neulich zu mir gesagt. Die meisten älteren Damen, die mich als Kind geduzt haben, duzen mich heute mit vierunddreißig immer noch, und genießen es, dass ich sie weiterhin sieze.)*
- *Der Willi hat eine Frauenallergie, sag ich Ihnen, aber er liebt nun mal den Juckreiz! (Frau Flirrbeck über einen Schürzenjäger, der zugleich der diesjährige Schützenkönig ist.)*
- *»Wozu verreisen, Frau Dahlmann?«, sagte Herr Muth, als er die Schlagzeile ›Jetzt Ihren Urlaub buchen‹ auf einer Zeitung las. »Ich bleib lieber hier, da weiß ich wenigstens, was hinter der nächsten Hecke lauert.«*

Aus: Luises Ladenkunde-Album

LUISE

Vor lauter Trubel kurz vor Weihnachten, als so gut wie bei jeder Hausfrau die Back- und Vorbereitungszeit auf das Fest des Jahres begann, dachte Luise nicht mehr an Frau Beil und den Ladendiebstahl, die Richtergattin war auch seither nicht mehr aufgetaucht. An einem nebligen Novembertag hielt eine Vespa neben einer vereisten Pfütze am Gehsteig. »Frau Dahlmann, guten Abend, hätten Sie kurz Zeit für mich?« Der Fahrer hievte den Roller auf die Stützen und nahm den Helm ab, der sein Gesicht einquetschte. Nun, als seine Wangen herabfielen, erkannte sie ihn erst.

»Selbstverständlich, Herr Beil.« Sie wusste nicht, ob er als Richter auch ein Doktor war und als solcher anzusprechen, aber darauf hätte seine Frau sie bestimmt längst hingewiesen. »Vorsichtig, rutschen Sie nicht aus.« Nachher musste sie unbedingt noch streuen. Es lag schon Schnee in der Luft. »Kommen Sie rein.« Annabel hatte ihr bis eben noch bei der Schaufensterdekoration geholfen und war bereits gegangen. Watte und Sterne aus Stanniolpapier, die sie abends mit Josie gebastelt hatte, baumelten über Schnee aus Zucker, auf dem allerlei Leckereien ausgebreitet lagen. Nächste Woche würde sie die ersten Christbaumkugeln dazuhängen, sofern ihre Tochter, in deren Kinderkaufladen sie immer noch lagen, ihr einen guten Preis machte.

Luise hatte nur noch die Angebotstafeln reinräumen wollen, dann hätte auch sie Feierabend gehabt. Sie führte Herrn Beil durch den Laden in die Wohnung, wusste nicht, ob die Küche angemessen für ihn und das zu erwartende Gespräch war, entschied sich aber dann dafür. Schließlich hatte seine Frau sich unangebracht verhalten, nicht sie. Oben in der Stube saßen Hans und Josie vor der Flimmerkiste, und aufgeräumt war auch nicht. Obwohl der Gips längst fort war und er wie gehabt wieder auf Montage ging, belastete Hans zu Hause sein Bein noch immer nicht und tat weiterhin recht wehleidig. Damit Luise nur ja nicht auf die Idee käme, ihn mit in den Tanzkurs zu schleppen, vermutete sie. Sie hütete sich, ihren Verdacht auszusprechen, schon um das, was sie Woche für Woche mit Ferdl erlebte, nicht zu ruinieren. In vier Wochen war sowieso erst mal Weihnachtspause, dann ging es im Januar weiter, und im Sommer war Schluss. Ihr wurde ganz elend bei der Vorstellung. Vielleicht schafften sie es in den Fortgeschrittenenkurs.

Richter Beil ordnete sich die weißen Haarsträhnen, öffnete den Reißverschluss seiner an den Ärmeln verstärkten und mit zahlreichen Schließen versehenen Motorradjacke und rutschte in die Eckbank. Rasch stellte Luise die Teller zusammen, die noch vom Mittagessen auf dem Tisch standen.

»Machen Sie sich keine Umstände, bitte. Das Geschirr stört mich nicht, was gab's denn? Sind das etwa Buchteln mit Zimtzucker?« Er linste in die Auflaufform, die sie wegstellen wollte.

Luise nickte. »Der Rest davon.« Auf dem Emailleboden der Form waren neben den drei Rohrnudeln, wie die Buchteln auf Bayerisch hießen, lauter gebräunte Mandelscheiben, die Luise jetzt am liebsten mit dem Finger rausgetupft hätte, aber vor Herrn Beil wagte sie es nicht.

»Das ist ja meine Leibspeise.« Er klopfte sich auf die breite Brust, die er sich bestimmt antrainiert hatte.

»Ja, wollen Sie eine?«

»Danke.« Er winkte ab. »Ich darf leider nicht, bin auf Schonkost, mein Cholesterinwert ist viel zu hoch.« Schon wieder Cholesterin, die reinste Volkskrankheit. Alles, was mit C begann, war gefährlich, Cholera, Cholesterin. Mal sehen, was die Zukunft noch Schlimmes mit C hervorbrachte. Luise holte einen Lappen. Herr Beil hob die Kompottschüssel an, damit sie darunter aufwischen konnte. »Oder doch, ein kleines Schälchen, wenn Sie hätten, das riecht einfach zu gut. Sagen Sie es aber bitte nicht meiner Frau. Ach, was rede ich, Verzeihung, wegen der bin ich ja hier.« Sie legte ihm eine Rohrnudel auf einen Teller und schöpfte ihm Vanillesoße darüber. »Also, wie soll ich anfangen …« Von dem Birnenkompott nahm er sich selbst. »Anastasia hat Probleme, das haben Sie sich vermutlich schon gedacht.«

Den Vornamen seiner Frau hatte sie noch nicht gewusst, aber wie eine russische Zarin sah sie aus, oder verhielt sich zumindest wie eine.

Er streute sich reichlich Zimtzucker auf die Rohrnudel und begann zu essen, sprach weiter mit vollem Mund. »Köstlich. Mmh. Ja, wo war ich?«

»Mögen Sie noch eine Tasse Kaffee dazu?« Es war zwar schon spät, und Kaffee würde sie vermutlich den Schlaf kosten, aber sie hätte sich selbst noch einen gekocht, freute sich schon den ganzen Nachmittag darauf.

»Gern. Auf die siebenundzwanzigste Tasse kommt es heute auch nicht mehr an. Wenn ich weniger essen soll, trinke ich dafür umso mehr.«

Während der Kaffee durchlief und die Küche mit Duft ausfüllte, setzte sie sich zu Herrn Beil. »Mit den Problemen Ihrer Frau, nehme ich an, meinen Sie den Diebstahl.« Amtsperson hin oder her, warum das Kind nicht beim Namen nennen, dachte sie, das verlangte ein Richter schließlich auch von einem Angeklagten. Sie stand auf, um einzuschenken, stellte Milch und Zucker dazu.

»Ausgezeichnet, Frau Dahlmann. Anastasia und ich, also wir haben schon vieles versucht, haben sogar schon mit einem Seelenklempner gesprochen.« Er räusperte sich. »Nichts wirkt. Darum danke ich Ihnen sehr, dass Sie nicht die Polizei gerufen haben.«

»Moment.« Luise holte den fleckigen Geldbeutel, den sie auf die Anrichte zu ihren Kochbüchern gelegt hatte. Das Leder um den Knopf herum hatte sich mit Schokoladenlikör vollgesaugt. »Der gehört ihr. Und bevor Sie fragen, ich habe nicht reingesehen.« Gereizt hatte es sie schon, als sie ihn aus der Pfütze gefischt hatte, aber sie beherrschte sich, damit ihr niemand etwas unterstellte. »Dass Ihre Frau Probleme hat, tut mir leid, nur dass sie Selbstbedienung missversteht und Ware, ohne zu bezahlen, einsteckt, geht einfach nicht.«

»Das verstehe ich. Ich entschuldige mich hiermit in aller Form. Schreiben Sie mir bitte eine Rechnung.«

»Für die Rohrnudel?« Luise lächelte ihn verschmitzt an.

»Nein, oder ja, setzen Sie das Essen mit drauf, wenn ich die zwei restlichen noch mitnehmen darf? Die würde ich mir für morgen für die Frühstückspause aufheben. Frau Dahlmann …« Er kratzte mit dem Löffel auf seinem Teller herum, um nur ja das letzte bisschen Vanillesoße zu erwischen. »Also … schreiben Sie doch bitte den Verlust auf, den meine Frau verursacht, und lassen Sie sie einfach tun, was sie eben tun muss.«

»Ich soll sie einstecken lassen, was sie will, und so tun, als bemerke ich es nicht?«

»Genau, sammeln Sie, was fehlt, monatlich oder wöchentlich, wie es Ihnen beliebt. Ich bezahle.«

Luise räusperte sich. »Ja, aber es könnte doch auch mal jemand anderes etwas stehlen, was dann?« Sie waren sich nämlich keinesfalls sicher, dass die Beil die einzige Diebin gewesen war. »Wie soll ich beweisen, dass das immer Ihre Frau ist?«

»Das spielt keine Rolle, alles ist besser, als die Schmach, dass meine Frau womöglich vor Gericht gestellt wird. Mich nimmt doch keiner mehr ernst. Wenn Sie ihr Ladenverbot erteilen, spricht sich das herum, außerdem bedient sie sich dann woanders, und alles geht von vorne los. Ich will ein Stadtgespräch vermeiden, wenn es geht. Das kann ich mir in meiner Position nicht leisten.« Er schwang den Löffel über dem Teller, als wollte er draufschlagen.

»Das sieht aus, als würden Sie bei *Was bin ich?* mitmachen.« Luise liebte die Quizsendung mit Robert Lembke, aber mit dieser Bewegung hätte bestimmt jeder sofort den Beruf von Herrn Beil erraten, und er hätte sich kaum fünf Mark in sein »Schweinderl« verdient.

Er lachte, legte den Löffel nieder. »In Deutschland benutzen wir keinen Hammer, um das Urteil zu sprechen, das kennen Sie bestimmt nur aus dem Fernsehen. Gab es denn außer Ihnen noch Zeugen des Vorfalls? Die würde ich auch entschädigen.«

Luise verneinte. Frau Herold war viel zu verdattert gewesen, als dass sie etwas mitbekommen hätte. »Nur meine Ladenhilfe, aber sie hat den Diebstahl auch aufgedeckt.«

»Frau von Thaler?« Er wusste Bescheid, anscheinend hatte seine Frau ihm alles gestanden. Die Ehe der Beils war bestimmt auch kein Zuckerschlecken.

»Mit Bella spreche ich, auf ihre Verschwiegenheit können wir zählen.«

»Wenn Sie das sagen.« Der Richter fixierte sie. Sie nickte. Das war zwar nicht immer so gewesen, aber mittlerweile vertraute sie ihrer Nachbarin. Luise musste sich die ganze Sache sowieso noch in Ruhe durch den Kopf gehen lassen. Vielleicht war es gar nicht so schlecht, einen Richter samt Gattin in der Hinterhand zu haben.

Als Luise Annabel am nächsten Tag vom richterlichen Besuch erzählte, war diese auf einmal voller Mitgefühl. »Du kannst doch einfach sagen, dass Frau Beil krank ist, und das ist sie doch auch. Kleptomanie, warte, ich habe mir die Erklärung aus einem Fachbuch meines Mannes rausgeschrieben. Ich hatte bereits so einen Verdacht.« Sie holte ihr Gebetbuch aus dem Kinderwagennetz und las vor. »*Der krankhafte, unwiderstehliche Trieb, sich fremdes Eigentum anzueignen, ohne die Absicht, sich zu bereichern. Ein frauenspezifisches Krankheitsbild.* Typisch!« Annabel schnalzte mit der Zunge und las weiter, »*das auf den Lebensumständen und einer schwierigen Kindheit basiert. Jedoch verführt auch die moderne Reklame zum Diebstahl, der einer Sucht ähnelt.*«

»Wie bitte?« Luise horchte auf. »Soll das heißen, dass ich an Frau Beils Was-auch-immer schuld bin, weil ich meine Ware anpreise? Das wird ja immer verrückter. Ich bin doch keine Apotheke, in der man mit einem Rezept reinkommt und kostenlos bedient wird.«

»Bei dir ist es umgekehrt, man kommt mit Rezepten heraus.« Annabel lachte. »Uns fällt bestimmt etwas ein, um dem Ladendiebstahl nicht Tür und Tor zu öffnen.«

»In diesen Großmärkten, hab ich auf einem Zeitungsfoto gesehen, gibt es Drehkreuze am Eingang, aber dafür habe ich doch hier keinen Platz.«

»Nein, aber ich habe da was anderes im Hinterkopf.« Annabel zwinkerte. Und tatsächlich, am nächsten Morgen zog sie unter dem Kinderwagen zwei Spiegel in Schulheftgröße hervor, die sie gemeinsam über der Tür anbrachten. Luise stieg auf die Trittleiter, und Annabel reichte ihr den Bohrer aus der Werkzeugkiste, dann den modernen Dübel, der Gott sei Dank das Holzstück abgelöst hatte, das man früher in die Wände geklopft hatte, damit etwas im Putz hielt. Zuletzt die Schrauben. Und das alles sogar in der richtigen Reihenfolge. Die Frau Doktor machte sich.

»Glaubt ihr nicht, dass das für Schminkspiegel ein wenig zu hoch ist?« Auf eine Stelzenkrücke gestützt, humpelte Hans herein. »Außer eine Riesin kommt zum Einkaufen.« In der Hand wie üblich eine Kippe, aschte er auf den frisch geputzten Boden.

»Bleib bitte gleich vorne stehen«, sagte Luise, »und gib Bescheid, wenn du von der Theke aus in die Winkel rechts und links sehen kannst.« Nach seiner Anweisung drehte sie so lange an den Spiegeln, bis es passte.

»Wo habt ihr die denn her?«, fragte Hans, als das geschafft war.

»Aus unserer Autowerkstatt«, erklärte Annabel mit Stolz in der Stimme. »Das sind ausrangierte LKW-Seitenspiegel, Herr Dahlmann, sagte man mir.«

»Das sehe ich, Frau von Thaler, und solch pfundige noch dazu.«

»Och, so schwer sind die gar nicht, oder, Luise?«

Hans grinste. »Ich meine pfundig im Sinne von klasse, oder wie sagt man auf Westfälisch, wenn jemand eine Spitzenidee hat?«

»Danke.« Sie strahlte ihn an. »Ich bin übrigens die Bella,

und als die Ältere von uns beiden frage ich, ob wir uns nicht endlich duzen wollen, Herr Dahlmann?«

»Gern.« Er sah sich nach etwas für seine Kippe um, fand nichts, behielt sie in der Linken, während er Annabel die Rechte gab.

ANNABEL

So sehr sie es zu verbergen suchte, natürlich bekam Konstantin mit, dass sie abends, wenn er nach Hause kam, ungewöhnlich erschöpft war. »Als ich Onkel Dalli heute von der Physikstunde erzählt habe, Papa, hat er mir gezeigt, wie man eine Lampe montiert, die im Flur bei Dahlmanns, die war kaputt«, berichtete Friedrich, kaum dass sie bei Tisch saßen. »Ich weiß jetzt, welche Kabel man miteinander verbinden muss und dass man am besten vorher die Sicherung rausdreht.«

»Bravo, das nenne ich praktischen Unterricht. Vielleicht sollte Herr Dahlmann mal bei euch im Gymnasium eine Stunde übernehmen.« Konstantin nahm sich ein Stück vom Krustenbraten, den Luise küchenfertig angeboten hatte. Die Arbeit im Laden brachte auch mehr Abwechslung ins Essen, was ihm nicht verborgen blieb. »Köstlich, hat Frau Gusti plötzlich kochen gelernt?«, fragte er, als die Haushälterin serviert hatte und wieder nach unten gegangen war.

»Den hat Luise zubereitet. Auch die Knödel, halb und halb, also halb aus gekochten und halb aus roh geriebenen Kartoffeln, kein Fertigpulver.« Früher hätte Annabel so getan, als hätte sie selbst sich an einem Rezept versucht oder Frau Gusti angeleitet. Doch inzwischen fand sie, dass sie den ganzen Tag genug leistete, da konnte sie ruhig ihrer Freundin die Lorbeeren überlassen.

»Dahlmann, Dahlmann, ich höre nichts anderes mehr«, sagte Konstantin.

»Ja, und die Mama verkauft sogar drüben mit und berät die Kunden, fast so wie Tante Dalli«, platzte Friedrich heraus. »Zeig Papa doch mal deinen Kittel, auf dem dein Name gestickt ist!«

»Du?« Ihr Mann lachte laut auf.

»Ja, ich.« Annabel fütterte Marlene mit einem zerdrückten Knödel. Dabei wippte die Kleine im Kinderstuhl mit ihren Flügelärmchen auf und ab und sperrte nach jedem Bissen den Mund auf wie ein hungriges Vögelchen. »Luise hat nach einer Ladenhilfe gesucht, und da dachte ich mir …« Sie wusste nicht, wie sie es begründen sollte, zumal er genau so reagierte, wie sie befürchtet hatte.

»Was lädt sich denn die gute Frau Dahlmann noch alles auf.« Er schüttelte den Kopf.

Sie legte den Löffel weg. »Wieso tust du das?« Sie wusste selbst nicht, warum sie auf einmal die Stimme erhob. Es reichte ihr einfach, immer aufs Neue niedergemacht zu werden. »Ich arbeite da schon seit bald fünf Monaten. Und in der ganzen Zeit hast du nicht einmal gefragt, wie es mir geht, wie ich den Tag verbracht habe. Sonst wüsstest du nämlich längst davon. Wann immer ich etwas erzähle, lachst du mich aus. Für dich zählt nur Deines, was ich tue, ist nichts in deinen Augen. Und wenn wir schon dabei sind, sag mir bitte, warum nimmst du eigentlich Marlene nie in den Arm?«

Konstantin erblasste. Schweigend aßen sie weiter, dann stand er, ohne etwas erwidert zu haben, auf und ging wie üblich in die Bibliothek. Friedrich sah Annabel erschrocken an, er war es nicht gewohnt, dass sie schrie.

»Tut mir leid, das wollte ich nicht.« Annabel rückte rüber zu ihm und legte den Arm um seine Schultern.

»Müsst ihr so oft streiten?« Er drückte sich an sie und wischte sich übers Gesicht.

»Aber das war doch das erste Mal.« Und ob das überhaupt ein Streit war, bezweifelte sie, wo sie doch nicht mal eine Antwort von ihrem Mann erhalten hatte.

»Aber ihr seid gemein zueinander.« Das stimmte, ihr Sohn sprach aus, was sowieso im Raum stand.

»Wie fändest du es, wenn ich dir eine Nähmaschine kaufe? Luise hat erzählt, dass du so geschickt beim Nähen bist.« Ablenkung war die beste Medizin.

»Wenn ich dafür nicht mehr Klavier spielen muss?« Friedrich durchschaute ihren Trick und fing das Verhandeln an.

»Das wäre doch schade, du spielst schon so hübsch, und Marlene gefällt es, wenn du übst.« Der Klavierlehrer taugte zwar nicht viel, er spielte lieber mit ihrem Sohn Karten, wenn sie mal unterwegs war.

»Leni kann das sowieso bald besser als ich. Schau.«

Er hob seine Schwester aus dem Kinderstuhl und setzte sich mit ihr auf den Klavierhocker. Kaum hatte er den Deckel des Flügel's angehoben, schlug sie mit den Füßchen auf die Tasten. Und das mit einem halben Jahr! Annabel traute ihren Augen und Ohren nicht. Gemeinsam mit Friedrich spielte sie das Bach-Menuett in G-Moll, wobei Marlene mit den Fersen immer im genau richtigen Moment auf die exakt richtigen schwarzen Tasten schlug, vor Vergnügen gluckste und ihre ersten Zähnchen zeigte. Was für eine Überraschung. Ihre Tochter war ein Genie und gehörte nicht nur musikalisch gefördert.

Als Konstantin nach eins zu Bett ging, weckte er sie mit der Nachttischlampe, die er einschaltete, um ein letztes Mal irgendwelche Papiere durchzugehen. Annabel hätte ihm so gern von Marlenes Begabung erzählt, aber eigentlich war es nicht zu überhören gewesen.

Am nächsten Morgen war alles wie immer, nur dass er noch abwesender als sonst wirkte und ohne Frühstück in die Klinik aufbrechen wollte, bis Annabel ihn erinnerte, dass sie Friedrich heute bei der letzten Regatta des Ruderclubs in dieser Saison anfeuern wollten.

Konstantin schwenkte um und bat Frau Gusti um ein Glas frisch gepressten Orangensaft und ein paar Rühreier. Als er sich zu ihnen setzte, zündete er sich eine Dannemann an und inhalierte genüsslich. Er schlug vor, Marlene bei der Haushälterin zu lassen. »Du willst das Kind doch nicht der Kälte, dem Lärm und später im Clubhaus der verqualmten Luft aussetzen?«, sagte er, als sie ihrer Tochter den neuen Schneeanzug anprobierte. Sie stülpte die Ärmel nach innen, damit Marlene nicht fror. Ja, so müsste es gehen.

Tatsächlich hatte sie auch einen Moment in Erwägung gezogen, sie daheim zu lassen, an diesem Tag sollte Friedrich die volle Aufmerksamkeit gehören. Aber dann dachte sie sich, dass ihre Tochter genauso zur Familie von Thaler gehörte wie ihr Sohn.

»Rauch doch du in ihrer Gegenwart weniger, dann ist die Luft um sie herum auch besser.« Der Widerstand meldete sich erneut in ihr. Ihr Mann qualmte zwar weniger als Hans, sofern sie das beurteilen konnte, aber wenn Konstantin am Wochenende auf der Couch saß, griff er ständig nach seinen Zigarillos, die es auch bei Luise im Laden zu kaufen gab.

»Was bist du doch grantig zurzeit.« Er kniff die Augen zusammen und sog erneut an dem braunen Glimmstängel. »Das steht dir nicht, Bella.«

»Ich?« Zu verblüfft von dieser Aussage, wusste sie nichts zu erwidern und beschloss, dass Marlene auf jeden Fall mitkommen würde, jetzt erst recht.

Kurz vor zwölf saßen sie mit Decken am Ufer, neben der historischen Halle, in der einst der bayerische König den Buzentaur, sein schwimmendes Jagdschloss, hatte bauen lassen. Ihr Atem stand als Dampfwolken in der Luft. Der Novembernebel hing so dicht über dem Wasser, dass der See wie ein Fluss wirkte. Nur schwach waren die Boote am Kai auszumachen. Hoffentlich stieß keines mit einem anderen zusammen und kenterte, flehte Annabel innerlich und schuckelte Marlene im Kinderwagen hin und her, wo sie mit Wärmflasche lag. Als der Startschuss fiel, lichteten sich plötzlich die Nebelschwaden ein wenig, und die Mittagssonne kam zum Vorschein. Wie an Schnüren zogen die Vierer an ihnen vorbei. Annabel genoss diesen Anblick, für Momente waren sie als Familie bei einem Ausflug vereint. Stolz auf ihren Sohn, bejubelten sie beide Friedrich, der mit seiner Mannschaft den zweiten Platz belegte. Anschließend freuten sich alle auf die Feier im Clubhaus, in dem ein Feuer im Kamin knisterte, festlich gedeckte Tische und ein mehrgängiges Menü warteten. Bei den Gesprächen ertappte sich Annabel, dass sie diese betuchte Gesellschaft mit anderen Augen betrachtete. Mehr aus der Beobachterposition, wie ein Detektiv es tat. Ein Leben lang hatte sie danach gestrebt, dazuzugehören, nun gefiel es ihr, beide Seiten zu kennen und das vornehme Getue mit Abstand betrachten zu können.

»Ich bewundere Sie, Frau von Thaler«, gab Regierungsrätin Lang, die klein und stämmig war und zu ihrer Rechten saß, von sich. »Ich könnte das nicht, mit so einem Kind.«

Noch vor kurzem hätte Annabel sich bei dieser Aussage geschmeichelt und gekränkt gleichzeitig gefühlt, geschmeichelt, weil es sie als tapfer und stark darstellte, gekränkt, weil es ihr Kind herabsetzte. Aber nun erwiderte sie: »Nein, das könnten

Sie wohl nicht, Ihnen fehlt einfach das Feingefühl.« Erbost beschäftigte sich die Lang wieder mit ihren Jakobsmuscheln.

In der folgenden Woche brach ihr Mann noch vor dem Frühstück zu einer weiteren kurzfristig einberufenen Tagung nach Düsseldorf auf, wo er bis Sonntag bleiben würde. Annabel kontrollierte anhand einer Liste, ob Frau Gusti den Koffer richtig gepackt hatte und auch alles drin war. Konstantin kam ins Ankleidezimmer, im Arm die Aktentasche voller Bücher und Papiere.

»Ich krieg dieses Mistding einfach nicht zu, ist im Koffer noch Platz?« Seine Hände zitterten, als er die Mappen umlud. Annabel versuchte, ihm zu helfen, nahm ein paar Hemden und Krawatten wieder heraus. »Ach, warte«, sagte er plötzlich. »Ich lass alles hier.« Er entschied sich um, packte sämtliche Unterlagen und trug sie zurück in die Bibliothek.

Wie üblich stellten sich Friedrich und sie mit Marlene auf dem Arm in der Einfahrt auf, um ihn zu verabschieden.

»Gute Fahrt«, wünschte Annabel ihrem Mann mit Blick auf ihren Sohn, der noch Kakao auf dem Bartflaum hatte, der ihm seit kurzem spross. Sie wollte Friedrich signalisieren, dass ihre Ehe im Lot war.

Konstantin öffnete das Garagentor, um zu seinem Alfa Romeo zu gehen. »Danke, eine gute Woche euch dreien, und vergesst mich nicht.«

»Wieso, Papa, kommst du etwa nicht wieder?«

»Ach, das war doch nur Spaß.« Annabel legte erneut den Arm um Friedrich, doch auch sie wunderte sich.

Ihr Mann tastete seine Hosentaschen ab. »Der Autoschlüssel, ich finde den Schlüssel nicht.«

»Im Jackett?« Annabel hatte es doch gerade noch klimpern

gehört, da tat er ihn für gewöhnlich hin und beulte jede Anzugjacke aus, bis das Futter einriss. Da war er auch.

»Und meine Brieftasche?«, fragte er.

»In der Innentasche.« Wo sonst. So zerstreut hatte sie ihn bisher selten erlebt. Ihr wurde es ganz anders, konnte er überhaupt fahren in diesem Zustand?

Er setzte mit dem Wagen zurück, hielt noch mal und drehte die Scheibe herunter. »Passt gut aufeinander auf.« Er nahm die Hand vom Lenkrad und strich Marlene übers Gesicht. Es war das erste Mal. Diese Geste trieb Annabel die Tränen in die Augen. Sie liebte Konstantin wie am ersten Tag, und sie würde ihn lieben, auch wenn er ihre Liebe nicht erwiderte. Er war eben ein vielbeschäftigter Mann, der ihr einfach nicht allein gehörte. Viele Jahre lang hatte sie geglaubt, er betrüge sie, aber nie war sie ihm auf die Schliche gekommen. Dass er seine Liebschaften derart geschickt vor ihr verbarg, konnte sie inzwischen, wo sie doch auch als Ermittlerin ständig dazulernte, nicht glauben. Es musste um die Klinik gehen. Er trug eben nicht nur die Sorge um die eigene Familie in sich, sondern hatte Verantwortung für seine Patientinnen. Sie beschloss, zukünftig wieder mehr Verständnis für ihn aufzubringen und so viel wie möglich von ihm fernzuhalten, damit er sich voll und ganz auf seinen Beruf konzentrieren konnte. Schließlich war sie stolz auf ihn und auf das, was er leistete.

»Räum doch bitte noch die Zeitungen von heute aus dem Fach, damit wir morgen die neue Presse hinlegen können«, bat Luise sie am Freitag, nachdem sie ihr die ganze Woche fast jeden Tag ein paar Stunden geholfen hatte. Die übrige Zeit war sie mit Marlene unterwegs gewesen, hatte zwischen Isar und Lech weitere Familien besucht, die ebenfalls ein Kind mit

Behinderung hatten. Friedrich begleitete sie und passte auf Marlene auf, wenn sie sich mit den Leuten unterhielt. Aber abgesehen von einem gewissen Gemeinschaftsgefühl, dem Wissen, nicht allein zu sein, war sie noch immer nicht auf den Grund gestoßen, warum zurzeit auffallend viele Kinder behindert zur Welt kamen. In ihrem Notizbuch standen nun schon acht Betroffene, und fast jedes Mal erfuhr sie von anderen. So hörte sie von der Schwester, der Cousine oder einer anderen Verwandten, die auch ein behindertes Kind zur Welt gebracht hatte, und in den Städten sollten es noch mehr sein. Sie hatte einen Fragenkatalog erarbeitet, den sie bei jedem der Besuche abhakte. Viele Familien hatten finanzielle Sorgen, ein paar mussten das Kind in ein Heim geben, da beide Eltern berufstätig waren und keine Möglichkeit hatten, es selbst zu pflegen. Auffallend war, dass alle Kinder kaum älter als vier waren. Doch vielleicht beruhte es einfach auf diesem Phänomen, dass man bloß bemerkte, was man sehen wollte. Nur wenn man selbst ein Kind erwartete oder sich nach einem sehnte, fielen einem plötzlich die vielen Schwangeren um einen herum auf. Aber traf das wirklich in diesem Fall auch zu? Kinder mit verstümmelten Gliedmaßen berührten einen und fielen auf. Das Phänomen musste neu sein. Sie würde nicht nachlassen in ihrer detektivischen Arbeit. Sie hatte auch schon einen Ermittlungsansatz, wollte ihn nur noch reifen lassen und den richtigen Moment abpassen. Annabel stapelte die Zeitungen aufeinander und hoffte, dass das dann alles war. Sie stutzte, als ihr Blick auf eine Schlagzeile fiel. *Missgeburten durch Tabletten?* Sie überflog den Artikel. Um welches Mittel es dabei ging, stand da nicht. Sie durchforstete weitere Zeitungen und auch das *Spiegel*-Magazin und stieß auf ähnliche Kurzmeldungen. *Tablette schuld an Missbildungen*, stand dort etwas sanfter den Kindern gegenüber formuliert. Ein Arzt machte offenbar die Herstellerfirma eines Medikaments für die Behinderung seines Sohnes verantwortlich. Auf welche Weise sein Kind eingeschränkt war, ob es geistig oder körperlich behindert war, stand dort wieder nicht. Weil die Meldung auch von den anderen Blättern aufgegriffen worden war, musste sie wichtig sein. Konnte eine Tablette auch das Wachstum von Armen und Beinen stören? Annabel nahm nur, was ihr Konstantin verschrieb, und soviel sie sich erinnerte, hatte sie außer Vitaminen bloß ganz am Anfang der Schwangerschaft etwas genommen, gegen die Morgenübelkeit. Am besten sie rief Konstantin nachher an. Allerdings war er meistens sehr ungehalten, wenn sie ihn von seinen Besprechungen wegholte und ihn über die Rezeption des Tagungshotels ans Telefon rufen ließ. »Kannst du mit deinem Mann offen über alles reden?«, fragte sie Luise und holte einen Lappen, um das Fach auszuwischen.

»Wenn es um Fernsehtechnik geht, schon, wieso?« Sie grinste.

Annabel hielt ihr die Artikel hin und erzählte, was drinstand.

»Werden solche Mittel nicht vorher an Tieren getestet, bevor Menschen sie nehmen dürfen?«, fragte Luise.

»Bestimmt. Ich dachte nur kurz ... Nein, du hast recht, das kann eigentlich nicht sein. Besser ich sag Konstantin gar nichts davon, denn alles, was ich ihm vorschlage, deutet er sowieso nur als Versuch, von meiner Schuld abzulenken. Es ist einfach so, wie es ist, ich muss damit leben, dass Marlene keine Arme hat, weil ich in meinem Egoismus trotz meines Alters noch ein Kind wollte.«

»Ach, jetzt hör doch auf, dir das einzureden. Du und Marlene, ihr habt es beide leichter, wenn du nicht ständig nachgrübelst, woran es liegt. Schau, mein kleiner Bruder ist so, wie er ist, und wir lieben ihn. Dank dir hat er die Nazizeit überlebt. Dass du ihn damals gerettet hast, dafür steht meine Familie auf ewig in deiner Schuld.«

»Jetzt übertreib doch nicht so.« Derart hervorgehoben zu werden, war Annabel peinlich. »Ich habe doch nur verhindert, dass die Meldung an die Behörden weitergeleitet wird. Und ich hätte vermutlich noch viel mehr erreichen können, wenn ich nicht so kurzsichtig und naiv gewesen wäre. Ich habe das Ausmaß der Schandtaten des Nazi-Regimes einfach nicht wahrhaben wollen.«

»Das haben wir alle nicht, glaub ich. Und mach dich selbst nicht immer klein. Dass du deinem Mann vertraust, spricht für dich, aber nimm dich nicht ständig zurück. Möchtest du meine Meinung hören?«

»Bitte sehr.« Nichts lieber als das, zu gern hätte sie so eine harmonische Ehe wie Luise und Hans geführt. Beide Partner auf Augenhöhe – obwohl jeder seiner Leidenschaft nachging, steckte keiner zurück. Möglicherweise war hier auch nicht alles Gold, was glänzte, aber das war ihr im Moment egal.

»Ich finde, Konstantin sollte sich glücklich schätzen, eine Frau zu haben, die ihm derart den Rücken stärkt und seine Kinder aufzieht. Ich jedenfalls bin froh, dass ich dich als Ladenhilfe gewonnen habe. Ich würde sagen, die Probezeit hast du erfolgreich gemeistert. Wenn du magst, kannst du ab Montag als Angestellte bei mir anfangen. Vormittags oder nachmittags oder auch nur stundenweise, wenn wieder mehr ansteht. An den Adventswochenenden bräuchte ich dich, denn ich wollte auch wieder Backkurse geben. Und dann zum Jahresende bei der Inventur. Sagen wir eine Mark fünfzig die Stunde?«

»So viel, ja, kannst du dir das überhaupt leisten?«

»Dank der monatlichen Finanzspritze des Richters schon.« Luise lachte. »Du hast doch zur Aufklärung des Falls beigetragen, seither wurde nichts mehr gestohlen, die Spiegel funktionieren. Oder liegt es nur daran, dass Frau Beil die sechs Likörflaschen noch nicht leer hat, die sie bei uns erbeutet hat? Überleg es dir. Lass dir ruhig Zeit mit der Entscheidung.«

»Das mach ich, danke sehr.« Sie hatte nicht erwartet, Luises Ansprüchen auf Dauer zu genügen. Doch jetzt, da sie eine Zusage hatte, musste sie tatsächlich abwägen, ob sie es mit der Familie und dem, was ihr an Förderung für ihre Jüngste vorschwebte, aber auch mit ihrem Status als Arztgattin, vereinbaren konnte, dauerhaft bei Dahlmanns als Verkäuferin zu arbeiten. Erst mal würde sie mit Konstantin reden und danach weitersehen. »Du, diese Zeitungen würde ich gerne haben. Was macht das?«

»Die nimmst du gratis mit, wir haben ohnehin genug Papier zum Anheizen.«

Bevor Konstantin heimkehrte, unterzog sie mit Frau Gusti zusammen die Villa einer Grundreinigung. Während die Haushälterin die Teppiche des Salons nach draußen trug, um sie auszuklopfen und das Parkett zu wischen, nahm sich Annabel die Bibliothek vor. Bevor ihr Mann aufgebrochen war, hatte er seine Unterlagen auf den Tisch und in den Erker geworfen, der auch ihr liebster Leseplatz war, und sie war die ganze Woche noch nicht dazu gekommen, aufzuräumen. »Dein Papa mag es nicht, wenn wir in seinen Sachen wühlen«, sagte sie zu Marlene, die auf dem Boden saß. »Aber wenn alles an Ort und Stelle ist und er sich nur noch hinsetzen und die Dokumente aufschlagen muss, freut er sich bestimmt.« Die Kleine brabbelte vor sich hin, spielte mit ihren nackten Füßchen, war erstaunlich geschickt darin, mit ihren Stummelarmen ihre Zehen zu erreichen. Das hatte Annabel bei der Iffeldorfer Familie gesehen, die auch ein Kind ohne Arme und sogar ohne Hände hatten, das aber barfuß war. Erst hatte sie es für Nachlässigkeit gehalten, zumal es in der bäuerlichen Stube nicht sonderlich warm war, aber dann hatte die Mutter erklärt, dass die Füße ihrem Buben das ersetzten, was ihm fehlte. Seine Zähne und auch seine Zehen mussten doppelte Arbeit tun. Das würde bei Marlene noch ein Weilchen dauern, noch war im Oberkiefer kein Zahn in Sicht, aber Annabel würde sich im nächsten Jahr nach einer geeigneten Klavierlehrerin umhören. Mit der musikalischen Förderung konnte man nicht früh genug anfangen. Sie öffnete den Sekretär und sortierte die Sachen ein. Aus einer Medizinerzeitschrift fiel ein Zettel. Oje, hoffentlich fand sie die Stelle noch, die er sich damit markiert hatte. Sie blätterte in dem Heft, es war eine Ausgabe vom letzten Jahr. In einem auf Englisch verfassten Beitrag war etwas unterstrichen. *Food and Drug Administration*, was hieß das doch gleich? In den Regalen suchte sie nach dem englisch-deutschen Wörterbuch, das sie für ihren Radiokollegkurs benutzt hatte, dann rückte sie den Stuhl an die Schreibtischplatte und übersetzte den Artikel. Wort für Wort übertrug sie alles in ihr Gebetbuch. Diese amerikanische Behörde hatte die Zulassung eines Medikaments geprüft und eine Ergänzung verlangt, inwiefern es giftig wäre und den Stoffwechsel eines Menschen beeinflusste. Aber auch hier stand nicht, um welches Präparat oder welche Medizin es sich genau handelte, falls man etwas, das vielleicht giftig war, so bezeichnen durfte. Sie verglich den Originaltext noch mal mit ihrer Übertragung. Da stand noch ein Wort, für das sie keine Erklärung in ihrem Wörterbuch fand. *Thalidomid.* Sie blätterte im mehrbändigen

Brockhaus, der fast ein ganzes Regalbrett füllte, bis zu *Thalia*, der Muse des Lustspiels, danach kam gleich *Thallium*. Vielleicht fand sie den Begriff in Konstantins Fachliteratur, die oft in Latein und Englisch verfasst war. Einiges davon stapelte sich noch auf dem Sekretär. Als sie ein Buch mit dem vielversprechenden Titel *Problems of Birth Defects* herauszog, stieß sie gegen das Gemälde. Es schwankte, der Stapel auf der anderen Seite drohte einzustürzen. Sie rückte ihn zurecht, sah kurz auf das Gemälde, zu Frau Corinth, die nach wie vor schmunzelnd in ihrem Buch las, und wischte mit dem Zeigefinger über die breite Kante des Bilderrahmens. Hier hatte sich auch schon wieder jede Menge Staub angesammelt, oder vielleicht war auch die Haushälterin nachlässiger geworden. Sie würde sie nachher darauf hinweisen. Das Bild geriet in Schieflage, rutschte von seinem Nagel und fiel herab. Sie konnte es gerade noch auffangen, bevor es zu Boden krachte. Der Schreck durchfuhr sie, es hatte nur knapp Marlene verfehlt. Sie juchzte, als hätte Annabel das Bild zu ihrer Unterhaltung runtergeworfen. Hoffentlich war es nicht beschädigt. Nicht auszudenken, was Konstantin sagen würde. Vorsichtig tastete sie den Rahmen ab, knipste die Schreibtischlampe an, damit sie jede Kante genau untersuchen konnte. Zwischen Rahmen und Rückseite klemmte ein Papierschnipsel. Sie zog daran, ein Kuvert kam zum Vorschein. Adressiert an Consti v. Thaler, Consti mit C. Seltsam. Selbst Konsti mit K nannte ihn, soviel sie wusste, eigentlich niemand mehr. Nur sein alter Freund Kleefeld tat das, eine Neckerei, die noch aus der Studentenzeit stammte. Mit ihm telefonierte er seit geraumer Zeit wieder. Warum versteckte ihr Mann einen Brief von ihm in diesem Gemälde? Annabel zögerte einen Moment, blickte zu Marlene, die auf dem Teppich lag, einen gestreckten Fuß wie eine Tänzerin umklammerte und eingeschlafen war. Dann öffnete sie das Kuvert, nahm das engbeschriebene Blatt heraus und las, konnte nicht glauben, was dort stand. Der Brief war gar nicht von Samuel Kleefeld, wie sie vermutet hatte, sondern von seiner Frau, die Barbara hieß. Er bestand nur aus einem Satz, der wie bei einer Strafarbeit viele Male wiederholt worden war.

Wie anfangen, wie sich wiederbegegnen nach dem, was sie herausgefunden hatte? Als ihr Mann endlich heimkehrte, müde von der langen Fahrt und schweigsam wie immer, beherrschte sie sich, wie sie es ihre ganze Ehe lang geübt hatte. Offensichtlich fiel es ihm schwer, Friedrich zuzuhören, der ihm von seiner Woche erzählte. Er sprach in ganzen Sätzen, wozu ihn sein Vater immer ermahnte, fasste sich so kurz wie möglich und strengte sich so sehr an, alles richtig zu machen und die Aufmerksamkeit seines Vaters zu erlangen, dass er Annabel leidtat. »Wir haben wegen der Klassenfahrt abgestimmt, Papa. Wir durften uns entscheiden, ob wir im Januar ins Skilager fahren wollen oder lieber im April nach Wien.« Sein Vater reagierte nicht. »Wohin würdest du wollen?«

»Wien, wenn du schon mal die Gelegenheit kriegst, aber ich persönlich würde eine einsame Berghütte vorziehen.« Schon vor dem Dessert zog Konstantin sich ins Schlafzimmer zurück, um sich auszuruhen, wie er sagte. Als Annabel Marlene ins Kinderzimmer brachte und in ihren Laufstall voller Spielzeug setzte, hörte sie ihn nebenan telefonieren. Mit wem sprach er? Sie nahm den Hörer im Flur ab und lauschte. »Was soll ich tun, Sami? Stell dir die Lawine vor, die auf uns niedergeht, wenn an der Sache was dran ist.« Es klickte in der Leitung, hastig legte Annabel auf und spurtete zu Marlene zurück, als ihr Mann aus dem Schlafzimmer stürmte. »Ach, hier bist du«, sagte er. Was beschäftigte ihn so sehr? Sami, das war Samuel Kleefeld. Warum hatte er einfach aufgelegt? »Kannst du dich an die Tabletten erinnern, die ich dir am Anfang der Schwangerschaft gegen die Morgenübelkeit gegeben habe?«

Sie nickte. »Die waren auch sehr gut, haben sofort geholfen. Wie hießen die gleich?« Sie überlegte, doch Konstantin half ihr nicht auf die Sprünge.

»Weißt du noch, wie viele du davon genommen hast?«

»Ich kann nachsehen, die Packung müsste noch im Bad sein.« Sie suchte im Medizinschrank, in dem sie die Mittel wie die Bücher in der Bibliothek von A bis Z sortiert hatten. Hinter dem Calciumpulver, das er ihr ebenfalls verordnet hatte, fand sie *Contergan Forte*. Die Dose war noch fast voll. Anscheinend hatte sie die Pillen nicht zu Ende genommen, hoffentlich missfiel das Konstantin nicht. Sollte sie den Rest wegwerfen und einfach behaupten, dass sie alle geschluckt hatte? Das Mittel hatte auch gegen ihre Schlaflosigkeit geholfen, die von der Aufregung herrührte, endlich noch mal schwanger zu sein. Ein wahres Hypnotikum, wie es auch draufstand. Aber als die Beschwerden irgendwann purer Freude wichen, hatte sie es anscheinend vergessen, und Frau Gusti hatte das Medikament weggeräumt.

»Hast du jeden Tag eine Tablette genommen oder mehrere auf einmal?«, fragte er, als sie ihm das fast volle Röhrchen gab.

»Nur vor dem Einschlafen eine, soviel ich noch weiß. Ja, so hast du es mir damals gesagt, dann würde die Übelkeit gar nicht erst aufkommen und ich insgesamt besser schlafen, und so war es auch.« Dass seine Diagnose stimmte, sollte ihn doch freuen, aber er wirkte beunruhigt, seine Augenlider zuckten. »Warum fragst du?« Er sollte nicht aufhören, mit ihr zu reden, auch wenn sie jetzt wusste, warum er sie nie so lieben konnte wie sie ihn. Dann tat er etwas Seltsames. Als Marlene quengelte, beugte Konstantin sich über den Laufstall und strich ihr über ein Händchen, mit dem sie herumfuchtelte. Sofort umfasste die Kleine seinen Zeigefinger und umklammerte ihn. Er lächelte, zum ersten Mal beim Anblick seiner Tochter überhaupt, strich mit der anderen Hand über ihr feines Haar, das ihr Gesichtchen dicht umrahmte. Erst da bemerkte Annabel, dass ihr Mann weinte. Er schwankte, knickte ein und schluchzte laut auf.

Sie stützte ihn. »Was ist los? Komm, setz dich.« Sie löste ihn von Marlene und drückte ihn auf den Sessel, der am Fenster neben der Wickelkommode stand.

»Bitte, gib sie mir.« Wie ein Ertrinkender streckte er die Arme nach ihrer Tochter aus.

Annabel kannte sich gar nicht mehr aus. »Warte, ich wickle sie erst noch.« Das hatte sie schon vorhin tun wollen, hob die Kleine auf die Kommode und dachte an das Telefonat und dann an den Brief. »Ist es wegen Barbara?«

»Barbara?« Er wischte sich übers Gesicht.

»Ich habe den Brief gefunden, den Liebesbrief an dich.« *Ich liebe dich, ich liebe dich, ich liebe dich*, hatte sie unzählige Male auf die Seite geschrieben. Und am Ende *für immer, deine Barbara* ergänzt.

»Das ist lange her.« Er schniefte, fragte gar nicht, wo sie den Brief gefunden hatte, tat es ab, als ob es nichts wäre.

»So lange auch wieder nicht, der Brief ist vom fünften Dezember 1938.« Doch auch das Datum beeindruckte ihn nicht. Damals war Barbara lange mit Samuel Kleefeld verheiratet, sie hatten sogar schon einen Sohn in Friedrichs Alter.

Konstantin seufzte. »Also gut, dann eben erst das. Ich dachte, du weißt Bescheid, ich habe es dir von Anfang an gesagt.« Von welchem Anfang sprach er? Doch sie wollte ihn nicht unterbrechen, zog Marlene aus und legte ihr eine neue Windel an. »Barbara und ich, sie war meine große Liebe, schon im Studium. Ich habe nie verstanden, warum sie Sami mir vorgezogen hat, aber sie hat es getan, dann wurde sie auch noch von ihm schwanger, und sie haben geheiratet. Aber wir haben uns weiterhin heimlich getroffen, konnten nicht voneinander lassen, bis ich dich kennengelernt und das beendet habe. Meinem besten Freund und Partner Sami zuliebe und auch der ganzen Familie.« All die Jahre hatte sich Annabel gefragt, warum sie ihm nie genügte, wer seine Auserwählte war, mit der er sie betrog, welcher Frau sie nicht das Wasser reichen konnte und warum. Nie hatte sie geahnt, dass es die Frau seines besten Freundes war, dass er in allem, was sie ihm zu geben versuchte, seiner Barbara hinterhertrauerte. Jetzt, da sie es wusste, fühlte sie sich merkwürdig leer, wie der aufgepeitschte See, der nach einem Sturm endlich zur Ruhe kam. Letztendlich hatte er sich für sie entschieden, mit ihr eine Familie gegründet. Wenn es auch von der Vernunft und nicht vom Herzen diktiert war, so zählte es doch.

»Annabel, ich weiß nicht mehr weiter, weiß nicht, was ich tun soll.«

»Wieso, was ist los?« Früher hätte sie *mein Liebster* gesagt wie selbstverständlich, doch war er das noch, ihr Liebster? Sie hatte Marlene umgezogen, wollte sie ihm geben. Doch er sprang auf, ging im Zimmer auf und ab, fuhr sich durchs Haar. »Auf der Konferenz wurde bestätigt, was ich bereits geahnt habe. Im zweiten Schwangerschaftsmonat bilden sich beim Fötus die Arme und Beine aus, auch die Ohren und die inneren Organe reifen, aber nicht, wenn ein Medikament es verhindert. Die Missbildungen von Marlene und vielen anderen Kindern, vielleicht sogar weltweit, dafür ist Contergan verantwortlich. Ich habe es nicht nur dir, sondern auch anderen Patientinnen verschrieben. Der Wirkstoff heißt …«

»Thalidomid«, sagte Annabel, hob Marlene an ihre Schulter und rieb ihr über den Rücken.

»Du weißt schon davon?« Er starrte sie an.

»Nicht nur du hast Nachforschungen angestellt. Ich war sogar bei ein paar betroffenen Familien.« Wenn er schon herumtigern musste, setzte sie sich an seiner Stelle und erzählte ihm von ihren Erlebnissen. Endlich lehnte er sich an die Wickelkommode und hörte zu, ohne sie zu unterbrechen. Das war so ungewöhnlich, dass sie zu schnell sprach, so viel wie möglich unterbringen wollte, abschweifte, sich verhaspelte und versuchte, sich wieder zu fangen. »Das konntest du doch nicht wissen, was das Medikament genau enthält«, lenkte sie schließlich wieder zu ihm über. »Du bist nicht schuld, die Hersteller sind es. Wurden die Tabletten nicht vorher getestet?« Sie wiederholte Luises Frage.

»Das ist offenbar nicht geschehen. Die Firma Grünenthal nahm an, dass der Wirkstoff nicht bis zum ungeborenen Kind durchdringt. Als wäre die Gebärmutter eine Mauer wie die um die Ostzone. Ich dachte wirklich, wir wären in der Medizin weiter.«

»Und nun? Was passiert jetzt?«

Er zuckte mit den Schultern. »Das Ergebnis unserer Tagung ist bereits am Samstag an die Gesundheitsbehörden der Bundesländer geschickt worden, auch an alle Ärzte- und Apothekerkammern. Ein Journalist hat bereits Wind davon bekommen, so sind erste Meldungen bereits an die Presse durchgesickert.«

Das war das, was Annabel im Laden gelesen hatte. »Aber ihr Ärzte, was könnt ihr tun?«

»Wir fordern eine Warnung auf den Tabletten und einen Hinweis im Beipackzettel«, erklärte er. »Doch viele haben ja, so wie du, die Dose noch im Schrank stehen und nehmen das Medikament nichtsahnend weiterhin ein.«

»Aber wenn es schon in der Zeitung steht, wird es sich herumsprechen.«

»Trotzdem dauert es zu lange, womöglich genügt schon eine Tablette, um ein Leben zu schädigen. Für einige Tausend wird es zu spät sein. Ich muss mit Vater sprechen, ob er auch Fälle in München hat.« Konstantin wollte zum Telefon gehen.

Sie stand auf, hielt ihn zurück, legte ihm Marlene in die Arme. »Schau mal hier. Das ist das Wichtigste – dass wir beide, du und ich, für unser Kind da sind.« Zuerst glaubte sie, er würde sie gar nicht halten, aber dann drückte er die Kleine an sich, wiegte sie und nickte. »Ich telefoniere zuerst und warne die Familien, die ich besucht habe«, sagte sie eifrig, »und wenn du nachher mit Richard sprichst, rede ich mit Irmela. Viele Familien sind arm, deine Mutter könnte eine Wohltätigkeitsveranstaltung zugunsten der Kinder machen. Es ist Zeit, dass sich deine Eltern zu ihrem Enkelkind bekennen.«

Er sah sie lange an, reckte den Kopf und küsste sie. »Danke, was würde ich ohne dich tun.« Du würdest nicht mal wissen, wo dein Autoschlüssel ist, dachte sie, doch dann fiel ihr ein, dass sie ihn gerade von seiner Schuld freigesprochen hatte, aber er sie nicht von ihrer.

2. Teil

1962

MARIE

Manni schob seinen Teller hin und her. Was war nur mit ihm los? Normalerweise stürzte er sich aufs Frühstück, doch heute schien er keinen Hunger zu haben, und auch die Ziegenmilch, in die er sich meist Kaba reinkippte, dass es nur so staubte, rührte er heute nicht an. Stattdessen wippte er mit dem nackten Oberkörper, die Träger seiner Lederhose rutschten ihm von den Schultern. »Was hast du? Tut dir etwas weh?« Marie strich sich über den hochschwangeren Bauch. Das Kind darin strampelte, als wollte es heraus. Manni zuckte mit dem Kopf, was wohl ein Nein bedeuten sollte, presste die Handflächen an die Tischkante und stemmte sich ab. Die Kinder machten es ihm nach und zappelten genauso. Marie war noch nicht mal dazu gekommen, sich einen Salbeitee zu kochen, hatte gerade erst das Wasser auf den großen Eisenherd gestellt, nachdem das Feuer endlich loderte. Seit einigen Tagen hustete sie nun schon, mal mehr, mal weniger stark, besonders nachts, wenn sie zur Ruhe kam, rang sie nach Atem und bellte schließlich im Morgengrauen auch Martin wach. Und das in ihrem Zustand, in ein bis zwei Wochen musste es laut Hebamme so weit sein. Wenn sie aufstand und ihr Tagwerk begann, legte sich der Husten meist wieder, so dass sie es immer wieder verschob, zum Arzt zu gehen. Außerdem, wie sollte sie das anstellen? So viel war zu tun, sie müsste die Kinder irgendwo unterbringen oder bei Tante Polli lassen, die jedoch seit einem Sturz vor zwei Wochen kaum noch belastbar war. Und dass nur, damit Marie stundenlang in einem Wartezimmer hockte und irgendwelche Tabletten verschrieben bekam? Davon hatten sie schon ein ganzes Regalfach voll. Bei den Kindern setzte Marie auf Naturheilverfahren, was der Kinderarzt in Wolfratshausen unterstützte. Bei ihnen wirkten die Mittel, aber bei ihr schienen sie nicht anzuschlagen. Auf dem Heimweg hatte Martin sogar einen Abstecher in eine Starnberger Apotheke gemacht und gleich ein ganzes Sortiment an Medizin auf dem Küchentisch ausgebreitet. Unschlüssig, was sie davon nehmen sollte, hatte sie noch nichts angerührt. Nach dem Contergan-Skandal, der immer noch durch die Presse ging, wollte sie ihr Ungeborenes auf keinen Fall gefährden. »Vorsicht.« Zu spät. Linda hatte ihre Tasse umgeschüttet. Das Erdbeerkaba floss über den Tisch und tropfte auf den Boden. Noch bevor sie Konrad davon abhalten konnte, war er von der Eckbank genau in die Pfütze gestiegen, auf der Suche nach seinem Matchboxauto, zu dem er, ganz Bauernbub, »Mätschbock« sagte. Manchmal kam sich Marie wie eine Zirkusdompteuse vor, ständig tanzten mindestens einer, meistens zwei oder gleich alle drei aus der Reihe. Sie dachte an Martin. Er war schon seit Stunden fort. Im Wald musste es herrlich sein. Frische Luft und Stille, sie sehnte sich danach. Seufzend holte sie einen Lappen, um aufzuwischen, stellte beide Kabadosen auf die Anrichte, nicht dass Mannis Schokopulver auch noch umfiel, und ermahnte Konrad, sich wieder hinzusetzen und aufzuessen. Manni rührte sein Brot nicht an, wippte weiter, dass der Tisch bebte. War etwas mit seinen Gänsen nicht in Ordnung? Marie öffnete das Fenster und schaute zum Stall, an dem der Verschlag für das Federvieh angebaut war. Es wirkte alles ruhig. Ein paar Hühner stolzierten durch den Garten und wühlten auf der Suche nach Würmern im Salatbeet.

»Guten Morgen.« Tante Polli schlurfte in die Küche, ihre braunen Perlonstrümpfe wie zwei abgestreifte Schlangenhäute über den Unterarm gelegt.

Manni beruhigte sich nicht, seine Lippen bewegten sich, als wollte er ihnen etwas mitteilen. Er sprach, aber nichts war zu hören. »Hast du schlecht geschlafen, etwas Blödes geträumt?« Marie strich ihm über seinen Wuschelkopf, er schnaubte, dann brüllte er los.

»Joonaaa.« Die Kinder erschraken. Alma und Konrad krochen unter die Eckbank, Linda stolperte weinend zu Marie. So hatte sie Manni noch nie schreien gehört. Er brüllte tief von innen heraus nach dem Ganter und warf Besteck an die Wand. Sie duckten sich. »JOOOONNAAA!« Er sprang auf und stieß an die Lampe. Der Porzellanschirm zerbrach mit einem Klirren, Scherben rieselten Manni auf den Kopf. Er packte die Teller und Tassen vom Frühstück und warf damit um sich, fegte alles vom Tisch.

»Schnell, raus hier«, war das Einzige, was Marie einfiel. Sie wusste, dass Manni ihnen nie bewusst weh tun würde, aber im Moment hatte ihn die Trauer um Jona fest im Griff. Sie musste die Kinder und die Tante in Sicherheit bringen, half Alma und Konrad unter der Bank heraus, klemmte sich Linda auf die Hüfte oder die Stelle, wo sie sie vermutete, und lotste Polli, die in eine Ecke zurückgewichen war, in den Flur. Was sollte sie tun? Hinter der verschlossenen Tür hörten sie Manni weiter toben. »Lauft nach oben, beeilt euch.« Sie rannten los, holperten die Stufen hoch, ins Kinderzimmer. Mit schmerzverzerrtem Gesicht wandte Tante Polli sich ab, folgte ihnen, zog sich Schritt für Schritt am Geländer nach oben.

»Sollen wir nicht besser wen anrufen?« Zitternd sank sie auf das untere Stockbett, als Marie hinter ihr nachkam. Auch sie keuchte.

»Die Polizei?« Marie sprach es aus. »Was kann die ausrichten? Manni abführen und einsperren? Nein, das will ich ihm nicht antun.«

»Naa, ich mein, besser die Feuerwehr, oder hol gleich den Herrn Pfarrer, wer weiß, was in ihn gefahren ist.« Anscheinend dachte sie an eine Art Teufelsaustreibung. Und solange es nicht brannte, nutzte auch die Feuerwehr nichts. Oje, der Herd war noch in Gang und das Teewasser kochte!

»Ich lass mir etwas einfallen, bleibt hier, bis ich zurück bin, ja?« Marie umarmte die Kinder, sie drängten sich dicht um die Tante, als wollten sie Polli beschützen und nicht umgekehrt. Linda kletterte sogar auf ihren Schoß.

»Mama, bitte, bleib bei uns.« Alma wollte sie nicht gehen lassen, umklammerte ihren schwangeren Bauch.

»Mir passiert nichts. Das ist doch unser Manni, wer weiß, was für eine Laus ihm über die Leber gelaufen ist. Keine Angst.« Sie küsste ihre Älteste und löste sich von ihr. Auf der Treppe war sie sich da nicht mehr so sicher. Sie hörte Manni weiter toben. Inzwischen musste er alles kurz und klein geschlagen haben, hoffentlich verbrühte er sich nicht. Marie wollte gar nicht wissen, wie es in der Küche ausschaute. Was war bloß mit ihm los? Er war ein Sturkopf, bockte oft, wenn ihm etwas nicht in den Kram passte, ließ sich aber meist ablenken oder überreden, schnell lachte er wieder mit diesem ansteckenden Grinsen, dem man kaum widerstehen konnte. So einen Wutanfall hatte er bisher noch nicht gehabt. Was hatte ihn ausgelöst? Weil sie ihn berührt hatte, oder war etwas mit seinem Ganter passiert? Sie ging nach draußen, öffnete das Gehege. Da hockte Nana, die Gans, schnapsselig brütend, aber

Jona war tatsächlich verschwunden. Weder im Gänsestall noch auf dem eingezäunten Wiesenstück, das Manni für seine Tiere täglich absteckte, entdeckte sie ihn. Vom Gartenzaun aus schaute sie auf die Straße, ob sie etwas Weißes am Straßenrand erblickte. Nicht dass der Ganter ausgebüxt und überfahren worden war. Nichts. Wolke und Fido grasten auf der Koppel über dem Erdkeller. An Reiten war gerade nicht zu denken. Sie rieb sich den Rücken und wandte sich wieder dem Haus zu. Vor dem Küchenfenster lagen Erde und Scherben. Der Blumenkasten war aus der Verankerung gerissen, und die Geranien schwankten. Der Vorhang war halb abgerissen und wehte über das Sims. Anscheinend tobte Manni weiter. Wenn sie nur Martin erreichen könnte. Er wüsste bestimmt, was zu tun war. Im Forstenrieder Park gab es leider kein Telefon, nur in der Parkverwaltung, aber bis die ihren Mann auf dem großen Gelände ausfindig machten, hatte er vermutlich Feierabend und war sowieso auf dem Weg nach Hause. Sie könnte Luise anrufen, Manni war doch ihr Bruder, hoffentlich wusste sie einen Rat. Obwohl sie das bisher unpraktisch gefunden hatte, weil sie jedes Mal aufstehen musste, wenn das Telefon klingelte, war sie nun froh, dass der Apparat gleich neben dem Eingang stand. Hastig wählte sie die Nummer der Dahlmanns. Das Telefon hatte Hans ihnen eingerichtet. Kurz dachte Marie an den Vorfall vor zwei Jahren zurück, noch immer fühlte sie sich befleckt davon, wie ein weiterer Makel, der nie mehr abzuwischen war. Den Hörer ans Ohr gepresst, um Mannis Brüllen, das weiter anhielt, auszublenden, wartete sie auf das Freizeichen. Es tutete in kurzen Abständen, besetzt. Um diese Uhrzeit herrschte wahrscheinlich Hochbetrieb im Laden. Sie wartete, wusste nicht, ob sie noch mal wählen sollte, damit sie durchkam, und probierte es erneut. Immer noch besetzt. Es hatte keinen Sinn, sie erreichte Luise nicht. Als sie Wolke auf der Koppel wiehern hörte, fiel ihr etwas anderes ein. Als Fluchttiere reagierten Pferde auf Druck mit Gegendruck. Fügte man ihnen Schmerz zu, gingen sie in den Schmerz hinein. Besonders wenn sie Angst hatten, eingesperrt waren oder keinen Ausweg sahen. Ob das auch bei Menschen funktionierte? Waren Angst und Ausweglosigkeit der Grund für Mannis Wutanfall? Sie musste es riskieren, holte sich ein Hilfsmittel aus dem Stall und öffnete langsam die Küchentür, bereit, sich zu ducken, falls sie beworfen wurde. Er brüllte noch, wenn auch inzwischen japsend und heiser. Manni stand auf dem Tisch, umklammerte das leere Gestell des Lampenschirms, als wollte er es aus der Decke reißen. Gleich würde er sie anspringen und sich auf sie werfen. Sie mied seinen Blick, schob sich an der Wand entlang, an den Möbeln vorbei, stieg über die zerbrochenen Teile des geblümten Geschirrs, das die Brandstetters schon seit Generationen benutzten, und hoffte, nicht zu stolpern. Als sie den Herd erreichte, nahm sie ein Geschirrtuch vom Haken und schob den glühenden Topf zur Seite, das Wasser war bereits bis auf eine Kalkschicht am Boden verdampft. Weiter tat sie so, als beachtete sie ihn nicht. Sein Wüten und Geschnaube wurde leiser, er musste erschöpft sein. Doch unterschätzen durfte sie ihn nicht, in Manni steckte unbändig viel Kraft, Bärenkräfte eben, die er sein Leben lang bei der Feld- und Holzarbeit trainiert hatte. Da sämtliche Tassen zerbrochen waren, nahm sie ein Weißbierglas aus dem Schrank und goss Milch hinein, schüttete das gerettete Kakaopulver dazu, damit er die Tabletten hoffentlich nicht herausschmeckte. Vorausgesetzt, er trank überhaupt. »Hier, Manni schau mal, ein Riesenkaba. Du hast doch bestimmt Durst.« Sie rührte mit dem Nächstbesten, was sie fand, einem Bleistift, um und trat einen Schritt auf ihn zu.

Sofort plärrte er los. »Jooonaa!« Der Tisch wackelte, er trampelte darauf herum, beugte sich vor und fuchtelte mit den Armen. Gegen ihn kam Marie sich auf einmal klein und zerbrechlich vor. Schlagartig ergriff die Angst von ihr Besitz, vor allem auch um das Kind in ihrem Bauch. Aber sie durfte sich nichts anmerken lassen. Sie war die Bestimmerin, und er brauchte Halt! Sie besann sich wieder auf den Trick mit den Pferden, drehte sich um, mit dem Gesicht zur Wand, und ging zur Anrichte zurück, tat so, als wollte sie rausgehen. »Na, gut, dann trinke ich den Kaba eben. Mmh, der ist vielleicht lecker.« Als sie das Glas anhob, spürte sie ihn hinter sich. Mit Karacho war Manni vom Tisch gesprungen.

ANNABEL

Ein Skandal ungeahnten Ausmaßes brach los und reichte weit in das neue Jahr hinein. Nicht nur ihr Schwiegervater und Konstantin, bundesweit hatten auch viele andere Ärzte Fälle von Missbildungen bei Neugeborenen gemeldet, sogar länderübergreifend. Auf Druck der Öffentlichkeit nahm die Firma Grünenthal alle Thalidomidpräparate aus dem Handel. Contergan hatte es nicht nur in Tablettenform gegeben, sondern auch als Saft für Kleinkinder oder als Zäpfchen, von denen inzwischen bekannt war, dass sie Nervenschäden auslösen konnten. Immer mehr Meldungen prasselten auf Konstantin ein. Auch das Fernsehen berichtete über Contergan. Sie fragte sich oft, wie ihr Mann den Tag überstand, wo ihn am Eingang der Seeklinik bereits Journalisten abfingen. Manchmal war er ein einziges Nervenbündel, wenn er nach Hause kam, hatte Operationen verschieben müssen oder an seine Assistenten weitergegeben, weil er so stark zitterte, dass er kein Skalpell halten konnte. »Die stellen mich vor Gericht, Bella«, sagte er, nachdem ihm eines Abends einfach so das Weinglas aus der Hand geglitten und am Boden zerschellt war. Es tropfte, ob Blut oder Rotwein, war nicht erkennbar. Ihr Mann fuchtelte weiter herum und lamentierte.

Es sah nach einer Schnittwunde aus, Annabel rief Frau Gusti herein. »Bringen Sie etwas zum Verbinden und Abwischen, und kehren Sie bitte die Scherben auf.«

»Den Papa kann ich doch verarzten.« Friedrich lief ins Bad.

Annabel setzte sich neben Konstantin und zupfte einen Splitter aus seinem Daumen, nun quoll Blut hervor, sie presste die Stoffserviette darauf, bevor ihr noch schlecht wurde. »Wer will dich verklagen?« Noch war niemand mit Vorwürfen an ihn herangetreten. Als Geburtsarzt konnte Konstantin doch nichts dafür, wenn ein behindertes Kind zur Welt kam. Und Contergan war noch bis Ende letzten Jahres rezeptfrei in jeder Apotheke erhältlich gewesen. Marlene war nun schon vierzehn Monate alt und lief seit ein paar Tagen, hielt mit ihren Stummelärmchen erstaunlich geschickt das Gleichgewicht.

»Wart's ab, die rotten sich alle zusammen, und dann bin ich dran.« Er ließ sich nicht davon abbringen.

Friedrich kam mit dem Verbandskasten zurück. »Ein Pflaster reicht, glaube ich«, sagte Annabel, es hatte bereits zu bluten aufgehört. Ihr Sohn machte das wirklich sehr gut. Er desinfizierte die Wunde sogar zuerst, obwohl sie bereits weingetränkt war, und wollte sie anschließend nähen. Konstantin ließ alles über sich ergehen, als gehörte die Hand gar nicht zu ihm. Auch dass Frau Gusti zu seinen Füßen putzte, nahm er nicht wahr. Als sich alles einigermaßen beruhigt hatte, aßen sie weiter.

»Hier, trink einen Schluck.« Annabel reichte ihm das Wasserglas.

»Woher weißt du, dass das nicht vergiftet ist?«, keuchte er.

»Das Wasser?«

»Das Essen auch. Hast du das fertig gekauft?« Konstantin schob seinen Teller weg und schaute sie aus rot geränderten Augen fiebrig an. »Kann doch sein, wenn ich gegen die Herstellerfirma aussage, dass sie mich und uns alle vergiften.«

»Du steigerst dich in was rein, die Würstchen sind von Dahlmanns, frisch aus der Theke, und der Kartoffelsalat auch.« Annabel wusste nicht, wie sie ihn noch überzeugen sollte.

Dieser neue Konstantin machte ihr Angst. Fast hätte sie sich den hochmütigen, unnahbaren zurückgewünscht. Friedrich traute sich auch nicht mehr weiterzuessen und sah schüchtern von einem zum anderen. »Bitte, hör auf, niemand will dir etwas tun, im Gegenteil. Denk an uns, an deine Familie, wir stehen hinter dir.« Ihre Schwiegereltern hatten ihnen angeboten, ihren eigenen Anwalt einzuschalten, sollte es zu Schwierigkeiten kommen. Wahrscheinlich hatte Richard damit die Paranoia bei ihrem Mann nur noch verstärkt.

Bald fühlte sich Konstantin von allem und jedem verfolgt. Besser, er fuhr nicht mehr selbst Auto, also brachte ihn Annabel morgens in die Klinik. Dort bat sie Helga, die ihr in dieser ganzen Verunsicherung am gefasstesten wirkte, ihr Bescheid zu geben, wenn es Zeit war, ihn wieder abzuholen. Das Einzige, was ihren Mann aufrichtete, waren die Telefonate mit Samuel Kleefeld. In ihm hatte er offenbar einen Verbündeten gefunden, dem er all seine Sorgen und Ängste anvertrauen konnte. Sie telefonierten weiterhin fast jeden Tag, und oft rief ihn Konstantin noch in der Nacht von zu Hause aus an. Das erleichterte Annabel, sie freute sich, dass die beiden Freunde wieder zueinandergefunden hatten, wenigstens das.

Zu gern hätte sie Näheres gewusst, aber da war sie bei früheren Versuchen schon gescheitert. Samuel war entweder ein rotes Tuch für ihren Mann gewesen oder wie jetzt ein Rettungsanker. Wie wäre es, wenn sie die Kleefelds als Überraschung zu ihnen nach Hause einlud? Dann hätte er endlich den Unterstützer an seiner Seite, und es würde ihm bessergehen. Von Zürich nach Starnberg waren es höchstens vier Stunden mit dem Auto, wenn überhaupt. Sein bester Freund würde Konstantin aufrichten, und außerdem war Annabel gespannt, wie ihre Rivalin war. Zugleich beschlich sie ein mulmiges Gefühl, wenn sie an eine Begegnung mit Barbara dachte. Am besten, sie rief die Kleefelds gleich an. Konstantin hatte die Nummer in seinem Adressbuch notiert, doch das lag in seinem Büro. Also wandte sich Annabel an die Telefonauskunft und fragte nach einem Dr. Samuel Kleefeld in Zürich. Der sei nicht gelistet, sagte das Fräulein. Ein niedergelassener Arzt war er also schon mal nicht, vielleicht arbeitete er in einer Klinik oder einem Spital, oder sie waren woanders hingezogen? Fünfundzwanzig Jahre waren eine lange Zeit. Am nächsten Tag sagte sie Luise Bescheid, dass sie eine halbe Stunde später komme, setzte Marlene in den Kinderwagen, spazierte mit ihr zur Post, wo es internationale Telefonbücher gab, und fragte den Schalterbeamten nach dem von der Schweiz. Er reichte ihr ein dünnes Büchlein. »Ist das für die gesamte Eidgenossenschaft?«

Herr Gabler, laut Schild an der Scheibe, nickte. »Es enthält auch noch Liechtenstein, Luxemburg und Österreich.« Wie kam es, dass die deutschen Telefonbücher ganze Regale füllten, aber internationale nur aus ein paar Bänden bestanden? Soviel sie an der Wand hinter dem Schalter erkennen konnte, umfasste die USA ein noch dünneres Buch, aber allein jede bayerische Stadt brauchte schon zwei Wälzer. »Gibt es in anderen Ländern weniger Telefonanschlüsse als bei uns?«, fragte sie.

»Das glaube ich kaum, eher noch mehr.« Der Postbeamte zuckte mit den Schultern. »Wir kriegen einfach nur diese hier zugeteilt, wäre ja auch eine Platzfrage, wo doch jede Familie bald einen eigenen Apparat besitzt. Nicht auszudenken, wenn eines Tages jeder einzelne Mensch ein eigenes Telefon hat. Stellen Sie sich die Wälzer mal vor, die es dann braucht, um alle Nummern abzudrucken!«

»Ja, und?« Annabel wusste nicht, worauf er hinauswollte. »Das kann ich mir sehr gut vorstellen.«

»Wo soll man denn so viele Bücher lagern, und das in jedem Ort auf der Welt? Die in Andalusien …«, wie kam er jetzt auf Andalusien, fragte sich Annabel, »… müssten dann unsere Telefonbücher haben, und umgekehrt. Wenn man die vielen Bücher nur an einem Ort hätte, sagen wir mal, in der Landeshauptstadt, das wäre doch sinnlos, weil dann jeder dort hinfahren müsste, um nachzusehen, welche Nummer jemand zum Beispiel in Spanien hat.« Er legte eine Pause ein und schaute sie an, als ob er Zeit geben wollte, seinem Gedankenlabyrinth zu folgen. »Ich meine ja bloß, zehn Bände spanisches Telefonbuch, mehr Seiten als der Brockhaus, da wäre es einfacher, man fährt direkt hin.«

»Aber wenn ich die Nummer nicht habe, kann ich auch nicht nach der Adresse fragen, um denjenigen zu besuchen.«

»Da haben Sie auch wieder recht.«

»Geht da vorn irgendwann was weiter, ich brauche nämlich Briefmarken, und zwar deutsche«, beschwerte sich die Frau hinter ihr und fuchtelte mit einem Bündel Briefumschläge.

Herr Gabler ignorierte sie. »Rufen's doch einfach die Auskunft an, gnä' Frau, die wissen fast alles.«

»Das habe ich bereits, die haben sich auf das ›fast‹ berufen, aber danke.« Annabel nahm das Büchlein entgegen und stellte sich mit dem Kinderwagen ans Fensterbrett, um die drängelnde Dame vorzulassen. Wie vermutet fand sie im Telefonbuch einige Kleefelds, aber keinen im Kanton Zürich. Es gab einen Mateo, einen Philip und einen Ruedi, jedoch keinen Samuel Kleefeld. Keiner von denen war Doktor, doch das musste nichts heißen. In der nächsten Spalte stand ein S. Kleefeld in Winterthur, sie schrieb sich die Nummer ab und ging zu einer

Nische mit einem Apparat, wählte und ließ es klingeln. Fünfmal, sechsmal, siebenmal, beim zehnten Mal wollte sie auflegen, als jemand abhob.

»Jo?« Das klang, als ob Manni Brandstetter drangegangen wäre. »Entschuldigen Sie die Störung, ich rufe aus Deutschland an, spreche ich mit Samuel?« Die Verbindung war schlecht, es rauschte in der Leitung.

»I verstohn Sie nit.«

»Sind Sie der Samuel?« Annabel wiederholte ihre Frage

»Naa, d' Sanno.«

»Sind Sie Arzt?«

»A nit. I bin Bäcker, und Sie haben mi grad ausm Tiefschlaf gholt.« Es klickte in der Leitung, er hatte aufgelegt.

HELGA

An sich gefiel ihr die Arbeit in der Frauenklinik. Mühelos erledigte sie die Aufgaben, die ihr Dr. Hauck, Dr. Kettler und die anderen Ärzte zuteilten. Sie assistierte bei Operationen und Geburten, begleitete die Visite und übernahm Sprechstunden, wenn die Kollegen anderweitig beschäftigt waren. Dabei fiel ihr auf, dass sich nicht nur die Räumlichkeiten und die Ausstattung verändert hatten, der ganze Klinikalltag war hektischer und schneller geworden. Als sie noch Lernschwester gewesen war, hatte die Oberschwester sie herumgescheucht, aber inzwischen trieb man sogar die Gebärenden an. Früher hatte bei abflauenden Wehen ein Spaziergang oder einfach Geduld geholfen, heute kam vermehrt die Zange oder die Saugglocke zum Einsatz, um den Ablauf, der doch bei jeder Frau anders und einmalig war, zu vereinheitlichen. Mehr Kinder in immer weniger Zeit. Neben den Geräten setzte man neue Medikamente ein, um die Geburt zu beschleunigen. Wo damals ein Cocktail aus Rizinus, Kirschschnaps, Sekt und Mandelmus die Wehen einleitete, half jetzt eine Infusion am Tropf nach. Ähnliches galt für die Mittel zur Schmerzlinderung, früher hatten Bewegung und selbstbestimmte Stellungen geholfen, um den Schmerzen entgegenzuwirken, jetzt zwang man die Gebärenden in Rückenlage und betäubte sie, wodurch die Geburt oft stagnierte. Manchmal, wenn sie von der Hebamme gerufen wurde, um einen Dammriss zu nähen, dachte sie an die Geburt von David, wie besonders und ohne Komplikationen sie verlaufen war. Oberhalb von Luises Laden hatte sie sich ihr Zimmer ganz nach ihren Bedürfnissen einrichten dürfen, sich ganz und gar geborgen gefühlt. Diese Nestwärme gab es in einem Krankenhaus nicht. Eine Schwangere wurde wie eine Kranke behandelt, es wirkte fast so, als wollte man sie von dem, was in ihr steckte, befreien, als wäre es eine Last. Wenn Helga das Licht dimmte, kam Dr. Kettler und drehte es hoch. Als Mentor und Kollege war er großartig. Bei seinen Schiffen, die er in Flaschen bastelte, trainierte er seine Feinmotorik. Das machte ihn zu einem erstklassigen Operateur. Dank seiner Fähigkeiten blieb den Frauen bei einem Kaiserschnitt bloß oberhalb des Schambeins eine Narbe, die man im Bikini verstecken konnte, nicht wie früher eine grobe Wulst senkrecht über den ganzen Unterbauch. Aber auch er beugte sich dem Diktat, mehr Geschwindigkeit in den Klinikablauf zu bringen. Dass man das Neugeborene, kaum dass es auf der Welt war, an den Füßen hochriss und ihm einen Klaps auf den Po versetzte, missfiel Helga. Hin und wieder dachte sie an das Einstellungsgespräch und warum Dr. von Thaler sie in die Seeklinik geholt hatte. Eines Tages war er in der Maistraße aufgetaucht, wo sie als Ärztin im praktischen Jahr arbeitete, und bot ihr die freigewordene Stelle in seiner Klinik an. Dahin, wo man sie fristlos entlassen hatte, würde sie auf keinen Fall zurückkehren. Außerdem waren David und sie gerade dabei, in München Fuß zu fassen und sich etwas Neues aufzubauen. Sie wollte schon ablehnen, fragte aber noch: »Warum ich, Doktor von Thaler?«

»Weil ich finde, dass es Zeit für mehr weibliche Ärzte ist, die sich um Frauenleiden kümmern. Ihre Disziplin und Ihr Ehrgeiz imponieren mir sehr, Frau Doktor Knaup, darum hoffe ich, dass ich Sie für uns gewinnen kann, bevor Sie mir ein

Kollege abspenstig macht.« Das beeindruckte sie, bis dahin hatte sie sich eher als winziges Rädchen im riesigen Getriebe des Gesundheitswesens gesehen. Zwar hoffte sie, eines Tages etwas zu bewirken, aber dass ein Mann erkannte, dass die Beziehung zwischen Ärztin und Patientin eine andere, oftmals eine ganz besondere war, hatte bis dahin noch keiner so dargestellt. Also hatte sie ihre Meinung geändert und ohne Umschweife zugesagt. Und nun war sie dabei, sich trotz der männlichen Dominanz in der Seeklinik zu behaupten und den Frauen und ihren Babys im Rahmen ihrer Möglichkeiten beizustehen. Die Ärzte und Stechschritt-Silvia beäugten sie misstrauisch, aber bei den meisten Hebammen und Schwestern stieß ihre frische Art auf Zuspruch.

Helga organisierte einen Schallplattenspieler und legte im Kreißsaal die Lieblingsmusik der Gebärenden auf. *Blue Velvet* von The Clovers und Chubby Checkers *Let's Twist Again* feuerten die Frauen an. Eine brachte den brandneuen Hit der Beach Boys mit und surfte durch den Geburtskanal. Eine andere wollte unbedingt die Beatles hören und hatte eine Single dabei, die ihr Verwandte ihres Mannes extra aus England geschickt hatten. Den Song kannte Helga gar nicht, obwohl sie genauso ein Fan der Pilzköpfe war und sich jede ihrer Schallplatten sofort kaufte. Das sei ein Mitschnitt einer Probeaufnahme, gestand ihr die Patientin unter Keuchen. Zu gern würde Helga auf ein Konzert von ihnen gehen. »Wir beide zusammen, ja? Halten Sie durch, Frau Stein«, ermutigte sie die Frau, die bald nur noch kreischte, als stünde sie direkt vor der Bühne. *Hello, little girl,* sang Paul McCartney, als das Kind endlich auf der Welt war, ein Junge, was der Freude aber keinen Abbruch tat. Helgas Fürsorge sprach sich herum, viele meldeten sich schon beim Abschied aus dem Wochenbett für die nächste Entbindung bei ihr an oder empfahlen sie der Freundin, Schwester oder Nachbarin weiter. Das belebte nicht nur ihre Freitagnachmittag-Sprechstunde, das blieb auch ihren Vorgesetzten nicht verborgen.

»Bald müssen wir für Frau Doktor Knaup eine Warteliste einrichten«, sagte Dr. Hauck bei der nächsten Teamsitzung und strich sich über seinen Bürstenhaarschnitt. »Wenn das so weitergeht, beeinflusst das noch die Zeugung. Warte, Schatz, wir müssen sehen, wann Dr. Knaup Dienst hat«, äffte er mit spitzem Mund eine Frauenstimme nach. Alle lachten, auch Silvia, die vom Pflegepersonal als Protokollantin dabei war.

Der Chef, der in letzter Zeit selten bei den Besprechungen etwas beitrug, meist nur zuhörte und abnickte, blieb ernst. »Gibt es ein Problem mit unserer Frau Doktor, Heiner?«

»Als Problem würde ich es noch nicht bezeichnen, eher als Hinweis.« Haucks Blick huschte zu Helga, die ihre Brille hochschob, und dann wieder zu Konstantin von Thaler. »Ich finde, dass sie ihre Kompetenzen als Assistenzärztin ein wenig zu sehr, wie soll ich sagen, ausdehnt.«

»Etwas mehr Ehrgeiz würde dir auch nicht schaden, Heiner, strebst du nicht eine Professur an?« Das saß, Hauck verstummte, und jegliches Lachen im Raum erstarb. »Verbiegt mir das Fräulein Helga nicht, ihre Frische und Wachsamkeit täte uns allen gut, mich eingeschlossen, dann wäre das mit Contergan vielleicht nicht passiert, oder hätte zumindest nicht dieses Ausmaß erreicht.« Für einen kurzen Moment schienen alle den Atem anzuhalten. »Steht sonst noch was auf der Tagesordnung?« Silvia, die mit offenem Mund den Schlagabtausch zwischen dem leitenden Oberarzt und dem ärztlichen Direktor verfolgt hatte, wandte sich wieder ihrem Klemmbrett zu, strich etwas aus und schüttelte den Kopf. »Nein.«

Wie angenehm, dachte Helga, bloß der letzte harmlose Punkt hinter einer Uterusruptur, einer Nekrose und einem subtotalen Prolaps zu sein.

Dass sie David bei den Dahlmanns wohlbehütet wusste und er ihr abends oft von seinen spannenden Erlebnissen erzählte, entlastete sie sehr. Immerhin nahm Luise das monatliche Kostgeld an, damit sie, wenigstens wegen dem, was ihr Sohn bei den Dahlmanns aß, kein schlechtes Gewissen zu haben brauchte. Oft erzählte er ihr von Onkel Dalli und was der ihm alles baute oder ihm beibrachte. Sogar das Radfahren hatte er in Dahlmanns Garten gelernt. Ganz stolz hatte er es ihr vor ein paar Wochen, kaum dass der Schnee geschmolzen war, vorgeführt. »Mama, ich kann mit ohne Stützen.« Eigentlich sollte sie Hans dankbar sein. Was er ihr angetan hatte, wusste ihr Sohn nicht und brauchte er auch nie zu erfahren. Am meisten freute Helga, dass es mit Luise eine Annäherung gab. Ihre Tochter Josie war Luise äußerlich sehr ähnlich, die braunen Locken und die Grübchen in den Wangen, wenn sie lachte. Vom Wesen her war sie quirliger als Luise. Nur wenn Josie innehielt und über etwas nachdachte, wirkte sie mit ihren zusammengezogenen Augenbrauen wie eine Miniatur ihrer Mutter. Geschlagen wurde sie offensichtlich nie, wie es sonst gang und gäbe war. Helga beobachtete das oft, wenn die älteren Geschwister mit den Vätern zu Besuch kamen. Da wandelte sich Freude schnell in Gereiztheit. Kinder hatten zu parieren, sonst setzte es was. Und wenn Helga sich einmischte, bekam sie zu hören, dass ein paar Schläge auf den Hintern oder ins Gesicht noch niemandem geschadet hätten. Gott sei Dank waren die Dahlmanns da anders.

Zu Hause wartete immer noch die Einrichtung der Wohnung auf sie. Seit einem Jahr lebten sie fast ohne Möbel, aber meistens konnte sich Helga zu gar nichts mehr aufraffen. Dabei brauchten sie dringend einen Schrank, eine Kommode und ein Regal für die Bücher. Selbst Betten hatten sie noch keine. Die Matratze auf dem Boden hatte den Vorteil, nicht zu quietschen, wenn Helga Besuch hatte. An den meisten Abenden schaffte sie es gerade noch, David ein paar Brote zu schmieren, beim Essen erzählten sie sich voneinander, spielten Memory oder übten für die Schule. Wenn David badete, kämmte sie ihm seine nassen Locken mit einem grobzinkigen Kamm, nur so konnte sie sie ihm schmerzfrei entwirren. Beim Abtrocknen knetete sie ihm Jojobaöl hinein, das ihr eine Münchner Freundin empfohlen hatte. Sobald ihr Kind schlief, nahm auch Helga ein heißes Bad, las noch in Ingeborg Bachmanns *dreißigstem Jahr*, das ihr Luise zum Dreißigsten vor ein paar Wochen geschenkt hatte. Dabei hätte sie bereits in der Wanne einschlafen können. Aber heute war Dienstag, heute ging sie aus. Einmal wieder die sein, die sie neben Ärztin, Mutter, Kollegin, Vertrauter ihres Chefs und hoffentlich bald wieder Freundin auch noch war – eine begehrenswerte Frau. Sie versicherte sich, dass David fest schlief, und schrieb ihm einen Zettel, für den Fall, dass er trotzdem aufwachte. Sie wäre nur spazieren und gleich wieder zurück. Länger als zwei Stunden durfte es nicht dauern, das war ihre eiserne Regel. In München war es leichter gewesen, abends ab und zu auszugehen, erstens war dort immer jemand in der Wohnung, der sich um David kümmern konnte, und zweitens war sie in der Großstadt anonymer. Wenn sie in Starnberg ein Lokal betrat, war die Gefahr groß, dass sie auf jemanden traf, der sie kannte. Blieb einzig das Hotel Bayerischer Hof. Dort konnte sie sich sicher sein, dass ihr die Durchreisenden im Alltag nicht wiederbegegneten. Es sei denn, ein Gast hatte zufällig seine hochschwangere Frau im Zimmer, und die Fruchtblase platzte.

Als sie die Hotelbar betrat, drehten sich die Männer nach ihr um. Einer setzte das Glas ab, ein anderer legte seine Zigarette auf den Aschenbecher, und ein dritter zog noch mal an seiner Kippe. Das uralte Spiel begann.

»Ja, Honey, was für eine Überraschung!« Barkeeper Mike, der eigentlich Michael Gruber hieß, begrüßte sie schon von weitem. Sie kannten sich noch aus der Zeit, als sie in dem Hotel als Zimmermädchen gearbeitet hatte. Er hatte sich damals für sie eingesetzt und ihr ermöglicht, dass sie mit einem Kleinkind unterm Dach wohnen durfte. Nach dem Rauswurf bei Luise war sie froh um diese Bleibe. So konnte sie nicht nur für ihrer beider Lebensunterhalt sorgen, sondern auch die Abendschule bezahlen. Dafür nahm sie auch die vielen Treppen in den vierten Stock in Kauf, die sie ständig hinauf- und hinunterlaufen musste, um nach David zu sehen. Im Sommer war es unterm Dach brütend heiß und im Winter eisig kalt, aber Hauptsache, sie hatte ihr Kind bei sich. Manchmal kamen sich Mike und sie bei den Männern in die Quere, denn er stand oft auf denselben Kerl wie sie, aber das hatte seine Vorteile, die sie auch heute nutzen wollte. Betont langsam kletterte sie auf den Barhocker, lehnte sich über den Tresen und gab ihm nach französischer Art ein Küsschen rechts und links auf die Wange, im vollen Bewusstsein, dass sie damit ihren Hintern und ihre Oberschenkel zur Schau stellte. Dann beugte sie sich zu ihrem Schuh, zog ihren Seidenstrumpf gerade und schlug die Beine übereinander, wippte mit den Füßen und stützte sich auf die Ellbogen, um mit Mike zu plaudern. Früher hätte sie das mit einer Zigarette in der Hand getan, aber es ging auch so, mit seiner Salzstange. Dabei fuhr sie sich wie nebenbei unter den Rocksaum, strich ihn glatt, als ob ihr jetzt erst auffiel, dass er kaum über den Oberschenkel reichte. Beiläufig sah sie sich um. Der Mann, der gleich neben der Tür saß, beendete gerade sein Abendessen, hatte den Salat übrig gelassen und legte das Besteck zur Seite. Sie schätzte ihn auf Anfang vierzig. Er trug einen weinroten Rollkragenpullover und zeigte sich ihr nur im Profil, mit einer imposanten Nase und vorstehendem Kinn. Dann trank er von seinem Pils und griff mit der linken Hand in die Innentasche seines Sakkos, das über der Stuhllehne hing. Helga glaubte schon, er zöge eine Zigarettenpackung heraus. Stattdessen hielt er ein ziemlich zerfleddertes Buch in der Hand, blätterte bis zu einem Einmerker vor. Auf die Schnelle konnte Helga den Titel nicht erkennen, außerdem hatte sie ihre Brille zu Hause gelassen. Absichtlich, sie wollte ihrer Phantasie mehr Raum geben.

»Kennst du noch unseren Code?«, fragte sie Mike.

»Na klar. Hast du schon einen Fisch an der Angel?«

»Nicht direkt, ich lass mich überraschen.« Manchmal brauchte es mehr Einsatz, meistens fast nichts. Ein Prickeln überfiel sie. Diese Mischung aus Vorfreude, Neugier. Am Ende der Bar saß ein schon etwas in die Jahre gekommener Bill Haley, mit weit auseinanderstehenden Augen im feisten Gesicht. Seine schwarzpomadige Tolle wippte wie die verkohlte Baiserhaube eines Kuchens. Er trug eine zweifarbige Strickjacke zur Krawatte und signalisierte mit seinem lässigen Auftritt, dass er in diesem Hotel zu Hause war. Der Mann am Tisch daneben rauchte Zigarre und starrte sie hinter seiner Hornbrille hervor an. Er hatte die Arme verschränkt und einen Seehundschnauzer, der bestimmt kitzelte, vielleicht auch kratzte beim Küssen.

Wenn keiner reagierte, würde sie sich einen von Mikes Spezial-Cocktails gönnen und sich mit ihrem alten Freund unterhalten.

NÜCHTERN BETRACHTET IST DIE WELT BESOFFEN BESSER ZU ERTRAGEN, stand am Flaschenregal mit dem Hochprozentigen.

»Der Herr von Tisch zwei will dich zu einem Getränk einladen«, sagte Mike, nachdem die Kellnerin ihm ihre Getränkebestellung gegeben und ihm etwas zugeflüstert hatte, und zapfte ein Pils.

»Welcher ist das? Strickjacke, Seehundschnauzer oder Rollkragen?«

»Äh, Rollkragen.«

»Und, wie bewertest du ihn?«

»Mal sehen, eine Drei vielleicht?«

»Eine Drei von fünf oder von zehn?«

Mike grinste. »Drei von drei. Sein Lesegeschmack ist jedenfalls ungewöhnlich.«

»Hoffentlich nichts Versautes?«

»Wie man's nimmt. *Die Schatzinsel.*« Einen Versuch war es wert. Sie bat Mike um einen French, nippte daran, und die Frische von Gin, Zitrone, Sirup und Champagner erzeugte eine Welle des Glücks in ihr. Wie hatte sie das vermisst. Dann setzte sie sich zu dem Abenteurer und fragte ihn über seine Schatzsuche aus.

»Und was machst du so, ich meine außerhalb von einem Abend an der Hotelbar?« Endlich legte er den Stevenson zur Seite. Die Welt der Halbwahrheiten begann, vermutlich belog er sie genauso, wie sie jetzt ihn.

»Verkäuferin«, sagte sie. Aber nicht in Dahlmanns Gemischtwarenladen, diese Erinnerungen waren ihr heilig. »In einem Schuhgeschäft«, ergänzte sie und brachte, ohne dass er sie dazu aufforderte, gleich Beweise vor, hielt einen kleinen Vortrag über rahmengenähte Schuhe, zu dem ihr Vater sicher zufrieden genickt hätte. »In einem aufwendigen Verfahren werden dabei der Schaft und die Laufsohle mittels eines dünnen Lederstreifens miteinander vernäht.« Sie strich über den Pfefferstreuer und bemerkte, dass ihr Gegenüber seine Füße in den ausgetretenen Slippern unter dem Stuhl versteckte. »Wollen wir zu mir gehen?«, fragte sie nach einer Pause. Sie hatte David schon lange genug allein gelassen.

Mit der Zeit sammelten sich verschiedene Dinge in ihrer Wohnung an, die die Männer vergessen hatten, wenn sie noch vor dem Frühstück gingen. Ein Kamm, ein Gürtel, natürlich Socken oder der Ehering, der wohl aus einer Hosentasche gekullert war. *Für Ralf, 20. 7. 51*, war darin eingraviert. Sie erinnerte sich an keinen Ralf, wahrscheinlich hatte der Kerl selbst bei seinem Vornamen gelogen. Einmal schlappte David in viel zu großen Schuhen herein. Wenn das so weiterging, konnte sie sich irgendwann einen Mann zusammenbauen. Zuletzt fand ihr Sohn sogar Taucherflossen unter ihrem Bett. Sie gehörten dem galanten Marius, fiel ihr ein, der mit dem besonderen Haarwuchs. Nicht auf dem Kopf, sondern von der Brust bis zu den Leisten waren seine Muskelpartien mit dunklen Härchen in unterschiedlichen Wuchsrichtungen markiert. Extra aus Bamberg war er mit dem Motorrad angereist, um mit dem Dampfer zu der Allmannshausener Steilwand am Ostufer des Starnberger Sees überzusetzen. Achtzig Meter tief ging es in die absolute Stille hinab bis zum Grund, hatte er ihr erzählt, während sie seine eigenwilligen Haarstrudel erkundete.

Eines Nachts, als sie wieder einmal ausging, entdeckte sie zwischen den Fremden in der Bar einen alten Bekannten, er lächelte sie an mit seinen strahlend weißen Zähnen, die bestimmt künstlich waren. Einmal nicht verstellen, einmal so sein, wie sie war, beschloss sie spontan und setzte sich zu ihm. Sie verstanden sich auf Anhieb, obwohl ihre erste Begegnung eher unangenehm verlaufen war. Jetzt war er charmant und zuvorkommend, ganz anders, als sie ihn in Erinnerung hatte. Als Mike zusperrte, begleitete er sie nach Hause. Doch an der Tür wies sie ihn ab. Am nächsten Tag klingelte er bei ihnen und schenkte David einen silbernen Zwerghasen. Nun ließ sie ihn herein, zumal sie sich eingestehen musste, dass der Mann ihr gefiel. Hauptsächlich David plapperte, während sie sich über ihre Kaffeetassen hinweg anschauten. Ihr Sohn freute sich über das Kaninchen und erklärte lang und breit, warum es kein Hase war. Endlich hatte er ein Tier, nachdem die Maus sang- und klanglos verschwunden war, als David sie bloß einmal kurz an die Luft gesetzt hatte, um den Käfig sauber zu machen.

MARIE

Ich habe Jona gefunden«, sagte Martin am Morgen nach Mannis Wutanfall, als er in die Küche kam oder in das, was von ihr noch übrig war. Marie war gerade damit beschäftigt, die Vorhänge wieder auf die Stange aufzufädeln. »Er liegt mit durchgebissener Kehle und auch sonst ziemlich ramponiert hinter der Holzlege.«

Also doch, das war der Auslöser. »Ein Fuchs?«, fragte Marie.

Martin verneinte. »Gegen den Ganter hätte der keine Chance gehabt, und selbst wenn, ein hungriges Tier hätte seine Beute nicht liegen lassen. Ich tippe auf einen Hund.« Sie wussten beide, welchen er meinte. »Ich rede nachher mit dem Schlossverwalter, so geht's nicht weiter, der Gero ist ja auch eine Gefahr für die Kinder.«

»Tu das.« Sie nickte. »Und Manni, wie hat er reagiert?«

»Er hat versucht, Jona wiederzubeleben, ein herzzerreißender Anblick. Er wollte ihn nicht mehr hergeben, hat ihn mit in sein Zimmer genommen. Wenn ich heute von der Arbeit zurück bin, machen wir eine Beerdigung, das hilft ihm vielleicht in seinem Kummer.«

»Immerhin hat er nicht noch mehr gewütet.«

»Ja, es tut mir so leid, dass es dich gestern erwischt hat.« Er holte sich vier Flaschen Bier aus der Speisekammer. »Als Kind hatte er oft diese Anfälle, aber dann mit vierzehn, fünfzehn hörten sie auf. Luise und ich waren heilfroh, dass das ausgestanden war.« Er strich ihr über den schwangeren Bauch, aus dem eine Beule nach außen drückte. Das musste ein Füßchen sein. Das Kind hielt in der Bewegung inne, so als würde es genauso wie Marie Martins Berührung genießen. »Wenn ich was tun kann, egal was, sag es mir, ich mach's.«

Weniger trinken, dachte Marie sofort, sprach es aber nicht aus. Sie schaute in sein schönes kantiges Gesicht mit dem Vollbart, den er ab und zu stutzte. Diese Augen hatten es ihr von Anfang an angetan, dunkel und unergründlich waren sie für sie gewesen. Heute wirkten sie wässrig, die Haut rot geädert, jede Pore auf seiner markant geschwungenen Nase war zu erkennen. Das konnte auch von der Waldarbeit sein, redete sie sich ein, blass war Martin noch nie gewesen, schon im Frühjahr war er stets braun vom Arbeiten im Freien. Sie dagegen musste sich mit einem Kopftuch bis in den Nacken schützen, um nicht zu verbrennen, und auch die Arme bedecken. Ihre helle Haut vertrug keine Sonne.

»Die Sache mit der Flurbereinigung, wann ist die vorbei?« Mit der hatte die ganze Trinkerei angefangen.

»Noch lange nicht, ich würde sagen, Naturschutz beginnt doch erst. Jetzt, wo die Maschinen überhandnehmen, jeder die anderen mit immer größeren und schnelleren Bulldogs übertrumpfen möchte. Wer denkt dabei noch an die Bodenqualität? So ein Stück Wiese braucht hundert Jahre, um so artenreich zu sein. Das wird die Chemie ruinieren, immer mehr Düngemittel sind im Einsatz. Der Kampf geht erst los, Marie, für uns und unsere Kinder. Oder sollen sie eines Tages auf einem geteerten Parkplatz leben müssen, in einer kargen Landschaft, die austauschbar ist wie eine Tankstelle am Stadtrand?« Marie schwieg, langsam bekam sie eine Vorstellung davon, welche Art Reden er vor anderen hielt. Sie stimmte ihm zu in dem, was er sagte, aber sie bräuchte ihn mehr an ihrer Seite. In wenigen Tagen würde sie vier Kinder haben, dann lebten sie zu acht auf dem Hof.

Martin küsste sie flüchtig, er war schon auf dem Sprung.

»Frühstückst du gar nicht?«

»Ich kauf mir unterwegs was, bin spät dran und will heute aber pünktlich Feierabend machen.«

Als er weg war, holte sie Besen und Kehrschaufel. Obwohl sie sich mit dem Bücken schwertat, fand sie noch Scherben oder winzige Splitter in den Fugen oder Schrankritzen. Dabei hatte sie gestern mit Polli zusammen mehrmals gründlich gekehrt und alles in die Grube hinterm Haus geleert, was Manni zerschlagen hatte. Sie musste die Kinder ermahnen, achtzugeben, wo sie hintraten. Das Barfußlaufen konnte sie ihnen nicht verbieten, dazu bräuchten sie neue Schuhe, doch die waren erst für den Herbst vorgesehen, wenn Alma in die Schule kam. Außerdem brauchten sie dringend neues Geschirr, vielleicht konnte sie etwas bei einem der fliegenden Händler ergattern, auf die Polli sich immer so freute. Neuerdings boten sie Betten und ganze Haushalte an. Das waren zusätzliche Kosten, die sie abzwacken musste. Sobald Martin seinen Lohn von der Postbank abholte, verteilte Marie das Geld immer auf mehrere Briefumschläge, die sie im Schlafzimmerschrank verwahrte. So waren die laufenden Kosten gedeckt, und sie kamen nie in Versuchung, mehr auszugeben, als sie erübrigen konnten.

Am späten Nachmittag herrschte große Aufregung. Eine echte Beerdigung auf dem Hof! Als die Kinder davon erfuhren, bedauerten sie Jona und Manni erst, aber gleich danach ging's los mit der Planung. Als Expertin in der Angelegenheit mischte sich Tante Polli ein. In ihrem Alter nahm sie häufiger an einem Leichenschmaus als an einem Geburtstag teil. Marie dachte schon, sie würde eine Tierbestattung als Frevel bezeichnen und untersagen, doch sie steigerte sich genauso in den Ablauf rein wie die Kinder. Manni war den ganzen Tag nicht aus dem Bett zu kriegen gewesen. Marie versuchte es mehrmals, brachte ihm Essen, mittags sogar seine Leibspeise, Kartoffelpuffer mit Apfelmus, die die Kinder »Räuberdatschi« nannten. Er rührte nichts an. Neben ihm lag Jona. Sein langer Hals war auf das Kissen drapiert. Zerrupft, ein Flügel abgespreizt, hatte der Ganter die Augen halb geschlossen, so als würde er tatsächlich jeden Moment aufflattern und sein Revier verteidigen. Mit den Jahren waren oft Tiere gestorben, die Manni großgezogen hatte, abgesehen von den Lämmern und Zicklein, den Hühnern und Gänsen, die geschlachtet wurden, hängte er sein Herz an jedes Lebewesen, das er versorgte. An seiner Stelle kümmerte sich Marie heute um Nana, die bestimmt genauso um Jona trauerte. Schließlich blieb ein Gänsepaar im Gegensatz zu anderen Tieren ein Leben lang dem Partner treu. Nachdem die Schafe reingeholt und die Ziegen gemolken waren, ging es los. Martin schaufelte bei den Johannisbeerbüschen am Zaun ein Grab. Hier lag bereits Purzel, die schwanzlose Katze, die vor einigen Jahren gestorben war, und, soviel sich Marie erinnerte, auch ein Amseljunges, das aus dem Nest gefallen war und das sie vergeblich versucht hatten, durchzubringen. Wie Martin es schaffte, seinen Bruder zum Rausgehen zu überreden, erfuhr sie nicht. Aber da war Manni auf einmal, mit verschmiertem Gesicht, das bartschattig war wie das seines großen Bruders. Er steckte in der Lederhose wie eh und je, die Kinder hatten sich schön gemacht wie für ein Fest. Tante Polli hatte ihnen das gesamte Ritual erklärt und sie hinterher abgefragt wie in der Schule. Marie staunte noch mehr, als sie den Sarg sah, der der Form des Ganters angepasst war. Bauchig geschwungen, lief er am Ende schmal zu, wie für einen Gänsehals gemacht. Er hatte sogar einen Griff an der Seite. »Wo hast du denn den organisiert?«

»Das ist ein alter Gitarrenkoffer aus dem Speicher, wo auch meine Trompete war.« Dass Martin als Kind musiziert hatte, wusste sie, doch bisher hatte sie noch nicht das Vergnügen gehabt, ihm zuzuhören.

»Und die Gitarre?«

»Die braucht keinen Koffer, sie hat keine Saiten, ist von einem Hamsterer, der nach dem Krieg hier war.« Die vielen Perserteppiche, die aus ähnlichen Tauschgeschäften stammten, hatten sie einem Trödler überlassen, der sie mit Feuereifer und einem Handkuss »für die wunderschöne Hausfrau« abholte, so dass sie sich fragten, ob die Summe, die er ihnen zahlte, doch zu niedrig bemessen war. Dann begann die Zeremonie. Feierlicher ging es kaum. Mit einem selbstgebastelten Kreuz, ernster Miene und abstehenden Zöpfen führte Linda den Trauerzug an und schritt wie ein Zinnsoldat aus. Hinter ihr folgte Martin mit seiner Trompete. Er spielte *Ich hatt' einen Kameraden*, es klang sehr festlich, aber Marie musste sich doch das Lachen verbeißen. Danach kamen die Sargträger, wie Tante Polli es angeordnet hatte. Alma und Konrad auf einer Seite, Manni auf der anderen. Dass der Koffersarg dabei schräg gehalten wurde, weil Manni um einiges größer als seine Nichte und sein Neffe war, tat der Zeremonie keinen Abbruch. Alle waren bei der Sache. Tante Polli hatte sogar ihren schwarzen Trauerhut mit dem kleinen Schleier aufgesetzt und ihr besticktes Tuch über der Kittelschürze um die Schultern gelegt, in der Hand trug sie einen Strauß Gänseblümchen. Mannis Kinn zitterte, als sie das Grab erreichten. Tränen tropften ihm auf die nackte Brust. Plötzlich musste sich Marie zusammenreißen, um nicht laut zu schluchzen. Bitte, lieber Gott, flehte sie innerlich, falls es dich gibt, lass uns niemals einen von uns beerdigen müssen. Sie legten zwei Seile um den Sarg und wollten ihn in die Erde absenken, doch er verkantete sich. Manni kniete sich hin und ruckelte den Gitarrenkoffer zurecht, bis er in das Loch passte. Polli bekreuzigte sich, und jeder, der wollte, durfte jetzt etwas sagen.

»Jona, wir haben dich *gans, gans* lieb gehabt«, fiel Alma ein.

»Und jetzt sind wir *gans* traurig«, ergänzte Konrad.

»*Gans* genau«, sagte Linda. Sie schnieften eine Weile.

Dann verteilte Tante Polli die Gänseblümchen und sagte dabei mit brüchiger Stimme einen Psalm auf. »Der Herr ist mein Hirte, mir wird nichts mangeln. Er weidet mich auf einer grünen Aue und führet mich zum frischen Wasser. Er erquicket meine Seele. Er führet mich auf rechter Straße, um seines Namens willen …« Mitten hinein schnatterte jemand. Nana kam angewatschelt. Sie rieb ihren Kopf mit dem langen Hals auf Mannis Schulter, der immer noch vor dem Grab kniete.

Vor lauter Rührung merkte Marie erst gar nicht, dass etwas Nasses zwischen ihren Beinen herablief. Die Fruchtblase war geplatzt. Noch spürte sie keine Wehen, aber es würde bestimmt bald losgehen. »Euer Geschwisterchen will euch alle kennenlernen«, sagte sie. Schon setzte ein Ziehen ein, das ihr den Atem nahm. Sie hechelte. Martin stützte sie auf dem Weg zum Haus, trug sie über die Schwelle in die Stube. Wie damals bei der Hochzeit, dachte sie und schloss die Augen, als die nächste Wehe anrollte. Polli murmelte ein Stoßgebet gen Himmel, nahm ihren Hut ab und breitete eine alte Decke auf dem Kanapee aus, die würden sie hinterher zusammen mit den blutigen Tüchern verbrennen. Sauber brachte man die eh nicht mehr. So hatte das Martins Mutter Ida Brandstetter auch gemacht und bestimmt deren Mutter davor und wer weiß wie viele noch, die bereits auf diesem Möbel entbunden hatten. Die Decke roch nach Pferd. Marie sog den vertrauten Duft ein und drückte ihr Gesicht dagegen, als sich die nächste Wehe ankündigte.

Die weiteren Stunden nahm Marie wie hinter einem Schleier wahr. Ihr Körper hatte die Führung übernommen, und sie vertraute sich ihm blind an, ließ sich von ihm in dieses merkwürdige Zwischenreich tragen, in dem sie nun schon zum vierten Mal zu Hause war. Ab und zu legte ihr die Hebamme das Holzrohr auf den Bauch, um auf die Herztöne des Kindes zu achten. Wann war Frau Hirschkäfer eingetroffen, und wer hatte sie geholt? In der Stube brannte nur die Stehlampe hinten im Eck. Die Vorhänge waren zugezogen, damit die Kinder, die vor dem Fenster tuschelten, nicht allzu viel mitbekamen außer ihren Schreien, die sie vergeblich unterdrückte. »Ich kann nicht mehr«, sagte sie, es tat so weh, warum musste sie das wieder und wieder durchleben?

»Doch, du kannst«, sagte Frau Hirschkäfer. »Komm, leg dich auf die Seite, ich massiere dir den Rücken mit Arnikaöl.« Als Marie sich drehte, übergab sie sich. Apfelmus und Räuberdatschi flogen in hohem Bogen heraus. Nun mussten sie schon vorab die Decke wechseln. Tante Polli brachte eine neue, die nicht mehr nach Wolke, sondern nach lange im Schrank gelegen roch. Schade.

»Wo … wo ist Martin?«, fragte Marie.

»Ach, den können wir hier nicht brauchen.« Die Hebamme half ihr aus der Sonntagsbluse und streifte ihr ein weites, leichtes Hemd über. Die Presswehen setzten ein. Marie umklammerte ihre Kniekehlen, schob und keuchte, froh, dass sie den Schmerz wegschieben konnte. Endlich kam etwas zwischen ihren Beinen zum Vorschein, sie durfte es streicheln. »Schau an«, sagte die Hebamme, »ein Revoluzzer, da will jemand mit der Hand zuerst heraus.« Wieder setzte ein starker Schmerz ein. Marie holte Luft und wollte schreien, hielt inne, als das Kind sie ablöste. Schrill krähte es sich in die Welt. Martin stürzte herein, hatte wohl direkt hinter der Tür gewartet.

»Moment, Moment. Deine Frau ist doch noch gar nicht hergerichtet.« Frau Hirschkäfer wollte ihn wieder hinausschicken, doch er drängte sich an ihr vorbei. Er drückte und küsste Marie, bestaunte sein Kind, das auf ihrem eingesunkenen Bauch lag wie in einem Nest. Das Bier, das sie roch, verzieh sie ihm diesmal, sie hätte jetzt auch eins gebrauchen können. »Wenn du schon da bist, dann kannst du die Nabelschnur durchschneiden.« Die Hebamme klemmte ab und gab ihm eine Schere.

Zwei Stunden später war das Haus voller Leute. Die Dahlmanns waren zum Gratulieren gekommen. Alma, Konrad und Linda hatten Xaver, wie sie ihren kleinen Bruder taufen würden, schon ein Fläschchen mit Fencheltee geben dürfen. In einem frischen Nachthemd und dem selbstgestrickten Bettjäckchen begrüßte Marie sie alle, zog dann aber mit Martins und Luises Hilfe in den ersten Stock um, damit sie sich ausruhen konnte. Noch immer sah sie nicht klar, sooft sie auch blinzelte. Das musste der Kreislauf sein. Die Treppe schien endlos, als hätte jemand Stufen dazugefügt. Schließlich lag sie allein im Ehebett und freute sich, dass wieder alles gutgegangen war. Unter sich hörte sie die Großfamilie feiern. Ja, als Jüngster musste man in dieser Familie ein Revoluzzer sein, um sich zu behaupten, dachte sie mit einem Lächeln bei dem Gedanken an das, was die Hebamme gesagt hatte. Der Bub war gesund, und auch sie würde sich hoffentlich schnell erholen. Ihr Blick fiel auf die Pfauenfeder, die seit letztem Jahr am Rahmen ihres Hochzeitsfotos steckte. Dann setzte erneut ein Schmerz ein, wallte auf wie eine Sirene. Als die Hebamme noch mal nach ihr sah, um sich für heute zu verabschieden, lag Marie schon nicht mehr auf der Matratze. Sie schwebte. Der Schmerz loderte in ihr, als wollte er sie auslöschen. Marie starrte an die Zimmerdecke, die eigentlich aus Holz bestand, und wunderte sich, dass die Balken verschwunden waren. Wer hatte das Dach abgehoben, um diesem besonderen Licht Platz zu machen? Grellweiß und warm zugleich. Alle Farben, nach denen sie sich bereits so lange sehnte, waren darin vereint. Dieses Licht würde sie heilen und mehr, es würde sie mit ihren Eltern zusammenbringen, die ein Teil davon waren, das spürte sie jetzt. Der Schmerz war augenblicklich fort und machte purer Freude Platz. Am liebsten hätte sie darin gebadet, etwas zog sie nach oben, weg aus ihrem Leib, hinein in das Licht, um sich aufzulösen. Leicht und frei wäre sie dann, ohne ein Ich, ohne gestern und morgen.

»Mein Mädl, bleib hier.« Die Hebamme tätschelte ihr die Wange. Sie hatte ihr eine Spritze gegeben und sie ins Leben zurückgeholt.

Meine Lieblings-Rock 'n' Rolls:

- *Jailhouse Rock von Elvis Presley*
- *Rock Around the Clock von Bill Haley*
- *Stupid Cupid von Connie Francis*
- *Johnny B. Goode von Chuck Berry*
- *Wild Wild Young Men von Ruth Brown*
- *Rip It Up von Gene Vincent*
- *Diana von Paul Anka (eher gemäßigtes Tempo)*
- *Be-Bop-a-Lula von Gene Vincent & His Blue Caps*
- *Good Golly Miss Molly von Little Richard*
- *Blue Suede Shoes von Carl Perkins (Obacht, nie auf seine blauen Schuhe treten!)*
- *Well, it's one for the money, two for the show, three to get ready, now go, cat, go, but don't you step on my blue suede shoes ...*

Im Schlaf überrascht

Vom 16. auf den 17. Februar 1962 wütete in Hamburg die schlimmste Sturmflut seit hundert Jahren. 315 Menschen starben. Der dichtbesiedelte Stadtteil Wilhelmsburg ist von der Außenwelt abgeschnitten, die Rettung war nur per Boot oder Hubschrauber möglich. *(Welch schreckliche Bilder im Fernsehen!)*

Aus: Luises Ladenkunde-Album

LUISE

Von nun an tanzte sie jeden Freitag, und auch im neuen Jahr. Hans fragte nicht nach, mit wem. Vermutlich nahm er an, dass sie mit dem Lehrer vorliebnehmen musste. Wenn er wüsste! Diese zwei Stunden in der Woche verbrachte sie ausschließlich mit Ferdl. Sie redeten nicht viel. Wenn sie sich trafen, tanzten sie. Bellarabi war ein Naturtalent, konnte mit den Hüften wackeln fast wie Timmerbrink, nur dass es bei ihm kein bisschen albern aussah, sondern, Luise überlegte, wie sie das bezeichnen sollte, erlaubte es sich aber nicht mal in Gedanken. Es gefiel ihr einfach. Punkt. Wenn sie nicht tanzten, lachten sie, Ferdl, der als Kunde und Geschäftsmann sehr zurückhaltend war, ging hier voll aus sich raus. Obwohl sie oft müde war und sich fragte, wie sie nach einer anstrengenden Woche im Laden überhaupt noch ein Bein heben, geschweige denn sich im Rock 'n' Roll, im Swing, im Twist und in all den anderen Tänzen bewegen sollte, war sie wie ausgewechselt, sobald sie die Musik hörte und Bellarabi sie mit offenen Armen empfing. Hatte sie sich in ihn verliebt? Sie liebte doch Hans, ja, auch nach all den Jahren noch. Mit ihm hatte sie ihr ganzes Leben aufgebaut, mit ihm gelitten, als sie ihr erstes Kind verloren. Ihm hatte sie den Laden zu verdanken, er hatte sie bestärkt und ermutigt, als sie an sich zweifelte. Er war Josies Vater, der beste der Welt. Andererseits hatte er sie auch mit Helga betrogen, und sie wollte sich nicht rächen und ihn genauso betrügen. Nein, das mit Ferdl fühlte sich anders an, aufregender. Nüchtern betrachtet war das mit Bellarabi und ihr eine Art Zweckgemeinschaft. Ja, seine Frau und ihr Mann wollten nun mal nicht tanzen, darum hatten sie in der Not zusammengefunden. So einfach war das. Und wenn da mehr war, dann war es höchstens ein Flirt, ein gegenseitiges Bezirzen und Beschnuppern. Nur für diesen Tanz waren sie zusammen, ohne Druck, ohne Erwartung und ohne Bindung. Allerdings, das musste sie sich eingestehen, spürte sie ein Kribbeln im Bauch, wenn sie an ihn dachte, wie kurz vor dem Achterbahnfahren in München auf der Wiesn, die sie sich einmal im Jahr gönnten. Dort wurde ihr regelmäßig schlecht. Doch dieses beschwingte Kribbeln in Ferdls Armen zauberte ihr ein Lächeln ins Gesicht.

Mit der Zeit dehnten sie die Tanzstunde noch etwas aus und schlenderten zusammen nach Hause. Heute, an diesem letzten Trainingsabend vor der Sommerpause schob Luise das Moped ein Stück. Ferdl musste weiter die Hauptstraße vor, und sie wollte die Triumph anwerfen, um in die Ludwigstraße abzubiegen, zögerte aber noch. »Schade, kaum fangen wir an zu tanzen, ist es schon wieder vorbei.« Der Kurs würde zwar auch über den Sommer weiterlaufen, aber ohne Anleitung. Timmerbrink machte Urlaub in Portugal.

»Im Herbst gehören wir dann schon zu den Fortgeschrittenen, Lou, stell dir das mal vor.« Er nannte sie wie Timmerbrink. Es stimmte, seit fast einem Jahr, die Feiertage abgezogen, tanzten sie zusammen. »Dabei hat meine Mutter immer gesagt, ich hätte zwei linke Füße und sollte lieber eine sitzende Tätigkeit ausüben, damit ich nicht ständig stolpere. Darum bin ich Uhrmacher geworden.«

»Ha, immer diese Mütter, so eine Aussage hätte auch von

meiner Schwiegermutter stammen können, ihr konnte ich nie etwas recht machen.«

»Ich erinnere mich noch an Henriette Dahlmann. In der Lehrzeit habe ich ihr einmal das Armband ihrer Uhr um ein Gelenk erweitert.«

»Das warst du? Die Uhr habe ich noch in einer Schatulle.« Sie standen nun schon eine ganze Weile an der Kreuzung vorm Tutzinger Hofplatz, hätten sich längst trennen sollen. »Also dann bis nächste Woche, falls du Lust hast, auch so einfach mit mir zu tanzen? Vielleicht müssen wir uns dann die Schallplatten selbst auflegen, aber ich glaube, das schaffen wir.« Keiner von ihnen machte Anstalten zu gehen.

»Sag mal, rauchst du nicht mehr?«, fragte sie, froh, dass ihr noch etwas eingefallen war.

Er lächelte unter dem Licht der Straßenlaterne. »Ich hab noch nie geraucht. Der Tabak, den ich bei dir gekauft habe, war für einen unserer Stammkunden als Dreingabe. Ich wusste sonst nicht, was ich bei dir kaufen sollte. Höchstens einen Metaxa, aber den gibt's ja nicht bei dir. Und bei deinen köstlichen Krapfen muss ich aufpassen, dass ich mein Hemd nicht vor der Arbeit mit Marmelade vollkleckere, darum kann ich die auch nicht ständig kaufen.«

»Heißt das etwa«, sagte sie leise, »dass du …«

Er nickte. »Jetzt weißt du, dass ich nur einen Vorwand gesucht habe, dich zu sehen. Lass uns noch was zusammen machen«, schlug er vor, bevor sie auf das davor Gesagte reagieren konnte.

»Und was?« An diesem herrlich warmen Juniabend wollte Luise genauso wenig schon nach Hause.

»Wenn ich dich überraschen darf, dann komm. Erlaubt es dein Mann, dass du noch länger fortbleibst, oder solltest du ihm Bescheid geben?«

Luise zuckte mit den Schultern. »Er denkt bestimmt, dass ich noch mit den Tanzkollegen etwas trinken gegangen bin, und außerdem schläft er vermutlich längst. Und deine Frau?«

»Die ist mit dem Chor übers Wochenende in Südtirol, ich bin also Strohwitwer.«

»Ach, daher weht der Wind.« Sie grinste ihn an. Ein Spaziergang am See oder tatsächlich noch ein Glas Wein trinken war erlaubt, selbst wenn ein Kunde sie sah und verpetzte. »Also gut, ich bin dabei, was hast du vor?« Sie stellte das Moped in die Einfahrt und schloss leise das Gartentor. Einen Augenblick glaubte sie, Hans stünde bei der Garage und rauchte, als sie etwas im Dunkeln aufleuchten sah, aber das war hoffentlich nur ein Glühwürmchen. Ihr Herz klopfte schneller, als Ferdl sie, kaum dass sie ein Haus weiter waren, an der Hand mit sich zog.

»Los, lass uns zum Bahnhof rennen, in zwei Minuten geht der Zug.«

Gerade als der Schaffner pfiff und die Türe zuwerfen wollte, hechteten sie noch in die Bahn. Außer Atem standen sie auf der Verbindungsplattform zwischen den Waggons, und als der Zug anruckte, lehnte sie sich wie aus Versehen an Ferdl. Er hielt sie, damit sie nicht umfiel, weiter nichts. Die zwanzig Minuten bis zum Hauptbahnhof waren in Nullkommanichts vorbei. Dort stiegen sie in die vollbesetzte Tram um. An den Haltestellen drängten weitere Leute herein, hauptsächlich junge Männer mit Vollbärten und Fräuleins in Kleidern, die kaum ihren Hintern bedeckten. Ihnen allen schien es nichts auszumachen, sich dicht an dicht stehend oder zu viert auf einer Bank zusammenzuquetschen. Ferdl und Luise mussten sich an der Pinakotheken-Haltestelle durch die Menge hangeln, um überhaupt hinauszugelangen. Draußen tauchten sie in das Schwabinger Nachtleben ein, bunte Glühbirnen und Lampions schmückten die Cafés, von denen es an jeder Hausecke eines gab. Alle Tische und Stühle waren besetzt, als wäre ganz München noch wach. Sie flanierten weiter. Ein maskierter Türsteher in Frack und mit Fühlern auf dem Kopf wollte sie die Treppe hinunter in einen Keller locken. Laut Schild war da unten ein Theater. Doch Ferdl zog sie von dem Käfermann fort und weiter bis zur Leopoldstraße. Sie staunte über einen Künstler, der die *Mona Lisa* mit Kreide direkt aufs Pflaster malte. Andere stellten ihre Bilder an Wäscheleinen aus, die sie zwischen der Straßenbeleuchtung aufgespannt hatten. Eine Band, umringt von einer Gruppe Klatschender und Tanzender, spielte auf dem breiten Gehsteig *Stand by Me*, den Hit von Ben E. King. Einer hatte dafür extra den Kontrabass angeschleppt. Luise kannte den Hit aus dem Radio, hatte aber noch nie bewusst auf den Text geachtet. *When the night has come and the land is dark and the moon is the only light we'll see …* Sie stellten sich eine Weile dazu und lauschten auch der nächsten Strophe. *If the sky that we look upon should tumble and fall or the mountain should crumble to the sea. I won't cry, I won't cry. No, I won't shed a tear. Just as long as you stand, stand by me.*

Das Softeis, das ihr Ferdl spendiert hatte, lief ihr den Ellbogen hinunter, sie kam gar nicht mit dem Schlecken hinterher. Kaum waren sie weiterspaziert und die Melodie hinter ihnen war verhallt, löste eine andere sie ab. Jazz diesmal, durch die offene Tür eines Lokals, mit Trompeten und Saxophon. Luise war überwältigt von so vielen Eindrücken. Überall duftete es nach Essen. Kleine Stände boten Gerichte an. Zuckerwatte, Bratapfel und Bratwürstl, Pommes Frites, aber auch Exotisches, das Luise noch nie probiert hatte. Sie schnupperte, kostete von einem Probiertellerchen, diesmal war sie es, die Ferdl zu etwas einlud, das sich Couscous nannte, was er aber nicht als Aufforderung verstehen sollte, wie sie lachend betonte. Es schmeckte süß und würzig zugleich. Nach Pfefferminz, Zitrone, Zimt und Aprikosen vielleicht auch. Die Luft war lau wie ein warmes Bad. Luise genoss den Ausflug, ertappte sich gleichzeitig dabei, dass sie sich Ausreden überlegte, falls Hans später nachfragte. Betrog sie ihn bereits? War das Ausgehen mit einem anderen Mann innerhalb einer Ehe erlaubt? Sie konnte und wollte Ferdl nicht mit Hans vergleichen, es gab hier nichts nachzudenken, beschloss sie. Sie sorgte mit den Tanzabenden und seiner Nähe einfach nur für ihr eigenes Wohlbefinden, mehr nicht. So betrachtet profitierte auch Hans davon. Ging es ihr gut, ging es ihm gut, das zählte.

»Was ist? Was grinst du so?« In Ferdls Augen spiegelten sich die bunten Stadtlichter.

»Ich freu mich einfach«, sagte sie und hakte sich bei ihm ein. Auch das musste doch unter guten Freunden erlaubt sein, nicht dass sie sich noch verloren in der Großstadt. Bei so vielen Menschen auf einem Fleck. Sie mochte München schon immer, hatte Schwabing aber noch nie bei Nacht erlebt. So viel gab es zu entdecken. Überall sah man Leute, die mitten auf der Straße knutschten, in ihrer Jugend und mit Hans wäre das undenkbar gewesen. Küssen in der Öffentlichkeit!

Auf einmal geriet Bewegung in die Menge. Jemand schubste sie, Luise stieß an das Paar hinter ihr, Ferdl zog sie zu sich, wankte, wurde fast umgestoßen. Die Musik war abrupt verstummt, nun kreischten die Leute. Eine ältere Frau, die am Bordstein gestanden hatte, fiel auf die Straße. Autos hupten. Panik machte sich in Luise breit. Was war los? Eine Rauchwolke stieg zum Himmel. War einer der Stände mit ihren offenen Feuern in Brand geraten? Martinshörner ertönten. Die Polizei rückte an, bremste quer auf der Fahrbahn und stieg aus grünweißen Käfern aus. Ein junger Mann warf einen Stein nach den Polizisten. Andere taten es ihm nach, hoben auf, was sie fanden, schmissen mit Flaschen und Besteck und johlten.

»Scheißbullen, verreckt doch«, schrie einer neben ihr, kratzte Luise ins Gesicht, als er mit einer Gabel fuchtelte.

»Nazi-Polizei«, brüllte ein anderer. Die Polizisten droschen mit Gummiknüppeln auf die Nächstbesten ein.

»Komm, schnell weg hier.« Ferdl legte den Arm um sie und zog sie in seine Richtung. Gemeinsam schoben sie sich zwischen den Menschen hindurch, bis sich hinter den Häusern eine Lücke auftat. Dann rannten sie los, folgten einer Gruppe junger Leute, vielleicht Studenten, die in eine Querstraße lief. Ein VW Käfer mit Sirene und Blaulicht setzte ihnen nach. Hand in Hand hasteten sie weiter. Sie hatten doch nichts getan. Sie hatten keine Steine geworfen, aber wie sollten sie erklären, dass sie dennoch davonliefen? Was, wenn sie verhaftet wurden? Wie ihren Ehepartnern erklären, dass sie in diesen Tumult geraten waren? Ferdl riss sie in eine unbeleuchtete Nische, dort harrten sie, an die Hauswand gedrückt, aus. Der Wagen hielt, das Blaulicht streifte ihre Gesichter. Ein Polizist stieg aus und leuchtete mit einer Taschenlampe in den Hinterhof, ganz knapp an ihnen vorbei. Luise versuchte, ihren keuchenden Atem zu unterdrücken. Sie spürte Bellarabis bebende Brust. Wie ein Kind wollte sie am liebsten die Augen schließen, damit sie nicht gesehen wurde. Der Polizeifunk drang bis an ihr Ohr. Man sprach von Krawallen. In der Stadt ging es hoch her, weitere Sirenen erklangen. Endlich löschte der Polizist die Lampe, lief zum Käfer zurück und fuhr weiter. Kaum war er weg, küsste Ferdl sie. Einfach so. »Noch mal«, sagte Luise, als er sich von ihr löste. »Du schmeckst nach Couscous.«

Am nächsten Tag musste sie so tun, als ob alles wie immer wäre, dabei war sie innerlich aufgewühlt. Wie vermutet hatte Hans längst geschlafen, als sie weit nach Mitternacht heimkehrte. Er hatte nur kurz gefragt, wo sie so lange geblieben war. Sie sagte, mit den Tanzkollegen feiern, was ja bis auf den einen Buchstaben nicht gelogen war. »Du und trinken, was gab's denn?«, fragte er.

»Ach, einen Cocktail mit allem.« Hoffentlich fragte er nicht auch noch, wo sie hingegangen waren, denn dann müsste sie wirklich lügen.

Er hatte sich auf die Seite gedreht und weitergeschlafen.

Beim Frühstück blätterte er in der Zeitung. »Mei, was in München gestern los war.«

Luise horchte auf. »Wieso, was war denn?«, fragte sie möglichst beiläufig.

»Ach, diese Studenten wieder.« Er tippte auf die Schlagzeile: *Krawallnacht in Schwabing. Studenten liefern sich Straßenschlacht mit Polizei.*

Nicht nur Studenten, dachte sie, es waren auch ein Uhrmacher und eine Ladenbetreiberin dabei. Sie schluckte, stand auf und öffnete den Kühlschrank, damit ihr glühendes Gesicht sie nicht verriet. Würde Hans ihr glauben, wenn sie ihm sagte, dass sie dabei gewesen war?

»Und warum prügeln die sich?«, fragte sie, mehr in den kühlen Kühlschrank hinein, unschlüssig, was sie auswählen sollte, es stand bereits alles auf dem Tisch. Sie entschied sich für ein weiteres Stück Butter, die sie sowieso zum Backen brauchte, und setzte sich wieder.

»Der Auslöser war wohl ein Anwohner, der sich durch laute Musik gestört fühlte«, sagte Hans, der den Artikel überflog.

»In der Leopoldstraße? Da spielt doch sowieso eine Band neben der anderen.«

»Woher weißt du das?« Hans lugte über die Zeitung zu ihr.

»Ach, das hat mir neulich eine Kundin erzählt.« Sie biss sich auf die Zunge, musste aufpassen, dass sie sich nicht doch noch verriet.

Die Schwabinger Krawalle hielten laut Nachrichten und Zeitung mehrere Tage an. Es gab Hunderte Festnahmen und viele Verletzte. Ferdl und Luise hatten verdammt großes Glück gehabt. Sie musste mit ihm darüber reden, sonst platzte sie noch. Um Viertel vor sechs bat sie Annabel, alleine zu bedienen, dann lief sie in den Uhrmacherladen, grüßte Frau Bellarabi und zeigte ihr die Uhr ihrer Schwiegermutter. Es war ein hässliches Ding, das Ziffernblatt schon ziemlich verkratzt. Sie fragte, ob man sie enger machen könnte.

»Das dürfte kein Problem sein.« Johanna Bellarabi, eine schlanke Frau in elegantem Bleistiftkostüm, die Haare auf der Stirn zu einer Tolle gedreht, notierte die Bestellung auf einer Papiertüte.

Luise hielt nach Ferdl Ausschau, versuchte, durch die angelehnte Tür zu spähen, hinter der die Werkstatt lag. »Und die Uhr geht auch nicht mehr, vielleicht könnte Ihr Mann sie reparieren?«

Frau Bellarabi schüttelte sie, hielt sie sich ans Ohr. Dann drehte sie an dem Rädchen des Ziffernblatts. »Doch, doch. Sie haben sie bloß nicht aufgezogen. Ich höre ein leises Ticken.« Sie hielt sie auch Luise ans Ohr.

Schade, das war wohl nichts, dachte sie, Ferdl war nicht da.

»Danke, wann kann ich sie abholen?« Vielleicht klappte es dann.

»In einer Woche, soll ich Sie anrufen?«

»Ich komm gerne einfach vorbei. Also dann, Pfia Gott.« Sie wollte gehen.

»Tanzen Sie noch?« Frau Bellarabi steckte die Uhr in die Tüte.

»Ja, doch«, sagte Luise so beiläufig wie möglich.

»So? Mein Mann ist ja auch noch dabei, aber ich hoffe, dass ich ihn überreden kann, ab Herbst bei uns im Kirchenchor mitzusingen, wir brauchen dringend einen Tenor.«

»Was gibt's, Hanni? Ah, Frau Dahlmann, guten Abend, kann ich helfen?« Da war er endlich. Wie sollte sie es einfädeln, dass sie kurz mit Ferdl allein sprechen konnte? Sie holte die Uhr noch mal aus der Tüte, drehte an dem Rädchen, bis sie auf neun zeigte. »Ihre Frau meinte, die Uhr geht, aber mir ist eingefallen, dass sie immer stehen bleibt, sehen Sie. Vielleicht können Sie sie doch reparieren?«

»Selbstverständlich, ich schaue sie mir nachher gleich an.« Er brachte sie noch zur Tür.

»Beim Pavillon am See«, sagte sie so leise wie möglich, bevor sie ging.

Von da an trafen sie sich regelmäßig, auch außerhalb der Tanzstunde. Da sich Luise wieder angewöhnt hatte, so oft wie möglich schwimmen zu gehen, dachte sich Hans nichts dabei, wenn sie zusätzlich abends weg war.

Sie tanzten und sie liebten sich. Ohne Chor, aber mit ihrem ganz persönlichen Gesang. Bellarabi und Luise.

Luise kam sich ziemlich verrucht vor, wenn sie in einer Pension abstiegen, die Ferdl im Voraus bezahlt hatte, und sie dann nach einem Tanz im Bett schon wieder mit Ferdls Fiat zurückfuhren. Und nie sprachen sie dabei von Liebe, sie machten sie bloß.

Dass sie sich verändert hatte, agiler und fröhlicher geworden war, blieb Hans auf die Dauer nicht verborgen. Wenn sie mit ihm schlief, dachte sie nicht unbedingt an Ferdl. Sie dachte eher daran, wie viel mehr Spaß es mit ihm machte und welche Glücksgefühle sie durch ihn erlebte. Bei Hans war sie noch nie zum Höhepunkt gekommen und nahm es auch jetzt weiter so hin, wenn er Lust auf sie hatte. Über so etwas hatte man nicht gesprochen kurz nach dem Krieg, als sie sich kennenlernten. Romantik war das Höchste der Gefühle, und danach kam die eheliche Pflicht, die hoffentlich zu einem Haus voller Kinder führte. Erfüllung beim Sex gehörte nicht dazu. Bei einer Frau könne sowieso nichts umkippen, hatte sie Hans zu seinen Fußballspezls sagen gehört, und dann hatten sie alle gejohlt und mit Bezeichnungen für ihr bestes Stück geprahlt. Aal, Balken und Besenstiel, sogar ein Außenminister war darunter. Dennoch bemühte sich Hans und nahm an, dass ihr gefiel, was er tat, und es gefiel ihr ja auch. Also brauchte er nicht zu fragen, ob sie mehr oder etwas anderes wollte. Und selbst wenn er gefragt hätte, vor der Begegnung mit Bellarabi und dem, was sie mit ihm erlebte, hätte sie gar keine Antwort gewusst.

HELGA

Froh, den anstrengenden Kliniktag hinter sich zu lassen, radelte Helga Anfang Juni zum Laden, um David abzuholen. Sie fror auf dem Fahrrad, in ihrem kurzen karierten Rock und der dünnen Strumpfhose. Trotz der Frühlingssonne war es noch nicht so warm, wie sie gedacht hatte, aber wenigstens regnete es nicht mehr. Den Regenmantel hatte sie nämlich heute Morgen daheim vergessen und war auf den letzten Metern zur Arbeit in einen Schauer geraten, der nicht nur ihre mühsam toupierten Haare ruiniert hatte, sondern auch ihren Lidstrich in Trauerränder verwandelte. Zum Glück war sie in ihrem Büro für solche Fälle inzwischen eingerichtet, hatte sich rasch geföhnt und ihre Schminke aufgefrischt, bevor sie zu einer Beckenendlage gerufen wurde.

»Die Kinder sind bei dem neuen großen Spielplatz hinterm Dampfersteg, weißt du, wo?«, sagte Luise, als eine Kundin gegangen und die nächste noch mit dem Auswählen beschäftigt war.

»Ich denke schon, der muss richtig toll sein. Mehrere Schaukeln, Klettergerüste und sogar ein altes Segelboot soll es da geben, hat David erzählt.«

»Ans Wasser zu gehen, habe ich ihnen verboten, ich hoffe, sie halten sich dran.«

Da wäre Helga auch froh. Dank Josie, die in allem ein Ansporn für ihn war, konnte David zwar bereits schwimmen, aber richtig sicher war er im Tiefen noch nicht. Da mussten sie dieses Jahr, sobald der See Badetemperatur hatte, noch weiterüben. »Dann schau ich mal, wo sie bleiben. Bis nachher.« Kurz hinter der Unterführung am Bahnhof bog sie auf den schmalen Fußweg ab und entdeckte sie schon von weitem. Die Kinder rannten über den Platz und patschten mit ihren Gummistiefeln durch die Pfützen, konnten sich nicht entscheiden, ob sie lieber rutschen oder balancieren sollten. Schließlich hopste David auf eine Wippe, und Josie kletterte auf die andere Seite. Eine Frau im weißen Trenchcoat und mit einer Schirmmütze folgte ihnen, stellte sich zu David und strich ihm wie selbstverständlich über den Kopf. »Hey, was fällt Ihnen ein?« Helga rannte los. Sie blieb stehen, als sie die Frau erkannte. Es war ihre Mutter. »Was tust du hier?«

»Meinen Enkel besuchen.« Sie wandte sich zu ihr um.

»Ach ja? Woher weißt du überhaupt …, und wie hast du …«, sprudelte es aus Helga heraus. Eigentlich musste sie es für sich selbst erst sortieren. »Sag mal, trefft ihr euch öfter hier?« David hatte ihr zwar von dem Spielplatz erzählt, aber erst nach einigem Zögern und als sie nachgebohrt hatte, fiel ihr nun auf.

»Warum nicht, ich darf doch mein Enkelkind sehen, wann ich will, das ist mein gutes Recht.«

»Wer sagt das?«

Helga brüllte fast, ihr Herz raste.

»Mama, was ist denn?« David sprang rückwärts von der Wippe, so dass Josie aus der Höhe auf den Reifen unten am Boden knallte. Oje, Helga hechtete zu ihr. »Ist dir was passiert?« Josie zog eine Schnute und schüttelte den Kopf. »Entschuldige bitte.« Helga versicherte sich, dass es ihr gutging. »Kommt, wir gehen, Luise wartet auf uns, es ist spät, wir müssen nach Hause.« Sie legte den Arm um Josie und streckte die Hand aus, um auch David zu sich herzuholen.

»Ist das alles, nach so vielen Jahren, fällt dir bei unserem Wiedersehen nicht mehr ein, als mich anzuschreien und dann zu ignorieren?« Ihre Mutter stellte sich ihnen in den Weg. Helga nahm die Kinder und umrundete sie.

»Mama, das ist doch die Oma«, sagte David, als ob sie das nicht wüsste. »Sie ist nett.«

»Ja, wir kriegen fast jeden Tag ein Eis«, erklärte Josie wie zur Verstärkung, »oder ganz viele Zehnerl für den Kaugummiautomaten. Aber ein Ring war bisher noch nicht dabei.«

Bestechung also, dachte Helga. Jetzt musste sie es wissen, wandte sich um und trat auf ihre Mutter zu. »Das kann doch kein Zufall sein, wie hast du überhaupt erfahren, dass ich ein Kind habe, und wie hast du David gefunden?«

Ihre Mutter zog den Gürtel ihres Trenchcoats straff. »Was denkst du denn? Glaubst du etwa, wir wüssten nicht alles über dich, auch wer sein Vater ist?«

»Sei still.« Helga beugte sich zu den Kindern. »Ich muss kurz alleine mit der Oma reden. Sagt mal, wollt ihr solange noch zu dem Kletterturm dahinten laufen?«

»Ich bin Erster.« Josie rannte vor. Mit gesenktem Kopf trottete David ihr hinterher, konnte sich nur schwer von den Erwachsenen lösen.

»Habt ihr mir etwa nachspioniert?«, fragte Helga, als er außer Hörweite war, und konnte sich die Antwort im selben Moment denken. Natürlich, die Löws kannten Mittel und Wege, setzten auch schon mal einen Privatdetektiv ein. Das konnte jeder in ihrer Nähe gewesen sein, jede Begegnung in der Bar, sogar der Taucher. Auf einmal waren ihre Liebhaber keine zufälligen Bekanntschaften mehr, sondern vielleicht von ihren

Eltern auf sie angesetzt. Auch in der Arbeit wurde sie möglicherweise bespitzelt, einen guten Draht zu Richard von Thaler hatten ihre Eltern bereits, vielleicht quetschten sie sogar Annabel und ihren Mann aus oder andere Kollegen. Ekel durchfuhr sie. Sie musste aufpassen, nicht durchzudrehen, und besann sich auf ihren Atem, dachte daran, wie sie ihre Prüfungsangst besiegt hatte. Das half. Im Vergleich dazu war das plötzliche Auftauchen ihrer Mutter ein Klacks. »Du übertreibst, wie so oft. Ich glaub dir kein Wort.«

»Meinst du etwa, dass du ohne uns das Abitur geschafft hättest und einfach so hättest Medizin studieren können? Noch dazu als Frau? Und nun die gutbezahlte Stelle in der Klinik, denkst du, die hast du gekriegt, weil du ach so talentiert bist? Sieh dich doch an. Wie kurz müssen deine Kleider noch werden, damit du einen Ehemann findest?«

»Du machst es so, wie du es immer gemacht hast, du lügst mir schamlos ins Gesicht.« In Helga gärte es wie schon lange nicht mehr. Sie griff sich ans Ohrläppchen, fixierte einen Punkt vor sich. Die Schuhe mit der abgerundeten Kappe ihrer Mutter. Weiß wie der Mantel, mit einer großen Zierschnalle vorne. Bestimmt aus der neuesten Löw-Kollektion oder extra für sie angefertigt. Helga atmete aus und murmelte leise »Wuuussssaaa« in sich hinein. Das dämpfte ihre Wut. Dann straffte sie sich, sah ihrer Mutter fest in das stark geschminkte Gesicht und wartete darauf, dass die Fassade bröckelte. Wie früher, als sie noch zu Hause gewohnt hatte und gegen ihre Eltern ständig Kämpfe ausfocht. Welche von ihnen hielt dem Blick der anderen länger stand? Welcher fielen mehr Gemeinheiten ein?

»Helga, bitte.« Ihre Mundwinkel mit dem braunroten Lippenstift zuckten. »Weißt du, was du uns angetan hast, was du uns immer noch antust?«

»Wage es nicht, dich noch ein einziges Mal heimlich mit meinem Sohn zu treffen oder auch nur in seine Nähe zu kommen.«

»Drohst du mir etwa?«

Helga wandte sich wortlos ab und holte die Kinder vom Klettergerüst. Dass David seiner Oma verstohlen winkte, konnte sie nicht verhindern. Das Ganze tat ihr von Herzen leid.

Als sie Josie nach Hause brachte, erzählte sie Luise davon, die das Schaufenster von außen putzte. Der Laden hatte bereits zu.

»Und jetzt?«, fragte Luise.

Helga zuckte mit den Schultern. »Ich weiß auch nicht. Wir können den Kindern doch nicht verbieten, zum See zu gehen.«

»Doch, das müssen wir wohl, ohne Aufsicht dürfen sie nicht mehr allein zum Spielplatz. Nicht dass deine Eltern David einfach mitnehmen.«

An diese Möglichkeit hatte Helga noch gar nicht gedacht, es schauderte sie.

»Magst du reinkommen und noch eine Tasse Tee mit mir trinken?«, schlug Luise vor und stieg von der Bank.

»Ein anderes Mal gern.« Helga schüttelte den Kopf. Jetzt musste sie erst mal allein verarbeiten, was gerade geschehen war. Sie dankte ihr, hängte sich Davids Schulranzen an den Lenker und machte sich mit ihrem Kind auf den Heimweg. Unterwegs versuchte sie, ihm die Situation zu erklären, was ihr schwerfiel. Weder mit der dunklen Vergangenheit ihrer Familie noch mit der Auseinandersetzung damals wollte sie ihren Sohn belasten. Dennoch ermahnte sie ihn, in Zukunft unter keinen Umständen mit der Oma mitzugehen, egal mit welchen Geschenken sie lockte. »So wie ich dir eingeschärft habe, mit keinem Fremden mitzugehen, weißt du noch?« Sie schrie ihre

Worte fast, weil die Autos so laut an ihnen vorbeibrausten, als sie die Hauptstraße entlanggingen. Er sah sie mit ernster Miene an und nickte dann. Das genügte ihr nicht. Sie blieb stehen und sagte eindringlich: »Sag ja, damit ich auch sicher weiß, dass du mich verstehst.«

»Ja, Mama.« David schluckte, den Tränen nahe, holte er tief Luft. »Wenn die Oma mich wiedersehen will, sage ich einfach, ich darf mich nicht mehr mit ihr treffen, und renne ganz schnell weg.« Es brach ihr fast das Herz, wie einsichtig ihr Kleiner ihr zuliebe war. Und wieder ahnte sie, dass er vermutlich mehr aushalten musste, als ihr bewusst war.

Der Klinikalltag forderte sie auch über den Sommer, so dass sie kaum dazu kam, an ihre Eltern zu denken. Dank Luise, die nun wachsamer war, glaubte sie, dass ihre Mutter sich von David fernhielt. Und ihrem Kind vertraute sie, wollte ihn nicht ständig fragen, ob er seine Großmutter wiedergetroffen hatte. Sie verbrachten zwei herrliche Ferienwochen in Italien, wohin sie mit der Bahn fuhren. Meer, Sand und Strand und so manchen Italiener genoss Helga. Braun gebrannt und mit von der Sonne fast weiß gebleichten Haaren kehrte sie in die Arbeit zurück. Obwohl sie immer mehr Frauen die Antibabypille ermöglichte, kam es trotzdem vor, dass manche sich in ihrer Not an eine Engelmacherin wandte und sich einer sehr schmerzhaften und sich oft über Tage hinziehenden Prozedur aussetzte, um die Leibesfrucht loszuwerden. Darum half Helga auch hier, wo sie konnte. Ihre Sprechstunden am Freitagnachmittag liefen nun schon seit eineinhalb Jahren und fanden immer mehr Zulauf. Wenn sie damit einen Beitrag leistete, damit Frauen überhaupt von ihren Rechten und Möglichkeiten erfuhren, war viel getan. Schließlich lebten sie nicht mehr im neunzehnten Jahrhundert, als der Mann noch von der Größe des Gehirns auf die geistigen Kapazitäten schloss. Im September, David war nun stolzer Drittklässler, unterhielt sie sich mit Frau Melzer in ihrer Sprechstunde. Nach einer missglückten Abtreibung mit einer scharfkantigen Flasche hatte sie eine Woche stationär behandelt werden müssen, und nun ihre Beratung gesucht.

»Mein Mann hat seine Arbeit als Dachdecker verloren«, gestand sie Helga. »Wir leben mit fünf Kindern und meinem Schwiegervater dazu in einer Zweizimmerwohnung, wie soll ich da ein sechstes durchbringen? Die Pille erlaubt mir mein Mann nicht, schon gar nicht nach dem Contergan-Dilemma. Genauso wie alle anderen Verhütungsmittel, die die katholische Kirche verbietet.«

»Dann kommen Sie das nächste Mal bitte gleich in die Klinik, anstatt sich einer Kurpfuscherin auszusetzen«, schlug Helga vor, auch wenn fraglich war, ob Frau Melzer überhaupt noch mal schwanger werden konnte, nach der Verletzung, die in ihrer Krankenakte beschrieben wurde.

»Ja, dürfen Sie das denn?«

»Offiziell nicht, auch bei uns sind Abtreibungen illegal, aber wir haben hier Möglichkeiten, die Ihr Leben nicht gefährden. Wenn es so weit ist, beratschlagen wir. Ich könnte Ihnen auch helfen, gute Pflegeeltern zu finden, für den Fall der Fälle.« Sie wusste aus eigener Erfahrung, dass dies das Letzte war, was man in solch einer Situation hören wollte, doch ihr blieb nichts anderes übrig. »Sprechen wir uns, wenn es so weit ist, und bis dahin versuchen Sie es besser damit.« Sie holte ein paar Präservative aus der Schublade und schenkte sie ihr. »Schauen Sie, die gibt es neuerdings sogar in Schwarz-Lila, als hätte sie der Papst persönlich geweiht.« Wenigstens entlockte sie ihr damit ein verlegenes Lächeln, bevor sie sich verabschiedeten.

Auf dem Flur traf sie auf Dr. von Thaler. »Verzeihung, Herr Doktor, hätten Sie einen Moment für mich?«

»Selbstverständlich, was gibt's?« Er blieb stehen, sah mit gesenktem Kopf aber mehr an ihr vorbei, als dass er sie wirklich wahrnahm, war anscheinend ganz woanders.

Sie konnte es ihm nicht verdenken, bewunderte ihn, wie er den ganzen Rummel, dem er zurzeit ausgesetzt war, wegsteckte.

Dass er insgesamt etwas zerstreut wirkte, oft die Namen der Patientinnen bei der Visite verwechselte und dann auch die Befunde, überspielten alle. Solange er keine Aussetzer bei Operationen hatte oder eine Fehlentscheidung bei einer Geburt traf, verzieh ihm jeder im Team. Im Gegenteil, alle versuchten, ihn zu unterstützen. Sie wäre die Letzte, die dafür nicht Verständnis aufbrachte.

Auch jetzt wollte sie ihn nicht lange aufhalten und kam ohne Umschweife zur Sache. »Ich möchte bitte meine Beratung um eine Stunde verlängern, also nicht erst um drei, sondern schon um zwei Uhr beginnen und dann bis fünf?« Freitags konnte sie keine Überstunden machen, musste David pünktlich abholen, sonst konnte Luise nicht zum Tanzen gehen. »Inzwischen habe ich mehr Anmeldungen, als ich schaffe. Es gibt eine Warteliste, ich versuche zwar, so viele Frauen wie möglich in den zwei Stunden unterzubringen, muss aber dennoch oft welche abweisen.«

»So? Ihr Ehrgeiz in allen Ehren, Frau Dr. Knaup. Aber lehnen Sie sich nicht zu weit aus dem Fenster, gerade im Moment will ich jegliche Aufmerksamkeit vonseiten der Behörden vermeiden.«

»Wieso, was meinen Sie?«

»Ich wollte das eigentlich von Ihnen fernhalten, weil ich Ihre Arbeit schätze, aber es gab ein paar Anrufe empörter Ehemänner und Väter, die behaupten, Sie würden die Antibabypille und andere Verhütungsmittel in Ihrer Beratung wie Bonbons verteilen. Auch bei Oberschwester Silvia haben sich einige beschwert.«

»Wir sind doch verpflichtet, den Frauen zu helfen.« Das wollte sich Helga nicht gefallen lassen.

»Aber wir sind immer noch eine Geburtsklinik, kein Bordell.« Dr. von Thaler sah auf seine Armbanduhr. »Ich fürchte, wir müssen unser Gespräch vertagen, ich habe gleich ein wichtiges Telefonat. Lassen Sie uns im nächsten Jahr darüber sprechen, wenn sich hoffentlich die Wogen geglättet haben.«

»Aber über Contergan kläre ich auch auf, viele nehmen das Medikament weiterhin, weil sie es noch zu Hause haben.« Sie stach ungern direkt ins Wespennest, doch nun ging es nicht anders. »Außerdem haben Sie mich doch genau deswegen an die Klinik geholt, wissen Sie noch?« Sie lief neben ihm her. »Sie haben sich doch eine weibliche Ärztin für Frauen gewünscht, und hier bin ich.«

Er blieb stehen und blickte sie nun doch richtig an. »Hier sind Sie, und zwar unübersehbar.« Dann lächelte er. »Nun gut, reden Sie mit Dr. Kettler, er hat das Ganze schließlich angezettelt, oder nicht?«

Sie nickte, dann war die Stunde schon so gut wie gebongt. »Und noch eine letzte Frage, Herr Doktor, Verzeihung, etwas Persönliches. Dann lasse ich Sie sofort zu Ihrem Telefonat gehen.« Er zog die Augenbrauen hoch, sie spürte geradezu, wie er sich gegen eine unangenehme Vertraulichkeit wappnete, und überlegte, wie sie es formulieren sollte. »Sagen Sie, hatten meine Eltern ihre Finger im Spiel, als Sie mir die Assistenzstelle angeboten haben?«

»Wie kommen Sie denn darauf? Wen ich einstelle oder nicht, entscheide immer noch ich. Jetzt muss ich aber.« Er ließ sie endgültig stehen und verschwand in seinem Büro.

Wenigstens das war geklärt, nichts anderes hatte sie erwartet, ihre Mutter hatte gelogen, wie früher schon. Erleichtert atmete sie auf. Außerdem war ihre Schicht zu Ende. Helga tauschte ihren Arztkittel gegen das bunt bestickte Bolerojäckchen, betrachtete sich kurz im Spiegel und richtete die Träger ihres geblümten Minikleids in Trapezform, das ihr Dekolleté und ihre Beine besonders gut zur Geltung brachte. Sie freute sich schon auf den Abend vielleicht würde sie, wenn David schlief, wieder ausgehen und sehen, ob sie den Hasenmann traf. Zu gern würde sie ihm die Leviten lesen. Seit dem Frühjahr hatten sie nämlich vier Kaninchen zu versorgen. Pucki war trächtig gewesen, und noch wollte sich David von keinem der putzigen Wollknäuel trennen. Gerade als sie ihr Fahrrad neben dem Klinikeingang aufsperrte, hielt eine Radfahrerin neben ihr.

»'n Abend Helga, tut mir leid, ich bin wohl zu spät für deine Beratungsstunde?« Es war Marie, sie wirkte ziemlich abgehetzt.

»Eigentlich ja. Ich wollte gerade heimfahren.«

»Ach so, klar, dann komme ich nächste Woche. Schönen Feierabend« Sie wendete sofort wieder.

»Warte, jetzt bist du doch schon hier.« Helga hielt sie auf. »Komm, stell das Rad ab. Setzen wir uns an den See, wenn du magst.« Die Besuchszeit war seit fünf zu Ende, die Patienten nahmen gerade ihre Mahlzeiten in den Zimmern ein, und eine Schwangere, die vor der Entbindung im Klinikpark spazierte, war momentan auch nicht in Sicht.

»Gern, wenn du noch kurz Zeit hast? Ich möchte aber nicht aufdringlich sein.« Marie hustete, klopfte sich auf die magere Brust.

»Wenn es dir nicht zu windig ist? Oder soll ich dich untersuchen? Dann gehen wir besser rein.« Kaum zu glauben, dass Marie bereits vier Kinder geboren hatte und das so kurz hintereinander. Kein Gramm Fett am Leib, die Hände sehnig und voller Schwielen. Nur ihr Gesicht mit den vielen Sommersprossen wirkte immer noch kindlich, eingerahmt von den rötlichen Locken, die aus ihrem Kopftuch lugten. Die zarte Marie, die damals als eine der Ersten in Helgas Turnstunde aufgetaucht war, hatte sich in eine kraftstrotzende Arbeiterin verwandelt. Sie bräuchte dringend einige Säcke voller Schlaf oder mehr, war Helgas erste Diagnose. Falls Marie eine Erkältung hatte, konnte sie nichts ausrichten, wollte sich jedoch anhören, was sie wollte.

»Nein, ich möchte nur kurz mit dir reden. Martin hat heute extra eine Stunde früher Schluss gemacht, aber wie es so geht, bis ich losgefahren bin, war es Viertel vor fünf.«

»Bist du etwa in einer Viertelstunde von Leutstetten bis hierher gerast?«

Marie nickte, stellte das Rad ab, nahm ihre Tasche vom Gepäckträger und knöpfte sich den Blusenkragen und die Strickjacke zu. Obwohl das Wasser gegen das Ufer schwappte, der See sich dunkelblau wellte, war es oberhalb, auf der Bank zwischen den Linden, angenehm warm und fast windstill. Trotzdem schlang Marie die Arme um die Brust, ihr Atem rasselte. Das konnte auch die Anstrengung gewesen sein. Aber Helga war sich nicht sicher, Marie räusperte sich mehrmals, als bekäme sie schlecht Luft. »Entschuldige, dass ich dich einfach so überfalle, aber als ich von der Beratungsstunde in der Zeitung gelesen habe und dann auch noch, dass du das bist, dachte ich mir, ich muss es wagen. Gratuliere übrigens zur Ärztin.«

»Danke und von mir herzlichen Glückwunsch zu deinem Buben. Luise hat es mir erzählt. Was kann ich für dich tun?«

Kaum saßen sie, fing Marie an zu erzählen, schüttete Helga ihr Herz aus, und da war einiges in Aufruhr. Angefangen mit Manni, der kurz vor ihrer letzten Geburt total ausgeflippt war. »Ich wusste mir nicht anders zu helfen und habe ihm Beruhigungstropfen in den Kakao geschüttet. Seither habe ich ein schlechtes Gewissen, dass ich ihm etwas angetan habe. Nach der Sache mit dem Contergan.«

»Soweit bisher bekannt, schadet Contergan hauptsächlich dem Embryo im Mutterleib und auch nur in den ersten Wochen«, erklärte Helga. »Was für ein Mittel war das denn?«

»Ich kann mir den Namen nicht merken, hab's aber dabei.« Sie holte ein Fläschchen aus der Handtasche.

»Ach, *Sedariston*, das ist nichts weiter als Baldrian in Kombination mit Johanniskraut und Melisse. Wenn die Tinktur gewirkt hat, dann bravo, das kannst du ihm ruhig öfter geben.«

»Wirklich? Das erleichtert mich. Dann habe ich was, falls so etwas noch mal passiert.« Marie atmete auf, hustete aber sofort wieder.

»Der arme Manni.« Er tat Helga zwar leid, aber irgendwie hatte sie das Gefühl, dass Marie um den heißen Brei herumredete. »Dein Husten hört sich hartnäckig an.«

»Stimmt, die Erkältung krieg ich seit Wochen nicht los.« Sie rieb sich den Hals. »Und wie läuft deine Beratungsstunde? Ich finde ja toll, dass es jetzt so etwas gibt.«

»Ganz gut, ich wünschte, ich könnte mehr machen, aber immerhin konnte ich schon ein paar Frauen helfen, bevor sie sich in ihrer Not etwas antun.«

»Wie helfen? Heißt das, du nimmst Abtreibungen vor?« Marie umklammerte ihre Tasche mit beiden Händen und wandte sich Helga zu.

»Schockiert dich das? Es gibt Situationen, da ist eine Abtreibung der einzige Ausweg, und bevor die Frauen selbst Hand anlegen und sich verletzen oder zu einer dieser Engelmacherinnen gehen, mache ich es. Nicht jede Frau verträgt die Antibabypille, und nicht jeder Ehemann erlaubt sie seiner Frau. Und die, die ledig schwanger werden, haben gar keinen Zugang dazu. Wir müssen doch endlich selbst bestimmen dürfen, ob wir Kinder wollen oder nicht, findest du nicht auch?«

Marie knetete mit ihren rauen Händen den Henkel ihrer Tasche. Helga dämmerte es. »Sag mal, bist du deswegen hier?«

»Nein, nein. Ich ... ich habe nur nicht an diese Möglichkeit gedacht. Ich liebe meine Kinder, sie sind alles für mich, genauso wie für Martin, aber ich ...« Sie schob den Kies mit der Spitze ihres abgetretenen Schnürschuhs zusammen. Sie trug selbstgestrickte bunte Ringelsöckchen, das sah nett aus. »Und du und Luise, ihr seid doch wieder befreundet.« Schon wieder wechselte Marie das Thema.

»Mehr oder weniger, wieso?« Wann rückte sie endlich mit der Sprache heraus?

»Es ist wegen Hans, das ist zwar schon über ein Jahr her, aber es beschäftigt mich. Und du warst doch mal mit ihm zusammen, da dachte ich mir ...«

»Ich?«, unterbrach Helga sie. »Ich war niemals mit ihm zusammen. Er hat vielmehr, also er hat mich ...« Sie stoppte. Warum fiel es ihr so schwer, laut auszusprechen, was er ihr angetan hatte? Von den Frauen, die in ihre Stunde kamen, verlangte sie das. Nun spürte sie am eigenen Leib, wie viel Mut es kostete. »Hans kam damals einfach in mein Zimmer und hat mich bedrängt, ich habe ihm mehrmals deutlich gesagt, dass ich nicht will, aber er hat mein Nein nicht akzeptiert und hat mich ...«, sie holte Luft.

»Vergewaltigt?« Marie sprach aus, was sie nicht über die Lippen brachte.

Helga nickte. »Sag mal, hat er etwa auch dich ...?«

Marie schüttelte den Kopf. »Er hat mich nur begrapscht.«

»Nur? Marie, das ist ...« Helga suchte nach dem passenden Wort.

»Harmlos, im Vergleich zu dem, was ich nach dem Krieg erlebt habe, da wurde ich von einem Soldaten vergewaltigt und fast umgebracht, kurz nach der Flucht aus Schlesien. Du bist die Erste, der ich das sage, nicht mal Martin weiß davon.«

»Wie schrecklich, oh, Marie, das tut mir so leid.« Helga strich ihr über den Arm. Sie schwiegen eine Weile, starrten aufs Wasser. Ein Haubentaucher schaukelte auf den Wellen. Plötzlich war er verschwunden.

»Auch wenn ich wahrscheinlich nie drüber hinwegkommen werde, ist es ewig her. Aber ich dachte, das passiert mir nicht noch mal, nie mehr lass ich mich von einem Mann anfassen, wenn ich es nicht will. Aber als Hans mich ..., da ist alles wieder hochgekocht.«

»Dieses Ekel«, sagte Helga und spuckte in den Kies.

»Drecksau«, sagte Marie und spuckte dazu.

»Arschloch.« Wieder Helga.

»Oberarschloch.« Trotz allem lachten sie. »Du, ich wollte dich eigentlich etwas anderes fragen, Martin und ich, wir haben bisher mit der Temperaturmethode verhütet, aber du siehst ja, was dabei herausgekommen ist. Im Rechnen bin ich keine große Leuchte.«

»Wenn du erkältet bist und Fieber hast, täuscht dein Körper die fruchtbaren Tage vor, dann verschiebt sich alles.«

»Oh, das wusste ich nicht, das erklärt einiges.« Sie lächelte immer noch, obwohl sie fix und fertig wirkte.

»Sag mal, bist du wieder schwanger?«

»Nein, aber ich will es auch nicht mehr werden.«

»Na, komm.« Helga stand auf. »Ich glaube, wir gehen doch noch kurz in die Klinik, damit ich dich abhören kann, nicht dass das mit dem Husten was Ernsteres ist, und dann schreib ich dir auch noch ein Rezept, und auch eines für eine Kur. Die hast du dringend nötig, wie mir scheint.«

»Eine Kur? Aber ich kann doch meine Familie nicht im Stich lassen.«

»Wie alt ist denn dein Jüngster?«

»Xaver ist ein halbes Jahr.«

»Stillst du noch?«

»Ja.« Sie griff sich an die Brust. »Darum muss ich auch gleich wieder heim.«

»Nur kurz abhorchen. Den Kleinen kannst du mitnehmen. Aber bis so eine Mutter-Kind-Kur genehmigt wird, dauert es leider, darum beantrage sie am besten gleich. Dann kriegt ihr auch eine Haushaltshilfe, wie wäre das? Wenn's dir bessergeht, Marie, hilft das der ganzen Familie, schließlich hängt alles an dir. Stell dir vor, du könntest dich einfach mal drei Wochen in die Sonne legen, wirst bedient, musst dich nicht selbst ums Essen kümmern, genießt Massagen und Behandlungen und schläfst so viel und so lange du willst.«

»Das wäre herrlich. Und so wie du das sagst, klingt es tatsächlich machbar.«

MARIE

Auf dem Weg durchs Leutstettener Moos zurück war es finster. Der Dynamo ihres Fahrrads surrte schwach, Marie konnte kaum einen Meter weit sehen und musste aufpassen, nicht vom Weg abzukommen oder über Wurzeln zu fahren. Plötzlich kam von links lautes Pfeifen und dann ein dumpfes Dröhnen und übertönte das Zirpen der Grillen. Das war nichts, in der Nacht verstärkten sich bloß die Geräusche, redete sie sich ein. Wer harrte schon im Moos aus, um genau ihr aufzulauern? Die Gegend war ihr vertraut, hier würde ihr nichts geschehen. Lieber legte sie sich Pedalumdrehung für Pedalumdrehung zurecht, wie sie Martin das mit der Kur beibringen sollte. Allein die Vorstellung, ein paar Wochen nur für sich zu haben, zu malen und Kopf und Seele frei zu kriegen, war wunderbar. Sie bremste, als ein Igel ihren Weg kreuzte, um ein Haar hätte sie ihn überfahren. Augenblicklich hüllte sie die Dunkelheit ein. Sie hustete, rieb sich die Brust. Kein Verdacht auf Tuberkulose, Helga hatte Maries Lunge geröntgt. Sicherheitshalber hatte sie ihr noch ein mit Tuberkulin bestrichenes Pflaster auf die Brust geklebt, ein Hauttest, der nach zwei Tagen ein Ergebnis zeigte. Zur Auswertung, auch des Röntgenbildes, auf das Helga noch mal einen Kollegen draufschauen lassen wollte, sollte sie Anfang nächster Woche erneut vorbeikommen. Als sich Maries Augen an die Dunkelheit gewöhnt hatten, erkannte sie die vielen Schattierungen der Nacht. Am Himmel die Mondsichel, die sich durch den Schleier aus Wolken schob, vor ihr die Silhouette des Waldes, auf den Hügeln Getreidefelder, Pferdekoppeln. Ringsum das Moos mit seinen vielblättrigen, duftenden Pflanzen. Sogar der kurvenreiche Weg, der noch vor ihr lag, war mit einem Mal zu erkennen. Dunkles Kobalt, Aquamarin mit einem Hauch Violett und Petrol mit Ocker oder Zinnober gemischt. Das wären die Farbtöne, die sie für so ein Nachtbild verwenden würde. Das Beobachten und das Schwelgen in Malerei verschafften ihr eine innere Ruhe, genauso die Vorstellung, Papier und Farbtuben oder auch ihren Aquarellkasten wieder in der Hand zu haben, den Pinsel einzutauchen und loszulegen. Und kein kleiner Wildfang würde ihr dazwischenfunken. Am Hof angekommen, stellte sie das Rad ab und schlich sich ins Haus. Außer einem Mutterschaf, das im Stall blökte und vermutlich sein Lamm in der Herde suchte, war nichts zu hören. Die Kinder schliefen offenbar und Martin auch. Sie zog sich rasch aus, streifte im Halbdunkel des Flurlichts, das durch die Schlafzimmertür schien und das sie wegen der Kinder die ganze Nacht brennen ließen, das Nachthemd über. Xaver lag in der Wiege neben ihnen, Kopf und Beine stießen fast an die Bretter. Sie brauchten dringend ein viertes Kinderbett oder ein weiteres Stockbett fürs Kinderzimmer. Rasch kuschelte sie sich an Martin. Sie hatte kalte Füße, und er war schön warm.

»Und, was hat der Doktor gesagt?« Er drehte sich zu ihr um und legte einen Arm um sie.

»Die *Frau* Doktor«, flüsterte Marie und schmiegte sich in seine Arme.

»Ach ja?« Er schlief fast schon wieder. Ausnahmsweise roch er nach dem Kamillenshampoo der Kinder und nicht nach Bier. Marie fragte sich, wer wen gebadet hatte.

Am nächsten Morgen erzählte sie ihm beim Frühstück von Helga, der Diagnose und dem Test. Sie hatten eine ruhige Nacht gehabt, nicht mal Xaver war aufgewacht, er schlief sogar noch immer. »Wie hast du das angestellt?«, fragte sie.

»Alle gebadet, dann Eibrote gemacht und die Geschichte vom Riesenmeerschweinchen erzählt.« Martin öffnete sich die erste Flasche. »Kone ist zuerst eingeschlafen. Dann Xaver und Alma. Linda hat tapfer bis zum Schluss durchgehalten, bis das Meerschweinchen wieder geschrumpft ist.«

»Erzählst du mir das heute Abend auch?«

»Ganz exklusiv, kann ich machen.« Er beugte sich zu ihr, küsste sie, fuhr ihr unter die Schürze und strich ihr über die Brust. »Ich hätte noch einen anderen Wunsch ... Ja?« Es gluckerte, als er trank. Sie konnte das Geräusch kaum ertragen.

Sie zögerte, es auszusprechen, aber dann dachte sie daran, dass sie genauso das Recht hatte, einmal an sich zu denken, und wagte es. »Kannst du demnächst mal Urlaub nehmen?« Sie erzählte ihm von der Kur.

»Du willst allein an die Nordsee?« Er riss seine großen dunklen Augen auf, die in den letzten Monaten immer wässriger geworden waren.

»Wohin sie mich schicken, weiß ich noch nicht, keine Ahnung, ob es überhaupt klappt. Wie kommst du auf die Nordsee?«

»Na ja, Meeresluft soll gut für die Lunge sein, hab ich gehört. Und nach Hamburg ist es auch nicht weit.« Ach, das war seine Befürchtung.

»Sag mal, bist du etwa immer noch eifersüchtig auf Theo? Bis auf die Karten zum Geburtstag habe ich doch nie mehr was von ihm gehört.« Ihr Jugendfreund gratulierte ihr jedes Jahr, egal ob sie ihm antwortete oder nicht.

»Er schreibt dir, dass er an dich denkt.«

»Das kann ich ihm nicht verbieten. Du vertraust mir doch?«

Er nickte, drehte die halbleere Flasche in der Hand. Gegessen hatte er wie üblich noch nichts. »Vertraust du mir auch?«

»Wieso zweifelst du das an?«

»Weil du mich ständig ermahnst, weniger zu trinken. Und jetzt gerade guckst du auch schon wieder vorwurfsvoll. Da musst du gar nichts mehr sagen. Aber ich weiß, was ich tu, hab das unter Kontrolle.«

Konnte sie ihn wirklich mit den Kindern allein lassen, falls die Kur genehmigt würde? Gestern Nacht auf dem Fahrrad war es ihr machbar erschienen. »Wäre es dir denn recht, wenn ich und Xaver zur Erholung irgendwohin fahren? Ich meine, schaffst du es, einige Wochen allein mit den anderen Kindern, Manni und Polli?«

»Bei meiner Tante bin ich mir nicht sicher, ob ich sie länger als ein paar Stunden am Stück aushalte, aber ansonsten ...« Er stellte das Bier zur Seite und nahm ihre Hand in seine. »Nein, war nur Spaß. Natürlich krieg ich das hin. Hauptsache, dir geht's endlich wieder besser. Mit deinem Bellen die ganze Nacht machst du dem Gero Konkurrenz.« Überzeugend klang das für sie noch nicht, da mussten sie noch eine Weile üben, aber die hatten sie ja. Vielleicht sollte Marie abends wieder öfter etwas unternehmen, damit Martin sich bewusstwurde, was es hieß, ganz auf sich gestellt zu sein. Früher war sie einmal in der Woche zum Turnen gegangen. Allerdings war das kurz nach ihrem Kennenlernen gewesen. Dass sie zusätzlich zu der Arbeit mit den Tieren und auf dem Feld bald eine Schar Kinder zu hüten hätten, hatten sie damals beide nicht geahnt.

HELGA

Wie jeden Tag schaute sie auf dem Weg in den Kreißsaal kurz auf der Säuglingsstation vorbei. Sie liebte den Anblick der Babys in ihren Bettchen, jedes mit ganz eigenem Gesichtsausdruck, wie sie schliefen oder wach in die Welt blickten. Jedes schon jetzt eine Persönlichkeit. Sie mochte auch den Geruch nach Puder und Milch und überhaupt die friedliche Stimmung. Hier herrschte keine Hektik wie sonst im Haus. Doch heute empfing sie stickige Hitze. Es musste dringend gelüftet werden.

»Bitte nicht«, sagte Säuglingsschwester Elisabeth, als Helga ans Fenster trat, um es zu öffnen. Sie war mit einer Fliegenklatsche bewaffnet. »Sonst wird es noch schlimmer mit den Mücken.« Nun bemerkte sie bei vielen der Babys rote Punkte im Gesicht, am Hals und den Händchen. Sie quengelten und versuchten sich zu kratzen. Helga untersuchte sie näher. »Das ist der Starnberger Beiß«, erklärte die Schwester. Sie kratzte sich ebenfalls an den Unterarmen, und Helga sah, dass auch sie gestochen worden war. »Wir brauchen dringend Fliegengitter, möglichst in der gesamten Seite zum See. Ich habe Dr. Hauck schon wiederholt darum gebeten, aber er hat es wohl vergessen.«

»Stellen Sie Teller mit eins zu zehn verdünntem Formalin auf die Fensterbretter, das vertreibt wenigstens die neuen Mücken fürs Erste.« So hatten sie damals in der Maistraße das Motten- und Stechmückenproblem gelöst. »Um die Gitter kümmere ich mich sofort.« Helga fand, dass das kein Zustand war, sie würde direkt zum Chef gehen. Doch als sie an Dr. von Thalers Büro anklopfte, hörte sie ihn telefonieren wie so oft. Letzte Woche hatte er sogar eine Operation abgebrochen, nachdem er mit dem Messer in der Hand vor der eitrigen Brust einer Patientin stand und nicht weiterwusste. Schließlich bat er Dr. Kettler, zu übernehmen, mit der Begründung, er müsse dringend telefonieren. Helga fand, dass Dr. von Thaler dringend Erholung bräuchte, soviel sie wusste, hatte er nicht einmal Sommerurlaub gemacht. Sie wartete eine Weile vor seiner Bürotür, aber er redete und redete ohne Unterlass. Dann musste sie eben direkt mit Wittgenstein sprechen, damit er so schnell wie möglich Fliegengitter an den Fenstern anbrachte. Aber auch er saß am Telefon, als sie bei ihm klopfte. Die Tür war bloß angelehnt, also trat sie ein. Was für ein Zufall, dachte sie zuerst, aber als sie hörte, mit wem er da sprach, staunte sie und begriff.

ANNABEL

Wohin hatte es die Kleefelds bloß verschlagen? Sie musste sich die Nummer aus Konstantins Adressbuch besorgen. Aufgewühlt von dem, was sie herausgefunden oder besser gesagt nicht herausgefunden hatte, fuhr sie in die Klinik, um Konstantin abzuholen. Marlene hatte sie bei Friedrich gelassen, die beiden Geschwister malten zusammen. Geschickt mit den Zehen, konnte die Kleine bereits die Wachsmalkreide halten, und glitt sie ihr aus, half sie mit den Zähnen nach. Ihr Gebiss war nun fast vollständig und ersetzte ihr oft die Arme.

»Bella, hast du kurz Zeit, ich möchte dir was zeigen.« Beim Eingang zur Klinik fing Helga sie ab und bat sie, ihr zu folgen.

»Was ist los?« Helga ging voran durch die Flure, bis zum Anbau, in dem die Hausmeisterwohnung lag.

»Bevor ich lange erkläre, höre es dir besser selbst an.« Die Tür zu Wittgensteins Wohnung war nur angelehnt. Helga drückte sie auf, und Bella sah, dass der Hausmeister telefonierte. Er nickte ihnen zu, machte aber keine Anstalten, das Gespräch abzukürzen. Annabel hatte jetzt keine Zeit für solche Sperenzien und wollte Helga schon zurechtweisen, die legte den Finger auf die Lippen, als sie ihre Ungeduld bemerkte. Es musste ein guter Freund sein, mit dem Wittgenstein sprach, sie duzten sich. Annabel fiel auf, dass er ziemlich viele Fachausdrücke verwendete. Von einem Sedativum war die Rede und von Toxizität. Das war ungewöhnlich für jemanden wie ihn, er klang ein wenig gespreizt, als plapperte er Gehörtes nach. Soviel sie wusste, war Wittgenstein vor dem Krieg Zimmerer gewesen, bis er sein Bein verlor und von ihrem Mann diese Anstellung erhielt. Allerdings arbeitete er schon sehr lange hier, da musste ihm der medizinische Jargon vertraut sein. Erst nach einer Weile begriff sie, mit wem er da redete.

»Ganz meine Meinung, Konsti, ja, jetzt beruhige dich.« Konsti? War das am anderen Ende der Leitung etwa ihr Mann? Seltsam. Was bedeutete das? Sie sah zu Helga, die nickte.

»Verstehst du jetzt?«, flüsterte sie. »Es gibt keinen Dr. Kleefeld, jedenfalls nicht am Telefon. Dein Mann spricht immer mit Wittgenstein, hat sich wohl mal verwählt und dann geglaubt, es wäre sein ehemaliger Kollege.«

»Ach so?« Annabel nahm dem Hausmeister den Hörer aus der Hand. »Konstantin, bist du das? Ich bin's, Bella.«

Eine kurze Pause entstand. »Du? Was machst du in Zürich bei Sami? Warum hast du mir heute Morgen nichts davon gesagt, dass du ihn besuchst?«

»Weil ich gar nicht weg bin, ich bin hier, im Gebäude der Klinik, bei Wittgenstein. Bist du noch dran?« Sie hörte ihn atmen.

»Bei Wittgenstein?«, fragte Konstantin. »Aber wieso?«

»Ja, Herr Doktor, ich bin's, der Loisl.« Der Hausmeister sprach in den Hörer. »Tut mir leid, dass Sie mich für Ihren Freund hielten, ich wollte es Ihnen längst sagen, aber …«

»Das kann nicht sein.« Sie hörte Konstantin atmen, dann schwieg er. Annabel hastete in sein Büro.

3. Teil

1963

Couscous-Bratlinge für 2 Personen

Zutaten:
2 Tassen Couscous (gibt's neuerdings in meinem Sortiment!)
2 Tassen Gemüsebrühe
2 Zwiebeln
1 Knoblauchzehe oder mehr
4 Eier
Rosinen und getrocknete Aprikosen
Zitronenschale und -saft
Kräuter und Gewürze nach Geschmack, z. B. Pfefferminze, Zimt, Koriander
etwas Bratöl

Zubereitung:
Die Zwiebel würfeln und den Knoblauch in einer Pfanne andünsten, Gemüsebrühe in einem Topf zum Kochen bringen. Alles vom Herd nehmen. Das Couscous in die Gemüsebrühe rühren, bei geschlossenem Deckel fünf Minuten quellen lassen. Die Eier, die Trockenfrüchte, die Gewürze, die Zwiebeln und den Knoblauch daruntermischen. Mit nassen Händen Bratlinge daraus formen und in der Pfanne von beiden Seiten anbraten.

Januar 63: Die Angstkäufe, ausgelöst durch die Kubakrise im letzten Jahr, haben nachgelassen. Es heißt, wir seien noch mal knapp einem Atomkrieg entkommen. Mal sehen, was das neue Jahr bringt und wie das kleine Deutschland zwischen den großen Mächten, Russland und Amerika, jongliert wird.

4. Juni 63: Die Ostzone ist nun endgültig durch eine Mauer von Westdeutschland getrennt. Einen antifaschistischen Schutzwall nennt es die DDR-Regierung und hat sogar einen Todesstreifen errichtet. Man hört ständig von Fluchtversuchen aus dem Osten, aber auch Tote soll es geben. Schreckliche Vorstellung, in einem Land eingesperrt zu sein und nur das tun zu dürfen, was die Regierung sagt. Das hatten wir doch vor nicht allzu langer Zeit schon mal.

26. Juni 63: »Ich bin ein Berliner!«, hat US-Präsident John F. Kennedy im Fernsehen gesagt. Er ist zum 15. Jahrestag der Berliner Luftbrücke hier. Leider hat er seine Frau Jackie nicht dabei. Sie ist in sämtlichen Zeitschriften neben Brigitte Bardot, Sophia Loren und unserer Romy Schneider das große Modevorbild.
Nachtrag: Laut der Berichte nach Kennedys Abreise haben sich die Hoffnungen zerschlagen, dass die Mauer wieder abgebaut wird. Wir müssen damit leben, dass Deutschland geteilt ist.

Aus: Luises Ladenkunde-Album

LUISE

One, two, three o'clock, four o'clock, rock, five, six, seven o'clock, eight o'clock, rock, nine, ten, eleven o'clock, twelve o'clock, rock – we're gonna rock around the clock tonight … Nicht nur Bill Haley und seine Comets hatten sich in ihren Ohren eingenistet und brachten ihre Beine zum Zucken, alles in Luise bebte. Inzwischen beherrschten sie und Bellarabi nicht bloß den einfachen Sechser-Grundschritt, sondern auch den Neuner mit den gesprungenen Zwischenschritten und sämtliche Drehungen. Ferdl hob sie hoch, und sie überschlug sich in seinen Armen, sprang im Takt zurück und schwang weiter die Beine, als könnte sie nicht anders. Rock 'n' Roll war wie Schwimmen, Radfahren und Lesen, einmal begriffen, musste man nicht mehr darüber nachdenken, man tat es und genoss es, als wäre es angeboren. Falls ihr jemand vor einem Jahr gesagt hätte, dass sie bald wie ein Gummiball tanzen würde, noch dazu von ihrem Liebhaber herumgewirbelt, hätte sie ihm kein Wort geglaubt. Die Freitagabende wurden ihre Abende. Ferdl und sie zog es nach der Tanzstunde an immer neue Orte, mal in einen Heustadel am Waldrand, mal auf einen Jägerstand im Wald oder auf ein Ruderboot auf dem See. Sie liebten sich unter dem Sternenhimmel auf dem schaukelnden Wasser, drohten jeden Moment zu kentern. Manchmal konnte Luise nicht glauben, dass sie das war. Das einstige Bauernmädchen vom Brandstetterhof, aus dem eine Tante Dalli, die Gemischtwarenhändlerin, wurde, die sich hinter ihrer Theke verschanzte, wenn es die Selbstbedienung zuließ, und bisher all ihre Hingabe in Rezepten verwurschtelt hatte. Seit über einem Jahr, seit den Schwabinger Krawallen, traf sie sich heimlich mit einem verheirateten Uhrmacher.

Als sie verkehrt herum aufeinanderlagen und sich gegenseitig mit den Zungen liebkosten, dachte sie kurz an Hans. Ob er überhaupt von dieser Technik wusste? Wusste bestimmt, aber sie gefragt oder es einfach ausprobiert, so wie Ferdl, hatte er nicht. Hinterher tranken sie Metaxa, den Luise nur wegen ihres Liebhabers, genauso wie das Couscous, jetzt im Laden führte. In seinen Armen plauderte sie mit Ferdl, bis sie aufbrachen und wieder in ihren Ehen verschwanden. Dann freute sie sich schon auf das nächste Mal. Dachte sie unter der Woche an Bellarabi, hätte sie vor Glück zerspringen mögen. Gleichzeitig plagte sie das schlechte Gewissen, weil sie ihren Mann betrog. Nun war sie wie er, vielleicht hatte es so weit kommen müssen, damit sie verständnisvoller wurde. Zugleich genoss sie das Geheimnis, wahrscheinlich wäre es weniger prickelnd, wenn sie sich zueinander bekannt hätten. Aber die Konsequenzen wollte sie Josie ersparen. Luises Leben wurde nicht einfacher, aber es lief, sie hatte Bärenkräfte, gute Laune und Mut. Vielleicht war jetzt der Zeitpunkt, noch eins draufzusetzen. Bevor ihr die Großkonkurrenz aus München auf die Pelle rückte und eine Supermarkt-Filiale in Starnberg öffnete, beschloss Luise, den Laden nicht nur innerhalb des Hauses zu erweitern – sie musste anbauen.

Diesmal teilte Hans ihre Begeisterung nicht, als sie ihn abends nach der *Tagesschau* in ihre Pläne einweihte. »Noch mehr Arbeit, noch weniger Freizeit, warum willst du uns das antun?«

»Der Laden läuft. Ich könnte eine zweite Kraft einstellen, Vollzeit.«

»Ich weiß nicht, ich soll das Haus meiner Eltern so gravierend verändern? Dir ist schon klar, dass wir dann auf unbestimmte Zeit auf einer Baustelle leben? Und der Garten wird deutlich kleiner werden. Dabei wollten wir doch noch mehr Kinder, oder nicht? Und wie willst du den Anbau überhaupt schaffen, während des normalen Ladenbetriebs?«

»Ich sperre zu.« Luise knabberte an ein paar Salzbrezen, sie hatte sich alles genau überlegt.

»Wie, was?« Hans verschluckte sich fast an seinem Bier. »Das hast du doch noch nie getan. Bis auf das verlängerte Wochenende vorletztes Jahr beim Umbau kann ich mich nicht erinnern, dass der Laden in den letzten zehn Jahren einmal geschlossen war. Noch dazu warst du ständig auf Abruf, selbst am Sonntag.«

»Mitte August, hab ich gedacht, für zwei Wochen. Dann ist, wenn alles klappt, der Laden genau zum zehnjährigen Jubiläum neu. In den Ferien ist sowieso weniger los. Sobald die Schule wieder beginnt, eröffnen wir wieder. Dann kriegt jedes Kind eine Wundertüte für die Schultüte. Exklusiv von Dahlmanns.« Einige Ideen hatte sie bereits gesammelt, und wenn sie Josie fragte, kämen bestimmt noch jede Menge dazu. »Im September, zum zehnjährigen Ladenjubiläum, könnte der Anbau stehen. Das wäre ein Fest! Wenn du zustimmst, gehe ich morgen gleich aufs Bauamt und beantrage die Erweiterung. Und danach rufe ich den Maurer an, der den Durchbruch machen soll.«

»Moment, Moment.« Hans nahm die Füße vom Wohnzimmertisch und setzte sich auf. »Du willst eine Mauer in meinem Elternhaus einreißen?«

Sie nickte. »Und dann habe ich mir gedacht …« Genau für diesen Einwand hatte sie sich gewappnet und spielte jetzt ihren Trumpf aus. »Wie wäre es, wenn du uns einen Gebrauchtwagen kaufst? Dann könnten wir am Sonntag mal rausfahren. Wenn wir den Anbau haben, ist in der Garage auch wieder Platz für ein Auto, was meinst du?«

Er starrte sie an, dann lächelte er. »Luiserl, Luiserl, was bist du doch raffiniert.«

»Heißt das, du überlegst es dir, oder ist das vielleicht schon ein Ja?« Sie stand auf und brachte Hans die Zeitungen mit den Angeboten. Dann suchte sie ihre Badesachen zusammen.

»Wo willst du hin?«, fragte er, hatte aber schon den Fernseher ausgeschaltet und blätterte den *Münchner Merkur* auf.

»Bis später, ich geh schwimmen.« Das tat sie fast jeden Abend, meistens allein, manchmal auch mit Josie oder David, wenn er noch länger bei ihnen bleiben durfte. Hans konnte sich selten dazu aufraffen, und Luise genoss es, wenn sie ohne Kinder war, eine weite Strecke am Ufer entlangzuschwimmen. Und durch diese Regelmäßigkeit fiel es ihrem Mann nicht auf, wenn sie sich hinterher oder vorher noch einen Kuss oder zwei von Bellarabi abholte.

Der erste Kunde am nächsten Samstagmorgen verlangte »ein Brötchen mit Leberkäse«. Eigentlich stand *Leberkassemmel, St. 1,20 DM* auf der Angebotstafel draußen, aber der Herr schien nicht aus Bayern zu sein. »Guten Tag, Frau Dahlmann, kennen Sie mich noch?« Als sie zurück aus der Küche kam, wo sie den Leberkäs warm hielt, lupfte er seinen Trachtenhut, an dem ein Gamsbart wackelte. In der Wohnung oben tobten die Kinder, hoffentlich stellten sie nichts an. Annabel hatte heute frei. Nach dem Nervenzusammenbruch ihres Mannes arbeitete sie zwar weiterhin im Laden, aber nur mehr unter der Woche und auch bloß noch stundenweise.

»Grüß Gott, Herr ...?« Sie brauchte eine Weile, bis sie sein schmales Gesicht mit der langen Nase und den hohen Wangenknochen einer Erinnerung zuordnen konnte. Er dürfte etwa in ihrem Alter sein, vielleicht auch schon Ende dreißig, so wie Martin, trug ein kariertes Hemd und eine Bundlederne, die nagelneu wirkten. Der Sprache nach war er weder aus Bayern noch aus Tirol. Er kam ihr wie einer der Ausflügler vor, die sich nach einer Dampferfahrt auf dem Starnberger See in ihren Laden verirrten, aber eigentlich für eine Bergwanderung ausgerüstet waren.

»Das letzte Mal war ich bei der WM-Feier hier«, half er ihr auf die Sprünge, »das ist mir heute noch peinlich, wie ich mich damals aufgeführt habe.«

Schlecht benommen hatten sich damals einige, da war er nicht der Einzige, aber das grenzte die Auswahl ein. Sie schnitt eine frische Semmel auf und belegte sie. »Gurkerl und Senf dazu?«

»Lieber Mayonnaise, wenn Sie haben.«

Luise nickte. Eindeutig jemand aus dem Norden. Sie öffnete ein frisches Glas Mayonnaise, bestrich die Semmelhälften damit und belegte sie mit Gurkenscheiben. Dann dämmerte es ihr. »Sind Sie Theo, Maries …, äh … Bekannter aus Schlesien?« Sie wusste nicht, als was sie ihn sonst bezeichnen sollte, ohne ihrer Schwägerin zu nahe zu treten.

»Der bin ich, und wir waren mehr als nur Bekannte.« Er lächelte. »Aber das ist lange her. Als ich zuletzt hier war, hatten Sie doch Postkarten von meiner Marie im Angebot, malt sie denn noch?«

Besitzergreifend war er schon damals gewesen, jetzt fiel es ihr wieder ein. »Stimmt, die haben sich gut verkauft. Doch derzeit wage ich es gar nicht, Marie nach neuen Motiven zu fragen, sie käme, glaube ich, nicht dazu.«

»Wohnt sie noch in Leutstetten? Ich habe ihr jedes Jahr geschrieben, aber nichts mehr gehört.«

»Sie ist mit meinem Bruder seit acht Jahren verheiratet.« Luise wusste auch nicht, warum sie das so betonte. Eigentlich ging sie das Verhältnis oder diese ehemalige Beziehung nichts an. Und andererseits schon, Maries Kinder übernachteten nämlich heute zum wiederholten Mal bei ihr. Josie hatte ihr Zimmer umgeräumt, damit die beiden Matratzen, auf denen Alma, Konrad und Linda schlafen würden, Platz hatten. Luise wollte ihren Bruder und Tante Polli entlasten. Obwohl Martin Urlaub hatte, solange Marie auf Kur war, blieben ihm die Feldarbeit und die Tiere, außerdem zermürbte ihn der Streit wegen der Flurbereinigung. Erst hatte sie gedacht, Martin steigerte sich da in was rein, aber als er ihr die Sache erklärte, verstand sie es und wollte ihn, genau wie Marie, unterstützen. Der Drumlin war seit Generationen so etwas wie ein Familienheiligtum. Luises Vater hätte genauso um den Hügel gekämpft, und der Mauser hatte schon genug an sich gerissen, halb Leutstetten bis zum Moos gehörte ihm längst. Nur, fand sie, durfte der Naturschutz nicht auf Kosten seiner Familie gehen. Vor allem auf Maries Kosten, die bei der letzten Geburt an dem großen Blutverlust fast gestorben wäre und sich seither auch davon noch nicht erholt zu haben schien. Dünn wie ein Stecken war sie und hustete unablässig. Luise hoffte, dass die Brandstetterkinder nicht wieder ins Bett machten. Letztes Wochenende hatte sie schon die Betten abziehen, die Matratzen reinigen und zum Trocknen nach draußen tragen müssen. Das musste der Ortswechsel oder die Aufregung sein.

»Dass sie geheiratet hat, weiß ich, aber ich dachte mir, ich besuche sie, wo ich doch seit längerem in München lebe.

Haben Sie eine Idee, womit ich ihr eine Freude machen könnte?« Er sah sich im Laden um.

»Ach, wohnen Sie nicht mehr in Hamburg?«

Er schüttelte den Kopf. »Nachdem meine Mutter letztes Jahr im Februar bei der Sturmflut ums Leben gekommen ist, bin ich weggezogen.«

»Das tut mir leid.« Luise hatte die Fernsehbilder von dieser schrecklichen Katastrophe noch im Gedächtnis, war bisher aber keinem begegnet, der unmittelbar davon betroffen war. Dass in einer von der Nordsee etliche Kilometer entfernten Großstadt sämtliche Deiche brachen, hatte sich bis zu diesem Zeitpunkt niemand vorstellen können.

»Wäre meine Muttel daheme geblieben, wie wir Schlesier sagen, wäre ihr nichts passiert. Wir haben ein Haus in Blankenese. Ausgerechnet an diesem Abend, als das Wasser stieg, musste sie zum Karnevalfeiern zu einer Freundin nach Wilhelmsburg gehen. Auf dem Dach einer Laube haben sie auf die Rettung gewartet. Es war ja stockfinster, und dann ging ihnen auch noch die Taschenlampe aus. Erst dachte ich, es wäre weiter nichts passiert, als ich sie im Krankenhaus besuchte. Nach dem Tod meines Vaters und der Vertreibung, und was sie alles noch erlebt hatte, schien mir das doch eher eine Lappalie zu sein, aber ich habe es unterschätzt. Sie war stark unterkühlt, dann kam eine Lungenentzündung dazu.« Er nahm die verpackte Semmel und trug sie zur Kasse vor. »Jedenfalls hielt mich nach ihrem Tod nichts mehr in Hamburg, ich habe das Haus vermietet und mich in einer Münchner Kanzlei beworben.«

»Dann sind Sie Notar?« Luise gab ihm noch eine Papierserviette dazu.

»Rechtsanwalt, momentan noch angestellt, aber ich bin dabei, mich selbständig zu machen.« Er holte sich noch eine Afri Cola aus dem Regal, stellte sie dazu, zog den Geldbeutel aus der Bundledernen. »Was macht das?«

»Eins neunzig, bitte.«

»Ich hoffe, ich finde überhaupt nach Leutstetten und versinke nicht in diesem Moor, das die da haben.« Er bezahlte. »Sagen Sie, können Sie mir den Weg beschreiben? Ich bin zwar schon mit dem Auto dort gewesen, aber zu Fuß von hier aus noch nicht.«

»Diesen Weg können Sie sich heute sparen.« Luise rang mit sich, ob sie es ausplaudern sollte, doch einen erneuten Zusammenstoß zwischen Martin und ihm wollte sie genauso verhindern. »Meine Schwägerin ist derzeit auf Kur in Bad Reichenhall. Aber ich kann ihr gerne etwas ausrichten, wenn sie zurückkommt. Wollen Sie vielleicht Ihre neue Anschrift oder Telefonnummer hierlassen?« Sie schob ihm einen Block zu und gab ihm einen Kugelschreiber.

»Gute Idee.« Anstatt zu schreiben, holte er ein Kärtchen aus der Brusttasche seines Trachtenhemdes. »In meiner Lochhamer Kellerwohnung habe ich noch kein Telefon, aber die meiste Zeit erreichen Sie mich sowieso in der Kanzlei.« *Wimmer & Wimmer* stand über der Telefonnummer mit Münchner Vorwahl und darunter: *Theodor Kretschmar, Ihr Recht ist mein Ziel!*

»Kleiner geht's nicht?«, fragte Luise mit einem Lächeln und schob das Kärtchen in ihr *Ladenkunde-Album*, das unter der Kasse lag.

»Mama, kriegen wir ein Eis?« Josie stand mit den anderen dreien in der Durchgangstür.

»Sagt mal, was habt ihr da an?« Das waren doch ihre sorgfältig gebügelten Tanzkleider. Alma trug eine Anzugjacke von

Hans, die ihr bis zu den Waden reichte. »Habt ihr etwa unseren Schrank geplündert?«

Ihre Tochter nickte. »Wir spielen um die Welt reisen, und jetzt haben wir in Kelliformien angelegt und haben sooo einen großen Hunger.« Sie zeigte es mit den weiten, viel zu langen Ärmeln von Luises mühsam genähtem Satinkleid.

Zu verblüfft, um zu schimpfen, seufzte Luise nur.

»Sind das etwa alles Ihre, Frau Dahlmann?«, fragte Herr Kretschmar.

»Nur die Große, die anderen drei sind von Marie.«

»Was, drei Kinder hat sie schon?«

»Vier, den Jüngsten hat sie nach Bad Reichenhall mitgenommen.«

MARIE

Die letzten Tage brachen an, und nachdem die redselige Mitbewohnerin des Doppelzimmers abgereist war, kehrte sogar Stille ein. Kaum zu glauben, dass Xaver und sie bereits seit zweieinhalb Wochen auf Kur waren. Fünf Stunden von zu Hause weg, so weit, dass Martin sie nur im äußersten Notfall zurückholen würde. Allein die Zugfahrt war aufregend gewesen, für Xaver, der noch nie in einem Waggon gesessen hatte, umso mehr. Dann die Wanderung vom Bahnhof in die etwas abgelegene Bergklinik. Marie hätte sich mit Koffer und Kind per Taxi hinbringen lassen können, doch nach dem langen Sitzen wollte sie lieber gehen und nahm ihren Sohn, der nicht mehr laufen wollte, das letzte Stück Huckepack. Als sie ankamen, musste sie sich erst zurechtfinden, begreifen, dass sie nichts zu tun hatte, es einzig um ihr Wohlbefinden ging. Abgesehen von den Anwendungen, Bädern, Massagen und Untersuchungen, konnte sie tun, was sie wollte. Musste nicht vor acht Uhr aufstehen, nicht einkaufen, kochen, abspülen, aufs Feld oder in den Stall. Sie durfte beim Essen trödeln, einfach nur dasitzen und Löcher in die Luft starren oder mit Xaver spielen, was der Kleine genoss. Sie schliefen viel, gingen spazieren und blieben bei jedem Käfer stehen, den er auf einem Grashalm entdeckte. Dann setzte sich Marie zu ihm in die Wiese und holte ihren Bleistift und ihr Skizzenbuch heraus, das sie sich gleich nach der Ankunft am Bahnhof gekauft hatte. Sie versuchte alles, was sie wahrnahm, festzuhalten, die Wanderstocksammlung im Eingang des Kurhauses, einen Kohlweißling auf einer Distel, eine verbogene Fichte, die in einem abgestorbenen Baumstamm gekeimt hatte. Sie führte eine Art Tagebuch in Bildern, drückte ihre Gedanken aus und skizzierte Einfälle und Beobachtungen. Sogar die lange zurückliegende Szene vor der Waschmaschine hielt sie an einem Regentag, als sie sich nur im Haus aufhielten, nun endlich in sicheren Strichen aus der Erinnerung fest. Im Aufenthaltsraum wurden andere Kurgäste auf sie aufmerksam, besonders als sie Xaver zeichnete, der neben ihr mit seinem Nuckeltuch auf dem Stuhl eingeschlafen war. Die Wange und die Unterlippe vorgeschoben, ruhte sein Kopf auf der Lehne, ein Anblick, zum Einwecken niedlich. Andere Kurgäste baten sie um ein Porträt, und auch der Wirt fragte sie, ob sie nicht das Kurhaus oder einen malerischen Winkel davon zeichnen wollte. So verdiente sie sogar etwas Geld. Das beständige Zeichnen lenkte sie aber leider kaum von zu Hause ab. Ständig dachte sie an Martin, die Kinder, Manni und Tante Polli. Sie vermisste sie, manchmal so sehr, dass es schmerzte. Obwohl ihr der Arzt geraten hatte, nur einmal in der Woche anzurufen, telefonierte sie jeden Abend mit der Familie, wünschte den Großen gute Nacht und sprach danach noch lange mit Martin. Sie spürte, dass er den Alltag beschönigte, so reibungslos konnte es nicht funktionieren, mit der ganzen Arbeit in Haus und Hof. Das behauptete er nur, damit sie sich keine Sorgen machte. Sie hörte ihm an, dass er trank, während sie sprachen, oder auch vorher schon getrunken hatte. Er lallte ein wenig. Doch die Kinder waren im Bett und schliefen vermutlich schon, und am nächsten Tag würde er wieder nüchtern sein, hoffte sie.

»Wie geht's Manni?«, fragte sie.

»Ach, da weiß ich was, der Briefträger hat ihn heute gefragt, ob er unter die Musikanten gegangen sei.« Seit der Ganter-Beerdigung trug ihr Schwager die Gitarre ohne Saiten auf dem Rücken wie einen Rucksack. Von vorne sah es aus, als hätte er ein Ehrenband schräg über der Brust. »Jo, hat Manni gesagt«, erzählte Martin weiter, und mit einem Schlenker die Gitarre nach vorne gedreht. »Dann spiel mir doch mal ein Stückl auf. Wie wäre es mit dem *Tölzer Schützenmarsch*?« Martin gluckste, sie hörte, wie er weitertrank.

»Ein Marsch auf der Gitarre, ha?« Auch Marie lachte. »Wenn, dann kann das nur Manni.«

»Genau. Er drückt die Finger der linken Hand auf den Steg, streicht oder zupft dazu mit der rechten über das Klangloch, konzentriert, als wollte er wirklich den richtigen Ton treffen. Dabei beugt er sich nach hinten und wieder vor, ruckelt mit dem Oberkörper, lässt sogar eine unsichtbare Saite vibrieren. Weißt du, Marie, wo er das so genau beobachtet hat? Beim Kirchenfest spielt niemand auf diese Weise.«

»Stimmt«, sagte sie. »Das erinnert eher an einen Musiker von einer Rockband. Manni hat es einfach drauf.« Im Gegensatz zu Martins Trompetenspiel war Mannis Luftgitarre eine Wohltat für die Ohren.

Insgesamt konnte sie aufatmen, und bald war ihr Husten auskuriert, und sie schöpfte neue Kraft. Auch Xaver wirkte aufgeweckter. Nach und nach legte er seine Weinerlichkeit ab, klebte nicht mehr die ganze Zeit an ihr und blieb bald freiwillig in der Spielgruppe, die voller Kleinkinder war. Auf diese Weise hatte Marie nachmittags ein bisschen Zeit für sich. Heute kletterte sie weiter den Berg hinauf, setzte sich auf einen Felsen mit Blick über das Tal und bestaunte die Landschaft ringsum. Sie schlug eine neue Seite in ihrem Buch auf und skizzierte die Aussicht. Dabei bemerkte sie, wie sich ein schwerbepackter Wanderer den Weg heraufmühte. Er trug ein Gestell auf der Schulter. Das Stativ eines Fotografen? Oder war er ein Landvermesser? Als er sie entdeckte, winkte er überschwänglich mit dem Trachtenhut, fehlte bloß noch, dass er jodelte. Mit einer Handbewegung grüßte sie zurück, vertiefte sich wieder in ihre Zeichnung. Zum wiederholten Mal bereute sie, keine Farben mitgenommen zu haben. In den Souvenirläden gab es leider keinen Malkasten. Das Orangerot, das sich am Horizont über dem Bergkamm zeigte, weiter nach oben in Hellblau überging und von den Strahlen der Sonne durchbrochen wurde, die sich durch die Wolken zwängte, war in Schwarz-Weiß und Schraffur kaum darzustellen.

»Ist hier noch frei, gnädige Frau?« Der Wanderer hatte sie erreicht.

»Theo?« Sie hielt die Hand vor das blendende Sonnenlicht und blinzelte zu ihm auf. »Was machst du denn hier?«

»Dich besuchen, was sonst.« Er keuchte, legte das Gestell und seinen Rucksack ab und plumpste neben ihr ins Gras.

»Wie hast du mich gefunden? Ich meine, woher wusstest du überhaupt, dass ich hier bin?«

»Ich würde dich überall aufspüren, das müsstest du eigentlich langsam begreifen.« Das klang fast ein wenig bedrohlich. »Schau mal.« Er sprang wieder auf, zog das Gestell auseinander, drückte die drei Beine im Gras fest. »Ich habe dir etwas mitgebracht.« Dann öffnete er seinen Rucksack, holte noch eine Querstange heraus und hängte sie ein.

»Eine Reisestaffelei?«

Er nickte. »Und Leinwände, ich wusste nicht, welches Format, darum sind hier ein paar zur Auswahl. Ich habe mich in einem Münchner Fachgeschäft beraten lassen, malst du lieber mit Öl oder mit Tempur?«

»Du meinst Tempera?« Sie lachte. »Ja, genau.« Er breitete ein ganzes Sortiment an Farbtuben, Näpfen, mit Leinwand bespannten Keilrahmen aus. Wie hatte er das alles nur bis hier hochgeschleppt? Und wozu? Theo war wirklich der Letzte, den sie hier sehen wollte.

Er bemerkte ihren Blick und hockte sich vor sie hin. »Ich möchte mich entschuldigen. Ich war wirklich ein Riesendepp damals, Marie, verzeih mir bitte. Vor lauter Aufregung, dass wir uns wiedersehen, habe ich alles richtig machen wollen und dann bloß von mir geredet, von dir so gut wie gar nichts erfahren. Und das andere ... ja, da war ich gekränkt und betrunken. Nimm es mir nicht krumm.« Späte Einsicht, dachte Marie, aber immerhin. Auch zwei Äpfel hatte er dabei und eine Packung Salzkekse, von der sie jede Menge Durst bekamen. Aber Quellwasser gab es hier überall. Lange saßen sie nebeneinander und redeten, unterhielten sich diesmal richtig, sie merkte ihm an, wie sehr er sich bemühte, zuzuhören und ihr nicht ins Wort zu fallen. Das mit seiner Mutter tat ihr leid, in der Geburtstagskarte letztes Jahr hatte er ihren Tod mit keiner Silbe erwähnt. »Ich wusste nicht, wie, Marie. Hätte ich unter die Glückwünsche an dich *PS: Übrigens, Muttel ist tot* schreiben sollen?« Da musste sie ihm zustimmen. Für manches reichte ein Roman nicht aus, geschweige denn eine Karte. Er erzählte auch, dass Luise ihm verraten hatte, wo sie war. »Der Laden erinnert mich an den in Breslau, weißt du noch, bei Scheele, wo es für einen Fünfer Waffelbruch gab?« Marie nickte. Sie schwelgten in ihrer Jugend und den gemeinsamen Erlebnissen, bis sie aufbrechen musste.

»Darf ich dich in Leutstetten besuchen?«, fragte er, kurz bevor sie das Kurhaus erreichten. »Natürlich nur, wenn es deinem Mann recht ist.«

»Das glaube ich kaum. So wie ich Martin kenne, wirft er dich hochkant hinaus.«

Er lehnte die Staffelei an eine Bank und legte die anderen Geschenke dazu. »Sag mal, ist er gewalttätig gegenüber dir und den Kindern?«

»Nein, überhaupt nicht. So meinte ich das nicht. Aber er …« Sie holte tief Luft.

»Verstehe.« Er wollte sie umarmen. Sie zuckte zurück. Ein wenig gekränkt schaute er drein, reichte ihr schließlich ganz förmlich die Hand und sagte: »Ich bin für dich da, wenn du Hilfe brauchst. Gib einfach Bescheid, und vielleicht meldest du dich auch mal so. Ich habe vor, mich im Landkreis Starnberg niederzulassen.« Er gab ihr seine Visitenkarte, zwinkerte ihr zu und verabschiedete sich, um zum Parkplatz zu gehen. Ob er noch den schicken Mercedes fuhr, mit dem er sie damals besucht hatte, konnte sie nicht erkennen. Sie musste zu Xaver, die Spielstunden waren längst vorbei. Als sie am Abend mit Martin telefonierte, erzählte sie nichts von Theo. Eigentlich hatte sie nicht vorgehabt, es zu verschweigen, es war ja nichts vorgefallen, aber sie wusste trotzdem nicht, wie. Sie musste das Erlebnis erst mal selbst verarbeiten. Es war, als ahnte Theo, wie es ihr ging. Dass sie ein wenig Aufmerksamkeit und Zuwendung brauchte. Und wann hatte Martin ihr das letzte Mal ein Geschenk gemacht? Dann fiel es ihr ein: Vor ihrer Abreise, das Springkraut, das er ihr auf den Frühstücksteller gelegt hatte. Eine Pflanze, die ursprünglich aus Indien stammte und eigentlich nichts in Bayern verloren hatte, aber so originell anzusehen war. Sie verbreitete sich rasch und verdrängte heimische Pflanzen. Wenn man das Kraut nur zart berührte oder an dem Bestand vorbeistreifte, sprangen die Früchte auf und schleuderten die Samen in hohem Bogen heraus. Danach kräuselten sich die Blätter, was ihnen etwas Farnartiges und anmutig Schönes verlieh.

Der Empfang in Mühlthal, als sie mit Xaver ausstieg, war rührend. Manni mit der Luftgitarre und daneben die Kinder. Im Sonntagsgewand standen sie aufgereiht auf dem Bahnsteig. Linda weigerte sich, ihr den selbstgepflückten Blumenstrauß zu geben, bis Alma ihn ihr aus der Hand riss und Marie in die Hand stopfte. Die Kleine weinte, und Marie musste sie erst mal trösten. Dann wandte sie sich an die anderen. »Ja, wo sind denn die kleinen Brandstetterkinder geblieben, ich sehe hier nur lauter große?« Alma strahlte sie an, Konrad streckte sich extra, mit stolzgeschwellter Brust, und auch Linda wischte sich die Tränen ab und zeigte mit ausgestrecktem Arm, wie groß sie schon war. Marie kitzelte sie, bis sie lachte. Dann küsste sie ihren Mann, der ihr Xaver bereits abgenommen hatte.

»Was hast du denn da alles eingekauft?« Er half ihr mit der Reisestaffelei.

»Hast du uns auch was mitgebracht?«, fragte Konrad, bevor sie antworten konnte. Das hatte sie, für jeden etwas. Nicht umsonst schleppte sie noch weitere Taschen. Bad Reichenhall war für solche Zwecke gerüstet. Auf dem Parkplatz erwartete sie die nächste Überraschung. Anstatt des Einspänners mit Fido stand dort ein leuchtend roter Porsche, der mit Zweigen geschmückt war. »Ist das unserer?

Martin nickte. »Das erleichtert dir hoffentlich die Eingewöhnung.«

»Und wovon hast du den bezahlt? Hast du etwa Lotto gespielt?«

»Nicht dass ich wüsste. Ich habe einen Kredit aufgenommen.« Er lächelte sie an, wirkte nüchtern, duftete nach Seife und frischem Hemd und besonders nach ihm selbst – da war er wieder, der einmalige Martingeruch, den sie so vermisst hatte.

»Dann haben wir jetzt Schulden?«

»Ach, die stottern wir monatlich in geringen Raten ab. Hauptsache, die Arbeit wird für dich leichter.«

»Aber ich habe doch gar keinen Führerschein.« Marie fühlte sich sofort überfordert.

Martin blieb gelassen. »Den schaffst du in ein paar Stunden, ist wirklich nicht schwer. Ich hab ihn letzte Woche gemacht.«

»Und kein Wort am Telefon gesagt? Da habt ihr mir ja ganz schön was verheimlicht.« Sie rang sich ein Lächeln ab, und strahlte dann ihre Kinder an. Von wegen nur sie hatte Geheimnisse.

»Der Papa hat gesagt, wenn wir nichts verraten, kriegen wir jeder ein Fuchzgerl«, erklärte Konrad.

»Schweigegeld also.« Marie lachte. »Passen wir überhaupt alle auf dieses schicke Vehikel, oder muss ich zu Fuß heimgehen?«

»Freilich. Du nimmst Konrad zu dir, Alma und Linda setzen sich auf die andere Seite, Xaver fährt mit mir. Und Manni stellt sich hinten drauf.«

»Ist das nicht gefährlich?«

»Ach, wir fahren schon die ganze Zeit so durch die Gegend.« Er band die Kinder in den Metallbügel, der auf dem Schutzblech über den großen Rädern angebracht war. Marie kletterte mit Konrad in den gegenüberliegenden Sitz, wusste nicht gleich, wo sie ihre Beine hintun sollte, stellte sie auf die Anhängerkupplung hinter dem Fahrersitz. Als Manni grinsend auf die Ackerschiene gestiegen war, die knapp über dem Boden schwankte, rumpelten sie los. Die Leute im Biergarten in Obermühlthal winkten ihnen zu, als wären sie die Vorhut eines Wanderzirkusses. Mit dem Porsche ging es nicht wesentlich schneller als mit dem Pferdewagen und war genauso holprig, doch den Kindern gefiel es, Manni hielt sich eisern an ihren Sitzstangen fest, und Martin wirkte glücklich. Darum würde Marie sich auch damit anfreunden, beschloss sie, und wenn das Fahrzeug ihr tatsächlich die Feldarbeit erleichterte, wäre auch sie zufrieden. Der guten Stimmung und Festlichkeit tat nicht mal der Regen Abbruch, der sie kurz vor Leutstetten erreichte. *HURA, MAMA UND XAVI SAN WIEDA DA!*, empfing sie ein Schild an der Haustür, das Alma geschrieben und Konrad mit einer Feuerwehr mit extra langer Leiter verziert hatte. Bis auf die Haut durchnässt und reichlich durchgeschüttelt, musste sich Marie erst mal umziehen. Kaum aus der Kur zurück, erkältete sie sich sonst wieder. Alles war blitzblank aufgeräumt, die Schafwollläufer ausgeklopft, sogar die Fenster waren geputzt. Ordnung war schon immer Martins Stärke gewesen, sie selbst verbreitete eher Chaos, konnte sich einfach nicht angewöhnen, was sie benutzte, sofort wieder aufzuräumen, wie er es meistens tat. Es roch nach Blaukraut und Gulasch, als sie die Schneekugeln und Murmeln an die Kinder und Manni verteilte, die sie mitgebracht hatte. Martin schenkte sie ein neues Taschenmesser, mit seinen Initialen eingraviert. Und Polli bekam ein neues Kopftuch mit Rosenmuster.

»Wo bleibt's denn?«, rief die Tante, sie hatte gekocht. Die Serviettenknödel schmeckten etwas muffig, was wahrscheinlich an den uralten Aussteuerservietten lag, die Polli in ihrer Truhe verwahrte und in die sie nun den Knödelteig gewickelt hatte. Doch Marie hätte sich eher die Zunge abgebissen als etwas gesagt. Ihr zuliebe gab sich jeder so viel Mühe. Polli freute sich sehr über das Tuch, aber noch mehr, dass ihr *Skaverle*, wie sie ihn nannte, wieder da war. Neuerdings wollte auch Konrad nicht mehr so gern neben der komisch riechenden Großtante sitzen und überließ seinen Platz freiwillig seinem kleinen Bruder.

Nachmittags, als Xaver sein Nickerchen machte, saß Marie mit Alma auf der Bank vorm Haus und klebte die Fotos in das Album, das sie auch mitgebracht hatte, samt Fotoecken. Zur Hochzeit hatten Martins Spezls zusammengelegt und ihnen eine Kamera geschenkt, seither knipsten sie an den Geburtstagen, an Weihnachten und Ostern, wenn sie es nicht vergaßen. Ans Fotografieren hatten sie sich irgendwie nie gewöhnt. Die Hochzeitsfotos wirkten wie vom Fachmann, die hatte Hans gemacht, der sich damit auskannte. Eines stand gerahmt auf ihrem Nachtkästchen mit der Pfauenfeder. Jetzt kamen alle Fotos in das neue Album. Die Dahlmanns waren ihre Trauzeugen gewesen. Hans hatte vor der Kapelle gewartet und die Momente festgehalten, als sie als Paar durch die Tür nach draußen traten. Beiden stand dieses Strahlen im Gesicht, dass sie nun unwiderruflich vereint waren. Das nächste Foto zeigte sie bei der Feier, in der Dorfwirtschaft, umringt von denen, die ihnen die Kamera geschenkt hatten. Andi Mauser war auch darunter. Sofort erinnerte sich Marie, wie peinlich ihr dieser Moment gewesen war. Ihre dunkle Gesichtsfarbe zeugte davon, die sogar auf dem schwarzweißen Bild zu erkennen war. Sie hatten Martins Freunde gar nicht eingeladen, wollten bloß im kleinsten Kreis feiern. Nur mit Martins Schwester und Schwager, Manni und Tante Polli. Von Maries Familie lebte niemand mehr, und Theo, der nach Hamburg gezogen war, wollte sie nach seinem Benehmen bei der Fußballweltmeisterschaft nicht dabeihaben. Außerdem hatte Martin behauptet, er habe keine Freunde, jedenfalls keine, die ihm wichtig genug waren, dass er das größte Fest seines Lebens mit ihnen feiern wollte. Der Mauser, der Hinterer, der Prechtl und wie sie alle hießen, waren höchstens Kumpel, mit denen er gelegentlich Fußball oder Karten spielte, mehr nicht. Sie sahen das offenbar anders, tauchten erst in der Kirche und danach bei der Feier auf und gratulierten überschwänglich, rissen bayerische Witze, die Marie nicht verstand. »Schau mal, das war unsere Musikerin mit ihrem legendären Glockenschlag.« Sie zeigte Alma das nächste Bild. Eine alte Frau mit O-Beinen und krummem Rücken schwang neben sich eine Zither wie ein Pendel, zupfte dabei an ein paar Saiten und erzeugte ein Kirchengeläut. Dabei fehlten Mathilde Fürter die Spitzen von Ring- und Mittelfinger, so dass auch immer ein paar dumpfe Töne darunter waren. Dem einen fehlen die Finger, dem anderen die Saiten, das tat der Freude an der Musik keinen Abbruch, dachte sie und schaute zu Manni, der mit der Gitarre auf dem Rücken auf dem ausgeschalteten Porsche saß, so wie früher auf Fido, und mit vibrierenden Lippen so tat, als dürfe er fahren. »Wodurch hat Frau Fürter noch mal die Finger verloren?« Sie wandte sich an Martin, der endlich neben ihnen das Dengeln der Sense beendete, ihr summten schon die Ohren von seinem Gehämmer.

»Ins Gsott is kemma«, sagte er bayerisch knapp.

»Mit der Gesottmaschine schneidet man Futter klein«, erklärte sie Alma. Zum Glück benutzten sie so ein Gerät nicht auf dem Hof. Danach wollte Alma unbedingt noch die Fotos sehen, die sie als kleines Mädchen zeigten.

»Wann wolltest du es mir sagen?« Martin prüfte die Schneide der Sense.

»Was sagen?« Marie freute sich, dass ihre Älteste so viel

Interesse an den Familiengeschichten hatte. Konrad und Linda bauten eine Murmelbahn im Sandkasten.

»Das mit der Staffelei. Die hast du doch nicht aus einem Ramschladen in Bad Reichenhall.« Er stand auf und mähte die Wiese unter den Obstbäumen. Sein Grant hielt auch später noch an, als sie im Bett lagen. Egal wie sehr Marie beteuerte, dass Theo sie nur ein einziges Mal besucht hatte und sie bloß geredet hatten. Martin drehte sich weg, als sie mit ihm schmusen wollte, und sie musste einiges aufwenden, um ihn umzustimmen, was er sichtlich genoss. Kurz vor dem Höhepunkt wollte er sich aus ihr zurückziehen. »Nicht dass du gleich wieder schwanger wirst.« Sie umschlang ihn fester mit ihren Beinen. »Werde ich nicht. Ich nehme jetzt die Pille. Keins von deinen Erkältungsdingern, sondern die gegen Babys.« Sie küsste ihn.

HELGA

»Hättest du Lust, in den nächsten Tagen mit mir Kaffee trinken zu gehen?«, fragte sie Luise an einem Dienstag im August, als sie David abholte. Ausgelöst durch das Gespräch mit Marie fand sie, es war an der Zeit, dass Luise und sie mal länger als nur zwischen Tür und Angel sprachen. Helga suchte nach einer Gelegenheit, ihr endlich zu sagen, was ihr Hans damals angetan hatte. Diese Geschichte sollte ihre Freundschaft nicht länger belasten. Obwohl ihr klar war, was sie damit vermutlich in Luise lostrat, wollte sie es wagen. Es ging Helga nicht um Vorwürfe oder Schuldzuweisungen, es ging um die Wahrheit.

»Am Wochenende vielleicht?«, ergänzte sie, weil sie wusste, wie viel Luise zu tun hatte.

»Gerne, ich könnte auch schon morgen Nachmittag, wenn der Laden zuhat.« Wider Erwarten machte Luise einen Vorschlag. »Falls das mit deinem Dienstplan vereinbar ist?«

»Das ist toll, sehr gerne. Ich mach morgen einfach mittags Schluss, hab sowieso Überstunden abzubummeln. Drüben in Percha soll es ein nettes neues Café geben. Wir könnten mit den Kindern einen Radlausflug machen, also nur wir vier …« Sie räusperte sich. »Wie wäre das?«

»Das passt, Hans ist auf Montage. Elektro Pappeck hat zwar auch am Mittwochnachmittag zu, aber die Mechaniker sind unterwegs. Und ich bin froh, ich habe nämlich kein eigenes Fahrrad mehr, muss das von Hans nehmen.«

Als Helga am nächsten Tag ihr Fahrrad durchs Gartentor schob, zwängten die Kinder gerade ihre Stofftiere in die Puppenfahrradsitze, die sie am Lenker hatten. Das war Hans zu verdanken, dass jetzt auch David seinen blauen Affen, den letztes Jahr auf dem Oktoberfest einer ihrer Kavaliere beim Schießen gewonnen hatte, transportieren konnte. Helga hatte sich am Vormittag ziemlich abgehetzt und einiges jonglieren müssen, damit sie freibekam, aber dann nichts wie raus aus allem, was noch anstand. Jetzt war sie da und freute sich auf das Gespräch mit Luise, obwohl sie auch Angst vor ihrer Reaktion auf die Offenbarung hatte. Nicht umsonst hatte sie neun Jahre geschwiegen. Der Himmel war voller Wolken, hoffentlich hielt das Wetter überhaupt, eine Jacke hatte sie nicht dabei. Sie trug bloß ihr schlichtes hellblaues Kleid, das eine Handbreit über dem Knie endete. Bei der Arbeit war es praktisch, und die weiten Trompetenärmel konnte sie im Arztkittel gut raffen.

»Grüß dich, wie schön.« Luise schnallte einen großen Korb auf dem Gepäckträger eines Herrenrads fest. Sie sah umwerfend aus, hatte sich richtig verwandelt. Ein Strahlen umhüllte sie, das ihr ausgezeichnet stand.

»Mensch, bist du elegant.«

»Ja, ich dachte mir, zu diesem Anlass mach ich mich mal schick.« Luise hatte sich nicht nur die Locken toupiert und den Pony auf einer Seite fixiert, sie trug zudem ein kniekurzes, leuchtend rotes ärmelloses Kleid, das oberhalb der Brust mit einem Knopf gehalten wurde. Dazu trug sie farblich passende Ohrringe, die aus einem Perlenknäuel bestanden, und knallroten Lippenstift, hatte die Augen mit einem schwarzen geschwungenen Kajalstrich betont. So stark geschminkt war sie im Laden nie. Wenn überhaupt, trug sie Wimperntusche und einen grünen Lidschatten.

»So siehst du also aus, wenn du tanzen gehst, nehme ich an?«, fragte Helga. Luise nickte. Seit über einem Jahr besuchte sie weiter diesen Freitagabendkurs, tanzte mit wem auch immer. Helga hoffte, dass sie ihr endlich mehr davon erzählte. Vielleicht würde heute der Tag der großen Geständnisse sein. »Und Josie hat ja ein Kleid aus demselben Stoff an«, stellte sie fest. Nur dass das ihrer Tochter in der Mitte einen weißen Streifen hatte. »Hast du die genäht?« Helga wüsste gar nicht, wie sie den Stoff legen und zuschneiden sollte, damit ihr so ein nettes Kinderkleid mit Bubikragen gelang, geschweige denn so ein besonderes Wickelkleid.

»Ja, Josies ist noch vom ersten Schultag, da habe ich zu viel Stoff gekauft und dachte mir, jetzt näh ich mir auch mal wieder was. Aber ihres war ihr inzwischen zu eng, darum habe ich gestern Abend noch schnell den Streifen eingefügt. Und meines …« Sie zupfte an dem Saum, der ihre Knie umspielte. »… ist tatsächlich eines meiner Tanzkleider.«

»Sag mal, du hast auch ganz schön abgenommen«, stellte Helga fest, und Luise nickte. »Na, kein Wunder, als Rock 'n' Rollerin, wer ist eigentlich dein Tanzpartner?«

»Äh, das erzähl ich dir später.«

»Dann schnell los. Ich frag mich bloß, wo du die Zeit hernimmst, auch noch selbst zu nähen. Ich bewundere dich.«

»Ach, Handarbeit ist einfach meine Leidenschaft. Stoff, Garn, Farben, nicht umsonst habe ich einen Gemischtwarenladen. Dasselbe könnte ich dich fragen, machst eben schnell einen Doktor und dann zu deinen normalen Aufgaben noch die Beratung für Frauen.«

»Jetzt schwenk nicht gleich wieder zu mir über. Ich finde, so wie du dich kleidest, könntest du auch eine Boutique leiten.«

»Aua, Mama, da piekst was ganz schlimm.« Mit hochgezogenen Schultern lief Josie zu ihnen.

»Hat dich was gestochen? Jetzt ist wieder Wespenzeit.« Die Starnberger Mückenplage hatte zum Glück nachgelassen, dachte Helga, jedenfalls halfen die Fliegengitter, die Wittgenstein tatsächlich sofort angebracht hatte. Luise suchte ihre Tochter ab, fuhr ihr mit der Hand unter den weißen Bubikragen und zog eine Stecknadel heraus. »Die war's. Tut mir leid, mein Schatz.« Sie drückte sie an sich. »Das nächste Mal passe ich besser auf.«

»Aber ich will ein Pflaster drauf.« Josie wand sich aus der Umarmung und stampfte auf.

»Man sieht aber gar nichts.«

»Ich will aber.« Josie stampfte noch mal auf und rannte zurück ins Haus.

»Meine Diva.« Luise lachte und versuchte, noch eine Decke auf dem Gepäckträger unterzubringen.

»Wofür ist die denn, heute ist es doch so warm? Und in dem Café haben sie bestimmt eine Decke, wenn es uns doch frieren sollte.« Helga hielt das Fahrrad fest, damit es nicht kippte.

»Ich dachte mir, wir machen ein Picknick irgendwo, wo es ruhiger ist. Dann können wir uns besser unterhalten, und die Kinder können herumtoben, wie sie wollen. Was meinst du?« Das klang, als hätte Luise etwas auf dem Herzen. Ob es um den Rock 'n' Roller ging? »Gute Idee. Soll ich auch noch was nehmen?«

»Die Getränke vielleicht. Die stehen noch in der Kühlung.« Als sie alles in den Fahrradkörben verstaut hatten, kam Josie zurück, den Hals vollgepflastert, als trüge sie eine enge Kette. Luise schwang das Bein über den Sattel des Herrenrads, und nun sah Helga erst die Raffinesse des Wickelkleids. Jedes andere hätte sich beim Aufsteigen geöffnet und mindestens bis zum Bauchnabel alles entblößt, doch Luise hatte innen auch einen Stoff eingearbeitet, der sich bei Bewegung auffächerte.

Da es am Seeufer um die Zeit bestimmt voll war, radelten sie Richtung München und suchten sich ein Plätzchen im Leutstettener Moos. Sie entschieden sich für eine schattige Stelle unter einer Gruppe Bäume, auf einem Hang, mit Blick auf das Dorf und die große Hecke, hinter der das Schloss der Königsfamilie mit seinen auffallenden Ecktürmen hervorspitzte. Es duftete nach Heu und Blumen. Sie breiteten die Decke aus, und sofort juckte es Helga in der Nase. Seit ein paar Jahren plagte sie Heuschnupfen, sie nieste schon, wenn zu viele Blumen in den Zimmern der Patientinnen standen. Bienen summten, und wegen der Wespen mussten sie in der Tat Obacht geben, als sie den Kuchen auspackten. Luise hatte an alles gedacht. An Kaffee in einer doppelwandigen Kanne, die die Wärme hielt, Milch und Zucker in kleinen Dosen, Limonade für die Kinder und einen ganzen Gugelhupf, über den sie jetzt auch noch Puderzucker stäubte. Helga hätte erwartet, dass es der übrige Kuchen aus dem Laden war, aber nein, Luise hatte extra gebacken.

»Ach Mist, jetzt habe ich die Teller vergessen«, sagte sie, »ich habe extra welche aus Kunststoff, hat mir neulich ein Vertreter aufgeschwatzt. Da gibt es neuerdings so richtige Partys, wo Plastikgeschirr und Behälter mit Deckel zum Einfrieren verkauft werden.«

»Partys für Haushaltswaren?« Helga beschwerte die Decke mit ein paar Steinen, damit der Wind sie nicht davontrug.

Luise nickte. »Tupperware. Kommt aus Amerika wie so vieles. Eine Frau lädt ihre Freundinnen ein und bewirtet sie mit diesem unzerbrechlichen Geschirr, zeigt, wie sie ihre Vorräte darin lagert, und kriegt Rabatt, wenn die anderen über sie bestellen.«

»Oh, dann ist das hier ein Verkaufsgespräch?« Helga lachte. Die Wolken wurden dichter, besonders zum Horizont hin, hoffentlich regnete es nicht, bevor sie über alles geredet hatten. Doch wie anfangen, nach so vielen Jahren des Missverständnisses.

»Nein, ganz sicher nicht. So ganz überzeugt bin ich davon nicht. Emaille oder Blech kühlt doch bei dieser Hitze viel besser. Und für den Kaffee schwöre ich auf meine Thermoskanne. Apropos Amerika, was ich dich schon lange fragen wollte. Hat sich Jack jemals bei dir gemeldet?« Die Kinder hatten sich noch nicht zu ihnen gesellt, sie kugelten jauchzend den frisch gemähten Hang hinunter.

»Nein.« Helga schnitt den Kuchen an, der außen knusprig und innen locker war, Luises Backkunst eben. Sie verteilte die Stücke auf Servietten und gab Luise eine.

»Und hast du versucht, mit ihm Kontakt aufzunehmen?«

»Ich wüsste gar nicht, wie und wo, und ehrlich gesagt bin ich froh, dass es so ist, wie es ist, er hatte bestimmt seine Gründe. Ganz sicher ist es besser, dass er nie erfahren hat, dass er Vater geworden ist, sonst wäre er womöglich nur aus schlechtem Gewissen mit mir zusammengeblieben.«

»Tut mir leid, wenn ich etwas aufgewühlt habe.« Luise lehnte sich an einen Baumstamm, zog die Beine an.

»Das hast du nicht. Ich denke sowieso oft an ihn, es schmerzt nicht mehr so wie zu Anfang, aber …« Sie schwieg.

»Ich könnte über meine alten Kontakte versuchen, etwas über Jacks Verbleib herauszufinden.«

»Besser nicht«, entschied Helga. »Ich gebe dir Bescheid, falls ich jemals das Bedürfnis habe, ihn wiederzutreffen.«

»Und David? Wie geht er damit um?«

»Du meinst, dass sein Vater ein Phantom ist?« Luise nickte. »Ich weiß es nicht genau«, sagte Helga. »Wie soll man einem Kind erklären, warum seine Hautfarbe anders ist als die der anderen und warum die anderen auch noch Väter haben, die sie unterstützen?«

»Das stelle ich mir wirklich schwierig vor. Und wie hast du es ihm erklärt?«

»Als er begriffen hat, dass alle Kinder einen Vater haben, hat er mich gefragt, wo eigentlich seiner ist. Da habe ich ihm die Wahrheit gesagt, auch wenn es hart für ihn ist. Dass er als Soldat in Deutschland war, um den Krieg zu beenden, dass wir uns geliebt haben, aber er zurück in seine Heimat musste. Ich habe viel zu viel geredet, um möglichst weiteren Fragen aus dem Weg zu gehen. Dass ich nicht weiß, wo genau in Amerika er lebt, und wir ihn deshalb nicht besuchen und ihm auch nicht schreiben können. North Dakota hat er mal erwähnt, und dass er in Arizona geboren ist, aber ich weiß nicht mal, ob das stimmt, für David ist das sowieso unvorstellbar weit weg. Von da an hat er mich jedes Mal, wenn wir einen Schwarzen in München gesehen haben, gefragt, ob das sein Papa ist, und immer musste ich ihn enttäuschen. Inzwischen, glaube ich, hat er sich damit abgefunden, dass wir nie etwas von Jack hören werden, genau wie ich.« Sie holte die Tassen aus dem Picknickkorb. »Ich wollte mit dir eigentlich über etwas anderes reden.«

»Ich mit dir auch.«

»Ach so?« Helga sah sie erstaunt an. »Dann schieß los.«

»Nein, fang du an.«

»Sollen wir eine Münze werfen?« Sie lachten. Sofort wurde Helga wieder ernst, jetzt oder nie. »Na gut.« Sie holte Luft. »Es ist wegen Hans.« Nun war es heraus.

»Das dachte ich mir schon.« Luise legte ihr angebissenes Kuchenstück zur Seite. »Das sieht ein Blinder mit Krückstock, dass ihr euch aus dem Weg geht.« Plötzlich beugte sie sich vor und sah an Helga vorbei in die Ferne. »Sag mal, da hinten bei unserem Drumlin, ist das nicht Marie?«

»Ein Drumlin, was soll das denn sein?« Helga suchte den Horizont ab.

Es wirkte so, als ob Luise froh um eine Ablenkung war

»Der Berg dahinten, auf dem die uralte Buche steht.« Sie zeigte ihn ihr. »Der und die umliegenden Felder gehören meiner Familie. Mein Bruder kämpft um den Drumlin, weil die Regierung gerade dabei ist, alles einzuebnen. Aber warte mal ... ich sehe Martin gar nicht. Sag bloß, Marie, Manni und Polli machen die Getreidemahd allein.« Sie sprang auf und beschirmte die Augen mit der Hand. »Ja, Manni hockt auf dem Binder, Marie fährt, und die Kinder versuchen, die Bündel aufzuladen, die reichen doch kaum zum Wagen hoch. Ach, du je, Tante Polli mit ihrer Hüfte muss sich tausendmal bücken. Ich kann das gar nicht mit ansehen. Macht's dir was aus, wenn wir ihnen erst ein bisschen helfen und danach Kuchen essen?« Noch bevor Helga antworten konnte, fing Luise an, die Sachen zu verstauen. »Ich bin halt eine Bauerntochter durch und durch.« Sie rief nach den Kindern. Josie jubelte, als sie hörte, dass sie zu den Brandstetters weiterradelten, und sauste mit David um die Wette voraus.

Das war's dann wohl mit der Aussprache, dachte Helga und half beim Einpacken.

»Zu welcher Feier seid ihr denn unterwegs?« Marie bremste den Traktor, als sie bei ihnen ankamen.

»Zu dir, wir lösen Polli und die Kinder ab.« Keuchend lehnte Luise ihr Rad an einen Baum.

»Abgesehen davon, dass ihr damit eure Kleider und schönen Frisuren ruiniert, werden euch die Halme und Ähren die Haut zerkratzen«, erklärte Marie. Auf dem Beifahrersitz war Xaver angegurtet. Mit seinen speckigen Ärmchen umklammerte er eine Milchflasche.

»Ach, das ist alles waschbar, wichtiger ist doch, dass du den Roggen trocken reinbringst.« Luise klippste ihre Ohrringe ab. Sie schien fest entschlossen. Zumal ein Regenguss drohte.

Helga wollte eigentlich zustimmen, stattdessen nieste sie. »Ich habe leider Heu-, Heu-, Heuschti!-Schnupfen und anscheinend …«, sie nieste noch mal, »auch eine Stauballergie.«

»Dann ist das Aufladen nichts für dich, da helfe ich mit, und du fährst besser den Traktor. Komm.« Marie zog mit einer großen Geste einen Hebel, anscheinend die Handbremse, rutschte vom Sitz und winkte sie herauf.

»Ich?« Als Stadtkind, das in München aufgewachsen war, hatte Helga noch nie auf einem Traktor gesessen, noch dazu auf einem Porsche. Hossa! »Aber ich hab doch keinen Führerschein.«

»Den hatte ich bis vor kurzem auch nicht. Ich leg dir den Gang rein, dann musst du dich nur aufs Geradeaus-Lenken konzentrieren, damit der Mähbinder alle Halme erfasst, und beim Wenden helfe ich dir wieder.« Marie stellte sich hinter sie, als sie auf die Sitzschale kletterte, und zeigte ihr, wo sie Gas geben musste, wo die Kupplung war und wo die Bremse. Und dass sie Bremse und Gas möglichst nicht verwechseln sollte. Bis dahin hatte Helga nicht mal gewusst, wie die angehängte Maschine hieß, auf der Manni mit Strohhut und nacktem Oberkörper thronte. Mit der Haspel und der Schnecke sah der Mähbinder wie ein riesiges Insekt aus, das über das Feld kroch. Er schnitt den Roggen ab, wickelte automatisch eine

Schnur darum und warf die Bündel auf die Stoppeln, wo die anderen sie einsammelten. Dass Helga fuhr, machte sie fast so stolz, wie sie nach ihrer ersten OP gewesen war, einer Sterilisation. Beim dritten Mal gelang ihr das Umkehren bereits ohne Maries Hilfe, und in der vierten Kurve sogar, ohne dass der Porsche absoff. David und Josie hatten ihre Räder ins Gras geworfen, waren zu den Kindern und dem Wagen mit Fido gerannt.

»'s Luiserl hat scho recht, alle müssen mit anpacken. Also los.« Tante Polli war nur schwer zu überreden, die Arbeit sein zu lassen. »Steht im Winter noch das Korn, ist es wohl vergessen worn.«

»Darum kümmerst du dich jetzt auch besser um unseren Nachwuchs.« Lachend schob Luise ihre Tante mit der ganzen Kinderschar in den Schatten am Waldrand, wo sie zusammen den Picknickkorb plünderten.

Mit vereinten Kräften schafften sie es. So brachten sie, noch bevor die ersten Regentropfen fielen, den vollbeladenen Wagen in den Unterstand vor die Scheune. Zum Dank für ihren Einsatz tischte Marie in der Küche für alle auf.

»Seit wann hast du einen Führerschein?«, fragte Luise ihre Schwägerin. Verschwitzt und mit Stroh in den Haaren, das Wickelkleid ziemlich zerknautscht, stand sie am Herd und rührte Eier mit Milch in die Pfanne, schnitt ein paar Tomaten hinein, die in den Töpfen vorm Haus wuchsen. Die Frauen in dieser Familie waren unermüdlich, dachte Helga, die fix und fertig war, dabei hatte sie die ganze Zeit auf dem Traktor gesessen.

»Martin hat's mir beigebracht, und dann war es nach zwölf Stunden und den beiden Prüfungen in Theorie und Praxis erledigt.«

»So schnell?« Luise staunte. »Bella, unsere Nachbarin, hat fünfundsiebzig Stunden gebraucht, allerdings fürs Auto.«

Marie lächelte. »Den Autoführerschein habe ich gleich mitgemacht. Wenn schon, denn schon, dachte ich mir. Obwohl wir gar keins haben, aber man weiß ja nie.«

»Wir schon, also bald, Hans schwankt zwischen einem VW und einem BMW, fährt nach Feierabend schon Probe.«

»Das könnten wir doch auch machen, Luise, also den Führerschein. Wir beide in der Fahrschule, wie wäre es?«, schlug Helga vor.

»Ich hab's nicht so mit der Autofahrerei und bin froh, dass ich für mein Moped noch ohne Schein durchgekommen bin, eigentlich müsste ich ihn für Fahrräder mit Hilfsmotor nachholen, aber Herr Remanowsky, der Verkehrspolizist von der Stadt, der auch ein Kunde ist, drückt ein Auge zu. Hans drängt mich jetzt natürlich noch mehr.« Sie seufzte. »Na ja, vielleicht wäre es wirklich praktisch. Selbst ist die Frau.« Als Luise von ihrem Mann anfing, blickte Marie zu Helga. Kaum merklich nickte sie ihr zu, was sollte das bedeuten?

»Ganz so glimpflich ging's bei dir auch nicht, Marie«, meldete sich Tante Polli zu Wort. Sie hatte sich auf der Eckbank verschanzt. Anstelle des Kruzifixes, das in den meisten Bauernhäusern den Herrgottswinkel schmückte, stand dort ein Globus. Je ein Kissen rechts und links, saß Polli davor und hielt auf dem Schoß auch noch den einäugigen Kater, der schnurrte. »Mit diesen Teufelsmaschinen muss man schon Obacht geben«, warnte die Tante.

»Stimmt, das Scheunentor hat bei meinen ersten Versuchen stark gelitten, als ich aus Versehen rückwärts gefahren bin.« Marie grinste. »Hü für los, Hott für rechts, Wiest für links, so geht das bei den Pferden und Ochsen auf dem Feld. Aber beim

Autofahren muss man lenken, und anstatt zu bremsen habe ich Brrrr gerufen, aber der Porsche ist einfach nicht stehen geblieben.«

»Luise, im Ernst, wie wäre es, lass uns gemeinsam den Führerschein machen?«, schlug sie vor. »Jetzt, wo wir keinen Mann mehr um Erlaubnis bitten müssen.«

»Kann es sein, dass du Blut geleckt hast?« Luise lachte.

Helga nickte. »Traktorfahren hat echt Spaß gemacht. Marie, wenn du mal eine Aushilfe brauchst, ruf an.«

»Das mach ich ganz bestimmt nicht, als Ärztin hast du genug zu tun. Sagt mal, wollt ihr noch mal Tee oder lieber ein Glas Wein vielleicht?« Marie stand auf, um Xaver mit seinem Brot und Ei zu helfen. Die anderen Kinder hatten in null Komma nix das Essen hinuntergeschlungen und durften gehen.

»Mama, darf ich dem David unsere Hasen zeigen?«

»Ja, ja, geht nur«, sagte Marie. »Ich muss sowieso die Herde von der Weide holen und melken.« Die Kinder rannten nach draußen. Xaver wackelte hinterher und fing zu weinen an, als er die anderen nicht einholen konnte. Josie, ganz große Cousine, erbarmte sich, kam zurück und nahm ihn an der Hand.

»Ihr verkauft Zwerghasen?« Helga hatte das handgemalte Schild an der Einfahrt gesehen.

Marie nickte. »Die Kinder, aber das Geschäft läuft schleppend an, sie haben bisher nur einen verkauft, und das war bereits letztes Jahr, ausgerechnet den silbergrauen, die anderen sind alle schwarz-weiß.«

»Oh, der ist, glaube ich, jetzt bei uns«, sagte Helga. »David hat einen geschenkt bekommen, besser gesagt, eine. Sie war trächtig, inzwischen sind es vier.«

»Und bevor du uns fragst, Marie«, ergänzte Luise. »Wir haben jetzt zwei von denen, die David Josie geschenkt hat.«

»So schließt sich der Kreis.« Sie lachten so schallend laut, dass Tante Polli aus ihrem Nickerchen hochschreckte. »Was ist passiert?«

»Ach, nichts.« Marie hob Zille auf, der weggesprungen war, und setzte ihn zurück auf ihren Schoß. Die Tante umklammerte den Kater wie ein weiteres Kissen, ihre Augenlider senkten sich erneut, und das Kinn fiel ihr auf die Brust, leise schnarchte sie weiter.

Helga gefiel die Wunderfrauenrunde. Während der Regen an die Fensterscheiben prasselte, aßen sie zusammen und tranken gekühlten Tee, in dem Apfelstücke schwammen. Gemütlich war's. Wenn sie an ihre Kindheit dachte, immer etepetete und adrett gekleidet, auf Etikette achten, nicht zu viel und nicht zu wenig essen, freute sie sich, dass David so ganz anders aufwuchs. Seit dem Vorfall am See hatte sie nichts mehr von ihren Eltern gehört. Ihr Sohn versicherte ihr, dass er die Oma auch nicht mehr getroffen hatte, und sie glaubte ihm.

»Wo bleibt eigentlich Martin, hat er nicht längst Feierabend?«, fragte Luise.

»Ich schätze, er löscht im Mooshäusl seinen Durst.« Maries Lächeln erstarb. »Bleibt ihr noch? Ich beeile mich auch. Luise, du musst mir von deinen Bauplänen erzählen, und Helga, wie geht's mit der Beratungsstunde voran?«

»Sag mal, ist Martin öfter abends weg?«, bohrte Luise nach.

Sie nickte. »Er will die anderen Bauern wachrütteln und setzt sich für den Naturschutz ein.«

»Wen will er denn im Mooshäusl bekehren? Sitzt da um diese Uhrzeit überhaupt noch jemand mit klarem Kopf?«

»Dein Mann, Luise. Aber zugegeben nicht so oft wie meiner.« Marie blickte erneut auffordernd zu Helga.

»Stimmt.« Luise atmete hörbar aus. »Hans hat mir schon

von Martins Kampf gegen die Flurbereinigung erzählt. Und wie sieht es damit aus?«

Marie zuckte mit den Schultern. »Noch kein Ende in Sicht. Ich weiß auch nicht, ob Martin es auf einen Rechtsstreit ankommen lassen will. Theo würde uns zwar helfen, aber das will Martin nicht.«

»Ach, Theo hat sich wieder bei dir gemeldet?«, fragte Luise. »Er war letztes Jahr bei mir im Laden und hat sich nach dir erkundigt.« Dass Helga ihm auch wiederbegegnet war, verschwieg sie.

ANNABEL

Sie wollte sich nicht unterkriegen lassen, Konstantin, aber vor allem die Kinder, brauchten sie mehr denn je. Wie gewohnt musste sie die Starke in ihrer Ehe sein, besonders jetzt, da ihr Mann endlich einsah, dass es so nicht weiterging. Er hatte die Grenze seiner Belastbarkeit erreicht und nahm sich eine Auszeit von der Klinik. Die ganze Familie, einschließlich seiner Eltern, atmete auf. Aber anstatt sich auf Sardinien, wo die von Thalers ein weiteres Anwesen besaßen, zu erholen, wie seine Mutter es für die ganze Familie vorgeschlagen hatte, ging er lieber alleine wandern. Das ganze Jahr schon zog er von Berghütte zu Berghütte, und wenn er nach Hause kam, schlief er viel oder plante die nächste Tour. Wie üblich hielt ihm Annabel den Rücken frei – Haus, Garten und Kinder, das hatte sie zu bewerkstelligen. Ihre moralische Stütze war Luise und die Arbeit bei ihr. Als Annabel hörte, dass sie den Laden erweitern wollte, fuhr sie mit ihr herum, um die Konkurrenz auszuspähen. Neuerdings schossen die Supermärkte wie Pilze aus dem Boden und ermöglichten ein Einkaufen rein zum Zweck des Kaufens. Nach Betreten des Ladens musste man niemanden grüßen oder überhaupt beachten. Man nahm sich aus dem scheinbar unbegrenzten Warenangebot, was man brauchte, legte es erst in einen Einkaufswagen aus Metallgeflecht, um Ladendiebstahl vorzubeugen, wie Annabel vermutete, und leerte zum Schluss alles auf ein Förderband. Der Wagen bot sogar einen klappbaren Sitz für ihre Tochter.

Bei einem ihrer Spionageausflüge in den neuen Supermarkt nahe der Autobahn inspizierte Luise wieder alles sehr genau. Ihr fiel mehr auf, als Annabel selbst bei größter Anstrengung entdeckt hätte. »Schau mal, die Nudeln, wo die liegen«, sagte sie.

»Nudeln? Du meinst Rigatoni, Makkaroni, Cannelloni ...« Annabel las die Beschriftungen vor.

»Genau, wenn sich eine Kundin eine Schachtel nimmt, dann fällt ihr Blick sofort auf das Tomatenmark im Regal gegenüber und die Fleischkonserven. Zuerst habe ich geglaubt, hier ist alles willkürlich angeordnet, um möglichst viel auf großer Fläche unterzubringen, dabei ist alles sehr genau durchdacht. Dazu die leise Musikuntermalung.« Sie zeigte auf den Lautsprecher an der Decke. »Damit schlendern wir jetzt auch schon seit einer Stunde hier durch. Bei mir im Laden habe ich bis jetzt das abgespielt, was ich selbst gerne höre. Ich muss mich umstellen, Säuselklänge regen mehr zum Kaufen an als Rock 'n' Roll, glaub ich. Oder schau dir das an.« Einen Gang weiter, in der Kosmetikabteilung, beobachteten sie eine Frau, die ein Haarspray auswählte und nach einigem Zögern auch eine Flasche Rasierwasser, das auf gleicher Höhe stand, dazu in den Wagen legte. »Mir kommen die Kundinnen viel freier vor als bei mir. Sie betrachten die Waren und entscheiden selbst, keiner schaut ihnen auf die Finger.« Ihre wohlwollende Meinung änderte sich, als sie die Kasse erreichten. Am Ende des Laufbands saß eine missgelaunte Verkäuferin, die ein grünblaues Häubchen trug und die Preise blind eintippte. In null Komma nichts leierte sie die Endsumme herunter und gab das Wechselgeld heraus. Nur der Anblick von Marlenes Stummelärmchen und wie sie damit den Griff des Wagens umklammerte, riss das Fräulein aus dem Trott. Sie schenkte ihr ein Windrad mit Hähnchen-Reklame.

»Was dir mit dem Neubau vorschwebt, ist im Vergleich hierzu regelrecht Kultur«, betonte Annabel, als sie den Supermarkt verließen. »Mehr Platz, mehr Produkte, aber eben bei gleichbleibendem Service.«

»Ach, ich weiß gar nicht, ob das bei uns überhaupt etwas wird.« Luise wirkte niedergeschlagen. »Der Maurer macht mir jedes Mal einen anderen Vorschlag und auch Hans ... Jetzt will er, dass wir den Anbau unterkellern.« David und Josie rasten mit Marlene im Einkaufswagen über den Parkplatz. Die Kleine juchzte vor Begeisterung. Gekauft hatten sie nur fünf kleine Götterspeisen im Plastikbecher, als Alibi sozusagen, die Löffel hatte es gratis gegeben.

»Wozu einen Keller? Um Vorräte zu lagern? Du möchtest doch sämtliche Waren präsentieren, hast du mir gesagt. Ich würde den Anbau ebenerdig machen, so wie hier.« Annabel zeigte auf den großzügigen Eingang. »So befinden sich die Leute gleich mitten im Laden, bei der einen Tür geht's rein und bei der anderen wieder raus wie in einem Wetterhäuschen.« Annabel gab Luise ihren Schlüsselbund. »Setzt euch doch schon mal ins Auto, ich bring den Einkaufswagen zurück.«

Erst weigerte sich Marlene auszusteigen, sie zerrte die Kleine samt Drahtgestell hoch. Dann wollte sie sich nicht tragen lassen, zappelte wie ein Fischlein in Annabels Arm und bestand darauf, alleine über den Teer zum Auto zurückzugehen. Dabei gluckste sie stolz, auf ihren wackeligen Beinchen, in dem kurzen Kleidchen, unter dem ihr Windelpopo hervorlugte. Annabel hielt sie am Laufgurt, den sie ständig trug, achtete dennoch darauf, dass ihr nichts im Weg lag, über das sie stolpern konnte. Überall lag Müll. Wenn Marlene fiel, hatte sie nichts, um sich abzufangen und ihr Gesicht zu schützen.

Die letzte Blessur am Kinn, als sie auf der Terrasse über einen Blumentopf gestürzt war, hatte mit drei Stichen genäht werden müssen. Als Mutter konnte sie einfach nicht immer und überall zugleich sein.

Sie atmete auf, als sie den Opel Rekord unfallfrei erreichten, nahm Marlene auf den Schoß und fütterte sie zwischen Lenkrad und Kupplung. Wackelpeter für alle! David und Josie mampften selig auf der Rückbank. Normalerweise duldete sie kein Essen und Trinken im Auto, bei Friedrich war sie viel strenger gewesen, aber der Wagen gehörte sowieso wieder einmal grundgereinigt. Annabel fing noch mal mit dem Neubau an: »Am besten machst du ein Ringfundament, das lässt du mit Schotter auffüllen, und obendrauf kommen dann der Beton und die Fliesen, die dir vorschweben, und fertig.«

»Ringfundament?« Staunend kratzte Luise ihren Becher aus. »Sag mal, woher weißt du das alles?«

»Seit du mir deine Pläne gezeigt hast, habe ich mich damit beschäftigt. Ich bin mit Marlene zu Baustellen spaziert und habe mit den Arbeitern gesprochen, mir alles notiert und daheim nachgeschlagen, was ich nicht verstanden habe. Eines kann ich dir sagen, das kenne ich auch von unseren Dienstboten, nur *so ungefähr* reicht nicht. Du musst dem Maurer klare Anweisungen erteilen, sonst wird das nichts.« Als sie das sagte, fiel ihr ein, dass sie selbst seit zwei Jahren auf die Lieferung eines Handwerkers wartete. Herrn Fechtner würde sie nachher gleich anrufen.

»Danke, du hast recht. Ich klemme mich zu Hause gleich dahinter und lasse mir alles durch den Kopf gehen. Aber sag mal, Bella, welche Talente verbirgst du noch?« Annabel wischte Marlene den Mund sauber und gab sie Josie, die sie während der Fahrt festhielt. Da weit und breit kein Abfalleimer zu sehen war, kurbelten sie die Fenster herunter und warfen die Plastikbecher samt Löffel einfach hinaus.

Am nächsten Morgen empfing sie Luise schon vor der neuen Gartenbank. Der Schmied aus Machtlfing hatte sie sofort nach ihrem Anruf geliefert. Allerdings hatte er das schwere Eisenteil nicht wie besprochen hinten im Garten abgestellt, sondern neben der anderen vorm Schaufenster. Und dort saßen schon Herta, Irmi und Gretel und warteten, dass der Laden aufmachte.

»Wie komme ich zu der Ehre, Bella?« Luise kurbelte den Sonnenschutz für die Obstauslage und nun auch für die Kundinnen herunter.

»Ach, das ist nur eine kleine Aufmerksamkeit.« Annabel trug die Eistafel und die Waschmittelreklame hinaus. »Weil du mich so unterstützt. Wer weiß, wo ich wäre und wie es mir ginge, wenn ich nicht bei dir arbeiten dürfte.«

»Ich glaube, so eine Mitarbeiterin wie dich gibt es auf der ganzen Welt nicht. Vielen Dank.« Sie umarmten sich. »Und dein Vorschlag … ohne Keller … Ich hab mich entschieden und das auch schon mit Hans besprochen. Er ist froh, so sparen wir einiges, was er für unser Auto ausgeben kann, vielleicht wird es doch kein Gebrauchtwagen.«

»Sehr gut, dann sind ja alle zufrieden.« Annabel setzte Marlene in den Laufstall, den sie in den Durchgang gestellt hatten. An dem kam man zwar nur vorbei, wenn man die Treppe über die erste Stufe umrundete, aber so war ihre Kleine aufgeräumt und konnte sich nicht verletzen. »Du, Luise, ich habe auch über die neue Ausstattung im Laden nachgedacht.«

»So wie ich dich inzwischen kenne, hast du nicht nur nachgedacht, sondern auch schon eine Idee, stimmt's?« Luise brachte den alten Damen in ihren gemusterten Kittelschürzen frische Schmalzkugeln nach draußen an die Bänke. Und als Gretel Breisamer sich verschluckte und sich sogar ihren breitkrempigen Hut herunterhustete, gab es selbstverständlich auch noch ein Tässchen Kaffee mit Bärenmarke. Alle drei mussten seit neuestem auf ihre Linie achten.

»Genau.« Annabel lächelte und stellte sich nach draußen zu den Damen. »Du könntest doch auch so Wohlfühlinseln einrichten, Luise.«

So unterhielten sie sich oft. Nach einer Pause, die mit Kundenbedienung oder -beratung angefüllt war, knüpften sie nahtlos an vorher Besprochenes an.

»Das ist mir eingefallen, als uns meine Schwiegermutter zum wiederholten Mal nach Sardinien einladen wollte. Ein gutgeführter Laden sollte so etwas wie ein Urlaubserlebnis für den Kunden sein, oder nicht?«

»Bella, Bella.« Luise lachte. »Und was für Inseln schweben dir vor?«

»Auf jeden Fall wieder eine Sitzecke, Frau Dahlmann, auch wenn es hier ganz angenehm ist, so sitzen wir auch gerne mitten im Geschehen«, mischte sich Frau Hinterstoißer ein.

»Ja, zum Beispiel, das wäre doch was, oder meine Damen?« Irmi und Gretel nickten eifrig. Die Dritte, die mit sich und ihrem Stock eine Bankbreite ausfüllte und Herta Knödler hieß, wie Annabel inzwischen wusste, war seit dem Vorfall vorletztes Jahr, als sie ihr im Dunklen kurz nach Marlenes Geburt begegnet war, immer noch beleidigt und beäugte sie nur mit herabhängenden Mundwinkeln.

Anschließend bediente Luise die Damen bei ihren Einkäufen, was längere Zeit in Anspruch nahm, da sie sich nach wie vor weigerten, sich die Waren selbst zusammenzustellen. Irmi und Herta gaben Luise ihre Einkaufszettel, und Gretel Breisamer diktierte ihr die Wünsche wie einer Kellnerin. Das dauerte. Anschließend setzte sich Luise an die Theke und kassierte, was Annabel herbeitrug und in die drei Nachziehwägelchen der Damen räumte. Das gehörte auch zum Dahlmann'schen Service.

»Wie geht's eigentlich deinem Mann?«, fragte Luise.

»Ich weiß nicht genau, leider dringe ich nicht zu Konstantin durch. Über seine Gefühle hat er noch nie groß geredet, aber so niedergeschlagen war er noch nie.«

»Du meinst, nach der Sache mit dem falschen Kleefeld?« Sie hatte Luise von dem ominösen Telefonat mit Wittgenstein erzählt. »Was hat eigentlich der Hausmeister gesagt. Hast du mit ihm geredet?«

»Ja, Konstantin hat tatsächlich medizinische Fachgespräche mit ihm geführt und ihn dabei um eine Art Freispruch gebeten. Weder Wittgenstein noch ich verstehen genau, was damit gemeint ist. Offenbar hat er gehofft, dass Kleefeld ihn von etwas befreit, was ihn belastet.« Bevor sie weiterreden konnten, kam Irmi hereingedackelt.

»Ach, Frau Dahlmann, ein Halbpfund Butter bräuchte ich noch. Seien Sie so nett. Und was höre ich da, Kleefeld? Ist der Doktor wieder im Lande?« Luise und Annabel sahen sich an.

»Sie kennen Dr. Kleefeld?«, fragte Annabel.

»Kennen ist übertrieben, aber nett war er schon, und besonders seine Hausfrauenpralinen, die er so unter der Hand angeboten hat. Wäre das nicht was für den Laden, Frau Dahlmann? Ich würde gleich eine ganze Packung nehmen und meine Freundinnen bestimmt auch.«

Luise verdrehte die Augen, als hörte sie diese Frage nicht zum ersten Mal. »Ich kann doch keine Drogen verkaufen, Frau Hinterstoißer, damit würde ich mich strafbar machen.«

»Schade, überlegen Sie sich's. Kann ja unter der Ladentheke sein und muss ja sonst keiner wissen.« Umständlich kramte sie das passende Geld aus der Börse, wartete auf ihre Rabattmarken und den Dosenöffner, den sie dank ihres vollen Rabattheftes erhielt. Endlich ging sie, und auch die beiden anderen hatten bezahlt.

»Hausfrauenpralinen, davon hab ich noch nie gehört.«

»Ich dafür zur Genüge. Bei der Wehrmacht hieß es Panzerschokolade und war mit Pervitin angereichert, damit die Soldaten länger durchhielten. Für die Frauen an der heimischen Front gab's die dann auf Rezept in Pralinenform oder als Pillen, da sind sich die drei Damen uneinig. Seit ich den Laden habe, liegen sie mir damit schon in den Ohren. Apropos Kleefeld ...« Luise ging um die Theke und hielt Ausschau, dass nicht ein neuer Kunde im Anmarsch war. Sie legte sogar die Hand auf die Klinke, als wollte sie den nächsten erst gar nicht reinlassen. »Ich wollte dich das schon die ganze Zeit fragen, hast du mal überlegt, ob die Kleefelds überhaupt in der Schweiz angekommen sind? Und wenn nun stimmt, was der junge Mann mir bei der Weltmeisterschaft erzählt hat?«

»Du meinst, dass die Kleefelds tatsächlich von Deutschland aus deportiert wurden?« Annabel hatte es als Gerücht abgetan, damals war so viel in Umlauf gewesen, sie selbst hatte sogar ihren Mann verdächtigt, als sie seine Entnazifizierungsakte gefunden hatte.

Luise nickte. »Eine schreckliche Vorstellung, aber das müsste doch herauszufinden sein.«

»Und wie?«

»Am besten stellst du eine Anfrage übers Rote Kreuz. Als ich noch im DP-Camp gearbeitet habe, haben das viele der Heimatlosen auf der Suche nach ihren Verwandten so gemacht.« Luise war, bevor sie den Laden gründete, Köchin in einem Camp für *Displaced Persons* in Feldafing gewesen, hatte sie Annabel erzählt.

Gleich nach Feierabend befolgte sie ihren Rat und schrieb einen Brief mit der Bitte um Auskunft. Als Begründung schilderte sie das persönliche Verhältnis zwischen ihrem Mann und Samuel Kleefeld und dass sie sich seit Jahren um den Verbleib der Kleefelds sorgten. Ihr Mann und sein bester Freund hatten vor dem Krieg die Starnberger Seeklinik geleitet und sich seither aus den Augen verloren.

<u>Neulich im Laden:</u>
Frau Köck: Rein, raus, rein, raus, so geht es die ganze Zeit.
Frau Spaenle: Was, bei Ihnen auch? Das kenn ich. Ich werd noch narrisch. Erst rein, dann raus, dann ein bisschen kuscheln. Dann wieder rein und raus, bis er auf meiner Brust einschläft und ich leise sein muss und mich keinen Deut bewegen darf, sonst ist alles aus.
Frau Köck nickt: Und der Klassiker, wenn er mir mit dem Schwanz durchs Gesicht fährt. Beißt Sie der Ihre auch?
Frau Spaenle: Zum Glück nicht. Ihrer etwa?
Frau Köck seufzt: Trotzdem, böse sein kann ich ihm nicht, das ist halt seine Natur, was will ich machen. Und wenn er mich dann so lieb anschaut und wieder angekrochen kommt, da schmelze ich einfach jedes Mal aufs Neue dahin. Aber wenigstens ist er reinlich, der von meiner Nachbarin ist so ein Saubär.
Frau Spaenle: Ach, da gibt's doch einen einfachen Trick.
Frau Köck: Und der wäre?
Frau Spaenle: Nagelns die Katzenklappe einfach zu.

<u>Der Gugelhupf:</u> (ein uraltes Ida-Brandstetter-Rezept!)
für ein Picknick mit der besten Freundin oder zur Getreidemahd

<u>Zutaten</u> für eine Gugelhupf- oder Kastenform:
5 Eier
200 g Zucker
abgeriebene Zitronenschale
1 Prise Salz
250 g feines Mehl
(1 TL Backpulver = Ergänzung von mir, Mutter hat die Zutaten so ausgewogen, dass der Kuchen auch ohne Backpulver aufging.)
170 g Butter
Puderzucker zum Bestäuben und Butter für die Form

(Diese Zutaten nicht abändern!!!, hat meine Mutter damals mit drei Ausrufezeichen an das Rezept geschrieben, weil ich schon als Mädchen dazu neigte, beim Backen und Kochen zu experimentieren.)

Zubereitung:
Die Gugelhupfform gut mit einem festen Butterstück einfetten und mit Mehl ausstreuen. Die übrige Butter in einem Topf schmelzen, aber nicht zu heiß werden lassen. Die Eier mit dem Zucker schaumig schlagen. Das Mehl sieben und unter den Eierschaum rühren, die geschmolzene Butter dazugeben, alles vorsichtig verrühren, ohne dass der Teig einsinkt. Die Masse in die Form füllen und bei möglichst gleichmäßiger Holzofentemperatur (Luiserl, achte aufs Feuer!) 40–45 Minuten backen. Stäbchenprobe! Evtl. noch einige Zeit nachbacken. Den Kuchen in der Form erkalten lassen und danach erst stürzen. Mit Puderzucker bestäuben. Für unterwegs wieder in die Form kippen, so zerbricht er nicht!

Vom Sandkuchen- zum Marmor-Gugelhupf:
Ein Drittel des Teigs mit Kakaopulver verrühren und auf die anderen zwei Drittel, die bereits in der Form sind, geben, dann mit einer Gabel unterheben = marmorieren.

Aus: Luises Ladenkunde-Album

LUISE

Sie waren heute früh zu Bett gegangen, es war erst kurz vor zehn. Luise wartete, bis Hans schlief, stand im Dunkeln auf, fand ihre Pantoffeln nicht gleich und stieß an den Bettpfosten am Fußende. Sie zischte vor Schmerz durch die Zähne. »Was ist?« Ihr Mann schreckte hoch.

»Ich muss bloß aufs Klo, tut mir leid.« Was sollte sie tun? Ihm alles gestehen?

»Du wanderst ganz schön oft nachts herum zurzeit. Vorhin hast du noch gesagt, wie hundemüde du bist. Was ist denn bloß los?«

»Nichts, schlaf weiter.« Sie schloss leise die Tür und schlich sich, die Pantoffeln in der Hand, die Treppe hinunter. Nicht dass auch noch Josie aufwachte. Was hatte sie da bloß losgetreten. Eigentlich wollte sie es vermeiden, aber dann hob sie doch noch den Vorhang vom Durchgang, suchte den Schalter und drehte das Licht im Laden an. Der Anblick erschütterte sie. Die Kasse, die Waage und die Kühltheke waren mit Tüchern verhängt, die Regale und Schränke hatten sie, so gut es ging, zusammengeschoben. Alles war voller Schutt und Staub. Gestern hatten die Handwerker die Außenmauer eingerissen, um den Durchbruch zum späteren Anbau zu ermöglichen. Sie hatte sich noch gewundert, warum das als Erstes gemacht wurde. Wo doch draußen noch gar nichts stand. Aber da war es schon zu spät, um sich zu beschweren. Jetzt gab es kein Zurück mehr. Der Laden und das, was sie sich in den letzten Jahren mühsam erschaffen hatte, stand still.

Und dann auch noch Ferdl. Sie musste die Liebschaft beenden und wieder Ordnung in ihr Leben bringen, Chaos hatte sie genug, bis die Erweiterung abgeschlossen war. Das würde sie niemals bis zum Jubiläum schaffen, sie hätte mehr Zeit einplanen sollen, doch dafür war es jetzt zu spät. Ein Windstoß fuhr unter die Plane, die sie über das Loch gespannt hatten. Fehlte nur noch, dass es reinregnete. Hoffentlich hielt das Wetter, was der Wetterbericht versprach. Luise machte das Licht wieder aus, zog sich im Bad an, band sich ein Kopftuch über die verstrubbelten Haare und ging los. Zu Fuß, sie wollte keinen Lärm machen, indem sie das Moped anwarf. Kaum lief sie über den Kirchplatz, fing es zu regnen an. Ein kalter Ostwind kam auf, bald schüttete es. Völlig durchweicht und frierend klingelte sie bei Helga am Schlossberg. Sie wusste nicht mal genau, wie spät es war, durch den Regenschleier hatte sie die Kirchenuhr nicht erkennen können. Hoffentlich war Helga überhaupt zu Hause, und wenn ja, noch wach. Sie wollte schon kehrtmachen, da öffnete sie.

In einem kurzen, rüschenbesetzten Nachthemd und flauschigen Hausschuhen stand sie vor ihr, die Brille auf der Nasenspitze. Ungeschminkt wirkte ihr Gesicht wie das eines Mädchens.

»Bist du etwa ohne Schirm unterwegs?«

»Hatschi!«, antwortete Luise, zog rasch ein Schnäuztuch aus der Rocktasche. »Entschuldige, ich hoffe, ich störe dich nicht, ich …« Ihre Lippen zitterten, sie konnte kaum sprechen.

»Du störst nie, komm rein. Ich dachte erst, das sind bloß ein paar Lausbuben, die sich noch auf der Straße rumtreiben, um Klingelstreiche zu machen, und war zu faul, aufzustehen.«

Helga lotste sie durchs Treppenhaus und führte sie in ihre Wohnung. Die Tür zu Davids Zimmer stand ein Stück offen. Luise sah seinen Wuschelkopf und seinen blauen Affen in den Kissen, er schlief beim Licht einer Nachtlampe im neuen Bett in Form eines Schiffes, das der Schreiner Notnagel auf Luises Empfehlung hin zusammen mit ein paar anderen Möbeln angefertigt hatte.

Helga führte sie in die Küche. »Setz dich gleich an die Heizung.« Sie drehte sie auf. »Was für ein Sauwetter. Soll das der Sommer sein? Warte.« Sie verschwand im Bad, kam mit einem großen Handtuch für Luise zurück und knipste den Gasherd an. Eine blaue Flamme schoss aus dem Ring, auf den sie den Wasserkessel stellte. »Kräuter- oder Schwarztee? Ich habe beides, nur keine Milch.«

»Egal, ich nehme, was du trinkst.« Luise trocknete sich das Gesicht und die Haare, aber eigentlich war sie bis auf die Unterwäsche durchweicht.

»Zieh doch die nassen Sachen aus.«

»Ach, das geht schon.« Von ihrem Rocksaum tropfte es, und um ihre Schuhe bildete sich eine Pfütze. »Tut mir leid, dass ich dir Umstände mache, hast du einen Lumpen, damit ich aufwischen kann?«

»Los, raus aus dem Zeug, jetzt bin ich mal die strenge Ärztin, ich bring dir was Trockenes von mir.«

»Ich glaub nicht, dass mir deine Sachen passen.« Helga trug mindestens zwei Kleidergrößen kleiner, noch dazu alles sehr figurbetont.

»Mein Lieblingspulli passt dir bestimmt.« Sie gab ihr einen handgestrickten Pullover, die große Variante vom Pullover ihres Sohnes. Aus lauter Wollresten gemacht, fast jede Reihe in einer anderen Farbe.

»Hast du den gestrickt?«

Helga nickte. »Im Studium, während der Vorlesungen. Der erste ist zu klein geraten, den trägt David seither, der hier ist etwas zu groß, aber gemütlich. Wenn ich was mit den Händen gemacht habe, konnte ich mich besser konzentrieren, auch wenn nicht jeder Professor das Nadelgeklapper ertragen hat.« Luise schlüpfte hinein. Der Pulli roch nach Helgas Parfüm und ging ihr nur knapp über den Bauch, den sie lieber verstecken wollte. Also deckte sie das Handtuch über ihre nackten Beine und rückte den Stuhl an die Ölheizung. »Ich hab leider keine Kekse da, aber wie wäre es mit einem Brot?«

»Ich hab keinen Hunger«, sagte Luise.

»Keine Widerrede, Honig oder Marmelade? Bei dir kriegt man auch immer was zu essen, also tu mir den Gefallen.«

»Honig. Noch mal danke, dass du beim Ausräumen geholfen hast.« Luise nahm sich die Scheibe Brot, die Helga ihr wie eine Mama geschmiert hatte.

»Gerne, das ist doch selbstverständlich, wie läuft es denn mit den Handwerkern?« Helga war wieder zur Stelle gewesen, hatte mit angepackt, zusammen mit Annabel. Dass die beiden Frauen einmal ohne zu streiten nebeneinander arbeiteten, hätte sich Luise auch nie gedacht.

»Katastrophal, ehrlich gesagt. Der Maurer hat Probleme auf einer Großbaustelle, darum wird es bei uns zu Verzögerungen kommen. Dort ist gestern auch noch kurz vor Feierabend sein Vorarbeiter vom Gerüst gefallen und liegt im Krankenhaus. Ich muss morgen die Schreinerei und den Elektriker anrufen, damit sie sich drauf einstellen. Hans kann zwar viel, aber auch nicht alles. Und er allein würde es auch nicht schaffen, wir wollen doch in zehn Tagen wiedereröffnen.«

»Ach, das wird schon.« Helga biss in ihr Marmeladenbrot,

legte es dann wieder weg und schlug die Beine übereinander. »Was ich dir schon längst beichten wollte.« Sie druckste herum. »Dein Mann, damals, als du dachtest, dass wir …« Sie stockte.

Auf einmal ahnte Luise, was sie ihr mitteilen wollte, obwohl es nur ein Gefühl war, fing ihr Herz augenblicklich stärker zu pochen an. Wenn sie ihr jetzt den Mund verbot oder einfach aufstand und ging, ihr nicht weiter zuhörte, würde alles beim Alten bleiben. Jetzt, wo zwischen ihnen alles einigermaßen im Lot war, aber das andere um sie herum zu zerbrechen drohte, konnte sie diese Wahrheit nicht auch noch ertragen. Andererseits wollte sie es wissen, wollte endlich Klarheit, sonst würde die Sache sie noch ein Leben lang beschäftigen. Auch wenn sie danach diese neuen Bilder in sich tragen würde oder zumindest eine Ahnung davon. Dass Helga zitterte und ihre Brotscheibe auf dem Teller hin und her schob, ohne aufzublicken, bestätigte sie nur in ihrer Ahnung. Sie setzte sich aufrecht hin, wappnete sich für das, was da kommen mochte. »Sag es einfach, so wie es dir in den Sinn kommt.«

Helga holte Luft. »Erst habe ich gedacht, er hat sich in der Zimmertür geirrt. Du hast nebenan geschlafen, und David lag in der Wiege bei mir. Hans war betrunken, ich weiß nicht, ob das rechtfertigt, was dann geschah.«

»Du meinst, dass er keinen klaren Kopf mehr hatte?«

Helga zuckte mit den Schultern. »Er hat mich bedrängt, ich hielt es für einen Scherz und wollte ihn rausschicken, dann wurde er grob. Ich habe mehrmals nein gesagt und ihn von mir runterschubsen wollen. Ich weiß nicht, ob du dir das vorstellen kannst, vielleicht ist es auch besser, wenn du es nicht tust. Es klingt bescheuert, nach all den Jahren, aber ich hoffe, du glaubst mir.«

»Warum hast du das damals nicht gesagt?«

»Ich wusste nicht, wie. Und ich habe mich geschämt. Außerdem wollte ich eure Ehe nicht zerstören, noch dazu, als du mir erzählt hast, dass du endlich schwanger bist. Es tut mir leid, verzeih.« Sie schwiegen eine Weile.

»Mir tut's leid. Und wenn sich jemand schämen sollte, dann ich.« Luise schluckte. »Dass ich dir nicht vertraut habe, dass ich dir keine Gelegenheit gegeben habe, mir die Wahrheit zu sagen. Dich einfach rausgeworfen habe, weil ich dachte, dass ihr, du und ...«, gerade konnte sie nicht mal den Namen ihres Mannes aussprechen. »Weil ich dachte, dass ihr eine Affäre hinter meinem Rücken habt und es schon wochenlang miteinander treibt. Und ...« Sie schluckte noch mal. »Ich weiß, dass mein Mann ein Grabscher ist. Eine Kundin hat das neulich mal angedeutet, aber ich habe das vor mir selbst kleingeredet, er liebt halt die weiblichen Rundungen, was ist schon dabei, aber dass er das mit dir gemacht hat ... Wie konnte er dir das bloß antun?«

»Das habe ich mich seither ständig gefragt, oder eher, wie ich das nur zulassen konnte.« Helga atmete auf. »Und was wirst du jetzt machen, ich meine, Hans gegenüber?«

»Keine Ahnung.« Luise musste erst verdauen, was sie gehört hatte, und außerdem hatte sie noch ganz andere Sorgen. »Es kriselt schon länger in unserer Ehe, doch wir haben uns arrangiert. Trotz allem, und ich sage das nicht leichtfertig, ist er ein guter Vater für Josie, ich glaube nicht, dass er in eine Scheidung einwilligt. Wichtiger ist doch, wie es dir damit geht, ich meine, wie steckst du es weg?«

»Ich wappne mich bei jedem Kerl, den ich treffe. Man kann als Frau nie sicher sein, egal wie stark man sich darauf vorbereitet und misstrauisch bleibt. Trotzdem glaube ich, dass mir das nicht noch mal passiert, ich war erst einundzwanzig damals, aber Marie …«

»Wieso, was ist mit ihr? Hat Hans etwa auch sie …?« Luise wusste nicht, wie viel sie heute noch vertrug und ob sie bereit war, noch mehr von dem Monster zu erfahren, mit dem sie offenbar verheiratet war.

»Begrapscht, wie du gesagt hast.«

»Er hat Marie begrapscht?« Wenn das Martin erfuhr, dann schlug er Hans zu Brei.

»Ich dachte, das weißt du, aber dann erzähle ich dir besser nicht von dem anderen.«

»Doch, bitte.« Jetzt wollte sie alles wissen.

»Marie ist kurz nach ihrer Flucht aus Schlesien von einem Amerikaner vergewaltigt worden, und ihre Mutter ist dabei ums Leben gekommen.«

»Das ist ja furchtbar.« Also das war es, was so lange zwischen ihrer Schwägerin und ihrem Bruder gestanden hatte, jetzt begriff sie. Hoffentlich reichte Martins Liebe, um ihr beizustehen. Ob er überhaupt davon wusste? Zumindest hatte sich Marie Helga anvertraut und Helga jetzt ihr. Das war ja fast wie bei ihren Zwerghasen, irgendwann schloss sich der Kreis.

»Und dennoch hat Marie vier Kinder gekriegt, wie wunderbar. Vielleicht haben auch gerade die Kinder sie gerettet.«

»Ich glaube nicht. Ich habe ihr die Antibabypille verschrieben. Was ist, Luise, möchtest du die nicht vielleicht auch nehmen?«

»Das hätte ich tun sollen, doch dafür ist es zu spät.« Sie umklammerte ihre Teetasse.

»Wieso, was soll das heißen? Kriegt Josie ein Geschwisterchen?«

Sie nickte.

»Das ist ja wunderbar, ich gratuliere.« Helga wollte sie umarmen, doch sie wich zurück.

»Es ist nicht von Hans.« So, nun war auch das ausgesprochen, manchmal kam eben alles auf einmal ans Licht.

»Willst du damit sagen, dass du ein Verhältnis mit einem anderen hattest?«

»Wieso hattest?«

»Äh, dann läuft es noch immer? Du bringst mich zum Staunen, erzähl.«

Luise zuckte mit den Mundwinkeln. »Das klingt ja gerade so, als hättest du mir so etwas nicht zugetraut.«

»Ehrlich gesagt, ja. Ich dachte, ich kenne dich einigermaßen.«

»Tja, das dachte ich damals über dich auch, dabei habe ich mich sehr getäuscht und als deine Freundin versagt.«

»Ich doch auch.« Helga rutschte näher und legte ihr den Arm um die Schulter, das tat gut. »Aber nun ist das ja ein für alle Mal geklärt, oder?«

»Das ist es.« Luise holte Luft. »Diesmal brauche ich deine Hilfe als Ärztin. Ich will es nicht, kannst du das übernehmen, also, es wegmachen?«

»Wie weit bist du denn?«

»Ich glaube, in der neunten oder zehnten Woche. Ich habe meine Tage immer unregelmäßig.«

»Aber du bist dir sicher, dass du schwanger bist?«

»Ja, alle Anzeichen sprechen dafür. Morgens ist mir speiübel, und ich bin stark geruchsempfindlich. Außerdem spannen meine Brüste.«

»Das hast du aber bisher gut verborgen. Und dann die Schlepperei im Laden. Du hast es darauf angesetzt, dass es sich von selbst regelt, stimmt's?«

Luise zuckte mit den Schultern, vielleicht hatte sie das insgeheim, vielleicht auch nicht, sie wusste es nicht.

»Ich kann dir Blut abnehmen«, schlug Helga vor, »und bei uns in der Klinik untersuchen lassen, dann wissen wir es sicher.« Dass sie »wir« sagte, berührte Luise. »Und dann können wir gemeinsam weiterüberlegen, für den Fall, dass du wirklich schwanger bist. Etwas Zeit ist ja noch, überleg es dir in Ruhe, ja? Ich würde sagen, bis Anfang September, vor der Ladeneinweihung, musst du dich entscheiden, und danach feiern wir den Neubau, einverstanden?« Helga umarmte sie nun doch, hielt sie fest.

MARIE

Obwohl es erst halb fünf und noch längst nicht Schlafenszeit war, wich ihr Xaver nicht von der Seite. Gerade war Martin nach Hause gekommen und fing an, den Stall auszumisten. Manni kümmerte sich um die Hühner, und auch die Kinder halfen, wo es ging, mit. Jeder hatte seine Aufgaben, die erledigt werden mussten, bevor sie wieder spielen durften. Eier einsammeln und die Legenester säubern oder im Kräuterbeet Unkraut jäten und die Tomaten ausgeizen. Die Wasserkübel zu schleppen, hatte Marie Alma allerdings verboten, nachdem sie der Kinderarzt bei der letzten Untersuchung ermahnt hatte. Almas Hüfte wäre bereits aus dem Gleichgewicht wie die von Tante Polli, nur dass bei den beiden mehr als sechzig Jahre dazwischenlagen. Das hatte Marie geschockt. Sie musste mehr auf ihre Kinder achten und die Aufgaben anders verteilen. Zugleich wusste sie, dass das meiste nach wie vor an ihr selbst hängenblieb. Heute verarbeitete sie mit Polli in der Küche die Berge an Äpfeln zu Gelee, zu Mus und zu Saft. Obwohl sie bei geöffnetem Fenster einkochten, war es dampfig heiß. Xaver saß auf der Eckbank, umgeben von Apfelschalen und Dutzenden Marmeladengläsern, und quengelte. Weder wollte er im Laufstall bei seinen Spielsachen sein noch zu den anderen laufen wie sonst. Nichts, was sie ihm anbot, gefiel ihm. Er warf den Kopf zurück, verfehlte das Sofakissen, schlug sich an der Holzkante an und brüllte los. Marie legte das Messer zur Seite, nahm ihn auf den Arm und versuchte ihn zu trösten. Als er sich wieder beruhigt hatte, setzte sie ihn ab, damit sie zu ihrer Arbeit kam, doch Xaver klammerte sich schwankend an ihrem Bein fest. Mit seinen vierzehn Monaten flitzte er normalerweise durch die Gegend und stand im Turnen, Tanzen und Klettern den anderen in nichts nach, was oft drollig anzusehen war. Von den vieren hatte er am frühesten laufen gelernt. Alma hatte sich bis Ostern Zeit gelassen, da war sie bereits sechzehn Monate gewesen, und Konrad war noch mit knapp zwei gekrabbelt, so dass Marie schon Doktor Mache um Rat gefragt hatte, ob das normal sei. Doch dann, als hätte er sich den Auftritt extra aufgehoben, zog er sich an seinem zweiten Geburtstag an den Beinen des Kinderstuhls hoch, ließ los, machte ein paar Schritte und strahlte die versammelte Verwandtschaft an. Dann plumpste er wieder zu Boden und blieb dort, als ob Stehen nur eine einmalige Vorführung gewesen wäre.

Jetzt quengelte Xaver, es war kein richtiges Weinen, eher ein Pressen, als brächte er keinen rechten Ton zustande. Dabei rieb er den Kopf an Maries Bein. »Was ist mir dir?«

»Mei, das Skaverchen wird halt irgendeine Sucht haben«, sagte Tante Polli. Marie konnte es nicht mehr hören. Mondsucht, Wassersucht, Gallsucht, Maselsucht oder was auch immer, das half ihr jetzt auch nicht weiter. »Oder es ist der Jammer«, ergänzte die Tante, blickte in den kreuzlosen Winkel der Eckbank und schüttelte zum wiederholten Male den Kopf, als bereute sie es, in diesem gottlosen Haus gestrandet zu sein. Dann zog sie ihren Rosenkranz aus der Kitteltasche, um ein paar Perlen abzubeten.

»Zeig mal, wo's weh tut, mach mal den Mund auf«, bat Marie ihren Sohn. Vielleicht bekam er schon Backenzähne? Zu sehen war noch nichts außer den vier Milchzähnen, zwei oben, zwei unten. Ihr fiel ein, dass Xaver mittags kaum etwas vom Kartoffelbrei mit Semmelbrösel und Ei gegessen hatte, was er sonst besonders gern mochte. Die Ablenkung am Tisch war oft so groß, dass er das Essen vergaß und Marie nicht hinterherkam, ihn zu füttern. Dafür hatte er vorhin doch von den Apfelstücken genascht, oder nicht? Xavers zartes Kindergesicht glänzte, er hatte hochrote Wangen. Marie schob die Gläser zur Seite und hob ihn auf den Tisch, strich ihm über die Stirn. Zu dick angezogen war er nicht, trug nur ein langärmliges Hemdchen unter der Latzhose, die er von Linda geerbt hatte, Linda wiederum hatte sie von den Größeren. Trotzdem war er schweißnass, schmiegte sich an sie, als Marie ihn auf den Schoß nahm. Er keuchte, die Augen fielen ihm zu. Wenn ihre Kleinen krank waren und sie nicht wusste, was zu tun war, dachte sie oft, dass sie mehr von Pferden verstand als von Kindern.

»Der Jammer, jetzt ist er im Haus.« Tante Polli dackelte zum Waschbecken und reichte ihr ein nasses Tuch. Marie dankte ihr, ging aber lieber mit dem Kind nach oben, wo es kühler und ruhiger war. Manchmal konnte sie keine Ratschläge mehr ertragen.

Sie setzte sich mit Xaver an sein neues Kinderbett, das bei den anderen im Zimmer stand, hutschte ihn eine Weile im Arm, doch er quengelte weiter. Als er sich endlich in den Schlaf geweint hatte, legte sie ihn ab, deckte ihn zu und lief in den Stall, wo Martin den Mist auf eine Schubkarre lud.

»Kannst du mal nach Xaver sehen?«, bat sie ihn, vielleicht hatte er eine Idee, was dem Kleinen fehlte. Als sie ins Kinderzimmer kamen, lag ihr Sohn in einer rotgelben Pfütze. Marie erschrak.

»Das ist ihm aus dem Ohr gelaufen«, stellte Martin fest. »Ich kenn das von Manni, bei dem war das auch mal, als er noch klein war. Hat er Fieber?« Marie holte das Thermometer und maß, bei neununddreißig Grad blieb es stehen. Sie rief Doktor Mache an, erreichte ihn nicht, dabei hatte er am Nachmittag Sprechstunde.

»Am besten, ich fahre nach Wangen und hole ihn.« Martin schnappte sich seine Jacke und fuhr sofort mit dem Traktor los. Inzwischen wandte Marie sämtliche Hausmittel an, die ihr einfielen, um das Fieber zu senken. Tante Polli soufflierte und sang Weihnachtslieder für ihren neuen Goldprinzen. Doch das Fieber stieg weiter, und weder Martin noch der Doktor kamen. Langsam wurde es dunkel draußen, die Tiere gehörten von der Weide geholt und die Ziegen gemolken. Wo blieb ihr Mann bloß? Was, wenn Xaver …? Sie konnte den Gedanken kaum ertragen. Wie hoch durfte Fieber steigen, ehe man starb? »Es passiert nicht immer das Schlimmste«, sagte Martin oft, wenn sie am Verzweifeln war. Und meistens behielt er recht. Irgendwie waren sie bisher alle halbwegs gesund durchs Leben gekommen. Sie musste etwas tun, um nicht durchzudrehen, bat die *Heidschi Bumbeidschi* summende Tante Polli, sich ans Bett des Kleinen zu setzen und die Wadenwickel zu erneuern. Dann trieb sie mit Manni und den Kindern die Herde nach Hause. Dabei hoffte sie bei jedem Schritt, den sie sich dem Hof näherten, dass der Doktor bereits im Hause war. Doch die Einfahrt war leer. Kein Traktor und kein Auto war vorgefahren. Sie begann zu melken, beeilte sich, nicht nur wegen Xaver, auch die Fliegen nervten. Es wimmelte überall, die Wände des Stalls und auch die Türen waren bedeckt von ihnen. Der Regen der letzten Tage hatte sie eher vermehrt als verringert. Enzia zuckte mit dem Hinterlauf, und, zack, schlug sie den Eimer um. Die Milch lief über den Melkstand. Auch das noch. Alles in Marie pulsierte, sie war mit den Nerven am Ende.

Tante Polli kam in den Stall gerannt. »Der Skaver himmelt.«

»Was macht er?« Sie musste sich verhört haben.

»Er himmelt, kumm schnoi!« Was das bedeutete, wusste sie. Bei seiner Geburt hatte sie es am eigenen Leib erlebt, war schon dabei gewesen, ein Teil des Himmels zu werden. Xaver atmete stoßweise, keuchte laut, als wären es bereits seine letzten Atemzüge, und glühte nach wie vor.

Marie griff erneut zum Telefon. Einmal noch wollte sie es probieren, danach würde sie den Notarzt anrufen. Es tutete lange, dann meldete sich jemand: »Mache.«

»Ah, Herr Doktor, sind Sie noch gar nicht unterwegs zu uns?«

»Wer spricht da?« Wie immer hatte Dr. Mache seinen barschen Tonfall drauf, den er nur für die kleinen Patienten abmilderte.

»Marie Brandstetter. Mein Mann wollte Sie doch abholen, unserem Jüngsten, Xaver, geht's sehr schlecht.«

»Ihr Mann, Frau Brandstetter? Nein, der war nicht hier. Was fehlt Ihrem Sohn denn?«

»Erst hat er gekeucht, als hätte er starke Schmerzen, vorhin ist ihm eine Flüssigkeit aus den Ohren gelaufen, dazu hohes Fieber.« Sie fasste sich kurz. Dr. Mache verlangte Fakten, kein Gemehre.

»Wie hoch?«

»Vierzig.«

»Ich mach mich sofort auf den Weg, bin in zehn Minuten da.« Sie legte auf. Das würden die längsten zehn Minuten ihres Lebens werden. Wo, verdammt nochmal, steckte Martin? War der Porsche abgesoffen oder er?

Kurz darauf fuhr der Doktor vor, untersuchte Xaver, hörte ihn ab, umringt von seinen Geschwistern, die sich keinen Handgriff entgehen ließen, damit sie es später in ihrer Puppen-

und Tierklinik nachspielen konnten. Marie machte sich aufs Schlimmste gefasst. »Eine Mittelohrentzündung«, sagte er schließlich. »Das kommt häufig bei Kleinkindern vor.«

»Und das, was ihm aus dem Ohr gelaufen ist?« Marie schlang die Arme um den Leib, um nicht umzufallen.

»Blut und Eiter. Sein Trommelfell ist geplatzt, aber damit haben dann auch die Schmerzen aufgehört.« Mache erklärte nicht, sondern tat, so war er eben. Er spritzte Penicillin. Xaver weinte nicht mal mehr. »So, das war's. Rufen Sie aber sofort an, wenn es über Nacht nicht besser wird.« Er setzte ein Lächeln auf und wandte sich an die anderen, die zurückwichen, als er sie ansprach. »Na, und wie geht's euch? Hat noch jemand Ohrenschmerzen und braucht eine Spritze, oder wollt ihr lieber Gummibären?« Er hatte immer eine Tüte in der Tasche und gab jedem Kind zwei.

Kaum dass es Xaver besserging, stand ihr Entschluss fest. Marie packte das Notwendigste ein, was trotzdem zwei schwere Koffer mit Kleidung und Windeln ergab. Den Kindern sagte sie, dass sie in den Urlaub fahren würden. Sie brachen in Jubel aus. Urlaub, das hatten bloß die anderen Familien in den Sommerferien. Sie mussten jeden Tag bei der Ernte und im Stall helfen. Alma und Konrad beklagten sich oft.

»Jeder darf sich ein Kuscheltier oder ein Spielzeug mitnehmen, aber nur eins«, erklärte Marie. »Geht auch ein Fahrzeug?«, fragte Konrad. Sie nickte. Sofort suchte er alle Teile des großen Baukrans zusammen.

»Und wohin verreisen wir?« Alma konnte sie nichts vormachen.

»Ich weiß noch nicht genau, aber wir müssen sofort los.« Marie wollte weg sein, bevor Martin heimkam, falls er denn heute pünktlich war. Blieb noch Manni, der mit Nana an der Würm war, wo sollte er hin? Aber er war auch vorher nur mit Martin zurechtgekommen. Allerdings hatte sein Bruder da noch nicht getrunken. Konnte sie es jetzt verantworten, ihn hierzulassen? Und Tante Polli? Sie saß beim wöchentlichen Rosenkranz in der Kirche, der für sie vermutlich auch so etwas wie eine Auszeit von all den Pflichten war. Sie würde sich schon durchbeißen. Jetzt ging es erst mal um sie selbst und die Kinder. So etwas wie mit Xaver wollte sie nicht noch einmal erleben. Sturzbetrunken war Martin gegen Mitternacht heimgetorkelt und hatte sich gleich unter dem Küchentisch schlafen gelegt, wo ihn die Kinder am nächsten Morgen vorfanden. Seine Nase hatte geblutet und war jetzt schwarz verkrustet, ob das im Rausch oder bei einer Schlägerei geschehen war, wusste er nicht mehr. Sie stritten, die Kinder weinten. Konrad entdeckte einen Blutfleck unter dem Tisch, der sich im Holz der Dielen festgesaugt hatte. Als ewige Erinnerung an seinen versoffenen Vater. Zum wiederholten Mal hörte sich Marie sämtliche Beteuerungen an. Martin würde sich bessern, es gehe nun mal um eine viel größere Sache als das hier.

»Das hier?« Sie schrie ihn an. »Du meinst uns, unsere Familie?«

Sie marschierten los in Richtung Bahnhof. Konrad mit dem sperrigen Baukran unterm Arm. Xaver hatte sie trotz der Augusthitze eine Mütze aufgesetzt, um seine Ohren zu schützen. Er wollte schon nach ein paar Schritten auf den Arm, und Linda jammerte auch. Alma mühte sich mit einem Koffer ab, Marie trug den zweiten. Kaum waren sie ein Stück die Dorfstraße entlanggegangen, setzte sich Linda auf den Teer und trotzte.

»Bitte strengt euch an, sonst verpassen wir den Zug.« Bis nach Mühltal war es eine halbe Stunde zu Fuß. In diesem Tempo brauchten sie vermutlich doppelt so lange, den Zug würden sie sowieso verpassen, dann mussten sie halt auf den nächsten warten.

»Los, es geht doch in den Urlaub«, versuchte sie ihre Kinder anzuspornen. Sie waren müde, genauso wie sie selbst.

»Urwald ist blöd«, sagte Linda und blieb sitzen, zupfte am Frotteebadeanzug ihrer Puppe Zilla, deren eines Schlafauge in den Kopf gerutscht war.

Tante Polli wackelte um die Kurve und winkte ihnen. »Huhu!«

Jetzt oder nie, Marie kehrte um. »Kommt schnell, wir nehmen den Traktor. Hopp, aufsitzen, wer will zu mir auf den Schoß und mitlenken?«

»Ich, ich, ich.« Plötzlich waren alle munter und sprangen auf.

Fast jedes Mal bringen Josie und David von ihren Erkundungstouren mit dem Fahrrad etwas Neues mit. Letzte Woche einen verletzten Igel, den wir am Wochenende wieder freilassen konnten. Als sie heute zurückkommen, haben sie beide blaue Lippen, doch so kalt ist es gar nicht mehr. Aber auch ihre Pullis sind fleckig. Stolz zeigen sie mir ihren Schatz. Im Puppensitz, den Josie am Lenker hat, hängt eine Tüte, und die ist voller Kaugummis.
»David hat mir einen Ring geschenkt.« Josie hebt ihre verklebte Hand, an der tatsächlich ein goldener Ring mit einem leuchtend grünen Stein prangt.
»Und dafür musstet ihr den ganzen Automaten plündern?«, frage ich. »Woher habt ihr denn so viel Geld?«
»Nein, Tante Dalli«, erklärt David. »Wir haben nur einmal ein Zehnerl eingeworfen und gedreht, ehrlich. Dann ist alles durchgesaust.«
Josie kichert. »Ich hab sofort meinen Rock hochgehalten, auch wenn man kurz die Unterhose gesehen hat, Mama, aber das war ein Notfall. Sonst wären doch die ganzen Kaudummis in den Gulli gerollt.« Josies Zahnlücke verursacht bei ihr ein Lispeln. Die übrigen Zähne leuchten in allen Farben, als sie lacht.
»Wir haben ein paar an die Kinder verkauft, die wir getroffen haben, zehn Pfennig das Stück, aber die meisten haben gar kein Geld dabei«, sagt David. »Tante Dalli, kannst du die restlichen Kaugummis für uns verkaufen?«
»Ja, Mama, bitte. Verkaufen ist sooo anstrengend. Wir können sonst gar nicht mehr spielen. Und du hast es leicht, du bist doch sowieso Verkäuferin. Du kannst sie ja für zwanzig Pfennig hergeben, haben wir uns überlegt. Dann teilen wir mit dir.« Ganz schön geschäftstüchtig, unsere kleine Josefine Dahlmann, das muss hier unterstrichen festgehalten werden, wer weiß, was mal aus unserer Tochter wird!

Aus: Luises Ladenkunde-Album

LUISE

Der Fahrtwind kühlte ihr erhitztes Gesicht. Sie versuchte, den Schlaglöchern auf der Uferstraße auszuweichen. Ihr Inneres rumpelte weiter durcheinander, heute würde Luise es Ferdl sagen. Der Laden hatte weiterhin geschlossen, und Nacht für Nacht schlief Luise neben einem Mann, der andere Frauen begrapschte oder schlimmer noch. Was sollte sie tun? Weitermachen wie bisher? Ausbrechen? Das hatte Marie auch versucht, und wo war sie hingegangen? Zu ihr! In Dahlmanns Laden kam früher oder später jeder, aber wo sollte sie selbst hin? Erst mal musste sie alles andere regeln und sich wieder Raum verschaffen, dann würde sie hoffentlich weitersehen. Hans war mit Josie und seinen Nichten und Neffen, im nagelneuen dunkelblauen VW-Käfer voller Kinder, in den Münchner Zoo gefahren, als echte Ferienattraktion. Trotz des bewölkten Himmels war die Luft schwülwarm, als Luise mit dem Moped die Uferstraße entlangbretterte. Der See schillerte in tiefdunklem Blau. Um kurz vor sieben waren nur noch vereinzelt Spaziergänger unterwegs. Um einen Badesteg in Possenhofen tummelten sich ein paar Leute, die sich in den Wellen erfrischten. Hinter der Schiffswerft verließ Luise die Straße und bog auf einen Waldweg ab. Weiter am Seelaich entlang, wie dieser Abschnitt genannt wurde, dann am Feldafinger Strandbad vorbei, bis zu ihrem geheimen Badeplatz, wo sie mit Bellarabi verabredet war. Er freute sich bestimmt auf das Rendezvous. Nicht ahnend, was ihn erwartete. Sie setzte sich auf die etwas versteckt hinter den Büschen stehende Bank und wartete. Mist, in der Eile hatte sie ihr Badezeug vergessen, fiel ihr plötzlich ein. Dann musste sie eben heute in Schlüpfer und Büstenhalter schwimmen gehen. Hier war sowieso nichts los. Die Stelle erreichte man nur zu Fuß oder eben mit dem Moped, also war das Ufer um diese Uhrzeit menschenleer. Eine Stockente putzte sich auf einem Baumstamm, der im Wasser lag. Ihr Gefieder bauschte sich in einer Böe des Südwinds. Schaumkronen wellten den See. Wo blieb Ferdl bloß? Hoffentlich hielt das Wetter. Ehe sie länger herumsaß, könnte sie wenigstens solange schwimmen.

Was soll's, dachte sie, als sie ihre Kleidung Stück für Stück über den Sattel hängte. Sie drehte sich um, versicherte sich, dass sie wirklich allein war, und zog sich dann ganz aus. In nasser Unterwäsche oder ganz ohne wollte sie auch nicht heimfahren. Anfangs kam ihr das Wasser kühl vor. Sie stakste nackt über die Steine. In der Ferne dümpelte ein Ruderboot, bestimmt ein Fischer, der hoffentlich kurzsichtig war, und wenn nicht, dann hatte er heute etwas fürs Auge gefangen. Als sie knietief hineingewatet war, klatschte ihr eine Welle auf den Bauch. Luise tauchte ein. Kurz stockte ihr der Atem, dann hatte sich ihr erhitzter Körper an die Temperatur gewöhnt. Herrlich! Glatt wie Seide perlte das Wasser über ihre Haut. Nach den ersten Schwimmzügen spürte sie die Leichtigkeit zurückkehren. Sie kraulte bis zu einer ruhigeren Stelle im See, legte sich auf den Rücken, schaute in den Himmel, der voller Wolken hing, die sich formten und veränderten, wenn man länger hinsah. Sanft vom Wasser geschaukelt, ließ sie sich treiben.

Das Knäuel der Gedanken um den Anbau, der eher einer Ruine glich, und alles, was damit zusammenhing, löste sich auf wie die Schäfchenwolkenherde über ihr. Vorhin hatte der

Maurer endgültig abgesagt. Wo sollte sie auf die Schnelle einen neuen herbringen? Aber wie sie da so schwamm, sich vom Wasser tragen ließ, fühlte sie sich in jeder Hinsicht getragen, von wem auch immer. War es ihre eigene Kraft? Oder das, was ihre Eltern ihr mit auf den Weg gegeben hatten? Oder auch beides zusammen. So viel hatte sie bisher schon im Leben erreicht, dennoch stand ihr geliebter Laden vor dem Aus. Irgendwie musste es weitergehen. Sie würde vielleicht nicht gleich und auch nicht morgen eine Lösung finden, aber so im Wasser liegend, spürte sie, dass ihr beizeiten etwas einfallen würde. Und wenn nicht ihr, dann vielleicht Annabel oder Helga oder Marie, ihren wunderbaren Freundinnen. Heute war erst mal Ferdl dran, danach würde sie weiter überlegen. Luise schwamm weiter, genoss die Aussicht bis zur Zugspitze, die in der Abendsonne leuchtete, und kraulte in Richtung Roseninsel, hinweg über den St.-Andreas-Graben, wie sie die Fahrrinne für den Dampfer nannten. Seit ihrer Kindheit liebte Luise den See. Dennoch hatte sie kaum die Geduld aufgebracht, Schwimmen zu lernen, als ihr Volksschullehrer es mit ihnen in der Würm übte. So richtig schwimmen musste man im Fluss auch nicht, nur sich in die Strömung setzen, den Kopf über Wasser halten und sich treiben lassen. Meistens spürte man die Steine unter dem Hintern, so dass man schwer absaufen konnte. Darum lernte sie es erst mit acht Jahren, als sie bei einem Schulausflug aus dem Tretboot in den See fiel. Seither war sie kaum noch aus dem Wasser zu kriegen. An Pfingsten, wenn der See gerade fünfzehn Grad hatte, sprang sie zum ersten Mal hinein und hielt bis Ende Oktober durch. Manchmal kostete die Kälte sie große Überwindung, aber hinterher fühlte sie sich herrlich erfrischt und gestärkt. Josie teilte ihre Begeisterung, sie hatte schon mit vier Schwimmen gelernt.

Luise hielt weiterhin Ausschau nach Ferdl. Vermutlich war ihm etwas dazwischengekommen, oder seine Frau ließ ihn einfach nicht weg. Es war sowieso ein Wunder, dass sie ihr Verhältnis bisher vor allen verborgen halten konnten.

Sie schwamm zur Roseninsel, bis sie den sandigen Grund spürte. Hinter hohen Bäumen stand eine halbverfallene Villa, das Casino, mit einem verwilderten Rosengarten, der die einstige Pracht erahnen ließ. König Ludwig II. hatte sich hier in die Einsamkeit zurückgezogen und nur wenige Auserwählte wie Richard Wagner oder die Zarin eingeladen, die den Würmsee, wie er damals noch hieß, im letzten Jahrhundert besuchte. Manchmal überließ der König das Domizil auch seiner Cousine Sisi, der späteren Kaiserin Elisabeth von Österreich. Sisi, die man im Film mit zwei S in der Mitte schrieb und inzwischen untrennbar mit Romy Schneider gleichsetzte, war im Schloss Possenhofen aufgewachsen. Der König und sie schrieben sich gegenseitig Gedichte.

Einen von Ludwigs Reimen kannte Luise noch aus der Schulzeit: *Von der kleinen Roseninsel kamen tausend süße Düfte, des Jasmines Wohlgerüche würzten hold die Abendlüfte.* Heute wohnte der Willi mit seinem Dackel auf der Insel und ruderte zahlende Gäste zu einem Spaziergang hinüber. Schon oft war Luise den Resten des Rosenlabyrinths nachgegangen und hatte sich in die verwunschene Laube gesetzt.

Sollte sie es ein letztes Mal wagen und mit Ferdl zusammen dort drüben ein Stelldichein haben? Das wäre ein gelungener Abschied, vorausgesetzt, der Inselwilli erwischte sie nicht. Sie schwamm weiter und legte sich noch mal auf den Rücken. Vom Südwind angetrieben, hatten sich die Wolken zu einer einzigen verdichtet. Warme und kalte Stellen umspülten Luise. So hätte sie ewig daliegen können und alles um sich herum vergessen.

Es gab noch eine wichtigere Entscheidung zu treffen. Nicht nur für oder gegen Bellarabi. Ihre Brüste ragten wie zwei Bojen aus den Wellen. Es rauschte in ihren Ohren. Sie dachte noch mal an ihren Vater, der schon bald zwanzig Jahre tot war. Manchmal hatte er sich, genau wie sie jetzt, in den See gelegt, meistens wenn ihm die Welt zu sehr auf die Pelle gerückt war. Luise strich sich über den Bauch. Kaspar, ihr erstes Kind, hatte bereits darin gewohnt, dann ihre geliebte Josie und nun dieses, das sich gerade in ihr einnistete. Mit einer Selbstverständlichkeit, als hätte es zu bestimmen.

Eine Woge schwappte über sie. Sie schluckte Wasser, ruderte mit den Armen. Die Wellen waren höher geworden. Da merkte Luise erst, wie weit sie schon vom Ufer abgedriftet war. Selbst die Insel lag fern. Die Bucht mit der Bank, an der ihre Triumph stand, war viele Meter voraus und kaum noch zu erkennen. Sie versuchte zurückzuschwimmen, kraulte mit aller Kraft, doch die Strömung zog sie zurück. Weiter paddelte sie gegen die Wellen und den Sturm an, glaubte, kaum vorwärtszukommen, kraulte, strampelte, schluckte Wasser und prustete durch die Nase. Bald war sie außer Atem und keuchte.

»So schön, wie der See ist, so unberechenbar ist er auch, unterschätze ihn nie«, hatte ihr Vater sie immer gewarnt. Sie wollte nicht ertrinken, wollte leben, sie liebte und wurde geliebt. Sie schloss die Augen und besann sich, ballte ihre gesamte Energie zusammen und kraulte durch die Wellen. Spuckte und prustete, wenn eine Woge sie unter Wasser drückte. Endlich spürte sie Schlamm unter den Zehen, dann Steine, und versuchte sich festzukrallen. Erneut rutschte sie weg, trieb mit einer Welle hinaus, dann bekam sie einen Ast zu packen, der vom Ufer in den See ragte, und hoffte, dass er hielt, als sie sich ins Flache zog. Sie hangelte sich weiter vor und schaffte es ans Ufer, lief schnell zu ihren Sachen. Der See toste und schäumte noch kurz, dann flaute der Südwind ab, genauso schnell, wie er aufgekommen war. Über die Schaumkronen hinweg sah sie wieder den Mann im Ruderboot. Er hatte am Steg der Roseninsel angelegt und winkte ihr. Der Willi. Wäre er ihr zu Hilfe geeilt? Schnell stellte sie sich, nackt wie sie war, hinter die Bank. Ein Handtuch hatte sie nicht. Der Himmel klarte auf, leuchtete türkisblau in der Abendsonne, so als ob nichts gewesen wäre. Trotzdem war es schwierig, in die Kleider zu schlüpfen, alles klebte und rollte sich ein. Dazu noch der Matsch und Kies an den Füßen.

»Entschuldige, dass ich zu spät bin.« Keuchend kam Ferdl bei ihr an. Sein Haarkranz vom Fahrtwind zerstrubbelt, wie die Flaumfedern eines jungen Gockels. »Warst du schon schwimmen? Ist bestimmt kalt.« Er lehnte sein Fahrrad neben ihr Moped und gab ihr seine Lodenjacke.

Ihren Kampf im Wasser verschwieg sie, seine Jacke nahm sie gerne, die war herrlich warm und roch nach ihm. »Friert's dich jetzt nicht?«, fragte sie.

»Ich schwitz eher.« Jetzt sah sie, dass sein Fahrrad einen Platten hatte, also das war der Grund für seine Verspätung.

»Leider hab ich kein Flickzeug dabei, bloß die Pumpe. Ich wollte nicht umdrehen und hab auf der ganzen Strecke immer wieder angehalten und aufgepumpt, bin dann schnell ein Stück weitergefahren, solange die Luft hielt.« Das stellte sich Luise wie eine rasante Artistennummer vor. »Doch nun geht gar nichts mehr, das Loch ist zu groß.«

»Bevor du den Reifen kaputt machst, stopf doch Gras in den Mantel«, schlug sie vor.

»Das mach ich. Später.« Er küsste sie und zog sie auf die Bank, um dort weiterzuschmusen.

»Lass uns lieber auf die Wiese gehen.« Fern vom Inselwilli und darauf bedacht, dass ihre Kleidung sauber blieb, zogen sie sich rasch aus, liebten sich im Gras, und Luise dachte die ganze Zeit, dass es zum letzten Mal war. Kuss für Kuss verabschiedete sie sich von Ferdls Ohren und Augen, seinen Fingern, seinen Zehen, seinen Härchen und seiner Haut. Er lag da und seufzte – aus Genuss, ohne zu ahnen, was ihm blühte. Doch Luise konnte sich sowieso nicht durchringen, es ihm zu sagen. Hinterher schwammen sie noch gemeinsam, nun war es schon fast dunkel. Nackt, den Wellen und dem Willi zum Trotz. Mit seinem Taschenmesser löste Ferdl im Schein der Mopedlampe den kaputten Schlauch aus dem Fahrradreifen und füllte den Mantel mit Gras auf. Anschließend hielt er sich an ihrer Schulter fest, und Luise zog ihn mit dem Moped von Feldafing bis nach Starnberg zurück. Dabei achteten sie darauf, dass sie sich mit den Pedalen und Lenkern nicht zu nahe kamen. Sie fühlte sich wie als Jugendliche, nur hatten damals die Buben die Mädels gezogen. Am Ortsanfang trennten sie sich wie üblich.

»Was ist, du wirkst so, als ob du mir noch etwas sagen willst?« Er drückte ihr rasch noch einen letzten Kuss auf den Mund.

»Nichts. Herrlich war's, das wollte ich dir sagen.«

Luise bog vor der Kurve zur Stadtmitte ab und trat in die Pedale, um es den Seufzerberg hoch zu schaffen. Ferdl winkte ihr noch, bevor er zwischen den Häusern verschwand. Jetzt wollte sie schnell zu Helga, um abzusagen. Sie würde Ferdl vielleicht nie wiedertreffen, aber das Kind würde sie behalten. Ein Kuckuckskind, ihr Kuckuckskind. Hans würde schon damit zurechtkommen, oder auch nicht.

Vor Helgas Haus stand ein Polizeiwagen. Als sie ihr Moped

abstellte, traten zwei Polizisten aus der Tür. Einer führte Helga in Handschellen mit sich. »Kümmerst du dich bitte um David?«, fragte sie. Er rannte weinend hinter seiner Mutter her.

»Was machen Sie? Was ist los, Helga?« Luise fing David ab, er sträubte sich, wollte sich losreißen, als sie seine Mutter ins Auto verfrachteten.

»Jemand hat mich angezeigt«, sagte ihre Freundin noch, bevor der Polizist die Wagentür zudrückte.

MARIE

Trotz Baustelle und beengter Wohnverhältnisse hatte Luise sie wie selbstverständlich bei sich aufgenommen. Bei ihr strandete eben jeder früher oder später. Sie rückten zusammen, den Kindern gefiel es, und nach ein paar Tagen fühlte es sich tatsächlich wie Urlaub an. Marie unterstützte Luise im Haushalt, die Abwechslung tat ihr gut. Sie versorgte die Handwerker mit Brotzeit. Den Schreiner Notnagel, der zum Ausmessen der neuen Ladeneinrichtung kam, und den Glaser, der die Schaufenster mit Luise besprach, und auch den Maurer, der nur kam, um zu sagen, dass er nicht mehr käme. Vorerst lag die Baustelle brach. Was für ein Desaster! Wenn ihr doch nur etwas einfiele, wie sie Luise unterstützen könnte. Für Martin war Marie nicht zu sprechen, wenn er anrief. Luise und Hans akzeptierten es.

Unvermittelt tauchte Martin eines Abends auf. »Marie, bitte, ich brauch dich, ohne dich und die Kinder ... Ich kann so nicht weiterleben.« Er weinte schon, bevor er durch die Haustür trat. »Ich weiß nicht mehr weiter.«

»So, auf einmal?« So leicht würde sie sich nicht weichklopfen lassen. Er drehte seinen Hut mit der Rabenfeder in der Hand. Den trug er, seit sie ihn kannte.

»Wieso bist du so hart mit mir?«

»Ich mit dir?« Sie lachte, wie man nur lachte, wenn man verzweifelt war und bloß noch an einen Retter glaubte, den Humor. »Wir sollen dir wichtig sein, das Wichtigste für dich ist doch der nächste Schluck. Nicht diese Scheiß-Flurbereinigung und wir noch viel weniger.«

»Das Fernsehzimmer ist mit den Kindern besetzt, aber setzt euch doch rauf in unser Schlafzimmer«, schlug Luise vor. Sie versuchte, bei der Maurerfirma anzurufen, und wurde unfreiwillig Zeugin des Gesprächs. Das Schlafzimmer war vielleicht nicht der beste Ort. Marie schaute Luise an. Die las ihren Blick und verstand. Sie drückte auf die Gabel. »Ich lass euch besser allein, kann auch später telefonieren.«

»Nein, Luise, das ist doch wichtig. Komm, Martin. Wir gehen spazieren. Würdest du auf die Kinder aufpassen?«

»Natürlich«, sagte Luise, hielt den Hörer an die Brust. »Aber da brauch ich nichts tun, das macht der Fernseher allein.« Marie nickte. Gerade hatte sie noch nach ihnen gesehen. Ihre vier saßen wie die Orgelpfeifen aufgereiht auf dem Sofa und starrten auf den Bildschirm. David und Josie, die Fernsehschauen gewohnt waren, turnten auf dem Sofa, hingen kopfüber von der Kante oder hopsten durchs Zimmer.

»Geht ruhig.« Luise drückte ihnen beiden den Arm und wählte erneut die Nummer.

Marie stapfte einfach los, und Martin folgte ihr. Erst die Straße bis zur Bahnlinie vor, dann durch die Unterführung. Sie gingen und gingen. Am Strandbad vorbei, aus dem Kinderlachen und Stimmengewirr bis zu ihnen drangen, und über die Nepomukbrücke. Als sie die Stufen hinaufgegangen waren, mussten sie warten, bis die Brücke wieder herabgelassen wurde, da ein Schiff durchfuhr. Weiter den Uferweg entlang. Der warme Wind streichelte ihr eine Locke ins Gesicht. Marie bückte sich, hob Sand und Kies auf. »Nimm.« Martins Hand zitterte, wahrscheinlich hatte er heute noch nichts getrunken oder nicht genug. »Weißt du noch, wie du mich geerdet hast?«

In der Anfangszeit ihrer Ehe hatte sie sich so oft verloren gefühlt und sich kaum noch gespürt. Dann hatte Martin ihr etwas in die Hände gelegt. Ein paar Roggenkörner, ein Büschel Löwenzahn und einmal ein grau getigertes Kätzchen. Zille, der einäugige Kater, den er genauso wie sie unterwegs aufgelesen hatte. Sie zog Martin auf den Steg, legte sich auf die Planken und schöpfte Wasser, stand wieder auf und übergoss ihn damit.

»Hier und hier und hier. Das sind wir doch. Jetzt, wir beide.«

Er schwieg noch immer, dann nahm er sie in den Arm, blickte ihr lange in die Augen, und sie sprangen. Hand in Hand. Mit Kleidern und Hut tauchten sie in den See, hielten einander fest, schossen prustend an die Oberfläche.

Triefnass legten sie sich wieder auf den Steg und schauten in den Himmel. Rosa Abendwolken bauschten sich zu einem Schauspiel. »Ich werde mich bessern, Marie. Diesmal ist es nicht nur ein leeres Versprechen. Ich höre auf mit dem Alkohol, schau, gerade habe ich schon mit dem Wassertrinken angefangen.« Er verhöhnte sie doch, sie drehte sich weg.

»Bitte verlass mich nicht. Ich hab mich verrannt, Marie. Erst verrannt und dann verloren. Es war ein aussichtsloser Kampf. Als Einzelner kann keiner gegen die Regierung gewinnen, aber ich will euch nicht auch noch verlieren.« Er sah sie an, und allein nur für seinen Blick hätte sie ihm am liebsten alles verziehen, doch sie durfte nicht nachgeben, noch nicht. Das hatte sie sich selbst geschworen. Ein Schwanenpaar näherte sich dem Steg. In der Mitte schwammen zwei grau gefiederte Junge.

»Was muss ich tun, Marie? Bitte, sag es mir.«

»Ich weiß nur, dass wir so nicht weitermachen können.« Das war alles, was ihr einfiel.

»Ich verkaufe den Drumlin.«

»Das willst du wirklich tun?«

Er nickte. »Soll doch der Mauser dran ersticken. Von mir aus können sie eine vierspurige Autobahn quer durch die Landschaft bauen. Es ist doch nur ein Hügel. Ich will uns zurück, dich und die Kinder, unsere Familie. Du bist alles, was ich bin, Marie.«

ANNABEL

Frau Gusti kündigte den langersehnten Besuch an. »Ein Herr Kleefeld, Frau Doktor.«

»Bitten Sie ihn doch, abzulegen und heraufzukommen.« Rasch blickte Annabel im Ankleidezimmer in den Spiegel und steckte die Klammern der toupierten Haare noch mal neu am Hinterkopf fest. Fassung wahren, redete sie sich gut zu und holte Luft. Ein bisschen kam sie sich wie Nofretete vor, als sie sich, auf diese Weise geschminkt, betrachtete. Der schwarze Lidstrich verlieh ihren Augen etwas Orientalisches, zusätzlich zu der kopfverlängernden Frisur. Früher hatte sie nur flache Schuhe getragen, damit sie ihre Größe gegenüber Konstantin nicht noch mehr betonte. Doch zurzeit gingen sie kaum gemeinsam aus. Und sowieso, Annabel mochte diese Mode, unten kurz und oben in die Länge gezogen, und was noch wichtiger war, sie gefiel sich darin, und das sogar sehr. Zuletzt tupfte sie sich noch glänzenden apricotfarbenden Lippenstift auf, schlüpfte in die Lackschuhe mit dem geschwungenen Blockabsatz und musste sich nun beinahe in der Tür ducken, um ihre Frisur nicht zu ruinieren.

»Endlich lernen wir uns kennen«, begrüßte sie ihren Gast überschwänglich. »Nur hereinspaziert.« Marlene war solange in der Küche bei Frau Gusti, die nächste Zeit wollte sie nicht gestört werden.

»Grüß Gott, Frau von Thaler.« Sie hatte mit einem jungen Mann gerechnet. Auch wenn er nicht groß war, dürfte er dennoch fast in ihrem Alter sein, Mitte bis Ende dreißig, schätzte sie. Er stand auf der Empore vor den Gemälden und sah sich um, den Hut in der Hand. »Die Villa kommt mir viel kleiner vor, als ich sie in Erinnerung habe.«

»Sie waren ja auch noch ein Kind damals. Kommen Sie, setzen wir uns, möchten Sie Tee oder Kaffee?« Frau Gusti hatte bereits das runde Tischchen auf dem Balkon eingedeckt, falls es ihnen zu warm oder zu laut würde, könnten sie immer noch umdisponieren. »Oder darf's auch ein Gläschen Wein sein, nach der langen Anfahrt?«

»So weit war die Fahrt gar nicht, von Garching bis hierher, eine gute Stunde, mehr nicht.« Kleefeld arbeitete im Forschungsreaktor bei München, der wegen seiner charakteristischen Kuppel in der Zeitung als Atom-Ei bezeichnet wurde. Wie sich doch alles wiederholte, dachte Annabel. Anfangs hatte sie der atomaren Verseuchung die Schuld an Marlenes Behinderung gegeben, dabei war Atom doch die Zukunft der Stromgewinnung.

Auf die Frage, was er trinken wollte, gab er ihr keine Antwort, betrachtete die mit Stoff tapezierten Wände, die Stuckverzierungen der Decken, jedes Figürchen auf den Simsen und alle Gemälde im Treppenhaus. Sie musste zugeben, da gab es auch viel zu entdecken, sie lebten fast wie in einem Museum. Trotz der Kinder hütete sie diese Schätze sorgsam. Und wenn doch mal etwas zu Bruch ging, ließ sie es restaurieren, so dass Konstantin nichts bemerkte. Kleefeld hob den Deckel einer Porzellanschatulle an, normalerweise hätte sie das ungehörig gefunden, aber ihm ließ sie es ausnahmsweise durchgehen. »Ah, hier habe ich meine Murmeln reingelegt, und dann ist es runtergefallen und zerbrochen.« Das hatte ihr Konstantin gar nicht erzählt. Es stimmte, der Deckel der

Schatulle, in der sie besondere Briefmarken sammelte, war vielfach geklebt.

»Ist Ihr Mann zu Hause?« Kleefeld legte die Hand an den Treppenknauf und sah nach oben.

»Konstantin kommt später, er wurde aufgehalten. Wollen wir uns nicht setzen?« Sie hoffte, dass er es pünktlich schaffte, gesagt hatte sie ihm nichts, als er heute Morgen zur Tegernseer Hütte aufgebrochen war, nur gefragt, ob sie mit dem Abendessen warten sollte, aber wie üblich keine klare Antwort erhalten. Dann wäre die Überraschung umso gelungener. Und was Noah Kleefeld betraf, so hatte sie sich vorgenommen, ihm mit Normalität zu begegnen. Das half am besten, sie wusste das, auch ihre Eltern waren ganz plötzlich aus dem Leben gerissen worden.

»Ist die Bibliothek noch oben? Darf ich?« Bevor sie ihm die Erlaubnis erteilen konnte, sprang er schon, zwei Stufen auf einmal nehmend, hinauf. »Als ich vor neun Jahren hier war, habe ich geläutet, aber niemand hat aufgemacht.«

»Ach ja?« Also stimmte es, was Luise erzählt hatte.

»Damals bin ich gerade aus England angekommen und musste mich erst wieder ans Deutschsprechen gewöhnen. Ich wollte sehen, was sich in Starnberg verändert hat.« Er strich über die Buchreihen, legte den Kopf schräg, um manche Titel zu entziffern, dann trat er in den Erker und schaute durch das Fenster in den Garten. »Da steht ja sogar noch die Brunnenfigur. Von der habe ich oft geträumt, wenn ich Heimweh hatte. Als ich klein war, habe ich mich mit dem Faun unterhalten wie mit einem Freund.«

»Das hat unser Sohn auch gemacht«, warf sie ein. Friedrich und Noah würden sich gut verstehen. Vielleicht lernten sie sich noch kennen, wenn er nachher aus der Schule heimkehrte.

»Die Bilder haben Sie umgehängt und auch manche Räume neu tapeziert, aber das meiste kenne ich noch.« Das kam Annabel reichlich übertrieben vor. Welches Kind erinnert sich schon an die Einrichtung bei einem Besuch, vor allem nach so vielen Jahren. »Das hier …« Er zeigte auf *Die Lesende* über dem Schreibtisch, stoppte mitten im Satz und setzte sich auf die Couch vor den Regalen. »Wissen Sie überhaupt, wer das ist?«

»Ich nehme an, die Frau des Künstlers Lovis Corinth. Wieso?«

Noahs Lippen bebten auf einmal, er legte sich die Hand an den Mund. »Das ist von meiner Mutter.«

»Aber das kann nicht sein, es ist signiert, und der Maler starb, soviel ich weiß, schon in den zwanziger Jahren. Wie alt war Ihre Mutter damals?«

»Ach, Sie meinen wegen der Signatur? Das Bild ist kein Lovis Corinth, sondern ein Selbstporträt meiner Mutter, sie war Malerin, wussten Sie das nicht? Hier hängen noch weitere Bilder von ihr. *Die Rabenbraut* auf der Treppe zum Beispiel oder auch der Holzschnitt gleich beim Eingang. Sie hat sich selbst Libi genannt, als sie meinen Vater geheiratet hat und zum Judentum konvertierte. Barbara Libi Kleefeld. Für was das C steht, weiß ich nicht.« Aber das wusste Annabel und erschauderte. Libi und Consti, was sonst. Darum war ihrem Mann das Gemälde so wichtig, darum hütete er es wie einen Schatz, betrachtete es vermutlich jeden Abend, wenn er stundenlang an seinem Schreibtisch saß, anstatt sie anzusehen oder wenigstens seine Kinder. Obwohl sie versucht hatte, ihre Eifersucht zu ersticken, glomm sie nun doch wieder auf. Und das wegen einer Toten. Kleefelds Eltern waren, laut Schreiben des Roten Kreuzes, auf der Flucht erschossen worden. So schlicht und so unfassbar zugleich. Aber da stand nichts von einem Kind, und als sie dort anrief, sagte man ihr, dass Noah seit ein paar Jahren in Deutschland lebte, gar nicht weit von Starnberg.

»Dachten Sie eigentlich, ich wäre auch gestorben?«

Sie musterte ihn. Seine Gesichtsform, das dichte, schwarze Haar, das sich bereits über der Stirn lichtete, seine schlanke Statur. Aber seine Augen – die erinnerten sie an Friedrichs. Nein, auch wenn Annabel Dr. Kleefeld damals nur kurz gesehen hatte, gab es eine Ähnlichkeit, aber vielleicht bildete sie sich die auch bloß ein. Er war der Sohn der Kleefelds, nicht das Kind von Barbara und ihrem Mann. Doch nun schlug er die Beine übereinander, strich sich über das Hosenbein, genau wie Konstantin das tat. Ihr wurde schwindelig, sie wagte nicht mehr, *Die Lesende* anzuschauen. In der ganzen Villa hingen ihre Bilder, konnte das sein? *Die Rabenbraut*, sie hätte das Bild nicht so bezeichnet. Eine Maskierte, die in einem rot gestrichenen Raum neben einem leeren Vogelkäfig saß. Das war doch ein ganz anderer Malstil als *Die Lesende*, flächig, leuchtend und eher surreal.

»Ich weiß nicht, was ich denken soll, bis vor kurzem wusste ich von all dem nichts.« Ihre Knie zitterten auf einmal, sie setzte sich in den Erker, weit genug weg von Noah, aber doch so, dass sie sich unterhalten konnten. »Waren Sie dabei, als …, als das mit Ihren Eltern geschah? Wie haben Sie überlebt?«

»Sie haben mich in einen Zug nach England gesetzt und gesagt, sie würden bald nachkommen. Ich wollte ihnen so gerne glauben, aber ich spürte, dass es gelogen war. Mit dreizehn war ich einer der Ältesten auf dem Transport.« Annabel hatte von diesen jüdischen Kindertransporten gelesen. Die britische Regierung hatte damals ein Abkommen mit Adolf Eichmann getroffen, der letztes Jahr nach einem Prozess, der weltweit Aufsehen erregt hatte, hingerichtet worden war. Mit seiner Erlaubnis hatte Großbritannien eine gewisse Anzahl jüdischer Kinder aufgenommen und auf Pflegefamilien verteilt. »Wir durften nur einen Koffer mitnehmen, kein Spielzeug und keine Bücher, bloß ein Wörterbuch, damit wir die Fremdsprache schon mal üben konnten. Viele hatten ihren Namen auf einem Karton um den Hals. Das Erste, was ich lernte, war *very well, thank you*, und das sagte ich zu jeder Tages- und Nachtzeit, egal was man mich fragte oder was ich erlebte. Die Leute, bei denen ich wohnte, ein Brauer-Ehepaar, bekamen Geld, und ich arbeitete für sie. Es hat lange gedauert, bis ich mich eingewöhnt hatte, erst als ich Fußball spielen durfte, ging es mir besser. Ich habe meine Eltern über das Internationale Rote Kreuz suchen lassen, genauso wie Sie mich gefunden haben, und als ich von ihrem Tod erfahren habe, bin ich in England geblieben und habe Physik studiert. Eigentlich wollte ich nicht mehr in das Land der Täter zurück, zugleich war ich neugierig und bewarb mich bei einer Stelle an der Münchner TU. Und als ich anreiste, gewann Deutschland die Fußball-Weltmeisterschaft. Ausgerechnet.« Er schwieg.

»Es tut mir sehr leid, was mit Ihren Eltern passiert ist.« Mehr fiel ihr nicht ein, um ihr Mitgefühl auszudrücken, für manche Gräuel gab es keine Worte. Oder doch, noch dies: »Meine Eltern sind auch im Krieg umgekommen, sie wurden bei einem Bombenangriff unter den Trümmern verschüttet.« Ein Trost war das bestimmt nicht, aber sie hatte es sagen müssen.

»Meine Eltern sind nicht einfach so im Krieg umgekommen, bei einem Unfall wie Ihre. Sie wurden ermordet. Das ist ein gewaltiger Unterschied.« Er erhob sich, kam zu ihr und baute sich vor ihr auf. »Ihr Mann ist schuld. Wissen Sie, Frau von Thaler, warum ich noch mal hergekommen bin? Und warum ich überhaupt mit Ihnen spreche?« Sie starrte ihn an. »Ich hole mir mein Erbe zurück.«

HELGA

Rufe nach Gerechtigkeit drangen an ihr Ohr, begleitet von Autohupen und Geschrei. Erneut flog etwas in den Schacht, als suchte jemand ihre Aufmerksamkeit. Doch durch das mit Draht verstärkte Fenster konnte sie kaum etwas erkennen. Was war draußen los? Begehrten die Blumenkinder auf, die die Polizisten als Gammler bezeichnet hatten? Von ihrer Zelle aus, in die nur ein Streifen Tageslicht fiel, verstand Helga auch nichts von dem, was gerufen wurde. Vielleicht wollten sich die Hippies nicht widerstandslos festnehmen und abführen lassen, so wie sie. Was hätte sie denn tun sollen? Noch dazu vor David? Sich wehren, um sich schlagen und versuchen zu fliehen? Nein, das hätte bloß alles verschlimmert. Sie lauschte noch eine Weile auf den Krach auf der Straße, dann war es wieder still. Auch die Musik in ihr war verstummt. Nur das Radio rauschte weiterhin, und der Wasserhahn tropfte. Plopp, plopp-plopp, plopp. Helga legte sich auf die harte Bank, auf der sie bereits die Nacht und den ganzen Tag verbracht hatte, zog die Beine eng an den Körper und kämpfte weiter gegen die Angst an, die sich in ihr breitmachte. Wie hatte sie nur so egoistisch sein können: den Frauen helfen, aber ihr eigenes Kind dabei vergessen? Wieder einmal war sie angeeckt, wie so oft. Doch diesmal wusste sie keinen Ausweg. Jemand musste sie angeschwärzt haben. Wer könnte das gewesen sein? Silvia vielleicht, aber hatte sie überhaupt mitbekommen, was sie außerhalb der Klinik machte? Hatte sie beobachtet, wie sie die

Utensilien für ihre Universaltasche packte, die sie für Notarzteinsätze zu Hause hatte, und zusammen mit dem Ergebnis von Luises Blutuntersuchung kombiniert, dass sie bei ihr eine Abtreibung vornehmen wollte? Das war arg weit hergeholt. So viel detektivischen Spürsinn traute sie höchstens Annabel zu. Aber sie oder ihr Mann würden ihr so etwas doch nicht antun. War es jemand anderes aus der Klinik? Vielleicht auch eine der Frauen aus ihrer Freitagssprechstunde? Oder eine Patientin? Jeder, der das, was sie mit Luise vorhatte, missbilligte, konnte es gewesen sein. Und ihre Kollegen waren sogar verpflichtet, es anzuzeigen. Wieso war Luise eigentlich so plötzlich vor ihrer Wohnung aufgetaucht? Hatte sie geahnt, dass die Polizei bei ihr war? Nein, das wollte sie ihr nicht unterstellen. Es brachte nichts, sich den Kopf zu zermartern. Helga musste abwarten und versuchen, ihre Gedanken in andere Bahnen zu lenken. Das war das Einzige, was ihr blieb. Sobald sie an ihren Sohn dachte, zerriss es ihr das Herz. Ohne Vater aufzuwachsen, war schwer genug, doch daran, dass er womöglich auch bald ohne Mutter sein würde, mochte sie gar nicht denken. Aber was, wenn sie verurteilt und jahrelang eingesperrt würde? Ihre Eltern kamen ihr in den Sinn, die Anwälte des Löw-Konzerns würden sie vermutlich in Windeseile herausholen. Doch dazu müsste sie vor ihnen zu Kreuze kriechen, diese Schmach wollte sie sich nicht antun, noch nicht. Was genau wurde ihr noch mal vorgeworfen? Verstoß gegen Paragraph 218 des Strafgesetzbuches hatten die Polizisten bei ihrer Verhaftung gesagt und ihr Handschellen angelegt. Als ob sie der nächstbesten Schwangeren, die ihr unterwegs begegnete, den Fötus entreißen würde. Keine Frau sollte sich in der heutigen Zeit mehr einer Pfuscherin anvertrauen müssen und neben dem seelischen Schaden, den die Entscheidung für oder gegen ein Kind mit sich brachte, auch noch körperlichen erleiden. Sie hörte Schritte auf der Treppe, setzte sich auf und zupfte ihre Haare und ihre Kleidung zurecht.

Polizist Klein kam zurück, schaltete das Licht ein. Seine Frau Gerda, eine eins fünfzig kleine Brünette, hatte bei ihr entbunden. Sie erinnerte sich noch gut an sie. Trotz Wehen hatte sie pausenlos geredet, bis in einer Woge aus Blut und Wasser ihr Bub aus ihr herausschoss und sie mit seinem lauten Schrei zum Schweigen brachte. Wohl deshalb hatte Klein Helga milder behandelt als der Kollege, aber Pflicht war Pflicht bei den Gesetzeshütern. Und sie sah es eben als ihre Pflicht an, Frauen beizustehen.

Klein brachte jemanden mit. »Frau Doktor, Ihr Anwalt ist da.« Also hatten ihre Eltern bereits eingegriffen? Dann stimmte es, dass sie jeden ihrer Schritte überwachten.

Doch wie staunte sie, als sie den Mann erkannte. Heute trug er einen hellen Anzug mit gepunkteter Fliege, wirkte groß und schlaksig im Vergleich zu Polizist Klein.

»Sie?« Helga war überrascht. Dass er Anwalt war, hatte er nicht erwähnt. Sie hatte ihn für einen Handlungsreisenden gehalten, wie die meisten in der Hotelbar. Er bat Klein um den Stuhl, der beim Radio stand, und setzte sich ihr gegenüber. Dann wartete er, bis sie wieder eingeschlossen wurden und Klein ging.

Er gab ihr die Hand. »Marie Brandstetter hat mich gebeten, herzukommen. Ich hoffe, es ist Ihnen recht, dass ich Sie vertrete?«

Helga brauchte einen Moment, um die Puzzlesteine in ihrem Kopf zusammenzusetzen. »Also Marie hat Sie geschickt? Verstehen Sie sich denn wieder mit ihr?«

»Ich hoffe, dass sie mir verziehen hat. Schließlich habe ich damals alles falsch gemacht, was man falsch machen konnte. Aber reden wir über Sie, uns bleibt nicht viel Zeit, in einer halben Stunde sollen Sie schon dem Haftrichter vorgeführt werden.« Helga erschrak. Er legte seine Hand auf ihren Arm, was ihr sofort die Tränen in die Augen trieb. Die erste freundliche Geste, seit sie verhaftet worden war. »Keine Angst, wir schaffen das gemeinsam, vorausgesetzt, Sie wollen, dass ich Sie vertrete?«

»Unbedingt.« Sie schluckte.

»Gern. Dann brauche ich bitte eine Vollmacht.« Er holte ein Formular aus seiner Aktentasche, und sie unterschrieb rasch das Mandat.

»Übrigens, draußen ist die halbe Stadt auf den Beinen und demonstriert für Ihre Freilassung. Ich weiß noch nicht, ob das für Ihren Fall förderlich ist, aber lassen Sie uns erst mal besprechen, was gegen Sie vorliegt. Hat man es Ihnen bereits erklärt?«

Er war ganz anders, als an dem Abend in der Bar, und danach, als er sie unbedingt wiedersehen wollte und David mit dem Zwergkaninchen bezirzt hatte, nur damit sie ihn reinließ. Zu gern würde sie sich jetzt einfach an ihn lehnen, einen Moment bloß, um wieder zu sich zu finden. Sie wischte sich die Tränen fort, setzte sich auf ihre Hände und starrte auf seine Schuhe, rahmengenähte Derbys vom Feinsten. Das brachte sie zum Lächeln.

»Verzeihung, Helga, brauchen Sie etwas, soll ich Ihnen etwas holen? Sie haben ja nicht mal ein Glas Wasser hier.«

»Mir geht's gut, Theo, danke. Ich will nur, so schnell es geht, raus hier. Kannst du das machen? Angeblich habe ich illegal Abtreibungen vorgenommen.«

»Und, was hast du gesagt?«

Sie duzten sich, obwohl sie sich kaum kannten. Aber wenn sie einem auf die Schnelle vertrauen musste, war er der Richtige, glaubte sie. Ihr blieb keine Wahl. Sie schaute ihn an und fragte sich, was er wohl schon alles durchgemacht hatte. Wann hatte er sämtliche Zähne verloren, so dass er ein Gebiss trug? Einen Mann, der sich wandelte, hatte sie bisher noch nicht getroffen.

»Nichts. Also nicht viel, jedenfalls nichts zu dieser Sache. Ich habe nur nach meinem Sohn gefragt, was mit ihm wird, wenn sie mich mitnehmen«, erklärte Helga.

»Das ist sehr gut.« Theo nickte. »Also nicht das mit David, der ist bei Frau Dahlmann in besten Händen hat Marie gesagt, nein, ich meine, dass du dich nicht selbst belastet hast. Das versucht die Polizei nämlich oft, unter der Behauptung, dass ein Geständnis für alle Beteiligten hilfreich wäre und der raschen Aufklärung dient. Aber jetzt mal halblang, erst müssen sie Beweise bringen. Gibt's denn Zeugen, die dich belasten könnten?«

Helga überlegte. War eine Frau, die unzählige Tabletten Chinin genommen hatte, und als das nicht half, sogar Rattengift, bis sie erblindete, eine solche Zeugin? Oder Frau Grauer, deren Mann kein fünftes Kind mehr wollte und es ihr aus dem Leib prügelte? »Wie lange …, ich meine, was droht mir, falls jemand gegen mich aussagt?« Sie wagte es kaum auszusprechen.

»Drei Jahre Freiheitsentzug«, sagte Theo. Sie schluckte. Dann wäre David schon zwölf.

MARIE

Von wegen, niemand würde Notiz von ihrer Aktion nehmen. Das Echo war überwältigend. Sie standen keineswegs allein auf der Straße, sondern weiterhin strömten von überall Leute herbei. Sogar die Studenten, die am See zelteten, schlossen sich ihnen an. Manche hatten Transparente an ihre Kinder- und Bollerwagen gebunden oder an die Lenker ihrer Fahrräder. Viele hielten Schilder in die Höhe.

FREIHEIT, GLEICHHEIT, FRAUSEIN?

WEG MIT § 218!

MEIN BAUCH GEHÖRT MIR

**KÖNNTEN MÄNNER SCHWANGER WERDEN,
WÄRE ABTREIBUNG EIN GRUNDRECHT.**

»Wer hat das organisiert?«, fragte Marie, als sie aus der Ladentür trat, die Kinder rannten zu den anderen, die sie in der Menge entdeckt hatten.

»Ich wusste nicht, ob es klappt, habe die Schwestern und Hebammen der Seeklinik gebeten, es herumzuerzählen«, sagte Annabel. »Es sind wohl auch Helgas Patientinnen und einige Krankenschwestern darunter.«

»Dass so viele kommen …«, Luise wischte sich übers Gesicht, »damit habe ich nicht gerechnet.« Ihre Augen glänzten.

Ein ganzer Pulk von Leuten bewegte sich über den Kirchplatz nach oben, bis zur Polizeistation vor. An Marlenes Sportwagen hatten sie auch ein Schild befestigt: **OB KINDER ODER KEINE, BESTIMMEN WIR ALLEINE**.

Die Ersten warteten noch an der Ampel, aber die Nächsten drückten schon hinterher, und der ganze Pulk schwappte auf die Straße. Bald kam der gesamte Verkehr an der Kreuzung zum Erliegen. Autos hupten. Leute stiegen aus und schimpften. Es war kein Vorwärtskommen mehr. Die Fahrer schalteten die Motoren ab und gafften. »Was ist denn hier los? Ist das ein bayerischer Brauch, mitten unter der Woche die ganze Straße zu blockieren?«, fragte einer. »Geht etwa die Wiesn schon los?«, ein anderer. »Wo bleibt denn die Polizei?«, rief der Nächste. Doch genau die war ja das Ziel der Aktion. Marie, Luise und Annabel versuchten, sich durch die Menge zu schieben, um näher bei Helga zu sein, wo immer sie in dem Gebäude auch festgehalten wurde.

Da entdeckte sie Theo, er bahnte sich einen Weg zu ihnen. »Du, Marie, nur kurz, damit ihr Bescheid wisst. Gleich wird Helga dem Haftrichter vorgeführt.«

»Dem Haftrichter?« Sie war entsetzt. »Heißt das, sie wird wirklich verurteilt und bleibt im Gefängnis?«

»Also erst mal ist sie nur in Gewahrsam, und bevor sie nicht verurteilt ist, gilt sie als unschuldig.«

»Aber sie sitzt doch im Keller der Wache in einer Zelle?«

»Zunächst wird der Sachverhalt geklärt, und Beweismittel werden sichergestellt.«

»Was für Beweismittel?« Luise stellte ihr Schild mit **FREIHEIT FÜR FRAU DR. HELGA KNAUP** ab und strich sich über den Bauch. Marie erbleichte. Hatte ihre Schwägerin es etwa bereits getan?

Theo sah sich um und zeigte auf die Schilder. »Eure Botschaften sind übrigens eher hinderlich. Sie lassen es aussehen, als ob Helga tatsächlich Abtreibungen vorgenommen hätte.«

»Aber als Ärztin muss sie das doch ab und zu, um das Leben der Mutter zu retten«, wandte Luise ein und lehnte sich an die Ampel, die rot, grün, rot, grün blinkte, als hätte sie noch irgendetwas zu melden.

»Hoffen wir, dass der Haftrichter es genauso einschätzt.«

»Und wie heißt der?«, fragte Annabel. »Ist das Dr. Beil, der steht nämlich in unserer … äh … also in Luises Schuld.«

»Wie das?« Theo staunte. »Aber das können Sie mir ein anderes Mal erzählen. Ich glaube, es ist besser, der Richter, wer auch immer es ist, bleibt unbeeinflusst. Am Ende entscheidet der Staatsanwalt, ob gegen Helga weiterermittelt wird. Wir müssen Geduld haben. Versprechen kann ich nichts, wenn sie tatsächlich Beweise oder womöglich sogar Zeugen finden, wird's kritisch.«

»Danke, Theo. Wirklich, von Herzen danke.« Marie umarmte ihn. Wenn er wüsste, wie schuldig sie sich fühlte. Dabei hatte sie sich doch nur ihrer Hebamme anvertraut, die sich erkundigte, wie es ihr nach der Kur ginge. Und als sie sagte, dass alles wieder beim Alten wäre, die Arbeit, die Sorgen, ob sie die Kinder alle gesund groß brachten, da fragte Frau Hirschkäfer, ob sie denn wieder in anderen Umständen sei. Marie verneinte und sagte, dass es da ja Gott sei Dank eine kompetente Ärztin im Landkreis gebe, die Frauen in Not helfe, und da hatte Frau Hirschkäfer wohl eins und eins zusammengezählt und es der Behörde gemeldet.

Seit August ist der Laden nun schon geschlossen, und die Baustelle ruht. Ich muss noch mal mit anderen Baufirmen telefonieren und hartnäckiger sein!
Und jetzt auch noch das mit Helga. Bin ich schuld? Immerhin haben sich mein Bruder und meine Schwägerin wieder versöhnt. Ich hoffe, Martin reißt sich zusammen. Hans ist ihm mit der Trinkerei kein Vorbild, aber wenigstens raucht Martin nicht auch noch. Das geht doch so ins Geld (und in die Lunge!). Vielleicht sollte ich den Tabak im Neubau (falls er jemals fertig wird) aus dem Sortiment nehmen, aber dann fallen der männliche Teil der Kundschaft und auch ein Teil der Damenwelt (Frau Zeil raucht auch wie ein Schlot) weg. Wenn doch endlich in irgendeine Richtung etwas vorwärtsginge!

Güterrecht

Erst bei Scheidung einer Ehe wirkt sich das Güterrecht aus: Es wird ein rechnerischer Ausgleich des Zugewinns vorgenommen. Wer am Ende der Ehe ein größeres Vermögen hat als am Anfang (Zugewinn), muss dem anderen von dem Mehr die Hälfte abgeben. Dieser Anspruch kann durch Klage bei Gericht geltend gemacht werden. Wer sich weiter informieren will, suche sich bei seinem Rechtsberater sachverständigen Rat.

»Ihr Recht ist mein Ziel!« (Theo Kretschmars Visitenkarte hier einkleben.)

Gegen Schlaflosigkeit

- *Kalte Umschläge auf die Waden. (Ausprobiert, hilft mir nicht, macht eher wach!)*
- *Warme Fußbäder haben großen Wert als Schlafmittel (Ja, was denn nun?)*
- *Um Albträumen vorzubeugen, trinke man vor dem Schlafengehen eine Tasse Tee aus zwei Löffeln Anissamen und morgens nüchtern einen Pfefferminztee. (Hilft auch nicht!)*
- *Schnarchen hört auf, wenn man den Schnarchenden am Kehlkopf berührt oder ihm einen nassen Schwamm auf den Mund legt. (Ausprobieren!)*

Aus: Luises Ladenkunde-Album

LUISE

Am Morgen nach der Demonstration und einen Tag nachdem ihr zehnjähriges Jubiläum gewesen wäre, stand sie vor dem Mauerdurchbruch und wusste nicht weiter. Ihr Laden und damit ihr Lebenswerk war zerstört. In der Wand klaffte ein riesiges Loch. Das Material für den Anbau lag bereit. Ziegelsteine, Sand, auch Schaufeln, Kellen und eine Schubkarre. Nur die Arbeiter fehlten, um die Mauern hochzuziehen. Erst Ende Oktober werde die Arbeit wieder aufgenommen, hatte Randerath von der Baufirma gesagt, die Luise nach langen Verhandlungen bewegen konnte, sich der Sache weiter anzunehmen. Wenn es dann nicht schon schneite. Andere hatten nicht vor nächstem Jahr Zeit, deshalb hatte sie zugestimmt.

Wann würde sie ihr Geschäft eröffnen können? Tag für Tag ging ihr Umsatz verloren. Es half nichts, sie musste selbst die Ärmel hochkrempeln. Dabei hatte sie noch nicht einmal ein Fundament. Dazu die lähmenden Gedanken an Helga und wie es wohl mit ihr weiterging. Womöglich hatte der Haftrichter längst geurteilt, und sie war bereits in ein Frauengefängnis überführt worden. Nur mit Mühe hatte sie David und Josie heute dazu bewegen können, überhaupt in die Schule zu gehen. Luise wusste gar nicht, wo anfangen, war eigentlich zum Umfallen müde. Wie betonierte man? Gesehen hatte sie es schon oft, aber nie so richtig aufgepasst. Sollte sie einfach das Loch in der Mauer wieder verschließen? Sie hob einen Ziegelstein auf. Jetzt, da sie sich entschlossen hatte, das Kind zu kriegen, wollte sie auf keinen Fall schwer heben und eine Fehlgeburt riskieren.

»Warte, die Mauer kommt zum Schluss.« Annabel kam herein, gefolgt von Marie mit ihren zwei Jüngsten, sogar Tante Polli war dabei. Alle in alten Sachen und mit Tüchern um die Haare wie einst die Trümmerfrauen. Unter Annabels Regiment, die in ihren Gebetbuch-Notizen nachschaute, wie so ein Ringfundament gemacht wurde, legten sie gemeinsam los. Die Fläche im Garten war bereits abgesteckt, nun spannten sie eine Schnur. »Achtet auf den rechten Winkel.« Annabel maß alles doppelt und dreifach nach, bedachte sogar das Gefälle und sorgte dafür, dass das Fundament an der niedrigsten Stelle aus dem Boden ragte. Als Nächstes mussten sie graben, das war Knochenarbeit, und Luise fiel es schwer, sich dabei zu schonen. Erst mit dem Spaten entlang der Schnur das Gras abstechen, damit sie eine saubere Kante erhielten. Aber auch die anderen waren schnell erschöpft, und so wechselten sie sich pro Seite ab. Xaver, Linda und Marlene spielten derweil im Flur mit dem Kaufladen, den Luise aus Josies Zimmer geholt hatte. Die gesamte Fläche des Anbaus sollte ausgehoben werden, doch schon nach ein paar Metern gaben sie auf. Noch hatten sie nur an der Oberfläche gekratzt und mussten doch achtzig Zentimeter tief. Erschöpft ruhten sie sich nach ein paar Stunden aus. Luise kochte für alle eine Kartoffelsuppe und röstete Brotwürfel.

Mittags kamen David und Josie nach Hause, und Alma und Konrad waren gleich nach Schulschluss aus Leutstetten hergeradelt. Später gesellte sich Fritz dazu. Arbeit auf einer richtigen Baustelle, das wollte sich keines der Kinder entgehen lassen. Zum Essen schoben sie die Gartenbänke zusammen und stellten einen Tapeziertisch in der Mitte auf.

»Martin kommt nach der Arbeit im Forst nach.« Marie teilte

die Suppe aus und ermahnte die Kinder sitzen zu bleiben. »Ich habe ihm einen Zettel geschrieben. Bestimmt bringt er auch Manni mit, dann werden wir der Baugrube schon Herr. Vorher müssen sie bloß noch den Drumlin mähen. Ein letztes Mal, bevor der Hügel samt den umliegenden Wiesen verkauft wird.«

»Das wollt ihr wirklich tun?« Luise fiel es schwer, sich die Landschaft ohne den besonderen Aussichtspunkt vorzustellen. An dem Berg hingen viele ihrer Kindheitserinnerungen. Sie hatten sich dort ein Lager gebaut, und auch den ersten Kuss hatte sie dort von einem Klassenkameraden erhalten.

Marie zuckte mit den Schultern. »Martin hat's so entschieden, und ich habe ehrlich gesagt keine Kraft mehr, ihn umzustimmen. Es ist doch nur ein Stück Erde, so wie hier.« Sie zeigte auf die dürftigen paar Meter Erdloch und schenkte allen Limonade ein. »Im Gegensatz zu uns werden die Flurbereiniger, oder wer auch immer den Drumlin einebnet, einen Bagger haben.«

Ohne ein Wort sprang Annabel auf und lief ins Haus, die anderen sahen ihr erstaunt nach. Sie war sowieso eine Wunderfrau, fand Luise, mit Hummeln im Hintern. Ihre Suppe hatte sie noch nicht angerührt. Immerhin blieben Marie und Tante Polli noch ein Weilchen sitzen.

»Wie geht's deiner Hüfte, Tante?«, fragte Luise.

»Unkraut vergeht nicht«, erklärte sie und rieb sich über die Seite. »Aber manchmal zwickt's schon arg, da kann ich noch so viel Branntwein drauftun.« Sie holte tief Luft, und Luise wusste, dass sie in ihrem Gedächtnis nach einer Erinnerung stocherte. »Mei, als mein Dienstherr in Ampermoching schon bettlägerig war, hat mich sein Sohn bereits loswerden wollen. Jetzt müssen wir die Alte auch noch durchfüttern, hat er gesagt, obwohl ich mit am Tisch gesessen bin und alles gehört habe. Aber dann hat mein Herr gesagt, wenn's für die Polli nimmer langt, dann ess ich auch nichts mehr. Das war's dann auch, viel gegessen hat er nicht mehr, und ich musste fort.« Sie löffelte rasch ihre Suppe aus.

Nach dem Essen matschten die Kleinen im Sand, den die Baufirma bereits geliefert hatte. Für sie war das Ganze ein einziges Vergnügen. Und Fritz war in seiner Emsigkeit Annabel ähnlich. Er schnappte sich die Schaufel, kaum dass er gegessen hatte, und grub weiter. Nur David wirkte betrübt, lehnte auf dem Balkon von Josies Jägerstand, als hielte er Ausschau nach seiner Mutter. Das tat Luise in der Seele weh, sie wusste bald nicht mehr, wie und womit sie ihn ablenken sollte. Vielleicht schaffte es Hans später, wenn er von der Montage heimkam.

»Hält Martin sich an sein Versprechen?« Sie wandte sich an Marie. Es war bedeutend leichter, sich in die Ehe anderer einzumischen, als sich um die eigene zu kümmern. Hans und sie, das war, wie es war, und würde vielleicht auch so bleiben.

»Du meinst, ob er aufgehört hat zu trinken?« Marie nahm sich noch mal geröstete Brotstücke nach. »Bis jetzt schon, aber ich weiß nicht, ob das so leicht geht mit einem Alkoholentzug. Ich bin ehrlich gesagt misstrauisch.«

»So eine Entgiftung ist nicht ohne, ich würde es lieber in einer Klinik machen lassen.« Annabel kehrte zurück. Auch damit kannte sie sich offensichtlich aus.

»Frau Bauleiterin, so setz dich doch wenigstens«, forderte Luise sie auf. »Deine Suppe wird kalt.« Jetzt, da sie schon bei den ernsten Themen waren, lenkte sie zu dem über, was sie bereits die ganze Zeit fragen wollte. »Sag mal, Bella, wie lief eigentlich der Besuch von Noah Kleefeld?«

Annabel aß ihre Suppe hastig im Stehen und sah nach Marlene, die mit Linda im Sand spielte. »Ihn einzuladen war ein Riesenfehler. Ich dachte, ich helfe meinem Mann, dabei habe ich alles noch schlimmer gemacht.« Sie erzählte kurz, was vorgefallen war. Auch Marie und Tante Polli hörten gespannt zu. »Ich weiß nicht genau, wie weit er gehen wird, aber es kann sein, dass wir alles verlieren.« Ein kleiner Bagger rumpelte über die Straße. Zorngibl lupfte grüßend seinen Hut und rollte durch die Einfahrt. »Mir ist eingefallen, wer außer einer Baufirma noch einen Bagger hat«, sagte Annabel und winkte ihm, »und da habe ich ihn gleich angerufen.«

»Bella, Bella, was steckt noch alles in dir?« Luise strahlte sie an. Dass auch der Bestatter modernisiert hatte, hatte Luise nicht gewusst. Das Grab ihrer Schwiegermutter hatte er damals noch von Hand ausgeschaufelt.

Dank Zorngibl, der mit seiner knochigen Statur gekrümmt auf der Maschine thronte, ging es nun bedeutend schneller mit dem Ringfundament voran. Alle machten sich wieder ans Werk und bereiteten die Schalung zum Betonieren vor. Es würde vielleicht nicht der perfekte Anbau werden, dachte Luise gerührt, aber er würde einmalig sein. Polli brachte Zorngibl nach getaner Arbeit auch eine Kartoffelsuppe und unterhielt sich mit ihm. Dabei erfuhr sie von den nächsten Beerdigungen und freute sich, der Zechner Liesl, ihrer Caritas-Konkurrenz, noch bevor es im Kirchenblatt stand, davon zu erzählen. Beschwingt raffte sich die Tante auf, räumte das Geschirr zurück ins Haus und kehrte die Einfahrt, dass der Staub nur so aufwirbelte. Bald waren die Gesichter und Haare der Arbeitenden weiß wie die von Müllerburschen. Luise wollte gerade eine Kaffeepause vorschlagen und auf die Schnelle vielleicht Apfelküchlein braten, da stand plötzlich Helga im Laden.

»Wo könnt ihr mich einteilen?« Sie schnappte sich eine Kelle.

»Bist du …, bist du wieder frei?« Luise traute ihren Augen nicht.

»Vollkommen frei, die Anklage wurde fallengelassen. Zwei Zeuginnen wurden vernommen, aber beide haben für mich ausgesagt. Ich hätte ihr Leben gerettet. Zum Glück hatte ich ihre medizinischen Befunde dokumentiert.« Sie holte Luft und strahlte sie alle an. »Theo hat sich sehr eingesetzt, ohne ihn, ohne euch, aber vor allem ohne Marie wäre ich jetzt nicht hier.« Helga trat zu Marie und breitete die Arme aus.

»Das war das Mindeste, was ich tun konnte, nachdem ich die ganze Misere verursacht habe.« Marie wich zurück.

»Wieso du?« Helga lachte. Marie wollte gerade zu einer Erklärung ansetzen, da stürmte Manni herein. Er sah aus, als ob er die ganze Strecke von Leutstetten bis nach Starnberg gerannt wäre. Er schnappte nach Luft, stützte die Hände auf die Knie. Dabei versuchte er, etwas zu sagen, aber es gelang ihm nicht, er krächzte nur. »Beruhige dich erst mal, setz dich doch.« Luise versuchte, ihren Bruder auf einen Stuhl zu drücken. Doch er wehrte sie ab, fuchtelte mit den Armen, der Schweiß lief ihm übers Gesicht.

»Schickt Martin dich?«, fragte Marie.

»Jo, jo, jo.«

»Was will er, geht's ihm gut?«

»Naa, naa.« Manni schüttelte sich, ließ sich fallen und riss den Stuhl mit um. Hoffentlich flippt er nicht wieder aus, dachte Luise. Aber er machte ihnen etwas vor, zeigte anscheinend mit dem ganzen Körper, was er nicht sagen konnte. »Ist was mit Martin, hat er sich verletzt?«

»Jo.« Sie hatte Manni noch nie so verzweifelt gesehen.

»Dann komm, schnell, zeig uns, wo.« Marie lief zu Fido und band ihn los, die Kinder folgten ihr, Xaver fing zu weinen an.

»Was hast du vor?«, fragte Luise.

Ihre Schwägerin blieb vor dem Laden stehen, hob Xaver

hoch und tröstete ihn kurz, dann wandte sie sich um. »Kann ich die Kinder bei Ihnen lassen?« Sie wandte sich an Annabel.

»Klar«, sagte die. »Fahr du mit, Luise. Ich pass auch auf Josie und David auf. Und hier, nehmen Sie mein Auto.« Sie gab Marie den Schlüssel. »Das geht rascher.«

»Hast du einen Verbandskasten im Auto?«, hörte sie Helga fragen. Im Laufschritt folgte Helga ihnen zur Garage der Thalers. Luise und Manni setzten sich auf die Rückbank des Opels, Helga nahm auf dem Beifahrersitz Platz. Marie konnte es nicht schnell genug gehen. Sie stieg auf die Kupplung, drehte mit verschwitzten Händen den Zündschlüssel und versuchte, den Gang einzulegen. Der Motor heulte auf, als sie Vollgas gab, doch sie fand den Rückwärtsgang nicht.

»Marie, bitte, bleib ruhig, Hektik nützt jetzt nichts.« Luise legte ihr die Hand auf die Schulter. Ihre Schwägerin atmete durch, versuchte es erneut. Annabel kam herbeigelaufen, half Marie und dirigierte sie mit Xaver auf dem Arm aus der Thaler'schen Einfahrt. Aber auch Manni beruhigte sich kaum, hopste auf dem Sitz und fuchtelte weiter mit den Armen. Luise hielt ihren Bruder fest. »Los, zeig uns, wo Martin ist.« Er begriff und deutete nach draußen, leitete sie durch Leutstetten, bis zu den Brandstetterwiesen, die den Drumlin umgrenzten. Marie bog in den Feldweg ein und hoppelte durch die Schlaglöcher. Am Bach fanden sie den umgekippten Traktor, er lag, die Räder in der Luft, im Graben. Mit bangem Herzen stiegen sie aus, riefen nach ihm, aber Martin zeigte sich nicht. Sie folgten dem niedergedrückten Gras und der aufgewühlten Erde, was wohl der Traktor verursacht hatte, bevor er umgestürzt war. Manni stapfte voraus, den Hang hoch.

»Da ist er.« Helga zeigte auf ein Bündel in einer Mulde.

MARIE

Ihr voraus liefen Luise und Helga zum Traktor. Marie konnte sich nicht regen, stand nur da und wartete, ob der Himmel über ihr einstürzte. Bange Sekunden vergingen. Dann winkten die Freundinnen und bedeuteten ihr, dass Martin nicht unter dem Porsche lag. Sie atmete auf. Jetzt konnte sie sich wieder aufraffen und mit weichen Knien zu ihnen gehen. Gemeinsam suchten sie die Wiese ab und entdeckten ihn schließlich am Hang, zusammengekauert im Gras, ein Klumpen Mensch. Er rührte sich nicht. Marie schöpfte Hoffnung, bestimmt war er noch rechtzeitig abgesprungen, hatte sich retten können, vielleicht bloß den Knöchel verstaucht, das würde heilen, das musste heilen. Und nun ruhte er sich einfach bloß nach dem Schock aus und begriff allmählich, dass es viel schlechter hätte ausgehen können. Seine Worte klangen ihr im Ohr. »Es passiert nicht immer das Schlimmste, Marie.« Bald würden sie darüber lachen, wenn sie an diesen Tag dachten. Weißt du noch, nachdem wir uns endlich ausgesprochen haben, als alles wieder gut geworden war zwischen mir und dir, mit uns als Familie, gerade als wir gemeinsam einen Neuanfang wagen wollten, da bin ich vom Bulldog gefallen und habe mir, o Wunder, gar nichts getan, war nur benommen und bin dann eingeschlafen in der Wiese, ja, so musste es sein. Das war die Erklärung. Doch dann fiel ihr Manni ein, er wäre niemals losgerannt, um Hilfe zu holen, wenn es harmlos wäre. Langsam trat sie näher. Alle umringten Martin bereits. Manni wimmerte. Dann sah sie das Blut, es quoll aus Martins Hosenbein, lief ihm die Arme hinunter, rann ihm übers Gesicht. »Liebster …« Sie sprach so leise, dass sie es selbst kaum hörte. »Mein Allerliebster.« Jetzt lauter. Martins Kiefer war verschoben. Sein schönes Gesicht, die markante Nase, wo war sie geblieben? Helga beugte sich über ihn, fühlte seinen Puls. Marie spürte ihren Mann, auch ohne ihn zu berühren. Ihr Herz raste, pochte so laut, als ob es Martins mit antreiben wollte.

Helga löste ihren Gürtel und band seinen linken Oberschenkel ab. »Mehr kann ich nicht für ihn tun, er muss so schnell wie möglich ins Krankenhaus«, sagte sie. »Kommt, holt die Decke aus Annabels Auto, wir versuchen, ihn gemeinsam zum Wagen zu tragen. Bis ein Sanker hier herfindet, ist es vielleicht zu spät.«

Schluchzend beugte sich Marie über Martin. »Mein Liebster, Süßer, mein Sonnenblumenprinz, hörst du? Bleib bei uns, bitte, du musst. Du bist auch alles für mich.«

Herzlich bedanke ich mich

bei meiner Lektorin Carla Grosch, die als Enkelin von Ladenbesitzern die Idee zu den »Dahlmanns-Gemischtwaren« hatte und mit großer Freude ihre Erinnerungen und Ideen mit mir teilt.

Bei Verena Wälscher für ihr liebevolles »Wir«, wenn es um die *Wunderfrauen* geht, bei Milena Kahlcke, Janina Bradacs und dem gesamten Team des S. Fischer Verlags für die großartige Zusammenarbeit.

Bei meiner Redakteurin Susann Rehlein, die sich wieder so wunderbar in meinen Text eingefühlt hat und so witzige und erhellende Ideen hatte (z. B. Skaver!).

Bei meiner Literaturagentin Sabine Langohr für ihren Beistand, ihre Begeisterung und Motivation.

Bei meinem Wundermann Thomas, der mir mit seiner grenzenlosen Geduld und Liebe zu jeder Tages- und Nachtzeit »hellwach« beim Schreiben dieses Romans weitergeholfen hat, ihm fällt einfach immer etwas ein.

Bei meiner Familie: Theresa, für die inspirierende Begleitung und Einfühlung in den Text, bis zur letzten Zeile, David, fürs Entziffern und Abtippen meiner handschriftlichen Korrekturen, das Liebeträumeland und für den »Wuuusssaa«-Trick, der nicht nur Helga im Roman hilft, Basti, für Perry Rhodan und die Panzerschokolade, Veronika, u. a. für die Mode und die juristischen Antworten und bei Jonas, meinem Technikcoach, für seine Geduld und die astronomischen Gespräche. Euch allen zusammen, für eure Liebe!

Bei meiner Freundin und Autorenkollegin Deana Zinßmeister, für die vielen inspirierenden Telefonate zwischen dem Saarland und Bayern, die ich nicht mehr missen möchte.

Und ich danke allen Buchhändlerinnen und Buchhändlern, allen Bloggerinnen und Bloggern und Ihnen, liebe Leserinnen und Leser, die Sie nun vielleicht schon zum zweiten Mal dem Schicksal der vier Wunderfrauen gefolgt sind. Ich hoffe, wir lesen uns auch beim dritten Teil wieder!

Ihre Stephanie Schuster

Von Rock' n' Roll über Rock bis Twist
Die 1960er-Jahre-Playlist der Wunderfrauen

Boys von The Beatles
Schöner fremder Mann von Connie Francis
Jail House Rock von Elvis Presley
Be-bop-a-lula von Gene Vincent
Stand by Me von Ben E. King.
Let's twist again von Chubby Checker
Surfin von The Beach Boys
Rock Around The Clock von Bill Haley & His Comets

Und so geht's weiter:

STEPHANIE SCHUSTER

Die Wunder Frauen

FREIHEIT IM ANGEBOT

ROMAN

Exklusive Leseprobe

ISBN 978-3-596-70564-1

PROLOG

August 1973

Wie weit sie unter der Erde waren, wusste Marie nach einer Weile nicht mehr. Zuerst waren sie eine Wendeltreppe hinabgestiegen, die kein Ende zu nehmen schien, dann weiter, eine lange Galerie vor und unter gemauerten Bögen hindurch, die wirkten, als wollten sie die gesamte Stadt von unten stützen. Sie duckten sich unter einem Türsturz hindurch, über dem sie eine Tafel auf Französisch warnte.

HALT, HIER BEGINNT DAS REICH DES TODES! Dahinter taten sich riesige Höhlen auf, deren Wände im Dunklen lagen. Rechts und links waren Gebeine aufgestapelt, säuberlich sortiert nach Schädeln und einzelnen Knochen. Jetzt begriff Marie erst, was der Wärter am Eingang gemeint hatte, als er sie ermahnte: »Mais ne mettez rien dans le sac.« Verständnislos hatte sie ihn angeschaut, müsste die Wörter erst nachschlagen. Da zeigte er auf ihren Rucksack, in dem sie ihr Skizzenbuch verwahrte. »Gibt's tatsächlich Leute, die Knochen klauen?«, fragte sie nun Helga, die mit ihr am Fuß einer Treppe auf Annabel und Marlene wartete.

»Manche fahren sogar extra deswegen her«, erklärte Helga. »Ein Totenkopf auf dem Schreibtisch oder ein Schulterblatt zum Herumzeigen, warum nicht? Künstliche Präparate kosten mehr als der Eintritt hier. Ich könnte mir glatt etwas dazuverdienen, wenn ich meinen Arztkollegen ein echtes Souvenir mitbrächte.« Sie grinste, aber als sie Maries ernste Miene bemerkte, erstarb ihr Lächeln. »Tut mir leid, war nur Spaß. Auch mir ist die Totenruhe heilig.« Ein Junge in einem gelben Regenmantel überholte Marlene und Annabel, flitzte auch an Marie und Helga vorbei und rannte juchzend, den Hall ausprobierend, weiter.

»Jetzt lass mich endlich, Mama«, zischte Marlene. Offenbar war es der Zwölfjährigen peinlich, dass Annabel ihretwegen rückwärts die Treppe hinunterstieg, um sie rechtzeitig aufzufangen, falls sie stürzte. Ans Geländer gestützt, rutschte Marlene Stufe für Stufe hinunter, festhalten konnte sie sich ohne Arme nur schwer. Hoffentlich funktionierten die Armprothesen, die ihr bei einem französischen Spezialisten angemessen wurden, Marie wünschte es ihr sehr. Heute, als ersten gemeinsamen Ausflug zu viert, hätten sie besser etwas anderes unternehmen sollen. Von wegen Ablenkung und Vergnügen. Reichlich morbid war es hier unten. Marie hatte sich nichts dabei gedacht, als sie die Katakomben vorschlug, sie sogar vorher auf dem Stadtplan angekreuzt. Warum nicht auch das unterirdische Paris erkunden? An einem Ende in die verlassenen Steinbrüche eintauchen, für eine Stunde dem Lärm und der Hitze entkommen und quer unter den Straßenzügen an einer ganz anderen Stelle wieder ans Tageslicht steigen, wäre doch lustig. Von wegen! Anscheinend hatte sie das, dem sie eigentlich entkommen wollte, wie ein Magnet angezogen. Nun bereute sie es, die anderen überredet zu haben. Wie herrlich wäre es, oben bei einem Café au Lait in der Sonne zu sitzen oder an der Seine spazieren zu gehen, bei den Bouquinisten vorbei, und den Sommer zu genießen. Von Raum zu Raum wurde Marie unbehaglicher. Zum Umkehren war es zu spät, und was vor ihnen lag, konnte nicht schauriger sein als das, was sie bereits gesehen hatten. Sie redete sich selbst gut zu. Auf einmal fröstelnd, zog sie die Strickjacke an, die sie um die Hüfte gebunden hatte, und knöpfte sie zu. Die vielen Skelettteile ringsum bildeten Ornamente. Vielleicht sollte sie den Anblick festhalten. Zeichnen hatte sie schon immer über alles hinweggerettet. Was sie skizzierte, belastete sie nicht mehr. Mit klammen Fingern wollte sie ihren Bleistift aus dem Rucksack holen, da kamen Annabel und Marlene endlich nach. Lieber gingen sie schnell weiter und brachten diesen Ausflug hinter sich.

»Hört ihr das?« Helga blieb noch mal stehen.

Marie lauschte, schüttelte den Kopf. »Was soll sein?« Bis auf das Knistern einer der Glühbirnen, die alle paar Meter die Stollen beleuchteten, war es still ringsum. Nicht einmal die Schritte und Stimmen der anderen Besucher hörten sie noch. Kein Husten und Niesen und auch kein Rufen drang mehr zu ihnen. Vorhin waren sie in einem ganzen Pulk hereingekommen, der sich hier unten schnell aufgelöst hatte. Nicht auszudenken, wenn plötzlich der Strom ausfiel. Womöglich gab es hier Fallgruben oder Schächte.

»Die Musik.« Helga tippte mit ihren Plateausandalen auf den Steinboden. Wie sie mit den hohen Dingern so viele Kilometer weit laufen konnte, war Marie ein Rätsel. Ihr taten in ihren Schnürschuhen schon die Beine weh. Den ganzen Tag auf Pflastersteinen war sie einfach nicht gewohnt.

»Ta-ta. Tatataa-ta. Ta-ta.« Helga gab nicht auf. »Klingt wie von den Stones.«

»Stones für Steine, das passt.« Marlene kicherte und schaute in einen Nebengang. »Woher kommt das?«

»Bleib hier, Schatz.« Annabel hielt ihre Tochter zurück.

»Das würde ich auch gerne wissen. Hört sich nach einer Fete an.« Helga witschte an den beiden vorbei, knipste ihr Feuerzeug an und verschwand um eine Kurve. Marie wollte sie gerade zurückrufen, da hörte sie es auch. Jetzt lauter.

»Ta-ta. Tatataa-ta. Ta-ta.« Ein Sound wie von einer Elektrogitarre. Dann stimmte das mit den Kataphilen, die in dem unterirdischen Labyrinth illegale Partys abhielten.

Sie folgte Helga, weit konnte sie nicht sein. Der Gang verschmälerte sich, Marie zog den Kopf ein, um sich nicht zu stoßen, fixiert auf den Lichtschein, den Helga verbreitete. »Lass uns zurückgehen, da ist doch nichts. Vielleicht hatte nur einer der Besucher einen Kassettenrekorder dabei.« Helga reagierte nicht. Bisher hatte sie Annabel und Marlene hinter sich geglaubt, doch als Marie sich umwandte, war da niemand mehr, und auch Helga vorne war plötzlich weg. Der Ring aus Licht, der sie umgeben hatte, wurde von der Finsternis verschluckt. Sie rief nach ihnen. Keiner antwortete, auch die Musik war verstummt. Marie stand da, lauschte ihrem eigenen Atem, wagte es nicht, die Arme auszustrecken, um die Wände zu ertasten. Womöglich berührte sie einen Knochen. Was sollte sie tun? Zurück oder vor? Ihr Hals wurde eng. »Helga? H-E-L-G-A!« Sie kreischte es fast. »Annabel, Marlene, wo seid ihr?«, rief sie erneut, bis es in ihren Ohren dröhnte. Ihre Stimme klang dumpf, als würde sie zwischen den Wänden verschluckt. Etwas flatterte dicht über ihr. Maries Puls raste, sie hielt sich die Hände über den Kopf, damit sich keine Motte und schon gar keine Fledermaus in ihren Haaren verfing. So verharrte sie eine Zeitlang, bis ihr die Arme schwer wurden, dann atmete sie durch und setzte einen Fuß zurück.

»Nicht, Marie. Nicht umdrehen.« Martins Stimme hallte in ihr. Sie blieb stehen und atmete aus. Warum waren sie nicht einfach bloß durch die Stadt geschlendert, hatten Notre Dame besichtigt und ein Eis gegessen? Oder waren in den Louvre gegangen, wo sie die *Mona Lisa* sehen wollte und alle anderen Kunstwerke. Dort waren die meisten ihrer künstlerischen Vorbilder versammelt. Besonders Géricault, mit seinen phantastischen Pferdebildern. Immerhin zeichnete sie, seit sie in Paris eingetroffen waren, wie schon lange nicht mehr, skizzierte die Leute in der Metro oder im Park. Auch Helga war schon mehrere Male in ihrem Buch verewigt. Sie war ein dankbares Motiv, man konnte diese Frau nie wirklich erfassen, sie hatte so viele Facetten. Mal ernst, mal fröhlich, meistens umtriebig und rastlos. Dabei barg auch sie Geheimnisse, vielleicht mehr als sie alle zusammen. Nie hätte sich Marie erhofft, eines Tages solch enge Freundinnen zu haben. Von denen eine ihre Schwägerin war. Auch Luise würde nachkommen, bestimmt saß sie mit den Kindern schon im Zug. Außer Martin und Theo hatte Marie noch nie Freunde gehabt, schon gar keine Freundinnen, sie war lieber für sich gewesen. Hatte es schon in der Schulzeit nicht verstanden, dieses Gehabe um Freundschaft. Wozu? Die eine Frau, der man voll und ganz vertrauen konnte, gab es nicht auf der Welt. Doch nun hatte sie gleich drei, noch dazu Wunderfrauen. Jede von ihnen war eigen, so dass sie manchmal aneinandergerieten, aber sobald eine von ihnen Sorgen hatte oder sogar in Not war, standen sie füreinander ein. Gemeinsam wollten sie die Ferien in Paris verbringen, auch um die Vergangenheit hinter sich zu lassen, und dennoch kam Marie nicht von ihr los. Was nun? Ein kalter Hauch streifte sie. Sie hatte keine Streichhölzer dabei, geschweige denn eine Taschenlampe. So sehr sie auch blinzelte, sie erkannte nichts ringsum. Die Luft war klamm und stickig. Das griechische Liebespaar fiel ihr ein. Wie hieß es doch gleich? Es war durch die Unterwelt geirrt, und der Mann hatte sich nicht umdrehen dürfen, sonst …? Hätte sie sich die Sage gemerkt, vor allem wie sie endete, fände sie vielleicht auch aus dieser Knochenkammer heraus.

»Keine Angst, vertrau mir.« Erneut hörte sie Martins Stimme

in ihrer Erinnerung, es war eine der schönsten überhaupt. »Komm. Ich will dir was zeigen«, hatte er sie eines Abends nach der Stallarbeit aufgefordert. Und sie spürte es noch, wie er die Hand ausstreckte. Legte ihre in seine, in diese große warme Hand, sie fühlte seine Finger, seine Haut, die sie so vermisste. Ein Hund kläffte. War das der Wachhund der Wittelsbacher, oder geschah das jetzt in diesem Moment? Sie lauschte in die Dunkelheit. Hunde hatten in den Katakomben keinen Zutritt, soviel sie wusste. Und Marie tauchte erneut in ihre Erinnerung ab, folgte Martin durch Leutstetten, zum Hof hinaus, die Straße vor und am Schloss vorbei. An den Zäunen rankten sich Rosen empor. Die Luft flirrte, und die Sonne leuchtete glutrot in das zarte Himmelsblau. Sie spazierten durchs Dorf. Martin zügig mit den Gummistiefeln, so dass sie sich schwertat, Schritt zu halten.

»Wo geht's hin?«, fragte sie neugierig. Doch er verriet nichts, schlenkerte ihre Hand, grinste sie an und zog eine Augenbraue hoch. Hinter dem Ortsschild, wo die Brandstetterfelder lagen, bogen sie ab.

»Nicht umschauen, Marie. Versprich es mir, ja?« Nun legte er den Arm um sie, schob sie weiter, und sie tat ihm den Gefallen, schmiegte sich an seine Schulter, konzentrierte sich auf den Trampelpfad unter ihren Schuhen, der sich den Berg hinaufschlängelte. Es ging auf den Drumlin, vermutete sie. Martin verdeckte ihr mit seinem Körper die Sicht. Aber selbst wenn sie einen Blick gewagt hätte, was hätte sie gesehen? Bäume und Büsche, Wiesen und Äcker? Lieber roch sie Martin, diese Mischung aus Schafwolle, Heu und seinem ganz unverwechselbaren Duft, und ließ sich führen, egal wohin. »Warte, mach bitte kurz die Augen zu«, sagte er, als sie oben standen, nahe am Abhang, wo es steil abwärts ging. Doch er hielt sie weiter, drehte sie ein Stück. »Jetzt, schau.« Als sie die Augen öffnete, sah sie unter sich das Roggenfeld. Erst erkannte sie nichts als die hellen Ähren. Sanft bewegten sie sich im Sommerwind. Mitten unter den Halmen wuchsen traumhaft schöne Sonnenblumen, in zwei Kreisen, und an einer Stelle verbanden sie sich wie Ringe. Was für ein Anblick! Da sank Martin schon neben ihr auf die Knie und fragte sie, ob sie ihn heiraten wolle. Seit dem Frühjahr musste er das geplant haben. Mitten im Getreide hatte er Sonnenblumenkerne gesät und gehofft, dass sie keimten und sich gegen die Vögel und Schnecken behaupteten. So war er, ihr Liebster, nichts, was Martin getan hatte, geschah überhastet, alles war wohlüberlegt. Etwas stupste Marie am Bein und holte sie in die finstere Gegenwart zurück. Dann sah sie Funken und hörte jemanden fluchen.

Der erste Urlaub überhaupt. Luise packte um, packte aus. Sie hatte wenig Übung im Verreisen, war bisher kaum über München hinausgekommen. Abgesehen von zweimal Krankenhaus, Schlafanzug, Unterwäsche, Waschzeug, Pantoffeln, aber das zählte nicht. Was brauchte man in Frankreich? Es könnte regnen, windig sein oder pausenlos heiß? Sollte sie ein Abendkleid mitnehmen, sich überhaupt auch tagsüber elegant anziehen? Oder doch lieber etwas Bequemes, dann reichten die neue Schlaghose, der kurze Jeansrock und die bunten Blusen, die sie mit einem Lackgürtel oder einem Tuch, das sie mal um die Taille, als Haarband oder als Schal tragen würde, kombinierte? Genügte die leichte Jacke mit Reißverschluss, oder sollte sie noch eine gefütterte einpacken, falls es nachts kühl war? Nimm nur das Notwendigste mit, hatte ihr Helga geraten, den Rest, oder besser gesagt, den ganzen Pariser Chic, kaufen wir. Das sagte die Richtige, gerade Helga wirkte immer wie dem neuesten Modemagazin entsprungen. Außerdem musste Luise für ihre Buben mitentscheiden. Dazu noch die Brotzeit, man wusste nie, was es in einem fremden Land zu essen gab und ob das auch schmeckte. Das würde eine Schlepperei werden. Zum Glück mussten sie nur einmal umsteigen und hatten reservierte Plätze in der Bahn. »Auf geht's. Elias, Christian, fertig anziehen, wir fahren.« Sie sang es fast, wollte Fröhlichkeit vortäuschen. Dabei war ihr ganz und gar nicht danach. Doch für einen Rückzieher war es zu spät. Genug gehadert, die Freundinnen erwarteten sie. Sie wollte doch etwas verändern und etwas Neues beginnen. Also schnell! Außerdem war sie sowieso die Letzte, die dazustoßen würde. Die anderen hatten bestimmt schon viel erlebt, und sie stand hier und grübelte. Luise kniete sich auf den Koffer und hakte ihn zu, dann rief sie die Kinder. Wo steckten sie? Eben waren sie noch hier gewesen, hatten sich in der Sprache, die nur sie verstanden, geeinigt, was sie für Spiele mitnehmen wollten, und schließlich einen Satz Karten und das Malefiz mit in den Koffer gestopft. In sechsundzwanzig Minuten ging der Zug nach München, dann umsteigen nach Paris. Paris! Schon das Wort klang nach Freiheit. Straßencafés und Boutiquen, Musik und Eleganz, gepaart mit Leichtigkeit. Ja, nach der sehnte sich Luise tatsächlich. Elias kam von draußen angerannt, die Knie der frisch gebügelten Hose schon wieder voll Dreck. Sie schnappte sich einen Lappen, versuchte, ihn sauber zu machen, und gab auf. Zum Umziehen war es zu spät. »Wo steckt Christian?«, fragte sie.

»Der will nicht mit.« Elias band sich die Schuhe.

Auch das noch, Luise seufzte. »Und wo ist er?« Elias zuckte mit den Schultern. Typisch, die Brüder hielten natürlich zusammen. »Jetzt sag schon.« Noch bevor es losging, war sie durchgeschwitzt. Hatte sie überhaupt Deo benutzt? Sie konnte sich nicht erinnern, rannte nach oben, schlüpfte rasch aus den Ärmeln der orangebraun gestreiften Bluse, die sie sich extra genäht hatte und trocknete sich mit dem Handtuch die Achseln. Dann griff sie zum Bac-Stift, der vor dem Badspiegel stand. Es war der grüne, der gehörte ihrem Mann. Sie zögerte kurz, wollte seinen Geruch nicht auf dieser Reise dabeihaben, aber ihren Deostift hatte sie bereits eingepackt, und bevor sie den Koffer jetzt noch mal aufmachte und alles hervorquoll, benutzte sie ihn. »Christian?« Rasch zog sie sich wieder an, zupfte an dem großen Kragen mit den langen Spitzen, der sich auf einer Seite etwas wellte, aber zum Dämpfen war jetzt wirklich keine Zeit mehr. Erneut rief sie nach ihrem Sohn. Im Kinderzimmer war er nicht. Als sie wieder nach unten laufen wollte, hörte sie ihn. Das Geräusch kam aus dem Zwickel über dem Treppenabsatz. In dem Schlupf hatte kein Erwachsener Platz, nur Elias und Christian, und auch die wuchsen langsam heraus. Sie öffnete die kleine Tür und hörte ihn schluchzen. »Was ist denn, Chrissi?« Auf Zehenspitzen versuchte sie, ihren Sohn zu erreichen. Vergeblich. Er drückte sich ganz hinten an die Wand. »Bitte, rede mit mir. Freust du dich denn gar nicht auf den Urlaub? Wir wollen doch auf den Eiffelturm und ganz viel U-Bahn fahren.«

»Du meinst Metro«, verbesserte er sie. Wenigstens sprach er wieder mit ihr.

»Und in das Museum mit den Uniformen und Rüstungen.« Sie hatte in der Stadtbücherei etliche Reiseführer gewälzt und sich einiges rausgeschrieben, damit sie vorbereitet war.

»Gibt's da auch Schwerter?«, fragte Christian, aber noch immer rührte er sich nicht.

»Bestimmt.«

»Säbel und Pistolen?«

Wie viel Überredungskunst brauchte es noch. »Jetzt raus da.« Sie verlor die Geduld. »Sonst verpassen wir den Zug.«

»Aber was, wenn wir nie mehr heimkommen?« Christian rollte sich wieder im hintersten Winkel ein und schniefte.

»Wieso sollten wir? Es ist doch bloß eine Reise, wir sind ein paar Tage fort und kehren erholt zurück«, erklärte sie, dabei sprach er aus, was sie sich auch schon gedacht hatte. Das Telefon klingelte. Sie ignorierte es. »Bitte Chrissi, mach's mir doch nicht noch schwerer.«

»Mama, komm schnell, die Josie ist dran.« Elias rief von unten.

»Die Josie? Aus Amerika?« Luise rannte zum Apparat, hörte noch, wie Christian aus dem Zwickel kroch. Anscheinend wollte er sich den Anruf von seiner großen Schwester nicht entgehen lassen. Sie nahm Elias den Hörer ab, sprach mit ihrer Ältesten. Josie wirkte völlig aufgelöst. Was sie zu berichten hatte, änderte alles, besonders für Helga. Am besten, sie würden von Paris aus noch einmal telefonieren, schlug Luise vor, die selbst das Gehörte erst begreifen musste. Zuerst würde sie mit den anderen reden. Hastig notierte sie Josies Nummer, sah dabei auf ihre Armbanduhr, die Bellarabi repariert hatte. Sie rieb über das verkratzte Ziffernblatt, damit sie die Zeiger erkennen konnte. Noch elf Minuten, jetzt würden sie rennen müssen.

»Was hat sie gesagt, Mama?«, fragten die Brüder fast einstimmig, als sie auflegte und sich Koffer, Rucksack und Handtasche schnappte.

»Das erzähl ich euch unterwegs.« Der Schlüssel, wo war jetzt der? Als sie endlich vollbepackt zum Bahnhof spurteten, drehte sich Luise noch mal um und schaute zum Laden zurück. Im Schaufenster hing ein Schild: »Zu vermieten«.